全国高等教育自学考试指定教材
汉语言文学专业（本科段）

中国古代文学史（二）

（2011年版）
[含：中国古代文学史（二）自学考试大纲]
全国高等教育自学考试指导委员会　组编

主　编　陈　洪　张峰屹
审稿人　胡　明　陶慕宁　张国星

北京大学出版社
PEKING UNIVERSITY PRESS

图书在版编目(CIP)数据

中国古代文学史(二)/陈洪,张峰屹主编.—北京:北京大学出版社,2011.9
(全国高等教育自学考试指定教材)
ISBN 978-7-301-19401-0

Ⅰ.①中… Ⅱ.①陈…②张… Ⅲ.①中国文学—古代文学史—高等教育—自学考试—教材 Ⅳ.①I209.2

中国版本图书馆 CIP 数据核字(2011)第 169713 号

书　　　名	中国古代文学史(二)
著作责任者	陈　洪　张峰屹　主编
责 任 编 辑	徐丹丽
标 准 书 号	ISBN 978-7-301-19401-0
出 版 发 行	北京大学出版社
地　　　址	北京市海淀区成府路 205 号　100871
网　　　址	http://www.pup.cn　新浪微博:@北京大学出版社
电 子 邮 箱	编辑部 wsz@pup.cn　总编室 zpup@pup.cn
电　　　话	邮购部 010-62752015　发行部 010-62750672　编辑部 010-62752022
印 刷 者	河北滦县鑫华书刊印刷厂
经 销 者	新华书店
	787 毫米×1092 毫米　16 开本　23.25 印张　504 千字
	2011 年 9 月第 1 版　2024 年 10 月第 28 次印刷
定　　　价	41.50 元

未经许可,不得以任何方式复制或抄袭本书之部分或全部内容。
版权所有,侵权必究
举报电话:010-62752024　电子邮箱:fd@pup.cn
图书如有印装质量问题,请与出版部联系,电话:010-62756370

组编前言

21世纪是一个变幻莫测的世纪,是一个催人奋进的时代。科学技术飞速发展,知识更替日新月异。希望、困惑、机遇、挑战,随时随地都有可能出现在每一个社会成员的生活之中。抓住机遇,寻求发展,迎接挑战,适应变化的制胜法宝就是学习——依靠自己学习、终生学习。

作为我国高等教育组成部分的自学考试,其职责就是在高等教育这个水平上倡导自学、鼓励自学、帮助自学、推动自学,为每一个自学者铺就成才之路,组织编写供读者学习的教材就是履行这个职责的重要环节。毫无疑问,这种教材应当适合自学,应当有利于学习者掌握、了解新知识、新信息,有利于学习者增强创新意识、培养实践能力,形成自学能力,也有利于学习者学以致用、解决实际工作中所遇到的问题。具有如此特点的书,我们虽然沿用了"教材"这个概念,但它与那种仅供教师讲、学生听,教师不讲,学生不懂,以"教"为中心的教科书相比,已经在内容安排、形式体例、行文风格等方面都大不相同了。希望读者对此有所了解,以便从一开始就树立起依靠自己学习的坚定信念,不断探索适合自己的学习方法,充分利用自己已有的知识基础和实际工作经验,最大限度地发挥自己的潜能达到学习的目标。

欢迎读者提出意见和建议。

祝每一位读者自学成功。

全国高等教育自学考试指导委员会

2005年1月

目 录

中国古代文学史(二)自学考试大纲

课程自学考试大纲前言 …………………………………………………………… 5
Ⅰ 课程性质与课程目标 …………………………………………………………… 7
Ⅱ 考核目标 ………………………………………………………………………… 9
Ⅲ 课程内容与考核要求 …………………………………………………………… 10
Ⅳ 关于大纲的说明与考核实施要求 ……………………………………………… 29
附录:题型举例 ……………………………………………………………………… 31
后 记 ……………………………………………………………………………… 32

中国古代文学史(二)

第五编 宋代文学

绪 言 宋代文学发展概况 ………………………………………………………… 37
第一章 北宋初期文学 ……………………………………………………………… 42
 第一节 王禹偁与宋初文风和诗风 ……………………………………………… 42
 第二节 杨亿和西昆体、晚唐体 ………………………………………………… 43
 第三节 晏殊的令词 ……………………………………………………………… 44
第二章 欧阳修与北宋诗文革新 …………………………………………………… 46
 第一节 欧阳修的文学贡献 ……………………………………………………… 46
 第二节 梅尧臣和苏舜钦 ………………………………………………………… 49
 第三节 王安石的文学成就及其他 ……………………………………………… 52
 第四节 曾巩、苏洵和苏辙 ……………………………………………………… 55
第三章 苏轼的文学成就 …………………………………………………………… 59
 第一节 苏轼的散文成就 ………………………………………………………… 59
 第二节 苏轼的诗歌创作 ………………………………………………………… 62
 第三节 苏轼词的革新意义 ……………………………………………………… 65
第四章 黄庭坚与江西诗派 ………………………………………………………… 70
 第一节 黄庭坚的诗与词 ………………………………………………………… 70

第二节　陈师道和陈与义 ………………………………………… 73
第五章　柳永与北宋词坛 ……………………………………………… 77
　　第一节　柳永的慢词 ……………………………………………… 77
　　第二节　秦观、晏几道和贺铸 …………………………………… 81
　　第三节　周邦彦及其清真词 ……………………………………… 84
　　第四节　李清照和朱敦儒 ………………………………………… 87
第六章　辛弃疾与辛派词人 …………………………………………… 91
　　第一节　辛词的题材内容 ………………………………………… 91
　　第二节　辛词的艺术成就 ………………………………………… 93
　　第三节　辛派词人 ………………………………………………… 94
第七章　陆游与南宋中期诗文 ………………………………………… 97
　　第一节　伟大的爱国诗人陆游 …………………………………… 97
　　第二节　杨万里和范成大 ………………………………………… 101
　　第三节　朱熹与南宋散文 ………………………………………… 103
第八章　姜夔与南宋清雅词派 ………………………………………… 107
　　第一节　白石词 …………………………………………………… 107
　　第二节　梦窗词 …………………………………………………… 110
　　第三节　史达祖、周密、王沂孙、张炎等 ……………………… 112
第九章　南宋后期文学 ………………………………………………… 116
　　第一节　永嘉四灵 ………………………………………………… 116
　　第二节　刘克庄与江湖诗派 ……………………………………… 117
　　第三节　文天祥与遗民作家 ……………………………………… 121

第六编　辽金元文学

绪　言　辽金元文学发展概况 ………………………………………… 127
第一章　辽金文学 ……………………………………………………… 130
　　第一节　辽代文学 ………………………………………………… 130
　　第二节　金代文学的发展 ………………………………………… 133
　　第三节　元好问 …………………………………………………… 135
　　第四节　董解元《西厢记诸宫调》 ……………………………… 137
第二章　元杂剧的兴盛和代表作家 …………………………………… 139
　　第一节　元杂剧的兴盛及其基本面貌 …………………………… 139
　　第二节　前期作家白朴、马致远等 ……………………………… 141
　　第三节　元代后期杂剧作家 ……………………………………… 144
第三章　杰出的戏曲家关汉卿与王实甫 ……………………………… 148
　　第一节　伟大的戏曲家关汉卿 …………………………………… 148

第二节　王实甫和《西厢记》 …………………………………… 151
第四章　元代散曲 …………………………………………………… 155
　　第一节　元散曲的创作情况和基本特点 ……………………… 155
　　第二节　前期散曲作家作品 …………………………………… 156
　　第三节　后期散曲作家作品 …………………………………… 159
第五章　宋元南戏和话本 …………………………………………… 163
　　第一节　南戏和"四大传奇" …………………………………… 163
　　第二节　高明和《琵琶记》 ……………………………………… 165
　　第三节　宋元话本 ……………………………………………… 167
第六章　元代诗文 …………………………………………………… 171
　　第一节　元代前期诗文 ………………………………………… 171
　　第二节　元代中期诗文 ………………………………………… 175
　　第三节　元代后期诗文 ………………………………………… 180

第七编　明代文学

绪　言　明代文学发展概况 ………………………………………… 185
第一章　《三国演义》和《水浒传》 …………………………………… 187
　　第一节　《三国演义》 …………………………………………… 187
　　第二节　《水浒传》 ……………………………………………… 191
第二章　《西游记》和《金瓶梅》 ……………………………………… 197
　　第一节　《西游记》 ……………………………………………… 197
　　第二节　《金瓶梅》 ……………………………………………… 202
第三章　明代白话短篇小说 ………………………………………… 207
　　第一节　冯梦龙的"三言" ……………………………………… 207
　　第二节　"二拍"及其他拟话本 ………………………………… 212
第四章　汤显祖与明代戏剧 ………………………………………… 215
　　第一节　徐渭与明代杂剧 ……………………………………… 215
　　第二节　明代的传奇 …………………………………………… 219
　　第三节　汤显祖和《牡丹亭》 …………………………………… 222
第五章　明代散文 …………………………………………………… 227
　　第一节　宋濂、刘基与明初散文 ………………………………… 227
　　第二节　归有光与唐宋派散文 ………………………………… 229
　　第三节　公安派与晚明时期的小品文 ………………………… 231
第六章　明代诗歌 …………………………………………………… 238
　　第一节　高启与明前期诗 ……………………………………… 238
　　第二节　明中期的诗坛盛况 …………………………………… 241

第三节　晚明诗歌……………………………………………… 245
　　第四节　明代散曲……………………………………………… 247
　　第五节　明代民歌……………………………………………… 250

第八编　清代文学

绪　言　清代文学发展概况 …………………………………………… 255
第一章　清代诗歌 ………………………………………………………… 259
　　第一节　清初诗歌……………………………………………… 259
　　第二节　遗民诗………………………………………………… 261
　　第三节　王士禛与康熙诗坛…………………………………… 263
　　第四节　乾嘉诗风……………………………………………… 265
第二章　清代文章 ………………………………………………………… 270
　　第一节　学者之文与文人之文………………………………… 270
　　第二节　桐城派古文…………………………………………… 272
　　第三节　乾嘉学者之文………………………………………… 275
　　第四节　汪中与清代骈文的复兴……………………………… 276
第三章　清　词 …………………………………………………………… 279
　　第一节　清初词坛……………………………………………… 279
　　第二节　常州词派……………………………………………… 282
第四章　清代小说 ………………………………………………………… 285
　　第一节　清代小说家的文体意识和主体意识………………… 285
　　第二节　清代小说创作的繁荣………………………………… 288
　　第三节　蒲松龄与《聊斋志异》……………………………… 292
　　第四节　吴敬梓与《儒林外史》……………………………… 296
第五章　曹雪芹与《红楼梦》 …………………………………………… 301
　　第一节　曹雪芹的家世、思想与《红楼梦》的成书………… 301
　　第二节　《红楼梦》的思想意蕴……………………………… 302
　　第三节　《红楼梦》的艺术成就……………………………… 305
第六章　清代戏剧 ………………………………………………………… 308
　　第一节　清初戏剧……………………………………………… 308
　　第二节　李渔的戏剧理论与创作……………………………… 311
　　第三节　洪昇与《长生殿》…………………………………… 312
　　第四节　孔尚任与《桃花扇》………………………………… 314
　　第五节　清中期戏剧…………………………………………… 317
第七章　清代弹词 ………………………………………………………… 320
　　第一节　可观的创作成就……………………………………… 320

第二节　独特的女性文学色彩 ··· 321
　　第三节　《天雨花》与《再生缘》 ··· 323

第九编　近代文学

绪　言　近代文学发展概况 ·· 329
第一章　近代诗词 ·· 332
　　第一节　龚自珍与诗风新变 ··· 332
　　第二节　宋诗派和同光体 ·· 334
　　第三节　诗界革命与清末诗坛 ·· 337
　　第四节　近代词的嬗变 ··· 340
第二章　近代文的新生面 ·· 343
　　第一节　经世文风的兴起 ·· 343
　　第二节　后期桐城派及湘乡派 ·· 345
　　第三节　从时务文到政论文 ··· 347
第三章　近代小说与戏剧 ·· 350
　　第一节　侠义小说与狭邪小说 ·· 351
　　第二节　清末小说诸派 ··· 353
　　第三节　清末翻译小说 ··· 356
　　第四节　清末戏剧演变与话剧诞生 ·· 357

后　记 ·· 360

全国高等教育自学考试
汉语言文学专业(本科段)

中国古代文学史(二)自学考试大纲

全国高等教育自学考试指导委员会制定

大纲目录

课程自学考试大纲前言	5
Ⅰ 课程性质与课程目标	7
Ⅱ 考核目标	9
Ⅲ 课程内容与考核要求	10
第五编　宋代文学	10
第一章　北宋初期文学	10
第二章　欧阳修与北宋诗文革新	10
第三章　苏轼的文学成就	11
第四章　黄庭坚与江西诗派	11
第五章　柳永与北宋词坛	12
第六章　辛弃疾与辛派词人	13
第七章　陆游与南宋中期诗文	13
第八章　姜夔与南宋清雅词派	14
第九章　南宋后期文学	14
第六编　辽金元文学	15
第一章　辽金文学	15
第二章　元杂剧的兴盛和代表作家	15
第三章　杰出的戏曲家关汉卿与王实甫	16
第四章　元代散曲	17
第五章　宋元南戏和话本	17
第六章　元代诗文	18
第七编　明代文学	19
第一章　《三国演义》和《水浒传》	19
第二章　《西游记》和《金瓶梅》	19
第三章　明代白话短篇小说	20
第四章　汤显祖与明代戏剧	20
第五章　明代散文	21
第六章　明代诗歌	21
第八编　清代文学	22

第一章　清代诗歌 …………………………………………………… 22
　　第二章　清代文章 …………………………………………………… 23
　　第三章　清词 ………………………………………………………… 24
　　第四章　清代小说 …………………………………………………… 24
　　第五章　曹雪芹与《红楼梦》 ………………………………………… 25
　　第六章　清代戏剧 …………………………………………………… 25
　　第七章　清代弹词 …………………………………………………… 26
　第九编　近代文学 ……………………………………………………… 26
　　第一章　近代诗词 …………………………………………………… 26
　　第二章　近代文的新生面 …………………………………………… 27
　　第三章　近代小说与戏剧 …………………………………………… 28
Ⅳ 关于大纲的说明与考核实施要求 ………………………………………… 29
附录：题型举例 ……………………………………………………………… 31
后　　记 ……………………………………………………………………… 32

课程自学考试大纲前言

为了适应社会主义现代化建设事业的需要,鼓励自学成才,我国在20世纪80年代初建立了高等教育自学考试制度。高等教育自学考试是个人自学、社会助学和国家考试相结合的一种高等教育形式。应考者通过规定的专业考试课程并经思想品德鉴定达到毕业要求的,可获得毕业证书;国家承认学历并按照规定享有与普通高等学校毕业生同等的有关待遇。经过近三十年的发展,高等教育自学考试为国家培养造就了大批专门人才。

课程自学考试大纲是国家规范自学者学习范围、要求和考试标准的文件。它是按照专业考试计划的要求,具体指导个人自学、社会助学、国家考试、编写教材、编写自学辅导书的依据。

随着经济社会的快速发展,新的法律、法规不断出台,科技成果不断涌现,原大纲中有些内容过时、知识陈旧。为更新教育观念,深化教学内容方式、考试制度、质量评价制度改革,使自学考试更好地提高人才培养的质量,各专业委员会按照专业考试计划的要求,对原课程自学考试大纲组织了修订或重编。

修订后的大纲,在层次上,专科参照一般普通高校专科或高职院校的水平,本科参照一般普通高校本科水平;在内容上,力图反映学科的发展变化,增补了自然科学和社会科学近年来研究的成果,对明显陈旧的内容进行了删减。

全国考委文史类专业委员会组织制定了《中国古代文学史(二)自学考试大纲》,经教育部批准,现颁发施行。各地教育部门、考试机构应认真贯彻执行。

全国高等教育自学考试指导委员会

2011年5月

Ⅰ 课程性质与课程目标

一、课程性质和作用

《中国古代文学史(二)》是全国高等教育自学考试汉语言文学专业的一门必修基础课,内容包括宋代文学、辽金元文学、明代文学、清代文学和近代文学五编。设置本课程的目的,是为了使自学应考者系统地学习中国文学自宋代到近代的发展演变历史,把握其间重要作家作品的创作特色、各种文体的演变、文学思潮的兴替、各种文学流派和文学团体的理论主张和创作风格,以及上述种种文学现象在文学发展中的地位和影响,为进一步学习其他相关专业选修课程打下扎实稳固的基础。

中国古代文学是中国传统文化的重要组成部分,是学习、传承并发扬祖国优秀的文化传统必不可少的方面。文学史是人类的心灵史,是文化传统中最生动可感的部分。学习文学史,最能直观地感受传统文化的精神风貌。在我国经济快速发展的今天,传承和发扬祖国优秀文化传统,以创建和谐社会,实现科学发展,具有十分重要的意义。而学习中国古代文学史,是实现这一目标非常有效的途径。

二、课程学习目标

本课程的学习目标,是使自学应考者能够:
1. 系统了解中国文学自宋代至近代的发展演变历史;
2. 切实把握其间重要作家作品的创作特征及其在文学发展中的地位和影响;
3. 准确掌握各种文学流派和文学团体的创作风格及其创作主张;
4. 深度理解其间各种文体的演变、文学思潮的兴替;
5. 为进一步学习其他相关选修课程打下扎实稳固的基础。

三、与相关课程的联系与区别

"中国古代文学史(二)"与"中国古代文学史(一)"、"中国古代文学作品选(二)"以及"古代汉语"、"中国古代文学作品选(一)"等课程具有密切的关系。"中国古代文学史(一)"是本课程的前提和起点,本课程是"中国古代文学史(一)"的延续;"中国古代文学作品选(二)"则是通过选讲一部分具有代表性的各体文学作品,让学习者对宋至近代的优秀作品有一个直观的体会和感受;这两门课程都是学习"中国古代文学史(二)"必需的前提。"古代汉语"通过讲授古代的词汇、语法以及语音、训诂等内容,让学习者能够顺利读懂古代的文章;"中国古代文学作品选(一)"所选讲的先秦到五代的优秀作品,对后世作家的创作有着重要影响,经常成为后世作家学习的楷模;这两门课程也是学习"中国古代文学史(二)"的必要基础。本课程就是在上述四门课程的基础上,从史和论两方面,对中国文学自宋代到近代的发展演变历程给予系统的梳理和总结。所以,学习"中国古代文学史(二)",一般应先修过"中国古代文学史(一)"、"中国古代文学作品选(二)"以及"古代汉语"、"中国古代文学作品选(一)"等课程。

四、课程的重点和难点

本门课程的重点内容包括:重要的作家作品;各种文体的发展演变;各种文学思潮和文学流派、文学团体;与文学发展密切相关的历史思想文化现象等。次重点内容包括:一般的作家作品;文学史各阶段的基本术语概念等。一般内容包括:文学史各类常识。重点内容约占课程全部内容的60%,次重点内容约占课程全部内容的30%,一般内容约占课程全部内容的10%。

本门课程的难点在于:

1. 体会和把握作家作品的创作特色,并能够比较在某些方面相类的作家作品的创作特色的异同;
2. 掌握和理解各种文体在不同历史时期发展演变的一般状况;
3. 掌握和理解所出现的文学流派的创作特色、文学思潮及其创作主张;
4. 掌握和理解某些特定时期的政治、文化思潮与文学发展的内在联系;
5. 在一定程度上综合论析某种比较复杂的文学现象。

Ⅱ 考核目标

本大纲在考核知识点和考核要求中,按照识记、理解、应用三个层次,规定不同内容应达到的能力层次要求。三个能力层次的基本含义和要求分别是:

识记:要求考生对文学史各阶段的客观知识点、文学史各类常识等,有准确、清晰的记忆和认识。

理解:要求考生在识记基础上,对文学史各阶段的基本术语概念以及比较单纯明晰的文学现象等,能够做到深入理解、准确解释。

应用:要求考生在识记和理解的基础上,对文学史各阶段的作家作品创作特色、各种文体的发展演变、各种文学思潮的内涵和影响、各种文学流派文学团体的创作旨趣以及与文学发展密切相关的历史思想文化现象等,能够做到综合理解、全面论析和阐释。

Ⅲ 课程内容与考核要求

第五编 宋代文学

第一章 北宋初期文学

一、学习目的与要求

本章的重点内容是宋初"三体诗"和晏殊词。学习要求：①准确了解宋初诗风和文风的整体面貌及其基本走向；②重点掌握王禹偁诗歌、西昆体诗歌的创作特征；③重点掌握晏殊词的创作特色及其在词史上的地位。

二、考核知识点与考核要求

(一)王禹偁与宋初文风和诗风

识记：①柳开、穆修是宋代古文运动的先驱；②宋初诗歌的白体、昆体、晚唐体。

理解："白体"。

应用：王禹偁的诗文创作及其对宋初文风变革的贡献。

(二)杨亿和西昆体、晚唐体

识记：①《西昆酬唱集》；②杨亿的生平；③杨亿、钱惟演、刘筠最能代表西昆体风格。

理解：①西昆体；②晚唐体。

应用：①西昆体诗歌的一般特色；②林逋诗歌的特点。

(三)晏殊的令词

识记：①晏殊的生平；②《珠玉词》。

应用：晏殊词的创作特色及其在词史上的地位。

第二章 欧阳修与北宋诗文革新

一、学习目的与要求

本章的重点内容是欧阳修、王安石以及梅尧臣、苏舜钦等的文学创作。学习要求：①识记并理解有关北宋中叶诗文革新的情况；②重点掌握欧阳修的各体文学创作成就，深入理解他在诗文革新中的领袖地位；③重点掌握梅尧臣和苏舜钦诗歌创作的特点，深入理解他们对宋诗风格的影响；④重点掌握王安石的各体文学创作成就；⑤翔实理解曾巩、苏洵和苏辙散文创作的特点。

二、考核知识点与考核要求

理解：北宋中叶的诗文革新运动。

(一)欧阳修的文学贡献

识记：欧阳修的生平。

理解：①欧阳修在诗文革新运动中的领袖地位；②《秋声赋》的艺术特点。

应用:①欧阳修散文的艺术特点;②欧阳修诗歌的艺术特点及其开拓性;③欧阳修词的艺术特点;④欧阳修的文学成就和贡献。

(二)梅尧臣和苏舜钦

识记:①梅尧臣的生平;②苏舜钦的生平。

理解:梅尧臣、苏舜钦是开创宋诗风格的重要作家。

应用:①梅尧臣诗歌的主要内容和艺术特点;②苏舜钦诗歌的风格特征。

(三)王安石的文学成就及其他

识记:王安石的生平。

理解:①王安石词《桂枝香》[金陵怀古]对词境的开拓;②王令诗歌的特点。

应用:①王安石散文的特点;②王安石诗歌的创作成就;③王安石的文学创作成就。

(四)曾巩、苏洵和苏辙

识记:"三苏"。

应用:①曾巩散文的艺术风格;②苏洵散文的特点;③苏辙散文的特点。

第三章　苏轼的文学成就

一、学习目的与要求

本章均为重点内容。学习要求:①了解苏轼生平经历,全面把握苏轼各体文学创作的成就,深入理解苏轼在文学史上的重要地位;②重点掌握苏轼散文创作的成就;③重点掌握苏轼诗歌创作的成就及其对宋诗风格形成的重大贡献;④重点掌握苏轼词创作的成就及其对词体发展的重大贡献。

二、考核知识点与考核要求

识记:苏轼的生平。

(一)苏轼的散文成就

理解:苏轼议论文的写作特点。

应用:①苏轼记叙文的艺术特点;②苏轼散文的总体特色。

(二)苏轼的诗歌创作

识记:①"东坡体";②苏轼诗歌的题材类别。

理解:苏轼诗歌分前、后期。

应用:①苏轼诗歌的主要内容;②苏轼诗歌的艺术特色。

(三)苏轼词的革新意义

理解:苏词的超旷高远襟怀。

应用:①苏轼的"以诗为词"对词体革新的贡献;②苏词对题材的拓展及其意义;③苏词的创作风格;④苏轼对词体发展的贡献。

第四章　黄庭坚与江西诗派

一、学习目的与要求

本章的重点内容是黄庭坚和江西诗派的诗歌。学习要求：①识记并理解有关江西诗派的情况；②重点掌握黄庭坚的诗歌创作主张及其创作特色；③重点掌握陈师道和陈与义诗歌创作的特点。

二、考核知识点与考核要求

理解：江西诗派。

(一)黄庭坚的诗与词

识记：①黄庭坚的生平；②"山谷体"。

理解：黄庭坚诗歌的题材内容。

应用：①黄庭坚的诗歌创作主张及其艺术特色；②黄庭坚词作的艺术特点。

(二)陈师道和陈与义

识记：①江西诗派的"一祖三宗"；②"后山体"；③"简斋体"。

理解：陈与义诗分前、后期。

应用：①陈师道"后山体"的艺术特征；②陈与义前期诗歌的艺术特点；③陈与义后期诗歌的艺术风格；④"简斋体"的艺术独特性。

第五章　柳永与北宋词坛

一、学习目的与要求

本章的重点内容是北宋词的创作。学习要求：①翔实了解北宋词的发展演变情况，熟知北宋词坛重要词家词作；②重点掌握柳永、秦观、周邦彦、李清照以及晏几道、贺铸、朱敦儒的词创作成就，深入理解他们在北宋词坛的地位。

二、考核知识点与考核要求

理解：北宋词分为三个发展时期及各期代表词人。

(一)柳永的慢词

识记：柳永的生平。

应用：①柳永词的题材内容及其对词境的开拓；②柳永对词体的开拓；③柳永词的艺术特点；④柳永对宋词发展的贡献。

(二)秦观、晏几道和贺铸

识记：①秦观的生平；②晏几道的生平；③贺铸的生平。

应用：①秦观词作的艺术特点及其在宋词发展中的作用和地位；②晏几道词作的艺术特点；③贺铸词作的艺术特点。

(三)周邦彦及其清真词

识记：周邦彦的生平。

理解:周邦彦词的集大成。
运用:周邦彦词作的艺术成就。
(四)李清照和朱敦儒
识记:①"易安体";②"樵歌体";③李清照的生平;④朱敦儒的生平。
理解:李清照词分前、后期。
应用:①李清照词论的主要内容;②李清照词作的艺术特色;③朱敦儒词作的艺术特点。

第六章　辛弃疾与辛派词人

一、学习目的与要求
本章的重点内容是辛弃疾的词创作。学习要求:①真切理解社会环境的变化与辛派词人创作的联系;②重点掌握辛弃疾的词创作成就,深入理解他在词史上的重要地位;③扎实把握其他辛派词人的创作特点。
二、考核知识点与考核要求
识记:①辛弃疾的生平;②"稼轩体"。
(一)辛词的题材内容
应用:辛词题材内容的主体及其多样性。
(二)辛词的艺术成就
应用:辛词的艺术成就及其词史地位。
(三)辛派词人
识记:①张元幹的生平;②张孝祥的生平;③陈亮的生平。
应用:①张元幹词的特点;②张孝祥词的特点;③陈亮词的特点;④刘过词的特点。

第七章　陆游与南宋中期诗文

一、学习目的与要求
本章的重点内容是陆游和杨万里、范成大的诗歌。学习要求:①全面了解南宋中叶诗文创作概况;②重点掌握陆游诗歌创作成就,掌握他的词作、散文的创作特点;③重点掌握杨万里、范成大的诗歌创作特色。
二、考核知识点与考核要求
识记:"中兴四大诗人"。
(一)伟大的爱国诗人陆游
识记:陆游的生平。
理解:陆游散文的特点。
应用:①陆游诗歌创作的三个时期及各期的主要特点;②陆游诗歌对江西诗派的扬弃;③陆游词作的特色;④陆游诗歌的艺术成就及其多样风格。

(二)杨万里和范成大

识记:①"诚斋体";②杨万里的生平;③范成大的生平。

理解:杨万里的"活法"诗。

应用:①"诚斋体"的艺术特色;②范成大田园诗的艺术特点。

(三)朱熹与南宋散文

识记:朱熹的生平。

理解:①朱熹诗歌的特点;②朱熹散文的特点;③南宋中叶散文之两派;④南宋各体散文的一般特征;⑤南宋"小品文"概况。

第八章　姜夔与南宋清雅词派

一、学习目的与要求

本章的重点内容是姜夔、吴文英以及张炎、史达祖等南宋清雅词派的创作。学习要求:①识记并理解南宋清雅词派的特征和概况;②重点掌握姜夔、吴文英的词创作成就,深入理解他们在词史上的地位;③翔实理解张炎、史达祖、周密、王沂孙等清雅词人的创作特点。

二、考核知识点与考核要求

识记:南宋中后期的清雅词派。

(一)白石词

识记:姜夔的生平。

应用:①白石词的情思内涵;②白石词的艺术风格及其对词史的贡献。

(二)梦窗词

识记:吴文英的生平。

理解:吴文英"论词四标准"。

应用:①梦窗词的分类及其情感内涵;②梦窗词的艺术特色。

(三)史达祖、周密、王沂孙、张炎等

识记:《词源》。

应用:①史达祖咏物词的艺术特点;②周密的词风特征;③王沂孙咏物词的特点;④张炎的词风及其在词史上的意义。

第九章　南宋后期文学

一、学习目的与要求

本章的重点内容是刘克庄的文学成就以及"永嘉四灵"、"江湖诗派"的诗歌创作。学习要求:①全面了解南宋后期文学创作概况;②重点掌握刘克庄的诗、词创作成就;③翔实把握"永嘉四灵"的诗歌创作特征、"江湖诗派"的诗歌艺术追求以及文天祥等爱国作家的文学创作情况。

二、考核知识点与考核要求

理解:南宋后期文学大势。

(一)永嘉四灵

识记:"永嘉四灵"。

理解:"四灵"与晚唐诗歌的关系。

应用:"永嘉四灵"诗歌的艺术特点。

(二)刘克庄与江湖诗派

识记:①刘克庄的生平;②"江湖诗派"的主要诗人。

理解:①刘克庄诗歌分前、后两期;②"江湖诗派"及其诗歌的艺术追求。

应用:①刘克庄诗歌的艺术特点;②刘克庄词的艺术特点;③戴复古诗歌的特点。

(三)文天祥与遗民作家

识记:文天祥的生平。

理解:①汪元量诗歌的思想内涵;②刘辰翁词作的特点。

应用:文天祥诗、文、词的思想情感内涵。

第六编 辽金元文学

第一章 辽金文学

一、学习目的与要求

本章的重点内容是元好问的文学成就和董解元的《西厢记诸宫调》。学习要求:①翔实了解辽代文学、金代文学的概况;②重点掌握元好问的诗、词创作成就及其诗歌思想;③重点掌握董解元《西厢记诸宫调》对《莺莺传》的改作及其艺术特点。

二、考核知识点与考核要求

(一)辽代文学

识记:①耶律倍及其《海上诗》;②耶律洪基及其《题黄菊赋》;③契丹女诗人萧观音、萧瑟瑟;④汉族诗文作家赵延寿、王鼎。

理解:①辽代文学创作概况;②寺公大师《醉义歌》;③辽代诗文体现着民族文化融合的特点。

(二)金代文学的发展

识记:金初文坛作家构成。

理解:①金代文学发展大势;②金初主要诗文作家;③"国朝文派"及其主要诗文作家;④金代后期主要诗文作家。

(三)元好问

识记:元好问的生平。

理解:元好问《论诗三十首》所体现的审美追求和诗学观念。

应用:①元好问诗歌的思想内容和艺术特点;②元好问词作的特点;③元好问的文学成就。

(四)董解元《西厢记诸宫调》

识记:诸宫调。

应用:董解元《西厢记诸宫调》对《莺莺传》的改作及其艺术特点。

第二章　元杂剧的兴盛和代表作家

一、学习目的与要求

本章的重点内容是元代杂剧发展概况和白朴、马致远、郑光祖、乔吉等作家的杂剧创作。学习要求:①翔实了解元代杂剧创作的发展概况(包括元杂剧的体制、分类、发展分期、各时期的主要作家作品以及元杂剧兴盛的原因等);②重点掌握白朴、马致远、郑光祖、乔吉等作家的杂剧创作成就;③熟悉主要作家代表作品的故事情节、思想倾向、人物设置和艺术表现手法。

二、考核知识点与考核要求

(一)元杂剧的兴盛及其基本面貌

识记:"元曲四大家"。

理解:①元杂剧的体制;②元杂剧分为五类。

应用:①元杂剧兴盛的原因;②元杂剧发展分为前后两期及各期代表作家作品。

(二)前期作家白朴、马致远等

识记:①白朴的生平创作;②马致远的生平创作。

理解:①纪君祥及其《赵氏孤儿》;②郑廷玉及其《看钱奴》;③康进之及其《李逵负荆》;④石君宝及其《秋胡戏妻》。

应用:①白朴《梧桐雨》的思想内容和表现特色;②马致远《汉宫秋》的思想内容和表现特色;③马致远神仙道化剧的创作特色。

(三)元代后期杂剧作家

识记:①郑光祖的生平创作;②宫天挺的生平创作;③乔吉的生平创作;④秦简夫的剧作。

理解:元代后期杂剧发展态势。

应用:①郑光祖《倩女离魂》的思想内涵和艺术特色;②宫天挺《范张鸡黍》的思想内容;③乔吉《两世姻缘》的情思内涵和艺术特色;④秦简夫《东堂老》的内容和特点。

第三章　杰出的戏曲家关汉卿与王实甫

一、学习目的与要求

本章均为重点内容。学习要求:①全面了解关汉卿、王实甫的杂剧创作,理解他们在戏剧史上的重要地位;②重点掌握关汉卿及其《窦娥冤》的创作成就;③重点掌握王实甫及其《西厢记》的创作成就。

二、考核知识点与考核要求

(一)伟大的戏曲家关汉卿

识记:①关汉卿的生平、性格;②关汉卿的创作及其分类。

理解:①公案剧《鲁斋郎》、《蝴蝶梦》的思想深刻性;②妇女生活剧《救风尘》的思想内容;③历史剧《单刀会》艺术特点;④关汉卿杂剧题材内容的特点。

应用:①《窦娥冤》的故事渊源及关汉卿的改作;②《窦娥冤》的戏剧冲突及其悲剧性。

(二)王实甫和《西厢记》

识记:①王实甫的生平创作;②"董西厢";③"王西厢"。

应用:①从《莺莺传》到《西厢记》的故事演变;②王实甫《西厢记》的剧情和体制;③王实甫《西厢记》的戏剧冲突。

第四章 元代散曲

一、学习目的与要求

本章的重点内容是元代散曲创作概况以及关汉卿、马致远、乔吉、张可久、张养浩等的散曲创作。学习要求:①识记并理解有关元代散曲的形制、一般风格等情况,翔实了解元散曲的发展演变及其主要作家作品;②重点掌握关汉卿、马致远、乔吉、张可久、张养浩等的散曲创作成绩。

二、考核知识点与考核要求

(一)元散曲的创作情况和基本特点

识记:①散曲及其形制;②小令(叶儿)、套数(散套)、带过曲。

理解:①元代散曲创作分前、后两期;②元代散曲创作的豪放、清丽两种主要风格;③元代散曲的语言风格。

(二)前期散曲作家作品

识记:①元代前期散曲作家的构成;②元代前期散曲的代表作家。

应用:①关汉卿散曲的主要内容和艺术特点;②王和卿散曲的风格特征;③马致远散曲的主要内容和艺术特点。

(三)后期散曲作家作品

识记:①元代后期散曲的代表作家;②张养浩的生平。

应用:①张养浩散曲的主要内容和艺术特点;②乔吉散曲的主要内容和艺术特点;③张可久散曲的主要内容和艺术特点。

第五章 宋元南戏和话本

一、学习目的与要求

本章的重点内容是宋元南戏和话本。学习要求:①翔实了解宋元时期南戏和话本的创作概况,以及有关南戏和话本的一般知识;②重点掌握南戏作家高明及其《琵琶记》的创作成就;③重点掌握"四大传奇"的思想内容和艺术特点;④重点掌握宋元话本小说和讲史话本的艺术表现特征。

二、考核知识点与考核要求

(一)南戏和"四大传奇"

识记:①南戏;②"《永乐大典》戏文三种";③"四大传奇"。

理解：①南戏产生的年代；②元代南戏创作概况。

应用：①南戏与杂剧在体制上的区别；②"荆刘拜杀"四大传奇各自的剧情及艺术特点。

（二）高明和《琵琶记》

识记：高明的生平。

应用：①《琵琶记》的主旨和剧情；②《琵琶记》的人物形象塑造；③《琵琶记》的艺术成就。

（三）宋元话本

识记：①话本；②宋代"说话"四家；③元代讲史话本的存留情况。

理解："讲史"和"小说"的区别。

应用：①宋元话本小说的分类和保存；②宋元话本小说的一般艺术特征；③元代话本小说《宋四公大闹禁魂张》的内容和特点；④讲史话本的一般艺术特点；⑤讲史话本的依傍史实与艺术虚构。

第六章　元代诗文

一、学习目的与要求

本章的重点内容是元代诗文创作。学习要求：①翔实了解元代诗文发展概况，以及各个时期主要的作家作品；②理解和把握元代中期是元代文学发展的高峰；③重点掌握刘因、戴表元、虞集、揭傒斯、杨维桢、张翥等诗文作家的创作。

二、考核知识点与考核要求

识记：元代诗文发展三期。

（一）元代前期诗文

识记：①耶律楚材的生平；②郝经的生平；③刘因的生平性格；④戴表元的生平；⑤赵孟頫的生平。

理解：①元代前期诗文发展的三个阶段及各阶段的代表作家；②赵孟頫对元代诗风转变的意义。

应用：①耶律楚材的诗歌思想及其诗歌创作特点；②郝经的文学观念及其诗歌创作特点；③刘因诗、词的艺术特点；④戴表元的诗歌主张及其诗歌创作特点。

（二）元代中期诗文

识记：①"元诗四大家"；②姚燧的生平；③虞集的生平；④揭傒斯的生平；⑤黄溍的生平；⑥马祖常的生平。

理解：①元代中期诗文发展的两个阶段；②元代中期的文风和文学追求；③元代中期诗文创作繁荣概况；④虞集的文论与文风。

应用：①姚燧散文的特点；②虞集的诗论及其诗歌创作特点；③揭傒斯诗歌的思想内容和艺术特点；④黄溍的文论及其散文创作特点；⑤马祖常诗歌的思想内容。

（三）元代后期诗文

识记：①铁崖体；②杨维桢的生平；③萨都剌的生平；④张翥的生平；⑤戴良的生平。

应用:①元代后期诗文创作概况;②杨维桢诗歌的特点;③萨都剌诗歌的特点;④张翥诗、词的特点;⑤戴良诗、文的特点。

第七编　明代文学

第一章　《三国演义》和《水浒传》

一、学习目的与要求

本章均为重点内容。学习要求:①识记并理解《三国演义》和《水浒传》分别代表着"历史演义"和"英雄传奇"小说的最高成就;②识记并理解《三国演义》和《水浒传》各自的素材来源、成书过程和主要版本;③重点掌握《三国演义》和《水浒传》各自的主要内容和思想倾向;④重点掌握《三国演义》和《水浒传》各自的文学成就及影响。

二、考核知识点与考核要求

识记:①"历史演义"小说;②"英雄传奇"小说。

(一)《三国演义》

识记:①罗贯中的生平创作;②《三国演义》的主要版本。

理解:《三国演义》的素材来源和成书过程。

应用:①《三国演义》的主要内容和思想倾向;②《三国演义》的文学成就及其影响。

(二)《水浒传》

识记:《水浒传》的两个版本系统及其主要版本。

理解:①《水浒传》的素材来源和成书过程;②《水浒传》的作者问题。

应用:①《水浒传》的主要内容和思想倾向;②《水浒传》的文学成就及其影响。

第二章　《西游记》和《金瓶梅》

一、学习目的与要求

本章均为重点内容。学习要求:①识记并理解《西游记》和《金瓶梅》分别代表着神魔小说和世情小说的最高成就;②识记并理解《西游记》的素材来源、成书过程和主要版本;③识记并理解《金瓶梅》的主要版本及其作为第一部文人创作的白话长篇小说的文学史意义;④重点掌握《西游记》和《金瓶梅》各自的主要内容和思想内涵;⑤重点掌握《西游记》和《金瓶梅》各自的文学成就及影响。

二、考核知识点与考核要求

识记:①神魔小说;②世情小说。

(一)《西游记》

识记:《西游记》的主要版本。

理解:①《西游记》的素材来源和成书过程;②《西游记》的作者问题。

应用:①《西游记》的主要内容及其思想内涵;②《西游记》的艺术特色及影响。

(二)《金瓶梅》

识记:①《金瓶梅》是文学史上第一部文人创作的白话长篇小说;②《金瓶梅》的主要版本。

理解:①《金瓶梅》的成书时间;②《金瓶梅》的作者问题。

应用:①《金瓶梅》的主要内容及其社会思想意义;②《金瓶梅》的艺术成就及其对中国小说发展的贡献;③《金瓶梅》的文学影响。

第三章 明代白话短篇小说

一、学习目的与要求

本章的重点内容是"三言"、"二拍"。学习要求:①整体把握明代白话短篇小说创作概况;②重点掌握"三言"、"二拍"的思想价值和文学成就。

二、考核知识点与考核要求

识记:拟话本。

(一)冯梦龙的"三言"

识记:①《红白蜘蛛》;②《六十家小说》;③《清平山堂话本》;④《熊龙峰刊四种小说》;⑤冯梦龙的生平;⑥冯梦龙整编的文学作品;⑦"三言"。

理解:冯梦龙的思想和文学主张。

应用:①"三言"的主要内容和思想倾向;②"三言"的艺术特色。

(二)"二拍"及其他拟话本

识记:①凌濛初的生平;②"二拍";③"二拍"是文学史上最早由个人创作的白话短篇小说专集;④《今古奇观》;⑤明末清初的其他白话短篇小说。

理解:"二拍"的艺术成就弱于"三言"。

应用:"二拍"的主要内容及其社会思想意义。

第四章 汤显祖与明代戏剧

一、学习目的与要求

本章的重点内容是明代的杂剧和传奇创作。学习要求:①全面扎实地了解明代杂剧和传奇的创作概况;②重点掌握徐渭以及康海等杂剧作家的创作成就;③重点掌握汤显祖以及沈璟等传奇作家的创作成就。

二、考核知识点与考核要求

识记:明代戏剧包括杂剧和传奇两种类型。

(一)徐渭与明代杂剧

识记:①朱权《太和正音谱》及其杂剧创作;②朱有燉的杂剧创作;③徐渭的生平创作。

理解:①明代初期的政治环境与其时杂剧的题材内容;②明代中后期杂剧创作概况;③王九思《杜甫游春》;④徐复祚《一文钱》;⑤王衡《郁轮袍》;⑥冯惟敏《僧尼共犯》;⑦孟称舜《桃花人面》。

应用:①康海《中山狼》与明代杂剧的演变;②徐渭《四声猿》的思想内涵和艺术特点。

(二)明代的传奇

识记:①明代"传奇";②吴江派;③临川派;④《曲律》;⑤《元曲选》;⑥《六十种曲》;⑦《盛明杂剧》。

理解:①明代前期传奇的主要特点及其代表作家作品;②明代中期传奇的新变及三大传奇的思想内容;③明代后期传奇创作繁荣概况及主要作家作品;④"汤沈之争"。

应用:沈璟曲论的主要内容及其传奇创作。

(三)汤显祖和《牡丹亭》

识记:①汤显祖的生平和思想个性;②"临川四梦";③临川派其他作家的传奇作品。

理解:《紫箫记》、《南柯记》、《邯郸记》的主要内容。

应用:①《牡丹亭》故事来源与汤显祖的改作;②《牡丹亭》的人物塑造;③《牡丹亭》的思想内涵和艺术成就。

第五章 明代散文

一、学习目的与要求

本章的重点内容是明代散文创作。学习要求:①全面把握明代散文的发展演变概况以及各时期的主要流派、代表作家作品;②重点掌握归有光与唐宋派、袁宏道与公安派、钟惺与竟陵派以及宋濂、刘基、李贽、张岱等的散文创作成就。

二、考核知识点与考核要求

理解:明代散文创作成就概况。

(一)宋濂、刘基与明初散文

识记:①台阁体散文及代表作家"三杨";②宋濂的生平;③刘基的生平;④《郁离子》。

理解:宋濂的文学思想。

应用:①宋濂散文创作的成就;②刘基寓言性杂文的特点。

(二)归有光与唐宋派散文

识记:①唐宋派;②《唐宋八大家文钞》;③归有光的生平。

理解:唐宋派的文学主张。

应用:归有光的文学主张及其散文创作。

(三)公安派与晚明时期的小品文

识记:①"小品"与小品文;②李贽的生平思想;③公安派;④竟陵派;⑤《诗归》;⑥张岱的生平。

理解:①李贽"童心说";②公安派"性灵说";③钟惺、谭元春的文学主张。

应用:①李贽散文的创作个性;②袁宏道小品文的创作成就;③竟陵派小品文的艺术特征(以钟惺小品文为例);④张岱小品文的艺术特色。

第六章　明代诗歌

一、学习目的与要求

本章的重点内容是明代诗歌创作。学习要求：①全面把握明代诗歌的发展演变概况以及各时期的主要诗歌流派、文学社团和代表作家作品；②重点掌握高启、李东阳、前七子、后七子、公安派、竟陵派以及复社、几社的诗歌思想和诗歌创作；③翔实了解明代散曲和民歌创作和发展概况。

二、考核知识点与考核要求

理解：明代诗歌创作成就概况。

(一)高启与明前期诗

识记：①高启的生平；②"台阁体"与"性理诗"；③李东阳的生平；④茶陵诗派。

理解：明代前期诗歌创作大势。

应用：①高启诗歌的主要内容和艺术特点；②李东阳的诗歌思想及其诗歌创作。

(二)明中期的诗坛盛况

识记：①李梦阳的生平；②何景明的生平；③"前七子"；④"后七子"；⑤李攀龙的生平；⑥王世贞的生平；⑦《四溟诗话》。

理解：①明代中期诗歌发展盛况；②"吴中四才子"的思想；③唐寅诗歌的特点；④祝允明诗歌的特点；⑤文徵明诗歌的特点；⑥谢榛诗歌的特点。

应用：①李梦阳的诗歌主张及其诗歌创作；②何景明的诗歌主张及其诗歌创作；③李攀龙的诗歌主张及其诗歌创作；④王世贞的诗歌思想及其诗歌创作。

(三)晚明诗歌

识记：①公安派；②竟陵派；③复社；④几社。

理解：①公安派的诗歌思想；②袁宏道诗歌的特点；③竟陵派诗歌的一般特征；④复社、几社共同的文学主张。

应用：陈子龙的诗歌思想及其诗歌创作。

(四)明代散曲

理解：①明代散曲发展大势及创作概况；②朱有燉及其《诚斋乐府》；③康海、王九思的散曲与北方曲家豪迈质朴的风格；④王磐及其散曲创作；⑤陈铎及其散曲创作；⑥梁辰鱼及其散曲创作。

应用：冯惟敏散曲的创作特色。

(五)明代民歌

识记：①《挂枝儿》；②《山歌》。

理解：明代民歌的繁荣及文人的喜爱。

应用：《挂枝儿》、《山歌》的主要内容和艺术特点。

第八编　清代文学

第一章　清代诗歌

一、学习目的与要求

本章的重点内容是清代诗歌创作。学习要求：①全面把握清代前中期诗歌创作概况以及主要的诗学思想和代表作家作品；②重点掌握钱谦益、吴伟业、王士禛、袁枚、黄景仁的诗歌创作。

二、考核知识点与考核要求

(一)清初诗歌

识记：①"江左三大家"；②钱谦益的生平；③吴伟业的生平；④"梅村体"；⑤"南施北宋"。

理解：①钱谦益的思想性格；②吴伟业诗歌分为前、后期。

应用：①钱谦益的诗学思想及其诗歌创作；②"梅村体"的艺术特征。

(二)遗民诗

理解：①顾炎武诗歌的特点；②吴嘉纪诗歌的特点；③钱澄之诗歌的特点；④屈大均诗歌的特点。

(三)王士禛与康熙诗坛

识记：①"神韵说"；②《宋诗纪事》。

理解：①赵执信对王士禛诗论的辩驳；②宗宋诗人查慎行、厉鹗的诗歌创作。

应用：王士禛的诗歌思想及其诗歌创作。

(四)乾嘉诗风

识记：①"格调说"；②"肌理说"；③"乾隆三大家"；④"性灵说"；⑤《随园诗话》。

理解：①乾嘉诗风的走势；②沈德潜"格调说"的内涵；③翁方纲"肌理说"的内涵；④赵翼、蒋士铨、郑燮的诗歌创作。

应用：①黄景仁诗歌的特点；②袁枚"性灵说"及其诗歌创作。

第二章　清代文章

一、学习目的与要求

本章的重点内容是清代文章创作。学习要求：①全面把握清代前中期文章创作概况及其代表作家作品；②重点掌握桐城派的古文理论及其创作成就；③掌握清代骈文复兴概况及汪中的骈文创作。

二、考核知识点与考核要求

(一)学者之文与文人之文

识记："清初三大家"。

理解：①清初学者之文概况；②侯方域散文的特点；③魏禧散文的特点。

(二)桐城派古文

识记：①桐城派；②阳湖派；③《论文偶记》；④《古文辞类纂》。

应用:①方苞的古文理论及其古文创作;②刘大櫆古文创作的艺术特色;③姚鼐的古文理论及其古文创作。

(三)乾嘉学者之文

理解:①乾嘉学者对桐城派的批评;②钱大昕散文的特点。

(四)汪中与清代骈文的复兴

识记:《骈体文钞》。

理解:清代骈文复兴的社会条件和学术背景。

应用:汪中骈文的特点。

第三章 清词

一、学习目的与要求

本章的重点内容是清词。学习要求:①全面掌握清词发展演变概况,深入理解清词中兴;②重点掌握阳羡词派、浙西词派、常州词派的词学思想和艺术追求;③重点掌握陈维崧、朱彝尊、纳兰性德、张惠言的词创作特色。

二、考核知识点与考核要求

识记:清词中兴。

(一)清初词坛

识记:①阳羡词派;②浙西词派;③陈维崧的生平;④朱彝尊的生平;⑤《词综》;⑥《词律》;⑦纳兰性德的生平。

理解:①阳羡词派的词学思想及其艺术追求;②浙西词派的艺术追求;③顾贞观《金缕曲二首》。

应用:①陈维崧词的艺术特点;②朱彝尊的词学思想及其词作的艺术特色;③纳兰性德词的艺术特点。

(二)常州词派

识记:①常州词派;②张惠言的生平;③《宋四家词选》。

理解:常州词派的词学思想和艺术追求。

应用:①张惠言词的艺术特点;②周济的词论及其词作的一般特点。

第四章 清代小说

一、学习目的与要求

本章的重点内容是清代小说创作。学习要求:①全面了解清代小说发展演变概况以及主要作家作品,深入理解清代小说创作的繁荣;②重点掌握蒲松龄《聊斋志异》、吴敬梓《儒林外史》的思想意蕴和艺术成就。

二、考核知识点与考核要求

识记:清代小说创作繁盛。

(一)清代小说家的文体意识和主体意识
应用:清代小说家的文体意识和主体意识。
(二)清代小说创作的繁荣
理解:①历史演义与英雄传奇小说《水浒后传》、《说岳全传》、《梼杌闲评》、《隋唐演义》;②世情小说和才子佳人小说《醒世姻缘传》、《平山冷艳》、《玉娇梨》、《好逑传》;③才学小说《镜花缘》;④神怪小说《西游补》、《绿野仙踪》;⑤话本小说《无声戏》、《十二楼》;⑥清代讲唱文学概况。
应用:①《醒世姻缘传》的社会意义;②《镜花缘》的思想意义;③李渔话本小说的特点。
(三)蒲松龄与《聊斋志异》
识记:①蒲松龄的生平与《聊斋志异》创作;②《聊斋志异》的主要版本。
理解:《聊斋志异》的素材来源。
应用:①《聊斋志异》的思想意蕴;②《聊斋志异》的艺术成就。
(四)吴敬梓与《儒林外史》
识记:①吴敬梓的生平与《儒林外史》创作;②《儒林外史》的主要版本。
应用:①《儒林外史》的主要内容和思想意蕴;②《儒林外史》的艺术成就。

第五章 曹雪芹与《红楼梦》

一、学习目的与要求
本章均为重点内容。学习要求:①识记并理解曹雪芹的家世、思想性格与其《红楼梦》创作;②重点掌握《红楼梦》的思想蕴涵及其悲剧意义;③重点掌握《红楼梦》的艺术成就。

二、考核知识点与考核要求
识记:《红楼梦》是中国古典小说史上的巅峰之作。
(一)曹雪芹的家世、思想与《红楼梦》的成书
识记:曹雪芹的生平。
理解:①曹雪芹的思想性格与《红楼梦》创作;②《红楼梦》的版本系统。
(二)《红楼梦》的思想意蕴
理解:《红楼梦》思想内容的三个层次。
应用:《红楼梦》厚重深刻的思想蕴涵及其悲剧意义。
(三)《红楼梦》的艺术成就
应用:《红楼梦》的艺术成就。

第六章 清代戏剧

一、学习目的与要求
本章的重点内容是清代戏剧创作。学习要求:①全面了解清代戏剧发展演变概况,以

及主要戏剧流派和重要作家作品;②重点掌握洪昇《长生殿》、孔尚任《桃花扇》的思想意蕴和艺术成就;③翔实把握李玉的戏剧创作、李渔的戏剧理论和创作。

二、考核知识点与考核要求

识记:清代戏剧创作概况。

(一)清初戏剧

识记:清初戏剧三派。

理解:①苏州派戏剧的一般特点;②吴伟业、尤侗等"文人派"戏剧的一般特点。

应用:①李玉及其戏剧创作;②《清忠谱》的主要内容和艺术成就。

(二)李渔的戏剧理论与创作

识记:《闲情偶寄》。

理解:李渔戏剧理论的主要内容。

应用:李渔的戏剧创作及其艺术特点。

(三)洪昇与《长生殿》

识记:洪昇的生平创作。

应用:①《长生殿》的思想蕴涵;②《长生殿》的艺术成就。

(四)孔尚任与《桃花扇》

识记:孔尚任的生平创作。

应用:①《桃花扇》的思想蕴涵;②《桃花扇》的艺术成就。

(五)清中期戏剧

理解:①清中期戏剧衰落的原因;②唐英、蒋士铨、杨潮观等的戏剧创作。

第七章　清代弹词

一、学习目的与要求

本章的重点内容是清代弹词。学习要求:①全面了解清代弹词的创作概况,理解弹词的女性文学特征;②重点掌握《再生缘》、《天雨花》的思想内容和艺术特点。

二、考核知识点与考核要求

理解:①弹词及其渊源、得名和基本特点;②清代弹词的两种不同面貌。

(一)可观的创作成就

理解:①清代弹词创作概况;②清代弹词的题材分类;③清代弹词发展的三个时期。

(二)独特的女性文学色彩

应用:清代弹词的女性文学特征。

(三)《天雨花》与《再生缘》

识记:陈端生的生平。

理解:《天雨花》的思想内容。

应用:《再生缘》的思想内容和艺术特点。

第九编　近代文学

第一章　近代诗词

一、学习目的与要求

本章的重点内容是近代诗、词。学习要求：①全面了解近代诗、词的整体面貌及其发展走向，掌握主要诗歌流派及其代表作家作品；②重点掌握龚自珍、黄遵宪的诗歌创作。

二、考核知识点与考核要求

理解：①近代诗坛大势；②近代词的基本面貌。

（一）龚自珍与诗风新变

识记：龚自珍的生平和思想性格。

理解：近代诗风新变。

应用：龚自珍诗歌的思想和艺术风格。

（二）宋诗派和同光体

识记：①宋诗派；②同光体。

理解：①宋诗派主要作家程恩泽、何绍基、郑珍等人的诗歌创作；②陈三立的诗歌创作；③宋诗派和同光体的共同特点。

（三）诗界革命与清末诗坛

识记：①南社；②王闿运与汉魏六朝诗派；③张之洞与唐宋派；④樊增祥、易顺鼎与晚唐诗派。

理解：①诗界革命；②康有为的诗歌创作；③丘逢甲的诗歌创作；④苏曼殊的诗歌创作；⑤秋瑾的诗歌创作。

应用：黄遵宪诗歌创作及其"新派诗"的特点。

（四）近代词的嬗变

识记：近代词论著作——刘熙载《艺概·词概》、陈廷焯《白雨斋词话》、况周颐《蕙风词话》、王国维《人间词话》。

理解：①蒋春霖词的特点；②顾春词的特点；③王鹏运词的特点；④文廷式词的特点；⑤王国维词的特点。

第二章　近代文的新生面

一、学习目的与要求

本章的重点内容是近代散文。学习要求：①全面了解近代散文的整体面貌及其发展走向，掌握主要文派及其代表作家作品；②重点掌握梅曾亮、曾国藩、梁启超的散文创作。

二、考核知识点与考核要求

识记：近代主要文派。

（一）经世文风的兴起

识记：①龚自珍是经世文风的开创者；②魏源、冯桂芬的经世文章。

理解：①经世文派的两个特点；②沈垚《记小皮受挞》。

（二）后期桐城派及湘乡派

识记：①"姚门四弟子"；②湘乡派。

应用：①梅曾亮的文论及其散文的艺术特色；②曾国藩的古文理论及其古文创作特点。

（三）从时务文到政论文

识记："新文体"。

应用：梁启超"新文体"的特点。

第三章　近代小说与戏剧

一、学习目的与要求

本章的重点内容是近代小说。学习要求：①全面了解近代小说、近代戏剧的整体面貌及其发展走向，掌握各类小说创作的主要作家作品；②重点掌握石玉昆《三侠五义》、韩邦庆《海上花列传》、刘鹗《老残游记》、曾朴《孽海花》等影响较大小说的思想内容和创作特点。

二、考核知识点与考核要求

理解：近代小说繁荣的原因。近代小说最明显的特点是政治性和娱乐性。

（一）侠义小说与狭邪小说

识记：①侠义小说；②狭邪小说。

理解：①文康《儿女英雄传》；②俞万春《荡寇志》；③陈森《品花宝鉴》；④魏秀仁《花月痕》；⑤俞达《青楼梦》。

应用：①石玉昆《三侠五义》的内容和特点；②韩邦庆《海上花列传》的内容和特点。

（二）清末小说诸派

识记：①"小说界革命"与新小说；②新小说的主要作家作品；③"谴责小说"；④"鸳鸯蝴蝶派"。

理解：①李宝嘉《官场现形记》；②吴沃尧《二十年目睹之怪现状》。

应用：①刘鹗《老残游记》的思想内涵；②曾朴《孽海花》的思想内涵。

（三）清末翻译小说

识记：清末翻译小说概况。

理解：林纾及其翻译的小说。

（四）清末戏剧演变与话剧诞生

识记：①昆腔剧种衰微，花部剧种发展；②花部的主要剧种。

理解：①京剧演变成熟过程；②京剧丰富的剧目；③近代戏剧改良运动；④汪笑侬改编的京剧；⑤"春柳社"与中国话剧的诞生。

Ⅳ 关于大纲的说明与考核实施要求

一、自学考试大纲的目的和作用

课程自学考试大纲是根据专业自学考试计划的要求,结合自学考试的特点而确定的。其目的是对个人自学、社会助学和课程考试命题进行指导和规定。

课程自学考试大纲明确了课程学习的内容以及深广度,规定了课程自学考试的范围和标准。因此,它是编写自学考试教材和辅导书的依据,是社会助学组织进行自学辅导的依据,是自学者学习教材、掌握课程内容知识范围和程度的依据,也是进行自学考试命题的依据。

二、课程自学考试大纲与教材的关系

课程自学考试大纲是进行学习和考核的依据,教材是学习掌握课程知识的基本内容与范围,教材的内容是大纲所规定的课程知识和内容的扩展与发挥。课程内容在教材中可以体现一定的深度或难度,但在大纲中对考核的要求一定要适当。

大纲与教材所体现的课程内容应基本一致;大纲里面的课程内容和考核知识点,教材里一般也要有。反过来,教材里有的内容,大纲里就不一定体现。(注:如果教材是推荐选用的,其中有的内容与大纲要求不一致的地方,应以大纲规定为准。)

三、关于自学教材

本课程考试全国统一命题所使用的教材是:《中国古代文学史(二)》,全国高等教育自学考试指导委员会组编,陈洪、张峰屹主编,北京大学出版社,2011年版。

四、关于自学要求和自学方法的指导

本大纲的课程基本要求是依据专业考试计划和专业培养目标而确定的。课程基本要求还明确了课程的基本内容,以及对基本内容掌握的程度。基本要求中的知识点构成了课程内容的主体部分。因此,课程基本内容掌握程度、课程考核知识点是高等教育自学考试考核的主要内容。

为有效地指导个人自学和社会助学,本大纲已指明了课程的重点或难点,在章节的基本要求中一般也指明了章节内容的重点或难点。

本课程共7学分。

根据成人自学考试的学习特点和考试要求,自学者须注意以下几点:

1. 认真阅读本大纲,明确考核内容范围和考核目标,了解试题题型。

2. 依照本大纲所规定的考核点,结合指定教材每章后的思考题,认真学习钻研教材,防止偏离教材的倾向。

3. "文学史"课程的学习与"作品选"课程有所不同,更注重联系、比较、分析、综合能力。考生应理清脉络,把握实质精神,切忌单纯死记硬背。

五、对社会助学的要求

1. 社会助学者应根据本大纲规定的考试内容和考核目标,认真钻研指定教材,对考生作准确、严谨的辅导。
2. 按照本课程的学习要求,围绕教材进行辅导,防止偏离教材的倾向。
3. 指导考生按考试目标和考试题型做一定程度的练习,以适应考试。
4. 建议助学辅导时间:40学时。

六、关于考试命题的若干规定

(一)本课程的考试命题,应根据本大纲规定的考试内容来确定考试范围,试题的内容和材料均须取自指定统编教材《中国古代文学史(二)》和《中国古代文学作品选(二)》。

(二)所有试题的考核目标,均应以本大纲所规定的能力层次要求为限度。

(三)组配试卷,应掌握好试题的内容覆盖面、能力层次和难易度。每种比例规定均可有3分以内的浮动幅度。各种具体比例为:

1. 文学史各阶段的比例:每份试卷必须覆盖宋代至近代各个阶段,其分数比例一般为:宋代30%,辽金元15%,明代20%,清代25%,近代10%。
2. 不同能力层次的比例一般为:识记20%,理解30%,应用50%。
3. 不同难易度的比例一般为:易20%,较易30%,较难30%,难20%。

(特别说明:试题的难易程度与能力层次有一定的联系,但二者并不是完全等同的。并且,在各个能力层次中,对于不同的考生都存在着不同的难度。)

4. 主观性试题与客观性试题比例:由于本课程重在考察应考者对文学史现象的综合把握能力,因此主观性试题的比重应大于客观性试题。一般为:主观性试题60%,客观性试题40%。

(四)本课程命题较合适的题型有:单项选择题、多项选择题、解释题、简答题、论述题。各种题型的具体样式,参看本大纲"附录:题型举例"。

(五)本课程采取闭卷考试方式,考试时间为150分钟。试题量应以中等水平的自学应考者能在规定时间内答完全部试题为度。

附录：题型举例

一、单项选择题（在每小题列出的四个备选项中只有一个是符合题目要求的，请将其代码填写在题后的括号内。错选、多选或未选均无分）

1. 苏舜钦诗的艺术风格是【 】
   A. 雄放豪犷　　　　　B. 古淡瘦劲
   C. 典雅精工　　　　　D. 清新流丽

2. 《儒林外史》的结撰特点是【 】
   A. "以八股制艺为一篇之骨"　　B. "以讽刺幽默为一篇之骨"
   C. "以经世致用为一篇之骨"　　D. "以功名富贵为一篇之骨"

二、多项选择题（在每小题列出的五个备选项中至少有两个是符合题目要求的，请将其代码填写在题后的括号内。错选、多选、少选或未选均无分）

1. 严羽《沧浪诗话》中的重要诗学概念有【 】
   A. 妙悟　　B. 活法　　C. 别材
   D. 别趣　　E. 兴趣

2. 《桃花扇》中的主要人物有【 】
   A. 侯方域　　B. 李隆基　　C. 杨玉环
   D. 李香君　　E. 王昭君

三、解释题

1. 江湖诗派　　2. 同光体

四、简答题

1. 简述辛弃疾词的语言艺术。
2. 简述明代拟话本体制的特点。

五、论述题

1. 试论欧阳修诗歌的散文化倾向及其对宋代诗风的影响。
2. 试论《牡丹亭》的艺术成就。

后 记

《中国古代文学史(二)自学考试大纲》是根据全国高等教育自学考试汉语言文学专业(本科)考试计划的要求，由文史类专业委员会组织编写。2011年3月全国考委文史类专业委员会对本大纲组织审稿。

参加《中国古代文学史(二)自学考试大纲》编写的有：南开大学陈洪教授、张峰屹教授、赵季教授、查洪德教授、孙克强教授，山东大学孙学堂教授，北京大学柳春蕊副教授。

中国社会科学院文学研究所胡明研究员担任主审，华东师范大学谭帆教授、南开大学陶慕宁教授、中国社会科学院文学研究所张国星研究员参加审稿并提出改进意见。

大纲编审人员付出了辛勤劳动，特此表示感谢。

全国高等教育自学考试指导委员会
文史类专业委员会
2011年6月

全国高等教育自学考试指定教材
汉语言文学专业(本科段)

中国古代文学史(二)

全国高等教育自学考试指导委员会　组编

第五编　宋代文学

绪　言　宋代文学发展概况

宋文学是宋代文化的产物，其发展受宋代社会政治和学术思想的影响很大。尽管在版图、国力和事功方面，赵宋王朝远不能与汉、唐盛世相比，但在文化建设和学术思想的发展方面，却呈现出承先启后、宏通广博的繁荣景象。论学术思想，宋学向来与汉学并称，宋明理学亦前后一脉相承。讲文学艺术，且不说入宋后大放异彩的宋词，就传统的诗文创作而言，诗有可与"唐音"媲美的"宋调"，文有"唐宋八大家"，其中宋代占了六家。言及书画艺术和话本戏曲等通俗市民文艺，则宋元同列。无论从哪个方面看，宋代都是一个文化发达而文学昌盛的时代。

公元960年春，宋太祖赵匡胤于陈桥发动兵变而黄袍加身，建立宋王朝，此后又用了十年的时间平定荆湖、西蜀和南唐，至宋太宗时平定北方，全国除东北的辽（包括燕云十六州）和西北的西夏以外，大部分地区得到统一，结束了五代十国的分裂割据局面。鉴于唐五代以来强藩武将的专横篡夺，赵匡胤在建国的第二年，就以"杯酒释兵权"的策略，解除了禁军将领和节度使的兵权，为加强中央集权，宋王朝将全国精兵集中于开封及附近，精兵隶属于枢密院，由皇帝直接掌握，枢密使又多委派文人担任，使"兵不知将，将不知兵"。由于采取"守内虚外"的政策，宋代朝廷重文轻武，边备不修，所以国家积弱积贫，为历史版图最小的统一王朝。反映在文学上，也就没有了西汉赋家和盛唐诗人那种恢宏开阔的气象，更多的是痛切国事、沉郁悲愤的声音，这一点越到后来越为突出。

面对外忧内患，士大夫多革新朝政的议论，朋党之争迭起。北宋有改革与保守派的党争，南宋则是主战与主和派争论不休。对外交涉中的辞令，政策争议中的辩论，均需要文章来表达，客观上对宋代散文的发展有促进作用。宋代的学校教育和科举制度也很发达，不仅有国子监、太学，还明令全国州县普遍设立学校，一次科举所录取进士有达三四百者，大大超过唐代的录取人数。宋代著名的文学家，几乎都是进士出身。宋代科举最初是重诗赋，后来则重策论，或两者兼试，这使得士子非徒以诗赋见长，也能议政论政，关心国家大事，为政事出谋献策。文人当政是宋代政治的特色，与之伴随的文人论政风气的形成，则始于科举考试的科目导向，其影响所及，使宋文多论政文章，宋诗也有议论化、散文化的倾向。散文化的写作手法渗透到诗赋骈文，甚至于词句中去，于是有以文为诗、以诗为词等种种破体为文的现象产生。

宋朝统一中国后，社会经济很快得到了恢复，冶金、纺织、陶瓷、造纸、印刷等工业都相当发达，出现了开封、扬州、成都、杭州等繁华的都市，又有泉州、广州等对外贸易进出的港口。造纸、印刷术的普及，方便了作家诗文集的出版，有利于文化的传播。而商业繁荣、城市人口增加、市民阶层扩大、歌乐盛行、文娱生活丰富多彩,给文学世俗化提供了有利的条件,于是市民文艺兴起,如话本小说、鼓子词和诸宫调等,一时蔚为大观。

理学的兴起是宋代思想文化发展过程中的关键。宋儒出入佛老而返归儒学,他们继承孔孟仁学的道统加以新的解说,又在佛老思想影响下,兼收道家学说的某些因素,发展成为新儒学的性理之学或心性之学。理学家主张文以载道,但偏重道统心传,认为作文易流于玩物丧志,吟诗无益,会耽误心性修养功夫,由此形成了重道轻文的文学思想。其流弊所及,则文章不免说教,诗也趋向言理,缺少文学的情韵和意味,倒是词及小说戏曲等少受理学影响而自成面目,词更被称为宋代的一代之文学。

词作为宋代最具影响力的代表文体,其数量和质量都是很可观的。唐圭璋编的《全宋词》搜集了词人1300余家,词作20000余首。词体有小令、中调、长调等各种样式,词体风格更呈现出不同流派争奇斗艳、百花齐放的特点。宋词的发展可大概分为北宋与南宋两个时期,每个时期又可根据词体、词风的演进分不同的阶段。

北宋初期小令以晏殊、欧阳修为代表,继承了《花间》、南唐词的特点,又更加深化、美化,其个人抒情之作,致力于提高令词的品格。慢词在宋初出现,柳永是北宋第一个大量创作慢词的人,他把源于民间的慢词发扬光大,扩大了词体的表现范围,不仅写男欢女爱、相思离别、羁旅行役、歌功颂德,甚至将怀古书愤的题材也引入词体。其写作上的特点是铺叙曼衍,既长于叙事,又便于驰骋才情;风格以俗为主,受到下层受众的喜爱,也招致文人的激烈批评。此后,慢词逐渐为文人所接受,成为宋词代表性的体式。

北宋词风至苏轼为一大变。虽然苏轼词也有不少当行本色之作,但更为人所称道的是那些借词体表现士大夫的自我人格和性情抱负的作品,与应乐工歌妓要求所作的歌者之词大异其趣。他"以诗为词",所咏题材极为广泛,有叙事的,有咏史的,有抒情的,有说理的,有谈禅的,正是"无意不可入,无事不可言",开拓了词的表现领域。他在写作上又指出向上一路,不尚雕琢,不重辞藻,不严格律,随手挥洒而自然高妙。和苏轼同时和稍后的一些词人,如秦观、贺铸、晏几道等人,均以绝妙好词见称。秦观将身世之感打并入艳词,感叹飘零,对景物和心理的刻画细致入微,被推为婉约之宗。晏几道继承晏、欧的词风而把令词的技巧更加推进一步;因其由贵介公子沦为飘零王孙,故词风凄苦而哀感顽艳。贺铸的词情意缠绵,语言工丽,与小晏相近,但一些长调写得慷慨激昂,大气磅礴。

结束北宋词坛的是周邦彦、李清照等人的作品。周邦彦在词史上曾被推为集大成者,但其题材并没有多少开拓,多为艳情、羁旅及咏物怀古之作。他精通音律,词作音韵谐美,修辞醇雅,下字用语讲究法度,并在柳永的基础上将慢词的技巧加以发展,变平铺直叙为跌宕回环,极具文人气质。周邦彦词集前人各家之长,词的艺术技巧更臻完善。李清照是南渡之际的杰出女词人,其词以寻常语度入音律而清丽晓畅,当时即被称为"易安体"。她的前期词反映闺中及婚后生活较多,有纯情的歌唱和离别的愁思;后期词写于南渡之后,因国破家亡,夫妻永别,词风沉痛凄苦而哀痛欲绝。由于性格的高傲倔强,她也写了些风格豪放的词作。

在靖康之难中,汴京沦陷,北宋灭亡,这一历史剧变震荡了整个国家,在民族矛盾极其尖锐而统治阶级内部矛盾复杂化的时代，南宋的爱国人士慷慨悲歌，一时间爱国词人辈出，如辛弃疾、张元幹、张孝祥等，他们的词作表现了大义凛然的民族气节，把词从相思离别、红情绿意的浅斟低唱中解放出来，代之以豪放雄浑的悲壮声调。其中辛弃疾最具代表性，他集民族英雄、爱国词人于一身，他的词激昂慷慨而沉雄悲壮，但又不失词体特有的要眇凄迷之美。《稼轩词》中还有一些婉约含蓄的情词和清新鲜丽的农村词，表现出词风的多样化。和辛弃疾同时代或稍后的一些作家，如陆游、陈亮、刘过等人，都能用词来反映当时的民族矛盾，抒发自己的怨懑，和辛词有相似之处。

南宋爱国词人的作品奏出了宋词的最强音，而中期以后的另一派词人，追求清雅工致，讲求音律格调，注重辞藻，如姜夔、史达祖、吴文英等，形成了南宋清雅词派。姜夔精通音乐，他的词有17首注明宫调和乐谱，音乐性强，词风清空古雅，如野云孤飞，去留无迹。至于史、吴二人的词，多数为适应歌妓口吻的合律之作，追求音律的协调和词句的秾丽，虽然字面华美，所表现的情感却似有难言之隐，以至于内容晦涩，但他们也有写得空灵生动的佳篇。在南宋亡国前后，文天祥、刘克庄、刘辰翁等爱国词人大声疾呼，气薄云天；而周密、王沂孙、张炎等遗民词人，发出了凄凉的叹息，借隐喻抒写亡国之悲痛，已是"亡国之音哀以思"了。

宋诗的数量有千万之多，诗人3800余家，甚至超过了唐诗与唐代诗人。但历代却有不少人贬低宋诗，说宋诗"以议论为诗，以文字为诗，以才学为诗"。据说这是宋诗的特色，宋诗能独具面目者在此，后人不满于宋诗者也在此。但宋诗的形成和发展是有一个过程的，各家各派的诗歌风格不尽相同。

宋初诗人多学唐人，诗坛流行学白居易的"白体"、学李商隐的"西昆体"和学晚唐诗人的"晚唐体"，尤以学西昆体盛行一时。西昆体以杨亿、钱惟演等人为代表，作诗讲究修辞，属对贴切，绮丽工稳，有的暗含讽谕之意，但多数内容贫乏。宋诗自具面目，当从北宋庆历时期谈起，这时期欧阳修、梅尧臣和苏舜钦等人的诗歌创作，关系到整个宋诗的发展方向。他们转变了西昆体重雕琢和尚侈丽的流弊，作诗有散文化倾向，主气格、重雄放、求淡远，形成了平易舒畅的古淡诗风，宋诗从此揭开新的一页。

北宋神宗熙丰时期到哲宗元祐时期，为宋诗创作的成熟阶段，能主盟诗坛的代表人物当推王安石、苏轼和黄庭坚。王安石作诗，有骨鲠傲气而又清新隽逸，不失拗相公本色，他的七绝赓续唐音而雅丽精绝，人称"王荆公体"。其友人王令才气纵横、不可一世，惜早夭而未能尽展其才。苏轼的"东坡体"诗可与王安石诗抗行而风格不同，王诗深邃高远，苏轼则渊博朗畅，两人于各种诗体皆工而各有擅长。苏轼以文为诗、以才学为诗，在七古长篇中体现得最充分。黄庭坚是江西诗派的鼻祖，在宋诗中也堪称一大家，他的诗不及王安石之深远，不及苏轼之博大，但在诗句的锤炼和推陈出新方面，确有独到的功力，风格瘦硬而趋于老成，有老境美。黄庭坚是江西分宁(今属九江)人，吕本中作《江西诗社宗派图》，遂以黄庭坚为宗，下列陈师道、潘大临、韩驹、晁冲之等25人。江西诗派结束了北宋诗坛，又对南宋诗或多或少地产生影响。

宋诗发展到南宋呈现出新的局面，虽然派别之争一如北宋，但特出的作家则能不受派别的局限而独树一帜。如陆游是具战士情怀的爱国诗人,他的诗豪情满怀而激昂慷慨,但也有壮志难伸的沉郁顿挫;晚年寄意于山水田园,诗歌意境冲淡和平,表面上是空灵静寂,骨子里却腾跃动荡。杨万里的诗风活泼自然,他以明白如话的口语入诗,时人争效之,号"诚斋体"。范成大是写四时田园诗的集大成者,其诗喜欢用典之处,系学习黄庭坚的山谷体,但能约以婉峭而自成一家。诸家都从江西诗派中分化出来,且能自成风貌。至于反对江西诗派而自成派系的,有"永嘉四灵"和江湖诗派。他们反感江西诗派末流议论叫嚣的习气,提倡作唐诗。不过他们学的只是晚唐诗体,仿效贾岛、姚合的苦吟,主情切,雕小景,五律诗颇有可观,但缺乏个性表现。

国家不幸诗家幸,赋到沧桑句便工。亡国之际的宋诗,结束了派别之争和门户之见,写真性情、真精神,显出新的气象。如文天祥的诗学杜甫,但不拘于篇章字句的模拟,充满爱国热忱,慷慨从容。汪元量慷慨悲歌,咏亡国时随宫女北徙的见闻,亦有"诗史"之誉。郑思肖《所南集》里的诗,愤寓于笔端,含义很深。他们用诗歌抒写仁人志士的怀抱,反映当时各方面的现实情况,为宋诗画上了光辉的句号。

宋代叙事文学的发展,以流行于士大夫文人中间的散文为主,也有出自民间讲唱文学的话本小说。前者是雅文学,后者为俗文学。

宋初文章沿袭晚唐五代之风,骈文昌盛一时。因当时朝廷的文告用骈体,科举考试也用骈体,所以骈文能够风行。柳开首先提倡韩愈古文,王禹偁、穆修和尹洙等人亦作古文,力求文章精练简洁,但影响不大。直到欧阳修,才真正产生具有宋代特色的古文。欧阳修门下聚集了一批古文名家,如曾巩、王安石、苏洵、苏轼、苏辙等,宋代散文的发展从此进入新天地。欧阳修为文委婉自然,纡徐有致;苏洵文章纵横条达;苏辙文章汪洋淡泊;曾巩之文典雅谨严;王安石为文矫健简洁;苏轼为文明快朗畅,一泻千里。他们的文章风格各不相同,但都能化繁为简,变难为易,追求平易畅达的文风。这是宋代古文获得成功的重要因素。理学家周敦颐、张载、程颢、程颐等也写出了平易的文章,应属北宋古文的一个支派。

南宋时期的散文也以古文为主,并形成两派:一派是理学家的古文,一派是主功利的思想家的古文。理学家的古文以朱熹为代表,张栻、吕祖谦等人是追随者。朱熹为文辞严理正而平易坦实,提倡明白翔实的文风,排斥以辞害意。由于宋以后的科场考试,几乎都是以理学家的所注经义为准,这派古文的影响是不容忽视的。功利派的古文家以叶适、陈亮为代表,从诗友关系上看,他们都有受理学家影响的一面,但文章的内容与理学家不同。他们认为学问在于经世,所以用文章纵论世事,针砭时弊,希望收到功利的效果。南宋古文虽可分为两派,但异中有同,为文的主导风格皆朴实无华,平易浅显。宋亡之后的遗民文章,则是以血泪写成,沉痛悲凉,风格迥异于北宋。

四六文也是宋代散文中风行一时的文体,较之古文有过之而无不及。因宋初官文沿袭唐代官文的范式,无论朝廷的制诰表章、州里的公文文牍,都采用骈辞丽句、声调铿锵的骈文样式,朝廷里的文士必须擅长此种文体才能胜任。当时位极人臣的文章高手,在不能完全摒弃骈文的情况下,就把骈文作一番改造,疏淡化、散文化而成为宋代流行的四六文。

欧阳修、曾巩、王安石、苏轼、苏辙等,既是古文大家,又是四六文作者,于两种文体均很擅长。他们文集里的四六文与古文在数量上几乎相等,当然,其官样文章多为应景文字,真正有文学价值的当推他们的古文。宋代的四六文受古文的影响,文风趋于疏淡明朗和朴实平易,与唐人的骈文是有所不同的。

宋代作家的集子里几乎都有赋作,且多冠诸卷首,以示尊重此一文体,兼表士大夫的"能赋"之义。宋代文人的赋,有汉大赋式的,有拟六朝排赋的;但真正具有宋赋特色的,是受古文影响的议论化、散文化的赋,亦称文赋。就所表现的题材来说,宋代文赋的内容还是多方面的,但感时抒怀或对景言志之作最能显示宋赋的特色,如欧阳修的《秋声赋》、苏轼的前后《赤壁赋》等。

宋人的话本小说是流行于市井的俗文学,从民间的讲唱文学发展而来。讲唱文学是由散文和韵文组成的有讲有唱的一种文体,宋代的讲唱文学有以讲为主的话本,也有以唱为主的鼓子词、诸宫调、覆赚等。话本是说话人的底本,故话本小说就是以口语记录下来的白话小说;它虽然是继承唐代"说话"的传统而来的,但到了宋代,说话这一技艺特别发达,盛极一时。流传下来的说话人的底本,经编辑后出版,便成了流行于世的宋元话本小说了。话本小说成为中国白话小说的开端。

第一章　北宋初期文学

北宋初期的文学基本上处于沿袭唐五代文风的过渡阶段，同时也出现了一些新的变化，如柳开等人倡导和写作的古文，王禹偁革新诗风和文风，杨亿等人的西昆体风靡一时，晏殊的令词创作等，都在这一时期的文学发展过程中起过作用，为宋代文学的发展在某些方面作了铺垫。

第一节　王禹偁与宋初文风和诗风

宋初文坛承接晚唐五代文风余绪，盛行骈丽声偶之辞，妍华而不免肤浅，未能自出新意。因此，柳开、穆修等人的倡导复古和坚持写作古文，就显得难能可贵了。他们的复古主张和实践，为后来宋代的古文运动开了头。在诗和文两个方面都有较为突出的创作实绩，且促进了宋初诗风、文风变革的作家，当推王禹偁。

柳开(947—1000)，大名(今河北大名)人，字仲涂，著有《河东先生集》。原名肩愈，字绍先。意为要继承韩愈、柳宗元的事业。他在宋初自觉地以恢复韩、柳古文的传统为己任，反对五代浮艳文风，标举文统和道统，主张文道合一，有鼓吹复古、倡导质朴文风的筚路蓝缕之功。穆修(979—1032)，字伯长，郓州(今山东东平)人。他是继柳开之后专力写作古文的作家，其文强调教化作用，力求结构章法的变化，多用散行单句，不务雕琢堆砌，不求华靡艳丽，在宋代古文的发展上具有一定的影响。

王禹偁(954—1001)，字元之，济州巨野(今山东巨野)人。《宋史》有传，为宋初有名的直臣，因直言敢谏而屡遭贬谪。今存《小畜集》30卷。在宋初作家里，王禹偁是成就较大的一位，他在诗和文两个方面的创作都较为突出，促进了宋初诗风、文风的变革。

宋初诗派林立，主要有所谓白体、昆体和晚唐体三派。白体学白居易，诗风平易晓畅，主要诗人有李昉、徐铉和王禹偁等。王禹偁早年与一般文人一样喜爱白居易的诗，但侧重于学白居易的闲适唱和诗；贬官商州以后，他创作了大量反映社会现实、关心民生疾苦的作品，学习白居易"惟歌生民病"的讽谕诗，更进而学习杜甫，所谓"本与乐天为后进，敢期子美是前身"。

王禹偁兼擅各种文体，而以诗歌较为著名，他的五、七言古诗有意效法白居易的平易诗风，其近体诗、绝句则不乏平淡清远的格调。如《村行》：

马穿山径菊初黄，信马悠悠野兴长。万壑有声含晚籁，数峰无语立斜阳。棠梨叶落胭脂色,荞麦花开白雪香。何事吟余忽惆怅？村桥原树似吾乡。

此诗写乡村信步的逸兴,语调平和而意态幽远,即景即情,物我相映,显得清新可喜。

在文的方面,王禹偁既能写古文,又是四六文的高手,但他尤致力于倡导古文,改变五代以来的雕绘习气,始为古雅简淡之作。王禹偁的文章多有现实政治内容和鲜明的思想倾向。如《唐河店妪传》,借歌颂一个机智勇敢的老妇人,揭露了宋代立国之初即不修边防的危险形势,文易而思深。王禹偁的散文在追求平易自然的文风方面有开创之功,使中唐韩、柳切近现实的平易古文在宋初重现,成为欧阳修改革文风的先声。

第二节 杨亿和西昆体、晚唐体

以杨亿等人为代表的西昆体,是宋初影响极大的重要文学流派,它有广狭二义:狭义的西昆体单指其近体律诗,广义的西昆体兼指其四六文。"西昆"者,以杨亿诸人在秘阁唱和的诗集《西昆酬唱集》为名。《穆天子传》云:"天子升于昆仑之丘……至于群玉之山……先王之所谓册府。"后人称帝王藏书的秘阁为玉山、册府。西昆指玉山。《西昆酬唱集》共收诗人17位,以杨亿、钱惟演、刘筠为魁首。杨、刘齐名,当时影响很大,欧阳修《六一诗话》说:"盖自杨、刘唱和,《西昆集》行,后进学者争效之,风雅一变,谓西昆体。"

杨亿(974—1020),字大年,建州浦城(今福建浦城)人,宋初著名文臣。宋真宗景德二年(1005)至大中祥符六年(1013),他和王钦若等奉命编撰巨型典籍《册府元龟》,与在秘阁里参加编纂工作的同僚吟诗唱和,互相切磋诗律。作诗宗主李商隐,讲究辞采,风格典丽,表现出他的才学和功力,但亦不乏清峭感怆的讽谕之作。

西昆体之所以能够成为一个诗歌流派,一个重要的标志就是《西昆酬唱集》的编撰结集。此集共收诗250首,杨亿、钱惟演、刘筠三人的作品就有202首。就创作方法而言,杨亿在《西昆酬唱集序》中主张"历览遗编,研味前作,挹其芳润",这在他们的创作中得到了体现。最能代表西昆风格的是杨、刘、钱等人的同题酬唱。以杨亿《无题》一首为例:

巫阳归梦隔千峰,辟恶香销翠被空。桂魄渐亏愁晓月,蕉心不展怨春风。遥山黯黯眉长敛,一水盈盈语未通。谩托鹍弦传恨意,云鬟日夕似飞蓬。

此诗拟李商隐《无题》诗,讲究声律文采,注意修辞用典,重格律和借代,颇具义山诗的"沉博绝丽"之风,扫除了五代衰飒弊习,开启了宋人诗歌的新气象,但也因过于雕琢有失自然和韵味。

讲究修辞的昆体功夫对宋诗的发展影响很大,诗中大量用典,以学问为诗,是宋诗的一个突出特色,西昆体作为宋初出现的诗歌流派或诗歌思潮,体现了当时的风会所趋,是宋诗形成自身特色的第一步。西昆体与后来的江西诗派,从论诗宗旨、作品风格、艺术技巧到诗学渊源都有相同或相近的地方,黄庭坚就主张用昆体功夫造老杜浑成之境。西昆体流行后的弊端也是明显的,那就是诗人作诗过分依赖修辞而缺乏感觉,甚至堕入玩弄辞章典故的泥潭。

除了白体和西昆体,宋初还流行晚唐体诗。晚唐体是指宋初模仿唐代贾岛、姚合诗风的诗作,以清逸隐幽为旨趣。林逋是颇受后人推重的一位晚唐体诗人。林逋(967—1028)字君复,钱塘(今浙江杭州)人。早年游历于江、淮间。后归杭州结庐西湖孤山,隐居二十年,不仕不娶,植梅养鹤,时称"梅妻鹤子"。林逋以江湖散人之诗装点山林,用细碎小巧的笔法写清苦幽静的隐居生活。他虽然也模仿贾岛诗的字斟句酌,但诗中颇有其性情的孤淡清逸。如其《山园小梅》:

众芳摇落独暄妍,占尽风情向小园。疏影横斜水清浅,暗香浮动月黄昏。霜禽欲下先偷眼,粉蝶如知合断魂。幸有微吟可相狎,不须檀板共金樽。

这是咏梅的名作,脍炙人口。写景精细,字句精练,但尤有完整的意境和活泼的情趣。

第三节 晏殊的令词

北宋初期,词风仍是花间、南唐的余绪。体裁上慢词未盛,基本上是小令的天下;题材上多相思离别、闺帏绣阁。晏殊在宋初词坛影响最大,是词从晚唐五代过渡到北宋的关键人物。

晏殊(991—1055),字同叔,抚州临川(今属江西)人。七岁能文章,有神童之称。景德二年(1005)召试赐同进士出身。历居要职,仁宗时官至同中书门下平章事兼枢密使。晚年外放颍州(今安徽阜阳)、永兴军(今西安),为地方官。官至中书门下平章事,集贤殿大学士,兼枢密使。卒赠司空兼侍中,谥元献。他以国相之重,很注意荐引人才,名臣范仲淹、韩琦、富弼、欧阳修等"皆出其门",成就了北宋升平的治世。生活富贵优裕,"惟喜宾客,未尝一日不燕饮",每宴"必以歌乐相佐"。有《珠玉词》及清人所辑《晏元献遗文》。

晏殊词受南唐词影响,尤近冯延巳。宋人刘攽说:"晏元献尤喜江南冯延巳歌词,其所自作,亦不减延巳。"(《中山诗话》)晏殊一生顺达,性情温厚,曾选编诗选,"凡格调猥俗而脂腻者皆不载",可见晏殊的审美取向为清丽典雅。这种审美取向也影响到他的词风。他的词风流闲雅,温润秀洁。如《浣溪沙》:

一曲新词酒一杯,去年天气旧亭台。夕阳西下几时回? 无可奈何花落去,似曾相识燕归来。小园香径独徘徊。

在伤春怀人的表层意象中,流露出对时光易逝、生命有限的怅惘之情,情感含蓄而深沉。再如《玉楼春》:

绿杨芳草长亭路,年少抛人容易去。楼头残梦五更钟,花底离愁三月雨。 无情不似多情苦,一寸还成千万缕。天涯地角有穷时,只有相思无尽处。

此词写相思离愁,与《花间》常见的题材一致,景物雅致,感情含蕴深沉,风格婉丽温润,与晚唐五代词人常有的凄惶绮艳已有明显差异。

在继承唐五代词艺术经验的基础上,晏殊以明净雅致的语言、深刻而纤细的内心体验、曲折精巧的构思,表现了情感的经历和对人生的思考。其精美圆熟的艺术表现,雅致含蓄的倾向,展示出宋词风格的新特色,直接影响同代稍后的欧阳修、晏几道等人。

【本章习题指要】
  1. 王禹偁在促进宋初诗风和文风的变革中所起的作用。
  2. 西昆体的主要特征是什么?为什么说杨亿是宋初西昆诗派的代表作家?
  3. 晚唐体的特征。
  4. 晏殊词的创作特征。

第二章　欧阳修与北宋诗文革新

北宋中叶兴起的古文运动,不仅确立了古文在散文领域的正宗地位,而且影响到诗歌创作,作诗也讲究"气格",产生"以文为诗"的现象,所以人们又习惯于将发生于北宋中叶的这场文学变革称为诗文革新运动。欧阳修在这场运动中起着文坛盟主的领袖作用。他对梅尧臣与苏舜钦的推崇,对王安石、曾巩和"三苏"的褒扬提携,有力地推动了北宋文学的发展,使宋文、宋诗能够自具面目而独树一帜。宋代士风和文风的根本转变,都是从他开始的。

第一节　欧阳修的文学贡献

欧阳修(1007—1072),字永叔,号醉翁,晚号六一居士,吉水(今属江西)人。他幼年丧父,家境贫寒,读书刻苦。仁宗天圣八年(1030)登进士第,初仕洛阳,从梅尧臣、尹洙游,遂以文章名冠天下。他积极参加庆历变法,以天下为己任,倡导古文运动,很快被公认为文坛领袖。曾入朝为馆阁校勘、知谏院,直言论事,屡遭贬谪,历知滁州、扬州、颍州等。后累官至翰林学士、枢密副使、参知政事。熙宁四年(1071)以太子太师致仕,回归颍州,谥文忠。欧阳修的文学贡献以散文为主,但在诗、词方面也很有影响。

一　欧阳修的文

在北宋的诗文革新中,欧阳修作出了卓越的贡献,成为北宋中叶文坛的领袖。在欧阳修的文学创作中,以散文所取得的成就最高,影响也最大。他的散文虽以学习韩愈相标榜,风格实不相同。如果说韩文如长江大河,滔滔雄辩,沉着痛快;欧文则似澄塘潋滟,轻波荡漾,委婉含蓄。欧文学韩愈而能自出变化,摒弃了韩愈文章艰涩怪奇的一面,发展了其"文从字顺"的一面,建立起平易流畅、委曲婉转的文章风格。他的各体文章都具备这种风格,如《与高司谏书》、《原弊》、《朋党论》等议论文,因事抒议而工于辨析,除了能"中于时弊而不为空言"外,还能条达舒畅,以理取胜。其言简而明、信而通,引物连类而折于至理,以服人心。

欧阳修的赋开宋代文赋的先河,其特点是变旧赋的骈偶对仗为骈散相间、奇偶错杂,既保持了赋体铺陈的特性,又使文气趋于舒缓。如其《秋声赋》一段:

> 盖夫秋之为状也:其色惨淡,烟霏云敛;其容清明,天高日晶;其气栗冽,砭人肌骨;其意萧条,山川寂寥。故其为声也,凄凄切切,呼号愤发。丰草绿缛而争茂,佳木葱茏而可悦;草拂之而色变,木遭之而叶脱;其所以摧败零落者,乃其一气之余烈。夫秋,刑官也,于时为阴;又兵象也,于行用金;是谓天地之义气,常以肃杀而心。天之于物,春生秋实。故其在乐也,商声主西方之音,夷则为七月之律。商,伤也,物既老而悲伤;夷,戮也,物过盛而当杀。

这是对"秋声"的描写。秋声无形,文中却以形形色色的意象表现其肃杀特征,描绘萧瑟寂寥的肃秋景象与气氛,以深切的情感抒发对自然人生的深沉感慨。此赋叙事议论,悲秋咏怀,骈散兼用,行文自由活泼,运用铺排手法,写秋声更写出秋心,表现了作者历经政治斗争磨难的苦闷,对险恶官场的厌倦,反映了历经沧桑后的感受。

欧阳修散文的佳处,在于平易流畅中富于曲折变化,他常常从平易近人处入手,从入情入理的具体事物出发,但写得婉转曲折,富有情感。他只是自然地叙事,自然地抒怀,在看似散漫不经的安排中,使读者慢慢地从寻常的叙说中体悟出难以言传的高远境界,使人感到新鲜而富有韵致,别具一种魅力。其《醉翁亭记》就是典型例证。此外,《醉翁亭记》记叙简洁有法,行文纡徐有致,多用带感情色彩的语助词,注意语气的轻重和声调的谐和,善于利用句子的长短变化、语气的停顿转换,加强文句间的联系,使语句圆融轻快,文气流转条达,无滞涩窘迫之感。含蓄蕴藉而又平易自然,富于诗味,是欧阳修散文的显著特色。

欧阳修将建立流畅自然、平易婉转的风格作为宋代古文运动的基本目标,由此开创了一代文风,为了实践自己"其道易知而可法,其言易明而可行"的创作主张,他身体力行地撰写了大量平易生动的古文,成为人们学习的典范。在知贡举时,他利用政治手段,极力排抑险怪奇涩的"太学体",擢拔文章晓畅的二苏、曾巩等英才,使宋代古文创作在克服了浮靡文风的同时,又避免了宗经复古的弊端,形成一种平易自然、流畅条达的成熟风格,确立了散体文的正宗地位。

二 欧阳修的诗

欧阳修在诗歌方面的成就,与后来的王安石、苏轼及黄庭坚相比虽然略显逊色,但仍然是宋代文学史上一位自成一家的诗人,对宋诗的形成有较大的影响。当时有不少人团结在他的周围,朋辈如梅尧臣、苏舜钦,后学如曾巩、王安石、苏轼等。欧阳修早年作诗受西昆诗人的启蒙,故能从宋初诗歌的演变着眼,给西昆体以一定的肯定。但他大力彰扬的是梅尧臣"诗穷而后工"的古淡奇峭、苏舜钦的横放雄豪。他自己写诗学韩愈的"以文为诗",带有韩诗那种浩荡变怪的散文化倾向,变重情韵为重气格,开始了宋诗自具面目而有别于唐诗的时代。

欧阳修诗歌创作的散文化倾向在古体诗中表现得很明显,他用古文的章法写诗,讲究转折顿挫,句子彻底散行,长短句杂出,少用偶句,故意作得似对非对,造成散文调而非诗调,在诗中常用语助词,如《庐山高》中描写庐山的气势:"庐山高哉几千仞兮,根盘几百里,巍然屹立乎长江。长江西来走其下,是为扬澜左蠡兮,洪涛巨浪日夕相舂撞。云消风止水镜净,泊舟登岸而远望兮,上摩青苍以晻霭,下压后土之鸿厖。"由于多用古文的句法、气势入诗,故可称为古文体诗。其创作追求气格,其风格或曰古健、古硬、气雄、气豪,或曰怪奇、奇壮、奔放,皆重气格所致。自欧阳修之后,这成为宋诗的突出特色,诗歌风气为之一变。

欧阳修的诗开创了取材广泛、命意新颖、以文为诗和以议论为诗的一代诗风。他的诗歌创作,于命意上追求深刻创新,透过事物的表象进一步表达他对事物的认识,在描述中杂以议论,如《和王介甫明妃曲》二首其一:

> 胡人以鞍马为家,射猎为俗。泉甘草美无常处,鸟惊兽骇争驰逐。谁将汉女嫁胡儿,风沙无情貌如玉。身行不遇中国人,马上自作思归曲。推手为琵却手琶,胡人共听亦咨嗟。玉颜流落死天涯,琵琶却传来汉家。汉宫争按新声谱,遗恨已深声更苦。纤纤女手生洞房,学得琵琶不下堂。不识黄云出塞路,岂知此声能断肠。

用类于散文的语句,写王昭君流落荒漠的悲伤,以反对"汉宫"的不知边塞苦,具有以汉喻宋的现实意义;其间叙事、抒情、议论杂出,笔势极为矫健。欧阳修这类古体诗体现了宋代诗人的创造精神,代表着一种诗歌发展的新方向。

欧阳修是宋诗的创始者之一,是能独树一帜、自成一家风格的诗人。其诗虽有学韩的痕迹,但风格与其散文一样,也有平易的特色。如《戏答元珍》:

> 春风疑不到天涯,二月山城未见花。残雪压枝犹有橘,冻雷惊笋欲抽芽。夜闻归雁生乡思,病入新年感物华。曾是洛阳花下客,野芳虽晚不须嗟。

描写夷陵山乡早春之景与贬谪边鄙的寂寞与悲凉,流露思乡恋京之情和不遇之苦,而强自宽慰。写景状物伴之以感慨议论,写得清新自然,平易流畅,然又深寓沉郁之气。欧诗的这种平易风格,核心是追求表达上的深入浅出和明白易懂,在构思上能立足人情物理写景、议论、叙事,不以情感的鲜明热烈取胜,而以思致的宽和通达见长,从而为说理的内容进入诗歌创造了新的表现方式。

在诗由唐而宋的转变过程中,欧诗实为枢纽,它一方面保留了诗体相对整齐凝练的传统,另一方面,诗体形式具有弹性,诗的节奏、声律多变,语言自然流畅,在以均衡对称、声律和谐圆润为美的唐诗以外,建立了一种不讲究均衡而以古拙取胜的宋诗格调。

三 欧阳修的词

与诗文相比,欧阳修对作词并不经意,只是为了"聊佐清欢"(欧阳修《西湖念语》)而已。欧阳修与晏殊同为北宋初期花间体词人的代表。宋人罗大经说:"虽游戏作小词,亦无愧唐人《花间集》。"(《鹤林玉露》)在欧阳修的词中,情词的比例较大。如《蝶恋花》:

> 庭院深深深几许?杨柳堆烟,帘幕无重数。玉勒雕鞍游冶处,楼高不见章台路。

雨横风狂三月暮,门掩黄昏,无计留春住。泪眼问花花不语,乱红飞过秋千去。

词的内容为闺怨,全词层层刻画、渲染深闺思妇的愁苦心情。上片,以反诘语起笔,抒发胸中强烈感受;再巧用比兴手法,描绘宅院环境,暗示思妇愁情。继之写怀人情思,却从对方写起,从想象着笔,对比十分鲜明。下片,逐层展现残春恼人之自然景象,烘托闺中之怨。整首词深婉缠绵,刻画人物心理与形象,别具匠心;情思缠绵而含蓄,颇具花间韵味。

欧阳修受南唐词人冯延巳的影响较大,他继承了南唐词"思深辞丽"的特点,在词中融入了更多感情体验。如其《踏莎行》:

候馆梅残,溪桥柳细。草薰风暖摇征辔。离愁渐远渐无穷,迢迢不断如春水。
寸寸柔肠,盈盈粉泪。楼高莫近危栏倚。平芜尽处是春山,行人更在春山外。

此词写离情别绪,上片用迢迢春水形容行人的愁思,下片写闺中人凭栏远眺,结句将思妇的视线和愁绪带往春山之外的远方。感情深挚,韵味悠长。正如清人冯煦说:"(欧阳修)词与元献同出南唐,而深刻则过之。"(《蒿庵论词》)由此词可见。

欧阳修是一位极具个性的词人,他的词不仅有颇得花间风味的温润秀洁之作,也有抒发其旷达胸怀,风格豪放的词章,如《朝中措》[送刘仲原甫出守维扬]:

平山阑槛倚晴空,山色有无中。手种堂前垂柳,别来几度春风。　文章太守,挥毫万字,一饮千钟。行乐直须年少,尊前看取衰翁。

这是一首送别词,但一扫传统离别词的缠绵情调,而直抒士大夫豪放旷达胸怀。再如《玉楼春》:

尊前拟把归期说,未语春容先惨咽。人生自是有情痴,此恨不关风与月。　离歌且莫翻新阕,一曲能教肠寸结。直须看尽洛城花,始共春风容易别。

此词虽是传统的歌妓惜别题材,却毫无柔靡之色。王国维说:"永叔'人生自是有情痴,此恨不关风与月','直须看尽洛城花,始共春风容易别',于豪放之中有沉着之致,所以尤高。"(《人间词话》)

欧阳修这些具有豪放气概的词作,对后世豪放词派的产生具有一定的影响,但欧词是出于他的性情气质,并非有意的新风格的追求,这一点与后来的苏轼词有所不同。

第二节　梅尧臣和苏舜钦

梅尧臣和苏舜钦是开创宋诗风格的重要作家,对北宋诗文革新有较大的贡献,获得当时文坛领袖欧阳修的高度评价。梅诗覃思精微,故宋诗之体始峻、笔始遒;苏诗超迈横绝,而宋诗之势始雄、气始舒。他们的风格不同,却在一定程度上共同推动了宋诗的发展。清代叶燮认为,开宋诗一代之面目者,始于梅尧臣、苏舜钦二人。

一 梅尧臣

梅尧臣(1002—1060),字圣俞,宣州宣城(今安徽宣州)人。他出身于农家,门荫为吏,长期任主簿、县令等职,累官至尚书都官员外郎。世称梅宛陵(宣城古名宛陵)。今存《宛陵先生文集》。他在庆历新政中站在新派的一边,早年为钱惟演、欧阳修诗友,交游酬唱,以诗名家。与苏舜钦齐名,时号"苏梅"。与欧阳修同为北宋前期诗文革新运动领袖,是杜甫与江西诗派之间重要的承传者。

梅尧臣诗的题材非常广泛,其内容大致可分两类:一类是干预政治、反映社会现实和民生疾苦的作品;另一类是写个人日常生活的琐碎事务。前者如《汝坟贫女》:

汝坟贫家女,行哭音凄怆。自言有老父,孤独无丁壮。郡吏来何暴,官家不敢抗。督遣勿稽留,龙钟去携杖。勤勤嘱四邻,幸愿相依傍。适闻间里归,问讯疑犹强。果然寒雨中,僵死壤河上。弱质无以托,横尸无以葬。生女不如男,虽存何所当。拊膺呼苍天,生死将奈向。

关心和同情农民,对官吏的欺诈奴役行径表示极大的愤慨,具有深刻的批判现实意义。

但这类作品在梅尧臣诗歌中占的比重并不大,他的多数作品具有取材个人化、生活化、琐碎化的倾向。历来不在诗中被歌咏的卑小的事物,例如喷嚏(《愿嚏》)、虱子(《扪虱得蚤》)、蛆(《八月九日晨兴如厕有鸦啄蛆》)等,他也有意识地写入诗中。他不断地观察日常生活的种种细节,在生活场景和人生经历中开拓、寻找前人未曾注意的题材,或在前人写过的题材上翻新,同时以哲理性的人生思考贯穿其中,加深了诗歌的内涵,开宋诗好为新奇、力避陈熟、富于理趣的风气。

从宋代开始,对于平淡,人们常有宽狭不同的理解,梅诗之"平淡"实属"古淡",是一种老树着花的美。当梅尧臣面临着社会矛盾和个人身世的激变时,其诗的古淡趋向于劲峭苦硬;当他仕宦失意而追求隐逸山林时,则发而为冲和恬淡且蕴涵深意。例如:

适与野情惬,千山高复低。好峰随处改,幽径独行迷。霜落熊升树,林空鹿饮溪。人家在何许?云外一声鸡。(《鲁山山行》)

行到东溪看水时,坐临孤屿发船迟。野凫眠岸有闲意,老树着花无丑枝。短短蒲茸齐似剪,平平沙石净于筛。情虽不厌住不得,薄暮归来车马疲。(《东溪》)

《鲁山山行》写山行野趣,表现了热爱自然风物的情怀与闲适恬淡的心境,风格古淡自然,平易中见深远。《东溪》写东溪水乡风景之美和作者暂忘世事的闲逸之趣,语言朴素,风格平淡,在看似无奇的描写中却体现着深刻隽永的思想情感。

梅尧臣作诗追求"苦硬"、"瘦劲",其实是要求平淡其表、深邃其里的。这不仅是梅尧臣的创作追求,也是宋诗的一种审美取向。

二 苏舜钦

苏舜钦(1008—1048),字子美,开封(今属河南)人。景祐元年(1034)举进士。因范仲淹之荐,授集贤校理,监进奏院。好议论时事,多次上书,是以范仲淹为领袖的政治革新的积极参与者。因"进奏院事件"遭旧党借故弹劾而被除名,离京寓居苏州沧浪亭多年。后起为湖州(治所在今浙江吴兴)长史,同年卒。苏舜钦是以欧阳修为盟主的诗文革新的重要倡导者。今存《苏学士文集》。

苏舜钦诗、文皆擅长,但在诗歌方面成就更大一些。他是一位关心社会而力主改革弊政的诗人,忧国忧民的政治热情,患难悲愤的生活经历,豪迈刚烈的性格,都促使他用豪犷激切、直抒胸臆的方式写诗。其早期诗歌创作重视反映现实,揭露社会黑暗,敢于大胆直言,如《吴越大旱》:

> 吴越龙蛇年,大旱千里赤。寻常粳稌地,烂漫长荆棘。蛟龙久遁藏,鱼鳖尽枯腊。炎暑发厉气,死者道路积。城市接田野,恸哭去如织。是时西羌贼,凶焰日炽剧。军须出东南,暴敛不暂息。复闻籍兵民,驱以教战力。吴侬水为命,舟楫乃其职。金革戈盾矛,生眼未尝识。鞭笞血涂地,惶惑宇宙窄。三丁二丁死,存者亦乏食。冤对结不宣,冲迫气候逆。二年春及夏,不雨但赫日。安得凉冷云,四散飞霹雳。滂沱消溽疠,甘润起稻稷。江波开旧涨,淮岭发新碧。使我扬孤帆,浩荡入秋色。胡为泥滓中,视此久戚戚。长风卷云阴,倚柂泪横臆。

对遭遇旱灾之年,统治者不顾百姓死活而暴敛不息提出控诉。又如《奉酬公素学士见招之作》:

> 秋风八月天地肃,千里明迥草木焦。夕霜惨烈气节劲,激起壮思冲斗杓。岂如儿女但悲感,唧唧吟叹随螳蜩?拟攀飞云抱明月,欲踏海门观怒涛。

诗中肃秋景象与豪壮情怀融为一体,气势壮阔遒劲,风格豪放雄奇。

在苏舜钦的诗歌中,以风格豪犷雄放的作品最为引人注目,尤其是他前期的诗歌,揭露与抨击时弊无所避讳,充满着一种奋不顾身的气概,但也难免粗糙、生硬之弊,缺乏蕴藉隽永的韵味。在他被贬谪而过上闲居生活后,寄情山水自然景物的诗多了起来,不乏情景交融、精练含蓄的佳作,如《夏意》:

> 别院深深夏簟清,石榴开遍透帘明。树阴满地日当午,梦觉流莺时一声。

《淮中晚泊犊头》:

> 春阴垂野草青青,时有幽花一树明。晚泊孤舟古祠下,满川风雨看潮生。

前一首写盛夏乘凉时环境的清幽,后一首将孤寂之感,融入草青花明而泊舟风雨淮河的画面里。这种富有幽独闲放趣味的作品,说明苏舜钦后期诗风是有变化的,与前期作品的风格显然有别。

第三节 王安石的文学成就及其他

王安石是宋代杰出的政治家,在文学上也取得了相当高的成就。其文、诗、词均绝妙一时。梁启超《王荆公》一文说:"顾即以文学论,则荆公于中国数千年文学史中,固已占最高之位置矣。"他认为:"荆公之诗实导江西派之先河,而开有宋一代之风气。"

一 王安石的文

王安石(1021—1086)字介甫,号半山,抚州临川(今江西抚州)人。庆历二年(1042)登进士第。历任翰林学士兼侍讲、参知政事、同中书门下平章事。上万言书主张变法。熙宁二年(1069)执政,施行新政,即著名的"熙宁变法",因连遭挫折而失败。七年(1074)辞相,罢为观文殿大学士、知江宁(今江苏南京)府。再相再罢,隐居钟山,封舒国公,改封荆国公,世称王荆公。元丰八年(1085)新法被废,变法彻底失败。王安石于次年病逝。

王安石性格刚毅果敢,以"天变不足畏,祖宗不足法,人言不足恤"的魄力实行变法,在当时就引起了很多非议。可庆历新政之后的熙宁变法是势所必然,有其必要性和合理性,符合社会发展要求。

作为政治家,王安石的文论重在致用,把文章看做为政治服务的工具,不免有忽视文学特性的倾向。王安石的散文一定程度上贯彻了他的文学主张,特别是在有关政令教化、适于世用的政论文中。王安石的政论文在唐宋八大家中很突出,无论长篇还是短制都很谨严,语言朴素简洁而说理透彻,概括性很强。如《答司马谏议书》:

某启:昨日蒙教,窃以为与君实游处相好之日久,而议事每不合,所操之术多异故也。虽欲强聒,终必不蒙见察,故略上报,不复一一自辨。重念蒙君实视遇厚,于反复不宜卤莽,故今具道所以,冀君实或见恕也。

盖儒者所争,尤在于名实,名实已明,而天下之理得矣。今君实所以见教者,以为侵官、生事、征利、拒谏,以致天下怨谤也。某则以谓:受命于人主,议法度而修之于朝廷,以授之于有司,不为侵官;举先王之政,以兴利除弊,不为生事;为天下理财,不为征利;辟邪说,难壬人,不为拒谏。至于怨诽之多,则固前知其如此也。人习于苟且非一日,士大夫多以不恤国事、同俗自媚于众为善。上乃欲变此,而某不量敌之众寡,欲出力助上以抗之,则众何为而不汹汹然?盘庚之迁,胥怨者民也,非特朝廷士大夫而已。盘庚不为怨者故改其度,度义而后动,是而不见可悔故也。如君实责我以在位久,未能助上大有为,以膏泽斯民,则某知罪矣。如曰今日当一切不事事,守前所为而已,则非某之所敢知。无由会晤,不任区区向往之至。

熙宁三年(1070),王安石主持的变法在激烈的争论之中推行,司马光接连三次写信给王安石,要求废止新法,王安石回此书作答。书中对司马光等守旧派对新法的责难予以答辩,表达了要把改革进行到底的决心和坚定意志。文章旗帜鲜明,理足气壮,逻辑严密,显示了作者倔强坚毅的性格。

王安石的小品文尤脍炙人口,虽篇幅不长,而笔力雄健,富有感情,文风峭刻,读之可以想见他那种刚毅果敢的政治家风度。如《读孟尝君传》:

> 世皆称孟尝君能得士,士以故归之,而卒赖其力以脱于虎豹之秦。嗟乎!孟尝君特鸡鸣狗盗之雄耳,岂足以言得士?不然,擅齐之强,得一士焉,宜可以南面而制秦,尚何取鸡鸣狗盗之力哉?夫鸡鸣狗盗之出其门,此士之所以不至也。

把孟尝君所养之士斥为鸡鸣狗盗之徒,可见其力反陈说的性格。

王安石的散文以议论说理见长,即使是写游记和短文,也不放过发议论的机会。如其《游褒禅山记》,记叙游褒禅山的经历见闻,而重在借游山之事作比喻以议论说理,寓以治学之道与人生哲理,阐明追求最高境界的道理:

> 古人之观于天地、山川、草木、虫鱼、鸟兽,往往有得,以其求思之深,而无不在也。夫夷以近,则游者众;险以远,则至者少。而世之奇伟瑰怪非常之观,常在于险远,而人之所罕至焉。故非有志者,不能至也。

此文叙事与说理融为一体,透辟有力,深入浅出,简明生动而寓意深远。

王安石的文章成就也很高。其议论文字,无论长篇短说,都结构谨严,析理透辟;其叙事抒情之作,能随笔挥洒,曲尽其妙。王安石驾驭语言的能力非常强,简练明快,笔力雄健。近代政论家梁启超、严复诸人的文章,都受了他较深的影响。

二 王安石的诗词

王安石的诗歌创作有早期与晚期之别。叶梦得《石林诗话》说:"王荆公少以意气自许,故诗语惟其所向,不复更为涵蓄。……晚年始尽深婉不迫之趣。"王安石早年的诗多直道其胸中事,意味较薄,但也反映出其独特的个性特征和精神风貌。他写了不少感时、咏史或怀古的诗篇,寄托远大的政治抱负和批判精神。如《河北民》:

> 河北民,生近二边长苦辛。家家养子学耕织,输与官家事夷狄。今年大旱千里赤,州县仍催给河役。老小相携来就南,南人丰年自无食。悲愁白日天地昏,路旁过者无颜色。汝生不及贞观中,斗粟数钱无兵戎!

此诗为庆历六年(1046)秋王安石东出京师视察汴河时作。仁宗朝不顾广大百姓深受赋敛之苦,岁输银绢忍辱求和于契丹、西夏。此诗揭示了当时的弊政及民族矛盾,寄托政治主张及其理想社会,体现了王安石"适用"、"补世"的文学主张及以议论为诗的特点。

与政治上力排众议、实行变法相类,王安石在诗歌创作方面也要尽力打破常规,语意

求新,诗句求工,语调求劲峭。如《登飞来峰》:

> 飞来峰上千寻塔,闻说鸡鸣见日升。不畏浮云遮望眼,自缘身在最高层。

通过写登山塔远眺,反映出诗人高瞻远瞩、不畏艰险的胸襟气魄,虽涉议论,但带情韵以行,不失为诗味隽永的作品。

晚年罢相隐居以后,王安石的生活和心情发生了变化,少年浮躁之气消弭,性情老成含蓄,感慨的怀抱趋于冷淡,而艺术和修养却更进步了。他晚年创作了较多的描写自然山水的小诗,新颖别致而雅丽精绝,如:

> 京口瓜洲一水间,钟山只隔数重山。春风又绿江南岸,明月何时照我还。(《泊船瓜洲》)

> 江上漾西风,江花脱晚红。离情被横笛,吹过乱山东。(《江上》)

> 茅檐长扫静无苔,花木成畦手自栽。一水护田将绿绕,两山排闼送青来。(《书湖阴先生壁》其一)

这些绝句的特色是:以轻倩之笔写淡远之思,造语工致而律法精严,多未经人道语,形成了"深婉不迫"的风格,与他早年诗的"直道其胸中事"判然有别。

王安石《题张司业诗》说"看似寻常最奇崛,成如容易却艰辛",可移来作为对他诗歌艺术的评价。所谓"奇崛",以瘦劲刚健为特征,是王安石追求的一种艺术境界,与其坚强刚毅、果敢有为的"拗相公"本色有关。但其诗进入老境后,化奇崛于寻常之中,既有清新闲适的一面,又有沉郁悲壮的一面,被称为"半山诗",亦即"王荆公体"。王安石晚期的诗歌主要是绝句,雅丽精绝,含蓄深婉,既体现了宋诗风貌的部分特征,又有向唐诗复归的倾向。当苏、黄等人将宋诗特征推向极致的时候,这种受唐诗影响较深而能自成一体的"王荆公体"格外引人注目。

王安石词的成就虽不能与其诗文相比,但也富有自己的个性,不受五代以来绮靡柔弱的词风的影响,开拓了词的题材内容和表现范围。如《桂枝香》[金陵怀古]将以史为鉴的凝重题材引入词中:

> 登临送目,正故国晚秋,天气初肃。千里澄江似练,翠峰如簇。征帆去棹残阳里,背西风酒旗斜矗。彩舟云淡,星河鹭起,画图难足。　念往昔,繁华竞逐。叹门外楼头,悲恨相续。千古凭高对此,谩嗟荣辱。六朝旧事随流水,但寒烟衰草凝绿。至今商女,时时犹唱,后庭遗曲。

此词上片写金陵空阔萧瑟的秋景,下片感怀六朝盛衰兴亡的旧事,立意高远。怀古常见于诗中,词中罕见。王安石这首词感慨金陵历经朝代兴衰更替,实为针对宋朝现实政治而发。政治历史的厚重内容,加上词中所展现的清肃气象,与同时代的"艳科"之词形成了鲜明的对比,为后来的苏、辛词开了路。

三　王　令

王令(1032—1059),字逢原,广陵(今江苏扬州)人。家境贫寒,五岁就成为孤儿,成年又贫病交加,病逝时年仅 28 岁。王令一生境遇困苦,但胸怀济世之志,识度高远。有《广陵先生文集》。

王令见知于王安石,被称为"奇才"。他的诗学韩愈、孟郊,追求奇、硬,内容多写胸襟抱负及当时社会现实,气魄雄壮,风格奇崛豪放,峭拔劲健。他的诗歌想象力丰富,富于浪漫色彩,如《假山》:

鲸牙鲲鬐相摩捽,巨灵戏撮天凹突。旧山风老狂云根,重湖冻脱秋波骨。我来谓怪非得真,醉揭碧海瞰蛟窟。不然禹鼎魑魅形,神颠鬼胁相撑挟。

诗里浩大无涯之辞,不纯是带浪漫情调的想象夸张,还有内心郁结不平之气的喷发,给人以峭劲狠重的感觉,是一种有意不同于流俗的努力。

王令的诗歌特点,主要在于气势雄壮,粗犷豪迈。如《暑热思风》:

坐将赤热忧天下,安得清风借我曹?力卷雨来无岁旱,尽吹云去放天高。岂随虎口令轻啸,愿助鸿毛绝远劳。江海可怜无际岸,等闲假借作波涛。

此诗写赤热思凉风而推己及人,心忧天下,表现忧时济世的博大胸襟和美好情操,言近旨远,气势纵横,吸收了韩、孟诗那种格调高古、词句奇崛的特点。王令是北宋诗文革新中能别开生面的重要诗人,其独特的诗歌风格,在宋初诗人中独具面目。

第四节　曾巩、苏洵和苏辙

宋代散文极为发达,"唐宋八大家"中,宋代占了六家,除欧阳修、王安石、苏轼外,还有曾巩、苏洵和苏辙。

一　曾　巩

曾巩(1019—1083),字子固,世称南丰先生,建昌南丰(今江西南丰)人。嘉祐二年(1057)他与苏轼、苏辙同榜进士及第,入仕后长期任职馆阁,官至中书舍人、龙图阁学士。元丰六年(1083)于金陵病卒,时年 65 岁。有《元丰类稿》。

曾巩得欧阳修赏识,文学主张和古文风格与欧阳修相近。其文古雅平正,雍容冲和,卓然为一家。在后代古文家看来,曾巩与欧阳修一道是开文章"义法"的人物。

曾巩在文章写作上,追求一种雍容典雅的艺术风格,无论叙事、议论,都冲和平淡,委曲周详。曾文长于议论,多引经据典,明白详尽;布局完整谨严,节奏舒缓不迫;语言干净,思致明晰。如《墨池记》：

> 临川之城东,有地隐然而高,以临于溪,曰新城。新城之上,有池洼然而方以长,曰王羲之之墨池者,荀伯子《临川记》云也。羲之尝慕张芝临池学书,池水尽黑,此为其故迹,岂信然耶?方羲之之不可强以仕,而尝极东方,出沧海,以娱其意于山水之间。岂有徜徉肆恣,而又尝自休于此耶?羲之之书,晚乃善,则其所能,盖亦以精力自致者,非天成也。然后世未有能及者,岂其学不如彼耶?则学固岂可以少哉!况欲深造道德者耶?墨池之上,今为州学舍。教授王君盛恐其不章也,书"晋王右军墨池"之六字于楹间以揭之,又告于巩曰:"愿有记!"推王君之心,岂爱人之善,虽一能不以废,而因以及乎其迹邪?其亦欲推其事,以勉其学者邪?夫人之有一能,而使后人尚之如此,况仁人庄士之遗风余思,被于来世者如何哉!

此文以记墨池胜迹而论王羲之书法精妙之原因,劝勉州学学者不可废学,并论及对州学的希望。曾巩文长于说理,此文借事立论,寓说理于叙事,以小见大,文短义深,写得雅正雍容,委婉徐纡。

曾文在写作手法和技巧风格方面有自己的特长,开阖、承转、起伏、回环都有一定的法度,显得规矩严密,所以在唐宋八大家中是最便于学习的。明清的唐宋文派和桐城派散文作者,学古文多由模仿曾文入手。

二 苏洵和苏辙

苏洵(1009—1066),字明允,眉州眉山(今四川眉山)人。27岁始发愤为学,举进士不第。至和、嘉祐间至京师,以其文为欧阳修所推重,宰相韩琦荐之于朝。他是苏轼、苏辙的父亲,父子合称"三苏",诗文皆有盛誉。有《嘉祐集》。

苏洵是大器晚成的散文家,他博攻群书多年,厚积薄发,作文以学养为基础而重气势,文字雄奇坚劲,喜议政议军,带有战国纵横家的色彩。他的文章以议论为主,具有结构谨严、说理周详、气势磅礴而曲折多变的写作特点。如《上欧阳内翰第一书》：

> 内翰执事:洵布衣穷居,尝窃有叹,以为天下之人,不能皆贤,不能皆不肖。故贤人君子之处于世,合必离,离必合。往者天子方有意于治,而范公在相府,富公为枢密副使,执事与余公、蔡公为谏官,尹公驰骋上下,用力于兵革之地。方是之时,天下之人,毛发丝粟之才,纷纷然而起,合而为一。而洵也,自度其愚鲁无用之身,不足以自奋于其间,退而养其心,幸其道之将成,而可以复见于当世之贤人君子。不幸道未成,而范公西,富公北,执事与余公、蔡公分散四出,而尹公亦失势,奔走于小官。洵时在京师,亲见其事,忽忽仰天叹息,以为斯人之去,而道虽成,不复足以为荣也。既复自思,念往者众君子之进于朝,其始也,必有善人焉推之。今也,亦必有小人焉间之。今之世无复有善人也,则已矣!如其不然也,吾何忧焉?姑养其心,使其道大有成而待之,何伤?退而处十年,虽未敢自谓其道有成矣,然浩浩乎其胸中若与曩者异。而余

公适亦有成功于南方,执事与蔡公相继登于朝,富公复自外入为宰相,其势将复合为一。喜且自贺,以为道既已粗成,而果将有以发之也。既又反而思,其向之所慕望爱悦之而不得见者,盖有六人焉,今将往见之矣。而六人者,已有范公、尹公二人亡焉,则又为之潸然出涕以悲。呜呼!二人者不可复见矣。而所恃以慰此心者,犹有四人也,则又以自解。思其止于四人也,则又汲汲欲一识其面,以发其心之所欲言。而富公又为天子之宰相,远方寒士,未可遽以言通于其前。余公、蔡公,远者又在万里外。独执事在朝廷间,而其位差不甚贵,可以叫呼扳援而闻以言。而饥寒衰老之病,又痼而留之,使不克自至于执事之庭。夫以慕望爱悦其人之心,十年而不得见,而其人已死,如范公、尹公二人者,则四人之中,非其势不可遽以言通者,何可以不能自往而遽已也!

此书作于嘉祐元年(1056)秋,时苏洵送子轼、辙入京应试。此为向欧阳修献书的求见信,通过叙述自己修道学文的经历而祈求援引,文章着重于论人,表达追随贤良以求进的企望。其文构思巧妙,行文严谨绵密,写得委婉周折,情真意切,文风精练劲健,简古质朴。苏洵的学术渊源,原本兵家之权谋、法家之刑名,而舒以纵横家之捭阖;故其文章笔锋老辣,纵横博辩,极挥斥之致。

苏辙(1039—1112),字子由,号颍滨遗老,眉山(今四川眉山)人。嘉祐二年(1057)他与兄苏轼同登进士第。有《栾城集》。他的文章在接受父兄疏放洒脱文风影响的同时,以欧文为学习楷模,把委婉纡徐的艺术情趣融入自己的作品中,故"汪洋淡泊,有一唱三叹之声",尤近乎欧文之神韵。如《黄州快哉亭记》:

> 江出西陵,始得平地,其流奔放肆大,南合沅、湘,北合汉、沔,其势益张,至于赤壁之下,波流浸灌,与海相若。清河张君梦得,谪居齐安,即其庐之西南为亭,以览观江流之胜,而余兄子瞻,名之曰"快哉"。盖亭之所见,南北百里,东西一舍,涛澜汹涌,风云开阖。昼则舟楫出没于其前,夜则鱼龙悲啸于其下。变化倏忽,动心骇目,不可久视。今乃得玩之几席之上,举目而足。西望武昌诸山,冈陵起伏,草木行列,烟消日出,渔夫樵父之舍,皆可指数。此其所以为"快哉"者也。

> 至于长洲之滨,故城之墟,曹孟德、孙仲谋之所睥睨,周瑜、陆逊之所骋骛,其流风遗迹,亦足以称快世俗。昔楚襄王从宋玉、景差于兰台之宫,有风飒然至者,王披襟当之曰:"快哉此风!寡人所与庶人共者耶?"宋玉曰:"此独大王之雄风耳,庶人安得共之!"玉之言盖有讽焉。夫风无雄雌之异,而人有遇不遇之变。楚王之所以为乐,与庶人之所以为忧,此则人之变也,而风何与焉!

> 士生于世,使其中不自得,将何往而非病?使其中坦然,不以物伤性,将何适而非快!今张君不以谪为患,窃会计之余功,而自放山水之间,此其中宜有以过人者。将蓬户瓮牖,无所不快,而况乎濯长江之清流,揖西山白云,穷耳目之胜以自适也哉!

> 不然,连山绝壑,长林古木,振之以清风,照之以明月,此皆骚人思士之所以悲伤憔悴而不能胜者,乌睹其为快也哉!

写快哉亭形胜和览胜快意,抒写旷达乐观的心态,以及不以谪为患,不以物伤性的坦荡胸怀和逆境不屈的精神,透露出厌倦官场的情绪。记事详赡工稳,文风淡泊平和,议论以稳健见长,而其秀杰之气终不可没。他的文章不如其兄才华横溢,然在宋代散文中,亦是能做到独树一帜的。

【本章习题指要】

    1. 欧阳修在北宋诗文革新中所起的作用。
    2. 欧阳修诗歌的创作特征。
    3. 欧阳修词的创作特征。
    4. 梅尧臣诗歌的创作特征。
    5. 苏舜钦诗歌的创作特征。
    6. 王安石的文学成就。

第三章 苏轼的文学成就

苏轼是宋代文化孕育出来的旷世奇才,他历经磨难而笑对人生,思想自由,品格坚贞、坦荡、旷达。苏轼是中国文化史上极为罕见的文豪,他的文章,"随物赋形",姿态横生,自然奔放;他的诗,清新豪健,语意超妙,如天地奇观,于境无所不收,于情无所不畅;他的词,雄阔超旷,亦绵邈深蕴,开创了以豪放为主调的多样风格,如天风海雨,指出向上一路。无论从哪个方面衡量,他都是宋文学发展到巅峰时期的伟大作家。

苏轼(1036—1101),字子瞻,号东坡居士,眉山(今四川眉山)人。苏轼出生于寒族地主家庭,自幼受到良好的文化教育。嘉祐二年(1057)21岁举进士,嘉祐五年(1061)应才识兼茂明于体用科考试,翌年通过制科考试,授大理评事,签书凤翔府判官。神宗时,迁太常博士,与王安石政见不合,出为杭州通判,知密州、徐州、湖州。苏轼在北宋党争的旋涡中几经沉浮,历尽坎坷。因作诗被弹劾,酿成"乌台诗案",几乎丧命。哲宗元祐元年(1086),旧党得势,苏轼被召还,累迁中书舍人、翰林学士。四年(1089)出知杭州。六年(1091)以翰林学士承旨召还。官至礼部尚书,再知定州。绍圣初年,哲宗亲政,重新启用新党,苏轼又罹党祸,远谪惠州(今属广东)、儋州(今属海南)。徽宗即位,苏轼遇赦北还,卒于常州。追谥文忠。有诗文集《东坡七集》,词集《东坡乐府》。

第一节 苏轼的散文成就

在宋代古文家里,苏轼是最重视"文"的一位,他鄙视"千人一律"的程式文字,主张创作要"求物之妙","随物赋形",能行于所当行,止于不可不止。故苏轼行文,比韩愈平易,比欧阳修条畅,在散文创作的题材内容和写作技巧方面都作出了新的探索与开拓。今存苏轼的各体散文4000余篇,大致可分为议论文和记叙文等类别。这些杰出的散文作品,标志着宋代古文运动的最高成就和完全胜利,开辟了文学散文发展的广阔道路。

一 议 论 文

苏轼早年作文喜论古今治乱而不为空言,所以议论文在早期苏文中占的比重较大,包括奏议、进策、杂说等,而以政论、史论为突出。他的政论文《思治论》、《策略》、《策别》、《策断》等各篇,从儒家的政治思想出发,广引历史事实加以论证,精神上继承了贾谊、陆

赞的传统,而其文笔纵横恣肆,显见《战国策》的影响。他的史论能据常见史料做翻案文章,见解独到,不落窠臼。如《留侯论》:

  古之所谓豪杰之士者,必有过人之节。人情有所不能忍者,匹夫见辱,拔剑而起,挺身而斗,此不足为勇也。天下有大勇者,卒然临之而不惊,无故加之而不怒。此其所挟持者甚大,而其志甚远也。
  夫子房受书于圯上之老人也,其事甚怪。然亦安知其非秦之世有隐君子者出而试之?观其所以微见其意者,皆圣贤相与警戒之义。而世不察,以为鬼物,亦已过矣。且其意不在书。当韩之亡,秦之方盛也,以刀锯鼎镬待天下之士,其平居无罪夷灭者,不可胜数。虽有贲、育,无所复施。夫持法太急者,其锋不可犯,而其势未可乘。子房不忍忿忿之心,以匹夫之力,而逞于一击之间。当此之时,子房之不死者,其间不能容发,盖亦已危矣。千金之子,不死于盗贼,何者?其身之可爱,而盗贼之不足以死也。子房以盖世之才,不为伊尹、太公之谋,而特出于荆轲、聂政之计,以侥幸于不死,此圯上之老人所为深惜者也。是故倨傲鲜腆而深折之,彼其能有所忍也,然后可以就大事,故曰:"孺子可教也。"
  楚庄王伐郑,郑伯肉袒牵羊以逆,庄王曰:"其君能下人,必能信用其民矣。"遂舍之。勾践之困于会稽而归臣妾于吴者,三年而不倦。且夫有报人之志而不能下人者,是匹夫之刚也。夫老人者,以为子房才有余而忧其度量之不足,故深折其少年刚锐之气,使之忍小忿而就大谋。何则?非有生平之素,卒然相遇于草野之间,而命以仆妾之役,油然而不怪者,此固秦皇之所不能惊,而项籍之所不能怒也。
  观夫高祖之所以胜,而项籍之所以败者,在能忍与不能忍之间而已矣。项籍唯不能忍,是以百战百胜,而轻用其锋。高祖忍之,养其全锋而待其弊。此子房教之也。当淮阴破齐而欲自王,高祖发怒,见于词色。由此观之,犹有刚强不忍之气,非子房其谁全之?
  太史公疑子房以为魁梧奇伟,而其状貌乃如妇人女子,不称其志气。呜呼!此其所以为子房欤!

文章通过张良成功地辅佐刘邦灭秦楚、兴汉室的事例,阐述了成大事业必须"忍小忿而就大谋"的道理。在论说风格上,既不同于欧阳修的纡徐委备,又不同于王安石的瘦硬简健,而是纵横捭阖,气势充沛,雄辩恣肆,议论透辟而又通俗明晓,深入浅出而又文采斐然。

二 记叙文

  记叙文是苏轼散文中文学价值最高、最具独创性的部分,包括碑传文、记叙文及文赋等,而以山水游记和亭台堂阁记为代表。
  苏轼是继柳宗元之后大量创作山水游记的作家,他的游记不仅记叙、描写、议论并重,

而且议论成分占的比重较大,往往凭借议论给文章辟出新的境界。如《赤壁赋》对"水与月"的议论:

> 苏子曰:"客亦知夫水与月乎?逝者如斯,而未尝往也。盈虚者如彼,而卒莫消长也。盖将自其变者而观之,则天地曾不能以一瞬。自其不变者而观之,则物与我皆无尽也,而又何羡乎!且夫天地之间,物各有主。苟非吾之所有,虽一毫而莫取。唯江上之清风,与山间之明月,耳得之而为声,目遇之而成色,取之无禁,用之不竭,是造物者之无尽藏也,而吾与子之所共适。"

文章描写秋夜泛舟赤壁情景,曲折抒发政治失意的苦闷与不平心情,表现不以得失为怀的旷达超脱胸襟和乐观自适的精神风貌。文中的景物描写非常优美,但所起的作用是由引起美感向触动思想而产生理智判断过渡,以阐发哲理、发表议论为主,故苏轼的游记更多地表现出借景立论的特点,尤其善于表现对自然景物的赏会与人生哲理领悟之间的奇妙结合。

苏轼的记叙文多数是文学性散文,诗情画意,触处皆是;覃思妙理,一出自然。如《石钟山记》:

> 《水经》云:"彭蠡之口有石钟山焉。"郦元以为下临深潭,微风鼓浪,水石相搏,声如洪钟。是说也,人常疑之。今以钟磬置水中,虽大风浪不能鸣也,而况石乎!至唐李渤始访其遗踪,得双石于潭上,扣而聆之,南声函胡,北音清越,枹止响腾,余韵徐歇。自以为得之矣。然是说也,余尤疑之。石之铿然有声者,所在皆是也,而此独以钟名,何哉?
>
> 元丰七年六月丁丑,余自齐安舟行适临汝,而长子迈将赴饶之德兴尉,送之至湖口,因得观所谓石钟者。寺僧使小童持斧,于乱石间择其一二叩之,硿硿焉。余固笑而不信也。至暮夜月明,独与迈乘小舟至绝壁下。大石侧立千尺,如猛兽奇鬼,森然欲搏人,而山上栖鹘,闻人声亦惊起,磔磔云霄间,又有若老人咳且笑于山谷中者,或曰:"此鹳鹤也。"余方心动欲还,而大声发于水上,噌吰如钟鼓不绝,舟人大恐。徐而察之,则山下皆石穴罅,不知其浅深,微波入焉,涵澹澎湃而为此也。舟回至两山间,将入港口,有大石当中流,可坐百人,空中而多窍,与风水相吞吐,有窾坎镗鞳之声,与向之噌吰者相应,如乐作焉。因笑谓迈曰:"汝识之乎?噌吰者,周景王之无射也,窾坎镗鞳者,魏庄子之歌钟也。古之人不余欺也。事不目见耳闻而臆断其有无,可乎?"郦元之所见闻,殆与余同,而言之不详。士大夫终不肯以小舟夜泊绝壁之下,故莫能知。而渔工水师,虽知而不能言,此世所以不传也。而陋者乃以斧斤考击而求之,自以为得其实。余是以记之,盖叹郦元之简,而笑李渤之陋也。

写月夜乘舟至绝壁探索自然奥秘,终得山作钟鸣的真相。文笔精练传神,如写月光下巨石森然如猛兽奇鬼,且闻栖鹘惊起怪叫,"若老人咳且笑"。只是略加点染,就写出了环境的阴森恐怖,属姿态横生的生花妙笔。苏文里的亭台记也很有特色,如《喜雨亭记》、《放鹤亭记》、《醉白堂记》等,往往借题发挥,随机生发出一段妙理高论,融记事、抒情与思辨为一体。可以说,记叙文最能展示苏轼随物赋形的作文本领,体现他才情横溢的奇思妙想。

苏轼《自评文》说:"吾文如万斛泉源,不择地皆可出,在平地滔滔汩汩,虽一日千里无难。及其与山石曲折,随物赋形,而不可知也。所可知者,常行于所当行,常止于不可不止,如是而已矣。其他虽吾亦不能知也。"这是作文的最高境界,也是苏轼散文的特点。

第二节 苏轼的诗歌创作

宋诗能于唐诗外别开生面,苏轼起了关键性的推动作用。他才力大,学问高,可完全不受成规的束缚,将作文的方法用之于作诗而获得成功。他的诗有"东坡体"之称,于情无所不畅,于景无所不取,加之议论博辩,滔滔莽莽而才气纵横,既有出法度中的新意和豪放外的妙理,又有新鲜的比喻、多样化的风格和磅礴的气势。

一 苏轼诗歌的创作概况

苏轼诗歌现存2700余首,内容极其丰富。按其题材内容,大体可分为社会政治诗、山水景物诗、和陶诗、题画诗四类。这些诗的创作,可以作者贬谪黄州为界,分为前后两期。前期他怀着宏大的政治抱负,本着儒家经世致用的思想,写出了一批富有批判精神的社会政事诗,其中有一部分是针砭时弊和讽刺新法的作品。后期的题材是抒写贬谪时期复杂矛盾的人生感慨,以超然物外、随缘自适的佛老思想为基调,创作风格由豪健清雄向清旷简远、平淡自然方面转变。

苏轼前期的诗歌有一些反映民生疾苦和时政得失的诗篇,如《荔支叹》:

> 十里一置飞尘灰,五里一堠兵火催。颠坑仆谷相枕藉,知是荔支龙眼来。飞车跨山鹘横海,风枝露叶如新采。宫中美人一破颜,惊尘溅血流千载。永元荔支来交州,天宝岁贡取之涪。至今欲食林甫肉,无人举觞酹伯游。我愿天公怜赤子,莫生尤物为疮痏。雨顺风调百谷登,民不饥寒为上瑞。君不见:武夷溪边粟粒芽,前丁后蔡相笼加。争新买宠各出意,今年斗品充官茶。吾君所乏岂此物,致养口体何陋耶?洛阳相君忠孝家,可怜亦进姚黄花。

此诗乃针对弊政而发,从南方至都城沿途到处可见设置传递荔枝之驿站,反映出的正是官奢民敝的现实,作者关心黎民之情、痛恶劳民之苦,甚至直接批评皇帝"吾君所乏岂此物,致养口体何陋耶"。

苏轼前期诗歌中具有较高审美价值的作品是那些将人生感悟融入山水写景中的抒情遣怀之作。苏轼的山水景物诗以善于捕写动景见长,故动景多于静景,奇景多于常景。

例如：

  水光潋滟晴方好，山色空濛雨亦奇。欲把西湖比西子，淡妆浓抹总相宜。(《饮湖上初晴后雨》)

  黑云翻墨未遮山，白雨跳珠乱入船。卷地风来忽吹散，望湖楼下水如天。(《六月二十七日望湖楼醉书五绝》其一)

《饮湖上初晴后雨》以拟人手法把西湖的晴姿雨态、水光山色写得光彩明艳，神韵无限。宋陈善谓"要识西子，但看西湖，要识西湖，但看此诗"(《扪虱新话》)。此诗比喻新奇，诗风清新秀丽。《六月二十七日望湖楼醉书五绝》其一写西湖夏日倏忽之间骤起骤停的暴雨奇观，写出作者对大自然的一刹那的心领神会。

苏轼笔下所描绘的山川景色，常常带有昂扬乐观的情绪，动感比较强烈，如《游金山寺》：

  我家江水初发源，宦游直送江入海。闻道潮头一丈高，天寒尚有沙痕在。中泠南畔石盘陀，古来出没随涛波。试登绝顶望乡国，江南江北青山多。羁愁畏晚寻归楫，山僧苦留看落日。微风万顷靴文细，断霞半空鱼尾赤。是时江月初生魄，二更月落天深黑。江心似有炬火明，飞焰照山栖乌惊。怅然归卧心莫识，非鬼非人竟何物？江山如此不归山，江神见怪惊我顽。我谢江神岂得已，有田不归如江水！

由于热爱大自然，喜登山临水览奇观妙景，山水景物诗的写作贯穿了苏轼的一生。贬谪黄州以后，他把政治上遭到压抑的苦闷消解于湖光山色之中，诗歌出现了萧散冲淡的格调，更加有意识地追求陶渊明诗那种平淡的风格。

苏轼有120多首和陶诗，而且作于不同时期，他之所以酷爱和陶诗，一是爱好陶诗"质而实绮，癯而实腴"的艺术特色；二是崇拜陶渊明的性情和为人。如《和陶归园田居》六首其三：

  新浴觉身轻，新沐感发稀。风乎悬瀑下，却行咏而归。仰观江摇山，俯见月在衣。步从父老语，有约吾敢违。

这是对陶渊明《归园田居》诗其三的和诗。诗写得极平浅而有深味，在艺术方面把握住了陶诗豪华落尽见真纯的特色，将亲身经历的生活予以真切、平淡而自然的描写，追求超然淡泊、意与境会，如纪昀所评："极平浅而有深味，神似陶公。"

苏轼是宋代文人画的作者，有很高的绘画和鉴赏水平。他曾评唐代王维"诗中有画"、"画中有诗"，第一次明确提出诗画相通的看法。他的题画诗，善于写出画面的动态，能把画景转换为诗景，并就画意进行艺术联想，揭示画外之韵味，如《惠崇春江晚景》：

  竹外桃花三两枝，春江水暖鸭先知。蒌蒿满地芦芽短，正是河豚欲上时。

不仅忠于原画，描写出画面的春景，还赋予画中鸭子以感觉，想象河豚的动向，生动地烘托出了画面中春天的气息和原画的神韵，补充和丰富了原作的艺术蕴涵。

二 苏轼诗歌的创作特色

苏轼在宋代诗歌的发展中所占的地位，实不亚于唐代的李白、杜甫。尽管苏轼也接受李、杜和其他唐代诗人的影响，但在开拓诗境和诗的表现手法方面却能与唐人争胜，开辟出宋诗的新园地，造就宋诗的新生命。

"以文为诗"是苏轼的显著特色之一。诗的散文化，本非诗歌创作的正道，可苏轼才力横绝，无施不可，竟成为他矜才使气、翻新出奇的手段。苏轼的"以文为诗"实际上是靠以才气为诗而获得成功的。如《百步洪二首》其一：

> 长洪斗落生跳波，轻舟南下如投梭。水师绝叫凫雁起，乱石一线争磋磨。有如兔走鹰隼落，骏马下注千丈坡。断弦离柱箭脱手，飞电过隙珠翻荷。四山眩转风掠耳，但见流沫生千涡。崄中得乐虽一快，何异水伯夸秋河！我生乘化日夜逝，坐觉一念逾新罗。纷纷争夺醉梦里，岂信荆棘埋铜驼。觉来俯仰失千劫，回视此水殊委蛇。君看岸边苍石上，古来篙眼如蜂窠。但应此心无所住，造物虽驶如吾何！回船上马各归去，多言谂谂师所呵。

此诗描写长洪汹涌奔腾的猛势，惊险壮美的景象，以及作者惊心动魄的经历与感受，并阐说人生哲理与禅悟。比喻连用是其主要艺术手法，七个比喻一气而出，意象新颖离奇，创制古所未有的博喻，诗中充溢着诗人的才气。这是以文为诗的典型之作。

敏锐细致的观察力和出色的文字表现力，也是诗人才气的表征。许多生活里的平凡事物，一经苏轼的手写出，往往具有不平凡的意义，给人以触处生春之感，如《纵笔》三首之一：

> 寂寂东坡一病翁，白须萧散满霜风。小儿误喜朱颜在，一笑那知是酒红。

本为自嘲衰老，但通过酒后红颜的调侃，写出贬谪生活中虽失意而从容自宽的达观性格，诗意、诗境灿然显现。又如《汲江煎茶》：

> 活水还须活火烹，自临钓石取深清。大瓢贮月归春瓮，小杓分江入夜瓶。茶雨已翻煎处脚，松风忽作泻时声。枯肠未易禁三碗，坐听荒城长短更。

煎茶饮茶是日常生活中最为平凡之事，而苏轼下笔却独出新意，横生妙趣，境界自高，字里行间充溢着超逸的才气，表现了通达从容的人生态度，谪居心情写得甚为含蓄。

苏诗的另一特色是以才学为诗，体现为好议论、使事用典。苏轼有意识地以议论入诗，将对事物的形象感受与哲理思考结合起来。如《和子由渑池怀旧》：

> 人生到处知何似？应似飞鸿踏雪泥。泥上偶然留指爪，鸿飞那复计东西。老僧已死成新塔，坏壁无由见旧题。往日崎岖还记否，路长人困蹇驴嘶。

此诗乃为其弟辙送行之作。诗中有旧时的回忆和情感的表达，但其特别之处是将自然现

象和人生感受皆转化为理性的反思,上升为深刻的哲理。他的一些山水景物诗,也有此特点,如《题西林壁》:

> 横看成岭侧成峰,远近高低各不同。不识庐山真面目,只缘身在此山中。

自然界的现象引发了诗人的理性思考,作者由写景寄怀升华到人生感悟的哲理高度。再如《琴诗》:

> 若言琴上有琴声,放在匣中何不鸣?若言声在指头上,何不于君指上听?

这类诗已没有一般诗的情思,完全是理性的思辨,纯然是议论了。

苏诗在宋代即被称为"东坡体",成为宋诗的一种风格范式。苏轼作诗兼备各体而以七言为擅长,且风格多样。其七绝吐语清丽精美,多传世佳作;七古气格雄健豪放,尤见才气纵横。苏诗的基本风格有二:一是刚健含婀娜的清丽雄健,二是豪放加平淡的清旷闲逸,但就体现苏轼"坡仙"的旷达品格而言,高风绝尘才是其诗风的主导倾向,即一种超越世俗羁绊的风神韵致和审美境界。如《东坡》:

> 雨洗东坡月色清,市人行尽野人行。莫嫌荦确坡头路,自爱铿然曳杖声。

写踽踽独行于荒坡之夜的恬淡与自适,表现身处逆境却怡然自得的旷达情怀,风致超逸淡远。

第三节 苏轼词的革新意义

苏轼的词在宋词的发展变革中占有重要地位,他突破了传统词作的题材限制,扩大了词境;他以诗为词,指出词的向上一路,促进了词体的变革。相比于他的散文、诗歌,苏轼在词的创作方面取得的成就更大。陈廷焯云:"人知东坡古诗、古文卓绝百代,不知东坡之词,尤出诗文之右。"(《白雨斋词话》卷七)苏轼对词体的全面革新,提高了词体的地位,使宋词能与唐诗并列而无愧色,以至被人们视为有宋一代文学的代表,这是他对宋代文学发展的大贡献。

一 苏词的超旷高远襟怀

晚唐五代以来所形成的词体观念对待诗和词的态度是不同的,认为诗应体现教化思想,风格应温柔敦厚;而词则与诗判然有别,绮丽婉媚为其特色。苏轼的词,时人以"以诗为词"评之,即指其词具有诗的品格和气质,与本色当行的词有着明显的不同。苏轼以诗为词的创作是在其明确的词体观念的指导下进行的。苏轼认为词应向诗靠拢,特别是优秀的词应与诗没有差别。他认为词是"诗之裔"(《祭张子野文》),称赞优秀的词作为"古长短句诗也"(《与蔡景繁书》)。苏轼"以诗为词",以诗的品格改造传统本色的词体,以诗的精神提高词的品位,可以说"以诗为词"集中体现了苏轼词的独特风格。胡寅说:"及眉山苏氏,一洗绮罗香泽之态,摆脱绸缪宛转之度,使人登高望远,举首高歌,而逸怀浩气,超然乎尘垢之外,于是《花间》为皂隶,而柳氏为舆台矣。"(《向子諲酒边集后序》)

从《花间集》开始,词的创作受樽前应歌环境的影响,"男子而作闺音",文人词的主题内容和抒情写景逐渐模式化,诸如男欢女爱、相思离别、叹老嗟悲等等具有共性的内容,词中缺乏作者鲜明独特的主体意识,从词中看不出作者的胸襟、怀抱、气质,创作主体的个性被消融在模式化的共性之中。

苏轼词突出表现自我的胸襟和怀抱,苏轼以自我之口吻,抒自我之情,在词中充分表现了自己的个性。苏轼的词记录了他的感情经历和心路历程,其词与其诗一样,呈现出士大夫的气质性格。如其《沁园春》[赴密州早行,马上寄子由]的下片:"当时共客长安,似二陆初来俱少年。有笔头千字,胸中万卷。致君尧舜,此事何难?用舍由时,行藏在我,袖手何妨闲处看。身长健,但优游卒岁,且斗尊前。"词中展示了士大夫文人出处行藏的复杂心情,是作者人到中年、仕途坎坷的慨叹。东坡词中有激情,也有闲适;有缠绵,也有超逸:都是作者自我性情的表现。元好问说:"自东坡一出,性情之外不知有文字。"(《新乐府引》)如《水调歌头》:

  明月几时有?把酒问青天。不知天上宫阙,今夕是何年。我欲乘风归去,唯恐琼楼玉宇,高处不胜寒。起舞弄清影,何似在人间! 转朱阁,低绮户,照无眠。不应有恨,何事长向别时圆?人有悲欢离合,月有阴晴圆缺,此事古难全。但愿人长久,千里共婵娟。

全词以跌宕流动之笔,描绘天上与人间、幻想与现实、出世与入世两种境界,而立足现实,热恋人世,表现出作者彻悟人生后之超旷高远襟怀。当时,苏轼避开京城的政治旋涡而出知密州,现实的失意寥落使他在醉中产生"乘风归去"的幻景,终以"月有阴晴圆缺"的自然现象为自己人生坎坷自解自慰。词中一个襟怀浩逸、超脱达观的主人公形象跃然而现。再如《定风波》:

  莫听穿林打叶声,何妨吟啸且徐行,竹杖芒鞋轻胜马,谁怕?一蓑烟雨任平生。料峭春风吹酒醒,微冷。山头斜照却相迎。回首向来萧瑟处,归去,也无风雨也无晴。

叙写道中遇雨至晴的经过,于即目所见引发人生哲理。雨既不怕,晴亦不喜,展示出精神的超越与乐观坦荡之襟怀。词中阐发了他的人生态度和人生哲学:心胸坦荡,从容不迫,随遇而安。郑文焯评此词云:"此足征是翁坦荡之怀。"(手批《东坡乐府》)词人的人生境界由此词得以展现。

二 苏词对题材的拓展

苏词把士大夫文人较为宽广的生活内容带到了词中。诗中通常表现的题材,如咏史怀古、悼亡怀人、登临送别、田园风光、说理谈禅、爱国热情等等，无不涉入笔端，正如刘熙载所说："无意不可入，无事不可言。"（《词概》)东坡词题材的扩大也是他以诗为词的一个方面。

词以言情为"当行"，然而晚唐五代以来词中之情多为艳情。苏轼词将情的范围扩展至朋友、师生、兄弟、夫妻之间。前引《水调歌头》即是"怀子由"，抒兄弟之情；《木兰花令》[次欧公西湖韵]乃抒师生之情；而下面这首《江城子》则是悼念亡妻的：

    十年生死两茫茫。不思量，自难忘。千里孤坟、无处话凄凉。纵使相逢应不识，尘满面，鬓如霜。 夜来幽梦忽还乡。小轩窗，正梳妆。相顾无言、唯有泪千行。料得年年肠断处，明月夜，短松冈。

本篇悼念亡妻，复融入宦海浮沉之慨，遂使此作真情勃郁，令人叹惋。以悼亡入词，乃苏轼的首创。

词为"艳体"，"绮筵公子，绣幌佳人"作于花间樽前，词中内容多写城市妇女生活。农村生活、农民形象极少入词。农村题材正式入词由苏轼始，如这首《浣溪沙》：

    簌簌衣巾落枣花，村南村北响缫车，牛衣古柳卖黄瓜。 酒困路长惟欲睡，日高人渴漫思茶，敲门试问野人家。

这是苏轼在徐州知州任上写下的五首《浣溪沙》组词中的第四首。这首词描绘了农村的生产和生活情景，充满了乡土气息，给晚唐五代以来的香艳词坛吹进一缕清新的村野之风。

咏物是北宋渐兴的题材，敦煌词及中唐文人词中虽已有咏物因素，但还不是专事专题咏物之词，苏轼的咏物词作有开拓之功。东坡的咏物词有30余首，咏橘、咏古松、咏柳、咏红梅、咏琴、咏海棠等等，已具规模。如《水龙吟》[次韵章质夫杨花词]咏杨花颇得神韵："春色三分，二分尘土，一分流水。细看来，不是杨花，点点是离人泪。"将杨花、思妇融合无迹。王国维有"咏物之词，自以东坡《水龙吟》为最工"（《人间词话》）之评。再如《卜算子》：

    缺月挂疏桐，漏断人初静，时见幽人独往来？缥缈孤鸿影。 惊起却回头，有恨无人省。拣尽寒枝不肯栖，寂寞沙洲冷。

词题为"黄州定慧院寓居作"，是苏轼初到黄州贬所之作。此为"乌台诗案"险遭杀身之祸，处境艰难之时。苏轼词中咏"孤鸿"，实为写自己的心情。词中的"孤鸿"既写出了作者"忧谗畏讥"战战兢兢的处境和心情，也写出了作者清高孤傲的性格。苏轼的咏物词借鉴了咏物诗的艺术传统，将所咏之物形与理浑然结合，咏物以寓寄托，奠定了咏物词的体制特色。在苏轼之后，咏物词渐盛，至南宋姜夔、王沂孙等已蔚为大观。

三　苏词豪放旷达的风格

在苏轼之前，由词体的"娱宾遣兴"的功能决定，词体风格以婉约为主，虽有个别词人或因特别的经历,或因特殊的性格,有少量突破传统词风的作品(如范仲淹、欧阳修)外,未能形成引人注目的新气象。苏轼豪放旷达词风一出现,立即引发了词坛的震动。苏轼词打破了花间以来为应歌合乐而形成的独重女音,男子而作闺音的传统定式,而代之以表现抒发士大夫情志的创作心理,风格上也打破了专以婉丽柔媚为美之局限,转变为具有多样化的审美风格。苏轼的词气象宏大,风格豪放旷达、雄健清刚。如《念奴娇》[赤壁怀古]:

> 大江东去,浪淘尽、千古风流人物。故垒西边,人道是、三国周郎赤壁。乱石穿空,惊涛拍岸,卷起千堆雪。江山如画,一时多少豪杰! 遥想公瑾当年,小乔初嫁了,雄姿英发。羽扇纶巾,谈笑间,樯橹灰飞烟灭。故国神游,多情应笑我,早生华发。人生如梦,一樽还酹江月。

此为苏轼代表作,写于元丰五年(1082)黄州谪居时。词名"怀古",实乃抒发其胸襟抱负,亦即报国之志、不遇之感。词中描绘"赤壁"雄奇景色,万里江山、千古英雄,既激起作者爽迈奋发之情,亦加深其内心苦闷,乃有"人生如梦"之叹。词中展现了瑰奇壮丽的江山人物,苏轼雄奇阔大的胸怀与极其沉重的伤感忧患,给人造成了强烈的震撼。后人读苏轼词,"歌之曲终,觉天风海雨逼人"(陆游《跋东坡七夕词后》)。

再如《江城子》[密州出猎]:

> 老夫聊发少年狂。左牵黄,右擎苍。锦帽貂裘、千骑卷平冈。为报倾城随太守,亲射虎,看孙郎。 酒酣胸胆尚开张。鬓微霜,又何妨! 持节云中、何日遣冯唐? 会挽雕弓如满月,西北望,射天狼。

上片直述打猎,下片抒怀言志,全词豪情贯注,以射猎、饮酒之"壮观",抒御敌报国之壮志,益显英雄豪放风格,直开南宋抗战爱国词先河,影响至深。词中用语慷慨,音调高亢,节奏顿挫刚健,形成苏词"自是一家"的特色。词中表达了报效朝廷,捍卫国家的豪情,洋溢着崇武杀敌的阳刚之气。

苏轼词令人耳目一新的风格,在当时并不为词坛认同,还招致了不少非议,甚至连苏门弟子也颇有微词。陈师道说:"子瞻以诗为词,如教坊雷大使之舞,虽极天下之工,要非本色。"(《后山诗话》)批评东坡词任情挥洒不协音律、有乖词体法度。南宋以后,时代的主旋律与东坡豪放词风相契合,东坡风渐盛,并衍为辛弃疾的爱国词派。

苏轼的豪放旷达的风格既是他个性的真切表现,又是他清醒的审美追求。他在《与鲜于子骏书》中说:"虽无柳七郎风味,亦自是一家。"可见苏轼是有意创立"自是一家"的新气象的。王灼云:"东坡先生非心醉于音律者,偶尔作歌,指出向上一路,新天下耳目,弄笔者始知自振。"(《碧鸡漫志》卷二)指出了东坡词豪放旷达风格在词史上的重要意义。

还应指出的是,苏轼创新词风,突破音律的束缚,并非不通音律,随意而为。其实苏轼词中音律谐婉的作品为数不少,这些传统应歌之作,为适应女子谐婉的歌喉,不仅协律,而且精妙;而那些或为表现自我,或为士大夫之间同声相求的辞章则往往只求畅情达意,而于音律有所不顾。不同的创作目的、创作环境,影响到不同的风格和音律特点。

【本章习题指要】

1. 苏轼散文创作的成就和特色。
2. 苏轼诗歌的创作特征及其在宋诗发展中的地位。
3. 苏轼词作的创作特征及其对宋词发展的贡献。

第四章　黄庭坚与江西诗派

黄庭坚是在宋诗发展过程中起重要作用的诗人，与苏轼并称苏、黄。前人论宋诗，每以苏、黄为代表，说苏诗气象阔大，如长江大河，风起涛涌，自成奇观；黄诗则格律森严，如危峰千尺，拔地而起，使人望而生畏。前者天才超群，后者用功深刻。以黄庭坚为宗主的江西诗派，是宋代影响最大的诗歌流派，陈师道和陈与义等，被认为是这个诗派的中坚力量，他们对宋诗的发展也有贡献。

第一节　黄庭坚的诗与词

黄庭坚(1045—1105)，字鲁直，自号山谷道人，又号涪翁，祖籍金华(今属浙江)，后迁洪州分宁(今江西修水)。早年诗文即得苏轼赏识，"与张耒、晁补之、秦观俱游苏轼门，天下称为四学士"(《宋史》卷四四四《黄庭坚传》)。崇宁二年(1103)，他被列名元祐党籍，次年死于贬所。有《山谷集》、《山谷外集》和《山谷别集》。

一　黄庭坚诗歌的题材内容

黄庭坚的诗歌约存1900首，就其题材内容而言，大约可分为三类：一类是用于日常交际应酬的赠答诗、次韵诗以及咏物诗等，约300首，或是以诗代笺，或为依韵酬唱，或近于游戏笔墨，缺乏诗的情思韵味，价值不大。一类是反映民生疾苦和时事政治的诗，如《流民叹》、《虎号南山》等，直接涉及现实，但这类诗不多。还有一类是能表现自我人格和襟怀的抒情写意的作品，包括思亲怀友、感时抒怀之作，羁旅行役诗和一部分题咏书画及轩亭的诗，占黄诗总数的三分之二。

由于生活于北宋中后期党争激烈、政治黑暗和文网严密的时代，加之个人性格的因素，黄庭坚的诗歌创作对社会政治问题有所回避，希望能狷介自持而洁身远祸。他习惯于从亲朋友谊、林泉雅趣和读书治学中寻觅诗意，体会日常生活中的情思和妙理。如《池口风雨留三日》：

孤城三日风吹雨，小市人家只菜蔬。水远山长双属玉，身闲心苦一春锄。翁从旁舍来收网，我适临渊不羡鱼。俯仰之间已陈迹，暮窗归了读残书。

写旅途的见闻和杂感,表达抱负不能实现的内心苦闷和不慕虚荣而以读书自娱的人生态度。

黄庭坚性格内向,为人较谨慎随和,奉行"和光同尘"的处世哲学,不赞成像苏轼那样嬉笑怒骂,所以直接抨击时政的作品不多,他写得最出色、最有个性的,是那些能表现自我人格和襟怀的抒情诗歌。如《寄黄几复》:

> 我居北海君南海,寄雁传书谢不能。桃李春风一杯酒,江湖夜雨十年灯。持家但有四立壁,治病不蕲三折肱。想得读书头已白,隔溪猿哭瘴溪藤。

诗写对同乡好友黄几复的思念之情,亦寓怜才之意与不平之气,透露出凄伤心境。将亲友之情、身世之感和老大之叹等中老年人常有的复杂感情糅合起来抒写,真挚而深厚,十分感人,从中可以看出诗人笃于情谊的敦厚性格,以及明达的胸襟和狷介的操守。此诗无论从表现的深度,还是从写作特色来看,都堪称黄庭坚的优秀之作。

二 黄庭坚诗歌的特色

在诗歌创作的艺术渊源方面,黄庭坚对杜甫、陶渊明、韩愈、李商隐及西昆诗派都有所继承,但以学杜为宗旨,尤其是强调要规摹杜甫夔州以后的诗。他在《与孙克秀才》中说:"请读老杜诗,精其句法。"句法不仅是黄庭坚学习前人艺术经验的入口,也是他自己创作中推陈出新的重要方面。黄庭坚作诗喜欢多用拗句,就是从杜甫那里学来的,但杜甫只是偶一为之,黄庭坚则是专意于此,成为山谷体的特色之一。如《题落星寺》四首其三:

> 落星开士深结屋,龙阁老翁来赋诗。小雨藏山客坐久,长江接天帆到迟。宴寝清香与世隔,画图绝妙无人知。蜂房各自开户牖,处处煮茶藤一枝。

此诗不仅能借鉴前人句法,取古人陈言加以点化,变腐朽为神奇,而且故意调换诗中的平仄,造成声调的拗折,给人以奇崛劲峭的感觉,这在诗律上属于"拗体"。

黄庭坚提倡多读书,要以学问为诗,以故为新,变俗为雅,有"无一字无来处"和"点铁成金"、"夺胎换骨"之说。在具体的诗歌创作中,他力避常规的用滥的俗典,注重对典故的改造和发挥。或取其一端生发开去,或将几个典故熔为一炉,营造新的意境。如《登快阁》:

> 痴儿了却公家事,快阁东西倚晚晴。落木千山天远大,澄江一道月分明。朱弦已为佳人绝,青眼聊因美酒横。万里归船弄长笛,此心吾与白鸥盟。

快阁是泰和县一临江楼阁。此诗写登快阁赏澄江美景并书怀,描绘出泰和江山辽阔远大、景物清秀的特点。用典精妙隐秘,点化杜诗如若己出,往往于一事中可令读者联想到许多,反映了诗人思力的深微。如"痴儿"句用《晋书·傅咸传》的典故,包含自嘲、自许、自放、自快等多重意思。"朱弦"、"青眼"一联,活用伯牙、子期和阮籍的典故,造成诗的顿挫和语意的沉郁。

用典是山谷体标新立异、出奇制胜的重要方面,惠洪《冷斋夜话》说:"山谷云:诗意无穷,而人之才有限。以有限之才,追无穷之意,虽渊明、少陵不得工也。然不易其意而造其语,谓之换骨法;窥入其意而形容之,谓之夺胎法。""夺胎换骨"是"点铁成金"的具体化,是一种使古人的意象和用语产生质的变化,化平凡为奇趣的语言炼金术。从本质上看,它是对前人用典法的一个发展,目的在于"以故为新"——援用前人之语而另立新意,从陈熟的意象中翻新出奇。

生新(奇)瘦硬,向来被认为是山谷体诗风的特征。"瘦"者,洗净铅华,摒绝绮艳;"硬"者,刚健挺拔,力矫柔弱。黄庭坚作诗,常以字句的奇崛造成一种陌生感,追求诗境的生新美、诗语的峭拔美和诗韵的兀拗美。为达此景,除命意新奇、谋篇避熟和声律拗拙外,字句的锻炼也是极其讲究的。工于炼字是山谷体的特征之一,以善用动词、形容词和语助虚词的炼法著称,如:

寒虫催织月笼秋,独雁叫群天拍水。(《听宋宗儒摘阮歌》)

数行嘉树红张锦,一派春波绿泼油。(《寄别说道》)

文章功用不经世,何异丝窠缀露珠。(《戏呈孔毅父平仲》)

黄庭坚有"辞必己出"的炼字功夫,加上禅家的机锋语,诗句自然奇崛精警、生新瘦硬了。但这种务为奇僻的做法,极易形成故作艰涩的流弊,张戒《岁寒堂诗话》说:"山谷只知奇语为诗,而不知常语亦诗也。"颇能点中山谷体诗的毛病。

山谷体诗不全是生新瘦硬的作品,也有写得浏亮芊绵的自然晓畅之作。如《雨中登岳阳楼望君山二首》:

投荒万死鬓毛斑,生出瞿塘滟滪关。未到江南先一笑,岳阳楼上对君山。

满川风雨独凭栏,绾结湘娥十二鬟。可惜不当湖水面,银山堆里看青山。

二诗抒发屡经贬谪而终获放还的欣喜之情与览胜感慨,表现作者晚年历经磨难而不屈服的坚强性格,虽不乏劲峭气格,但运笔自然流畅,语句浅易。黄庭坚晚年的诗出现了追求自然简易的倾向,趋于"平淡而山高水深"的老成境界。

总之,黄庭坚山谷体诗的基本特征是求生避熟,求雅脱俗。其艺术特点有三:一是以学杜为宗旨,重视句法,发展了拗句、拗律的体制;二是强调"无一字无来处",用典以故为新、变俗为雅,长于点化铸造,富有思致和机趣;三是好奇尚硬,造语洗尽铅华,独标隽旨,风格生新瘦硬峭拔,同时兼有浏亮芊绵的一面。黄庭坚的山谷体诗歌是元祐时期宋诗发展到高峰期的产物。元祐诗人以苏轼享名最盛,黄庭坚出于苏门,然于苏诗之外独树一帜,自成一家。他倾毕生精力于诗歌创作,工于炼字和用典,讲究语意老重和规模宏远,笔式奇纵,句法尤高。宋诗发展到黄庭坚的山谷体,用功最为深刻,能整旧为新,为诗歌创作的一大变局。黄庭坚死后,山谷体诗法大行,衍为江西诗派,酿成唐宋诗之争,直至近代,其流风余韵犹未尽歇。

三 黄庭坚的词

黄庭坚的词雅俗并存,在当时毁誉不一。一方面词名颇高,如陈师道说:"今代词手唯秦七、黄九耳,唐诸人不迨也。"(《后山诗话》)一方面又因词风俚俗而遭非议。

黄庭坚的雅词颇得东坡豪放词的神韵。王灼说:"黄鲁直皆学东坡,韵制得七八。"(《碧鸡漫志》卷二)如《念奴娇》:

> 断虹霁雨,净秋空,山染修眉新绿。桂影扶疏,谁便道,今夕清辉不足。万里青天,姮娥何处。驾此一轮玉。寒光零乱,为谁偏照醽醁。　年少从我追游,晚凉幽径,绕张园森木。共倒金荷,家万里,难得尊前相属。老子平生江南江北,最爱临风曲。孙郎微笑,坐来声喷霜竹。

此词作于西南贬所,身处逆境却表现出傲岸倔强的性格。全词意境开阔,风格豪放,黄庭坚曾自称此词"或以为可继东坡赤壁之歌"。

黄庭坚的词无论豪放、旷达还是婉丽之作,都带有他兀傲俊洁的个性色彩,如《鹧鸪天》词的下片:"身健在,且加餐。舞裙歌板尽清欢。黄花白发相牵挽,付与时人冷眼看。"因而黄庭坚的词具有特殊的"精而险"(王世贞《艺苑卮言》)的特点,在词史上独树一帜。

黄庭坚的俗词带有明显的学柳永的痕迹。黄庭坚词之俗主要有二:一是写艳情而流于狎亵,二是运用下层社会的俚俗语言和僻字、怪字。

黄庭坚写淫艳词颇为知名,他说:"余少时,间作乐府,以使酒玩世,道人法秀独罪余以笔墨劝淫,于我法中当下犁舌之狱。"(《小山集序》)如《忆帝京》[私情]写妓女的心理:"断肠时,至今依旧。镜中销瘦。那人知后。怕夯你来僝僽。"格调不高。再如《归田乐引》:

> 对景还销瘦,被个人、把人调戏,我也心儿有。忆我又唤我,见我嗔我,天甚教人怎生受。　看承幸厮勾,又是樽前眉峰皱。是人惊怪,冤我忒撋就。拚了又舍了,定是这回休了,及至相逢又依旧。

通篇模拟烟花女子声腔,表现女子的内心独白。惟其惟妙惟肖,越发显得格调低下。此词置于柳永词中几难辨识。黄庭坚词中用俚词俗语比柳永有过之而无不及。词论家对此的批评也最为集中,如贺裳说:"黄九时出俚语,如'口不能言,心下快活',可谓伧父之甚。"(《皱水轩词筌》)黄庭坚还常在词中用一些"字书所不载"(《四库全书总目·山谷词提要》)的僻字、怪字,这些字词大概只在少数方言区中运用,这样就更增加了其词的俚俗色彩。

第二节　陈师道和陈与义

江西诗派有"一祖三宗"之说。"一祖"为杜甫,"三宗"是黄庭坚、陈师道和陈与义。

陈师道作诗全凭学力专精,讲苦吟,求奇拙,其锤炼辛苦处与黄庭坚无异。他的诗被称为"后山体",与黄庭坚的"山谷体"并称,是典型的宋诗。陈与义虽名列三宗之位,可作诗并不墨守江西派的成规,他才情颇高,能参透各家而融会贯通,创造出"简斋体"诗的新风格。

一 陈师道

陈师道(1053—1102),字履常、无己,号后山居士,彭城(今江苏徐州)人。他一生绝意科举,以清贫自守。元祐初由苏轼等人荐为徐州教授,除太学博士,改教授颍州,召为秘书省正字。享年49岁。与苏轼关系甚密,为"苏门六君子"之一。有《后山先生集》。

黄庭坚有诗云:"闭门觅句陈无己,对客挥毫秦少游。正字不知温饱味,西风吹泪古藤州。"形象地道出了陈师道的专心苦吟和生活窘困。陈师道作诗标举"宁拙勿巧,宁朴勿华",力求简省字句,摒却华辞丽藻。他的感情和心思都比黄庭坚深刻,可因一味学山谷体的瘦硬,表达得很痛苦,与其生活的不顺相似,如《春怀示邻里》:

> 断墙著雨蜗成字,老屋无僧燕作家。剩欲出门追语笑,却嫌归鬓著尘沙。风翻蛛网开三面,雷动蜂窠趁两衙。屡失南邻春事约,只今容有未开花。

《夏日书事》:

> 花絮随风尽,欢娱过眼空。穷多诗有债,愁极酒无功。家在斜阳下,人归满月中。肝肠浑欲破,魂梦更无穷。

人穷苦,作诗亦很辛苦,诗成后的去取也极严峻。史称陈师道作诗小不中意辄焚去,用功一生,仅仅保留下来765首诗,都是呕心沥血的产物。诗至后山体,可以说已走入仄径穷途,既无意于华采,又不能驰骋才气,无才无华,就只剩下瘦硬了。

同为瘦硬诗风,黄、陈却有些不同,如果说山谷体是疏影横斜,尚有暗香浮动,那么后山体则是枯株槎枒,只见瘦骨崚嶒了,虽瘦硬而不通神。不过陈师道只要不是一味地以简缩字句为工,较为放松些,就可以写出极朴挚的诗来。如《绝句四首》(其四):

> 书当快意读易尽,客有可人期不来。世事相违每如此,好怀百岁几回开?

写具体生活感受与日常生活理趣:好书很快就读完,好友不常来,人生难得几开怀,既有哲理性又自然平易,已无枯涩之感。再如《示三子》:

> 去远即相忘,归近不可忍。儿女已在眼,眉目略不省。喜极不得语,泪尽方一哂。了知不是梦,忽忽心未稳。

用最质朴的语言来表达自己的真情实感,句简语拙而味永,真醇无华,有一种朴拙之美。

后山体的五言诗之佳者,往往以拙为工,简妙雅淡,瘦而有骨,用力而无痕,学老杜而得其神髓。这是刻苦掌握写诗技巧后,返璞归真所呈现出来的化巧为拙的诗歌境界,情真意切,达到了所谓至情无文的境地。

二 陈与义

陈与义(1090—1139),字去非,号简斋,洛阳(今河南洛阳)人。政和三年(1113)登上舍甲科。任太学博士、兵部员外郎。绍兴元年(1131)迁中书舍人,兼掌内制。后拜翰林学士、知制诰、参知政事。终以资政殿学士提举临安洞霄宫,享年49岁。有《简斋集》。

陈与义经历了北宋末期和南宋初期两个阶段。其诗歌创作可以南渡为界,分为前后两期。

其前期诗多书怀、咏物、唱和之类的作品,其中那些表现个人生活情趣的流连光景之作,清新冲淡,明净雅致。经历了靖康之变,后期诗转而多忧国感时,写了不少寄托遥深的诗篇。诗风变得雄阔浑厚,沉郁悲壮。他诗学杜甫,又受苏轼、黄庭坚和陈师道等人的影响,但因天分绝高,工于变化,故能卓然自辟蹊径。

在前期诗歌创作中,陈与义受黄庭坚、陈师道的影响较为明显,如重视句法,造语凝练;但他的诗句比较流动,比黄、陈在更大程度上摆脱了对仗的束缚,长于宽对和活对,并且善炼虚字,善于在闲淡处取神,虽精警不及黄庭坚、锻炼不及陈师道,但意境、情韵却胜过他们,展露出善于捕捉瞬间意象的作诗天分。如《春日》二首其一:

朝来庭树有鸣禽,红绿扶春上远林。忽有好诗生眼底,安排句法已难寻。

《中牟道中》二首其二:

杨柳招人不待媒,蜻蜓近马忽相猜。如何得与凉风约,不共尘沙一并来。

用简洁的白描手法描绘景物,很少用典故、比喻和想象,常常是直接追摹观察景物所获得的突出印象,似乎是冲口而出,浅语入妙。他的流连光景之作,题材虽小,但对自然景物的观察较细致,描写平常的自然景物生动而饶有情趣,这对后来的杨万里等人是有影响的。

南渡之后,陈与义在国破家亡的颠沛流离之中,对杜甫诗有了更深的领会,作诗由黄、陈上溯杜甫,学杜诗那种直面社会现实的感慨遥深,能"以雄浑代尖巧"。例如:

洞庭之东江水西,帘旌不动夕阳迟。登临吴蜀横分地,徙倚湖山欲暮时。万里来游还望远,三年多难更凭危。白头吊古风霜里,老木苍波无限悲。(《登岳阳楼》其一)

庙堂无策可平戎,坐使甘泉照夕烽。初怪上都闻战马,岂知穷海看飞龙!孤臣霜发三千丈,每岁烟花一万重。稍喜长沙向延阁,疲兵敢犯犬羊锋。(《伤春》)

《登岳阳楼》其一写因靖康之乱而避难流离的忧伤与悲慨,抒发国破家亡之痛、颠沛流离之慨。诗于实景描写中感时伤乱,抚今追昔,写得气象宏阔,意境苍远,诗风沉郁雄深,悲凉遒丽。《伤春》一诗,为建炎四年(1130)春陈与义得知高宗逃命穷海的危急消息而作。建炎三年(1129)金兵南侵长驱直入,十一月渡江攻破建康,入临安,四年正月破明州(今浙江宁波),于海上以舟师追高宗,高宗航海逃至温州(今浙江温州)。此诗抒发丧乱之痛和爱国孤愤,指斥弊政,写得沉郁顿挫,声调高亮,诗风雄浑悲壮。

陈与义后期诗歌创作的风格发生了很大的变化,即使是写景咏物之作,也常寓有深沉的家国之思。如《雨中再赋海山楼》:

> 百尺阑干横海立,一生襟抱与山开。岸边天影随潮入,楼上春容带雨来。慷慨赋诗还自恨,徘徊舒啸却生哀。灭胡猛士今安有?非复当年单父台。

不仅写登楼所见的景色,更融入了人生的感慨和对国家命运的忧虑。

在陈与义的后期创作中,比较接近杜甫的是七言诗,取法杜诗的酣畅饱满之格,得其沉雄之韵。诗的对仗已不完全注重字面的工稳精巧,而更着重于上下句之间气脉的内在联系,潜气内转,使全诗的意境更加圆融。这种简斋体诗,风格遒上,思力沉挚,已突破了黄、陈瘦硬诗风的局限,取材和诗境都较恢宏,形成了雄浑、沉郁的独特的艺术风格。

严羽的《沧浪诗话》在"以人而论"诗体时,于南宋时期仅列"陈简斋体"、"杨诚斋体"两家,他认为诚斋体"亦江西之派而小异",接着,方回创江西诗派的"一祖三宗"之说,把陈与义与黄庭坚、陈师道并列为三宗,此后,论者多习惯于将陈与义视为江西诗派中人,几已成为定说。但陈与义诗歌以直致语、浅语入诗,以及重意境、重白描的风格皆与江西诗派有所不同。陈与义自创的这种简斋体,能避免江西诗风流行带来的弊端,给当时的诗坛吹进了一股清新之风,为宋代诗歌的发展作出了贡献。

【本章习题指要】

1. 黄庭坚"山谷体"诗歌的艺术特征。
2. 黄庭坚的作诗主张。
3. 陈师道"后山体"诗歌的创作特征。
4. 陈与义"简斋体"诗歌的创作特征。

第五章 柳永与北宋词坛

就北宋词坛而言,可分为三个时期:其一,从开国到仁宗庆历年间,是北宋词的初期,晏殊、欧阳修等词人,承继花间派与南唐词风而有变化;其二,仁宗景祐以后,直至英宗、神宗、哲宗三朝,是北宋词的创造时期,大词人柳永、苏轼以及秦观等,是推动宋词发展的关键人物;其三,由哲宗末年,历徽宗一朝,直至汴京沦陷,是北宋词的总结期,出现"集大成"的周邦彦,北宋灭亡后的南渡词人里,李清照、朱敦儒的主张和风格与北宋词的联系较为紧密,故在此也一并叙说。在北宋词的发展过程中,柳永起着承上启下的重要作用。

第一节 柳永的慢词

北宋词的发展,至柳永出而为一大变,他采用教坊新声和里巷俚曲制作慢词长调,变旧声为新声,不仅赢得了社会下层的热烈欢迎,还影响到达官贵人的上流社会甚至宫廷。柳永的慢词,展现了晚唐五代以来文人小令词所没有的新的审美风貌,开启了词史新的一页,同时也开启了宋词作为一代之文学的新时代。

一 柳永词的题材内容

柳永(980?—1053?),原名三变,字景庄,行七,亦称柳七,改名永,字耆卿。祖籍河东(今山西永济),徙居崇安(今属福建)。柳永少年读书乡里,及冠入京应试。科场失意后,历遍荆楚吴越。仁宗景祐元年(1034)登进士第,后历任推官、县令、盐场监官、判官等职。庆历初改官著作郎入京,授西京灵台令、太常博士。皇祐中,迁屯田员外郎,后人称为柳屯田。晚年流落不偶,病殁于润州。有《乐章集》,存词200余首。

柳永生活的时期,正是北宋初年经济繁荣的时期,市民享乐意识膨胀,首都汴京更是一派歌舞升平。在此背景下,柳永"应运而生"。宋人叶梦得《避暑录话》卷三说:"柳永……为举子时,多游狭邪,善为歌辞,教坊乐工每得新腔,必求永为辞,始行于世,于是声传一时。"柳永沉溺于秦楼楚馆、花间樽前,凭着他精通音乐的才能,很快在青楼妓院、勾栏瓦舍这些社会下层场所受到了妓女、乐工的推誉,并成为当时最负盛名的"通俗歌曲作家"。

词产生于民间,文人染指之后,便形成了民间和文人两个传统。北宋初期的词人大多不屑于民间词的俚俗,只有柳永,既为文人身份,又谱写民间风味的词。柳永词中表现出了具有下层市民特征的感情、观念、价值标准。如《定风波》:

自春来,惨绿愁红,芳心是事可可。日上花梢,莺穿柳带,犹压香衾卧。暖酥消,腻云亸。终日厌厌倦梳裹。无那。恨薄情一去,音书无个。　早知恁么。悔当初,不把雕鞍锁。向鸡窗,只与蛮笺象管,拘束教吟课。镇相随,莫抛躲。彩线闲拈伴伊坐。和我,免使年少,光阴虚过。

这首词描绘了一位思妇空虚无聊的精神状态和悔恨哀愁的内心世界。此词体现了下层市民的爱情观,长相厮守,过一种平庸而甜蜜、琐细而快活的生活。"彩线闲拈伴伊坐"正是这种生活最典型的写照,是市民生活中实实在在的俗意识。显然,这种市民的俗意识是上流社会士大夫所鄙夷的,柳永词在当时受到抨击的原因也正在于此。

柳永词中多写风尘女子,但作者对她们的感情却是真挚的、深沉的、平等的。这种态度与以晏殊、欧阳修为代表的士大夫词人形成了鲜明的对照。如《雨霖铃》:

寒蝉凄切,对长亭晚,骤雨初歇。都门帐饮无绪,留恋处、兰舟催发。执手相看泪眼,竟无语凝噎。念去去、千里烟波,暮霭沉沉楚天阔。　多情自古伤离别,更那堪、冷落清秋节！今宵酒醒何处？杨柳岸、晓风残月。此去经年,应是良辰好景虚设。便纵有、千种风情,更与何人说！

这首词写离别相思更富于真切感,与士大夫虚拟、做作出来的"情语"完全不同。在士大夫的观念中,歌妓是被玩弄欣赏的对象,招之即来,挥之而去,不能与歌妓"平等相待",不失士大夫身份,这便是文人的风雅。柳永正是在这一点触犯了"忌讳"。对下层歌妓的态度正是封建士大夫斥责柳永其人其词"俗"的根本原因。

柳永的不少词作为迎合受众而作,甚至可以说柳词是作为商品投入市场的。受众的需要成为柳词题材内容的选择。正如论者所说:"屯田词在小说中如《金瓶梅》。"(陈锐《褒碧斋词话》)正是指柳永词中多男女两性的描写,这正是柳永迎合下层市民娱乐要求的结果。柳词中有大量描写妓女的篇章,有些词章就是专为妓女而作的。同样写男女之情,柳永词与唐五代及同时代人的词作有着显著的不同。其他文人写艳情,往往具有抽象的象征的性质;而柳永词中所表现出的则是活生生的动作和情感,这也是词之雅俗的重要区别。

柳永的词扩大了词的题材领域,向着更广阔的社会空间拓展。陈振孙说,柳永词"音律谐婉,语意妥帖,承平气象,形容曲尽,尤工于羁旅行役"(《直斋书录解题》卷二一)。在词中大量描写羁旅行役的感受和城市风光,柳永首开风气。柳永一生或为功名奔走,或因仕宦颠簸,常行走于旅途。他往往把途中所见与羁旅劳顿、人生遭际的痛苦交织在一起,如《安公子》:"游宦成羁旅,短樯吟倚闲凝伫。万水千山迷远近,想乡关何处。自别后、风亭月榭孤欢聚,刚断肠、惹得离情苦。听杜鹃声声,劝人不如归去。"情景交融,令人备感其苦。再如《八声甘州》:

对潇潇暮雨洒江天,一番洗清秋。渐霜风凄紧,关河冷落,残照当楼。是处红衰翠减,苒苒物华休。惟有长江水,无语东流。　　不忍登高临远,望故乡渺邈,归思难收。叹年来踪迹,何事苦淹留！想佳人、妆楼颙望,误几回、天际识归舟。争知我、倚阑干处,正恁凝愁！

此为柳永羁旅行役词的代表作。上片着意渲染秋景凄冷,传达出兴象高远之秋士悲戚;下片则全写怀人伤别之儿女柔情。气象宏阔,音节悲亢。苏轼评"霜风凄紧,关河冷落,残照当楼"句:"此语于诗句,不减唐人高处。"(赵令畤《侯鲭录》卷七引)柳词风格呈现雅俗两种不同的特点。柳永词以俗称于世,然并非仅长于俗。柳永本是文人,且是艺术素养极高的文人。他的一些词作如此首《八声甘州》,写自己身世时事之感,融景入情,意境深远,格调高雅,具有诗的气质和韵味,更重要的是,此词是柳永切身感受,非为迎合他人而作,表现出柳永的文人本色。

宋人黄裳说:"柳氏乐章,喜其能道嘉祐中太平气象。"(《书乐章集后》)北宋初年,随着经济的繁荣,城市也迅速发展起来。所谓"太平气象",尤以都市风光最有代表性,如其《望海潮》:

　　东南形胜,三吴都会,钱塘自古繁华。烟柳画桥,风帘翠幕,参差十万人家。云树绕堤沙,怒涛卷霜雪,天堑无涯。市列珠玑,户盈罗绮竞豪奢。　　重湖叠巘清嘉。有三秋桂子,十里荷花。羌管弄晴,菱歌泛夜,嬉嬉钓叟莲娃。千骑拥高牙。乘醉听箫鼓,吟赏烟霞。异日图将好景,归去凤池夸。

此词极写杭州湖山的美丽和城市的繁荣,传说金主完颜亮读后起投鞭南渡之意,可见此词的感染力之强。

二　柳永对词体的贡献

由花间词所形成的文人词的传统,主要特征之一即体裁以小令为主。小令体制短小,与之相应,词的内容风格也形成了一定的特点,"《花间》逸格,原以少许胜人多许"(杨芳灿《纳兰词序》),说的就是小令以抒情为主,强调含蓄蕴藉的效果。然而小令体裁也有一定的局限性,如词的内涵容量有限,尤其叙事功能欠缺;词体结构也显得简单而少变化,缺少开阖起伏的变化。慢词是依慢曲子所填写的词。慢曲在音乐上有变化繁多和悠扬动听的特点。慢词字数较小令多,后世称之为长调。音乐和字数的特点,使慢词的容量增加,在叙事抒情、结构安排和语言修辞等方面都与小令显出了审美差异。

柳永在词史上以创制慢词而著称,完善了慢词的体制和表现手法。柳永的慢词在表现手法上适应下层市俗民众的接受习惯,叙事写情直观浅露,不求含蓄蕴藉,不为比喻联想,"铺叙展衍,备足无余"。在章法上,柳永词更注重叙事完整,描写细腻的效果。王灼说"柳耆卿《乐章集》,世多爱赏该洽,序事闲暇,有首有尾"(《碧鸡漫志》卷二),即是指柳词的这个特点。如《夜半乐》:

冻云黯淡天气,扁舟一叶,乘兴离江渚。渡万壑千岩,越溪深处。怒涛渐息,樵风乍起,更闻商旅相呼。片帆高举,泛画鹢、翩翩过南浦。　　望中酒旆闪闪,一簇烟村,数行霜树。残日下,渔人鸣榔归去。败荷零落,衰杨掩映。岸边两两三三,浣纱游女,避行客、含羞笑相语。　　到此因念:绣阁轻抛,浪萍难驻。叹后约丁宁竟何据!惨离怀,空恨岁晚归期阻。凝泪眼、杳杳神京路,断鸿声远长天暮。

这首词写乘舟出行,词中不厌其详地罗列地点、景物,不给读者发挥的余地,不让读者在某一景物上生发联想、体味余韵。柳永作慢词用铺叙手法,无论叙事、写景或是抒情,层层铺叙,层层递增,情感表达尽露无余,不求余韵。这是一种迥别于小令的手法。

柳永词广泛流传,"凡有井水饮处,即能歌柳词"(叶梦得《避暑录话》),语言的通俗是其流行的重要原因。柳词语言之俗主要表现在两个方面:其一,词中采用市井方言俗语,如"甚时向"(《尾犯》)、"便只合"(《昼夜乐》)、"长只恁"(《征部乐》)、"好生地"(《长寿乐》)等等。尤其是体现口语特点的副词"恁"、"争"、"处"、"怎",语尾词"得"、"成"、"了"等等,使他的词具有生动易懂的特点。柳永词确曾达到了预期的效果:"言多近俗,俗子易悦。"(《苕溪渔隐丛话》卷三九引《艺苑雌黄》)其二,柳永常在词中用第一人称代言,模拟人物声口语气。柳永的词有一些是应歌妓的要求而写,并由歌妓演唱的。为了演唱得委婉生动,柳永在揣摩歌妓心理、模拟歌妓声口方面下了工夫,如《鹤冲天》:"假使重相见,还得似当初么?悔恨无计那,迢迢良夜,自家只恁摧挫。"《征部乐》:"待这回好好怜伊,更不轻离拆。"最典型的要数《玉女摇仙佩》:"愿奶奶兰心蕙性,枕前言下,表余深意。"这些在词中特别"生动"的语言,赢得了俗众的欢迎,也遭到了激烈的批评:"如柳屯田之'兰心蕙性','枕前言下',不几风雅扫地乎?"(田同之《西圃词说》)

柳永的词大多是用来演唱的,词为音乐文学,演出效果与音韵声律有着直接的关系。尤其是在宋初,词律尚未定型,词人可以通过音韵声律的适当变化来表现自己的个性。柳永即运用韵脚、四声等变化达到奇特刺激的效果,以此来吸引和感染受众。据研究,柳永的词中韵脚的安排与其他词人作品的大致均匀有很大不同,忽疏忽密,疏者二十余字用韵,密者数字即用韵。疏密如此悬殊,可见柳词当时之词调音乐,其旋律必然跳动活泼,变化多端,在演奏时,忽而"缓歌慢舞",忽而"急管繁弦",极尽变化之能事。再来看四声的安排。柳词中运用四声阴阳、去声、入声字、去上连用、句中用韵以及双声、叠韵,使人感到音节极其响亮。柳永词之所以受到受众的热烈欢迎,与其词的音律、语音的安排结构有着直接的关系。

柳永的词对后世产生了深远的影响。自他之后,文人创作慢词渐多,蔚为大观,清人宋翔凤《乐府余论》云:"其后东坡、少游、山谷辈相继有作,慢词遂盛。"北宋后期集大成的周邦彦也以慢词著称,从柳永慢词中汲取营养,"慢词始盛于耆卿,大成于清真"(夏敬观《映庵词评》)。柳永的俚俗词风也影响于后世。不仅黄庭坚、秦观等人"学柳七作词"(《高斋诗话》记苏轼语),更有"沈公述、李景元、孔方平、处度叔侄、晁次膺,万俟雅言……六人者,源流从柳氏来"(王灼《碧鸡漫志》卷二)。俗词创作在文人中不乏传人。以柳永为代表的俗词对金元曲子的发展产生了重要的影响,柳词则有"曲祖"之称。

第二节　秦观、晏几道和贺铸

北宋中叶慢词的流行,为词家开作词法门不少。柳永所作慢词,已脱尽《花间》以来填词习用的腔调,拓展了词的表现方式和内容,才华横溢的苏轼也不免受其影响,秦观、晏几道等人无不取法他的风调。但柳词哀感顽艳而词语尘下,多亵俗、粗率的市井语;秦观词则以清丽和婉出之,情致幽远,风格遒劲。秦观等人不仅使慢词复归于醇雅,为士大夫所乐闻,而且在令词方面多有不俗的表现。

一　秦　观

秦观(1049—1100),字太虚,后改字少游,号淮海居士,高邮(今属江苏)人。神宗元丰八年(1085)登进士第。苏轼荐入京,迁太学博士、秘书省正字及国史院编修。绍圣年间因受朝廷内部新、旧党争牵连,出为杭州通判,再贬郴州、横州、雷州。元符三年(1100)诏还,道卒于藤州(今广西藤县)。有《淮海词》,又名《淮海居士长短句》,存词80余首。

秦观虽是"苏门四学士"之一,但他的词却看不出有多少东坡豪放词风的影响,而近于花间体,是所谓典型的本色当行之词。宋人论少游词多注意其词纤艳柔婉的外部特征,如有人说"少游词虽婉美,然格力失之弱"(胡仔《苕溪渔隐丛话·后集》卷三三)。如果深入体察秦观的"词心",则可发现"少游虽作艳语,终有品格"(王国维《人间词话》)。

宋人蔡伯世说:"子瞻辞胜乎情,耆卿情胜乎辞,辞情相称者,唯少游而已。"(《词苑萃编》引)若论"情",秦观为多愁善感的性格,有"古之伤心人"(冯煦《蒿庵论词》)之称,词中之情深沉浓挚。秦观词多写相思离别的题材,但在词中融入了自己身世经历的感受,常常在言情述愁中表现出很深的思致。清代冯煦说:"少游以绝尘之才,早与胜流,不可一世,而一谪南荒,遽丧灵宝。故所为词,寄慨身世,闲雅有情思,酒边花下,一往而深。"(《蒿庵论词》)如其《满庭芳》:

山抹微云,天连衰草,画角声断谯门。暂停征棹,聊共引离尊。多少蓬莱旧事,空回首、烟霭纷纷。斜阳外,寒鸦数点,流水绕孤村。　　销魂。当此际,香囊暗解,罗带轻分。谩赢得、青楼薄幸名存。此去何时见也?襟袖上、空惹啼痕。伤情处,高城望断,灯火已黄昏。

此词写传统的离愁别恨题材,但将仕途失意的"身世之感""并入"(周济《宋四家词选》)其中,读者从词中还是可以感受到词人宦场失意、前途迷茫的抑郁和悲凉。又如《踏莎行》:

雾失楼台,月迷津渡,桃源望断无寻处。可堪孤馆闭春寒,杜鹃声里斜阳暮。
驿寄梅花,鱼传尺素,砌成此恨无重数。郴江幸自绕郴山,为谁流下潇湘去。

此词写于贬谪远徙之地郴州(今湖南郴县)。词中自然环境的凄凉与词人谪居心情之悲苦交织在一起,词风"凄厉"(王国维《人间词话》),已毫无所谓纤柔婉媚之感。

秦观在当时即以精通音律而著称。秦观的词平仄协调,音节和谐,节奏鲜明,具有悦耳动听的音乐美。秦观汲取了柳词通俗自然的语言特点,形成了自己清新雅致而又明白晓畅的语言风格,如冯煦所评"淡语皆有味,浅语皆有致,求之两宋词人,实罕其匹"(《蒿庵论词》)。他善于融化前人诗句,如将隋炀帝诗"寒鸦千万点,流水绕孤村"化为"寒鸦数点,流水绕孤村"(《满庭芳》),"语虽蹈袭,然入词尤是当家"(王世贞《艺苑卮言》)。其词典雅而又清新晓畅,时人评论:"虽不识字人,亦知是天生好言语。"(《能改斋漫录》引晁无咎语)再来看其《鹊桥仙》:

纤云弄巧,飞星传恨,银汉迢迢暗度。金风玉露一相逢,便胜却人间无数。
柔情似水,佳期如梦,忍顾鹊桥归路。两情若是久长时,又岂在朝朝暮暮。

抒情中融入议论,委婉深沉又自然流畅。

秦观词在本色的婉约词体的发展流变中有着重要地位。陈廷焯云:"秦少游自是作手,近开美成,导其先路;远祖温、韦,取其神不袭其貌,词至是乃一变焉。"(《白雨斋词话》卷一)他与柳永合称"秦柳",与周邦彦合称"秦周",具有承前启后的作用。

二 晏几道

晏几道(1030?—1106?),字叔原,号小山,晏殊幼子。虽出相门,却于仕途颇为坎坷。词与父晏殊齐名,称"二晏"。有《小山词》。

晏几道在《小山词自序》中发出感慨:"追惟往昔过从饮酒之人,或垅木已长,或病不偶。考其篇中所记悲欢离合之事,如幻,如电,如昨梦前尘,但能掩卷怃然,感光阴之易迁,叹境缘之无实也。"这是他晚年的哀叹。他亲历了一个显赫家族的逐步衰落过程,这位至性至情的性情中人,用词抒发生活中体验到的哀愁,有一种不能自已的真情实感。其《小山词》里的作品,一改大晏《珠玉词》那种雍容典雅的气度,形成极其凄楚哀怨的伤感情调。如《蝶恋花》:

醉别西楼醒不记,春梦秋云,聚散真容易。斜月半窗还少睡,画屏闲展吴山翠。
衣上酒痕诗里字,点点行行,总是凄凉意。红烛自怜无好计,夜寒空替人垂泪。

选取生活中最富于表现力的细节,深婉曲折地抒写心灵的颤音。他不仅对悲愁的感受很细腻,对欢乐的体验也是刻骨铭心的。《鹧鸪天》是其代表作:

彩袖殷勤捧玉钟,当年拼却醉颜红。舞低杨柳楼心月,歌尽桃花扇底风。 从别后,忆相逢,几回魂梦与君同。今宵剩把银釭照,犹恐相逢是梦中。

此词写情人别后重逢。词中女子身份由"彩袖"及歌舞场面可知为歌妓,上片呈现传统花间艳情题材的表象,下片词情转入深沉,尤其结句化用杜甫诗句"夜阑更秉烛,相对如梦寐"之意,追忆往昔的富贵生活,充满盛衰无常的感慨。

宋代陈振孙评晏几道的词说:"在诸名胜中,独可追逼《花间》,高处或过之。"(《直斋书录解题》卷二一)晏几道是北宋词人中最后一位以写小令著称的词人,他的词将花间体的华美精致、含蓄蕴藉发挥到了极致。晏几道的词多写自己的感情经历,在情感深度的挖掘上,与《花间》词相比已有很大的推进。

三　贺　铸

贺铸(1052—1125),字方回,原籍山阴(今浙江绍兴),卫州(今河南汲县)人。宋太祖贺皇后族孙,娶宗室女,长七尺,面铁色,眉目耸拔,俗谓贺鬼头。早年曾任武职,后转文官,博学,业诗文,词亦"高绝一世"。诗集有《庆湖遗老集》。词集有《东山词》,又名《贺方回词》、《东山寓声乐府》,词存280余首。

贺铸词风格多样,张耒称其词:"盛丽如游金张之堂,而妖冶如揽嫱施之袪,幽洁如屈、宋,悲壮如苏、李。"(《东山词序》)陈廷焯说:"方回词,儿女英雄兼而有之。"(《云韶集》卷三)正是对贺铸词风格的概括。

其词盛丽、妖冶者继承花间词风,如《青玉案》:

凌波不过横塘路,但目送、芳尘去。锦瑟年华谁与度?月桥花院,琐窗朱户,只有春知处。　　碧云冉冉蘅皋暮,彩笔新题断肠句。试问闲愁都几许?一川烟草,满城风絮,梅子黄时雨。

写词人情无由达的缠绵幽怀,上片极写女子姿态之美和孤寂,下片写伊人不至的感伤,结尾连用三个比喻形容愁绪,生动而新奇。此词在当时非常有名。黄庭坚《寄方回诗》道:"解道江南断肠句,只今惟有贺方回。"(《豫章黄先生文集》卷一一)尤其结尾三句广为人传诵,作者因此得到"贺梅子"的雅号。

贺铸性格耿直,不为权贵折腰,又好尚气使酒,评论时政,臧否人物,因而仕宦40年,一直沉沦下僚,抑塞不平之气时于笔端发之。如《小梅花》[行路难]写道:"缚虎手,悬河口,车如鸡栖马如狗。白纶巾,扑黄尘,不知我辈,可是蓬蒿人。"此词与下面的《六州歌头》皆为贺铸"悲壮"词的代表作:

少年侠气,交结五都雄。肝胆洞。毛发耸。立谈中。死生同。一诺千金重。推翘勇。矜豪纵。轻盖拥。联飞鞚。斗城东。轰饮酒垆,春色浮寒瓮。吸海垂虹。闲呼鹰嗾犬,白羽摘雕弓。狡穴俄空。乐匆匆。　　似黄粱梦。辞丹凤。明月共。漾孤篷。官冗从,怀倥偬。落尘笼。簿书丛。鹖弁如云众。供粗用。忽奇功。笳鼓动。渔阳弄。思悲翁。不请长缨,系取天骄种。剑吼西风。恨登山临水,手寄七弦桐。目送归鸿。

词中表达了爱国豪情及壮志难酬的抑塞不平之气。《六州歌头》是适宜于表现悲壮激昂情感的词调。贺铸这首词在用韵上又有特别之处,全调39句,竟用34韵,句短韵密,急管繁弦,激越的声情在跳荡的旋律中得到了体现。

贺铸词师法苏轼,清旷不足而悲壮过之,在北宋豪放词阵营中独具特色,对南宋辛弃疾及其爱国词派影响甚巨。正如夏敬观所说:"细读东山词,知其为稼轩所师也。世但言苏、辛为一派,不知方回,亦不知东山。"(《手批东山词》)

第三节　周邦彦及其清真词

词是音乐文学,词风常随乐曲的推移而产生变化,北宋后期音乐机构大晟府的建立,促进了当时词风的变化,有以周邦彦为代表的大晟词派产生。周邦彦作词以协律为主,长调尤尚铺叙,于音律和谐中求词句的浑雅,极沉郁顿挫之致。北宋的慢词发展到周邦彦的清真词,以知音律、备法度和风格醇雅著称,既无柳永的"词语尘下"之病,又无苏轼的"多不协律"之讥,成为后世词人取法的榜样,影响极为深远。

周邦彦(1056—1121),字美成,号清真居士,钱塘(今浙江杭州)人。周邦彦早年"疏隽少检"。神宗元丰中入太学,献《汴都赋》,以太学生超擢太学正。约元祐四年(1089)出为庐州教授,知溧水县。政和二年(1112)以直龙图阁出知隆德府、明州,召拜秘书监,进徽猷阁待制,提举大晟府。词集有《清真集》,一名《片玉集》,词存182首。

周邦彦是北宋后期的著名词家。千年词史上,他得到的褒扬最多,评价也最高。陈廷焯说:"词至美成,乃有大宗。前收苏、秦之终,复开姜、史之始。自有词人以来,不得不推为巨擘,后之为词者,亦难出其范围。"(《白雨斋词话》卷一)明清词家喜谈词体正变,周邦彦往往被推为"正宗"、"集大成"者。

周邦彦词的内容仍然是男女之情,相思离别,宋时即有"丽莫若周,赋情或近俚"(邓牧《山中白云词序》)的议论。因周邦彦词的题材与柳永词颇为相近,因而后世常周、柳并称。周词之所以能够得到后世很高的评价,主要取决于它的艺术成就。

柳永曾以擅长写羁旅行役词而闻名,周邦彦这类题材的词更有出蓝之誉。如《兰陵王》[柳]:

柳阴直,烟里丝丝弄碧。隋堤上,曾见几番,拂水飘绵送行色。登临望故国,谁识、京华倦客。长亭路,年去岁来,应折柔条过千尺。　闲寻旧踪迹,又酒趁哀弦,灯照离席。梨花榆火催寒食。愁一箭风快,半篙波暖,回头迢递便数驿。望人在天北。　凄恻!恨堆积。渐别浦萦回,津堠岑寂,斜阳冉冉春无极。念月榭携手,露桥闻笛。沉思前事,似梦里,泪暗滴。

此借柳赋别,抒发作者久旅京华抑塞不舒之悲慨。与柳永慢词的铺叙展衍、一览无余相比,此词布局严谨周密,能寓灵活多姿之描写、顿挫缠绵之抒情于整体性铺叙中,回环往复,层层渲染,意蕴无穷。词境至此,可谓"浑化"。

周邦彦词的艺术特点主要表现在章法结构方面。周邦彦与柳永皆因擅长慢词而闻名,但柳词为迎合受众,在叙事表情时往往直露浅白,不求回味。周邦彦却在词的结构上颇具匠心,章法布局开阖回旋,既有柳词叙事容量和感情力度,又避免了直露无余。如《瑞龙吟》:

> 章台路。还见褪粉梅梢,试花桃树。愔愔坊陌人家,定巢燕子,归来旧处。　黯凝伫。因念个人痴小,乍窥门户。侵晨浅约宫黄,障风映袖,盈盈笑语。　前度刘郎重到,访邻寻里,同时歌舞,唯有旧家秋娘,声价如故。吟笺赋笔,犹记燕台句。知谁伴、名园露饮,东城闲步?事与孤鸿去,探春尽是,伤离意绪,官柳低金缕。归骑晚、纤纤池塘飞雨。断肠院落,一帘风絮。

此词主旨写"伤离意绪",表现手法独具匠心。第一叠以今昔相同景物引入旧情,第二叠倒叙往昔故事的传神细节,第三叠写今日所见所思,结句以景语作结。全词写景、叙事、抒情时空交错变换,造成感慨万端、低徊欲绝的效果。再如《夜飞鹊》[别情]:

> 河桥送人处,良夜何其?斜月远、堕余辉。铜盘烛泪已流尽,霏霏凉露沾衣。相将散离会,探风前津鼓,树杪参旗。花骢会意,纵扬鞭、亦自行迟。　迢递路回清野,人语渐无闻,空带愁归。何意重经前地,遗钿不见,斜径都迷。兔葵燕麦,向残阳、欲与人齐。但徘徊班草,欷歔酹酒,极望天西。

本词围绕别情,写出一个时空错综的故事。作者不顺叙、直说,而采用"逆入"、"平出"、"顿挫"、"盘旋"、"暗逗"等艺术技巧,将不同时地之情景交糅、现实与幻境映衬,再笔笔"勾勒",使全词意境"浑厚",低徊无尽,耐人寻味。本词措辞巧妙,融化前人诗句,自铸新意,极能表现周词变化开新之特色。

清代陈廷焯评周邦彦词:"其妙处,亦不外沉郁顿挫。顿挫则有姿态,沉郁则极深厚。既有姿态,又极深厚,词中三昧亦尽于此矣。"(《白雨斋词话》卷一)所谓"沉郁顿挫"即读者所感受到的效果。正是这种开阖有致的章法,使周邦彦的词显示出感情的浑厚和表达的蕴藉,从而展现出深受文人推崇的沉郁顿挫的境界。

周邦彦在章法布局上还常使用不同感情的相互衬托的手法。陈廷焯云:"美成词有前后若不相蒙者,正是顿挫之妙。"(《白雨斋词话》卷一)如《满庭芳》[夏日溧水无想山作]:

> 凤老莺雏,雨肥梅子,午阴嘉树清圆。地卑山近,衣润费炉烟。人静乌鸢自乐,小桥外、新绿溅溅。凭阑久,黄芦苦竹,拟泛九江船。　年年,如社燕,漂流瀚海,来寄修椽。且莫思身外,长近尊前。憔悴江南倦客,不堪听、急管繁弦。歌筵畔,先安簟枕,容我醉时眠。

上片"人静乌鸢自乐"数句,情绪欢乐轻快,下片"年年,如社燕……憔悴江南倦客",忽转入悲苦,"鸟鸢虽乐,社燕自苦。……此中有多少说不出处,或是依人之苦,或有患失之心,但说得虽哀怨,却不激烈。沉郁顿挫中别饶蕴藉"(陈廷焯《白雨斋词话》卷一)。词中乐情与哀情相互衬托,情感跌宕起伏,具有含蓄蕴藉的效果。

以景结尾是周邦彦词结构布局的又一特色。柳永词以写情著称,在章法上常以情语结篇,缺乏文人所推崇的含蓄蕴藉、回味无穷的效果。沈义父云:"结句法要放开,含有余不尽之意,以景结情最好。如清真之'断肠院落,一帘风絮',又'掩重关,遍城钟鼓'之类是也。"(《乐府指迷》)周邦彦此类词如《浪淘沙慢》:

晓阴重、霜凋岸草,雾隐城堞。南陌脂车待发,东门帐饮乍阕。正拂面、垂杨堪揽结。掩红泪、玉手亲折。念汉浦离鸿去何许?经时信音绝。　情切。望中地远天阔。向露冷风清无人处,耿耿寒漏咽。嗟万事难忘,唯是轻别。翠尊未竭。凭断云、留取西楼残月。　罗带光销纹衾叠,连环解、旧香顿歇。怨歌永、琼壶敲尽缺。恨春去、不与人期,弄夜色,空余满地梨花雪。

此词写离别之苦。第一叠追忆分别情景,第二叠写别后思念,第三叠写思极而怨,情绪达到高潮。结句"恨春去、不与人期,弄夜色,空余满地梨花雪"融情入景,以景语结,给人以幽咽不尽的感受。陈廷焯评此词说:"歌至曲终,觉万汇哀鸣,天地变色。"(《白雨斋词话》卷一)周济于末句评曰:"钩勒劲健峭举。"

与晚唐五代词的自然天成、柳永词的骫骳从俗、苏轼词的率性而为不同,周邦彦倾力作词,苦心孤诣。王灼说他"卓然自立,不肯浪下笔,予故谓语意精新,用心甚苦"(《碧鸡漫志》卷二)。因而周邦彦的词具有人工美的特色。

周邦彦的词以语言典雅、音律精严而为人称道。他善于融化前人诗句入词,浑然天成,如自己出。沈义父说:"清真最为知音,且无一点市井气,下字运意,皆有法度,往往自唐宋诸贤诗句中来,而不用经、史中生硬字面,此所以为冠绝也。"(《乐府指迷》)如《西河》〔金陵怀古〕:

佳丽地。南朝盛事谁记。山围故国绕清江,髻鬟对起。怒涛寂寞打孤城,风樯遥度天际。　断崖树,犹倒倚。莫愁艇子曾系。空余旧迹郁苍苍,雾沉半垒。夜深月过女墙来,伤心东望淮水。　酒旗戏鼓甚处市,想依稀、王谢邻里。燕子不知何世,入寻常、巷陌人家,相对说兴亡,斜阳里。

此词化用了古乐府《莫愁乐》、南朝谢朓《入朝曲》、唐朝刘禹锡《石头城》《乌衣巷》诸诗的句意,通过联想,大大丰富了词的内涵,而无琐碎拼凑的痕迹。周邦彦曾自命其堂为"顾曲堂"(用"曲有误,周郎顾"之意)。提举大晟府,他新创、自度的曲调有50多调,如《瑞龙吟》、《六丑》、《大酺》。词调的增加为宋词开辟了更为广阔的天地。清真妙解音律,其词和婉动听而又激越响亮,填词于四声的安排独具匠心,仄声中上去入的运用,平声与仄声的搭配都十分讲究,王国维说:"读其词者,犹觉拗怒之中,自饶和婉,曼声促节,繁会相宣,清浊抑扬,辘轳交往,两宋之间,一人而已。"(《清真先生遗事·尚论三》)周邦彦的词既具有词体的声情本色,又有文人雅士所认同的诗性气质,因而他的词深受后世的推崇。

第四节　李清照和朱敦儒

宋室南渡之后，因时势的关系，词坛的风气发生了变化。南渡初期的作家词作，多接受苏轼"以诗为词"的影响，以词言志抒怀，借以激励人心，恢宏士气。这方面以辛弃疾成就最大。此外李清照强调"词别是一家"，以女性词人特有的细腻纤巧写闺情词而有丈夫气，创立独具一格的"易安体"；朱敦儒承苏轼词风而走向放旷自适，在放旷的基础上形成了看破红尘的隐逸风调，被称为"朱希真体"或"樵歌体"。

一　李清照

李清照(1084—1155?)，号易安居士，济南章丘(今属山东)人。父李格非，神宗熙宁九年(1076)进士，曾以文章受知于苏轼。清照18岁时嫁赵挺之之子太学生赵明诚，夫妇共事文物收藏、研究，诗词唱和，甚为相得。靖康之变，李清照身遭战祸，又逢丧夫之恸，所藏文物亦散失殆尽，后贫困悲苦，东漂西泊，客死江南。有《漱玉词》(后人辑本)，存词40余首。

李清照才气纵横，通音律、书画，工诗文，尤以词擅名。李清照早期曾写过一篇词论文章，后人题为《词论》。文中对晚唐以来的主要词人分别进行了评论，同时还提出了自己的词体观念。主要内容有二：第一，尚雅。李清照的尚雅主张主要有两个方面的内容：一是思想的雅正，批评南唐词人"语虽奇甚，所谓亡国之音哀以思"。二是语言音律的文雅，批评柳永的词"词语尘下"。第二，"词别是一家"的主张，强调词与诗有别，词比诗有更鲜明的声律特点。李清照自己的词作也十分注重词体特性，形成了独具特色的"易安体"。

李清照的词风以靖康之难为界，分为前后两个时期。前期的李清照生活在温馨和美又充满艺术气息的氛围之中，词多写少女、少妇的生活。词作绰约轻倩，自然妩媚。例如：

薄雾浓云愁永昼，瑞脑销金兽。佳节又重阳，玉枕纱厨，半夜凉初透。　东篱把酒黄昏后，有暗香盈袖。莫道不销魂，帘卷西风，人比黄花瘦。(《醉花阴》)

昨夜雨疏风骤，浓睡不消残酒。试问卷帘人，却道"海棠依旧"。知否，知否？应是绿肥红瘦。(《如梦令》)

《醉花阴》上片描画天时及闺室器物，含蓄述说闺中寂寞；下片紧扣"重阳"抒怀，借"西风"的凄景，与黄花比"瘦"，遂将"销魂"愁思熔铸于秀雅之艺术形象，令人难忘。《如梦令》表现惜花主题，展示女性对大自然瞬息变化之敏感，景物雅致，意象清疏，淡淡的清愁中时时透出闺中的温馨。

后期的李清照经历了国破家亡，生离死别的磨难，词的风格也由清丽淡雅变为沉郁哀痛。如《永遇乐》：

> 落日熔金,暮云合璧,人在何处?染柳烟浓,吹梅笛怨,春意知几许。元宵佳节,融和天气,次第岂无风雨。来相召,香车宝马,谢他酒朋诗侣。　中州盛日,闺门多暇,记得偏重三五。铺翠冠儿,捻金雪柳,簇带争济楚。如今憔悴,风鬟霜鬓,怕见夜间出去。不如向帘儿底下,听人笑语。

此词作于晚年寓居南方时。元宵佳节,一派热闹景象,而词人则落寞孤寂,流落他乡,在衰老憔悴的今日与"中州盛日"的对比中倍感凄凉。

李清照的词具有很高的艺术成就,当时就广为流传,被称为"易安体"。她的词语言清新淡雅又通俗易晓,宋人张端义称赞她的词说:"以寻常语度入音律。炼句精巧则易,平淡入调者难。"(《贵耳集》卷上)李清照的词常用通俗浅近的语言、白描的手法,自然流畅,清新宜人。如《一剪梅》:

> 红藕香残玉簟秋,轻解罗裳,独上兰舟。云中谁寄锦书来?雁字回时,月满西楼。花自飘零水自流,一种相思,两处闲愁。此情无计可消除,才下眉头,却上心头。

词中善用寻常口语,既能曲达情思,又巧合音律。如"轻解罗裳,独上兰舟"、"一种相思,两处闲愁"、"才下眉头,却上心头",足称妙笔,令后人叹服。清人彭孙遹说:"浅俗之语,发清新之思,词意并工,闺情绝调。"(《金粟词话》)

李清照精于音律,特别是她善于将语言变化与声情、词情相结合,达到表现情感的艺术极致。如《声声慢》:

> 寻寻觅觅,冷冷清清,凄凄惨惨戚戚。乍暖还寒时候,最难将息。三杯两盏淡酒,怎敌他、晚来风急!雁过也,正伤心、却是旧时相识。　满地黄花堆积。憔悴损、如今有谁堪摘?守着窗儿,独自怎生得黑!梧桐更兼细雨,到黄昏、点点滴滴。这次第,怎一个、愁字了得!

此词一题"秋情",写秋景以抒发饱经忧患乱离之哀愁。《声声慢》有平声韵和入声韵两种,李清照此词选择迫促、逼仄的入声韵是为了表达创深愁重的感受。词中叠字的运用更具匠心,"寻寻(平声)觅觅(入声)"、"惨惨(上声)戚戚(入声)"、"点点(上声)滴滴(入声)"诸句平声、上声与入声交互运用,形成抑扬有致、顿挫有节的声调,读之有长吁短叹之感。据夏承焘研究,这首词共97字,其中用舌声15字,用齿声42字。舌、齿二声占全词半数以上。"尤其是末了几句:'梧桐更兼细雨,到黄昏点点滴滴,这次第,怎一个愁字了得!'二十多字里舌齿两声交相重叠,这应是有意用啮齿丁宁的口吻,写她自己忧郁惝恍的心情。"(《李清照词的艺术特色》)

李清照的词在后世被推崇为当行本色的典范,如沈谦说:"男中李后主,女中李易安,极是当行本色。"(《填词杂说》)李清照在词史上享有极高的地位,李调元说她"不徒俯视巾帼,直欲压倒须眉"(《雨村词话》卷三)。

二 朱 敦 儒

朱敦儒(1081—1159),字希真,号岩壑,洛阳人。早年隐居山林,清望颇高。金兵南侵,流寓岭南。绍兴初,应召出仕,历兵部郎中、两浙东路提点刑狱。后以"与李光交通",免官。秦桧当政,授鸿胪少卿;桧死,被废。晚年居嘉禾(今浙江嘉兴),于城南放鹤洲筑别墅,恬淡潇洒。其人向被称为"天资旷逸,有神仙风致"。有词三卷,名《樵歌》,存词245首。

朱敦儒在北宋生活了45年,其间可考的词作有20多首,主要是写男欢女爱、离愁别绪的传统题材。朱敦儒南渡前隐居故里,《宋史·文苑传》称他"志行高洁,虽为布衣而有朝野之望",追求的是清狂放逸的人生境界,如《鹧鸪天》[西都作]:

> 我是清都山水郎。天教分付与疏狂。曾批给雨支风券,屡上留云借月章。
> 诗万首,酒千觞。几曾着眼看侯王。玉楼金阙慵归去,且插梅花醉洛阳。

表现了他笑傲王侯、狂放不羁的个性。黄昇称他这类词"有神仙风致"(《花庵词选》)。靖康之难打破了他的潇洒自在,他携家南逃,历尽流亡之苦。如《采桑子》:

> 扁舟去作江南客,旅雁孤云。万里烟尘,回首中原泪满巾。　碧山对晚汀洲冷,枫叶芦根。日落波平,愁损辞乡去国人。

《卜算子》:

> 旅雁向南飞,风雨群初失。饥渴辛勤两翅垂,独下寒汀立。　鸥鹭苦难亲,矰缴忧相逼。云海茫茫无处归,谁听哀鸣急。

抒发了国破家亡的沉痛之情,充满了悲凉凄苦。中原沦丧,敌寇横行,恢复无日,更使他心中充满悲愤,如《相见欢》:

> 金陵城上西楼。倚清秋。万里夕阳垂地、大江流。　中原乱。簪缨散。几时收。试倩悲风吹泪、过扬州。

民族的灾难、家国的不幸,使朱敦儒一改早期词的缠绵和狂放,而代之以沉痛激切。

在被迫隐居的晚年,朱敦儒常常放浪于烟霞间,写了大量的隐逸词,约占《樵歌》总数的五分之三。如《好事近》[渔父词]:

> 摇首出红尘,醒醉更无时节。活计绿蓑青笠,惯披霜冲雪。晚来风定钓丝闲,上下是新月。千里水天一色,看孤鸿明灭。

朱敦儒晚年闲居嘉禾,曾以《好事近》词调成六首《渔父词》,此为第一首。此词用语清疏晓畅,写出了隐逸者的闲适与淡泊;意境超旷而飘逸,画面优美,笔法空灵蕴藉,富于深韵远趣。

朱敦儒词于淡而静的空旷境界中,透出潇洒,加之风格自然飘逸、语言浅白如话,在词坛能自成一格,遂形成了"朱希真体"或"樵歌体"。朱敦儒颇受后世推崇,如汪莘说:"余于词,所爱喜者三人焉。盖至东坡而一变,其豪妙之气,隐隐然流出言外,天然绝世,不假振作。二变而为朱希真,多尘外之想,虽杂以微尘,而其清气自不可没。三变而为辛稼轩。乃写其胸中事,尤好称渊明。此词之三变也。"(《方壶诗余自序》)将他与苏轼、辛弃疾相提并论,似恐过誉。然而,朱敦儒词风南渡前后的变化在文人雅士中却具有典型意义。

【本章习题指要】
1. 柳永词作的创作特征及其对宋词发展的贡献。
2. 秦观、晏几道、贺铸的词作各有什么特色?
3. 周邦彦词作的艺术特征。为什么说清真词"集大成"?
4. 李清照"易安体"的艺术特征。
5. 朱敦儒"樵歌体"的艺术特征。

第六章 辛弃疾与辛派词人

辛弃疾是南宋中叶杰出的词人，他的词发出了时代的最强音，代表了南宋爱国词的最高成就。辛弃疾的词达到了词体艺术的高峰，形成了备受称道的"稼轩体"，对当时及后世均产生了深刻的影响。在唐宋词的发展史上，辛弃疾上承苏轼的传统，又注入更为丰富、深刻的时代内容和审美特质，继往开来，具有很高的地位。

辛弃疾（1140—1207），原字坦夫，改字幼安，号稼轩居士，历城（今山东济南）人。辛弃疾出生时宋室南渡已13年，他的家乡历城已是金人的占领区。北方人民的灾难在他童年生活中留下了深刻的印记。辛弃疾天资聪颖，少即能诗文；膂力过人，武艺高强，素有"青兕"之称。绍兴三十一年（1161）济南农民耿京聚众二十多万起义，辛弃疾也组织了两千多人参加，并在军中掌书记。辛弃疾代表起义军到建康去见宋高宗，北归时，叛徒张安国已谋害了耿京降金。辛弃疾率50人驰骑直入张安国50000人的大营，缚张安国置马上，长驱渡淮归宋，壮举轰动一时。隆兴元年（1163）南宋王朝又倾向对金和议。辛弃疾上《美芹十论》、《九议》，建言抗敌。在这期间，辛弃疾历任滁州知州、建康留守参议官、京西转运判官、湖南安抚使等职，不到十年，职务调动11次。频繁的调动，使他内心充满郁闷。淳熙八年（1181）辛弃疾因言官弹劾而落职退居江西上饶的带湖。宁宗嘉泰三年（1203），64岁的辛弃疾忽然被朝廷起用为两浙东路安抚使，出知绍兴府。可惜辛弃疾到镇江刚满一年，就因言官的弹劾而罢职，他只好重回故宅闲居。开禧三年（1207）九月十日，他怀着归复中原的宏愿，抑郁以殁，临终前"大呼杀贼数声"（《济南府志》）。有《稼轩长短句》，又名《稼轩词》，存词620余首。

第一节 辛词的题材内容

辛弃疾为"一世之豪，以气节自负，以功业自许"（范开《稼轩词序》）。他首先是一个爱国志士，英雄本色表现于词，方成就了他的一代词名。辛词最突出的题材是抒发报国豪情和壮志难酬的悲愤。驰骋疆场杀敌立功，是稼轩一生的向往。例如：

> 壮岁旌旗拥万夫，锦檐突骑渡江初。燕兵夜娖银胡䩮，汉箭朝飞金仆姑。　追往事，叹今吾，春风不染白髭须。却将万字平戎策，换得东家种树书。（《鹧鸪天》）

> 醉里挑灯看剑，梦回吹角连营。八百里分麾下炙，五十弦翻塞外声。沙场秋点

兵。　　马作的卢飞快,弓如霹雳弦惊。了却君王天下事,赢得生前身后名。可怜白发生!(《破阵子》)

《鹧鸪天》通篇采用今昔对比手法,形象地概括了词人作为抗金名将的悲壮一生。上片英雄话当年,宏壮奋励,气盖万夫;下片喟叹现实处境,悲怆深沉,痛苦无奈,对照十分强烈。周在浚说:"辛稼轩当弱宋末造,负管、乐之才,不能尽展其用。一腔忠愤,无处发泄。观其与陈同父抵掌谈论,是何等人物,故其悲歌慷慨抑郁无聊之气,一寄之于词。"(《借荆堂词话》)准确地道出了辛弃疾的思想和情感。《破阵子》开篇从醉里看剑——英雄无用武之地写起,在梦中豪情壮志得以实现:阅兵、驰骑、射箭,建功立业令人激昂感奋;梦醒回到现实,"可怜白发生",将理想击得粉碎。

南宋朝廷的偏安政策,对志在恢复中原的爱国志士只能是打击。壮志难酬、报国无门的愤懑成为稼轩词又一主题。如《水龙吟》[登建康赏心亭]:

楚天千里清秋,水随天去秋无际。遥岑远目,献愁供恨,玉簪螺髻。落日楼头,断鸿声里,江南游子。把吴钩看了,栏干拍遍,无人会、登临意。　　休说鲈鱼堪脍,尽西风、季鹰归未?求田问舍,怕应羞见,刘郎才气。可惜流年,忧愁风雨,树犹如此!倩何人、唤取红巾翠袖,揾英雄泪!

此词作于淳熙元年(1174)秋,词人登高望远,抒壮怀,寄悲慨。词中将故国沦陷的悲愤、漂泊他乡的失落、岁月流逝的焦虑和无人理解的孤独交织而形成了沉郁悲壮的风格。

辛弃疾智勇双全,功绩卓著,却不时招致小人的谗陷和政敌的攻击。辛词悲愤之中又注入激切。如《摸鱼儿》:

更能消、几番风雨?匆匆春又归去。惜春长怕花开早,何况落红无数!春且住,见说道、天涯芳草无归路。怨春不语。算只有殷勤,画檐蛛网,尽日惹飞絮。　　长门事,准拟佳期又误。蛾眉曾有人妒。千金纵买相如赋,脉脉此情谁诉?君莫舞,君不见、玉环飞燕皆尘土!闲愁最苦。休去倚危栏,斜阳正在,烟柳断肠处。

此词通篇出以比兴,借助惜春、留春、怨春之凄美意象,寄托"英雄失志"的愤慨及对国家前途命运的深切关注。笔锋转处,对朝中群小进行了辛辣的讽刺。外柔婉而内激越,悲壮之情映以凄美之光,遂成刚柔相济、沉郁蕴藉之境界。

辛弃疾词的题材十分广泛,穷达出处、儿女之情、田园感受都在词中有充分的表现。辛弃疾的感情世界十分丰富,除了对国家民族的饱满激情之外,亦有缠绵之情。如《青玉案》[元夕]:

东风夜放花千树,更吹落、星如雨。宝马雕车香满路。凤箫声动,玉壶光转,一夜鱼龙舞。　　蛾儿雪柳黄金缕,笑语盈盈暗香去。众里寻他千百度,蓦然回首,那人却在,灯火阑珊处。

上片极力描写元夕的繁华热闹,反衬出"那人"的孤独。这也许是词人的一次微妙的感情经历,也许只是借题发挥,但无论哪种解释,这首词都超出一般的市井风情之作。

在辛弃疾的眼中,农村田园的生活和景致同样充满了意趣。如《清平乐》:

> 茅檐低小。溪上青青草。醉里吴音相媚好。白发谁家翁媪。　　大儿锄豆溪东。中儿正织鸡笼。最喜小儿无赖,溪头卧剥莲蓬。

一幅生动的农家生活图画,充满了乡村生活的情趣。又如《西江月》[夜行黄沙道中]:

> 明月别枝惊鹊,清风半夜鸣蝉。稻花香里说丰年,听取蛙声一片。　　七八个星天外,两三点雨山前。旧时茅店社林边,路转溪桥忽见。

此词作于退隐上饶带湖时。上片描画出一幅幽美的农村夏夜图;下片侧重作者"夜行"山岭的见闻与感受。意境清新,语言质朴无华,笔调灵活轻快。农村生活平凡而富有情趣,乡间景象自然而清新,表现出词人生活于农村的自在和惬意。

第二节　辛词的艺术成就

苏轼开拓词的领域,无意不可入,无事不可言,确是词体的进步。但是,词发展的关键在于怎样能够既扩大题材又能保持词体特有的要眇凄迷美感,辛弃疾则是成功的典范。他的豪放词大都刚柔相济,陈廷焯说:"稼轩词,于雄莽中别饶隽味。"(《白雨斋词话》卷六)这正是辛弃疾与其他写"豪气词"者的主要区别。

辛弃疾的婉约词柔中有刚,如《祝英台近》[晚春]:

> 宝钗分,桃叶渡,烟柳暗南浦。怕上层楼,十日九风雨。断肠片片飞红,都无人管,更谁劝、啼莺声住?　　鬓边觑,试把花卜归期,才簪又重数。罗帐灯昏,哽咽梦中语,是他春带愁来,春归何处,却不解、带将愁去。

此词写怨女伤春,为传统的相思离别的题材,后人评为"风流妩媚"(黄昇《中兴以来绝妙词选》)。然细味此词,于词体"本色"的妩媚中又透出刚毅之气,这是辛词所特有的风格。

喜议论、善用典是稼轩词的突出特点。前人论苏轼有"以诗为词"之说,论辛弃疾则有"以论为词"之评。试看《永遇乐》[京口北固亭怀古]:

> 千古江山,英雄无觅,孙仲谋处。舞榭歌台,风流总被,雨打风吹去。斜阳草树,寻常巷陌,人道寄奴曾住。想当年:金戈铁马,气吞万里如虎。　　元嘉草草,封狼居胥,赢得仓皇北顾。四十三年,望中犹记,烽火扬州路。可堪回首,佛狸祠下,一片神鸦社鼓!凭谁问:廉颇老矣,尚能饭否?

此词写于镇江知府任上,举历史经验教训为即将北伐的将领鼓气献言。上片列举三国孙权、东晋刘裕,描写其英雄业绩的同时,已含赞许之意。下片以南朝宋文帝的教训告诫不可轻敌冒进。全词以议论为旨,又饱含感情。

辛弃疾词中用典典源十分广泛,如《西江月》[遣兴]:

醉里且贪欢笑,要愁那得工夫。近来始觉古人书,信着全无是处。　　昨夜松边醉倒,问松"我醉何如"?只疑松动要来扶,以手推松曰"去"!

全篇以文为词,用散文句法,却仍合词律;前、后两结句均用典故,随意点化。吴衡照说:"辛稼轩别开天地,横绝古今。《论》、《孟》、《诗小序》、《左氏春秋》、《南华》、《离骚》、《史》、《汉》、《世说》、《选》学、李杜诗,拉杂运用,弥见其笔力之峭。"(《莲子居词话》卷一)当然,用典过多不免有"掉书袋"(刘克庄《跋刘叔安感秋八词》)之感。

词史上常将苏、辛并称,但二人的词在风格上还是有所不同。王国维《人间词话》说:"东坡之词旷,稼轩之词豪。"东坡性情旷达,词作自然天成;稼轩性情豪放,词作沉郁痛快。在作词的态度上,苏多呈天籁,辛多以人力;苏词飘逸超诣,辛词功力深厚。

第三节　辛派词人

《四库全书总目·稼轩词提要》说:"其词慷慨纵横,有不可一世之概,于倚声家为变调,而异军特起,能于剪红刻翠之外,屹然别立一宗,迄今不废。"与辛弃疾同时的一批词人,或与稼轩为同志,或追慕稼轩,感时激愤,词的主题抒发爱国感情,风格豪放激切,形成了风格相近的"辛派",主要人物有张元幹、张孝祥、陈亮、刘过等。他们在南渡后的创作,以其浓郁的爱国激情和慷慨悲壮的风格,成为词史上的一笔宝贵财富。

一　张元幹和张孝祥

张元幹(1091—1161),字仲宗,号芦川居士、真隐山人。福州(今属福建)人。靖康元年(1126),曾任抗金名将李纲行营属官,官至将作少监。绍兴初因不满奸佞当权,致仕南归,寓居福州。绍兴十二年(1142)又因作词送主战派胡铨,触怒秦桧,被削除官籍。有《芦川词》,存词 185 首。

张元幹在南渡之前的"政和、宣和间,已有能乐府声"(周必大《跋张仲宗送胡邦衡词》),生活与朱敦儒的疏狂颇有相似之处,"百万呼卢,拥越女吴姬共掷"(《柳梢青》),更显豪奢,词的内容多在花间樽前,风格"极妍秀之致"(毛晋《芦川词跋》)。南渡后,词风转为慷慨激昂。如《贺新郎》[送胡邦衡待制]:

梦绕神州路。怅秋风、连营画角,故宫离黍。底事昆仑倾砥柱,九地黄流乱注?聚万落、千村狐兔。天意从来高难问,况人情、老易悲如许。更南浦,送君去!　　凉生岸柳催残暑。耿斜河、疏星淡月,断云微度。万里江山知何处?回首对床夜语。雁不到、书成谁与?目尽青天怀今古,肯儿曹、恩怨相尔汝!举大白,听《金缕》。

绍兴八年(1138)秦桧主张向金"和议"投降,时任枢密院编修的胡铨愤而上书、力陈当斩秦桧,遂遭贬黜。绍兴十二年"绍兴和议"已成,胡铨再被编管新州(今广东新兴),途经福州时,退居三山(在今福州)的张元幹写此词为胡铨送行。词以"送别"为题,抒发愤世伤时之慨,表达对抗金挚友的深情。上片感叹时局,下片写送别情景。词境深沉、博大,感情激越、悲怆,而词人爱国不屈之高风亮节,从沉郁顿挫之词句中见出。《四库全书总目·芦川词提要》曰:"其词慷慨悲凉,数百年后尚想其抑塞磊落之气。"

张元幹的词突出表现了爱国之情,报国之志,使词从闺幨秀帏时代走向风云际会的前沿。张元幹词的这种变化,受到时人的高度重视和评价。曾噩评张元幹的词说:"岂以嘲风咏月者所可同日语。"(《芦川归来集序》)蔡戡说元幹词"非若后世靡丽之词,狎邪之语,适足劝淫,不可以训。……公词不为无补于世,又岂与柳、晏辈争衡哉"(《芦川居士词序》)。

张孝祥(1132—1169),字安国,号于湖居士,历阳乌江(今安徽和县)人。绍兴二十四年(1154)登进士第。孝宗朝,累迁中书舍人、直学士院兼都督府参赞军事、领建康留守,因赞助张浚北伐罢职。后知荆南府,兼荆湖北路安抚使,有政绩。因病退居,卒于芜湖。有《于湖居士文集》,词集名《于湖词》,存词220余首。

张孝祥词学东坡而闻名,他"每作为诗文,必问门人曰:比东坡何如"?张孝祥"平昔为词,未尝著稿,笔酣兴健,顷刻即成"。(汤衡《张紫微雅词序》)气质与东坡为近,其词寓以诗人句法,无一毫浮靡之气的特点与东坡"同一关键"。如其《六州歌头》:

长淮望断,关塞莽然平。征尘暗,霜风劲,悄边声。黯销凝。追想当年事,殆天数,非人力;洙泗上,弦歌地,亦膻腥。隔水毡乡,落日牛羊下,区脱纵横。看名王宵猎,骑火一川明。笳鼓悲鸣,遣人惊。　念腰间箭,匣中剑,空埃蠹,竟何成!时易失,心徒壮,岁将零。渺神京。干羽方怀远,静烽燧,且休兵。冠盖使,纷驰骛,若为情?闻道中原遗老,常南望、翠葆霓旌。使行人到此,忠愤气填膺。有泪如倾。

此词应作于高宗绍兴三十二年(1162),时主战派大臣张浚领建康府兼行宫留守,孝祥于此期间赴建康在浚幕作客,感于江淮前线宋金对峙之严峻现实,写下了这首词。全词于急促振拔的节拍中,传达出奔迸的爱国激情。词人将关塞苍莽,名王宵猎,壮士抚剑悲慨,中原遗老南望等一幕幕场景依次铺叙,把宋、金双方对峙、朝廷与人民的矛盾加以鲜明对比,反映出时代特征,极具艺术感染力。

张孝祥的词词体面貌亦为之一变,"读之使人奋然有禽灭仇虏、扫清中原之意"(朱熹《书张伯和诗词后》)。南宋末周密编选的《绝妙好词》专收南宋词,而张孝祥在所收132人中列为第一,由此可见张孝祥在南宋词人中的地位。

二　陈亮、刘过等

陈亮(1143—1194),字同甫,号龙川,学者称龙川先生,婺州永康(今浙江永康)人。少喜谈兵,下笔千言立就,有国士之目。绍熙四年(1193)登进士第,授签书建康府判官,未赴任而卒。词集名《龙川词》。

陈亮以救国安民为己任,其词多表现抗战恢复之志,据说"每一章就,辄自叹曰:平生经济之怀,略已陈矣"(叶适《书龙川集后》)。陈亮与辛弃疾交谊甚笃,曾经鹅湖聚会,以词酬唱。词风豪放如稼轩,而又在词中议论纵横。如其《水调歌头》[送章德茂大卿使虏]:

> 不见南师久,漫说北群空。当场只手,毕竟还我万夫雄。自笑堂堂汉使,得似洋洋河水,依旧只流东。且复穹庐拜,会向藁街逢。　尧之都,舜之壤,禹之封。于中应有,一个半个耻臣戎。万里腥膻如许,千古英灵安在,磅礴几时通。胡运何须问,赫日当中。

词中慨叹南宋朝廷不思恢复,以屈辱换取苟安,下片则表达了抗战的决心和必胜的气概。陈廷焯说换头五句"精警奇肆,几于握拳透爪。可作中兴露布读"(《白雨斋词话》卷一)。陈亮以词为武器,为号角,却往往剑拔弩张,不免有失词的深蕴。沈曾植说:"(陈亮)终不堪与稼轩同日语,非嫌其面目粗,嫌骨理粗耳。"(《海日碎金·刘融斋〈词概〉评语》)

刘过(1154—1206),字改之,号龙洲道人,吉州太和(今江西泰和)人。四举不第,一生布衣,放浪江湖。词集有《龙洲词》。

刘过对辛弃疾十分崇拜,其《呈辛稼轩》诗道:"书生不愿黄金印,十万提兵去战场,只欲稼轩一题品,春风侯骨死犹香。"黄昇说:"改之……稼轩之客……其词多壮语,盖学稼轩者也。"(《中兴以来绝妙词选》)刘过词风"效辛体","下笔便逼真"(岳珂《桯史》)。如《沁园春》[寄辛承旨]:

> 斗酒彘肩,风雨渡江,岂不快哉。被香山居士,约林和靖,与东坡老,驾勒吾回。坡谓西湖,正如西子,浓抹淡妆临镜台。二公者,皆掉头不顾,只管衔杯。　白云天竺去来。画图里、峥嵘楼观开。爱东西双涧,纵横水绕,两峰南北,高下云堆。逋曰不然,暗香浮动,争似孤山先探梅。须晴去,访稼轩未晚,且此徘徊。

此词构思极为奇特。将先后相隔几百年的白居易、林逋和苏轼汇聚一起,巧借三人的诗句来对话。此词有稼轩词狂放而又幽默的影子,风格、结构都与辛弃疾的《沁园春》(杯汝前来)近似。谢章铤云:"刘之于辛,有其豪而无其雅。"(《赌棋山庄词话》卷一二)效仿辛弃疾者往往仅得形似,如刘过"虽颇似其豪,而未免于粗"(陈模《论稼轩词》,《怀古录》卷中)。

辛弃疾为领袖一代的大家,南宋的许多词人都受到他的影响,辛派词人及稼轩体的追随者一时成为词坛突出的景观。除了上述词人外,其他如韩元吉、陆游、范开、陈成父、杨炎正、程珌、黄机、岳珂、戴复古、刘仙伦等都受到辛弃疾词的一定影响。清人陈洵《海绡说词》说:"南宋诸家鲜不为稼轩牢笼者。"

【本章习题指要】

1. 辛弃疾词的题材内容及其爱国精神体现。
2. "稼轩体"的艺术特征。
3. 辛派词人主要有哪些?他们的词作各有什么特点?

第七章　陆游与南宋中期诗文

南宋中期是宋代文学发展的又一个高峰期，涌现出"中兴四大诗人"，其中有伟大的爱国主义诗人陆游，擅长写"活法"诗的杨万里，以田园诗著称的范成大以及尤袤等。理学大师朱熹的诗文创作和文学主张，在当时也颇有影响。

第一节　伟大的爱国诗人陆游

陆游的诗歌创作是我国古代爱国主义文学发展的一个高峰，在他的近万首诗中贯穿着强烈的爱国精神，主要表现为对于国家命运的无限关怀，对祖国的土地、人民和历史文化传统的热爱，这使他成为一个伟大的作家。渴望恢复中原，渴望自己有机会歌颂胜利，是陆游创作的主要动力；而他对这种愿望与现实政治局势之间的矛盾有深刻的体会，不能不产生一种悲愤的情感。爱国热情至死不减，并在创作活动中始终占据着主导地位，形成了他诗歌创作的最显著特色。

一　陆游的诗歌创作

陆游（1125—1210），字务观，号放翁，越州山阴（今浙江绍兴）人。试礼部置前列，为秦桧所黜。孝宗即位，迁枢密院编修官，赐进士出身。出为建康府、镇江府、隆兴府（今江西南昌）通判，因支持张浚抗金而被弹劾归乡。乾道六年（1170）入蜀通判夔州（今重庆奉节）。曾于王炎幕府任干办公事兼检法官，为王炎陈进取之策，又任职于范成大幕府，后知严州（今浙江建德）。光宗绍熙元年（1190）迁礼部郎中，宁宗嘉泰三年（1203）升宝章阁待制，致仕。晚年退居山阴，享年85岁。他在死前两个月，还作了一首《示儿》诗："死去元知万事空，但悲不见九州同。王师北定中原日，家祭无忘告乃翁。"有《剑南诗稿》、《渭南文集》等。

陆游作诗早年学江西诗派，而又各家兼容。诗各体兼善，律诗尤佳。与尤袤、杨万里、范成大并称南宋四大家。陆游诗歌作品收入《剑南诗稿》，今存9200多首，堪称古代作家中最多产的诗人，但他42岁以前的诗仅存百余首，而晚年在山阴写的诗有7000多首。按其一生的变化，可将他的诗歌创作分为早期、中期、晚期三个阶段：初喜藻绘而至清新拔俗，中务豪放悲壮，晚年归于清淡秀逸。

陆游早年拜著名江西诗人曾几为师,学习江西诗派"活法"等作诗诀窍,并在自己的生活中寻找诗的灵感,开始注重诗外功夫,作诗由绚烂趋于清新平淡。如《游山西村》:

> 莫笑农家腊酒浑,丰年留客足鸡豚。山重水复疑无路,柳暗花明又一村。箫鼓追随春社近,衣冠简朴古风存。从今若许闲乘月,拄杖无时夜叩门。

这是一首记游诗,写农家邀饮,丰年社日景象,淳朴的民俗风情,故里亲密乡民的美好情感及活泼盎然的生活情趣。作品散发着浓郁的乡土气息,诗笔流畅,风格清新明快。

从江西诗派入,而不从江西诗派出,是陆游早期诗歌创作的特点。其诗为江西诗派的清新流畅而不为其瘦硬,取其平淡而去其生涩,以清新自然的语言、流转圆美的格调而自成一家,从而与一般江西诗派作者区别开来。

陆游创作的中期是从他46岁到达夔州之后开始的。入蜀前后的漫游和短期的军旅生活,助长了诗人豪放的个性,他善于从社会生活中汲取诗情,从热闹的场景里获得创作灵感。这一时期,诗人充满了以身报国的热情,但往往遭到冷遇,于是便发为感慨万千的悲愤之音,特别表现为才气纵横、一泻无余的写法,如《三月十七日夜醉中作》:

> 前年脍鲸东海上,白浪如山寄豪壮。去年射虎南山秋,夜归急雪满貂裘。今年摧颓最堪笑,华发苍颜羞自照。谁知得酒尚能狂,脱帽向人时大叫。逆胡未灭心未平,孤剑床头铿有声。破驿梦回灯欲死,打窗风雨正三更。

这种大气磅礴的诗篇,占据了陆游中期诗歌创作的主要部分,尤其是他那些写请缨无路、功败垂成的作品,充满了悲愤豪壮的风格。他是一位具有战士情怀的诗人,并不甘心以笔代剑,其《剑门道中遇微雨》云:

> 衣上征尘杂酒痕,远游无处不消魂。此身合是诗人未?细雨骑驴入剑门。

作此诗时,诗人由抗金前线返回,将至繁华的成都就任于诗友范成大幕府,诗写壮志未酬的复杂心情。骑驴的描写带有自嘲的意味。陆游意气豪迈,欲有所作为,不愿仅以骑驴诗人自命。

自65岁罢归山阴,到85岁逝世为止,为陆游创作的晚期。退居生活成了他最习见的诗题,在较为安定的农村生活环境里领略和体会人生,他的诗风更趋于闲适淡泊。但爱国思想和积极奋斗的精神,在陆游晚年的创作中还继续保存着,诗中不乏风格悲壮的作品,如《十一月四日风雨大作》二首其一:

> 僵卧孤村不自哀,尚思为国戍轮台。夜阑卧听风吹雨,铁马冰河入梦来。

此诗作于陆游68岁居家乡山阴时,不难体会到那抗敌的决心、激昂的意气,以及至老而不衰的报国壮志。

二 陆游诗歌的艺术成就

陆游的诗歌诸体皆备,不论古体诗,还是律诗、绝句,都取得了很大的成就,艺术风格多样。

陆游的古体诗风格悲壮,或沉痛地表达了沦陷区人民渴望收复的愿望,或斥责主和派的大臣们出卖祖国土地的行径,或控诉投降派排斥抗战将领、贻误国事的罪恶勾当,或抒发要为国家报仇雪耻、恢复失地的夙愿。如《关山月》:

> 和戎诏下十五年,将军不战空临边。朱门沉沉按歌舞,厩马肥死弓断弦。戍楼刁斗催落月,三十从军今白发。笛里谁知壮士心,沙头空照征人骨。中原干戈古亦闻,岂有逆胡传子孙?遗民忍死望恢复,几处今宵垂泪痕!

采用以边塞为题材的乐府旧体进行开拓,巧妙地紧扣"关"、"山"和"月"组织诗材,从关山以南写到关山以北,谴责朝中下"和戎"诏的媚敌行为,抒发爱国壮志的悲愤之情,具有高度的概括力和艺术感染力,不愧为陆游七古中的名篇。

陆游的律诗也颇多悲愤之作,他有意学杜诗的精练流丽和跌宕雄浑,表现阔大和沉雄的情感,神完气厚,如其《病起书怀》云:

> 病骨支离纱帽宽,孤臣万里客江干。位卑未敢忘忧国,事定犹须待阖棺。天地神灵扶庙社,京华父老望和銮。出师一表通今古,夜半挑灯更细看。

感时伤世,悲愤激昂,尤其"位卑未敢忘忧国"一句感人至深。

陆游的七律自然圆转而对仗工稳。例如:

> 腰间羽箭久凋零,太息燕然未勒铭。老子犹堪绝大漠,诸君何至泣新亭。一身报国有万死,双鬓向人无再青。记取江湖泊船处,卧闻新雁落寒汀。(《夜泊水村》)

> 早岁那知世事艰?中原北望气如山。楼船夜雪瓜洲渡,铁马秋风大散关。塞上长城空自许,镜中衰鬓已先斑。出师一表真名世,千载谁堪伯仲间?(《书愤》)

陆游于律诗致力最勤,其律诗也最为人称赏,甚至有"古今律诗第一"之誉。

陆游晚年还写了大量风格清淡秀逸的绝句,许多日常习遇之事,处处常见之景,一经他的描写和歌咏,无不呈现出新鲜的诗意。如《秋思》:

> 利欲驱人万火牛,江湖浪迹一沙鸥。日长似岁闲方觉,事大如山醉亦休。衣杵相望深巷月,井桐摇落故园秋。欲舒老眼无高处,安得元龙百尺楼。

从日常生活里品味出隽永的滋味,写得清淡自然,明白如话。此外,他还更多地发挥了宋人好议论的特点,常常在诗中抒发感慨。

三 陆游的词和散文

陆游以诗著名,但他的词和散文在南宋亦能成家。他的词与其诗相似,也有激昂慷慨和清淡秀逸两种风格境界。刘克庄称其词:"其激昂感慨者,稼轩不能过;飘逸高妙者,与陈简斋、朱希真相颉颃;流丽绵密者,欲出晏叔原、贺方回之上。"(《后村诗话》续集卷四)陆

游词接近稼轩风者,主要指他的爱国词而言,如《诉衷情》:

> 当年万里觅封侯,匹马戍梁州。关河梦断何处?尘暗旧貂裘。　胡未灭,鬓先秋,泪空流。此生谁料,心在天山,身老沧洲!

此为陆游爱国词的名篇,将国土尚未恢复与自己壮志未酬的慨叹交织写出,雄放而沉郁。

陆游大部分词写得比较清婉,意境清奇,蕴意绵长。如《卜算子》[咏梅]:

> 驿外断桥边,寂寞开无主。已是黄昏独自愁,更着风和雨。　无意苦争春,一任群芳妒。零落成泥碾作尘,只有香如故。

以梅自喻,托物言志。上片咏梅处境遭遇,下片咏梅品格精神。梅花幽洁、孤傲,实为作者一生标格孤高、不畏谗毁、矢志不移、铮铮傲骨之写照。此词用语清俊,而有平淡邃美之神韵。

明代的杨慎说"放翁词纤丽处似淮海"(《词品》卷五),其实陆游的情词与秦观的缠绵有所区别,更显得真切直挚,如《钗头凤》:

> 红酥手,黄縢酒,满城春色宫墙柳。东风恶,欢情薄,一怀愁绪,几年离索。错、错、错。　春如旧,人空瘦,泪痕红浥鲛绡透。桃花落,闲池阁。山盟虽在,锦书难托。莫、莫、莫。

此词向来被认为是陆游写给前妻唐琬的作品,也有人认为是陆游寓居成都期间的冶游之作。无论词的本事如何,词中所表达的情感感动了无数读者,尤其上下片结句的叠字"错、错、错","莫、莫、莫",写出内心的无限痛悔,感人至深。

陆游还是南宋的散文的大家,他的古文和他的诗一样,极见才情。在他的《渭南文集》里,议论文并不多,记叙文的成就较为突出,尤其是他的题跋小品文,既能客观地描述事物,又能披露自己的思想情感。他的《老学庵笔记》所记,多是他亲历、亲见、亲闻之事,不但内容丰富,而且趣味盎然。他的《入蜀记》是一部旅行日记,也是他的自传式记载的一部分,其中有的山水描写有浓厚的文化气息,如:

> 二十三日,过巫山凝真观,谒妙用真人祠。真人,即世所谓巫山神女也。祠正对巫山,峰峦上入霄汉,山脚直插江中。议者谓太华、衡、庐,皆无此奇。然十二峰者,不可悉见。所见八九峰,惟神女峰最为纤丽奇峭,宜为仙真所托。祝史云:每八月十五夜月明时,有丝竹之音,往来峰顶,山猿皆鸣,达旦方渐止。庙后山半,有石坛平旷。传云:夏禹见神女,授符书于此。坛上观十二峰,宛如屏障。是日,天宇晴霁,四顾无纤翳;惟神女峰上有白云数片,如鸾鹤翔舞,裴徊久之不散,亦可异也。祠旧有乌数百,送迎客舟。自唐夔州刺史李贻诗已云"群乌幸胙余"矣。近乾道元年,忽不至。今绝无一乌,不知其故。泊清水洞,洞极深,后门自山后出;但黮暗,水流其中,鲜能入者。岁旱祈雨颇应。

将自然景观与传说、历史记载结合起来,有议论,有见解,时有作者情感的流露。文字简洁优美,富有诗情画意和妙趣。

第二节 杨万里和范成大

南宋"中兴四大诗人"里,杨万里的诗被称为"诚斋体",在当时影响很大,成为南宋诗风转变的一个关键。范成大的贡献则主要在田园诗的创作方面,他使传统的田园牧歌具有了泥土和血汗的气息。

一 杨万里

杨万里(1127—1206),字廷秀,号诚斋,吉州吉水(今江西吉水)人。绍兴二十四年(1154)登进士第,乾道六年(1170)被荐为国子博士,此后为太常博士、太常丞。出知漳州、常州,提举广东常平茶监,除提点刑狱,迁秘书少监。光宗即位,召为秘书监,除秘阁修撰、提举万寿宫。因故出为江东转运副使,改知赣州,辞官而归。后屡召不出,家居15年,心念时政,忧愤而卒,享年80岁。赠光禄大夫,赐谥文节。历仕高、光、宁三朝,生平以国事为重,主张抗金,然"报国无路,惟有孤愤"(《宋史》卷四三三《杨万里传》)。有《诚斋集》。

在为自己的第一部诗集《江湖集》所作的序中,杨万里说:"予少作有诗千余篇,至绍兴壬午七月皆焚之,大概江西体也。今所存曰《江湖集》者,盖学后山及半山及唐人者也。"据此可知,杨万里将他于绍兴三十二年(1162)前所作的江西体诗全付之一炬,目的是要矫正以学问为诗、堆砌古典的江西习气,从江西派"夺胎换骨"的作诗窠臼里解脱出来。由江西入,不由江西出,是杨万里的"诚斋体"得以成立的前提。他创作的"诚斋体"诗,以日常生活中的小情趣为题,写得活泼自然,风趣诙谐,是他超越了江西体诗的最好证明。例如:

梅子留酸软齿牙,芭蕉分绿与窗纱。日长睡起无情思,闲看儿童捉柳花。(《闲居初夏午睡起》)

泉眼无声惜细流,树阴照水爱晴柔。小荷才露尖尖角,早有蜻蜓立上头。(《小池》)

以新奇的眼光看待身边的一切,捕捉那稍纵即逝的景象,于细微处表现浓郁的生活乐趣,灵秀活泼,真切自然。这种"诚斋体"诗具有想象新奇风趣、语言通俗明快、风格流转圆活的特点,创造了一种新鲜活泼的写法,改变了以往宋诗瘦硬生涩的旧格,开辟了新的诗风。

"诚斋体"诗以绝句最为出色,在这方面,杨万里主要学习借鉴了王安石的半山体和唐人的晚唐体。杨万里把空灵轻快的晚唐体绝句,作为医救江西体以学问为诗的良药,他改变了宋人以人文景象为主的作诗习惯,变成以自然意象为主,恢复诗人感官的天真自然状态,于是活泼泼地写出别具一格的"活法"诗。例如:

> 霁天欲晓未明间,满目奇峰总可观。却有一峰忽然长,方知不动是真山。(《晓行望云山》)

> 毕竟西湖六月中,风光不与四时同。接天莲叶无穷碧,映日荷花别样红。(《晓出净慈寺送林子方》)

前一首写天欲明未明时云雾变幻的奇美景观,后一首写杭州西湖荷花盛开的特异风光,自然界的山水花木在诗人眼中仿佛均具有灵性,并不是纯然无生命的存在物。杨万里"诚斋体"诗着重表现的是山水景观所蕴涵的自然灵性和知觉情意,诗中充满了奇趣和活劲儿,被认为是真正的"活法"诗。

作为南宋诗风转变的关键,杨万里"诚斋体"的成功来自对江西诗派诗法的背离,以及对晚唐体诗歌所体现的艺术规律的把握。他在诗歌创作中,重自然机趣,变深刻为浅近,理趣减少了,感受敏锐了,生活的情趣增加了,所以状物写情无不入妙。这成为南宋后期四灵诗风和江湖诗风的先导。

二 范成大

范成大(1126—1193),字致能,号石湖居士,吴郡(今江苏苏州)人。绍兴二十四年(1154)擢进士第。知处州(今浙江丽水)、静江府等,有利民政绩。累任中书舍人,四川制置使,权吏部尚书,拜参知政事。绍熙三年(1192)加大学士。曾假资政殿大学士,充金祈请国信使,至金,临危不惧,大义凛然。晚年退居故乡石湖。有《石湖居士诗集》等。

乾道六年(1170)范成大奉派出使金国,途经淮河以北的中原北宋故土,其间他写下了 72 首绝句组成的纪事诗。这些诗,或是描绘沦陷地区的景色和地理,抒写瞻望收复河山的心怀和壮语;或是写沦陷区人民盼望祖国的恢复,鞭挞统治者的卖国屈辱。例如《州桥》:

> 州桥南北是天街,父老年年等驾回。忍泪失声询使者:"几时真有六军来?"

这首诗写汴京物是人非及沦陷区遗民急切盼恢复的热望与悲痛哀伤心情,借中原父老之口谴责了那些无意恢复的昏君奸臣。

中国古代写农家生活的诗大致可分为两类:一类是"田园牧歌"式的,如陶渊明、王维等人的田园诗,表现的仅仅是农村那种恬淡的自然景物和生活图画;另一类是从唐代兴起的新乐府式的"田家词"、"悯农诗",如王建、聂夷中等人的作品,专门反映农民生活的辛苦、艰难和被剥削的惨痛。而范成大的《四时田园杂兴》则能把上述两类诗的内容融为一体,如:

> 高田二麦接山青,傍水低田绿未耕。桃杏满村春似锦,踏歌椎鼓过清明。

梅子金黄杏子肥,麦花雪白菜花稀。日长篱落无人过,惟有蜻蜓蛱蝶飞。

　　昼出耘田夜绩麻,村庄儿女各当家。童孙未解供耕织,也傍桑阴学种瓜。

　　新筑场泥镜面平,家家打稻趁霜晴。笑歌声里轻雷动,一夜连枷响到明。

　　采菱辛苦废犁锄,血指流丹鬼质枯。无力买田聊种水,近来湖面亦收租!

《四时田园杂兴》七绝组诗分为春日、晚春、夏日、秋日、冬日五组,各12首。描写苏州农村四季风光、农事、乡土民俗生活情景,既有农忙欢歌、田园景色和乡村生活的生动描写,也有对官府剥削和租税苛重的深刻揭露。这组诗在扩大田园诗的表现范围方面有了新的拓展,更接近于农村的现实生活,赋予传统的平淡闲适的田园诗以更深刻、更广阔的内容。

第三节　朱熹与南宋散文

一　朱熹的诗文

　　朱熹(1130—1200),字元晦,一字仲晦,号晦翁,别称紫阳,徽州婺源(今江西婺源)人,后徙居建阳(今属福建)考亭。绍兴十八年(1148)登进士第,历高、孝、宁、理四朝。累知南康军、漳州、潭州,任提举江西、江东常平茶盐公事,直宝文阁,秘阁修撰,焕章阁待制、侍讲,提举南京鸿庆宫。谥文,赠中大夫、太师、宝谟阁直学士,追封信国、徽国公。其"所至兴学校,明教化,四方学者毕至"(《宋史》卷四二九《朱熹传》),为北宋理学大家。今存诗千余篇,具有雅正、清新、明秀的特点,亦时带理学气。著述甚丰,为文100卷,有《四书章句集注》、《诗集传》、《楚辞集注》等,以及后人编纂的《晦庵先生朱文公集》。

　　朱熹是有很高文学修养的理学家,诗文创作颇有成就。他的诗有1500首,不少作品是有意境和韵味的。如《夜雨二首》其一:

　　拥衾独宿听夜雨,声在荒庭竹树间。万里故园今夜永,遥知风雪满前山。

此诗写荒庭独宿听夜雨而引发的故园之思,感情浓烈而真挚。作为理学大师,他的诗歌常常以诗喻理,情趣、理趣相交织,在诗的感性意象中闪烁着理性的睿智,如《春日》:

　　胜日寻芳泗水滨,无边光景一时新。等闲识得东风面,万紫千红总是春。

再如《观书有感》二首其一:

　　半亩方塘一鉴开,天光云影共徘徊。问渠那得清如许?为有源头活水来。

朱熹的诗将意兴情理与客观景物和谐地融会在一起,显现冲淡超远的心态和真率温和的性情,语言净洁简丽,句法自然平易,风格雅正明洁。

朱熹的散文功力深刻、理致周密，不矜才使气，其论学的书札，整理古籍的序文等，尤为精心之作。他的记叙文也有写得很平易自然的。如《送郭拱辰序》：

  世之传神写照者，能稍得其形似，已得称为良工。今郭君拱辰叔瞻，乃能并与其精神意趣而尽得之。斯亦奇矣！

  予顷见友人林择之、游诚之，称其为人，而招之不至。今岁惠然来自昭武，里中士夫数人欲观其能，或一写而肖，或稍稍损益，卒无不似，而风神气韵，妙得其天致。有可笑者，为予作大小二象，宛然麋鹿之姿，林野之性。持以示人，计虽相闻而不相识者，亦有以知其为予也。

  然予方将东游雁荡，窥龙湫，登玉霄以望蓬莱，西历麻源，经玉笥，据祝融之绝顶，以临洞庭风涛之壮，北出九江，上庐阜，入虎溪，访陶翁之遗迹，然后归而思自休焉。彼当有隐君子者，世人所不得见，而予幸将见之，欲图其形以归。而郭君以岁晚思亲，不能久从予游矣。予于是有遗恨焉。因其告行，书以为赠。

此文写画工郭拱辰具有形神兼备的高超画艺，表露出写真当重在传神、得其神似的观点，并写远游隐逸之思，暗寓慨世之意。文风心平气和，行文舒展，看来是平淡无奇，却雅厚简当，含不尽之意于言外。

二　南宋其他散文

  南宋散文的成就总的来说不如北宋，没有古文大家的出现，优秀的传世之作也不多。
  南宋初期，因靖康之变而导致了主战与主和的激烈争论，于散文领域涌现出一大批十分精彩的论辩性的议论文，富于鼓动性和逻辑性，也有较强的艺术感染力。随着时间的推移，至南宋中期文坛分为两派：一派是讲事功的功利派，以陈亮和叶适最为有名，其文章以评论时事和讲治乱兴衰为特色，在风格气势的雄赡豪迈方面，与苏轼的文章较为接近；另一派是道学派，以朱熹、真德秀为代表，作文师法欧阳修和曾巩的平易简洁，多讲学之文和语录体。在道学派中，又分出以吕祖谦为代表的论文一派，既以文贯道，又讲究章法，实为唐宋古文的嫡嗣与正宗。至南宋末年，面临国与家的不幸，许多散文寄寓着作者不甘亡国的壮烈意气和黍离悲感，显得特别恳切、沉郁和悲壮，如文天祥的《指南录后序》、《正气歌序》等，造就了南宋散文最为光辉的篇章。
  南宋中叶是宋代散文发展的成熟阶段，以扶危救倾的议论文成就最高，因有堂堂正气贯注，文字最为明达。如陈亮的《上孝宗皇帝第一书》：

  臣窃惟：中国，天地之正气也，天命之所钟也，人心之所会也，衣冠礼乐之所萃也，百代帝王之所以相承也，虽挈中国衣冠礼乐而寓之偏方，天命人心犹有所系，岂以是为可久安而无事也？使其君臣上下苟一朝之安，而息心于一隅，凡其志虑之经营，一切置中国于度外，如元气偏注一肢，其它肢体往往萎枯而不自觉矣。则其所谓一肢者，又何恃而能久存哉！天地之正气，郁遏而久不得骋，必将有所发泄，而天命人心，固非偏方之所可久系也。

　　…………
　　恭惟我国家二百年太平之基,三代之所无也,二圣北狩之痛,汉唐之所未有也,方南渡之初,君臣上下,痛心疾首,誓不与敌俱生,卒能以奔败之余,而胜百战之敌。及秦桧倡邪议以沮之,忠臣义士斥死南方,而天下之气惰矣!三十年之余,虽西北流寓皆抱孙长息于东南,而君父之大仇,一切不复关念。

　　…………
　　臣不佞,自少有驱驰四方之志,常欲求天下豪杰之士而与之论今日之大计,盖尝数至行都,而人物如林,其论皆不足以起人意。臣是以知陛下大有为之志孤矣。辛卯、壬辰之间,始退而穷天地造化之初,考古今沿革之变,以推极皇帝王伯之道,而得汉、魏、晋、唐长短之由,天人之际昭昭然可察而知也。始悟今世之儒士,自以为得正心诚意之学者,皆疯瘼不知痛痒之人也。举一世安于君父之仇,而方低头拱手以谈性命,不知何者谓之性命乎?陛下接之而不任以事,臣于是服陛下之仁。又悟今世之才臣,自以为得富国强兵之术者,皆狂惑以肆叫呼之人也。不以暇时讲究立国之本末,而方扬眉伸气以论富强,不知何者谓之富强乎?陛下察之而不敢尽用,臣于是服陛下之明。陛下厉志复仇,足以对天命;笃于仁爱,足以结民心,而又仁明足以临照群臣一偏之论,此百代之英主也。今乃驱委庸人,笼络小儒,以迁延大有为之岁月,臣不胜愤悱,是以忘其贱而献其愚。陛下诚令臣毕陈其前,岂惟臣区区之愿,将天地之神、祖宗之灵,实与闻之。干冒天威,罪当万死。

这篇指点时事,评说是非,气盛言危的长篇大论,不仅鲜明地表达作者自己的想法,也反映了论者的个性和风格。

由于理学的兴盛和道学家文论的传播,欧、曾对南宋文风的影响似乎更大一些,使南宋散文的文字风格更趋于畅达明快和语体化,但同时也引发了因过于追求平易而流为冗慢与粗率,以致文气冗弱的文弊。南宋的叙事性文章多纤漫拖沓,尤其是碑志,散漫萎弱。理学家的语录体文字,以其无意为文,无章法约束,常过于随意。最能体现南宋散文繁荣状况的,当是笔记文的大量出现,如随笔、游记、诗话、日记、杂录等,它们多为篇幅短小之文,类于后来人们所称的"小品文"。

小品文的各种体裁至南宋均已齐备,如以笔记杂文的著作形式出现的洪迈的《容斋随笔》、罗大经的《鹤林玉露》等,还有介乎游记与地理志之间的笔记文,如孟元老的《东京梦华录》、吴自牧的《梦粱录》等。南宋的笔记文,因作者多为自放于山崖水滨的隐士,又是信口而出的"闲谈"之作,故能不拘格套,自由挥洒,文笔平易简洁,文风自然流畅。但也有一些笔记文记录见闻,不免有道听途说和重复互见的内容,加之用笔过于随意,以致有散漫杂乱的流弊。

【本章习题指要】
　　1.陆游诗歌的艺术成就。

2. 杨万里"诚斋体"的艺术特征。"诚斋体"缘何被称为"活法"诗?
3. 范成大田园诗的艺术特征。他对田园诗的发展有何贡献?
4. 朱熹诗歌的主要特征。

第八章 姜夔与南宋清雅词派

南宋中后期词坛,清雅派崛起,姜夔为此词派的开山大师。他有极高的音乐天赋,能自制新的曲谱,那些以清刚的诗笔写出的空灵高雅的词作,成为南宋词的典范。自此之后,从史达祖、吴文英以迄王沂孙、周密、张炎等,他们于遣词造语和音律上益求清丽工整,作词非清空峭拔,即沉博绝丽,取径各异而同趋于雅,欲以人工夺天巧。词家联吟结社,讲究音律,推敲字句,所作侧重咏物,又多用典故,其锻炼之精深,音律之闲雅,皆前所未有;但也因此而使词作伤于自然,由雅俗共赏的应歌之作变为文人结社的吟咏,措辞虽工,而乏鲜活情气,他们亦难免于词匠之讥。

第一节 白石词

姜夔(1155?—1221?),字尧章,号白石道人,鄱阳(今江西波阳)人。姜夔早岁孤贫,姊嫁沔之山阳,因往来沔鄂间几二十年。宁宗庆元三年(1197)进《大乐议》,乞正雅乐。五年(1199)上《圣宋饶歌》,诏免解与礼部试,不第,以布衣终。白石人品峻洁,有名士风度,时人评他"襟期洒落,如晋宋间人"(《藏一话腴》)。白石才华极高,诗、词、文、字无所不精。在诗学批评方面有《诗说》一部,见解独到而深刻。姜夔成就最高、影响最大的还是在词的创作方面。有《白石道人诗集》。词集名《白石道人歌曲》,计84首,其中多自度曲,并存有工尺谱17首,为宋词乐谱之珍贵资料。

一 白石词的情思内涵

姜夔是个清贫自守的布衣游士,性格耿介清高,又极富才情和雅趣。姜夔词的题材以感时伤世、咏物言志及追记恋情为主,并无大的拓展。但受其高雅而多情的性格影响,白石词在音调和意境方面,往往具有清越、高旷的格调。词中所塑造的形象往往融入了他本身所具有的高雅气质。例如:

燕雁无心,太湖西畔随云去。数峰清苦,商略黄昏雨。　第四桥边,拟共天随住。今何许?凭栏怀古,残柳参差舞。(《点绛唇》[丁未冬过吴松作])

叠鼓夜寒,垂灯春浅,匆匆时事如许!倦游欢意少,俯仰悲今古。江淹又吟

《恨赋》,记当时、送君南浦。万里乾坤,百年身世,唯有此情苦。　扬州柳垂官路,有轻盈换马,端正窥户。酒醒明月下,梦逐潮声去。文章信美知何用,谩赢得天涯羁旅。教说与、春来要、寻花伴侣。(《玲珑四犯》[越中岁暮闻箫鼓感怀])

《点绛唇》借纪游以抒怀抱,于淡远空灵、孤高劲健境界中,展示洒落之襟怀与性情。词中"清苦"、"参差舞"等语,化实为虚,使词更具一种空灵清峭之美感。《玲珑四犯》是岁暮感怀词,寓身世飘零之感。词调低沉深婉,而天涯羁旅之喟叹,质直沉痛。白石以词抒怀,将古今悲慨与个人倦游少欢之悲苦情怀熔于一炉,令其词不唯有"骚雅"之风,且具幽韵冷香之气度。

白石词中的一些反映家国之感、时政感慨的作品,不以描写的真切、感情的激愤取胜,而是从自己的感受写出一层凄清的色彩,如《扬州慢》:

淮左名都,竹西佳处,解鞍少驻初程。过春风十里,尽荠麦青青。自胡马窥江去后,废池乔木,犹厌言兵。渐黄昏,清角吹寒,都在空城。　杜郎俊赏,算而今、重到须惊。纵豆蔻词工,青楼梦好,难赋深情。二十四桥仍在,波心荡、冷月无声。念桥边红药,年年知为谁生。

词前的小序云:"淳熙丙申至日,予过维扬。夜雪初霁,荠麦弥望。入其城则四顾萧条,寒水自碧。暮色渐起,戍角悲吟。予怀怆然,感慨今昔,因自度此曲。千岩老人以为有《黍离》之悲也。"金人南侵,曾在扬州烧杀掳掠。姜夔此词表达感怀家国、伤时念乱的"《黍离》之悲"。词中没有慷慨激昂的呼喊,而是从侧面着笔,虚处传神,而更显得哀婉深沉。

有的词论者以"比兴寄托"论白石词,如宋翔凤《乐府余论》说:"(姜夔)流落江湖,不忘君国,皆借托比兴,于长短句寄之。如《齐天乐》,伤二帝北狩也。《扬州慢》,惜无意恢复也。《暗香》、《疏影》,恨偏安也。"此说恐失之坐实。以《齐天乐》[咏蟋蟀]为例:

庾郎先自吟《愁赋》,凄凄更闻私语。露湿铜铺,苔侵石井,都是曾听伊处。哀音似诉,正思妇无眠,起寻机杼。曲曲屏山,夜凉独自甚情绪?　西窗又吹暗雨,为谁频断续,相和砧杵?候馆迎秋,离宫吊月,别有伤心无数。《豳》诗谩与。笑篱落呼灯,世间儿女。写入琴丝,一声声更苦!

作者"应物斯感",以蟋蟀哀鸣引起各种感情活动结构成篇,咏物托意,包含了时事艰辛、身世感伤和恋情悲苦的多重感受。姜夔的词大多像这首词一样,并无坐实的词本事,而是感时触景的情感表现。

二　白石词的艺术成就

姜夔词远承周邦彦,南宋黄昇说姜夔"词极精妙,不减清真乐府"(《题白石词》)。论词者常将二人并称为"周姜"。缪钺《论姜夔词》比较了周邦彦与姜夔二家词各自的特点:"周词华艳,姜词隽澹;周词丰腴,姜词瘦劲;周词如春圃繁英,姜词如秋林疏叶。姜词清峻劲折,格澹神寒,为周词所无。"南宋末的张炎以"清空"、"骚雅"概括其词风,《词源》卷下说:"词要清空,不要质实。清空则古雅峭拔,质实则凝涩晦昧。姜白石词如野云孤飞,去留无迹。吴梦窗词如七宝楼台,眩人眼目,碎拆下来,不成片段。此清空质实之说……白石词如《疏影》、《暗香》、《扬州慢》、《一萼红》、《琵琶仙》、《探春》、《八归》、《淡黄柳》等曲,不惟清空,又且骚雅,读之使人神观飞越。"从此,清空、骚雅就成为白石词独特风格的代称。

清空与质实相对。大致说来,清空的审美特征如清人沈祥龙《论词随笔》所说:"清者不染尘埃之谓,空者不着色相之谓。清则丽,空则灵,如月之曙,如气之秋。"姜夔的清空首先表现在清幽空灵的意境上,即如刘熙载所说:"姜白石词幽韵冷香,令人挹之无尽,拟诸形容,在乐则琴,在花则梅也。"并以"藐姑冰雪"(《词概》)形容之。如《暗香》:

> 旧时月色,算几番照我,梅边吹笛,唤起玉人,不管清寒与攀摘。何逊而今渐老,都忘却、春风词笔。但怪得、竹外疏花,香冷入瑶席。　江国,正寂寂。叹寄与路遥,夜雪初积。翠尊易泣,红萼无言耿相忆。长记曾携手处,千树压、西湖寒碧。又片片、吹尽也,几时见得。

这首词借咏梅以怀人。前人的怀人词往往缠绵悱恻,溺于情中不能自拔。而姜夔此词,"感慨全在虚处,无迹可寻,人自不察耳"(陈廷焯《白雨斋词话》)。词中多用素洁的意象,如"月色"、"玉人"、"疏花"、"冷香"、"瑶席"、"夜雪"、"寒碧"等,营造出清疏高旷的境界。

虚字的使用是构成清空风格的重要手法。虚字能使语意转折灵活,流走自如,又传神入微,且能避免平铺直叙的缺点,在这方面,白石词有着独到的造诣,如《疏影》:

> 苔枝缀玉,有翠禽小小,枝上同宿。客里相逢,篱角黄昏,无言自倚修竹。昭君不惯胡沙远,但暗忆、江南江北。想佩环、月夜归来,化作此花幽独。　犹记深宫旧事,那人正睡里,飞近蛾绿。莫似春风,不管盈盈,早与安排金屋。还教一片随波去,又却怨、玉龙哀曲。等恁时、重觅幽香,已入小窗横幅。

几乎每句都使用虚字,词句自为开合,变化虚实,跌宕曲折,空灵夭矫,余韵无穷;词中所出现的许多平实典故,由于有虚字的前后承应,在音节上给人以谐婉灵动的感觉,在内容上则启发人由怀古而思今,生出无限的遐想。

白石词的清雅风格还表现在其独特的笔法上。北宋词人秦观以柔笔写柔情,姜夔则以健笔写柔情,并且褪尽铅华,更见清刚。如《长亭怨慢》:

> 渐吹尽、枝头香絮,是处人家,绿深门户。远浦萦回,暮帆零乱向何许。阅人多矣,谁得似、长亭树。树若有情时,不会得、青青如此。　日暮,望高城不见,只见乱山无数。韦郎去也,怎忘得、玉环分付:第一是、早早归来,怕红萼、无人为主。算空有并刀,难剪离愁千缕。

词中以柳拟人,"树若有情时,不会得、青青如此",以树的无情侧面烘托作者为情所苦,陈廷焯说:"白石诸词惟此数语最沉痛迫烈。"(《白雨斋词话》)

白石词开始引人注目,是因其音律精严。词是音乐文学,改造词体仅从文字上着手是不会取得完全成功的,白石于词中求雅也是从音乐开始的。白石精通音律,既通俗乐,又精于雅乐。其以雅乐注入词体,主要有两种方法:一是以古乐府入词,以古乐的雅音来革除"今曲"的淫靡;二是以唐法曲音乐入词,使"清"、"雅"、"淡"的风格代替胡乐的浓艳急促。音乐的清雅为词的清雅风格提供了基础,白石又在词的性情、意境上融入清拔绝俗的诗性韵味。

　　姜夔首创的清雅词风于婉丽、豪放之外别立一宗,并蔚然成派,成为广为词家承认的"第三派"。这一成熟的风格流派的形成,丰富了词体风格的内涵,并使词最终能够与传统的诗文比肩。作为一个文学流派,除了要有领袖之外,还要有一个有相当规模的、创作风格相同或相似的群体。汪森云:"鄱阳姜夔出,句琢字炼,归于醇雅。于是史达祖、高观国羽翼之,张辑、吴文英师之于前,赵以夫、蒋捷、周密、陈允衡、王沂孙、张炎、张翥效之于后,譬之于乐,舞《箾》至于九变,而词之能事毕矣。"(《词综序》)风格相同或相近的词人群的形成,标志着词学流派的形成,同时也标志着流派主体风格已被词坛所认同。白石及清雅词派从《花间》、南唐、晏、柳、周所形成婉丽传统风格中独立出来,是对词学的一大贡献。

第二节　梦　窗　词

　　吴文英(1200?—1260?),字君特,号梦窗,晚号觉翁,四明(今浙江宁波)人。原姓翁,与翁元龙、逢龙为亲伯仲,过继为吴氏后嗣。一生未第,游幕终生,于苏州、杭州、越州三地居留最久。有《梦窗甲乙丙丁稿》,存词近350首。

　　吴文英在南宋后期词名极重,作词主要师法周邦彦,讲究文字工丽和章法绵密,时誉为"前有清真,后有梦窗"。就追求词的典雅含蓄而言,他受姜夔的影响较大,后世常常将他列为姜派词人。吴文英知音律,能自度曲,于词学颇有心得,其"词法"部分由沈义父的《乐府指迷》保存下来,如"论词四标准":"音律欲其协,不协则成长短之诗;下字欲其雅,不雅则近乎缠令之体;用字不可太露,露则直突而无深长之味;发意不可太高,高则狂怪而失柔婉之意。"他的词作亦体现了其"词法"的精神。

一　梦窗词的情感内涵

　　吴文英的词作大体可分为三类:酬酢赠答之作,哀时伤世之作,忆旧悼亡之作。作为江湖布衣之士,吴文英常托足于权贵之门,酬酢赠答之词乃生计之需,自然不能免俗。虽然这类作品价值不高,但在《梦窗词》中所占比例不小。

　　吴文英中年之后入世渐深,混迹于前途无望的吏隐生活,目睹国家苟且偏安的情况,内心充满悲伤和苦闷,创作了一些哀时伤世的词。如《八声甘州》[灵岩陪庾幕诸公游]:

渺空烟四远，是何年、青天坠长星？幻苍崖云树，名娃金屋，残霸宫城。箭径酸风射眼，腻水染花腥。时靸双鸳响，廊叶秋声。　　宫里吴王沉醉，倩五湖倦客，独钓醒醒。问苍天无语，华发奈山青。水涵空，阑干高处，送乱鸦斜日落渔汀。连呼酒，上琴台去，秋与云平。

本篇为怀古之作。借吴越争霸史事，叹古今兴亡之感、白发无成之恨，并隐含北宋失国之痛，抒写了对于国家现实的忧虑和哀愁。

吴文英词的内容与周邦彦颇为相似，多表现自己落魄失意的心绪，抒发自己缠绵缱绻的情怀，时事的感慨被迷离的情绪所隐匿。《梦窗词》里有不少念旧、怀人、感逝的篇什，这些词作当与他在生活中的爱情遭遇及其生离死别的经历有关。在他的后期生活中，心情总是被过去的一段恋情萦绕，难以自拔，只好借助想象寻觅替代物，以至形成了词中大量的归梦现象和恋物心理。如《风入松》：

听风听雨过清明，愁草瘗花铭。楼前绿暗分携路，一丝柳、一寸柔情。料峭春寒中酒，交加晓梦啼莺。　　西园日日扫林亭，依旧赏新晴。黄蜂频扑秋千索，有当时、纤手香凝。惆怅双鸳不到，幽阶一夜苔生。

这是一首怀念亡姬的作品。词中境界亦真亦幻，实景与梦境交替出现。睹物思人而生奇思妙想，由景而情，情极而幻，使情人倩影如在目前。

二　梦窗词的艺术成就

吴文英词的风格渊源来自周邦彦，又进而形成他特有的超逸沉博、浓艳密丽的风格特色，其独特的价值也正体现于此。

前人论吴文英词，多批评其晦涩难懂。如沈义父说："其失在用事下语太晦处，人不可晓。"（《乐府指迷》）其实吴文英词有其独特的情绪体验和表现方式。如《齐天乐》[与冯深居登禹陵]：

三千年事残鸦外，无言倦凭秋树。逝水移川，高陵变谷，那识当时神禹？幽云怪雨，翠䓤湿空梁，夜深飞去。雁起青天，数行书似旧藏处。　　寂寥西窗久坐，故人悭会遇，同剪灯语。积藓残碑，零圭断璧，重拂人间尘土。霜红罢舞，谩山色青青，雾朝烟暮。岸锁春船，画旗喧赛鼓。

此词由缅怀大禹业绩而兴发吊古伤今之思。其用字用句，初观之不免有"堆垛"、"晦涩"之感；仔细寻绎，则脉络贯通，前后照应，法密而律精，正为梦窗所擅长。

吴文英词的章法结构也十分独特，他往往使用时间与空间交错杂糅的叙述方式，这种叙述方式与其亦真亦幻的内容相适应。如吴文英长达240字的自度曲《莺啼序》：

残寒正欺病酒，掩沉香绣户。燕来晚、飞入西城，似说春事迟暮。画船载、清明过却，晴烟冉冉吴宫树。念羁情、游荡随风，化为轻絮。　　十载西湖，傍柳系马，趁娇尘软雾。溯红渐招入仙溪,锦儿偷寄幽素。倚银屏、春宽梦窄,断红湿歌纨金缕。暝堤空,轻把斜阳,总还鸥鹭。　　幽兰渐老,杜若还生,水乡尚寄旅。别后访六桥无信,事往花委,瘗玉埋香,几番风雨?长波妒盼,遥山羞黛,渔灯分影春江宿,记当时短楫桃根渡。青楼仿佛,临分败壁题诗,泪墨惨淡尘土。　　危亭望极,草色天涯,叹鬓侵半苎。暗点检离痕欢唾,尚染鲛绡,亸凤迷归,破鸾慵舞。殷勤待写,书中长恨,蓝霞辽海沈过雁,漫相思弹入哀筝柱。伤心千里江南,怨曲重招,断魂在否?

将过去的回忆、现在正在进行的事情、未来的设想相互渗透,又将空间不同的景物杂糅描写,再将写景、叙事和心理活动交织一起,于是便给人造成情景错综叠映、意境扑朔迷离的感觉。乍读之,有"映梦窗,零乱碧"(王国维《人间词话》引梦窗词句)之感,深悟方理解是作者痴迷的忆恋而产生的幻觉。

姜夔词的结构方式往往"于词中转接提顿处,用虚字以显明之","南宋清空一派,用此勾勒法为多";吴文英词"于此等处多换以实字,玉田讥为七宝楼台,拆下不成片段,以为质实,则凝涩晦昧"(夏敬观《蕙风词话诠评》)对此手法,论者褒贬不一,陈匪石则体会到其妙处:"细读梦窗各词,虽不着一虚字,而潜气内转,荡气回肠,均在无虚字句中,亦绚烂,亦奥折,绝无堆垛饤饾之弊。"(《旧时月色斋词潭》)

吴文英词的语言也很有特点。吴梅说:"梦窗词,以绵丽为尚,运意深远,用笔幽邃,炼字炼句,迥不犹人。"(《词学通论》)他经常运用一些冷僻、怪异的字词,造成特别的效果。如《八声甘州》[灵岩陪庾幕诸公游]"箭径酸风射眼","腻水染花腥","酸风"、"花腥"或用通感,或反用词意,虽生新,却也写出了特别感觉。

第三节　史达祖、周密、王沂孙、张炎等

在南宋中后期词坛,史达祖可称姜夔的羽翼,周密、张炎和王沂孙等受白石词的影响也很大,他们同属于清雅派词人。

一　史达祖、周密、王沂孙

史达祖(约1162—约1220),字邦卿,号梅溪,原籍开封,寓居杭州。他曾漂泊于扬州和荆楚,做过幕僚。庆元中,做权相韩侂胄的堂吏,掌文书,为韩所倚重,拟帖拟旨,俱出其手,一时士大夫求进者皆趋其门,呼为"梅溪先生"。开禧北伐失败后,韩侂胄被诛杀,史达祖坐受黥刑,死于贬所。有《梅溪词》。

史达祖的咏物词在当时及后世享有盛誉。如《双双燕》[咏燕]:

过春社了,度帘幕中间,去年尘冷。差池欲住,试入旧巢相并。还相雕梁藻井。又软语、商量不定。飘然快拂花梢,翠尾分开红影。　　芳径。芹泥雨润。爱贴地争

飞,竞夸轻俊。红楼归晚,看足柳昏花暝。应自栖香正稳。便忘了、天涯芳信。愁损翠黛双蛾,日日画阑独凭。

题为咏燕,但通篇所写不着一"燕"字,却能把春燕描写得如在目前翻飞,活灵活现,遗其形而传其神,体物工巧而不滞于物。清人邹祗谟说:"咏物固不可不似,尤忌刻意太似。取形不如取神,用事不若用意。宋词至白石、梅溪,始得个中妙谛。"(《远志斋词衷》)对史达祖的咏物词给予了高度评价。

史达祖词的语言也颇受好评。姜夔《题梅溪词》说:"梅溪词奇秀清逸,有李长吉之韵,盖能融情景于一家,会句意于两得也。"元初人陆辅之更将"史梅溪之句法"列为典范。如《绮罗香》[咏春雨]:

做冷欺花,将烟困柳,千里偷催春暮。尽日冥迷,愁里欲飞还住。惊粉重、蝶宿西园,喜泥润、燕归南浦。最妨它、佳约风流,钿车不到杜陵路。　沉沉江上望极,还被春潮晚急,难寻官渡。隐约遥峰,和泪谢娘眉妩。临断岸、新绿生时,是落红、带愁流处。记当日、门掩梨花,剪灯深夜语。

语言新奇精警,"做冷欺花,将烟困柳"二句属对精切巧妙,张炎《词源》中对此词十分赞赏。然而史达祖词炼句有时也不免过甚,伤了自然韵致,周济说他"用笔多涉尖巧,非大方家数,所谓一钩勒即薄者"(《介存斋论词杂著》)。

周密(1232—1298),字公谨,号草窗,又号四水潜夫、弁阳老人、弁阳啸翁,先世济南人,南渡后寓吴兴(今浙江湖州)。有《蘋洲渔笛谱》,一名《草窗词》。

周密词风与姜夔为近,又与吴文英(梦窗)齐名,并称"二窗"。戈载说:"其词尽洗靡曼,独标清丽,有韶倩之色,有绵渺之思,与梦窗旨趣相侔。二窗并称,允矣无忝。其于律亦极严谨。"(《草窗词跋》)周密词风格"清丽",咏物词寄托遥深,如蒋敦复所说:"寓其家国无穷之感,非区区赋物而已。"(《芬陀利室词话》卷三)如《玉京秋》:

烟水阔,高林弄残照,晚蜩凄切。碧砧度韵,银床飘叶。衣湿桐阴露冷,采凉花时赋秋雪。叹轻别,一襟幽事,砌虫能说。　客思吟商还怯,怨歌长、琼壶暗缺。翠扇恩疏,红衣香褪,翻成消歇。玉骨西风,恨最恨、闲却新凉时节。楚箫咽,谁倚西楼淡月。

此词是周密的代表作。以凄凉景色表离愁别恨,上片描写秋天高远而萧瑟的图景,衬托作者独客京华及相思离别的心情;下片感慨情人疏隔,隐含着郁郁不得志的喟叹。又如《一萼红》[登蓬莱阁有感]:

步深幽。正云黄天淡,雪意未全休。鉴曲寒沙,茂林烟草,俯仰今古悠悠。岁华晚、漂零渐远,谁念我、同载五湖舟。磴古松斜,崖阴苔老,一片清愁。　回首天涯归梦,几魂飞西浦,泪洒东州。故国山川,故园心眼,还似王粲登楼。最怜他、秦鬟妆镜,好江山、何事此时游。为唤狂吟老监,共赋销忧。

这首词是草窗词的压卷之作,主要抒发羁旅思乡之情,以抚今念昔的形式,寄托家国之恨和身世飘零之感。

王沂孙(1240?—1290?),字圣与,号碧山、中仙、玉笥山人,会稽(今浙江绍兴)人。交游甚广,曾与周密、张炎等唱和,同结词社。元至元中,仕庆元路(今浙江宁波一带)学正。未久去官归隐,实为南宋遗民。有《碧山乐府》,又名《花外集》,存词60余首。

王沂孙是南宋后期清雅词派的重要词人,张炎说:"王碧山其诗清峭,其词闲雅,有姜白石意趣。"(《琐窗词》自注)王沂孙词别具悼念故国之思,充满凄苦悲凉意味。现存的碧山词中,咏物词占了大半。他的咏物词,既体物细微,结构细密,又寄托遥深,哀婉动人,惜时有隐晦之病。如《齐天乐》[蝉]:

> 一襟余恨宫魂断,年年翠阴庭树。乍咽凉柯,还移暗叶,重把离愁深诉。西窗过雨。怪瑶佩流空,玉筝调柱。镜暗妆残,为谁娇鬓尚如许? 铜仙铅泪似洗,叹携盘去远,难贮零露。病翼惊秋,枯形阅世,消得斜阳几度! 余音更苦。甚独抱清商,顿成凄楚? 谩想薰风,柳丝千万缕。

此词以咏蝉为题,隐寓国破家亡之悲。全章没有直点本题,但句句不离咏蝉,通过想象、拟人等艺术手段,且连用典故,使蝉人化,并于层层铺陈蝉之一生悲慨中,糅进家国身世之感。陈廷焯说:"咏物词至王碧山,可谓空绝古今。"(《白雨斋词话》卷七)王沂孙的咏物词往往有故国之思、身世之慨的寄托,既有白石咏物而不滞于物的清空,又深婉委曲,思深力沉。

二 张 炎

张炎(1248—1319),字叔夏,号玉田,一号乐笑翁,先世凤翔人,世居临安(今浙江杭州)。南宋初大将张浚六世孙。宋亡,家产籍没。此后流落漫游,曾北上元都,失意南归,纵游浙东、西,落拓以终。有《山中白云词》,存词约300首。

张炎曾与王沂孙、唐珏、周密等人唱和。以《南浦》[春水]一词,人呼为"张春水"。又以《解连环》[孤雁]一词,被呼为"张孤雁"。张炎少得声律之学于杨瓒等人,及长,精通音律,于词学颇有心得,著有《词源》二卷,精研词之音律、作法,评论诸家得失,多有胜解,堪称宋代词论第一力作。张炎极推姜夔的"清空"、"骚雅",作词也颇有白石风致,与姜夔并称为"姜张"。仇远说:"《山中白云词》,意度超玄,律吕协洽,不特可写青檀口,亦可被歌管荐清庙,方之古人,当与白石老仙相鼓吹。"(《玉田词题辞》)先来看他的《南浦》[春水]:

> 波暖绿粼粼,燕飞来,好是苏堤才晓。鱼没浪痕圆,流红去,翻笑东风难扫。荒桥断浦,柳阴撑出扁舟小。回首池塘青欲遍,绝似梦中芳草。 和云流出空山,甚年年净洗,花香不了。新绿乍生时,孤村路,犹忆那回曾到。余情渺渺,茂林觞咏如今悄。前度刘郎归去后,溪上碧桃多少。

这首词作于宋亡之前,写景优美,用笔细腻,可称"有周清真雅丽之思"(舒岳祥《赠玉田序》),雅丽的词风与其雅号"张春水"十分相合。

陈撰说:"玉田之先忠烈王以功开国,家世兰锜,遭时不偶,流落播迁,客游无方,彳亍南北,所与交率遗民退士,境会遭适,等诸落叶之聚散,其词一往而深,隐约结曹。"(《山中白云词疏证序》)南宋灭亡后,张炎沦为国破家亡的遗民,词风也随之变为凄凉悲苦。如其《解连环》[孤雁]:

> 楚江空晚,怅离群万里,恍然惊散。自顾影欲下寒塘,正沙净草枯,水平天远。写不成书,只寄得相思一点。料因循误了,残毡拥雪,故人心眼。　谁怜旅愁荏苒?谩长门夜悄,锦筝弹怨。想伴侣犹宿芦花,也曾念春前,去程应转。暮雨相呼,怕蓦地玉关重见。未羞他双燕归来,画帘半卷。

这首词写尽孤雁的飘零和凄凉,其实正是词人当时处境的写照。

入元后,张炎的词风转变,多亡国哀音及身世零落之慨,故所作"往往苍凉激楚",偶有词类苏、辛,气势雄浑。如《八声甘州》:

> 记玉关、踏雪事清游。寒气脆貂裘。傍枯林古道,长河饮马,此意悠悠。短梦依然江表,老泪洒西州。一字无题处,落叶都愁。　载取白云归去,问谁留楚佩,弄影中洲?折芦花赠远,零落一身秋。向寻常、野桥流水,待招来、不是旧沙鸥。空怀感,有斜阳处,却怕登楼。

本篇是与友人沈钦道别之作,写于作者自元都南返后翌年(1292)。其时上距宋亡已十余年,作者历尽沧桑之痛。因而,此篇虽为赠友抒怀,非以言志方式直抒胸中黍离之悲,然整首词能用隐晦曲折之比兴手法,于悲今悼昔、触景伤情中,备写亡国遗民凄寂之怀,词情尤显低沉哀婉,苍凉悲怆。

张炎词较为注意形式技巧,楼敬思评云:"张玉田能以翻笔、侧笔取胜,其章法、句法俱超,清虚骚雅,可谓脱尽蹊径,自成一家。"(《词林纪事》卷一六引)也正是这一点受到了注重词主旨内涵的词论家的批评。如周济说:"叔夏所以不及前人处,只在字句上著功夫,不肯换意,若其用意佳者,即字字珠辉玉映,不可指摘。近人喜学玉田,亦为修饰字句易,换意难。"(《介存斋论词杂著》)

张炎词的风格在南宋词史上颇有意义。张祥龄说:"词至白石,疏宕极矣。梦窗辈起,以密丽争之。至梦窗又密丽又尽矣,白云以疏宕争之。"(《半箧秋词序录》)张炎上承白石的清空疏宕,近与梦窗的密丽质实相区别,表现了明确的风格意识,无论他前期的清丽还是后期的清凄,都具有这种特点。由白石词的疏宕到梦窗词的密丽,再到玉田词的疏宕,这些看似是风格的重现,其实蕴涵着词人风格的追求。

【本章习题指要】

1. 白石词"清空"、"骚雅"的艺术特征及其具体表现。
2. 梦窗词的艺术特征。
3. 南宋后期清雅词人主要有哪些?他们的词作各有什么特点?

第九章　南宋后期文学

南宋后期,政局动荡黑暗,国势愈加衰败,文学的发展也每况愈下,"永嘉四灵"和"江湖诗派"是这一时期诗风的主要代表。"四灵"作诗以唐诗为号召,其实学的是晚唐贾岛、姚合等人的诗体,尤重姚合的武功体,诗风清苦冷僻,局度狭小,然亦有写得自然精巧的作品。江湖诗派的习尚与"四灵"无异,好为简淡微婉轻倩之体,不过他们人数比较多,对社会现实的态度也较为积极,少数诗人(如刘克庄)成就在"四灵"之上。但在学晚唐体这一点上,江湖诗派与"四灵"是一致的,严羽在《沧浪诗话》中对此有批评。到了宋亡之际,目睹邦家倾危,生灵涂炭,文人士大夫悲愤之意交错胸中,兴怀忠烈之情,发为诗文,气壮山河,文天祥等人创作的爱国诗文,是宋代文学在这一时期闪出的最后一道光芒。

第一节　永嘉四灵

所谓"永嘉四灵",指的是当时的四位诗人:徐玑(1162—1214),字致中,号灵渊;徐照(?—1211),字道晖,又字灵晖,号山民;翁卷(生卒年不详),字续古,又字灵舒;赵师秀(1170—1220),字紫芝,又字灵秀,号天乐。由于四位作家的字号中都有一个"灵"字,故谓之"四灵"。他们都是永嘉人,诗风极为相近,而且都因叶适的鼓吹而闻名于世,所以被视为同一诗派。"四灵"多为布衣,生平事迹难以详考,惟赵师秀入官府做过事,有些事迹可寻。

南宋诗坛自杨万里起,就形成江西体与晚唐体并存的局面,大多数诗人的作品也兼具这两种特征。但到了叶适则又有进一步的变化,他一味地斥宋宗唐,甚至鄙视欧、梅以来的独具面目的宋诗,而钟情于庆历、嘉祐之前的晚唐体,并推出"四灵"作为代表。"四灵"复兴的唐诗,实际上是晚唐体诗,一种出于贾岛、姚合的苦吟诗风。他们专为格律诗,意平语诡,多有伧气,因刻画太甚而流于纤仄,然亦有写得自然清圆而功夫精巧的作品。如:

泊舟风又起,系缆野桐林。月在楚天碧,春来湘水深。官贫思近阙,地远动愁心。所喜同舟者,清赢亦好吟。(徐玑《泊舟呈灵晖》)

不作封侯念,悠然远世纷。惟应种瓜事,犹被读书分。野水多于地,春山半是云。吾生嫌已老,学圃未如君。(赵师秀《薛氏瓜庐》)

不炫奇逞博,不斗靡夸多,只是以白描作诗,清新流丽,能矫宋人长篇论理之陋习,故自有独到之处。《四库全书总目提要》说:"盖四灵之诗,虽镂心铱肾,刻意雕琢,而取径太狭,终不免破碎尖酸之病。""四灵"费心苦吟,刻意求工,虽有其局限性,但在当时也有自成一格的"变"的价值,在文学史上是功过参半的。

南宋中叶之后,陆游、杨万里、范成大等大诗人除外,一般诗人作诗多承江西派之末流,失之于拘束粗涩;于是"四灵"乃效晚唐,以清新便利的作风矫正江西派的粗犷,在诗中全不用典,破资书以为诗的宋诗陋习,令人读后爽口沁心。因"四灵"诗多冲淡平和、轻灵倩寒的境界,常常流露出山人名士的出世情怀。

"四灵"作诗专攻五律,其律体多咏景物,写萧散野逸之趣,追求一种平淡简远的韵调。他们更多地选择了自然山水作为表现的对象,着笔于目之所及的江南湖光山色,又从多变的视角,选择那些色彩鲜明的优美景物,以构成清新明丽的意境。他们的七绝数量不多,但很有特色,新颖灵巧,圆美自然,比五律更显得气韵浑成,如:

小船停桨逐潮还,四五人家住一湾。贪看晓光侵月色,不知云气失前山。(徐照《舟上》)

无数山蝉噪夕阳,高峰影里坐阴凉。石边偶看清泉滴,风过微闻松叶香。(徐玑《夏日闲坐》)

一天秋色冷晴湾,无数峰峦远近间。闲上山来看野水,忽于水底见青山。(翁卷《野望》)

数日秋风欺病夫,尽吹黄叶下庭芜。林疏放得遥山出,又被云遮一半无。(赵师秀《数日》)

诗中多流露出自适、闲放、超旷之情,加之所写之景带有一层淡淡的清冷寒意,从而构成萧散简远的审美意境。这种模山范水的白描之作,在"四灵"诗中数量是比较多的,且不乏名篇。在流行江西诗派"资书以为诗"的南宋诗坛上,"四灵"这种专写自然景物和个人感触的作品,确实给人耳目一新之感,能于南宋"中兴四大家"之后独树一帜。

第二节 刘克庄与江湖诗派

在众多的江湖诗人里,刘克庄是少有的仕宦较为显达的人。他是南宋末年的文坛领袖,在诗歌方面是江湖诗派的宗师,于词的创作又被称为辛派的后劲。江湖诗派是继"永嘉四灵"而兴起的一个诗派,在南宋后期诗坛占主导地位,他们作诗学晚唐体,形成风靡一时的江湖诗风,但真正有成就的诗人不多。

一 刘克庄的诗词

刘克庄(1187—1269),字潜夫,号后村,莆田(今属福建)人。淳祐六年(1246)以文名久著,史学尤精,特赐同进士出身,官至工部尚书、龙图阁学士。谥文定。耿介孤高,忠直敢谏,四度立朝又被劾罢官,仕途坎坷。景定五年(1264)秋,以目疾谢事,除焕章阁学士守本官致仕。有《后村先生大全集》,词集名《后村长短句》、《后村别调》。

刘克庄是个长寿作家,享年83岁。他的诗歌可以60岁为界,分为前后两个时期。开始时,他和其他江湖诗人一样,从晚唐体、四灵体入手,刻琢精丽,风格清轻简淡。为了拓宽诗境,追求表现上的不拘一格,刘克庄开始摒弃四灵诗风,转而尚古体,尊韩诗,努力向陆游靠拢,追求一种抑扬开阖、悲愤慷慨的作风。如《北人来二首》:

  试说东都事,添人白发多。寝园残石马,废殿泣铜驼。胡运占难久,边情听易讹。凄凉旧京女,妆髻尚宣和。

  十口同离仳,今成独雁飞!饥锄荒寺菜,贫着陷蕃衣。甲第歌钟沸,沙场探骑稀。老身闽地死,不见翠銮归!

写北方金占区南逃的难民诉说故都沦陷后的凄凉景象,中原百姓的悲惨凄苦情形,而作者的抗金态度和对南宋的失望,以及忧国忧民之情深寓其中。此诗写得沉郁悲愤,苍凉遒劲。再如《戊辰即事》:

  诗人安得有青衫?今岁和戎百万缣!从此西湖休插柳,剩栽桑树养吴蚕。

强烈反对南宋统治者靠增加纳岁币而求苟安,激愤之情溢于言表。

刘克庄60岁之后的诗歌作品数量远远超过前期,几占全部诗作的四分之三。他后期的诗歌创作,更加有意地追踪陆游、杨万里的大家气度,对一味专学"四灵"和晚唐体的江湖派诗人的小家数予以批评,写格调更为沉痛、感情更为深刻的诗。由于屡被闲废和受疾病折磨,加之亲人离世,刘克庄晚年写的这些抒写个人情怀的诗歌,常于沉郁低徊中含一种悲凉疏放的落寞情调,如《示同志》:

  满身秋月满襟风,敢叹栖迟一壑中。除目解令丹灶坏,诏书能使草堂空。岂无高士招难出,曾有先贤隐不终。说与同袍二三子,下山未可太匆匆。

历尽沧桑的孤独晚年,发出无限悲凉的感叹。江湖诗人的作品每给人以严整有余、奔放不足的感觉,江西派"资书以为诗失之腐",而晚唐体"捐书以为诗失之野",刘克庄注意到这个问题,想尝试将江西和晚唐加以调和,以走出一条新路子。

刘克庄的诗歌创作涉历老练、布置阔远,能融会众作而自为一家,他作诗除向陆游、杨万里看齐外,还受到杜甫、韩愈、李贺及晚唐诗人的影响。他的部分诗歌,有拗折奇崛的笔势,上可与韩愈比肩。他还学习张籍、王建乐府,在短短的篇幅中频频换韵,音律错综,富于变化驰骋之妙。由于多方面吸收唐诗的艺术营养,并熔铸了宋诗的时代内容,以发挥自己的艺术创造力,他能于"四灵"、晚唐体外自为新体,成为江湖诗人中成就最大的诗人。

刘克庄的词在南宋末年亦为一大家。冯煦说:"后村词,与放翁、稼轩,犹鼎三足。"(《蒿庵论词》)将刘克庄与陆游、辛弃疾相提并论,评价似乎过高,但如果说刘克庄为辛派词人的后劲则当之无愧。刘克庄《自题长短句后》说:"青端帖子让渠侬,别有诗余继变风。"表明自己作词是针对社会时政有感而发。陈廷焯说:"潜夫词豪宕风流,有独来独往之概,豪宕感激,悲壮风流,是潜夫本色,是苏、辛流亚。"(《云韶集》卷六)如《贺新郎》[送陈真州子华]:

> 北望神州路,试平章这场公事,怎生分付?记得太行山百万,曾入宗爷驾驭。今把作握蛇骑虎。君去京东豪杰喜,想投戈下拜真吾父。谈笑里,定齐鲁。　两河萧瑟惟狐兔,问当年祖生去后,有人来否?多少新亭挥泪客,谁梦中原块土?算事业须由人做。应笑书生心胆怯,向车中闭置如新妇。空目送,塞鸿去。

词中表达了收复中原失地的激情,并谴责讽刺南宋朝廷的苟且偷安,胆怯畏敌。刘克庄"《别调》一卷,大率与辛稼轩相类"(毛晋《后村别调跋》)。然而,由于时代不同,同样是抒发爱国之情,后村与稼轩词的风格也有所不同。后村所处的时代已近南宋末期,政治黑暗,国势衰颓,复兴之事已属渺茫,因而词中更多是忧愤悲凉,处处流露出黍离哀痛的沧桑感。如《沁园春》[梦孚若]:

> 何处相逢?登宝钗楼,访铜雀台。唤厨人斫就,东溟鲸脍;圉人呈罢,西极龙媒。天下英雄,使君与操,余子谁堪共酒杯?车千两,载燕南赵北,剑客奇才。　饮酣画鼓如雷,谁信被晨鸡轻唤回。叹年光过尽,功名未立;书生老去,机会方来。使李将军,遇高皇帝,万户侯何足道哉!披衣起,但凄凉感旧,慷慨生哀。

孚若是词人挚友方信孺的字。此词借梦以寓怀,采用虚实相间的艺术手法,将现实与梦境对比,申吐英雄不遇之悲,豪壮中透出沉痛激烈之情。刘克庄此类风格词作还有如:"国脉微如缕,问长缨何时入手,缚将戎主?"(《贺新郎》[实之三和有忧边之语走笔答之])"时事只今堪痛哭,未可徐徐俟驾。"(《贺新郎》[送黄成父子还朝])皆慷慨悲歌,豪迈中见沉郁。

二　江湖诗派

江湖诗派是南宋后期影响最大的一个诗派,因陈起刊刻的《江湖集》而得名。江湖本是隐士布衣的栖游之地,江湖诗人大都是一些落第的布衣文士,或不得志的末宦,登显禄者极少。由于功名上不得意,进退无据,他们只得流转江湖,靠献诗卖艺来维持生活,或游走干谒于公卿权贵之门,或结友招群于市井乡间,结诗社,推盟首,在相互唱和酬咏中消磨岁月,无形中成为一种彼此相近的作诗习气。当时书商陈起与江湖诗人相友善,于是刊售《江湖诗集》、《续集》、《后集》等书,后人以《江湖集》的诗气味皆相似,故称之曰"江湖派"。

江湖派诗人多效"四灵"之体,宗尚晚唐体的清巧之思,他们多属意于苦吟,反对江西派的"资书以为诗",以不用事为贵。"四灵"是江湖派的先驱,一般江湖诗人多从"永嘉四灵"学作诗。高者工于炼字琢句,吐辞警隽,风格清圆轻灵;下者则为山林枯槁之调,有衰飒之气,甚至有蔬笋气。所幸的是江湖派的代表人物刘克庄、戴复古、方岳等,能不受"四灵"所囿。

戴复古(1167—约1248),字式之,号石屏,台州黄岩(今浙江黄岩)人。有《石屏诗集》。他一生不仕,以诗行谒江湖,居无定所,曾到过东吴、浙西、襄汉、北淮等地,踪迹很广,结交各阶层的诗友数百人,至老仍为衣食奔走四方。他的生活状况在江湖诗人中是最典型、最富有代表性的。

戴复古活了82岁,以诗名于江湖凡50年。他曾从陆游学习而诗艺大进,作为江湖诗人,戴复古作诗以苦吟求工,带有"四灵"余习,然而能在盛唐和中晚唐名家中转益多师,而自辟蹊径。

像"四灵"一样,戴复古作诗将精力放在五律上,其五律的数量占了全集的一半以上。他的五律多写人情世故,大多采取白描手法,清健轻快,无斧凿痕。如《世事》:

> 世事真如梦,人生不肯闲。名利双转毂,今古一凭栏。春水渡旁渡,夕阳山外山。吟边思小范,共把此诗看。

感时伤世,有种时事艰难的迫切感和沉郁感,在极少用典的情况下,仍能深得杜诗沉郁顿挫的风神。

戴复古诗备众体,不主一家,追求风格的多样性。他的诗不乏忧国忧民的内容,表现为对恢复中原的期待,对国家局势、民族危亡的忧虑,对民生疾苦的关心;但在忧时伤世中往往渗透着身世之感,更多个人生活感受的抒发。如:

> 半夜群动息,五更百梦残。天鸡啼一声,万枕不遑安。一日一百刻,能得几刻闲。当其闲睡时,作梦更多端。穷者梦富贵,达者梦神仙。梦中亦役役,人生良鲜欢。(《梦中亦役役》)

> 蓑笠相随走路歧,一春不换旧征衣。雨行山崦黄泥坂,夜扣田家白板扉。身在乱蛙声里睡,心从化蝶梦中归。乡书十寄九不达,天北天南雁自飞。(《夜宿田家》)

直抒胸臆,追求自然平易,把自己对社会生活的独特感受,用生动形象的语言表现出来,包孕深厚,耐人涵泳。

方岳(1199—1262),字巨山,号秋崖,新安祁门(今属安徽)人。绍定五年(1232)进士,授淮东安抚司干官。后历任工部郎官、知南康军、知抚州等职。有《秋崖集》。

南宋后期,他的诗名差不多比得上刘克庄,尽管他并无漂泊江湖的经历,仍被视为江湖诗人。他作诗主清新,工于镂琢,常能制作出一些新巧的对偶,如"不如意事常八九,可与人语无二三"(《别子才司令》)等,把寻常典故成语巧加组织而成名句。方岳的宦途并不得意,其大多数作品写于罢官乡居时,颇多写景的田园之作,如《农谣》:

> 漠漠余香着草花,森森柔绿长桑麻。池塘水满蛙成市,门巷春深燕作家。

纯用白描手法,写得真切自然。

第三节 文天祥与遗民作家

单就诗文的艺术技巧而言,文天祥的文学造诣不算很高,他前期的诗作与普通士大夫的作品并无多大区别,但他后期的作品,因表现爱国主义精神和崇高民族气节而永垂史册。宋末遗民作家的作品也多有反映亡国悲痛、表现民族气节的优秀之作。

一 文天祥

文天祥(1236—1283),字宋瑞,一字履善,号文山,吉州吉水(今江西吉水)人。宝祐四年(1256)举进士第一,累知瑞州、赣州、平江府、临安府。恭宗德祐元年(1275)元兵渡江,尽以家赀为军费,奉诏提兵入卫临安(今浙江杭州)勤王。宋降,仍除右丞相兼枢密使,出使元营被扣,从京口脱逃,由海道至福建奉端宗,以观文殿学士、侍读拜右丞相,收兵入汀州。端宗景炎二年(1277)率兵进江西抗元,收复吉水、永丰、万安、永新、龙泉等诸多州县,三年(1278)于五岭坡(今广东海丰北)被蒙古汉军元帅张弘范部下千户王惟义所俘。张弘范极力诱降而不屈,遂于祥兴二年(1279)遣使护送至京师大都(今北京)。囚禁三年始终不屈,元世祖忽必烈劝其出仕,其凛然曰:"天祥受宋恩,为宰相,安事二姓?愿赐一死足矣。"(《宋史》卷四一八《文天祥传》)于柴市以身殉国,享年47岁。诗歌后期学杜甫,抒发爱国思想情感与坚贞的民族气节,多写亲历事迹,具有纪实性,直抒胸臆,慷慨激昂,悲壮苍凉。南宋末期诗人中,其成就最为卓越。有《文山先生全集》。

文天祥在《言志》诗中说:"杀身慷慨犹易勉,取义从容未轻许。仁人志士所植立,横绝地维屹天柱。以身殉道不苟生,道在光明照千古。"其《正气歌》云:

余囚北庭,坐一土室,室广八尺,深可四寻。单扉低小,白间短窄,污下而幽暗。当此夏日,诸气萃然:雨潦四集,浮动床几,时则为水气。涂泥半朝,蒸沤历澜,时则为土气。乍晴暴热,风道四塞,时则为日气。檐阴薪爨,助长炎虐,时则为火气。仓腐寄顿,陈陈逼人,时则为米气。骈肩杂遝,腥臊污垢,时则为人气。或圊溷,或毁尸,或腐鼠,恶气杂出,时则为秽气。叠是数气,当之者鲜不为厉。而予以孱弱,俯仰其间,于兹二年矣,幸而无恙。是殆有养致然。然尔亦安知所养何哉?孟子曰:"我善养吾浩然之气。"彼气有七,吾气有一,以一敌七,吾何患焉!况浩然者,乃天地之正气也。作《正气歌》一首。

天地有正气,杂然赋流形。下则为河岳,上则为日星。于人曰浩然,沛乎塞苍冥。皇路当清夷,含和吐明庭;时穷节乃见,一一垂丹青。在齐太史简,在晋董狐笔,在秦张良椎,在汉苏武节;为严将军头,为嵇侍中血,为张睢阳齿,为颜常山舌;或为辽东帽,清操厉冰雪;或为《出师表》,鬼神泣壮烈;或为渡江楫,慷慨吞胡羯;或为击贼笏,逆竖头破裂。是气所磅礴,凛烈万古存。当其贯日月,生死安足论!地维赖以立,天柱赖以尊。三纲实系命,道义为之根。嗟予遘阳九,隶也实不力。楚囚缨其冠,传车送穷北。鼎镬甘如饴,求之不可得。阴房阗鬼火,春院闭天黑。牛骥同一皂,鸡栖凤凰食。一朝蒙雾露,分作沟中瘠。如此再寒暑,百沴自辟易。哀哉沮洳场,为我安乐国。岂有他缪巧,阴阳不能贼。顾此耿耿在,仰视浮云白。悠悠我心悲,苍天曷有极!哲人日已远,典刑在夙昔。风檐展书读,古道照颜色。

这是他国破家亡后身陷囹圄而决不屈服的壮烈誓言和内心独白。文天祥的诗为后世传诵最广的是《过零丁洋》:

辛苦遭逢起一经,干戈寥落四周星。山河破碎风飘絮,身世浮沉雨打萍。惶恐滩头说惶恐,零丁洋里叹零丁。人生自古谁无死,留取丹心照汗青。

直抒胸臆,不事雕饰,却沸腾着爱国热血、满腔的忠贞和赤诚,写得极沉痛、极光明磊落,感染力极其强烈,"人生自古谁无死,留取丹心照汗青"二句激励了后世无数爱国志士,是流传不朽的伟大的爱国诗篇。

文天祥被俘之后坚贞不屈,写了一些念眷故国的沉痛之作,诗境苍凉,诗风沉郁凄怆,雄深悲壮。如《金陵驿二首》其一:

草合离宫转夕晖,孤云飘泊复何依?山河风景元无异,城郭人民半已非。满地芦花和我老,旧家燕子傍谁飞?从今别却江南路,化作啼鹃带血归。

此诗为文天祥被元军所俘后的次年,即祥兴二年(1279)被解送赴大都途经金陵时作。伤时咏怀,抒写国家沦亡与宫殿破败荒凉之痛,英雄末路与壮志未酬的孤寂悲哀和以身殉国视死如归的英雄气概。情韵婉转,气势慷慨,将深挚的爱国情感、坚贞不渝的民族气节和临死不屈的浩然正气写得缠绵悱恻,感人至深。

文天祥慷慨就义前所写的文章也很动人,《指南录后序》堪称榜样。如云:

呜呼!予之生也幸,而幸生也何所为?求乎为臣,主辱臣死,有余僇;所求乎为子,以父母之遗体,行殆而死,有余责。将请罪于君,君不许;请罪于母,母不许。请罪于先人之墓:生无以救国难,死犹为厉鬼以击贼,义也。赖天之灵、宗庙之福,修我戈矛,从王于师,以为前驱,雪九庙之耻,复高祖之业。所谓"誓不与贼俱生",所谓"鞠躬尽力,死而后已",亦义也。嗟夫!若予者,将无往而不得死所矣。向也,使予委骨于草莽,予虽浩然无所愧怍,然微以自文于君亲,君亲其谓予何?诚不自意,返吾衣冠,重见日月,使旦夕得正丘首,复何憾哉!复何憾哉!

舍生取义,视死如归,气壮山河的爱国主义精神可惊天地、泣鬼神。

文天祥晚年的作品,无论诗还是词,都是用血泪写成的,情辞哀苦而意气昂扬,反映了作者生死不渝的民族气节和顽强斗志。其词如《酹江月》[和友驿中言别]:

乾坤能大,算蛟龙、原不是池中物。风雨牢愁无着处,那更寒蛩四壁。横槊题诗,登楼作赋,万事空中雪。江流如此,方来还有英杰。　堪笑一叶飘零,重来淮水,正是应凉风新发。镜里朱颜都变尽,只有丹心难灭。去去龙沙,向江山回首,青山如发。故人应念,杜鹃枝上残月。

此词作于文天祥被俘的第二年,虽兵败被囚,而精忠浩气充塞天地间,此词非有意于学苏、辛,而风格之豪迈却非常相似,风骨甚高,境界奇伟。

二 汪元量、刘辰翁和郑思肖

在宋末的遗民作家里,汪元量、刘辰翁和郑思肖是值得提及的。

汪元量(1241—约1330),字大有,号水云,临安钱塘(今浙江杭州)人。咸淳进士,因善琴,供奉内庭。元灭宋,随三宫被虏北去,曾至狱中访文天祥。后为道士南归,游于匡庐、彭蠡间。有《水云集》、《湖山类稿》。

他的诗充满了亡国之戚、去国之苦,如《杭州杂诗和林石田》其三:

> 逃难藏深隐,重逢出近诗。乾坤一反掌,今古两愁眉。我作新亭泣,君生旧国悲。向来行乐地,夜雨走狐狸。

汪元量的诗多以纪实绝句述亡国之痛,时人称之为宋亡之"诗史"。汪元量的《湖州歌》98首写得最具体生动,这些以七言联章的组诗用纪实的手法,把作者目击的南宋亡国、三宫北迁的情景细致地描绘出来,如:

> 北望燕云不尽头,大江东去水悠悠。夕阳一片寒鸦外,目断东西四百州。
>
> 一掬吴山在眼中,楼台叠叠间青红。锦帆后夜烟江上,手抱琵琶忆故宫。
>
> 青天澹澹月荒荒,两岸淮田尽战场。宫女不眠开眼坐,更听人唱《哭襄阳》。

着重写诗人和宫女们做俘虏时的悲痛心情,将凝聚着亡国的屈辱和痛苦用极朴素的语言抒写出来,心情十分辛酸和沉痛,非身临其境者不能道。

从汪元量留存下来的全部作品看,他学的是江湖派,有时也借用些黄庭坚、陈师道诗歌的句式,但感情的表达要真挚沉痛得多。他的词也都是直抒胸臆,多写故国之思,常用比兴而不流于隐晦,着笔疏淡而不失于枯寂,与刘辰翁的《须溪词》很相似。

刘辰翁(1232—1297),字会孟,号须溪,庐陵(今江西吉安)人。理宗景定三年(1262)进士。廷试对策忤贾似道,抑置丙等,以耿直著称。宋亡隐居,以甲子纪年,不用元人年号,表现出很强的民族气节。有《须溪集》。

刘辰翁为宋末的重要作家,所作诗文以奇怪磊落为宗,不平的心境和抑郁的情绪,使他的诗的遣词造句显得很艰涩,其意趣惝恍迷离,寄托遥深。刘辰翁的词大都是宋亡后作,感怀时事,抒发兴亡之感。况周颐说:"须溪词,风格遒上似稼轩。"(《蕙风词话》卷二)刘辰翁上承辛弃疾爱国情怀和豪放风格,但作为遗民,其词情韵已染上凄苦之色。如《柳梢青》[春感]:

> 铁马蒙毡,银花洒泪,春入愁城。笛里番腔,街头戏鼓,不是歌声。　　那堪独坐

> 青灯，想故国、高台月明。辇下风光，山中岁月，海上心情。

此词为元宵抒怀，明月依旧，但物是人非，元军带来了"蒙毡"、"番腔"，亡国景象触目惊心，其情何其痛。又如《兰陵王》：

> 雁归北。渺渺茫茫似客。春湖里，曾见去帆，谁遣江头絮风息。千年记当日。难得。宽闲抱膝。兴亡事，马上飞花，看取残阳照亭驿。　　哀拍。愿归骨。怅毡帐何匹，湩酪何食。相思青冢头应白。想荒坟酹酒，过车回首，香魂携手抱相泣。但青草无色。　　语绝。更愁极。漫一番青青，一番陈迹。瑶池黄竹哀离席。约八骏犹到，露桃重摘。金铜知道，忍去国，忍去国。

表现亡国之哀，多用真率语，不假雕琢，风格遒劲而情辞跌宕，其雄浑沉郁苍凉处，竟能兼苏、辛词之长，故须溪词被认为是宋末辛派词的后劲。

郑思肖(1241—1318)，字忆翁，号所南，自称三外野人，连江(今福建连江)人。以太学上舍应试博学宏词科。元兵南侵，上书陈抗战之策，不报。宋亡隐居苏州，坐卧不北向，自号所南，以示不忘宋室。有《所南翁一百二十图诗集》、《郑所南先生文集》。

郑思肖的诗多写亡国之痛与故国情怀。其《寒菊》诗云：

> 花开不并百花丛，独立疏篱趣未穷。宁可枝头抱香死，何曾吹落北风中。

借寒菊自喻，表现坚守气节的遗民心态及其傲岸不屈的性格。

【本章习题指要】

1. "永嘉四灵"及其诗歌创作特征。
2. 刘克庄诗词的创作特色。
3. "江湖诗派"及其诗歌创作的一般特征。
4. 文天祥诗文词创作的爱国精神。

第六编　辽金元文学

绪　言　辽金元文学发展概况

辽金元三代,自公元916年契丹国建立起,到公元1368年元朝灭亡,历时三个半世纪,是一个相当长的历史时期。辽金元的文化,都以多元融合为特色,显示出鲜明的特点。在这样的文化背景下产生的文学特色鲜明,因而也就具有独特的价值。

辽金虽然都是北方少数民族建立的地方政权,但其文化的主体都是汉文化,辽金的文学也基本上属于汉语言文学。辽代使用的文字有两种,即汉文和契丹文。从现存文献看,文学创作主要是汉语言文学创作,也有契丹语文学创作(如寺公大师用契丹文创作的《醉义歌》),但原本不多,流传更少。在这200年的历史进程中,无疑应有一部丰富的文学史,但这部文学史却被湮没了。北宋沈括《梦溪笔谈》载:"契丹书禁甚严,传入中国者,法皆死。"辽道宗清宁十年(1064)还下令不许民间私自刻印书籍。天祚末年,战火四起,文献著作,散失殆尽。

现有辽代文献中,记载帝王后妃及其他贵族、高官的文学活动的比较多。辽圣宗耶律隆绪喜欢吟诗,辽道宗耶律洪基有诗文集《清宁集》,东丹王耶律倍则是有多方面成就的文学艺术家。在辽代文坛上,后妃的成就特别引人注目。汉族诗人作家并不占主导地位。

金是女真族建立的政权。女真原是一个文明程度远低于契丹的部落,自金太祖完颜阿骨打1115年立国后,灭辽与北宋,获取辽、宋文士典籍,积极吸收汉文化,文明程度迅速提高。金代文学,也取得了远高于辽的成就。《金史·文艺传序》:"金用武得国,无以异于辽。而一代制作,能自树立唐宋之间,有非辽世所及,以文而不以武也。"

金代文学的发展,可分为三个时期:从立国到海陵王末年为初期(1115—1160),即所谓"借才异代"时期;中期主要是世宗、章宗两朝(1161—1208),又称"大定、明昌"时期,是所谓"国朝文派"形成并活跃于文坛的时期;从金室南渡到金亡(1208—1234)为后期,金亡后的一些遗民文人的创作也是后期文学的内容。

金代文学发展的历程,在中国文学发展史上具有其独特性:立国之初,文学文化均缺乏基础,但以"借才异代"的方式,使得其文学文化均迅速发展起来,帝王、贵族积极学习吸收汉文化,至熙宗已"尽失女真故态","宛然一汉户少年子也"。在此基础上,很快培养出"国朝文派",形成了属于金人自己的诗文风格。后期国势危殆,金亡前后产生了一批丧乱诗,这类诗依然慷慨多气,而无切切哀鸣。更值得称道的是,在金元之际的元好问,以其鸿朗高华之作,成为一代文宗,形成了中国文学史上的一座高峰。

元代是承宋、金分裂之后走向大一统的王朝,也是中国历史上第一个由少数民族建立的全国性政权。中国历史进入了一个特殊的时期,中国文学史也进入了一个特殊的时期。

自1206年成吉思汗在漠北统一蒙古各部落建立大蒙古国,到1368年元顺帝退出大都(今北京),这一百多年的文学现象和文学活动,是元代文学的内容。与其他时代文学相比,元代文学具有多元丰富性。其多元丰富性源自元代文化的多元性。

元代在中国历史上是一个特色鲜明的时代:疆域广阔而享国不久;多民族共居,多元文化并存;在宋代尚文之后,元代的尚武轻文显得十分突出;科举时兴时废,而人们仕进多途,唐宋以来形成的人生追求和人生价值观念被强有力地改变;治法粗疏,人的精神思想比较自由;在宋代尚雅观念压抑下艰难发展的俗文化、俗文学,到元代得到了自由发展的空间,因而一下子活跃起来,其光辉掩盖了雅文化、雅文学;宗教空前发展;理学在士大夫阶层产生了普遍影响。多元文化带来了人们价值观、审美观的多元化,思想的活跃使人们可以对事物作出多视角的评判,这使得文学的主题呈现出前所未有的丰富性、复杂性。从文学的视角看,元代还具有文学体裁的丰富性(传统雅文学各体式和新兴的俗文学戏曲、小说等并存,以及少数民族语言文学作品的涌现)和作家队伍构成的复杂性(俗文学作家队伍形成,雅文学创作队伍依然庞大,少数民族作家群体形成)等鲜明特色。

元代学术与信仰的多元化对文学的影响最为明显。前人说程朱理学在元代被定为一尊。其实,这是不可能的。因为第一,这与元代兼收并容的文化政策相矛盾;第二,这也与元代融通各家的学术风气相矛盾;第三,在蒙古族统治的元代,不管是理学还是传统儒学,或者是其他学术各派,都不可能成为真正占据统治地位的学术。因为在蒙古贵族心目中,宗教比学术更重要,因而地位也更高。据文献记载,元代后期,全国学校有21300所,而寺院则有42318处。在兼收并容的宗教政策下,各种宗教都得以在中土发展,除蒙古族原有的萨满教和中土原流行的佛教、道教外,回教、基督教、犹太教、摩尼教、袄教,都在中国流行。元世祖忽必烈说:"全世界所崇奉之预言人有四,基督徒谓其天主是耶稣基督,回教徒谓是摩诃末,犹太教徒谓是摩西,偶像教谓其第一神是释迦牟尼。我对于兹四人,皆至敬礼,由是其中在天居高位而最真实者受我崇奉,求其默佑。"(《马可波罗行记》第79章)儒学作为千年圣王之法的思想统治地位事实上不复存在,加之草原文化和西域文化凭借政治上的强势地位向社会各个方面渗透,使得千百年来奉若神明的观念和教条受到严重冲击。可以说,元代学术思想和信仰的多元性,是中国历史上任何一个"礼崩乐坏"、思想解放时期所无法比拟的。叛逆思想在元代也获得了生存的空间。明初方孝孺,浙江宁海人,他在《赠卢信道序》这篇文章中曾谈到其家乡宋、元至明初,其风俗之"三变",对于认识元代之社会风气,颇有典型意义:宋以前承传千百年的重文、尚德美俗,在元代被冲垮了,到明初又重建。在元代如此思想文化背景下,文坛自然呈现出前所未有的丰富多彩和纷乱复杂。

在元代多元文化中,俗文化及其观念是占尽了风头的。从唐五代曲子词和小说出现以后,表现市民生活情趣的俗文学就在步步发展。到宋代,俗文学已经对雅文化形成冲击。但宋代强势的雅文化,以其巨大的抑制力,压抑着俗文学的发展。宋人尚雅,摒弃、鄙视、贬斥俗。这种强力的压制,也正说明当时俗文学已经形成相当势力。宋代词作者中就有相当一部分人以俚俗出名,也因俚俗而为社会所不容,为士林所不齿。但到元代,压在俗文化、俗文学头上的巨石一下被掀掉了,经过长期积蓄力量的俗文学勃兴,在文坛上大放异彩。其主要代表是元曲。元曲包括杂剧(戏曲)和散曲(或称清曲),被王国维称为有元"一代之文学"(《宋元戏曲史》)。杂剧称为北曲或北杂剧,它使用北方语言、北方音乐并具有北方声腔特点,又受北方少数民族音乐的影响。它是一种以歌舞演故事的综合艺术形式,除曲文外,还有科白、故事情节,是由演员装扮起来在舞台上演出的艺术,其剧本则是戏曲文学作品。散曲是元代兴起的新诗体。元曲在元代不长的历史时期中,涌现了大量名家名作,成就辉煌,成为唐诗、宋词之后中国文学史的又一巅峰,也使元代成为中国戏曲文学的黄金时代。此外还有南戏和"说话"艺术的"小说"和"讲史"。多种俗文学样式共同创造了元代俗文学的辉煌。

元代的雅文学——诗、文、词以及文学批评等,沿着唐宋以来的方向继续发展,也取得了可观的成就。元代诗文创作在新的历史条件下依然繁荣,并且在探索中形成了有别于唐宋的风貌,元代的文学思想领域也出现了不少新的观念。

元代的诗文别集数量相当可观,清人修《四库全书》,收入元人别集171种,另存目36种。北京燕山出版社1999年出版的雒竹筠等《元史艺文志辑本》,所录现存元人诗文别集起码在450种以上,散佚(含未见)425种。在现存450种中,除去仅有《元诗选》本的102种,还有348种。北京师范大学古籍所编撰的《全元文》,共61册1880卷,收录元文作者3200余人,文章35000多篇,总字数约2800万;而《全元诗》课题组对元诗文献调查的结果是,现存元诗在13万首以上,诗人3900人。这一数量是相当可观的。

元代作家队伍的多民族构成,是元代诗文的一大特色。不同民族的作家,带有各不相同的文化与思想背景,自然会把各不相同的民族性格、审美情趣带入其作品,因而形成不同的风格情调,或清新,或粗犷,或豪率,在中原文化背景下的端重谨严、温柔敦厚之外别开生面。他们观察问题的独特视角和独特立场,也同样丰富了元代的文坛。耶律楚材、马祖常、萨都剌、迺贤等,是其中的突出代表。

清代陈廷焯《白雨斋词话》说:"词兴于唐,盛于宋,衰于元,亡于明。"(卷一)如果作为对词这种文体发生、发展、衰落过程的描述,这种说法是比较客观的,但若以此否定元词创作的成就,则是不符合文学史实际的。其卷八又说:"诗衰于宋,词衰于元。"其实,宋诗、元词,其成就都是不容否定的。清人顾千里与近代以来的研究者,就不同意这种判断,顾千里《吴中七家词序》就说:"词兴于唐,盛于五代、宋、元,衰于明。"近代著名学者王易《词曲史·启变第七》说:"元之词未衰而渐即于衰。"客观地说,元代不是词之兴盛期,与词在宋的兴盛相比,词在元代确已走向衰落。顾千里的说法,对元词评价偏高,而王易的说法,是较为客观科学的。

前人评价元词的一大偏差,是把张炎等一些词坛大家归宋,对由金入元及后起的一些词人的成就不够重视,于是就感到元代词坛冷落、暗淡。其实,张炎无疑是元代词人,又是著名的词学名家。北方词人刘秉忠、白朴、刘敏中、刘因都有相当的成就,南方文人如赵孟頫、袁易等也都擅词。中期以后词人虞集、张雨、吴镇、张翥、邵亨贞,以及少数民族词人萨都剌,其创作成就都是很可称道的。

第一章 辽金文学

辽、金分别是由契丹和女真在北方建立的政权,他们把游牧文化带入中原,同时接受汉文化的影响,创造了具有各自特点的文化与文学。其文化与文学又与同时的宋代文化与文学并存,在政权的对峙中相互吸收,相互影响,并行发展,取得了不可磨灭的成就,培育出了元好问这样的文学巨匠。

第一节 辽代文学

辽王朝是契丹族领袖耶律阿保机于后梁末帝贞明二年(916)创建的,本名契丹国,至后汉天福十二年(947)改国号为辽。于宋徽宗宣和七年(1125)为金所灭。辽享国207年,其中166年与北宋对峙。

契丹原本行用汉字,耶律阿保机建国后创制契丹大小字,诗文写作一般使用汉字,也有用契丹文写作的。元代耶律楚材《湛然居士文集》中保存了一首由他翻译成汉文的寺公大师用契丹文创作的《醉义歌》,原作是一首优秀的契丹文长诗,我们因此可以了解辽代契丹语言文学创作达到的高度。汉译诗题下有耶律楚材所写小序,说:"辽朝寺公大师者,一时豪俊也。贤而能文,尤长于歌诗,其旨趣高远,不类世间语,可与苏、黄并驱争先耳。有《醉义歌》,乃寺公之绝唱也。"从其称作"大师"推断,作者当是僧徒。但从《醉义歌》的内容看,写作这首诗时他尚未出家,因受到"斥逐"而"病窜""天涯",由此可知他原在朝中为官,后来被斥逐天涯,因而"愁肠解结千万重",于是就到醉乡中寻求解脱:"争如终日且开樽,驾酒乘杯醉乡里。醉中佳趣欲告君,至乐无形难说似。泰山载斫为深杯,长河酿酒斟酌之。"几杯下肚后,"胸中渐得春气和,腮边不觉衰颜却。四时为驱驰太虚,二曜为轮辗空廓,须臾纵辔入无何,自然汝我融真乐"。诗最后议论说:

……问君何事从劬劳,此何为卑彼岂高?蜃楼日出寻变灭,云峰风起难坚牢。芥纳须弥亦闲事,谁知大海吞鸿毛?梦里蝴蝶勿云假,庄周觉亦非真者。以指喻指指成虚,马喻马兮马非马。天地犹一马,万物一指同。胡为一指分彼此?胡为一马奔西东?人之富贵我富贵,我之贫困非予穷。三界唯心更无物,世中物我成融通。君不见千年之松化仙客,节妇登山身变石?木魂石质既我同,有情于我何瑕隙?自料吾身非我身,电光兴废重相隔。农丈人,千头万绪几时休?举觞酩酊忘形迹!

诗人认为世间一切都是虚无的,佛教的三界唯心,庄周的齐物之论,都不如在醉乡中的物我混融,所以,还是"举觞酩酊忘形迹"的好。

现有辽代文献中,记载帝王后妃及其他贵族、高官的文学活动的比较多。辽立国之初,尚武轻文。到太宗耶律德光,建都幽燕,开始更多地接受汉文化的影响,刻印、翻译唐宋诗人作家的诗文集。君主、后妃等上层贵族也有不少人长于写作汉文诗赋。辽圣宗耶律隆绪喜欢吟诗,推崇唐代诗人白居易,有"乐天诗集是吾师"之句。辽道宗耶律洪基有诗文集《清宁集》,他的《题黄菊赋》是一首流传很广的诗作,陆游《老学庵笔记》卷四载:

> 辽相李俨作《黄菊赋》献其主耶律弘(洪)基,弘基作诗题其后以赐之,云:昨日得卿《黄菊赋》,碎剪金英填作句。袖中犹觉有余香,冷落西风吹不去。

此诗达到了很高的艺术水平,受到后人的赞赏。由于君主们的爱好和提倡,贵族和官员中吟咏之风颇盛,正如清人沈德潜《辽诗话序》所言:"辽之圣、兴、道三宗雅好词翰,咸通音律,侍从诸臣,多淹通风雅。"我们举当时人筵集赋诗的例子,以见一时风气:

> 马唐俊有文名燕蓟间,适上巳与同志祓禊水滨,酌酒赋诗。鼎偶造席,唐俊见鼎朴野,置下坐,欲以诗困之,先出所作索赋。鼎援笔立成,唐俊惊其敏妙,因与定交。(《辽史·文学下·王鼎传》)

辽代第一位文学艺术家应是耶律倍。耶律倍(909—946)是阿保机长子,契丹名图欲,曾被立为皇太子,阿保机灭渤海国,以其地为东丹国,封倍为东丹王,称人皇王。阿保机死,述律皇后迫其让位于时任天下兵马大元帅的弟弟耶律德光。德光即位,是为太宗。德光即位后猜忌倍。后唐明宗李嗣源闻之,遣人持书跨海密召之。倍立木海上,刻诗曰:"小山压大山,大山全无力。羞见故乡人,从此投外国。"(《辽史·宗室传》)诗本无题,后人习称为《海上诗》。后唐以天子仪卫迎之。倍自幼聪敏好学,不喜射猎。从汉人张谏学习汉文化,知音律,善书画,能为五言诗,博学多才。《辽史》说他"工辽汉文章,尝译《阴符经》。善画本国人物,如《射骑》、《猎雪骑》、《千鹿图》,皆入宋密府",可惜多已失传。

后妃诗人在辽代文学史上的地位相当突出,其中最为后人称道者有道宗皇后萧观音和天祚帝妃萧瑟瑟。

萧观音(1040—1075),幼能诵诗,旁及经、子。长工诗,善谈论,好音乐,能自制歌词。道宗立为懿德皇后。曾应制赋《伏虎林》诗,气势宏大,雄豪犷放,很受称道。后因谏道宗猎秋山,道宗虽表示嘉纳,但内心厌烦,渐被疏远。萧观音作《回心院》歌词10首,抒写幽怨。枢密使耶律乙辛嫉恨观音家不附己,借机诬陷观音与乐工赵惟一私通。道宗盛怒,赐观音自尽。时人王鼎作《焚椒录》,详细记录了观音冤案的始末。观音今存诗14首,文1篇,均见于《焚椒录》。

萧瑟瑟(?—1121),聪慧娴雅,工文墨,善诗歌。幼年选入宫中,天祚乾统三年(1103)立为文妃。女真兴起,国势日危,天祚帝耽于田猎,宠信奸佞,疏斥忠良,瑟瑟乃作《讽谏歌》以谏:"勿嗟塞上兮暗红尘,勿伤多难兮畏夷人;不如塞奸邪之路兮,选取贤臣。直须卧薪尝胆兮,激壮士之捐身,可以朝清漠北兮,夕枕燕云。"言辞激切,不避权幸。后为萧奉先诬陷,赐死。今所流传作品,除《讽谏歌》外,还有《侯鲭录》所录《史诗》一首,也有相当高的艺术水平。

除契丹族作家外,辽代还有一些汉族诗文作家,只是从诗人作家的人数到作品的数量,都不及契丹族。比较有成就和影响的有赵延寿、王鼎等。

赵延寿(？—948),本姓刘,恒山(今河北正定)人,为沧州节度使刘守文部将赵德钧养子,改赵姓。延寿美容貌,好书史,后唐明宗李嗣源以女妻之,嗣源称帝,拜驸马都尉,官至上将军、枢密使。后降辽,封为燕王,官终大丞相、中京留守。延寿本为将家子,幼喜武略,即戎之暇,时以篇什为意,亦甚有雅致。尝在辽庭赋诗,南人闻之,往往传之。如其《失题》诗:"黄沙风卷半空抛,云重阴山雪满郊。探水人回移帐就,射雕箭落著弓抄。鸟逢霜果饥还啄,马渡冰河渴自跑。占得高原肥草地,夜深生火折林梢。"写辽地景色和军旅生活,具有北国特色,前人将此诗与苏辙《虏帐诗》并提。

王鼎(？—1106),字虚中,涿州(今属河北)人。鼎好学,博通经史。时马唐俊有文名燕、蓟间,服其诗才,因与定交。辽道宗清宁五年(1059)进士,累迁翰林学士。当代典章,多出其手。鼎为人正直不阿,寿隆初,升观书殿大学士。一日宴主第,醉中言皇帝不知己,杖黥夺官,流镇州。居数岁,有赦,鼎独不免。当时守臣召王鼎代作贺表,鼎因以诗贻使者,有"谁知天雨露,独不到孤寒"句,帝闻,召还,复其官。王鼎在流放中作《焚椒录》,详述道宗懿德皇后萧观音被诬事,很有影响。

辽代文学以诗文为主。诗文以外,尚有辽神话、北语诗以及歌谣等。有些民歌极具政治批判精神,如《国人谚》之"五个翁翁四百岁,南面北面顿瞌睡",对老人政治的批判,尖锐深刻,具有很强的讽刺艺术效果。有的在当时流传极广,如《臻蓬蓬歌》等流传于宋京师汴梁和其他地区。这些都是辽代文学的重要组成部分。

辽代诗文作品,流传下来的数量极其有限,其水平也远不及唐诗、宋词之高。但其独特的价值,是不容忽视的。

辽代诗文体现了民族文化融合的特点。典型的如寺公大师的《醉义歌》,原文用契丹语写成,但诗的内容,是写重阳日饮酒、赏菊,显然受陶渊明人生态度和陶诗的影响;诗的基本精神是儒释道的杂糅,表现了中原文化精神对作者的深刻影响;而诗的风格,又充满北方民族的豪纵洒脱之气。耶律倍的《海上诗》,是一首失意的悲歌。全诗以物喻人,"大山"比喻耶律倍自己,"小山"比喻其二弟辽太宗。如果全以汉语解之,其诗意含讽喻,怨而不怒,所谓"情词悽惋,言短意长,已深有合于风人之旨矣"(赵翼《廿二史札记》)。但以契丹文字来看,则"山"在契丹小字里为"汗",即帝王,弟弟是夺取自己帝位的小山,而今反压在自己头上,其愤怨之情,溢于言表。元好问题耶律倍画《东丹骑射》诗云:"意气曾看小字诗,画图今又识雄姿。血毛不见南山虎,想到弦声裂石时。"(《元遗山诗集笺注》卷一四)他所揭示的,才是耶律倍文学艺术作品的真正精神。散文如王鼎的《焚椒录》,不仅其序感情炽烈,文字凝练,颇具感染力,且其录以文献材料,暴宫廷之丑,刺皇帝之非,是唐宋等时代文学中所难得见到的,可以说是少数民族政权下文学作品所独有。至于诗文风格的生新质野、雄豪富气,则是北方游猎民族性格的生动体现。

第二节 金代文学的发展

金代立国虽不如辽代长,但金代的文化和文学都取得了远远高于辽代的成就。金代开国不久,其诗文创作就达到了很高水平。金初文坛由两部分人组成:由辽入金的文臣,如韩昉、左企弓、虞仲文等,他们很少有作品流传。活跃于金初文坛的是由宋入金的文士,清人庄仲方《金文雅序》说:

> 金初无文字也,自太祖得辽人韩昉而言始文;太宗入宋汴州,取经籍图书。宋宇文虚中、张斛、蔡松年、高士谈辈先后归之,而文字煨兴,然犹借才异代也。

宇文虚中是金代文学的奠基者,吴激、蔡松年被认为是金代前期诗文的重要代表,吴、蔡主要以词著称,时人称其所作为"吴蔡体",《金史·蔡松年传》说他"文词清丽,尤工乐府,与吴激齐名,时号吴蔡体"。他们的作品多忆国怀乡之思。吴词情调悲凉,风格清婉;蔡词格调豪放。

宇文虚中(1080—1146),字叔通,别号龙溪居士,益州广都(今四川成都)人。北宋大观三年(1109)进士,仕宋官至起居舍人、国史院编修官。南宋建炎二年(1128)以资政殿学士充大金通问使入金,祈请徽、钦二帝南归,留金。在金仕为翰林学士承旨。恃才轻肆,招致女真贵族嫉恨,于皇统六年(1146)以谤讪朝廷、企图谋反罪杀之。"穷愁诗满箧,孤愤气填胸"(《郑下赵光道与余有十五年家世之旧》),他在金写下了大量诗作,诗中充满故国之思,具有代表性的作品有《己酉岁书怀》、《又和九日》等。

吴激(?—1142),字彦高,建州(今福建建瓯)人,宋著名书法家米芾女婿。他工诗能文,字画俊逸。使金被留,命为翰林待制。吴激以词名世,最受推崇的作品是《人月圆》[宴北人张侍御家有感]:

> 南朝千古伤心事,犹唱后庭花。旧时王榭,堂前燕子,飞向谁家? 恍然一梦,仙肌胜雪,宫髻堆鸦。江州司马,青衫泪湿,同是天涯。

虽多化用唐诗成句,但自然流转不着痕迹,既疏朗上口,又具有感人的力量。

蔡松年(1107—1159),字伯坚,自号萧闲老人,真定(今河北正定)人,官至右丞相,封卫国公。他主要以词名,与吴激齐名。其最为人称道的作品是《大江东去》(离骚痛饮):"我梦卜筑萧闲,觉来岩桂,十里幽香发。磊磊胸中冰与炭,一酹春风都灭。"词清丽闲雅,但其实所表现的感情还是比较复杂的。

金世宗、章宗大定、明昌时期,宋金议和,投戈息马,治化修明,是金之所谓盛世,文学创作也呈现出繁荣气象。这一时期,在金朝成长起来的诗文作家活跃于文坛,形成了有别于宋的独特的风格,元好问称之为"国朝文派":

> 国初文士如宇文太学、蔡丞相、吴深州等,不可不谓之豪杰之士,然皆宋儒,难以

国朝文派论之。故断自正甫为正宗之传,党竹溪次之,礼部闲闲公又次之。(《中州集》卷一蔡珪小传)

他所举作为"国朝文派"正宗者,有蔡珪(正甫)、党怀英(竹溪),赵秉文(闲闲)由于在南渡之后成为文坛领袖,一般视之为后期作家。这一时期的代表性人物还有王庭筠。

蔡珪(?—1174),字正甫,蔡松年长子。天德三年(1151)进士及第,官至礼部郎中。与其父蔡松年一样,他的诗中也常流露对闲适生活的向往与热爱,但他又时常展现豪杰之气,如其《闾山》:"西风绝境抚孤松,千里川原四望通。但怪林梢看鸟背,不知身在碧云中。"开创了与前期诗人不同的北国雄健诗风。郝经称他"不肯蹈袭抵自作,建瓴一派雄燕都"(《书蔡正甫集后》)。

党怀英(1134—1211),字世杰,号竹溪,冯翊(今陕西大荔)人,因父宦于泰安军,遂移居奉符(今山东泰安)。金大定十年(1170)登进士第,历任莒州军事判官、汝阴县令、国史编修官、泰宁军节度使、翰林学士承旨等。其诗精细工整,古朴自然,如《奉使行高邮道中》:"野雪来无际,风樯岸转迷。潮吞淮泽小,云抱楚天低。蹭蹬船鸣浪,联翩路牵泥。林鸟亦惊起,夜半傍人啼。"赵秉文说他"诗似陶、谢,奄有魏晋"(《翰林学士承旨文献党公碑》),由此作可见其诗作技巧之娴熟。

王庭筠(1151—1202),字子端,自号黄华山主、黄华老人,盖州熊岳(今属辽宁)人。金大定十六年(1176)进士,授恩州军判,迁翰林修撰。曾隐居于黄华山(在今河南林县)寺十年。他的文学成就是多方面的,诗文书画并称卓绝,画善山水墨竹,诗学苏、黄,却没有险怪艰涩之病。"暮年诗律深严,七言长篇尤工险韵。"(《金史》卷一二六《王庭筠传》)其诗多写景咏怀之作,清新秀丽。如其《河阴道中》:"梨叶成荫杏子青,榴花相映可怜生。林深不见人家住,道上唯闻打麦声。"

宣宗贞祐二年(1214),在蒙古兵强大的军事威胁之下,金室南渡黄河,迁都汴梁。金王室从此陷入内外交困之中,国势日蹙。面对现实,文风为之一变,类多感慨悲壮之音。在金之中期,所谓盛世诗文,也存在有不良倾向,如尖新雕琢等。刘祁《归潜志》卷八云:

明昌承安间,作诗者尚尖新……其诗大抵皆浮艳语。……南渡后,文风一变。文多学奇古,诗多学风雅,由赵闲闲、李屏山倡之。

国家形势危殆,诗坛却呈现出最为繁荣的局面。元好问说:"南渡以来,诗学为盛。"(《中州集》卷一〇)当时有赵秉文、王若虚等主平易的一派,和李纯甫、雷渊等主奇险的一派,两派都取得了一定的成就。元好问则是金代诗文集大成的作家。

赵秉文(1159—1232),字周臣,号闲闲老人,磁州滏阳(今河北磁县)人。大定二十五年(1185)进士,历官应奉翰林文字、同知制诰、翰林侍讲学士、礼部尚书兼侍读学士。秉文诗文书画皆工,为文坛盟主,与杨云翼齐名,时号"杨赵"。其诗学李、杜、苏、黄。他于诗歌创作强调"师古",认为"为诗当师《三百篇》、《离骚》、《古诗十九首》,下及李杜"(《答李天英书》),但又提倡风格的多样化。他的七言长诗气势奔放,不拘一格,律诗壮丽,五言古诗则真淳简淡,冲和清远,诗题多标明拟某某作,或效某某诗人,如《效王右丞独步幽篁里》:"独坐幽篁下,谈玄复观易。西日半衔山,返照林间石。"颇得王维风味。但他并不简单模拟前人,在师法前人的同时,也有自己的特点。

王若虚(1174—1243),字从之,号慵夫,自称滹南遗老,藁城(今河北藁城)人。金承安二年(1197)擢经义进士,历任国史院编修官、著作佐郎、左司谏、延州刺史、翰林直学士。"金亡,微服北归镇阳。"(《金史》卷一二六《王若虚传》)于经学、史学及文学皆有建树,为金代重要学者。他是金代著名的文学批评家,论文强调"辞达理顺"和"以意为主",论诗也主张"出于自得"而本于自然。其《滹南诗话》批评黄庭坚,说所谓的夺胎换骨、点铁成金不过是"剽窃之黠者"。批评"山谷之诗,有奇而无妙,有斩绝而无横放,铺张学问以为富,点化陈腐以为新,而浑然天成、如肺肝中流出者不足也",切中其弊。他对黄庭坚的批评,主要是针对当时效法黄庭坚而崇尚新奇的李纯甫一派而发,故有"已觉祖师低一著,纷纷法嗣复何人"之说。

李纯甫(1177—1223),字之纯,号屏山居士,弘州襄阴(今河北阳原)人。承安二年登经义进士第,"喜谈兵,慨然有经世之心"(《金史》卷一二六《李纯甫传》)。宰执爱其文,荐入翰林,仕至尚书右司都事,后连知贡举。为金代后期尚奇诗派主要作者之一。其诗险怪奇古,瑰伟纵放,有李贺诗遗风。李纯甫为文师法《庄子》、《列子》和《左传》,造语力避浅弱,文风奇古雄健。诗学黄庭坚,崇尚雄奇险劲的风格,主张"以心为师"而自成一家,遂与赵秉文的尚古形成鲜明对比。其诗写得狠重奇险而瑰丽多姿,如《送李经》等。

第三节 元 好 问

元好问(1190—1257),字裕之,号遗山,太原秀容(今山西忻州)人。系出拓跋氏,北魏孝文帝时改姓元。7岁能诗,有神童之目。11岁从郝天挺学,淹贯经史百家。20岁业成,乃下太行、渡大河,以《箕山》、《元鲁县琴台》等诗,见赏于文坛盟主赵秉文,遂游赵(秉文)、杨(云翼)之门,于是名重天下。不久,蒙古兵攻破其家乡,好问随家人避兵寓居河南三乡,后移居登封。兴定五年(1221)登进士第,正大元年(1224)中宏词科,为国史编修。历任镇平、内乡、南阳县令,天兴初擢尚书省掾,除左司都事。金亡不仕,以保存金代文献为己任,晚年隐居秀容,建"野史亭",著述其上,编成《中州集》,以诗存史,搜集金代史料近百万言,多为后人编纂《金史》所本。68岁卒。

元好问是具有多方面成就的大家,仅就文学言,他涉猎诗、文、词、小说、文学批评,且都取得了极可称道的成就。

他是一位杰出的文学理论家。28岁时所作《论诗三十首》,集中体现了他的审美追求和诗学观念。其开篇第一首说:"汉谣魏什久纷纭,正体无人与细论。谁是诗中疏凿手,暂教泾渭各清浑。"他以风雅为宗,要求诗歌回归"正体",通过细评汉魏以下诗人,明辨诗史正伪清浊。他论诗推崇自然,标举清刚雄健:"一语天然万古新,豪华落尽见真淳。南窗白日羲皇上,未害渊明是晋人。"(其四)"慷慨歌谣绝不传,穹庐一曲本天然。中州万古英雄气,也到阴山敕勒川。"(其七)在对唐宋诗的评价中,推尊李、杜,对宋黄庭坚特别是金代效法黄庭坚诗而形成的弊端,有所批评。《论诗三十首》之外,在大量的序跋文字和《中州集》诗人小传中,都阐述了他的文学主张,他还有专门著作《杜诗学》,可惜已经失传。

元好问是金元时期最有成就的诗人。他的学生郝经评其诗称"歌谣跌宕,挟幽并之气,高视一世"(《遗山先生墓铭》)。清人赵翼《瓯北诗话》也说:"盖生长云、朔,其天禀本多英健豪杰之气,又值金源亡国,以宗社丘墟之感,发为慷慨悲歌,有不求而自工者。此固地为之也,时为之也。"是幽并清刚之气与伤乱的时代造就了诗人元好问,赵翼还在《题遗山集》中写下了名言:"国家不幸诗家幸,赋到沧桑句便工。"这些确实都揭示了元好问诗的特点:反映那个不幸和痛苦的时代。如:

惨澹龙蛇日斗争,干戈直欲尽生灵。高原水出山河改,战地风来草木腥。精卫有冤填瀚海,包胥无泪哭秦庭。并州豪杰知谁在,莫拟分军下井陉。(《壬辰十二月车驾东狩后即事五首》其二)

百二关河草不横,十年戎马暗秦京。岐阳西望无来信,陇水东流闻哭声。野蔓有情萦战骨,残阳何意照空城!从谁细向苍苍问,争遣蚩尤作五兵。(《岐阳三首》其二)

汴京破后被掳北上,途中所写《癸巳五月三日北渡》三首其三云:"白骨纵横似乱麻,几年桑梓变龙沙。只知河朔生灵尽,破屋疏烟却数家。"这些诗,留下了那个时代真实的记录和笼罩在那个时代的整个气氛。但这些诗中,没有哀切,表现出的是苍凉沉郁和骨力苍劲的独特风格。赵翼《瓯北诗话》说:"七言律则更沉挚悲凉,自成声调。唐以来律诗之可歌可泣者,少陵十数联外,绝无嗣响,遗山则往往有之。"指的就是这类接响杜甫的沉郁顿挫的伤乱诗。元好问诗诸体兼擅,而以七律与七绝成就最为突出。此外晚年所写咏物诗、山水诗、题画诗等也有相当高的成就。

元好问是金元词坛巨擘。清人刘熙载评其词"疏快之中,自饶深婉,亦可谓集两宋之大成者矣"(《艺概》卷四),兼宋词豪放与婉约于一体。近人况周颐《蕙风词话》卷三说他将"神州陆沉之痛,铜驼荆棘之伤,往往寄托于词","其苦衷之万不得已,大都流露于不自知"。"遗山之词,亦浑雅,亦博大,有骨干,有气象。"早在宋元之际的张炎就已经极推元好问,说其词"风流蕴藉处,不减周、秦,如《双莲》、《雁丘》等作,妙在模写情态,立意高远,初无稼轩豪迈之气"(《词源》)。所谓《雁丘》即《摸鱼儿》(问世间),序云:"乙丑岁赴试并州,道逢捕雁者云:'今日获一雁,杀之矣。其脱网者悲鸣不能去,竟自投于地而死。'予因买得之,葬之汾水之上,累石为识,号曰雁丘。同行者多为赋诗,予亦有雁丘辞。旧作无宫商,今改订之。"词如下:

问世间、情是何物?直教生死相许!天南地北双飞客,老翅几回寒暑。欢乐趣,离别苦,是中更有痴儿女。君应有语,渺万里层云,千山暮雪,只影向谁去? 横汾路,寂寞当年箫鼓,荒烟依旧平楚。招魂楚些何嗟及,山鬼暗啼风雨。天也妒,未信与、莺儿燕子俱黄土。千秋万古,为留待骚人,狂歌痛饮,来访雁丘处。

《双莲》则是《摸鱼儿》(问莲根),写大名一对青年男女殉情投水而死,当年此陂中荷花无不并蒂开,对殉情青年寄予深切同情,颂扬了他们坚贞不渝的爱情。两词都极其动人,无疑是中国词史的佳作。

元好问的散文成就也不容忽视。郝经《遗山先生墓铭》说他"遂为一代宗匠,以文章独步几三十年",徐世隆《遗山先生文集序》说他"文宗韩欧,正大明达,而无奇纤晦涩之语",张金吾在其《金文最》自序中说他"以宏衍博大之才,郁然为一代宗匠"。其散文众体皆备,具有很高的艺术造诣。为文取法欧苏,纡徐委备,平易之中又极有情致。代表性的作品有《送秦中诸人引》、《送高雄飞序》、《雷希颜墓铭》、《赵州学记》、《市隐斋记》等。

第四节 董解元《西厢记诸宫调》

诸宫调是宋金元时期流行的一种说唱艺术,由于是用多种宫调的曲子联套演唱,杂以说白,表演长篇故事,因而称作"诸宫调"。《西厢记诸宫调》是现存唯一完整的诸宫调作品。作者董解元,金章宗时人,名里及生平均不详,"解元"只是当时人借一种功名之称来敬称读书人,并不是他的名字。

《西厢记诸宫调》是董解元根据唐代传奇小说《莺莺传》进行的再创作。唐代元稹的《莺莺传》问世后,它所讲述的崔莺莺与张生的爱情故事就广为流传,但故事的内容没有发生大的变化,直到董解元《西厢记诸宫调》问世,才对故事情节内容作了创造性的改造。其中最为重要的改动,是将原作张生对莺莺"始乱终弃"的悲剧结局,改为崔、张二人私奔出走而最后获得"美满团圆"的戏剧结局。这不仅从思想上摒弃了原作中表现的"女人是祸水"的道德说教,也使故事中的人物性格、矛盾冲突和人物关系发生了根本的变化,使这一故事展示出新的面貌,在艺术上取得了很大的成功。作品结构宏伟,情节曲折,由相逢、联吟、闹场、兵围、请宴、琴挑、挚简、相思、问病、拷红、许亲、送别、惊梦、婚变、出走、团圆等,构成五万余言的鸿篇巨制。其曲词也极优美,明人胡应麟评此作"精工巧丽,备极才情,而字字本色,言言古意,当是古今传奇鼻祖。金人一代文献尽此矣"(《少室山房笔丛》卷四一)。请看送别后的两支曲子:

[正官][梁州令断送] 帘外萧萧下黄叶,正愁人时节,一声羌管怨离别。看时节,窗儿外雨些些。晚风儿淅溜淅冽,暮云外征鸿高贴,风紧断行斜,衡阳迢递,千里去程赊。

[应天长] 经霜黄菊半开谢,折花羞戴,寸肠千万结。卷帘凝泪眼,碧天外乱峰千叠。望中不见蒲州道,空目断暮云遮。荒凉深院古台榭,恼人窗外,琅玕风欲折。早是离人心绪恶,阁不定泪啼清血。断肠何处砧声急,与愁人助凄切。

确可称"备极才情"。

【本章习题指要】
　　1. 辽代诗文的创作概况。
　　2. 金代文学的创作概况。
　　3. 元好问的文学成就。
　　4. 董解元《西厢记诸宫调》的基本情况。

第二章 元杂剧的兴盛和代表作家

元代是中国戏曲发展的黄金时期。杂剧文学剧本的出现,标志着中国戏曲进入了成熟期,它反映了中国戏曲唱、念、做集于一体的特征。元杂剧又是以中国文学史上第一种成熟的叙事文学样式登上文坛的,它因而极大地扩展了中国古典文学的表现空间。

第一节 元杂剧的兴盛及其基本面貌

一 元杂剧的兴盛

元杂剧在一个很短的时间里迅速崛起、兴盛,进而风靡全国,有着多方面的原因。大致说来有以下几点:

首先,城市经济的繁荣和艺术表演的社会化、商业化,是促使戏剧成熟与兴盛的必要基础。蒙古军攻占北方后,在许多地方造成严重破坏,但同时却造成了一些中心城市的畸形繁荣。全国统一后,城市经济的增长更为迅速。据《马可波罗行纪》记载,元大都的繁华,"世界诸城,无能与比"。商业、手工业的高度发展,使市民阶层壮大,他们是戏曲的欣赏者。于是,商业性的杂剧演出也就有了广大的市场。在表演者和观众的这对商业关系中,一方面广大的观众为杂剧的创作和演出提供了广阔的市场和经济支持,一方面编演者为了争取观众而要不断地努力提高戏曲创作和演出水平。这对杂剧发展的推动,无疑是巨大的。

其次,蒙古贵族的爱好,对元杂剧的发展起到了有力的提倡和推动作用。蒙古贵族在入主中原以后,其汉文化水平仍是有限的。对于儒雅蕴藉的东西,他们不欣赏或者说欣赏不了,因而也没有兴趣。而世俗的歌舞伎乐,则很适合他们的需要和口味,因而他们也就特别地感兴趣。所以,在征服战争中,每攻下一城,他们首先挑出带走的人,是工匠和艺人。立国之后,又常让民间向宫廷"献剧"。这样运用政治力量来推动,对元杂剧发展的影响之大,是可想而知的。

再次,文人的参与创作和演出,高水平作家队伍的形成,是元杂剧繁荣的重要因素。中国文学史上很多的文学形式都走过了这样一个大致相同的发展道路:起自民间,逐步发展,提高水平,影响渐大;到一定时期,文人们参与到创作中来,使这种文学形式的水平上升到一个前所未有的高度,于是促成了这一文学形式的繁荣。中国戏曲的发展也走了这样的道路。文人投身到杂剧创作甚至演出中来,极大地提高了杂剧的编演水平,使它真正成为高水平的、雅俗共赏的艺术。这一批杰出的杂剧作者的创作与社会需要相适应,杂剧就兴盛起来了。

二 元杂剧的作家作品和发展分期

元杂剧作家大多生活在社会下层,钟嗣成《录鬼簿序》说他们是一些"门第卑微,职位不振,高才博识"的人,绝大多数人没有比较完整的传记资料,许多人根本就没有传记资料,所以元杂剧的作家数量难以确定。据学者们考证,元杂剧的作者有近 200 人,但他们大多数人没有作品传世。王季思主编的《全元戏曲》收录的作家有 62 人。有目可考的杂剧作品有 500 多本,但大部分没有流传下来。现存作品,王季思主编的《全元戏曲》收录 224 种,还有残折残曲 34 种。

关于元杂剧的发展和分期,学术界也一直存在着不同意见:一种认为,元杂剧的发展应分为前、后两期;另一种认为,应分为初、中、后三期。按两期说,前期是元杂剧的鼎盛时期,这时元杂剧的中心在大都(今北京),著名的作家有关汉卿、王实甫、白朴、马致远、杨显之、高文秀、康进之、石君宝、纪君祥。所谓"元曲四大家"关(汉卿)、马(致远)、郑(光祖)、白(朴),关、马、白三家在前期。元杂剧著名的优秀作品,大多产生在这一时期,作品多悲剧,著名的四大悲剧《窦娥冤》、《梧桐雨》、《汉宫秋》、《赵氏孤儿》都产生在这一时期。元成宗大德末年以后,杂剧中心南移到了杭州,从此到元末,是元杂剧发展的后期。由于社会的原因,也由于杂剧本是北曲,南移后离开了它的本土,又由于杂剧本身体制上的局限,所以杂剧逐渐衰落了。不过,后期杂剧还是产生了一些优秀的作家和作品,著名的作家有郑光祖、宫天挺、乔吉、秦简夫等。后期代表作有郑光祖的《倩女离魂》、宫天挺的《范张鸡黍》、秦简夫的《东堂老》、乔吉的《扬州梦》。与前期杂剧相比,作品内容也有了明显差别,与前期多社会剧、悲剧不同,后期多爱情剧、文人事迹剧、神仙道化剧。

三 元杂剧的门类和内容

最早给元杂剧分类的是郑经,他在《青楼集跋》中提到的杂剧门类有"驾头杂剧"、"闺怨杂剧"、"绿林杂剧"、"花旦杂剧"。而夏伯和在《青楼集志》中则说杂剧"有驾头、闺怨、鸨儿、花旦、披秉、破衫儿、绿林、公吏、神仙道化、家长里短之类"。这些分类当然都不是很精确。明人朱权在《太和正音谱》中提出了"杂剧十二科"之说,对后世有不小的影响。这十二科是:

一曰神仙道化,二曰隐居乐道(又曰林泉丘壑),三曰披袍秉笏,四曰忠臣烈士,五曰孝义廉节,六曰叱奸骂谗,七曰逐臣孤子,八曰钹刀赶棒(即脱膊杂剧),九曰风花雪月,十曰悲欢离合,十一曰烟花粉黛(即花旦杂剧),十二曰神头鬼面。

这种分类在古代很有影响,明清人多沿用这种说法。近代学者对杂剧有多种分类,其中较能为人接受的是把杂剧分为爱情婚姻剧、神仙道化剧、公案剧、历史剧、家庭伦理剧五类。

爱情婚姻剧约占杂剧作品总数的五分之一,其中最著名的是四大爱情剧《西厢记》、《拜月亭》、《墙头马上》和《倩女离魂》,其中又以《西厢记》影响最大。神仙道化剧在朱权《太和正音谱》中被列为"杂剧十二科"之首,比较著名的神仙道化剧作品有《陈抟高卧》、《黄粱梦》、《任风子》、《城南柳》等,这些剧中所表现的是文人隐士的思想意识和生活情趣。元杂剧的公案剧,可以分为两类:一类是写权豪势要欺压无辜百姓,清官惩治豪强,为民申冤的;一类是写恶人图财害命,或因家庭、财产纠纷,善良受欺受诬,清官伸张正义的。第一类的代表作有《鲁斋郎》、《蝴蝶梦》、《陈州粜米》等,第二类的代表作有《灰阑记》、《盆儿鬼》、《魔合罗》等。历史剧也是元杂剧中的一大类,著名的"五大历史剧"有《汉宫秋》、《梧桐雨》、《赵氏孤儿》、《单刀会》、《渑池会》。元杂剧中的历史剧往往充分体现剧作者的主体精神,历史事实和历史故事都不过是为表现这一主体精神服务的。家庭伦理剧表现伦理道德观念,有比较浓的说教意味,影响较大的有《东堂老》、《范张鸡黍》等。

元杂剧的内容是十分丰富的,它真实地反映了元代丰富而复杂的社会生活,也真切地展示了杂剧作家丰富多彩的个性和精神世界。

四 元杂剧的体制

元杂剧本剧由折、楔子和题目、正名组成。其主体部分是折和楔子。一本杂剧一般由四折一楔子组成。元杂剧以折为单位,一折是剧本情节的一个段落,也是音乐的一个单元,如今天戏的一场。同时它还是一套曲词。元杂剧以四折一楔子为通例,超过四折的称为变体。

元杂剧一折一套曲子,一套曲子都属同一宫调,押同样的韵,一韵到底。演唱时,一人主唱,一唱到底。元杂剧的角色,以旦(女角)、末(男角)为主。今人一般把元杂剧的角色分为旦、末、净、杂四类。旦是女角,女主角叫正旦,正旦主演的剧本叫旦本,这部戏就称旦本戏。末是男角,男主角叫正末,正末主唱的剧本叫末本,这部戏也就是末本戏。

第二节 前期作家白朴、马致远等

元代前期杂剧作家,除关汉卿、王实甫(另设专章介绍)外,马致远、白朴都以其卓越的创作成就,在元代杂剧史和中国戏曲史上居有较高地位,纪君祥以其著名悲剧《赵氏孤儿》成为有国际声誉的戏曲家,郑廷玉以其讽刺喜剧《看钱奴》在元初剧坛和中国戏曲史上享有盛誉,此外还有康进之、高文秀、尚仲贤、杨显之、石君宝、武汉臣等一批有成就的戏曲家,他们以其不朽的创作,共同创造了元代前期杂剧的繁荣。

白朴(1226—1306以后),原名恒,字仁甫,后改名朴,字太素,号兰谷,祖籍隩州(今山西曲沃)。父白华,仕金官至枢密院经历。白朴7岁时,蒙古军陷金都汴京,其父随金主出奔,其母死于战乱,白朴赖父执元好问抚养长成。白华金亡后曾降宋,但不为宋人信任,后又降蒙。白华北归后至真定(今河北正定)依史天泽,白朴即随父居真定。元世祖中统二年(1261),史天泽以其所业力荐于朝,白朴拒不出仕。1276年,蒙古军大举伐宋,朴随军南下,游历九江、岳阳及吴越名城,与胡祗遹、卢挚、王恽等唱和,此后行迹不可考。

白氏在金为望族,为世代文化世家,白朴幼受元好问抚育熏陶,寓真定时闭门读书,与剧作家侯克中、李文蔚、史樟等往来。流寓江南,则以漫游山水、吟诗作文为事。其天资颖异,诗文词俱有可观,曲尤出色。白朴一生创作杂剧16种,传世3种:《裴少俊墙头马上》、《唐明皇秋夜梧桐雨》、《董秀英花月东墙记》;有残曲者2种:《韩翠颦御水流红叶》、《李克用箭射双雕》;其他11种仅存目。散曲今存有小令37首,套数4套。其词有《天籁集》2卷,收词作200多首。白朴主要以杂剧名世,在元代已极负盛名,后人又将他与关汉卿、马致远、郑光祖并称为"元曲四大家",《太和正音谱》列其剧作为"古今群英乐府"第三,评曰:"风骨磊魄,词源滂沛;若大鹏之起北溟,奋翼凌乎九霄,有一举万里之志,宜冠于首。"其《梧桐雨》、《墙头马上》都是元剧中的名篇,明人孟称舜说:"《梧桐雨》摹写明皇、玉环得意失意之状,悲艳动人;《墙头马上》说佳人求偶处,亦自奕奕动神。真大手笔也。"(《新镌古今名剧·柳枝集》)白朴还是元词名家,王博文序其《天籁集》说:"读之数过,辞语遒丽,情寄高远,音节协和,轻重稳惬。凡当歌对酒,感事兴怀,皆自肺腑出。予因以'天籁'名之。"

《梧桐雨》全名《唐明皇秋夜梧桐雨》,是白朴的代表作。白朴经历丧乱,国破家亡,遂有"满目山川之叹",总有一种盛衰难料的幻灭感,如其《沁园春》词所说:"念一身九患,天教寂寞;百年孤愤,日就衰残。"善于表现患难后的寂寞和衰残中的孤愤,成为其文学创作的一个特色,而这特色在其杂剧《梧桐雨》中表现得最为充分。该剧取材于白居易《长恨歌》,但与以往以李、杨故事为题材的作品不同,它不津津于李、杨故事中的宫中宴乐、月下盟誓、华清出浴、马嵬之变,而把目光集中投向乱后归来但已经失去权位、退居西宫的唐明皇的孤独和寂寞。前三折写唐明皇自以为太平无事,宠幸杨贵妃,朝歌暮舞,导致"渔阳鼙鼓动地来",安史乱起,明皇西行避兵,途中马嵬兵变,"宛转蛾眉马前死"。第四折写乱平之后,明皇返回长安,退为太上皇,在一个秋雨之夜,梦会杨妃,忽然被雨打梧桐的声音惊醒,追思往事,无比感慨。整个第四折,用23支曲子淋漓尽致地表现了安史之乱后唐明皇的孤寂落寞、哀伤幻灭之感,是唐明皇的心灵独白,是一组极富情感冲击力的抒情诗。王国维说该剧"沉雄悲壮,为元曲冠冕"(《人间词话》),即指第四折所创造的悲凉意境。

马致远(约1250—约1321),以字行,名不详,号东篱,大都(今北京)人。其生平多不可考,只知道曾为江浙省务提举。但从他自己的散曲作品中,可以了解其生活与思想的一些情况:早年曾有意进取功名,所谓"自年幼,写诗曾献上龙楼"(〔黄钟〕《女冠子》),但并没有结果,中年以后参破荣辱,改弦易辙:"两鬓皤,中年过,图甚区区苦张罗?人间宠辱都参破。种春风二顷田,远红尘千丈波,倒大来闲快活。"(〔南吕〕《四块玉》〔叹世〕)追悔当初,

"半世逢场作戏,险些儿误了终焉计。白发劝东篱,西村最好幽栖"(〔般涉调〕《哨遍》),所以做了"酒中仙、尘外客、林中友"(〔双调〕《行香子》套),混迹于勾栏瓦肆,投身于曲之创作,成为著名曲家。

马致远杂剧和散曲创作都极负盛名,所作杂剧15种,现存7种:《江州司马青衫泪》、《破幽梦孤雁汉宫秋》、《吕洞宾三醉岳阳楼》、《半夜雷轰荐福碑》、《马丹阳三度任风子》、《开坛阐教黄粱梦》(与花李郎等合撰)、《西华山陈抟高卧》。存残曲者1种:《刘阮误入桃源洞》。其他7种仅存目。其散曲后人辑为《东篱乐府》。

历史剧《汉宫秋》,全名《破幽梦孤雁汉宫秋》,是马致远杂剧的代表作,也是元杂剧名作之一。剧写汉元帝时昭君出塞事。据《汉书·匈奴传》、《后汉书·匈奴传》,汉元帝竟宁元年(前33),匈奴呼韩邪单于来朝,"自言愿婿汉氏以自亲。元帝以后宫良家子王嫱字昭君赐单于。单于欢喜,上书愿保塞上谷以西至敦煌,传之无穷"。汉以后,昭君故事一直在演变。《汉宫秋》在此基础上,又对史事进行了大幅度的改造和虚构:背景改成胡强汉弱,奸臣毛延寿索贿不遂,丑化昭君的画像,使她居于冷宫不能得皇帝宠幸,事发叛逃到匈奴,唆使匈奴可汗引兵来攻,指名索要昭君;在国家受到强敌威胁时,满朝文武"似箭穿着口,没个人敢咳嗽",只有弱女子王昭君挺身而出;昭君出塞,行至汉匈交界的黑龙江,投江自杀。在马致远的笔下,历史故事完全是为其情绪的抒写服务的,剧中表现的,是强烈的批判意识和浓郁的民族情绪。

马致远以写神仙道化剧著称。他的神仙道化剧,以劝人出家归隐、寻找脱离红尘的世外仙境为主旨,具有浓厚的佛道虚无避世的思想倾向,故又可称为佛道隐士剧或度脱剧。让神仙真人"度脱"凡人入道,宣扬真正隐士的道骨仙风之可贵,是其神仙道化剧解决矛盾的方法,戏剧冲突和人物活动均以度脱与被度脱为中心而展开。值得注意的是,以马致远剧作为代表的元代神仙道化剧,剧中神仙都不是不食人间烟火的神灵,而是人间的隐士。如《黄粱梦》中的钟离权,他在剧中唱道:

> 俺闲遥遥独自林泉隐,您虚飘飘半纸功名进,你看这紫塞军、黄阁臣,几时得个安闲分,怎如我物外自由身。

> 俺那里地无尘,草长春,四时花发常娇嫩,更那翠屏般山色对柴门。雨滋棕叶盛,露养药苗新。听野猿啼古树,看流水绕孤村。

表现的是文人隐士的思想意识和生活情趣。剧中宣扬的愤世、出世思想,具有现实批判精神。《黄粱梦》、《陈抟高卧》等,是马致远神仙道化剧的代表作。

《陈抟高卧》全名《西华山陈抟高卧》,是元代神仙道化剧的代表作之一。陈抟,字图南,著名的隐士,历经唐末五代至宋初,事迹见庞觉《希夷先生传》及《宋史·隐逸上·陈抟传》。其高蹈远引、迹若浮萍的人生态度,在宋、元两代的读书人中颇有影响。剧写隐士陈抟卖卜汴梁,卜相赵匡胤,知其有帝王之命。后赵果得天下,请陈下山做官,陈辞不就;复试以女色,陈不为所动。此剧突出刻画了陈抟参破功名、弃绝仕途的心路历程,其中所揭橥的文人心态很有代表性。第三折叙陈抟拒绝宋太祖的征聘,道出仕途风波之险巇,盛赞林泉生活之自由。曲词浏亮自如,淋漓酣畅,声韵兼美。

元代前期剧坛,名家辈出,一批很有成就的杂剧作家从事着戏曲创作,他们与关、王、白、马等人一起,创造了元代前期杂剧剧坛的繁荣。比较著名的有纪君祥、郑廷玉、康进之、石君宝等人。

纪君祥,一名天祥,大都人,生平事迹不详。著有杂剧 6 种,今存《赵氏孤儿》1 种。《赵氏孤儿》,全名《赵氏孤儿冤报冤》,剧演春秋晋灵公时,赵盾与屠岸贾两个家族的矛盾,突出忠奸斗争的主题。《左传》、《国语》都有关于这一史实的记载,《史记》中《赵世家》、《晋世家》、《韩世家》记此事,明确为忠与奸、正义与邪恶的较量。

郑廷玉,彰德(今河南安阳)人,生平不详。今存杂剧 5 种:《看钱奴》、《忍字记》、《金凤钗》、《后庭花》、《疏者下船》。其中《看钱奴》是著名的讽刺喜剧,曾被翻译成英文、法文,流传美、英、法等国。

康进之,棣州(今山东惠民)人,生平无考。《太和正音谱》称他为"词林之英杰"。他以优秀的水浒戏《李逵负荆》而得名。

石君宝,平阳(今山西临汾)人,生平不详。著有杂剧 10 种,今存《秋胡戏妻》、《曲江池》、《紫云亭》3 种。《秋胡戏妻》也是屡经改编、久演不衰的名剧。

元代前期有成就的杂剧家和有影响的剧作还有不少,如尚仲贤及其《柳毅传书》、李好古及其《张生煮海》、高文秀及其《双献功》,都可称得上是名家名作。

第三节 元代后期杂剧作家

元统一全国后,随着南方经济的恢复和发展,南方经济和文化固有的优势逐渐显示出来。在大一统的政治局面下,原来流行于北方的杂剧成为全国性的戏剧样式,并且其中心逐渐由北方转移到了经济和文化都相对发达的南方,南宋时的都城所在地杭州成为后期杂剧的中心。

后期杂剧虽然出现了一批名家名作,但与前期相比,无疑已呈衰落之势。就内容说,对社会现实问题的关注度下降,而反映家庭伦理、男女爱情的内容增多;艺术上,则趋向词语的工丽和情节的曲折,作品的艺术感染力不如前期。郑光祖、宫天挺、乔吉、秦简夫是后期杂剧的代表作家。

一 郑光祖

郑光祖,字德辉,平阳襄陵(今山西临汾)人。虽然《录鬼簿》说他"以儒补杭州路吏,为人方直,不妄与人交",但他却是南方戏曲界最为活跃的人物,作有杂剧 18 种。郑光祖长于写才子佳人的缠绵爱情,故名闻天下,"声彻琴阁。伶伦辈称郑老先生者,皆知为德辉也"。现存杂剧 8 种:《倩女离魂》、《㑇梅香》、《王粲登楼》、《周公摄政》、《三战吕布》、

《智勇定齐》、《伊尹耕莘》、《老君堂》。《倩女离魂》是其代表作。

《倩女离魂》全名《迷青琐倩女离魂》，其本事出唐代陈玄祐传奇小说《离魂记》，写张倩女与王文举原曾"指腹为婚"，但王家家道中落，张母以其家不招白衣女婿为由，要他二人兄妹相称，要求王文举应试做官后方能成亲。王文举赴京应试，张倩女一病不起，灵魂离开躯体，随王文举进京。而依然在家的躯体，恨绵绵，思切切，病恹恹。王文举中举得官回来，倩女的灵魂和躯体复合为一，成就了美满姻缘。此剧情节离奇，富于浪漫色彩。倩女灵魂和躯体分离的创意，具有深刻的启示意义：离开躯体的灵魂摆脱了现实的种种束缚，以纯真的性情大胆追求着自己的所爱，可以不理会世俗的一切伦理观念；而留在现实中的躯体，却承受着种种痛苦的折磨，正反映了青年女子在现实礼教的禁锢和压抑下心灵的痛苦。这种分离，虽是理之所无，却是情之所有，故具有动人的感染力。剧本的语言笔触细腻，文辞秀美婉转，善于融化前人的诗句入曲，熔铸成优美的意境，具有很高的艺术水平。明代戏曲家孟称舜评此剧："酸楚哀怨，令人肠断。昔时《西厢记》，近日《牡丹亭》，皆为传情绝调，兼之者此剧乎？《牡丹亭》格调原祖此，读者当自见也。"（《古今名剧合选·柳枝集》）《牡丹亭》应该受此剧的影响，但此剧也明显受《西厢记》的影响。王国维评其曲词："此种词如弹丸脱手，后人无能为役。"（《宋元戏曲史》）

二　宫天挺

宫天挺（约1260—约1330），字大用，大名开州（今河南濮阳）人。宦居江南，与钟嗣成父亲为莫逆交，《录鬼簿》说他"为权豪所中，卒不见用"。所作杂剧6种，今存《范张鸡黍》、《七里滩》。《太和正音谱》评其词"如西风雕鹗"，"锋颖犀利，神采烨然，若捷翮摩空，下视林薮，使狐兔缩颈于蓬棘之势"。

《范张鸡黍》全名《死生交范张鸡黍》，故事据《后汉书·范式传》敷演而成。范式、张劭、孔嵩、王韬四人同窗，分手时，范式与张劭约定两年后的此日到张家拜访，张说一定杀鸡炊黍相待。两年后，范式如期前往，路遇王韬，原来王韬将孔嵩所上万言书冒为己作得了官，两人同到张家。吏部尚书第五伦奉命征范式为官，范不就，夜梦张劭以母、妻相托。范推测张劭已死，于是前往张家，赶上张劭下葬，灵柩距墓地不远时突然停下，直待范式到来，亲挽灵柩，才入墓穴。第五伦再次征聘范式，范式应聘为官，并推荐了孔嵩，王韬冒名事败露。剧本道德评判色彩鲜明，在歌颂人间友情的同时，抨击了仕途的黑暗。

三　乔　吉

乔吉（约1280—约1345），字梦符，号笙鹤翁，又号惺惺道人，太原（今属山西）人。流寓杭州近40年，《录鬼簿》说他"美容仪，醉辞章"。他一生怀才不遇，倾其精力于散曲和杂剧创作，自称"烟霞状元，江湖醉仙"。共创作杂剧11种，今存3种：《扬州梦》写诗人杜牧，《金钱记》写才子韩翃，塑造了两个风月场中"情种"的形象；《两世姻缘》则描写青楼女子韩玉箫和书生韦皋的爱情故事。他还有小令 209 首、套数 11 套及词 1 首。收入《惺惺道人乐府》、《文湖州集词》、《乔梦符小令》。乔吉是元代曲家(包括杂剧和散曲)中成就比较突出的一位,有人把乔吉同关汉卿、马致远、白朴、郑光祖、王实甫并列,号称"元曲六大家"。

《两世姻缘》又名《玉箫女》,全名《玉箫女两世姻缘》,本事出唐范摅《云溪友议》。剧写洛阳歌妓韩玉箫与书生韦皋相爱,时值朝廷挂榜招贤,韩母逼韦生赴考,二人忍痛分离。临别时,韦皋约三年必返,结果逾期未归,玉箫相思成疾,憔悴而死,临死前还自画真容。韦皋入京,状元及第,官授翰林院编修,自请领兵平定吐蕃,镇守边疆 18 年。及至成功而返,得知玉箫已经病故,悲痛万分。班师回朝,路经荆襄,应邀赴荆襄节度使张延赏之宴,而转世再生的玉箫恰巧是张延赏的义女,两人相见,互示示爱。此事激怒了张延赏,玉箫母赶来,出示玉箫真容,解除误会。最后皇帝做媒,成就了韦皋与玉箫的两世姻缘。本剧前两折悲剧,后两折喜剧,悲喜连缀,贯通一体,成为元杂剧中一个很特别的体式,明代汤显祖的传奇《牡丹亭》明显受其影响。该剧最动情处在第二折,其中写玉箫思念韦皋的曲词既优美又极有感染力:

〔商调〕〔集贤宾〕 隔纱窗日高花弄影,听何处啭流莺。虚飘飘半衾幽梦,困腾腾一枕春醒。趁着那游丝儿恰飞过竹坞桃溪,随着这蝴蝶儿又来到月榭风亭。觉来时倚着这翠云十二屏,恍惚似坠露飞萤。多咱是寸肠千万结,只落的长叹两三声!

〔逍遥乐〕 尚兀自心神不定,倚遍危楼,望不见长安帝京。知他在何处也,薄情,多应恋金屋银屏。想则想于咱不志诚,空说下磕磕磕海誓山盟。赤紧的关河又远,岁月如流,鱼雁无凭。

〔尚京马〕 我觑不的雁行弦断卧银筝,听不得凤嘴声残冷玉笙。兽面香消闲翠鼎。门半掩悄悄冥冥,断肠人和泪梦初醒。

四 秦简夫

秦简夫,大都人,生平不详。《录鬼簿》说他"近岁在杭",可知他曾流寓杭州。他有杂剧 5 种,今存 3 种:《赵礼让肥》、《东堂老》、《剪发待宾》。《太和正音谱》评其词"如峭壁孤松"。

《东堂老》是秦简夫杂剧的代表作。《东堂老》,又名《破家子弟》,全名《东堂老劝破家子弟》,写商人李实为人正直,人称"东堂老",友人赵国器临终以不肖子扬州奴相托。扬州奴在父亲死后终日追欢逐乐,家产挥霍殆尽。后在东堂老的教育和帮助下悔过自新,重振家业。剧作既肯定商人们质朴务实、刻苦耐劳的态度和积极进取的精神,反映了在元代文化背景下对商人和商业的肯定,也表现了儒家伦理观念在商人职业道德中的体现。《东堂老》不以情节、辞采取胜,词语本色,但对东堂老、扬州奴及引诱扬州奴的无赖们的形象刻画,细致而逼真。

【本章习题指要】
1. 元杂剧兴盛的原因。
2. 元杂剧的分期、门类和体制。
3. 白朴杂剧创作的成就。
4. 马致远杂剧创作的成就。
5. 元代后期主要杂剧作家的创作成就。

第三章 杰出的戏曲家关汉卿与王实甫

元代杂剧的辉煌成就,突出地表现在产生了杰出的戏曲家关汉卿、王实甫,创作了不朽的传世名作《窦娥冤》、《西厢记》。王国维《宋元戏曲史》称:"关汉卿一空依傍,自铸伟词,而其言曲尽人情,字字本色,故当为元人第一。"王实甫的《西厢记》则是最著名的爱情剧,有人称《西厢记》与明传奇《牡丹亭》、清代小说《红楼梦》为中国文学史上三大爱情作品。明人王世贞认为:"北曲故当以《西厢》压卷。"

第一节 伟大的戏曲家关汉卿

关汉卿是中国戏曲史上最早最伟大的作家。钟嗣成《录鬼簿》列他为杂剧作家第一人,《录鬼簿》载贾仲明所作吊词说他是:"驱梨园领袖,总编修师首,捻杂剧班头。"元明时人就推他与马致远、白仁甫、郑光祖为"元曲四大家"。关汉卿是元杂剧的奠基人和前期剧坛领袖。

一 关汉卿的生平与创作

关汉卿,名不详,以字行,号己斋叟。关汉卿的生卒年不能准确考订,学界有多种说法,都是出于推断。粗略地说,他生于金末,卒于元成宗大德年间(1297—1307)。关于他的籍贯,一般都说是大都人,也有人说他是解州(今山西解县)人,清代修的《祁州志》,则说他是祁州(今河北安国)伍仁村人。《录鬼簿》记他是"太医院尹",元代有太医院,但没有"太医院尹"这个官职。有的本子上说是"太医院户"。他是"玉京书会"的"才人",一生主要活动在大都,游历过杭州。在大都,他在书会才人和杂剧艺人中交游极广,与同时代的许多剧作家都有十分密切的关系,与青楼艺人关系尤为密切。他的散曲〔南吕〕《一枝花》〔赠朱帘秀〕,反映了他对"杂剧为当今独步"的女子朱帘秀的敬重和爱慕。

关于关汉卿的为人和个性,元人熊自得《析津志》说他"生而倜傥,博学能文,滑稽多智,蕴藉风流,为一时之冠"。他在散曲〔南吕〕《一枝花》〔不伏老〕中自豪地宣称自己是"普天下郎君领袖,盖世界浪子班头"。这里所谓的"郎君",即"郎君弟子",指那些经常出入歌楼妓馆的浮浪弟子。他以"风流浪子"自夸,是对传统价值系统的大胆反叛。显然,关汉卿和他的书会才人同道们已经完全不是传统的儒者,而变成市井知识分子。他们的伦理意识和价值观念已经与传统决裂。这套散曲中所表现出来的蔑视传统束缚、热爱自由的精神,是非常可贵的。当然,关汉卿绝不仅仅是一个"风流浪子"。他之所以伟大,更重要的在于他对现实的关注以及对被压迫者的同情和赞颂。

关汉卿是元杂剧作家中创作最多的一个。他一生写了六十多种杂剧,但准确的数字难以考订。这些作品多数已经失传,流传至今的有十几种,今人吴晓铃等编《关汉卿戏曲集》收其现存作品18种:《窦娥冤》《救风尘》《蝴蝶梦》《鲁斋郎》《拜月亭》《调风月》《望江亭》《金线池》《谢天香》《玉镜台》《绯衣梦》《单刀会》《西蜀梦》《哭存孝》《陈母教子》《裴度还带》《五侯宴》《单鞭夺槊》。其中《鲁斋郎》《五侯宴》《单鞭夺槊》是否为关汉卿的作品,尚有争议。

关汉卿的作品,就内容说可分三类:第一类是公案剧,这类戏揭露社会政治黑暗,触及尖锐的社会矛盾,如《窦娥冤》《蝴蝶梦》《鲁斋郎》《绯衣梦》等。第二类是妇女生活剧,描写妇女的生活和斗争,突出她们的坚强、勇敢和机智,带有喜剧色彩,如《救风尘》《谢天香》《拜月亭》《调风月》《望江亭》等。第三类是历史剧,这类作品歌颂历史英雄人物,曲折地表达作者对现实的感受,其中有三国戏《单刀会》《西蜀梦》,还有《哭存孝》《陈母教子》等。

关汉卿公案戏的代表作是《窦娥冤》,下文专门来讲。其他的公案戏作品也都具有很高的价值。这些作品,深刻地反映了元代社会的种种弊端,如豪强横行、地痞无赖逞凶、官吏贪赃枉法和弱者的无告。《蝴蝶梦》里的"皇亲国戚"葛彪打死王老汉,说:"只当房檐上揭片瓦相似。"这就是元代的现实。《鲁斋郎》中"权豪势要"鲁斋郎看上了张珪的妻子,竟要张珪自己送上门去。第二折张珪唱:

〔南吕〕〔一枝花〕 全失了人伦天地心,倚仗着恶党凶徒势,活支剌娘儿双拆散,生各札夫妇两分离。从来有日月交蚀,几曾见夫主婚、妻招婿?今日个妻嫁人、夫做媒,自取些奁房断送陪随,那里也羊酒花红缎匹?

关汉卿长于刻画女性人物,在他现存的18本杂剧中,有12本是旦本。他的妇女生活戏,《救风尘》可作突出代表。戏写歌妓宋引章原与洛阳秀才安秀实相恋,但当她遇到了郑州同知的儿子、富商周舍后,改变主意嫁给了周舍。没想到周舍把她骗到手后凶相毕露,她几乎命丧周舍棍棒之下,无奈中只好向同是妓女的姐妹赵盼儿求救。赵盼儿施展手段,凭着她的聪明智慧,解救了宋引章,惩罚了恶棍周舍。戏曲塑造了妓女赵盼儿光彩照人的形象。

《单刀会》是关汉卿历史剧的代表作。剧情很简单:吴鲁肃设宴请蜀荆州守将关羽过江,企图挟制关羽交出荆州。关羽作为盖世英豪,毫不畏惧,单刀赴会。东吴诸人在关羽的英武和豪气面前,无能为力,关羽胜利归去。该剧颇具抒情诗剧的特点,风格沉雄壮烈,许多唱词写得大气包举,具有雄浑苍劲的意境。如第四折关羽过江时面对滔滔江水唱:

〔双调〕〔新水令〕 大江东去浪千叠,引着这数十人驾着这小舟一叶。又不比九重龙凤阙,可正是千丈虎狼穴。大丈夫心别,我觑这单刀会似赛村社。(云)好一派江景也呵! (唱)

〔驻马听〕 水涌山叠,年少周郎何处也?不觉的灰飞烟灭,可怜黄盖转伤嗟。

破曹的樯橹一时绝,鏖兵的江水犹然热,好教我情惨切!(云)这也不是江水,(唱)二十年流不尽的英雄血!

总括关汉卿杂剧的题材和内容,有以下几个特点:一是涉及多种多样的社会生活层面和人物,深刻揭示了社会的黑暗面;二是集中反映了社会中弱者的生活遭遇和生活理想,热情赞美他们的美好品格;三是在反映社会对弱者的压迫和命运对个人的压迫的同时,始终表现出弱者顽强的斗争精神。这三个特点,融会和发展了传统文人文学和市民文学中最富生气的成分,展现了中国古典文学的新面目。

二 《窦娥冤》

《窦娥冤》全名《感天动地窦娥冤》,是关汉卿公案剧中最杰出的作品,也是元杂剧中最著名的悲剧。王国维在《宋元戏曲史》中说,元杂剧中"最有悲剧之性质者,则如关汉卿之《窦娥冤》,纪君祥之《赵氏孤儿》,剧中虽有恶人交构其间,而其蹈汤赴火者,仍出于主人翁之意志,即列之于世界大悲剧中,亦无愧色也"。《窦娥冤》的戏剧冲突非常尖锐激烈,窦娥的性格刻画得非常鲜明。作品通过窦娥和黑暗社会现实的冲突,表现了封建社会妇女的悲剧命运和她们的反抗情绪。

《窦娥冤》无疑是元代社会现实的客观反映,但它情节的构成,则借用了汉代以来民间流传的"东海孝妇"的故事。汉代刘向的《说苑·贵德》载:

> 丞相西平侯于定国者,东海下邳人也。其父号曰于公,为县狱吏决曹掾,决狱平法,未尝有所冤。……东海有孝妇,无子,少寡,养其姑甚谨。其姑欲嫁之,终不肯。其姑告邻之人曰:"孝妇养我甚谨,我哀其无子,守寡日久,我老,累丁壮,奈何?"其后,母自经死。母女告吏曰:"孝妇杀我母。"吏捕孝妇,孝妇辞不杀姑。吏欲毒治,妇自诬服,具狱以上府。于公以为养姑十年以孝闻,此不杀姑也。太守不听,数争不能得。于是于公辞疾去吏。太守竟杀孝妇。郡中枯旱三年。

《汉书·于定国传》也有记载。干宝的《搜神记》卷一一也载此事,并有一些新的内容:

> 长老传云:孝妇名周青。青将死,车载十丈竹竿,以悬五幡。立誓于众曰:"青若有罪,愿杀,血当顺下;青若枉死,血当逆流。"既行刑已,其血青黄,缘幡竹而上标,又缘幡而下云。

《窦娥冤》虽在"东海孝妇"故事的基础上演绎而成,但绝不相类:第一,"东海孝妇"故事的主旨在于说明于公断案的公平,《窦娥冤》则在于揭示窦娥感天动地的冤屈。第二,《窦娥冤》中表现的窦娥与整个黑暗社会的矛盾冲突,这样深刻的社会意义,"东海孝妇"故事是不具备的。第三,窦娥这一鲜明生动而又具有深刻社会意义的艺术形象,与"东海孝妇"形象是有本质区别的。

《窦娥冤》的戏剧冲突十分尖锐激烈,其中展现的有窦娥与她婆婆的冲突,有窦娥与无赖张驴儿的冲突,有窦娥与官府的冲突,一直发展到窦娥与整个黑暗社会的冲突。这些戏剧冲突在剧中是逐步展开的。

楔子交代书生窦天章一贫如洗,带着7岁的女儿端云流落在楚州。无奈中,窦天章向当地放高利贷的寡妇蔡婆婆借了20两银子。一年后,连本带利共该还40两。窦天章无力偿还,蔡婆婆就要他的女儿端云做童养媳抵债。窦娥的悲剧命运就此开始。读书人的贫困、高利贷的盘剥,都是构成窦娥悲剧命运的社会因素。第一折是13年后,蔡婆婆搬到了山阳县。端云改名窦娥,与蔡婆婆的儿子成亲不到两年就守了寡。蔡婆婆依旧放高利贷。她向赛卢医讨债,赛卢医把她骗到僻静地方要把她勒死,恰巧遇见泼皮无赖张驴儿父子把她救下。他们得知蔡婆家只有两个寡妇,就逼着要她们婆媳俩嫁给他们父子俩。蔡婆无奈,只好答应,但遭到窦娥的坚决反对。张驴儿父子却赖着住在了蔡家。"泼皮无赖"的横行无忌,也是社会黑暗的一个方面,是构成窦娥悲剧的一个因素。第二折写张驴儿趁蔡婆婆生病的机会,到赛卢医那里买了一副毒药,想害死蔡婆好逼窦娥成亲,但阴差阳错毒死了自己的父亲。张驴儿诬赖窦娥毒死了他老子,胁迫窦娥随顺了他,否则就去见官。窦娥没有屈服,和他去见官。楚州太守桃杌是个贪官酷吏,他听信张驴儿一面之词,严刑拷打窦娥,窦娥始终不屈。桃杌又要打蔡婆,窦娥为了免让婆婆受刑,才屈招了毒死公公。从张驴儿父子进入蔡家,戏剧冲突的发展就形成了两条线索:一是张驴儿要霸占窦娥和窦娥维护自身尊严的矛盾,一是蔡婆的软弱默许和窦娥对她的讽刺批评之间的矛盾。张驴儿本想毒死蔡婆却误戕其父,推进矛盾发展,导入了窦娥与官府的矛盾冲突。而官府的黑暗,则是造成窦娥悲剧的根本原因。

第三折是悲剧的高潮。窦娥被判斩首,押上刑场。她一腔冤屈化为怒火,指天骂地,强烈地控诉那个黑暗的社会。临刑她发下三桩誓愿:第一,将一丈二尺白练挂在旗枪上,刀过头落,一腔血没半点洒在地上,全都飞溅在白练上。第二,当时正是三伏天,死后要天降三尺瑞雪遮掩尸首。第三,死后使山阳县大旱三年。她要用这三桩誓愿证明她的冤屈。由此,戏剧冲突发生了质的变化:由窦娥与具体的官府和官吏的矛盾,质变为与整个黑暗社会和黑暗制度的矛盾。"三桩誓愿"表现了窦娥不屈的反抗精神。第四折是在窦娥死后三年,窦天章做了廉访使,随处审囚刷卷,检查贪官污吏。窦娥的冤魂向父亲诉说了事情的经过和自己的冤屈。窦天章为窦娥平反,张驴儿、赛卢医、贪官桃杌都受到了惩罚。

《窦娥冤》对当时社会的揭露是广泛而深刻的。除了高利贷盘剥、恶霸横行、官府黑暗等元代社会突出的问题外,读书人的贫穷、封建道德观念的毒害等,也是造成窦娥悲剧的社会原因。

第二节　王实甫和《西厢记》

《西厢记》是我国古代爱情剧中成就最高、影响最大的作品之一。它通过张生和崔莺莺的爱情故事,热情歌颂了青年男女反抗礼教、争取婚姻自由的斗争。由于《西厢记》在思想和艺术方面都取得了很高的成就,影响深远(如《红楼梦》第二十三回回目就是"《西厢记》妙词通戏语,《牡丹亭》艳曲警芳心"),在结构体制上又规模宏大,所以有的学者称它是元杂剧的压卷之作。

关于《西厢记》的作者,学术界众说纷纭,有关汉卿作说,王实甫作说,关作王续说,王作关续说,王作而后人加工说等。一般说来,根据文献记载,还是应该确认为王实甫所作。

一 王实甫的生平与创作

关于王实甫的生平,我们知道得很少。《录鬼簿》只记载他是大都(今北京)人,名信德。他的戏剧活动,在元成宗元贞、大德间。《录鬼簿》所载贾仲明《凌波仙》吊词说:"风月营密匝匝列旌旗,莺花寨明飙飙排剑戟,翠红乡雄纠纠施谋智。作词章,风韵美。士林中,等辈伏低。新杂剧,旧传奇,《西厢记》,天下夺魁。"可见,他是一位文采风流、才华四溢的剧作家,并且也应是一位熟悉妓女生活的书会才人,所以特别擅长写"儿女风情"一类的戏。《北宫词记》卷三有署名王实甫的套曲〔商调〕《集贤宾》〔退隐〕,曲中说:"百年期六分甘到手,数千支周遍又从头","想着那红尘黄阁往年羞,到如今白发青衫此地游","且喜的身登中寿。有微资堪赡周,有亭园堪纵游"等。如果这套曲子确为王实甫所作,则我们倒是可以从中了解到王实甫的不少情况:终年应在60岁以上;曾经历了宦海沉浮,当年曾供职相府,但仕途并不得意,终于辞官隐居,也可能遭受了大的打击和迫害;由此,他对官场的倾轧与阴险有着深刻的了解;他归隐后生活条件还是比较优裕的,又进入老年,诗酒放达,但心情又是极为复杂的。

王实甫的杂剧作品,《录鬼簿》著录有14种,现存有《西厢记》、《丽堂春》、《破窑记》3种,另有《芙蓉亭》、《贩茶船》残存各一折。《西厢记》是其代表作。《全元散曲》还收有他的小令一首,套曲两套及残曲。

二 从《莺莺传》到《西厢记》

《西厢记》故事源于唐代元稹的传奇小说《莺莺传》(又名《会真记》)。《莺莺传》写书生张生从来不近女色,但自一见莺莺便不能自持,经过一番曲折,两人有了私情。而后张生进京应举,就断绝了与莺莺的旧情。"始乱之,终弃之"。莺莺也只有自怨,后来嫁了人。莺莺是个悲剧人物,张生是个轻薄负情的书生。作者还借张生之口,说莺莺是"尤物",称赞张生是"善补过者"。尽管如此,由于作品塑造了崔莺莺这一敢于冲破传统礼法的大家闺秀形象,所以在当时和后代都产生了很大影响。

崔莺莺的故事在宋代流传很广,著名词人秦观和毛滂都曾把她的故事写成《调笑转踏》,这是一种歌舞曲。再后来赵令畤写了〔商调〕《蝶恋花》,这是一篇鼓子词,有唱有白。在这篇作品里,作者对莺莺寄予了同情,谴责了张生的负情。人称此作"句句言情,篇篇见意"。此外,南宋罗烨的《醉翁谈录》所记载的"说话"名目中就有《莺莺传》。周密《武林旧事》所载"官本杂剧段数"有《莺莺六幺》。可惜的是,这些作品都没有流传下来。

到金章宗时期,莺莺故事发生了一个飞跃,出现了董解元的《西厢记诸宫调》,当时称作《弦索西厢记》或《西厢记挡弹词》。它使崔、张爱情故事以新的艺术面貌表现了崭新的思想内容。在这部作品中,张生已经成为一个有情有义、忠于爱情的人物,他和莺莺一起抗争,最后带着莺莺出走,获得了"美满团圆"的结局。这部作品是《西厢记》杂剧产生的直接基础,在文学史上居有重要的地位。后人称它为"董西厢",而称王实甫的作品为"王西厢"。

三 《西厢记》的情节和戏剧冲突

《西厢记》打破元杂剧四折一楔子的体例,5 本连演,用 21 折的篇幅,充分述写崔、张爱情故事。

第一本《张君瑞闹道场》,写崔、张爱情的开始。已故相国夫人崔氏带着 19 岁的女儿莺莺扶柩回家乡博陵葬夫,因路途有阻,暂住河中府普救寺(在今山西永济市蒲州镇),写信召她的侄儿郑恒前来帮她回乡。郑恒是郑尚书之子,与莺莺已有婚约。这时有个书生张珙字君瑞,进京应举,路过普救寺,和莺莺一见钟情。第二本《崔莺莺夜听琴》,写崔、张爱情的成熟及他们与崔夫人的第一次冲突。军人孙飞虎听说莺莺有倾国倾城之色,率兵包围了普救寺,限三天献出莺莺做压寨夫人。危急中老夫人宣称:但有退兵之策的,将莺莺与他为妻。张生写信给他的朋友白马将军杜确,杜确带兵杀退孙飞虎。事后,老夫人反悔。张生弹琴向莺莺表达爱慕之意,莺莺也向他表示了自己的爱情。第三本《张君瑞害相思》,写崔、张和红娘三人之间的误会,进一步展现他们的性格,也是崔、张爱情的进一步发展。张生自那夜弹琴之后,便害起了相思病,趁红娘来探病,托她捎信给莺莺。莺莺回信约他夜间花园私会,张生赴约,却被莺莺训斥一顿。张生因此病情加重。莺莺又让红娘去送药方,再次约张生幽会。第四本《草桥店梦莺莺》,写莺莺到张生书房幽会,私下做了夫妻。老夫人发觉,拷问红娘。红娘说出真情,并指责老夫人忘恩负义,处置不当。老夫人只好答应了他们的婚事,但要张生进京赶考,考中得官才能回来成亲。长亭送别之后,张生走到草桥店,梦与莺莺相会,醒来不胜惆怅。第五本《张君瑞庆团圞》,写张生考中状元尚未归来时,郑恒来到普救寺,他欺骗老夫人,说张生已被卫尚书招为女婿。老夫人即让郑恒择吉成亲。恰在成亲那天,张生归来,他做了河中府尹。真相大白,郑恒羞愧自尽,张生和莺莺花好月圆。

《西厢记》的戏剧冲突有两条线索:一是以老夫人及郑恒为一方,以崔莺莺、张生、红娘为另一方的冲突;二是崔莺莺、张生、红娘之间的矛盾冲突。前者是主线,后者是辅线。两条线索互相制约,交错展开。第二本中孙飞虎兵围普救寺是一个大关目。在此之前,莺莺、张生与老夫人的矛盾冲突是潜在的,表现为崔、张一见钟情之后,两人相互爱慕、希望接近,与老夫人治家谨严、冰霜之操之间的矛盾,也就是莺莺对爱情的渴望与老夫人维护礼教、维护门阀体面之间的无形冲突。孙飞虎的出现,使剧情的发展顿时激化。老夫人的许愿,张生的退敌,崔、张二人以为天遂人愿,不料老夫人变卦,使他们的理想顿成泡影。

此后,戏剧冲突发生了一系列变化:崔、张与老夫人的冲突表面化,并且,由于对老夫人的极端不满,他们私下以"非法"的形式结合了。"拷红"是戏剧冲突的又一大转折。崔、张私下结合被老夫人发觉,于是拷问红娘,老夫人与红娘之间发生直接冲突。红娘抓住老夫人的弱点,勇敢斗争,迫使老夫人不得不承认崔、张的关系。但矛盾并没有就此解决。老夫人在承认了崔、张的婚事后,立即提出附加条件:张生必须应举得官,才能成就婚事,这使得戏剧冲突再起波澜。张生答应老夫人的条件,崔、张被迫分离。但崔莺莺却明确提出:"此一去得官不得官,疾便回来。"老夫人坚持的是相府不招白衣女婿,莺莺则认为:"但得一个并头莲,强似状元及第。"人物之间的冲突,已经明显表现为两种婚姻观念的冲突。第五本是戏剧冲突的最后解决。尽管郑恒竭力破坏,张生仍然在得官而归后与莺莺成婚,使故事得以大团圆结局。

但是,从根本意义上说,戏剧的矛盾冲突并不是以崔、张一方的绝对胜利而结束的,而是一种妥协的结果。崔、张最终结成夫妻,愿望得到了满足;老夫人"不招白衣女婿"的愿望也得到了满足,她要维护的相门体面也维护了。作者"愿天下有情的都成了眷属"的理想实现了,以门阀地位为基础的婚姻观念也没有遭到破坏。

【本章习题指要】
1. 关汉卿杂剧创作概况及其整体特征。
2. 《窦娥冤》的艺术成就。
3. 王实甫《西厢记》的艺术特色。

第四章　元代散曲

元曲中的散曲,或者称作清曲,是继词之后兴起的一种新的诗体,它与传统的诗词一样属于抒情文学,但与诗词不同的是,诗词等属雅文学,散曲则属于俗文学。

第一节　元散曲的创作情况和基本特点

散曲在元代被称为"今乐府",其价值在当时已经被文人们充分肯定。金元之际刘祁在《归潜志》中说:"唐以前诗在诗,至宋则多在长短句,今之诗在俗间俚曲也。"认为在元代,散曲才是真正的诗。元末杨维桢《沈氏今乐府序》,将"今乐府"与诗、骚、古乐府并称。孔齐《静斋至正直记》卷三记载元代诗人和文论家虞集说:"一代之兴,必有一代之绝艺足称于后世者:汉之文章,唐之律诗,宋之道学,国朝之乐府,亦开于气数音律之盛。"元代另一文人罗宗信在《中原音韵序》中则说:"世之共称唐诗、宋词、大元乐府。"可见时人对散曲的推崇。

隋树森所编《全元散曲》,是迄今为止收录最为完备的元散曲总集,书中所收散曲作家,有姓名可考的200多人,作品有小令3853首,套数457套,另有残曲不计。散曲创作,有人分为前、后两期,有人分为初、中、晚三期。按通行的两期说,元仁宗皇庆、延祐以前为前期,散曲作家的活动中心在大都,这是散曲兴盛时期。后期散曲作家的活动中心,逐渐移至杭州一带。随着散曲的繁盛和发展,这一时期的作家队伍有了新的变化,出现了一批专攻散曲,或主要精力、主要成就在于散曲创作的作家,创作倾向趋于雅正典丽,尽管也有俗而趣如睢景臣《高祖还乡》这样的作品,但已不是主流。

元代散曲创作的风格是多样的,一般认为,主要可以分豪放、清丽两派。豪放派以马致远称首,清丽派则以张可久为魁。前期是以豪放为主流,但是清丽之作也有重要地位;到了后期,则以清丽为主,豪放为辅。后期即使以疏放豪宕著称的作家如贯云石等人,他们的作品也与前期豪放派不同,带有江南文学传统的妩媚色彩。

散曲的形式有小令、套数(散套)和带过曲。小令又称"叶儿",取其小的意思。它是散曲最简单的一种形式,相当于诗的一首、词的一阕。曲的小令和词的小令含义不同。词的小令,是相对于中调和长调说的。曲中的小令,则是相对于套数而言的,只要是单支的曲子,不管字数多少,都称小令。套数也称散套,它是散曲中结构比较复杂、篇幅较为宏伟的一种形式。它用同一宫调的若干曲子,按照一定的规则组合在一起,形成一套有头有尾的套曲。带过曲介于小令和套数之间，它一般由同一宫调的两个或三个小令连在一起，共同表达一个内容。带过曲在曲牌之间用"带过"二字连接，也可只用"带"或只用"过"，如《雁儿落》带过《清江引》，《十二月》带《尧民歌》，三支曲子的如《骂玉郎》过《感皇恩》《采茶歌》。

与诗词相比，散曲具有鲜明的风格特征。以往的诗歌形式都讲究含蓄、蕴藉、委婉，讲究意境、韵味，讲究含不尽之意于言外，散曲则不同，它不需要蕴藉，也不需要庄重与典雅，它是用口语白话写成，直白地表露作者的内心感受或生活体验与追求。散曲的妙处不在耐人寻味，而在于一泻而下，一览无余，靠风趣、讽刺取胜。散曲生动活泼，通俗易懂，但又不乏文采，周德清《中原音韵》概括其特点为"文而不文，俗而不俗"。散曲文而不迂，俗非卑俗，不同于街巷俚歌，语言一般符合正常语法，不大使用传统诗歌中的特有句法，但也常常熔铸诗（包括词）语入曲，通俗中不乏辞采。

第二节　前期散曲作家作品

和元杂剧一样，散曲前期的创作中心也在北方，这一时期很少专工散曲或主要从事散曲创作的人，他们或者以诗文为主兼写散曲，这部分人多为高官或文人雅士，如卢挚、姚燧等，或者以创作杂剧为主而兼写散曲，如杂剧大家关汉卿等。前期散曲取得了很高的成就，其作品富有生命活力，表现出弃绝传统观念的气度和热情活泼的精神面貌。关汉卿、王和卿、马致远是前期散曲最主要的代表。

一　关汉卿

关汉卿在杂剧和散曲创作中都取得了突出的成就。他的散曲作品不算很多，流传下来的有小令57首，套数14套。贯云石说关汉卿的散曲"造语妖娇，却如小女临杯，使人不忍对峙"。其散曲豪爽而带老辣，富有热爱人生、热爱生活的激情，对世事具有深刻的洞察力，常表现出诙谐的个性。语言以质朴为主，但也活泼灵动，豪放风趣。写男女恋情的作品，则尖新流丽。

关汉卿散曲的内容，有写男女恋情、自适情怀和自画像式地抒写自身感受的。写男女恋情的，多写离别与相思。如〔南吕〕《四块玉》〔别情〕："自送别，心难舍，一点相思几时绝。凭阑袖拂杨花雪。溪又斜，山又遮，人去也。"用代言体写离别相思之苦，语淡而情浓，婉转而韵味悠长。再如〔双调〕《大德歌》〔夏〕："俏冤家，在天涯，偏那里绿杨堪系马！困坐南窗下，数对清风想念他。蛾眉淡了教谁画？瘦岩岩羞带石榴花。"这支曲子写少妇对远方情人的思念、猜疑和抱怨，深情婉转。写闲适情怀的作品，闲适中其实都深寓着激情，具有深刻的社会批判意义。如〔南吕〕《四块玉》〔闲适〕："南亩耕，东山卧，世态人情经历过。闲将往事思量过。贤的是他，愚的是我，争什么！"中国的知识分子都有济世理想，元曲作者也不例外。但面对黑白颠倒、贤愚错位的现实，那些卑鄙而有权位的人都以贤者自居,你又有什么办法呢?所以这里作者发出了极旷达之语,也是极愤激之语。关汉卿散曲的代表作,是他的自画像式自赞自嘲的作品〔南吕〕《一枝花》〔不伏老〕。这套曲子不仅是关汉卿的代表作,也是元散曲的名篇。曲中以第一人称"我"直接出面,以通俗、诙谐、酣畅、滔滔若江河奔泻的语言,自我介绍,自我赞赏,自我调侃,从而塑造了一个特殊环境中的特殊人物:

> 我是个蒸不烂、煮不熟、捶不扁、炒不爆、响当当一粒铜豌豆,恁弟子每谁教你钻入他锄不断、斫不下、解不开、顿不脱、慢腾腾千层锦套头?我玩的是梁园月,饮的是东京酒,赏的是洛阳花,攀的是章台柳。我也会围棋、会蹴鞠、会打围、会插科、会歌舞、会吹弹、会咽作、会吟诗、会双陆。你便是落了我牙、歪了我嘴、瘸了我腿、折了我手,天赐与我这几般儿歹症候,尚兀自不肯休!则除是阎王亲自唤,鬼神自来勾,三魂归地府,七魄丧冥幽。天哪,那其间才不向烟花路儿上走!

整套曲子都在夸赞"浪子风流",其中蕴涵着深刻的思想和文化意义。首先,它是市民化了的知识分子对于传统道德观念和道德评判标准的反叛;其次,它是以一种玩世不恭的形式,表示对黑暗统治的反抗。

二 王和卿

王和卿,名不详,河北大名人。与关汉卿同时。元人陶宗仪《南村辍耕录》卷二三载:"大名王和卿,滑稽挑达,传播四方。中统初,燕市有一胡蝶,其大异常。王赋《醉中天》小令云……由是其名益著。时有关汉卿者,亦高才风流人也,王常以讥谑加之,关虽极意还答,终不能胜。"从这里我们可以知道他的籍贯、生活时代和为人个性。

王和卿散曲现存小令21首,套数2套及部分残曲。他"滑稽挑达"的性格在散曲作品中表现得很充分,也成为他作品的风格。〔仙吕〕《醉中天》〔咏大蝴蝶〕就突出地表现了这种风格:

> 挣破庄周梦,两翅架东风。三百座名园一采一个空。谁道风流种,唬杀寻芳的蜜蜂。轻轻飞动,把卖花人扇过桥东。

今人认为,曲中的大蝴蝶具有比喻和象征意义,但这比喻和象征的是什么,却不甚明了。有人说这大蝴蝶是给任意污辱妇女的"花花太岁"、权贵人物画像,有人推测可能是对关汉卿寻芳采花生活的戏谑。这些都有可能。但是,理解文学作品,还是不要过于坐实。元代的曲家多采用这种"滑稽"的方式发泄心中的愤懑,表现自己的玩世不恭。王和卿自然也会是这样。王和卿还有一首同样荒诞的作品〔双调〕《拨不断》〔大鱼〕:

> 胜神鳌,夯风涛,脊梁上轻负着蓬莱岛。万里夕阳锦背高,番身犹恨东洋小。太公怎钓?

《列子·汤问》篇说在渤海之东,有蓬莱等五座神山,随波涛上下往还。天帝担心它们流失,遂命15只巨鳌分班轮流顶住。王和卿写的这条大鱼,比这神鳌不知要大多少了。这篇作品,应该是文人们放浪形骸、恣意任诞和无拘无束生活、精神的自况。

三 马致远

马致远散曲作品有《东篱乐府》一卷,存小令104首,套数17套,在前期作家中是保存散曲作品最多的。马致远在散曲方面名声很大,被称为"曲状元"。

他的散曲多写隐居生活,描写自然景物和游子漂泊,表现愤世和厌世的思想。但曲词老健、疏放、宏丽,成为曲中豪放派的代表。他的〔越调〕《天净沙》〔秋思〕是元散曲中最著名的篇章,被誉为"秋思之祖"(周德清《中原音韵》),王国维《宋元戏曲史》说"《天净沙》小令,纯是天籁,仿佛唐人绝句",是"元曲令曲之表率"。

枯藤老树昏鸦,小桥流水人家,古道西风瘦马。夕阳西下,断肠人在天涯。

这是一首千百年来脍炙人口的名篇。小令不过28个字,却把幽远的秋原暮色、寂寞的旅人和他悲凉的情怀表现得那么充分,并且反映了当时文人忧郁而又看不到出路的心境,引起了广泛的共鸣。元代还有一些和这支曲子所写意境很接近的散曲,我们选两首,对比阅读。一篇是白朴的《天净沙》〔秋〕:"孤村落日残霞,轻烟老树寒鸦,一点飞鸿影下。青山绿水,白草红叶黄花。"另一首是无名氏的《醉中天》:"老树悬藤挂,落日映残霞。隐隐平林噪暮鸦,一带山如画。懒设设鞭催瘦马。夕阳西下,竹篱茅舍人家。"

马致远散曲中表现超然出世、与世无争、旷达恬退、及时行乐等主题,写自己隐居生活的作品最多。〔双调〕《夜行船》〔秋思〕套曲可作代表:

百岁光阴一梦蝶,重回首往事堪嗟。今日春来,明朝花谢。急罚盏夜阑灯灭。

〔乔木查〕 想秦宫汉阙,都做了衰草牛羊野。不恁么渔樵没话说。纵荒坟横断碑,不辨龙蛇。

〔庆宣和〕 投至狐踪与兔穴,多少豪杰。鼎足三分半腰里折。知他是魏耶,晋耶?

〔落梅风〕 天教富,莫待奢。无多时好天良夜。看财奴硬将心似铁,休辜负锦堂风月。

〔风入松〕 眼前红日又西斜,疾似下坡车。晓来镜里添白雪,上床与鞋履相别。莫笑巢鸠计拙,葫芦提一向妆呆。

〔拨不断〕 利名竭,是非绝。红尘不向门前惹。绿树偏宜屋角遮,青山正补墙头缺。竹篱茅舍。

〔离亭宴煞〕 蛩吟罢一觉才宁贴,鸡鸣时万事无休歇,争名利。何年是彻?看密匝匝蚁排兵,乱纷纷蜂酿蜜,急攘攘蝇争血。裴公绿野堂,陶令白莲社,爱秋来时那些?和露摘黄花,带霜烹紫蟹,煮酒烧红叶。想人生有限杯,能几个登高节。分付顽童记者：便北海探吾来，道东篱醉了也。

这套曲子开头说人生百年，犹如一梦，应及时行乐。而后说帝王、豪杰、富人生活之不可羡。最后写自己的生活态度：不争名利，不辨是非，饮酒陶醉，自得其乐。周德清《中原音韵》评此曲"万中无一"，明代王世贞《曲藻》说这支曲子："元人称为第一，真不虚也。"可见它有很高的艺术水平。马致远写情爱的散曲、写景的散曲，都写得很好。

第三节　后期散曲作家作品

后期散曲的中心也转移到了南方，但很多是北方南下的曲家。后期散曲作家多不乐仕进，优游于湖光山色之间，欣赏着自然美景和都市繁华。后期出现了一批主要以散曲著名的曲家，代表作家有张养浩、贯云石、乔吉、张可久、睢景臣、刘时中，其中成就较高的是张养浩、乔吉和张可久。

一　张养浩

张养浩（1270—1329），字希孟，号云庄，济南人。曾官监察御史，因上疏批评时政，触犯权要被罢官。后来又出任礼部尚书，参议中书省事。元英宗元宵节要在宫中张灯，张养浩上疏谏阻，英宗大怒。不久，张养浩借故父亲年老，辞官归隐。元文宗天历二年（1329），"关中大旱，饥民相食，特拜陕西行台中丞。既闻命，即散其家之所有与乡里贫乏者，登车就道，遇饿者则赈之，死者则葬之"。在赴陕西的途中，写下了著名的《山坡羊》〔潼关怀古〕。在陕西任上，"到官四月，未尝家居，止宿公署。夜则祷于天，昼则出赈饥民，终日无少怠。……遂得疾不起"（《元史·张养浩传》），忧劳成疾，死在任上。死后追封为滨国公，谥文忠，后人在故里建庙纪念他。

张养浩有散曲集《云庄休居自适小乐府》，存小令161首，套数2套。张养浩是一位深切关怀民生疾苦，具有社会责任感的曲家。他的作品与前边几个人明显不同，不少作品带有政治批判色彩，显示出沉郁的风格，语言比较质朴豪放。

张养浩现存散曲作于他罢官休居之后，回首官场中的尔虞我诈，风波惊险，有万千感慨。所以，他对社会和官场的讽刺，有着深于世故的锐利。同时，他赞美田园生活的平静闲适，也真挚亲切。如他的两首〔中吕〕《朝天曲》：

挂冠，弃官，偷走下连云栈。湖山佳处屋两间，掩映垂杨岸。满地白云，东风吹散，却遮了一半山。严子陵钓滩，韩元帅将坛，那一个无忧患？

柳堤，竹溪，白影筛金翠。杖藜徐步近钓矶。看鸥鹭闲游戏。农父渔翁，贪营活计，不知它在图画里。对这般景致，坐的，便无酒也令人醉。

张养浩散曲中影响最大的是他的怀古之作，特别是其中的〔中吕〕《山坡羊》〔潼关怀古〕：

> 峰峦如聚,波涛如怒,山河表里潼关路。望西都,意踟蹰,伤心秦汉经行处。宫阙万间都做了土。兴,百姓苦;亡,百姓苦。

这首散曲的可贵之处在于,作者由王朝的兴亡,深入一步看到了这兴兴亡亡之中的百姓,把眼光投向了社会底层,揭示了一个带普遍性的历史规律:"兴,百姓苦;亡,百姓苦。"一针见血地指出了王朝与百姓利益的根本对立,使作品的思想价值升华到一个难能可贵的高度。这首小令的特点,是以语言警策动人。与马致远的《天净沙》[秋思]相比,两者各有胜处:《秋思》以意境韵味取胜,《潼关怀古》以警策动人取胜,也就是以深刻惊人的议论取胜。《秋思》似唐人绝句,《潼关怀古》则像宋人小诗,各有风味,各有千秋。

二 乔 吉

乔吉是元后期著名杂剧作家,也以散曲名世。他的散曲风格清丽雅正,注重字句的锤炼与音乐的和美,内容多表现厌世情绪。乔吉与张可久并称,是元后期散曲的主要作家和清丽派的代表。过去讲散曲,主要讲乔、张二家。郑振铎《中国俗文学史》说:"从前论述元代散曲的,只知道张小山、乔梦符(《四库全书》只著录《张小山小令》)二家,最多也只知道关、马、郑、白(以他们的剧曲为更有名)而已。"可见他们在元散曲史上地位之高。

乔吉散曲集有《惺惺道人乐府》、《乔梦符小令》,近人任讷辑为《梦符乐府》。今存小令209首,套数11套。数量之多,仅次于张可久。乔吉散曲在明清时深受一些文人的推崇,李开先称赞乔吉、张可久,比之诗中"李杜"。王骥德则认为曲家"李杜"应是王实甫、马致远,而乔吉、张可久则应是诗中李贺、李商隐之流。

乔吉的散曲作品,大抵围绕他40年落拓漂泊的生涯,写男女风情、离愁别绪、诗宴酒会,歌咏山川形胜,抒发隐逸情怀,感叹人生短促、世事变迁。他以嘲讽与超脱的态度对待功名仕途,世情沧桑,表现出一个洒脱不羁的江湖才子的精神面貌。他的[正宫]《绿么遍》[自述]说:

> 不占龙头选,不入名贤传。时时酒圣,处处诗禅。烟霞状元,江湖醉仙。笑谈便是编修院。留连,批风抹月四十年。

再如他的[中吕]《山坡羊》[寓兴]:

> 鹏抟九万,腰缠十万,扬州鹤背骑来惯。事间关,景阑珊,黄金不富英雄汉。一片世情天地间。白,也是眼;青,也是眼。

曲中说他自己对生活的态度,不取凌云壮志,不取万贯家私,只想学仙人骑鹤的飘然之举。想到俗世,自己事业无成,到处一片破败,经历了多少世间冷暖,也不把世态炎凉放在心上了。这种对世事的浑浑噩噩,其实是饱经世态炎凉之后对世俗的蔑视。

乔吉的[双调]《水仙子》[寻梅],一向备受称许:

> 冬前冬后几村庄,溪北溪南两履霜,树头树底孤山上。冷风来,何处香?忽相逢

缟袂绡裳。酒醒寒惊梦,笛凄春断肠,淡月昏黄。

这首小令,用跌宕的笔法,写出寻梅的意趣和梅花的风韵,运词巧妙,用典精切。曲分三节,第一节三句寻梅,第二节两句遇梅,第三节三句赞颂梅花的精神韵味。

乔吉有一段谈散曲作法的话很有影响,他说:"作乐府亦有法,曰凤头、猪肚、豹尾六字是也。大概起要美丽,中要浩荡,结要响亮。尤贵在首尾贯穿,意思清新。"

三　张可久

张可久(1270？—1348),字小山。或说字仲远,号小山。庆元路(今浙江宁波)人。从他的作品看,他早年与马致远、卢挚、贯云石有交往,曾以曲唱和。据《录鬼簿》记载,他以路吏转为负责地方税务的"首领官"。

张可久专攻散曲,今存小令855首,套数9套,近人辑为《小山乐府》。他是元人留存散曲最多的作家,与乔吉并称元散曲两大家。他的散曲内容比较宽泛,一些吊古伤今之作,表现了对现实的不满和作为一个文人无可奈何的心境。如他著名的散曲〔中吕〕《卖花声》〔怀古〕:

美人自刎乌江岸,战火曾烧赤壁山,将军空老玉门关。伤心秦汉,生民涂炭,读书人一生长叹。

他反映现实的作品,也对某些生活现象加以讽刺。如〔正宫〕《醉太平》(人皆嫌命窘)。

张可久散曲中咏物写景、闲适游冶之作较多,这些散曲,不少写得清丽可喜。如〔中吕〕《山坡羊》〔夜雪〕:

扁舟乘兴,读书相映,不如高卧柴门静。唾壶冰,短檠灯,隔窗孤月悬秋镜。长笛不知何处声。惊,人睡醒;清,梅弄影。

张可久散曲注重形式格律,喜欢雕琢字句,追求诗词般的典雅,少用俚言俗语,有不少作品又回归到词的风格韵味,这代表了元后期散曲由俗返雅的趋势。但张可久的散曲并没有失去散曲清新、自然的本色。套数〔南吕〕《一枝花》〔湖上晚归〕可以代表张可久散曲的特色:

〔南吕〕〔一枝花〕　长天落彩霞,远水涵秋镜。花如人面红,山似佛头青,生色围屏。翠冷松云径,嫣然眉黛横。但携将旖旎浓香,何必赋横斜瘦影。

〔梁州〕　挽玉手留连锦英,据胡床指点银屏。素娥不嫁伤孤另。想当年小小,问何处卿卿？东坡才调,西子娉婷,总相宜千古留名。吾二人此地私行,六一泉亭上诗成。三五夜花前月明,十四弦指下风生。可憎,有情,捧红牙合和伊州令。万籁寂,四山静,幽咽泉流水下声,鹤怨猿惊。

〔尾〕　岩阿禅窟鸣金磬,波底龙宫漾水精。夜气清,酒力醒;宝篆销,玉漏鸣。

笑归来仿佛二更,煞强似踏雪寻梅灞桥冷。

这套曲写作者携美人夜游西湖,花香琴韵,人面水光,经作者妙笔点染,顿生无限旖旎。曲中大量化用前人诗句,自然熨帖,又独出新意,缘情设境。读来恬雅清隽,美不胜收。被明人李开先誉为"古今绝唱"。

还有一些散曲作家作品,在元散曲发展史上有较高地位,在此作一简要介绍。

杜仁杰(1201? —1284?),字仲梁,号止轩,又名之元,字善夫。济南长清人。金正大中,与麻革、张澄等偕隐内乡山中。时元好问为内乡令,相与唱和。金亡,不屑仕进,至元中屡征不起。子元素仕元,官闽海道廉访使,仁杰以子贵,赠翰林承旨、资善大夫,谥文穆。仁杰才学宏博,气锐笔健,尤以滑稽善谑著称,金末名士多与之游。其诗多亡佚。今人孔繁信有《重辑杜善夫集》。其代表作套曲〔般涉调〕《庄家不识勾栏》,以一庄稼汉口吻,自述其进城看戏的见闻。金元之际戏曲演出的排场关目皆从此不懂不识之村汉眼中展露,具有很高的戏曲史料价值。

卢挚(1242? —1314?),字处道,一字莘老,号疏斋、嵩翁,颍川(今河南许昌)人。弱冠由诸生充忽必烈侍从,曾任职于燕南河北道提刑按察司,仕至翰林学士承旨。卢挚为元代著名诗人、文章家、散曲家和词人,文与姚燧齐名,诗与刘因齐名,曲称大家,词为名家。有《卢疏斋集》,已佚,今人李修生辑有《卢疏斋集辑存》。其名作〔双调〕《沉醉东风》[秋景]:"挂绝壁松枯倒倚,落残霞孤鹜齐飞。四围不尽山,一望无穷水。散西风满天秋意。夜静云帆月影低,载我在潇湘画里。"应是作者自大都出任湖南路肃政廉访使时所作,写潇湘秋色,瑰丽如画。

睢景臣,字景贤,生卒年不详。元成宗大德间在世,扬州人。与钟嗣成为友。幼好学,嗜音律。作有杂剧《屈原投江》、《牡丹记》、《千里投人》三种,皆不传。今存散曲套数3套,〔般涉调〕《哨遍》[高祖还乡]是其代表作。《录鬼簿》载:"维扬诸公俱作《高祖还乡》套数,公《哨遍》制作新奇,诸公者皆出其下。"高祖还乡,于史有载:刘邦于汉十二年十月平定英布之乱后,回到故乡沛县,与父老宴饮,唱《大风歌》。而本套曲则虚构情节,假设一个过去曾和刘邦有过瓜葛的乡民,从他的眼中写迎驾的整个过程,于是一切的所谓神圣和庄严,都变成虚伪和滑稽,最后还揭露出这神圣天子原来不过是个无赖。全曲构思巧妙,语言幽默辛辣,揭露大胆,尽情地嘲弄了上自帝王、下至趋炎附势者,成就很高。

【本章习题指要】

1. 元散曲的基本体制和一般艺术特征。
2. 关汉卿散曲的创作特点。
3. 王和卿散曲的创作特点。
4. 马致远为何被称为"曲状元"?
5. 张养浩散曲的创作特点。
6. 乔吉散曲的创作特点。
7. 张可久散曲的创作特点。

第五章　宋元南戏和话本

除杂剧外,元代戏曲还有宋代以来流行于南方的南戏,其杰作《琵琶记》在中国戏曲史上影响深远。由宋元民间"说话"衍生出来的话本小说和讲史话本,是中国白话短篇小说和长篇通俗演义的滥觞。

第一节　南戏和"四大传奇"

南戏,也称戏文,是南曲戏文的简称。所谓南曲,是与北曲杂剧相对而言的。南戏早期的中心在浙江温州一带,被称作温州杂剧。温州唐代为永嘉郡,故又称永嘉杂剧。

南戏产生的年代有两种说法。明代祝允明《猥谈》说:"南戏出于宣和之后,南渡之际。"宋靖康南渡在1126年。徐渭《南词叙录》则说:"南戏始于宋光宗朝。"光宗于公元1189—1194年在位,其时为南宋中期。两说相去约七十年。到南宋末,南戏大盛。元灭宋,北方杂剧南下,南戏在杂剧的冲击下一度衰落。到元末,北杂剧衰落,南戏吸收了北杂剧的一些优点,重新振兴起来,并为明清传奇奠定了基础。

南戏与杂剧相比,有以下几点不同:第一,杂剧的基本体制是四折一楔子,篇幅较紧凑,情节较集中。南戏则没有固定出数,长短自由,如《张协状元》53出,《小孙屠》21出,《琵琶记》42出。其实,南戏原本是不分出的,后人为了阅读和叙述的方便而划分了出。第二,杂剧一般由一人独唱,一唱到底。南戏则上场角色都可以唱,还可以对唱、合唱。第三,杂剧每折限用一个宫调,一韵到底。南戏一出之中可以用不同宫调,可以换韵。第四,南戏有开场,在正戏之前先由副末报告剧情和创作意图,开场一般用两阕词。杂剧没有开场。第五,杂剧角色为旦、末、净、杂,南戏角色分生、旦、外、贴、丑、净、末。第六,南戏和杂剧有音乐上的差异。首先是基础不同,杂剧是在诸宫调的基础上形成的,南戏则是在东南沿海一带的民歌基础上形成的,另外吸收了宋代以来流行的词体歌曲。其次是南曲与北曲风格的差异,明王世贞《曲藻》说:"凡曲,北字多而调促,促处见筋;南字少而调缓,缓处见眼。北则辞情多而声情少,南则辞情少而声情多。北力在弦,南力在板;北宜和歌,南宜独奏;北气宜粗,南气宜弱。"

总的来说,南戏比杂剧在体制上自由得多,它在曲调配合、剧本结构、歌唱等方面,都没有杂剧那么多的限制,使得它更便于展开情节、塑造人物。这就显示了它的优势。到明代,杂剧衰微,由南戏发展而来的传奇,终于取代了杂剧的地位而兴盛起来。

宋元南戏本来是民间创作，它的剧本不过师徒相授，很少刊刻，所以流传下来的很少。宋元南戏的存目，据统计有238本，但流传下来的不到十分之一。现存早期的南戏剧本有所谓《永乐大典戏文三种》的《张协状元》、《宦门子弟错立身》和《小孙屠》。前两种都是宋代的作品，只有《小孙屠》是元代作品。南戏最著名的作品是高明的《琵琶记》，还有经过明人修改过的《荆钗记》、《白兔记》、《拜月亭记》、《杀狗记》，人称"荆、刘、拜、杀"四大南戏，又称"四大传奇"。这些剧本，明代徐渭《南词叙录》在"宋元旧篇"中著录。所谓"传奇"，原指唐代创作的文言小说，后来被借作戏曲的名称。元代南戏剧本都注有"元传奇"字样。到明代，"传奇"成为由南戏演变来的南方诸声腔戏曲的统称，主要指弋阳腔和昆山腔的剧本，以有别于北杂剧。也就是说，"传奇"用以指称戏曲形式，是从南戏开始的。

《荆钗记》全名《王状元荆钗记》或《王十朋荆钗记》，作者一般认为是元末书会才人柯丹丘。原本不存，今传本多经明人改动，以温泉子编集的《原本王状元荆钗记》比较接近原貌。剧写穷秀才王十朋和温州城内首富孙汝权分别以荆钗和金钗为聘礼，向钱玉莲求婚，钱玉莲重才轻财，嫁给了王十朋。婚后，王十朋赴京赶考得中状元，丞相逼婚，十朋不从，被改调到烟瘴之地潮州任职。王十朋迎取母亲、玉莲同赴任所的家书，被孙汝权套改为休书，玉莲继母逼她改嫁，玉莲不从，投江自尽，幸被钱安抚救起。王十朋闻玉莲死讯，誓终身不再娶，宁愿负"不孝有三，无后为大"的罪名。玉莲则听人误传王十朋死于瘴疫。后来两人在钱安抚舟中重逢以荆钗相认（或作在玄妙观中追荐亡灵，意外相逢），再续前缘。

《荆钗记》"以情节关目胜"（徐复祚《曲论》），情节结构精巧，戏剧性强，戏剧冲突层层展开，很适合舞台演出。其曲文也达到了较高水平，明人吕天成《曲品》评其"以真切之调，写真切之情，情、文相生，最不易及"，以为可"配《琵琶》而鼎峙《拜月》"，推尊有些过当。王世贞以为其曲"近俗而时动人"（《艺苑卮言》），评价比较客观。

《白兔记》全名《刘知远白兔记》或《刘知远还乡白兔记》，元代永嘉书会才人编。原作不存，近存本以明成化本《新编刘知远还乡白兔记》为最早。刘知远是五代后汉的开国皇帝。剧写刘知远落魄流浪，财主李文奎见他相貌不凡，带回家中牧马，并将女儿李三娘嫁给他。李文奎死后，刘知远夫妇为三娘兄嫂所不容，刘知远被迫弃家从军。后被岳节度招赘为婿，成就功名。三娘受尽兄嫂折磨，在磨坊中产下一子，生子时无人照料，只得自己咬断孩子的脐带，托人将孩子送给刘知远。16年后因咬脐郎追猎白兔，与生母相逢，终于惩处李洪一，夫妻、母子团圆。作品通过刘知远发迹变泰的故事，表达了"贫者休要相轻弃，否极终有变泰时"的观念。《白兔记》富有民间文学的特色，文字上质朴通俗，如三娘思念丈夫的曲词："当初指望谐老，和你厮守百年，谁想我哥哥心改变，把骨肉顿成抛闪。凝望眼穿，空自把栏杆倚遍。儿夫去远，悄没个音书回转。常思念，何日里再得团圆。"（《集贤宾》）吕天成《曲品》说："词极古质，味亦恬然，古色可挹。"确实如此。

《拜月亭记》全名《王瑞兰闺怨拜月亭》，简名或作《幽闺记》，相传为元人施惠所作。此剧《永乐大典·戏文二十五》著录，《南词叙录》"宋元旧篇"著录作《蒋世隆拜月亭》。最早撰成当在宋元之际，出于民间艺人之手，原本已不可见，元初关汉卿有同题杂剧。施惠应是依据南戏旧作,并参考关汉卿杂剧再创作而成。施惠本亦不存,今传本均经明人改动,以明世德堂刊《重订拜月亭记》较近原貌。

《拜月亭记》写金主诛杀主战派大臣陀满海牙一家,派尚书王镇向敌国求和。海牙子兴福在逃亡途中与书生蒋世隆结为兄弟。敌军入侵,金主迁都汴梁。世隆和妹瑞莲、王镇夫人和女儿瑞兰都在兵乱中失散。瑞兰遇见世隆,在患难中结为夫妻。瑞莲则被王夫人收为义女。后王镇出使回来,在旅店中遇见瑞兰,不允许女儿嫁给患病的穷秀才世隆,强行将瑞兰带走,将患难中相遇的情人拆散。敌兵退走后,王镇一家在汴京团聚,瑞兰在拜亭前对月祷告,祝夫婿平安,被瑞莲窃听,方知彼此实为姑嫂。后来朝廷开科取士,世隆、兴福分别考取文武状元。王镇奉旨招两人为婿,夫妇兄妹相认团聚。剧本运用误会巧合的手法,使得关目奇巧而颇见匠心,剧情发展出人意料又在情理之中,加之曲文本色自然,贴合人物身份和性格,有较强的感染力,所以历来评价较高。李卓吾说:"此剧关目好,说得好,曲亦好,真元人手笔也。首似散漫,终致奇绝。"认为其曲白近自然而疑天造,超过《琵琶记》而可与《西厢记》媲美(《李卓吾批评幽闺记》)。《拜月亭记》的成就,在四大南戏中是较突出的。

《杀狗记》全名《杨德贤妇杀狗劝夫记》,无名氏作,或说元末明初人徐㬇作。一般认为此剧据元萧天瑞杂剧《杀狗劝夫》改编。剧写富家子弟孙华结交市井无赖柳龙卿、胡子传,并受他们的挑拨,挥霍家财,仇视胞弟孙荣,将弟弟赶出家门。其妻杨月真为劝夫悔悟,设计杀狗,假扮人尸,放在门外。酒醉归来的孙华,误以为祸事临门,请柳、胡二人帮忙移尸,胡、柳不仅不来帮忙,反而向官府告发。而弟弟孙荣则不计前嫌,当即为兄埋"尸",还在官府前主动承担杀人罪名。最后月真说明真相。此戏曲文俚俗,明白如话,但艺术上显得比较粗率。《杀狗记》虽然和以上三剧并称为四大南戏,但其成就与前三剧相差较远,剧中所宣扬的观念陈旧,艺术水平也不高。不过剧中涉及的家庭财产和伦理问题比较受人关注,成功地塑造了柳龙卿、胡子传两个市井无赖的形象,所以也有一定影响。

四大南戏之外,较有影响的作品还有无名氏的《破窑记》、《金印记》、《赵氏孤儿记》、《牧羊记》、《东窗记》等。其中《破窑记》的成就较高。

第二节 高明和《琵琶记》

南戏最重要的代表作家是高明,他在南戏发展史上的地位颇似杂剧发展史上的关汉卿,他的剧作《琵琶记》在艺术上取得的成就,不仅影响了当时的剧坛,而且为明清传奇树立了楷模,所以过去称《琵琶记》是"南戏之祖"。

高明,字则诚,号菜根道人,后世称他东嘉先生。温州瑞安(今属浙江)人。大约生于元成宗大德(1297—1307)前期,死于元顺帝至正十九年(1359)。他的祖父高天锡、伯父高彦和弟弟高旸均以诗闻名。高明"性聪敏,自少以博学称","为文操笔立就"。他苦读《春秋》,励志进取,至正五年(1345)中进士,在浙江地方做过几任小官,有政绩,民为之立碑。至正八年（1348），方国珍在浙东起事，高明奉调参与"平乱"，因与主帅"论事不合"，"避不治文书"。方国珍"招抚"后，他辞官归家。不久又奉调任江南行台掾，"数忤权贵，谢病去"。改福建行省都事。再后来便避乱隐居，闭门谢客，专心著述。有诗文集《柔克斋集》，已佚。南戏作品除《琵琶记》外，还有《闵子骞单衣记》，不传。

  《琵琶记》是高明根据长期流传于民间的南戏《赵贞女》改编的。《赵贞女》借用汉末著名文学家、历史学家、书法家蔡伯喈（邕）的名字，说他上京应举，贪恋富贵，长期不归，其妻赵五娘在家独力支撑门户，蔡父母死后她到京师寻夫，伯喈不认，还用马踏死赵五娘，最后蔡伯喈被暴雷轰死。历史上的蔡伯喈则是个孝子，《后汉书》本传记载："邕性笃孝。母常滞病三年，邕自非寒暑节变，未尝解襟带。不寝寐者七旬。"但蔡伯喈背亲弃妻的故事，南宋时影响很大，不仅在舞台上演出，而且还以说唱形式在民间广为流传。陆游《小舟游近村舍舟步归》诗云："斜阳古柳赵家庄，负鼓盲翁正作场。死后是非谁管得，满村听说蔡中郎。"

  《赵贞女》是南宋作品，产生在南宋的温州一带。而反映男子发迹弃妇，是产生在温州一带的宋南戏的共同主题。这有一个地方风俗的背景，且由来已久。《隋书·地理志》就记东南风俗说："衣冠之人多有数妇，暴面市廛，竞分铢以给其夫。及举孝廉，更要富者。前妻虽有积年之勤，子女盈室，犹见放逐，以避后人。"到了宋代，由于科举名额的扩大和南方经济文化的发达，随着科举入仕人数的增加，这一问题就更加突出了。所以，早期南戏作品除《赵贞女》外，《王魁》、《张协状元》等都是表现这一主题的。

  高明的《琵琶记》把蔡伯喈塑造成了一个"全忠全孝"的人物形象，戏的题目是："有贞有烈赵贞女，全忠全孝蔡伯喈。"从浅层意义上说，他要为蔡伯喈洗雪冤屈，从深层意义上说，他是要宣扬忠孝伦理观念。

  剧写陈郡蔡伯喈和赵五娘成亲两个月，就赶上朝廷黄榜招贤，郡里把他保举上去。他因双亲年老，不肯赴选。但是他父亲执意要他为官，以显亲扬名，改换门庭。蔡伯喈到京城考中状元，被牛丞相看中，欲招为女婿，他辞以已娶妻室，且双亲年老，不肯答应，又向皇帝辞官。皇帝不但不准他辞官，反命他"曲从师相之命"，与牛小姐成婚。

  蔡伯喈和牛小姐结婚，正当家乡大灾之时。赵五娘把衣衫首饰尽行典卖，籴些粮米奉养公婆，自己却在背地里吃糠。婆婆埋怨没有鱼菜，又怀疑她在背地里吃好东西。后来公婆得知真情，痛心而死。赵五娘剪发卖钱为公婆送葬，又罗裙包土为公婆筑坟。她埋了公婆，去京城寻夫，一路弹着琵琶卖唱、乞讨，又画了公婆真容，随身携带。跋山涉水，历尽艰辛，来到京城。牛小姐是个通情达理的人，她曾要求和蔡伯喈一同回乡，但牛丞相不许，于是决定派人去把蔡的双亲和赵五娘接来同住。蔡伯喈到庙里祷告父母路上平安，恰巧遇上赵五娘，她也正在庙里挂起公婆的真容祭奠。五娘认出了蔡伯喈，蔡伯喈却没有认出五娘。五娘故意把公婆真容留在庙里，蔡伯喈捡回了父母真容。牛小姐要寻一个精细的妇人使唤，赵五娘投到她家，说明真情，被牛小姐收留。第二天，赵五娘在画的背后题诗一首，又经牛小姐点破，唤出五娘，与蔡伯喈相认。牛小姐甘居五娘之下，三人一起回乡守孝。最后皇帝传下诏书，旌表孝子门闾，蔡伯喈加官晋职，二位夫人各有封赐。

  高明写作《琵琶记》的意图，就是在开场时宣称的"不关教化体，纵好也枉然"，通过这本戏来宗法伦理道德。为了把蔡伯喈塑造成"全忠全孝"的形象,高明在戏中设计了"三不从"(辞试父不从,辞婚师不从,辞官君不从)、"三被强"(强试,强官,强婚)的关目:蔡伯喈的一切作为,都是身不由己,都是遵从父、师、君之命。这样,由于他的不归而造成的一切悲剧,他事实上的背亲弃妇,都没有了责任:"只为三不从,做成灾祸天来大。"

高明一心要塑造一个"全忠全孝"的完美形象,但忠和孝在客观上却存在着矛盾。《琵琶记》在客观上揭示了"忠"和"孝"这两大伦理观念的矛盾。在《琵琶记》中,破坏蔡家家庭伦理关系的,正是代表"忠君"观念的政治权力,也就是说,由于对政治权力的绝对服从,造成了对家庭伦理的破坏。并且,在这部戏中,所谓的"三不从",事实上反映了蔡父、皇帝、牛相代表的纲常伦理观念对蔡伯喈个人意志的压迫和否定。尽管作者竭尽全力颂扬和维护着这种伦理观念,但仍然让读者感受到了这种观念的不合理。因为正是这种观念造成了巨大的灾难。

《琵琶记》还真实地反映了元末那个时代黑暗的现实:天灾人祸,民不聊生,达官贵人如牛丞相的不关心民生疾苦、专横跋扈,官吏的贪污,等等,具有深刻的认识意义和批判精神。

《琵琶记》的艺术成就,主要体现在赵五娘这一人物形象的塑造上。她在饥荒岁月尽心尽力奉养公婆,苦苦维持生计。在作者,只是要塑造一个符合妇道标准的女子形象,但由于作者真实地描写了她面对苦难时的顽强不屈和自我牺牲精神,使得这一形象富有很强的艺术感染力。读者通过吃糠、尝药、剪发、筑坟、描容等情节,看到的是一个具有忍辱负重、吃苦耐劳、不怕艰苦、自我牺牲等优秀品格的女性形象,而这正是中国妇女传统美德的体现。

《琵琶记》艺术上很值得称道的另一点,是其结构上的"苦乐相错",如蔡伯喈相府成亲与赵五娘家中吃糠,蔡伯喈相府赏月与赵五娘家乡葬亲,两两对照,具有很强的感情震撼力量,收到了很好的艺术效果。

《琵琶记》的曲辞也颇富表现力。如第二十七出"中秋赏月",叙蔡伯喈状元及第,被强入赘相府,与新人牛氏中秋赏月。伯喈对月伤怀,心念父母发妻,有苦难言。牛氏则自庆新得佳婿,欢愉之情溢于言表。清人李渔对此出最为激赏,赞曰:"同一月也,出于牛氏之口者,言言欢悦;出于伯喈之口者,字字凄凉。一座两情,两情一事。"(《闲情偶寄》)反映出高明制曲撰文的匠心。

第三节 宋元话本

话本,是古代"说话人"说话的底本。说话是古代民间艺人讲说故事的专称,相当于后来的说书。说话起于唐代,兴盛于宋,元代继续流行。最初的话本只是说话人师徒相传的"说话"的书面记录,不是供人阅读的。后来经过文人的加工整理,刊刻印行,就成为可供阅读的小说了。

宋代"说话"极为发达,而且分"说话四家",即"小说"、"说铁骑"、"说经"、"讲史书"。但现在所能见到的宋元话本,基本上是"小说"和"讲史"两家,讲史家的一般称为"平话",小说家的话本则多称作"小说"。两者的区别,鲁迅说是"讲史之体,在历叙史实而杂以虚辞,小说之体,在说一故事而立知结局"(《中国小说史略·宋之话本》)。宋代"小说"居于主流,元代则"讲史"更为盛行。本节分话本小说和讲史话本介绍。

一 话本小说

宋元话本小说按其内容可分四类:一是烟粉类,即烟花粉黛,讲男女爱情,所谓"春浓花艳佳人胆";二是灵怪类,讲神仙妖术和异物显灵作怪;三是传奇类,讲人世间的奇人奇事,以及种种悲欢离合的轶事奇闻;四是公案类,讲各种断案故事,或言强梁恶霸杀人越货,惊动官府,或说侠盗怪杰不平拔刀,为民除害,所谓"月黑风寒壮士心"。这些题材内容具有浓郁的世俗生活气息,于此不难看出宋元话本小说在取材时,多把处于社会下层的市井细民及其日常生活作为主要的内容,反映他们的悲欢离合,对富贵的渴望,对人情世态的玩味,以及对灵怪、公案的广泛兴趣。

今存的宋元话本小说,多见于明人编辑刊行的《清平山堂话本》、《古今小说》、《熊龙峰刊行小说四种》、《醒世恒言》、《警世通言》等白话小说集。宋元话本,究竟哪些属宋,哪些属元,已经很难剖明。据中国社会科学院文学研究所总纂之《中国文学通史系列》之《宋代文学史》和《元代文学史》所列,《碾玉观音》、《错斩崔宁》、《西山一窟鬼》、《合同文字记》、《陈巡检梅岭失妻记》、《杨思温燕山逢故人》(一名《郑意娘传》)、《杨温拦路虎传》、《快嘴李翠莲》、《山亭儿》(一名《万秀娘仇报山亭儿》)、《闹樊楼多情周胜仙》等归宋;《简贴和尚》、《曹伯明错勘赃记》、《宋四公大闹禁魂张》、《任孝子烈性为神》、《汪信之一死救全家》、《金海陵纵欲亡身》、《裴秀娘夜游西湖记》、《西游记平话·魏徵梦斩泾河龙》、《西游记平话·车迟国斗法》归元。

话本是市民文学,源于"说话"。由其原始的接受对象和艺术形式所决定,话本小说在体制、叙述方式和语言运用等方面形成了明显的艺术特点。首先,话本小说的体制形式是结合市民听众的需要而创造出来的,其结构一般由题目、篇首、入话、头回、正话和篇尾六个部分组成。篇首或篇尾多采用诗词,起到点名大意、烘托气氛,或概括主旨、总结全篇的作用。入话起由开场诗词导入本事的作用。有的在入话之后插入一段与正话相同或相反的故事,称为"得胜回头"或"笑耍头回",然后过渡到主要故事。其次,话本小说的叙述方式符合一般大众的欣赏习惯,即连贯叙述,故事性强,情节曲折生动,带有悬念和巧合,所谓"无巧不成书"。因为话本小说最初是讲给人听的,故每说一段,必须善于掌握故事的相对完整性,必须揣摩听众心理故作惊人之笔或善于卖关子,有意制造悬念和巧合。再次,使用大众能够理解的白话进行演说,以生活化的语言代替书面语言,这是小说文体上的重大变革。

在元人话本小说中,《宋四公大闹禁魂张》水平较高。据考作者为陆显之,《录鬼簿》

记其"有《好儿赵正》"话本,即此篇,《宝文堂书目》作《赵正侯兴》,冯梦龙编入《古今小说》时改题《宋四公大闹禁魂张》。小说塑造了宋四公、赵正、侯兴、王秀几个侠盗形象,他们劫富济贫,专和官府作对,为穷人伸张正义。故事情节曲折离奇,语言简练而形象,且夸张、幽默,如小说介绍财主、守财奴张员外:"这富家姓张名富,家住东京开封府,积祖开质库,有名唤做张员外。这员外有件毛病,要去那虱子背上抽筋,鹭鸶腿上割股,古佛脸上剥金,黑豆皮上刮漆,痰唾留着点灯,捋松将来炒菜。这个员外平日发下四条大愿:一愿衣裳不破,二愿吃食不消,三愿拾得物事,四愿夜梦鬼交。是个一文不使的真苦人。他还地上拾得一文钱,把来磨做镜儿,捏做磬儿,掏做锯儿,叫声'我儿',做个嘴儿,放入箧儿。人见他一文不使,起他一个异名,唤做'禁魂'张员外。"在谐趣中画出了张员外的嘴脸。

二 讲史话本

元代讲史平话现存 8 种:《三分事略》、《三国志平话》、《武王伐纣书》、《乐毅图齐七国春秋后集》、《秦并六国平话》、《前汉书平话续集》、《宣和遗事》、《薛仁贵征辽事略》。其中《三分事略》和《三国志平话》内容基本相同,属同书异名,实为 7 种。7 种中,除《薛仁贵征辽事略》见于《永乐大典》外,其他都有元代刊本传世。《宣和遗事》,又称《大宋宣和遗事》,有学者认为成书于金代。《三国志平话》、《武王伐纣书》、《乐毅图齐七国春秋后集》、《秦并六国平话》、《前汉书平话续集》,今人合称《全相平话五种》。

平话大多根据各种正史、野史和民间传说改编而成,浅显的文言和白话并用,其间穿插诗词,把庞大复杂的历史事件编成情节连贯的长篇故事。关目曲折生动,文词却比较质朴,只交代大概情节,不做过细的描写,具有提纲性质。这便于说话人登台献艺时,根据各自的演说才能去发挥或增减。

《三分事略》和《三国志平话》演述魏、蜀、吴三国故事,具有鲜明的拥刘反曹倾向。书中人物形象,以张飞和诸葛亮最为突出。张飞勇敢、爽直、豪放不羁,疾恶如仇。诸葛亮则料事如神,老谋深算。书中故事虽有一定历史依据,但更多的故事情节显示出传奇色彩,有些情节荒诞无稽。《武王伐纣书》的故事框架多依傍正史,但增加了不少荒诞的情节,进行了光怪陆离的描绘,有的描写质朴中蕴风趣,荒诞中有情理。如斩妲己:

> 武王并众文武,尽言无道不仁之君,据此合斩万段,以报民恨。言罢,一声响亮,于大白旗下,殷交一斧斩了纣王。万民咸乐。
>
> 二声鼓响,于小白旗下,刽子手待斩妲己。妲己回首戏刽子,用千娇百媚妖眼戏之,刽子坠刀于地,不忍杀之。太公大怒,令教斩了刽子,又教一刽子去斩。刽子持刀待斩妲己,妲己回首戏刽子。刽子见千娇百媚,刽子又坠刀落地,不忍斩之。太公大怒,又斩了刽子。
>
> 有殷交来奏武王:"臣启陛下,小臣乞斩妲己。"武王:"依卿所奏。"殷交用练扎了面目,不见妖容。被殷交用手举斧,去妲己项上中一斧。不斩万事俱休,既然斩着,听得一声响亮,不见了妲己,但见火光迸散。似此怎斩得妲己了?

太公一手擎着降妖章,一手擎着降妖镜,向空中照见妲己真性,化为九尾狐狸,腾空而去。被太公用降妖章叱下,复坠于地。太公令殷交拿住,用七尺生绢为袋裹之,用木碓捣之,以此妖容灭形,怪魄不见。

　　《乐毅图齐七国春秋后集》写齐王得孙膑之力破燕,后孙膑为亲贵所忌,隐居云梦山。后乐毅破齐,孙再下山,和乐毅斗阵,乐毅、孙膑各请其师黄伯扬、鬼谷子斗阵,神怪色彩浓厚。《秦并六国平话》别题《秦始皇传》,写秦始皇歼灭六国统一中国史事,中间穿插荆轲刺秦王、高渐离击筑、焚书坑儒等故事。《前汉书续集》又名《吕后斩韩信》,写刘邦统一天下后,吕后杀韩信等事。这两种平话比较接近史实,文字也质朴。《薛仁贵征辽事略》述唐太宗征辽战争中,薛仁贵屡建战功,而一再被张士贵、刘君昂所冒领,还不断遭到打击压制,终于在尉迟敬德等人的支持下澄清事实,获得唐太宗的重用。故事依傍史实,又有艺术虚构,情节曲折生动。《宣和遗事》讲述北宋中期至南宋初的一段史事:先讲王安石变法之祸,次讲王安石引蔡京入朝及童贯、蔡京等用事,梁山泊聚义始末,宋徽宗幸李师师,道士林灵素进用及其死葬异事,金兵南下,徽、钦二帝被掳北行,高宗定都临安。其中所述梁山泊事,主要是杨志卖刀、晁盖等劫生辰纲、宋江杀阎婆惜三事,但对后来长篇小说《水浒传》有重大影响,可以说是《水浒传》的雏形。

【本章习题指要】
　　1. 什么是南戏?它与杂剧有何不同?
　　2. "四大南戏(传奇)"概况。
　　3.《琵琶记》的思想内涵和艺术特色。
　　4. 宋元话本小说创作概况及其一般艺术特征。

第六章 元代诗文

元代诗文发展的历史,最早可追溯到13世纪初:金宣宗贞祐三年(1215),蒙古军攻下金中都,北方最大的文化中心进入蒙古统治区,以耶律楚材为代表的一批北方文士成为蒙古政权下第一批诗文作家,广义的元代文学的历史已经开始。此后直到元朝灭亡,元代诗文的发展可分为前、中、后期。具体来说,忽必烈去世、元成宗即位(1295)以前,是元代诗文发展的前期;从成宗元贞元年到元顺帝即位以前(1295—1332),是元代诗文发展的中期;元顺帝时期(1333—1368)是元代诗文发展的后期。

第一节 元代前期诗文

元代前期是一个比较长的时段,其中又可分为三个阶段。一是蒙古灭金统一北方以前,这一时期的诗人以跟随成吉思汗西征的耶律楚材为代表,还有前往西域晋见过成吉思汗的著名道士丘处机。二是蒙古灭金统一北方至统一全国以前,这期间大批旧金文士进入蒙古统治区,有的进入蒙古政权。这一时期最突出的代表是郝经和刘秉忠,其次是王恽。由金入元的杨奂、逸士李俊民以及河汾诸老,依然进行着他们的创作。这一时期的诗文创作基本上在元好问的影响之下,延续着金代后期的繁荣。三是统一全国之后,这可以元军攻下南宋都城临安为分界。这一时期,北方诗人成就最高者是屡征不起的刘因,还有散文家姚燧、诗文词曲兼擅的卢挚。姚、卢二人都年长于刘因,并且都在朝为官,但他们真正影响文坛,则在成宗大德时期,也就是我们说的中期。全国统一,南北文风开始交汇融合,一批北方文士如姚燧、卢挚等人南下做官,其文风影响南方,同时一部分南方文士入朝北上,与在朝北方文人共事,其文风互相影响,其中最突出的代表是赵孟頫、张伯淳以及理学家吴澄等。降元的南宋官员如方回等,和处于仕隐之间的南方文人,如戴表元、赵文、刘将孙、仇远,他们入元后取得了很好的创作成就。而作为宋遗民的一大批人,他们慷慨悲歌,用诗文表达着亡国之痛和对故国的哀思,取得了突出的诗文成就。以月泉吟社为代表的南方文人诗社活动,是元代引人注目的文学现象之一。

就总体说,元代前期文坛既丰富多彩又富有成就。前期最具代表性的诗人有耶律楚材、郝经、刘因、赵孟頫、戴表元。

耶律楚材(1190—1244),字晋卿,号湛然居士。契丹族,辽宗室之后,曾从万松行秀学佛,法号从源。仕金为燕京行尚书省左右司员外郎。燕京破,成吉思汗招至帐下,后随成吉思汗西征。窝阔台汗时,助定君臣礼仪,奏立十路征收课税所,其长贰皆用文人,置编修所于燕京,经籍所于平阳,又曾至燕京搜求经籍,请用儒术举士等。文宗至顺中追封广宁王,谥文正。当蒙古初期中原文化面临毁灭之际,楚材独当文化救亡之任,后人以为其"大有造于中国,功德塞天地"(《日下旧闻考》卷一〇〇)。今存《湛然居士文集》14卷。楚材文学思想承金而来,对金代文坛宗苏与宗黄两派之争,楚材宗苏而不抑黄;其文尚平易,尚古雅,又尚清新雄奇,追求潇洒飘逸、波澜壮阔之气势。其作品有超拔、雄豪、绚烂、温纯多种风格。王邻序其文集,称"其温雅平淡,文以润金石;其飘逸雄挟,文以薄云天"。孟攀鳞序则称其"词锋挫万物,笔下无点俗,挥洒如龙蛇之肆,波澜若江海之放,其力雄豪足以排山岳,其辉绚烂足以灿星斗"。(均见《耶律楚材集》卷首)皆不免溢美。清人顾嗣立《元诗选》小传评其"驰驱异域,宜若无暇于文。而雄篇秀句,散落人间,为一代词臣倡始"。楚材诗为人称道者较多,如《过阴山和人韵》雄奇瑰丽,其三云:

  八月阴山雪满沙,清光凝目眩生花。插天绝壁喷晴月,擎海层峦吸翠霞。松桧丛中疏畎亩,藤萝深处有人家。横空千里雄西域,江左名山不足夸。

此为"飘逸雄挟,文以薄云天"者。其生活于西域写的诗,自然流畅而风骨遒上,可以说是"温雅平淡,文以润金石"者,如《西域河中十咏》其六:

  寂寞河中府,西流绿水倾。冲风磨旧麦,悬碓杵新粳。春月花浑谢,冬天草再生。优游聊卒岁,更不望归程。

一个中原人生活在异域,其新奇之感,却用如此淡淡的语言写出,读来韵味悠长,虽不着意学陶,自有陶诗之味。

郝经(1223—1275),字伯常,卒谥文忠,泽州陵川(今属山西)人。家世业儒,祖父郝天挺为元好问师,经又曾从元好问学。蒙哥汗六年(1256),受召北见忽必烈,条上数十事,留忽必烈幕府。世祖中统元年(1260),以翰林侍读学士充国信使使宋,被羁留真州16年,人比之汉苏武。有《陵川集》39卷。郝经诗文成就与刘因差肩,《元史》本传称"其文丰蔚豪宕,善议论,诗多奇崛"。明陈凤梧《陵川集序》称其为"元文中之杰然者","其学博,其才赡,故发而为文也,汪洋滂沛,如大河东注,一泻千里;抑扬起伏,如太行诸峰,层见迭出"。《四库全书总目》甚至认为"与其师元好问可以雁行"。清顾嗣立等《元诗选》评其诗说:"元诗颇病纤秾,伯常得法于遗山,苍浑奇崛,气骨特高。"以为其诗"笔法纵宕,不为律缚"。郝经论文,重文之"用",强调"质"与"实",反对"巧"和"丽",崇尚"高古",提倡"道入于技"。其诗歌成就主要在律诗和歌行,歌行有李贺之奇崛与盛唐边塞诗之气势,律诗多写于后期使宋羁留期间,着意学杜甫。写于被羁留真州时的《甲子秋怀》可以代表他后期诗的风格:

  江馆无家久似家,西风院落老天涯。黄缠薯蓣犹多叶,绿拥芙蓉尚未花。纱幕坠尘归晚燕,窨池生草窟秋蛙。枯肠欲断谁濡沫,击柝声中夜煮茶。

诗虽无阔大的境界,但品读之中,可以深深地体味诗人内心的孤独、无奈和苦寂,其情绪萦绕读者心际,挥之不去。郝经散文成就也很高,其佳作在亭台记与碑志传状两类。

刘因(1249—1293),字梦吉,号静修,保定容城(今河北徐水)人。性不苟合,不妄交接。因爱诸葛亮"静以修身"之语,表所居曰"静修"。世祖以承德郎、右赞善大夫征,刘因暂出随归,又以集贤学士嘉议大夫征,以疾固辞。卒谥文靖。今存《静修集》30卷。刘因一直被作为元代最具代表性的诗人之一。李谦序其集,称其诗:"闲婉冲澹,清壮顿挫,理融而旨远,备作者之体。"明张纶《林泉随笔》说:"刘梦吉之诗,古、选不减陶、柳,其歌行、律诗,直溯盛唐,无一字作今人语。其为文章,动循法度,春容有余味。"他的《观梅有感》、《白沟》、《登镇州龙兴寺阁》等,都是历代选本常选的作品,这里举其《易台》:

> 望中孤鸟入消沉,云带离愁结暮阴。万国山河有燕赵,百年风气尚辽金。物华暗与秋容老,杯酒不随人意深。无限霜松动岩壑,天教摇落助清吟。

我们甚至不知道他是在感时还是怀古,他眼前的山河,这山河所经历的历史,在某一时刻,一股脑儿袭上心头,使他产生了无以名状的愁绪与失落。

刘因也是著名词人,近人况周颐评其词"寓骚雅于冲夷,足秾郁于平淡,读之如饮醇醪,如鉴古锦"。如《玉漏迟》:

> 故园平似掌。人生何必,武陵溪上。三尺蓑衣,遮断红尘千丈。不学东山高卧,也不似、鹿门长往。君试望。远山攀处,白云无恙。　　且唱一曲渔歌,觉无复当年,缺壶悲壮。老境羲皇,换尽平生豪爽。天设四时佳兴,要留待、幽人清赏。花又放。满意一篙春浪。

确实淡而有味。

戴表元(1244—1310),字帅初,一字曾伯,号剡源先生,又自号质野翁、充安老人。宋元之际庆元奉化(今属浙江)人。宋咸淳进士,曾为建康府学教授。宋亡,隐居教授,悉心学问文章。成宗大德中以荐为信州教授。戴表元为元代前期东南文章大家,名重一时,史称"其学博而肆,其文清深雅洁"(《元史》本传)。今存《剡源集》30卷。其弟子袁桷撰《戴先生墓志铭》评其文"清深整雅,蓄而始发,间事摹画,而隅角不露"。《元史》本传说:"初,表元闵宋季文章气萎薾而辞骫骳,积弊已甚,慨然以振起斯文为己任。"宋濂序其文集,称其文"新而不刊,清而不露。如青峦出云,姿态横逸,而连翩弗断;如通川萦纡,十步九折,而无直泻怒奔之失"。清人顾嗣立《元诗选》评其诗"类多伤时闵乱、悲忧感愤之辞","诗律雅秀,力变宋季余习"。何焯以为其文"得之庄骚者为深,文格尤近子厚,其间似苏门者,所从出均也","彩笔妙吻,宋季以来莫有匹敌"(《爱日精庐藏书志》卷三二)。卢文弨则以为其文"和易而不流,谨严而不局,质直而不俚,华腴而不淫"(《抱经堂集》卷一四《剡源集跋》)。总观其诗文,诗宗唐而文沿宋。文以题画短文为优,涉笔成趣,得苏轼小品之妙;为人所作文集序,多能以浅易之言,发深幽之旨,既形象生动,又启发人意;记也颇有妙笔。戴表元是重要诗论家,是宗唐诗风的有力倡导者。他的诗也富有唐诗风味,其中优秀之作,具有唐诗意境,陶诗之味。如《苕溪》:

> 六月苕溪路，人看似若耶。渔罾挂棕树，酒舫出荷花。碧水千塍共，青山一道斜。人间无限事，不厌是桑麻。

再看他的两首绝句：

> 去时风雨客匆匆，归路霜晴水树红。一抹淡山天上下，马蹄新出浪花中。（《西兴马上》）

> 春山处处客思家，淡日村烟酒旆斜。胡蝶不知人事改，绕墙闲弄紫藤花。（《胡蝶》）

极富情趣，极富韵味，又能浅中见深，寄深慨于寻常景物，耐人寻味。表元又是元代重要文论家，其关于"酿诗如酿蜜"之论、"无迹之迹诗始神"之说，以及"清华奇秀之气"为文之理论，都很有价值。

赵孟𫖯(1254—1322)，字子昂，号松雪道人，湖州(今属浙江)人。宋宗室。14岁，以父荫入仕。宋亡家居。入元，程钜夫荐于朝，授兵部郎中，迁集贤直学士，累迁至翰林学士承旨。卒谥文敏，追封魏国公。孟𫖯以宋宗室仕元，深受元帝赏识，杨载撰《赵公行状》概括其一生荣遇，称其"被遇五朝，官居一品，名满天下"。赵孟𫖯为元代著名诗文作家，更以书画著称，故杨载《赵公行状》云："公之才名颇为书画所掩。"有《松雪斋集》10卷。赵孟𫖯和姚燧等人一样，其创作活动跨元代前期和中期，或者说更多在中期，但他北上之初，即已影响文坛，在南北诗文风气的交汇融合中起着重要作用，所以这里放在前期介绍。赵孟𫖯诗，在元称大家，为"元诗四大家"之先导，胡应麟说他"首创元音"。戴表元《赵子昂诗文集序》说："余评子昂，古赋凌厉顿迅，在楚汉之间；古诗沉潜鲍谢；自余诸作，犹傲睨高适、李翱云。"杨载《赵公行状》则称其"诗赋文辞，清邃高古，殆非食烟火人语，读之使人飘飘然若出尘世外"。清顾嗣立《元诗选》于袁桷小传下论元诗发展说："元兴承金宋之季，遗山元裕之以鸿朗高华之作，振起于中州，而郝伯常、刘梦吉之徒继之。故北方之学，至中统、至元而大盛。赵子昂以宋王孙入仕，风流儒雅，冠绝一时，邓善之、袁伯长辈从而和之，而诗学又为之一变。"他在元诗前中期之交，是影响诗风转变的关键人物。他以故宋宗室子孙仕元，心头有太多难以言说的隐痛、屈辱、悔恨，在朝遭受排挤打击，在社会上遭人白眼，这些都借诗以倾诉表白。其《罪出》诗说："在山为远志，出山为小草。古语已云然，见事苦不早。"诉说着无限的悔恨。他诗中优秀之作比较多，如《罪出》、《岳鄂王墓》、《和姚子敬秋怀五首》、《溪上》、《钱塘怀古》。《钱塘怀古》表现一位故宋宗室的黍离麦秀之感：

> 东南都会帝王州，三月烟花非旧游。故国金人泣辞汉，当年玉马去朝周。湖山靡靡今犹在，江水悠悠只自流。千古兴亡尽如此，春风麦秀使人愁。

我们感受到的是诗人面对历史兴亡的无奈和心底的凄凉。

第二节 元代中期诗文

元代中期,是元代诗风文风的形成时期,元末以及明清的研究者以"元诗四大家"(虞集、杨载、范梈、揭傒斯)的出现为元代诗文进入繁盛期的标志。人们称"四大家"等代表的文风为盛世文风。

元中期又分为两个阶段:文风的交融转变期和盛世文风的形成期。清顾嗣立《元诗选》在袁桷小传下论元诗发展,说:"于是虞、杨、范、揭,一时并起。至治、天历之盛,实开于大德、延祐之间。"从元成宗大德到元仁宗延祐这二十多年,南北代表性的文人如姚燧、卢挚、虞集、元明善等,先后进入馆阁。延祐二年(1315)开科,一批重要的诗文作家通过科举被人们所认识,活跃于文坛。黄溍、杨载、欧阳玄、许有壬、马祖常,以及张起岩、王沂,元代文坛上一批重要作家,都是此年进士。加上朝中原有的北方文人和元世祖末年北上的南方文人,大都这个文化中心,汇聚了当时南北代表性的诗文作家。成宗初年以前,北方文人在馆阁中居主导地位。随着以虞集等代表的南方文人主导馆阁,北方文风也逐渐被南方文风所取代。终于在仁宗后期,元代形成了以"元诗四大家"为代表的盛世文风。欧阳玄《雍虞公文序》说:

> 皇元混一之初,金宋旧儒,布列馆阁。然其文气,高者崛强,下者委靡,时见旧习。承平日久,四方俊彦,萃于京师。笙镛相宣,风雅迭倡。治世之音,日益以盛矣。

他以如此简明的语言,叙述了元中期文风也即"治世之音"形成的过程。接着,他描述了虞集文风,其实也就是元中期的盛世文风:

> 随事酬酢,造次天成。初无一毫尚人之心,亦无拘拘然步趋古人之意。机巧自无,境趣自生。左右逢原,各识其职。故自其外观之,如深山穷林,葱蒨蓊郁,莫测根柢;巨野大泽,汪洋淡泊,不为波涛。试入其中,则日月之精,凝结岁久,皆成金珠;龙虎之气,变化时至,即为风云。孰能穷其妙也哉!

虞集也对这种文风作过描述,他说:"气象舒徐而俨雅,文章丰博而蔓衍。从而咏之,不足以知其深广;极其所至,不足以究其津涯。"(《曹士开汉泉漫稿序》)另一位代表人物黄溍则说:"精切整暇,如清江漫流,一碧千里,而鱼龙光怪,隐见不常,莫可得而测也。"(《绣川二妙集序》)他们所表达的意思是相同的:要求平中寓奇,奇在平中。在这种文风追求下形成的元诗风貌,既不同于唐诗,它不要惊风雨、泣鬼神的强烈抒情,也不同于宋诗,它不追求警策与深致,不以翻新出奇、见解超人的议论取胜。它是形象的而非理致的,抒情的又是以理制情的。它追求广泽漫流、平波微澜,但具有浩瀚无际的阔大气象,于平易和缓中寓深醇,自有一种隐然动人的力量。

元中期诗文的发展,有两点特别值得关注。其一,这一时期是文风转变和"四大家"盛世文风形成时期。在馆阁中,南方文风取代北方文风是在皇庆至延祐初。皇庆二年

(1313),北方文风的代表人物姚燧去世。接下来在延祐元年(1314)前后,"元诗四大家"齐集京师,进入馆阁,"四大家"并称只能在此时形成。但"四大家"诗风在全国或说在整个文坛形成,还要再晚些年。所以顾嗣立才说"至治、天历之盛,实开于大德、延祐之间"。

其二,在南方,这一时期诗文发展呈两大中心:江西和婺州。江西以虞集、范梈、揭傒斯和自称江西人的欧阳玄为代表,婺州则以黄溍及其同门友柳贯、吴莱为代表。当时诗以"四大家"为代表,文章则"儒林四杰"(虞集、揭傒斯、黄溍、柳贯)并称。"四杰"中,虞、揭是江西人,黄、柳为婺州人。当元之盛世,诗文创作繁盛,这两大中心,形成东西竞胜的局面。

元中期的诗文作家,最具代表性的有姚燧、虞集、揭傒斯、黄溍等。

姚燧(1238—1313),字端甫,号牧庵,洛阳(今属河南)人。从大儒许衡学,后被荐为秦王府文学。成宗元贞元年(1295),以翰林学士召修《世祖实录》。武宗至大时授翰林学士承旨、知制诰兼修国史。卒谥文。有《牧庵集》,原本50卷,久佚,今有36卷本。姚燧年岁远长于赵孟頫,按其生活年代,应为元前期作家,他在前期也已经活跃于文坛。但姚燧成名较晚,他主导文坛,是在成宗时期。因其现存大部分作品写于元世祖至元末和成宗、武宗时期,所以这里把他放在中期介绍。姚燧在元为散文大家,张养浩《牧庵姚文公文集序》称其文"才驱气驾,纵横开阖,纪律惟意","尤能约要于繁,出奇于腐,江海驶而蛟龙拏,风霆薄而元气溢,森乎其芒寒,皓乎其辉烨"。吴善序云:"我朝国初,最号多贤,而文章众称一代之宗工者,惟牧庵姚公一人耳。"比之为汉之司马,唐之韩、柳,宋之欧、苏,为一代文宗。元代著名诗文家如虞集、杨维桢等,对姚燧都十分推崇。《元史》本传称其文章"闳肆该洽,豪而不宕,刚而不厉,春容盛大,有西汉风"。姚燧在元确为文章大家,在当时有引领风气之功,但比之韩、柳、欧、苏,则远逊。他的散文作品如《序江汉先生事实》、《别丁编修序》、《序牡丹》、《康瓠亭记》、《赫羲亭记》,历来受选家好评。他的题跋小品也有佳作,如题画小品《书米元晖画山水》,简洁明畅又妙趣流泻,颇得宋人小品之意趣。传记文中《太华真隐褚君传》,写人则形神俱妙,写景则几可比美唐宋名家,如云:

> 云台,华岳也,为山益奇;上方,又天下之绝险。自北望之,石壁切云霄,峻峭正蠹,非恃铁絙,不得缘坠上下。……将至其颠,下临壑谷,深数里,盲烟幕翳其中,非神完气劲,鲜不视眩而魄震。君负食上下自给,如由室适奥,嬉然不为艰。薄寒,则上下负食益勤,为御冬备。一岁,偶未集,冰雪塞山门,计廪才得当冬之半。……明年,山门开,弟子往哭求其尸,见步履话言,不衰他时,方神其为非庸人。……性嗜读书,逾熟《左氏博议》。日食数龠,饮酒未醺而止,不尽醉也。人家得名酒,争携饷之。至则沉罄泉中,时依林坐石,引瓢独酌。日入,则入室而休。或坐罢寝觉,起行庭中。一夕,如闻林间行声戛戛,君则曰:"兽也。虽不得其名,可试而知。"引石投之,曰:"麋鹿哉,将惊而奔;或止而不去者,虎耳。"果止听不去。明旦,视樊垣外,虎迹纵横。

太华真隐的奇行奇趣,以奇险之云台山为背景,以恶劣严酷的生活条件为衬托,使人确信其为天地间一奇人,且有高深莫测之感,深信其必有过人之处。对他日常生活的描述,则活脱出一个林间高士的形象。姚燧不以诗名,且存诗不多,但也有好的作品,诗中表现出温厚的风格和对世事民生的关怀,如《舟达黄溪》和《发舟青神县》。其诗也有喜人之作,如《赏花吟十首》之四云:"少年骑马纵春游,紫禁名园访欲周。今日病中扶杖看,白头先已为花羞。"又之五云:"出门京国事无涯,虚掷东风五物华。却谢病归催不起,故园今见碧桃花。"

虞集(1272—1348),字伯生,世称邵庵先生,临川崇仁(今属江西)人。学于吴澄。元成宗大德元年(1297),集至大都,为大都路儒学教授、国子助教。仕至翰林直学士兼国子祭酒,奎章阁侍书学士。卒谥文靖。虞集为"元诗四大家"之首。其在元中期,提携后进,引领风气,为时宗主,人比之为宋之欧阳修。其诗文集有《道园学古录》50 卷,又一本为《道园类稿》50 卷。虞集诗文,备受同辈及后人推扬。《四库全书总目·道园学古录》提要称:"有元一代,作者云兴,大德、延祐以还,尤为极盛。而词坛宿老,要必以集为大宗。""迹其陶铸群材,不减庐陵之在北宋。明人夸诞,动云元无文者,其殆未之详检乎?"清代翁方纲说:"盖自北宋欧苏以后,老于文学者,定推此一人,不特与一时文士争长也。"(《石洲诗话》卷五)虞集论文,主张"理以命气",论诗追求"至清至和",要"原乎性情之正,极乎神明之妙",儒雅与风流统一。其"清"、"和"之论,《天心水面亭记》说得极好:"月到天心,清之至也;风来水面,和之至也。……必也至平之水,而遇夫方动之风,其感也微,其应也溥,涣乎至文生焉,非至和乎?譬诸人心,拂婴于物则不能和,流而忘返又和之过,皆非其至也。是以君子有感于清和之至,而永歌之不足焉。"其诗在当时家传人颂,确为一代文坛盟主。虞集各体诗都有佳作。五言古诗学汉魏晋,在汉魏诗的古朴中融入了儒雅。七言古诗主要受唐诗影响,总体说是儒雅风流,风格以清朗、疏放、飘逸、轻扬为主,时露奇气。七言古诗中清丽可爱的有《吴中女子画花鸟歌》:"吴中女儿颜色好,洗面看花花为俏。调朱弄粉不自施,写作花间雪衣鸟。绿窗沉沉春昼迟,平生心事花鸟知。花残鸟去人不归,细雨梅酸愁画眉。"他的七古题画诗《张令鹿门图》,在平和中言志抒情,舒展大气:

张侯襄阳人,深知襄阳乐。十年宦学怀襄阳,故托豪缣写山郭。老我不乐思蜀都,人言嵩阳好隐居。三十六峰常对面,水竹田庐还可图。欲往不能心懆懆,忽见新图被山恼。沙禽浦树俱可人,金涧石床为谁好?向来耆旧皆英雄,驾言从之道焉从?弄珠月冷识游女,沉剑潭深知卧龙。八月霜晴水清浅,闻道扁舟足回转。何时古寺傍檀溪,几处残碑在江岘。呼鹰台高秋草多,养鱼池中莲芰波。蜀嵩未必不如此,我今不游奈老何。张侯张侯早结屋,莫待史詹为君卜。要看陇上课儿耕,好在鱼梁白沙曲。

他受前人激赏的诗作多是七言律,如《挽文文山丞相》、《送袁伯长扈从上京》。又如其《遣兴》云:

千梳白发度清斋,有客柴门始一开。书为目昏空对简,酒因囊涩久停杯。北窗风雨长孤坐,南海音书遂不来。垅上辍耕童稚辈,强来问学慰衰颓。

虞集是在广泛学习了以盛唐杜甫诗为主的唐宋律诗的基础上,形成自己七言律诗风格的,既带有前人的痕迹,又不同于任何前人风格,所以才能影响一代诗风。胡应麟《诗薮》外编卷六说:"宋五言律胜元,元七言律胜宋。"从一定意义上说,虞集七言律诗的成就反映了元代七言律诗的成就。

虞集也是元代散文大家。他论文追求平易正大,其文风体现了这种追求。在各体文章中,序、记、题跋、碑铭传状几类写得较好。《余氏极高明楼记》一文将写景、议论、叙事融而为一:

> 华盖之山,在崇仁上游,据地势之隆厚,拔起千仞,上出霄汉。日星回旋,无所障碍。云雨之兴,漠乎在下。若有人焉,凌空倒景,高邻日月,而后足以对之;浮游于尘壒之中,沉溺于污秽之下,生死不出于旦暮,起灭不逾于寻丈者,乌足以观乎此哉!其山之阳,有水曰珠溪,余氏之族世居之,不知始于何代,而未尝有他族间之。山如城郭之环,流泉中出,隐伏磐石,委曲渊注,始达于外。而居人耕田凿井,养生读书,无所外慕。以其地僻而赋薄,远去郡县。公上之供,给事而退,人亦无所求乎其间也。晋陶渊明所谓桃源者,依稀似之。

境界由峭拔而纡余而平易,文字也由峭拔而纡余而平易。语言淡淡的,但品之自然有味。

揭傒斯(1274—1344),字曼硕,龙兴富州(今江西丰城)人。少贫,读书刻苦。程钜夫、卢挚咸器重之,钜夫因妻以从妹。历官国史院编修官,应奉翰林文字,奎章阁供奉学士,改翰林直学士,升侍讲学士同知经筵事。参与修《经世大典》,总修辽、金、宋三史。卒于官,追封豫章郡公,谥文安。有《揭文安公全集》14卷,诗补遗1卷。揭傒斯既是著名诗人,为"元诗四大家"之一,又是文章名家,名列"儒林四杰"。黄溍《元文安揭公神道碑》称其文一主于理,语简而洁;诗长于古乐府《选》体,律诗伟然有盛唐风。杨维桢《竹枝词序》说:"揭曼硕文章居虞之次,如欧之有苏、曾。"近人胡思敬跋其文集,说:"揭文安在元与虞道园齐名,诗格更在道园之上。"近人钱基博极推揭傒斯:"傒斯诗则以秀爽出婉媚,力湔浮躁而自然朗丽。""擅有左思之风力,发以明远之警挺,卓荦为杰。而律绝之作,以婉秀顿挫,绰有笔意,不仅风神独绝。"(《中国文学史》,中华书局1993年整理本第814、815页)揭傒斯应该是"元诗四大家"中最具锋芒的一位。他对现实批判之尖锐,对社会弊端揭露之大胆,以及仁民爱物的情怀和作为士君子的担当精神,在中国历代诗人中应该是一流的。他的《题秋雁》诗云:"寒向江南暖,饥向江南饱。莫道江南恶,须道江南好。"抨击蒙古色目人,为江南鸣不平,很有影响。揭傒斯长于五言诗,有"五字长城"之誉,五古如《赠王郎》、《重饯李九时毅赋得南楼月》,五律如《南康夜泊闻庐阜钟声》、《出三洪峡》、《题俞氏看雨轩》等,都写得很好。五言绝句《寒夜作》:"疏星冻霜空,流月湿林薄。虚馆人不眠,时闻一叶落。"截取生活中的一个横切面,从极广阔空际写到极细微的一片落叶的声响,将空阔与静寂都写到了极端。他的七言诗也写得不错,如七律《梦武昌》:

> 黄鹤楼前鹦鹉洲,梦中浑似昔曾游。苍山斜入三湘路,落日平铺七泽流。鼓角沉雄遥动地,帆樯高下乱维舟。故人虽在多分散,独向南池看白鸥。

揭傒斯论咏物写景诗当"如水中月,如镜中花,谓之真不可,谓之非真亦不可",他的这类诗如《重饯李九时毅赋得南楼月》、《南康夜泊闻庐阜钟声》、《出三洪峡》、《梦武昌》

等,都贯彻了这一主张。和当时很多人一样,揭傒斯也擅写民歌风味的竹枝词,如《女儿浦歌》:"女儿浦前湖水流,女儿浦前过湖舟。湖中日日多风浪,湖边人人还白头。"确实喜人。

黄溍(1277—1357),字晋卿,婺州义乌(今属浙江)人。曾从宋遗民方凤游,延祐开科,登进士。后以马祖常荐为应奉翰林文字,历官翰林直学士,知制诰,同修国史,同知经筵事。卒谥文献。黄溍为一代名儒与著名诗文作家,时人傅亨称其"擅一代之文章,为诸儒之规范"。有《金华黄先生文集》43卷。黄溍论文,主张"以性理之学,施于台阁之文"(《顺斋文集序》)。在元代文章家中,他是濡染理学较深的。其弟子宋濂《金华黄先生行状》评其:"见诸论著,一本乎六艺,而以羽翼圣道为先务。然其为体,布置谨严,援据精切。俯仰雍容,不大声色。譬之澄湖不波,一碧万顷。鱼鳖蛟龙,潜伏而不动,渊然之色,自不可犯。"为文追求平中见奇,能寓雄肆于醇雅。黄溍文章长于议论,《上宪使书》、《敏学斋记》、《闲止斋记》、《送杨知州序》都是议论散文的佳作。他让人击节称赏的多是记叙、写景的散文。如《石台纪游诗序》:

> 石台距县治仅五里所,山皆土阜,非有奇岩峭峰水泉花药竹箭之美。由山足缘坡陀,蛇行穿灌莽而上,至其脊,乃得石五六,相积压如累器物。其项上隆然,正方而平,劣可坐十人,旁睨四山,屏障离列。东北山缺处,海霞岛雾,缥缈可睹也。台之胜止是。特以卑近易即,凡观游者,恒以为称首。予佐县之明年,始合耆俊之士,登斯台,抉剔蔽翳,求昔人之遗刻,既漫灭不可识,唯庆元诸老题咏故在。徘徊久之。望东麓杉松苍翠,薆楠隐隐,或曰:是谓南图南院。乃欵而休焉。因相与饮酒赋诗,抵暮而去。盖忘其为山之卑、地之近也。

元人文章立论驳杂,即使像黄溍这样"以精纯之学,羽翼圣学"者也不例外。他有《武昌大洪山崇宁万寿寺记》一篇,记事怪诞,简直可作传奇小说观。与文相比,黄溍的诗就没有受到太多的关注。他在元代不算是重要的诗人,但也有优秀的诗作。如五言古诗《杂诗五首》、《上京道中杂诗十二首》,五律如《初至宁海》二首,七律《夏日漫书》等,都写得比较好。他的七言古诗《苕溪风雨中章德茂同泛》,是一首大气磅礴、想象奇特、造语奇壮、意象奇险而壮阔的好诗:

> 黑风翻江白雨倾,樯欹舵侧断人行。此时惟我与章子,孤舟荡漾烟波里。蒹葭苍苍杨柳黄,浩歌击舷兴弥长。翩然一叶恣掀舞,青山白塔频低昂。朝过城南暮城北,舟人问我将谁适。章子掉头作吴语:秋水夜来深几许?忽看大字标"竹林",寺门对水仍阴阴。敲门见竹不见人,竹间翠石何萧森。回舟少休雨如注,四顾茫茫但烟雾。鱼惊龙跃吾不知,披蓑却入菰芦去。岸傍群儿拍手呼,笑言狂客世所无。呜呼古人今则无,后来视我知何如?为君留此有声画,题作《扁舟烟雨图》。

第三节　元代后期诗文

从元顺帝即位到元室北迁这三十多年,社会持续动荡,元之所谓"盛世"一去不复返,元中期那种平易正大的文风,自然也就成为历史。明人张习题萨都剌诗集后说:"元诗之盛,倡自元遗山,而赵子昂、袁伯长辈附和之。继而虞、杨、范、揭者出,号为大家。间有奇才天授,开阖变怪,莫可测度,以骇人之视听者,初则贯云石、冯子振、陈刚中,后则杨廉夫,而萨天锡亦其人也。"清人顾嗣立在《元诗选》萨都剌小传中概括说:"要而论之,有元之兴,西北子弟,尽为横经,涵养既深,异才并出:云石海涯、马伯庸以绮丽清新之派振起于前,而天锡继之,清而不佻,丽而不缛,真能于袁、赵、虞、杨之外别开生面者也。于是雅正卿、达兼善、廼易之、余廷心诸人,各逞才华,标奇竞秀,亦可谓极一时之盛者欤!"也就是说,在"虞、杨、范、揭"的时代结束以后,元代诗文进入它的后期,这时,平易正大之风被打破,文坛上没有了主导风格,诗人作家"各逞才华,标奇竞秀",于是"开阖变怪,莫可测度",骇人视听,怪奇诗风盛行。

对元代后期诗文,历来有两种评价。否定者极度厌恶,肯定者则盛赞。顾嗣立在《元诗选》贡师泰小传中说:"有元之文,其季弥盛。"20世纪以来的研究者一般认为,元诗的真正繁荣是在元末。

元代后期诗坛,有一些特别值得关注的东西。

首先是以杨维桢为代表的铁崖体或铁崖派影响一时。《明史》杨维桢本传说:"维桢诗名擅一时,号铁崖体。"其风格特点,《四库全书总目》以为:"出入于卢仝、李贺之间,奇奇怪怪,溢为牛鬼蛇神者诚所不免。"着意学李贺,追求新奇。铁崖体在当时影响很大,效仿者甚众,研究者认为已经形成一个以杨维桢为宗主的铁崖派,他们以写乐府诗为主,其主要人物有吴复、项炯、陈谦、郑东、郭翼等,人数众多,创作丰盛。

其次是以顾瑛为主人的玉山草堂唱和,与之同时的"吴中四杰"创作,成为元代最引人注目的文学活动。平江人顾瑛,一名阿瑛,40岁时以家产付其子,筑玉山草堂,有亭馆36处,园池、亭榭、声妓之盛,甲于天下。天下名士如杨维桢、张翥、柯九思、李孝光、郑元祐、倪瓒,方外士如张雨、于立、释良琦等,常在顾家,日夜置酒赋诗。一时风流儒雅,著称东南。与玉山草堂唱和的同时,同在吴地,有以高启为代表的"吴中四杰"以及"北郭十友"的诗歌活动,《明史》高启本传说:"明初,吴下多诗人,启与杨基、张羽、徐贲称四杰,以配唐王、杨、卢、骆云。""四杰"的诗歌成就基本上是在元代取得的。他们引人注目之处,在于对传统伦理观念和价值观的疏离,对个体精神的张扬。

再次是元中期两个诗文中心的走向。江西诸人后学不盛,在虞集等人之后,其继承者仅有傅若金等人。婺州则后学特盛,与黄溍、柳贯属同一辈分但年龄小于他们的吴莱已经成为后期作家,他们的下一辈则有所谓"四先生"的戴良(叔能)、宋濂(潜溪)、王祎(华川)、胡翰(长山)。后期诗文也是两大中心:婺州和吴中。这两大中心的代表人物,在人生价值的追求上表现出截然相反的取向:婺中文人积极投身于政治,"四先生"中除戴良做了元朝忠实的遗民外,其他三人都投身朱元璋政权,成为明朝的开国文臣。吴中文人则希望独立于政治之外,做自由的诗人。和这两大中心同时存在的,还有一些地方诗文流派,如睦州诗派、浙东诗派等,邓绍基主编的《元代文学史》有专门介绍。

元后期最具代表性的诗文作家,有杨维桢、萨都剌等。

杨维桢(1296—1370),字廉夫,号铁崖,又号铁笛道人,晚号东维子,山阴(今浙江绍兴)人。历任天台县尹、杭州四务提举、建德路总管府推官等。入明,洪武初召诸儒考礼乐,书成,辞不受职。杨维桢一生诗文结集名目繁多,常见者有《铁崖古乐府》、《东维子集》、《铁崖赋稿》等。杨维桢为元末诗文大家,宋濂撰其墓志铭,称之为"文章巨公",说吴越诸生归之,"殆犹山之宗岱,河之走海"。他论诗排斥律诗而倡导古乐府,认为"诗至律,诗家之一厄也"。明清以来,论元诗者对杨氏褒贬不一,褒之者以为其古乐府辞有旷世金石声,眩荡一世之耳目,赞扬其纵横排奡,标新立异,变一时靡弱诗风;贬之者也因其奇艳,攻之为文妖。《四库全书总目·铁崖古乐府》提要的评价比较公允:"元之季年,多效温庭筠体,柔媚旖旎,全类小词。维桢以横绝一世之才,乘其弊而力矫之,根柢于青莲、昌谷,纵横排奡,自辟町畦。其高者或突过古人,其下者亦多堕入魔趣。故文采照映一时,而弹射者亦复四起。""特其才务驰骋,意务新异,不免滋末流之弊,是其一短耳。"其诗上法汉魏,出入杜甫及李白、李贺间,当时与李孝光、张羽、倪瓒、顾瑛为诗文友,又好汲引人物,影响一时风气,尝曰:"吾门能诗者南北逾百人。"(朱彝尊《杨维桢传》)故能变元末一时文绪,开有明一代文风。其得意之作如《鸿门会》:

  天迷关,地迷户,东龙白日西龙雨。撞钟饮酒愁海翻,碧火吹巢双狖獝。照天万古无二乌,残星破月开天余。座中有客天子气,左股七十二子连明珠。军声十万振屋瓦,拔剑当人面如赭。将军下马力排山,气卷黄河酒中泻。剑光上天寒彗残,明朝画地分河山。将军呼龙将客走,石破青天撞玉斗。

这首诗可以表现他学李贺"贵袭势不袭其词"的主张和他古乐府绚丽诡幻的瑰奇风格。

与古乐府相比,他的竹枝词更受人们的喜爱,历来评价也较高。例如《西湖竹枝歌》(九首选二):

  湖口楼船湖日阴,湖中断桥湖水深。楼船无舵是郎意,断桥有柱是侬心。

  石新妇下水连空,飞来峰前山万重。妾死甘为石新妇,望郎或似飞来峰。

这样的作品,真醇清新,平易自然,有鲜明的民歌风调。

萨都剌(1307—1359以后),字天锡,号直斋,西域答失蛮氏。泰定四年(1327)进士,授镇江录事司达鲁花赤,秩满,入翰林国史院。出为江南行御史台掾史,历河南江北道廉访司经历、燕南河北道廉访司照磨、福建闽海道廉访司知事等。晚年致仕,寓居杭州,以战乱避走绍兴、安庆等地,不知所终。其诗文现存《雁门集》14卷。萨都剌在元代,不仅是成就最高之少数民族诗人,而且是最具代表性的诗人之一,前人以为,有元一代,可与之并肩者,不过虞集、杨维桢等数人而已。虞集曰:"进士萨天锡者,最长于情,流丽清婉,作者皆爱之。"(《清江集序》)其文集前有所谓干文传序,评其诗云:"其豪放若天风海涛,鱼龙出没;险劲如泰华云开,苍翠孤耸;其刚健清丽则如淮阴出师,百战不折,而洛神凌波,春花霁月之婀娟也。"明人刘子钟序称其诗"语句虽钝厚,而自有铿然之芒刺;对偶虽龃龉,而自有铿然之音律。小而寂寥之简,大而春容之繁,莫不皆具体而成章,有条而不紊也。其所以神化而超出于众表者,殆犹天马行空而步骤不凡,神蛟混海而隐现莫测,威凤仪庭而光彩翩跹,莫不耸观而快睹也"。在元诗中,萨都剌以宫词得名,风格以秾艳著称。《元诗选》小传则评其诗"清而不佻,丽而不缛,真能于袁、赵、虞、杨之外别开生面者也"。但事实上他的宫词不如丽情乐府更为可爱,如《芙蓉曲》:

秋江渺渺芙蓉芳,秋江女儿将断肠。绛袍春浅护云暖,翠袖日暮迎风凉。鲸鱼风起江波白,霜落洞庭飞木叶。荡舟何处采莲花,爱惜芙蓉好颜色。

这类情调的诗有不少,如《游西湖》、《燕姬曲》、《吴姬曲》等。萨都剌并不一味艳,他又是一位敢于直面现实的诗人,其《鬻女谣》、《黄河即事》等,对社会问题揭露之大胆,为同时代诗人所不及。《鬻女谣》表现了诗人对苦难中百姓的深悯和对丧失人性的官员们的深愤:"道逢鬻女弃如土,惨淡悲风起天宇。荒村白日逢野狐,破屋黄昏闻啸鬼。""悲啼泪尽黄河干,县官县官何尔颜!金带紫衣郡太守,醉饱不问民食艰。"萨都剌亦为元代著名词人,其《满江红》[金陵怀古]广为传诵。

【本章习题指要】

1. 元代诗文发展的分期。
2. 元代前、中、后期诗文的代表作家作品。
3. "元诗四大家"与盛世文风。
4. 为何说虞集是"元诗四大家"之首?
5. 杨维桢诗歌的创作特点。
6. 萨都剌诗歌的创作特点。

第七编　明代文学

绪　言　明代文学发展概况

明代(1368—1644)二百七十多年的文学大体可以分为三个阶段。

从朱元璋称帝到明宪宗成化(1465—1487)年间是第一个阶段,这一时期文学的发展呈现出滑坡态势,无论是戏曲、小说还是诗歌、散文,出色的作家和作品大都出现在元明之际。文学的滑坡与中央集权条件下思想统治的加强有关。开国之初,朱元璋大肆杀戮功臣,加强皇权、废除宰相制,且对文人采取笼络和高压手段,规定"寰中士大夫不为君用,其罪至抄劄杀",又提倡程朱理学,实行以八股文取士的科举制,大兴文字狱。在这样的社会背景下,文人惧祸,不免谨小慎微。从元末明初出现《三国演义》、《水浒传》、宋濂、刘基、高启等杰出的作品和作家之后的一百多年,文坛是比较黯淡的。诗歌领域流行的是以"三杨"为代表的台阁体,戏剧领域是朱有燉等人充满教化色彩和喜庆气氛的作品,小说创作则几乎是一片空白。

弘治(1488—1505)到隆庆(1567—1572)年间,是明代文学的转折时期。随着城市和商业经济的迅速发展,出版印刷业繁荣起来,为通俗文学的广泛流传创造了有利的条件。思想界先有王阳明心学"致良知"的呼声,稍后其左派传人逐渐溢出正统儒学的轨道,为张扬自然人性的晚明思潮开辟了道路。诗文领域,前后七子高扬复古的大旗,唐寅、祝允明、文徵明等吴中才子活跃于江南,还有唐宋派提倡唐宋古文。他们改变了台阁体一统文坛的格局,标志着明中期诗文创作的新气象。戏剧方面有康海、王九思、李开先等富有个性的作家,小说界则随着《三国演义》和《水浒传》的刊行,兴起了编著章回体通俗小说的热潮。

从万历(1573—1619)时期一直到明代灭亡,就历史而言是明代的"末世",而就文学而言则是明代文学全面繁荣的时期。李贽、徐渭、汤显祖等杰出思想家、文学家在这一时期产生了重大影响,他们接受王学左派的思想影响,具有叛逆精神和"异端"色彩。李贽猛烈攻击伪道学,张扬自然人性,认为穿衣吃饭就是"道",呼唤个性精神,反对"以孔子之是非为是非",他的"童心说"更在文学领域产生了广泛而深远的影响。他们都重视戏曲小说的价值,李贽高度评价《水浒传》和《西厢记》,徐渭的《四声猿》、汤显祖的《牡丹亭》则分别代表着明代杂剧和传奇创作的最高成就。诗文领域有"公安三袁"为代表的公安派、钟惺和谭元春为代表的竟陵派,还有王思任、张岱等人,"独抒性灵,不拘格套",把率真的文人性灵表现出来,开创了小品文的繁荣局面。小说领域,则随着《西游记》和《金瓶梅》两大奇书的刊行,迅速形成了神魔小说和世情小说的创作热潮。白话短篇小说,出现了冯梦龙的"三言"和凌濛初的"二拍",它们可以说达到了我国白话短篇小说的最高峰。

就文体类型而言,明代文学最具时代特色的文学样式是长篇章回小说、短篇白话小说和传奇戏。

被称作"明代四大奇书"的《三国演义》、《水浒传》、《西游记》、《金瓶梅》标志着明代长篇小说所取得的高度成就。除《金瓶梅》外,其他三种都是世代累积型的作品,有一个比较漫长的成书过程。《三国演义》是长篇历史演义小说的开山之作,也是这类小说中成就最高的作品。《水浒传》代表我国历史上英雄传奇类小说的最高成就。《西游记》则是我国神魔小说中最杰出的作品。在它们的影响下,出现了许多相同题材、相近风格的作品,但没有一部超越它们。《金瓶梅》是我国历史上第一部由文人创作的作品,它以平淡无奇的叙事笔法塑造生活中的平凡人物和人情世态的特点,标志着中国小说的描写对象的转换,为世情小说的大规模涌现开了先河,且对清代杰出的世情小说《红楼梦》、《儒林外史》等产生了深远的影响。

宋元话本代表我国白话小说的一个发展阶段,明代的拟话本则可以视为这种文学体裁的进一步发展。它刊印后供人案头阅读,却仍然模仿宋元话本的体制,有"入话"或"得胜头回",在叙述中穿插诗词韵语,并时常用"看官听说"之类说书人的口吻。"三言"、"二拍"是明代拟话本最杰出的作品,冯梦龙的"三言"有些作品是改编宋元旧作,凌濛初的"二拍"则都是作者改编古代笔记杂著再创作而成。在白话小说从改编到独创的过程中,拟话本起到了重要的转折作用。"三言"、"二拍"主题比较集中,反映的主要是明代市民社会的人情世态,商人和恋情的题材最为突出,表现了晚明时代人们的思想观念的巨大变化。

杂剧在明代已不及元代历史上的辉煌,更多成为文人抒写性情的案头之作。而由元代南戏发展而来的传奇在明代却如日中天,成绩斐然。特别是在明代中后期,先是出现了李开先的《宝剑记》、梁辰鱼的《浣纱记》、署名王世贞的《鸣凤记》"三大传奇",稍后汤显祖以他的"临川四梦",尤其是《牡丹亭》登上明代传奇发展的最高峰。在汤显祖的周围有"临川派"作家群,在沈璟的周围有"吴江派"作家群,他们争奇斗胜,共同推动了明代戏剧的发展。明末还出现了孟称舜、阮大铖等有成就的作家。

相比之下,明代的诗文成就不及唐宋,但人们围绕如何继承文学遗产、如何创新的问题展开思考,出现了众多旗帜鲜明的"主张型"文学流派,如前后七子、唐宋派、公安派、竟陵派、明末的党社等。他们也写出了一些富有特色的诗文作品。尤其是晚明的小品文,不但能够代表当时文人的时代精神,而且在散文发展史上占有重要地位。

明代的散曲和民歌都是入乐的歌词,散曲为文人创作,民歌乃民间作品,也取得了可观的成就,尤其是民歌,时代特色极为鲜明。冯梦龙收集整理的《挂枝儿》和《山歌》,可以说不让汉魏乐府和南朝民歌。

第一章 《三国演义》和《水浒传》

中国的白话小说经过宋、元两代的孕育,至明代发展到成熟的时期。很多人不再以小说为"小道"而予以鄙视,而是充分认识到它的文学价值和社会价值,有意识地抬高白话文体的地位,改编或创作了许多富有时代气息的优秀作品。《三国演义》和《水浒传》便是元末明初出现的最优秀的长篇小说。它们分别代表着古代长篇小说中"历史演义"和"英雄传奇"两大流派的最高成就,也代表着明代长篇小说发展的第一个高潮。

第一节 《三国演义》

一 《三国演义》的成书、作者和版本

《三国演义》是我国长篇章回小说的开山之作,也是我国古代成就最高的长篇历史小说。它的创作素材来源于三个系统:正史、讲史和戏剧。三国故事早在唐宋时期已在民间广泛流传,李商隐《娇儿诗》说"或谑张飞胡,或笑邓艾吃",可见晚唐时期,三国故事已被儿童所熟知。据《东京梦华录》记载,北宋民间说话艺人有"说三分"的专家及科目。金元时期,出现了不少"三国戏",如《三战吕布》、《赤壁鏖兵》、《单刀会》等,现知元代及元末明初三国题材的杂剧剧目就有60种之多。元至治年间(1321—1323)刊刻的《全相三国志平话》虽然粗糙多瑕,却已具备了后来《三国演义》的基本轮廓。罗贯中以当时流传的平话和戏剧为基础,削落其荒诞无稽的成分,补充许多正史资料,增加篇幅,润色文字,完成了巨著《三国志通俗演义》的创作。

罗贯中是元末明初人。明初贾仲名(或曰无名氏)的《录鬼簿续编》说他是"太原人,号湖海散人,与人寡合,乐府、隐语,极为清新"。他是中国历史上最早献身于通俗小说创作的作家,田汝成《西湖游览志余》说他编纂过数十种小说,如《隋唐两朝志传》、《残唐五代史演义》等都署他的名字,《水浒传》、《三遂平妖传》等书也与他有关。但许多学者认为这些书都是后人假托其名。他还有杂剧作品,现存《赵太祖龙虎风云会》。

明代前期,《三国志通俗演义》以抄本形式流传,现存最早刊本刻于嘉靖年间。该本题"晋平阳侯陈寿史传,后学罗本贯中编次",24卷,240则,每则标题为七言单句。后来的各种版本,都是由嘉靖本演变而来的。其中《李卓吾先生批评三国志》将240则合并为

120回;清康熙年间,毛纶、毛宗岗父子仿效金圣叹批点《水浒传》的做法,对回目和正文都作了较大修改,加上自己的评论,名之曰"第一才子书",使之在艺术上有较大提高。"毛本"成为后来最流行的版本。

二 《三国演义》的内容和思想倾向

《三国演义》基本依据史书记载的历史事实加以文学性的演义,描述了东汉末年到三国归晋百余年的历史,艺术地再现了这一时期政治、军事、外交斗争,表现了"明君贤相"的社会理想、儒家的伦理道德观念,强调了人才的作用,并且表现出浓厚的历史沧桑之感。

《三国演义》继承宋代以来以蜀汉为正统的看法,表现出强烈的"尊刘贬曹"的倾向。历史上的曹操,本就是蔑视传统伦理的"奸雄"式人物,虽然在政治上卓有建树,却难于为传统道德标准所肯定;刘备的政治成就虽无甚可观,却因与汉家皇室的血统关系而易于得到同情和认可。小说通过对曹操的残暴奸诈、刘备的宽厚仁爱的描写,抑扬之间,不但表现出皇权神圣的意识,更重要的是表现出对"仁政"和"明君贤相"的社会图景的向往。刘备是"明君":他的理想是"上报国家,下安黎庶",爱护百姓,推行仁政;他谦恭仁慈,礼贤下士,对待部下能够推心置腹,对诸葛亮言听计从,对关羽、张飞、赵云等将领亲如手足。诸葛亮是"贤相":他能够审时度势,料事如神,且对君主忠贞不贰,为报答刘备的知遇之恩,鞠躬尽瘁,死而后已。

《三国演义》还强调了"义"的道德价值,始终以"义"作为描写和衡量人物的重要标准。小说从刘、关、张桃园三结义写起,三人名为君臣,实为兄弟。关羽更是"义气"的化身。如第27回写他"身在曹营心在汉",不为曹操的高官厚禄所动,最终"挂印封金",毅然离开曹营。这一回的背景是刘备军被曹操击败,刘、关、张失散,关羽被曹军包围,曹操希望招降关羽,关羽虽同意暂时归降曹操,但提出要求:一有刘备消息就立即离去,曹操不能阻拦。曹操希望通过恩宠感化关羽真降,给他极高的待遇,封他为汉寿亭侯,赐给他吕布的"赤兔马"。关羽在曹操与袁绍的交战中也斩颜良、诛文丑,立下赫赫战功。当他得到刘备在袁绍军中的消息后,立即向曹操请辞,曹操避而不见,最后关羽挂印封金,不辞而别。一路上他遭到曹军的层层拦阻,保护嫂嫂过了五个曹营的关隘,斩曹操六员大将,不顾一切阻挠回到刘备身边。这里便通过关羽的行为,表现了"义"不可违的道德原则。后来在赤壁之战中,关羽奉命扼守华容道,又因不忘旧恩而放了曹操,也是他所奉行的"义"的另一表现。这种"义"在本质上强调的是人与人之间的以德报德、互相帮助,与民间流行的道德观念息息相通。

《三国演义》相当全面地展示出汉晋之间政治、军事斗争的广阔性和复杂性,保持了历史现象的具体生动的特性,一度被视为"绝好的历史教科书"(胡适《三国志演义序》)。同时,书中还展示出政治、军事斗争中复杂人性的种种表现,传播着人们在斗争中积累起来的智谋和权术。古代兵家常从书中借鉴攻城略地、伏险设防的方法,今天则有许多人从中寻求"商战"的技巧。

三 《三国演义》的艺术成就

《三国演义》尽量以《三国志》及裴松之注为依据,据史演义的写法在一定程度上限制了想象力的发挥。同时,它又以民间传说为依据,在许多地方进行了合理的艺术加工和想象虚构。章学诚说它是"七分实事,三分虚构",批评它"以致观者往往为所淆乱"(《丙辰札记》),是把它看成了历史而非文学的著作。大凡书中精彩动人的故事、生动鲜活的人物,往往是虚多于实的。

《三国演义》以120回、75万字的篇幅讲述百余年的历史,以蜀汉为中心,抓住三国矛盾斗争的主线,井然有序地展开故事情节,既曲折变化,又前后贯串,宾主照应,脉络分明,形成了一个完整的艺术结构。正如毛宗岗所说:"总起总结之中,又有六起六结:其叙献帝,则以董卓废立为一起,以曹丕篡夺为一结;其叙西蜀,则以成都称帝为一起,而以绵竹出降为一结;其叙刘、关、张三人,则以桃园结义为一起,而以白帝托孤为一结;其叙诸葛亮,则以三顾草庐为一起,而以六出祁山为一结;其叙魏国,则以黄初改元为一起,而以司马受禅为一结;其叙东吴,则以孙坚匿玺为一起,而以孙皓衔璧为一结。凡此数段文字,联络交互于其间,或此方起而彼方结,或此未结而彼又起,读之不见其断续之迹,而按之则自有章法之可知也。"(《读三国志法》)这种错综复杂的艺术结构,表现出高度成熟的叙事技巧。

《三国演义》尤长于战争描写。全书共写到四十多次战役,上百个战斗场景,写得各有声色,绝少雷同。许多大的战争,都能把战事的起因、力量对比、彼此的方略及内部争执,把战争的过程及其变化、胜负的决定及其缘由、有关人物在战争中的作用等环节叙述得具体生动。比如赤壁之战,《三国志》的记载仅寥寥数语,而经过小说的铺张和虚构,用了前后八回的篇幅。在决策阶段写孙、刘联盟的形成以及孙吴内部和战之争;在双方备战阶段,紧紧抓住曹军不习水战的问题,写周瑜和曹操之间隔江斗智,曹操两次派蒋干过江以及遣蔡中、蔡和诈降,都被周瑜识破并巧妙地加以利用;周瑜忌妒孔明,想用断粮道、造箭杀孔明,计谋却被孔明识破。"舌战群儒"、"智激孙权"、"草船借箭"、"蒋干中计"、"连环计"、"苦肉计"、"借东风"、"火烧赤壁"、"三气周瑜",写得波澜壮阔、高潮迭起,惊心动魄,扣人心弦。小说还善于在激烈的战争中穿插一些悠闲的场面,以调节气氛。如在赤壁之战中,用抒情的笔调写入孔明饮酒借箭,庞统挑灯夜读,曹操横槊赋诗等悠闲的插曲,做到缓急间杂,张弛交替,"直如铙吹之后,忽听玉箫;疾雷之余,忽观好月"(毛宗岗评语),表现出出色的艺术匠心。以"草船借箭"为例。器量狭小的周瑜嫉妒诸葛亮的才能,不顾曹操大军压境的危险,要陷害诸葛亮,以作战急需为名,要求他在十天内督造十万支箭。出人意料的是诸葛亮表示只需三天即可完成。他们立下军令状,周瑜暗自高兴,以为诸葛亮必死无疑。不想诸葛亮却借助大雾天气向曹营"借箭",不仅令周瑜心服,而且削弱了曹操的实力。小说长于利用悬念层层蓄势,波谲云诡的情节变化令读者目眩神迷。小说还运用侧面烘托和张弛相济的方法,取箭过程一直由鲁肃陪同,用他的惊慌失措来反衬诸葛亮的沉稳镇静,把整个气氛十分紧张的过程写得悠闲舒缓,愈发显出诸葛亮超人的政治军事才能。

《三国演义》善于在情节的展开中表现人物的性格特征。小说塑造的许多人物都给人以深刻的印象,如刘备的宽厚仁爱、曹操的雄豪奸诈、关羽的勇武忠义、张飞的勇猛暴烈、诸葛亮的谋略超人、周瑜的器量狭窄等等,都极富有艺术的生命力。这些人物鲜明地体现了传统的道德观念,性格特征突出,在一定程度上也表现出类型化的特点。小说善于运用层层皴染的手法,在反复出现的不同事件中强化人物性格的主要特征,比如写曹操的残忍,接连写他梦中杀人、杀吕伯奢全家、杀仓官王垕、杀自认出门救火的数百人。写刘备三顾茅庐,诸葛亮三气周瑜、七擒孟获、六出祁山,靠相似而又不同的情节的展开,将人物形象塑造得愈发鲜明。小说还善于运用传奇色彩极浓的故事和生动的细节塑造人物,如张飞在长坂坡大喝三声,竟使"曹操身边夏侯杰惊得肝胆碎裂,倒撞于马下",百万曹军"人如退潮,马似山崩",这当然不符合生活的真实,却将张飞的威猛气势表现得生动传神。又如写关羽温酒斩华雄一节:"操教酾热酒一杯,与关公饮了上马。关公曰:'酒且斟下,某去便来。'出帐提刀,飞身上马。众诸侯听得关外鼓声大振,喊声大举,如天摧地塌,岳撼山崩,众皆失惊。正欲探听,鸾铃响处,马到中军,云长提华雄之头,掷于地上。其酒尚温。""其酒尚温"这一细节,不无夸张地表现出关羽的神勇。小说还善于运用对比烘托的手法塑造人物。比如写诸葛亮出山,先借司马徽、徐庶之口虚写他的非凡的才能,继而写刘、关、张拜访他两次不遇,诸葛亮尚未出场,已用烘云托月之法,把他的精神气质和人格追求生动地传达出来。毛宗岗说"极写孔明,而篇中却无孔明,盖善写妙人者,不于有处写,正于无处写……孔明虽未得一见,而见孔明所居,则极其幽秀;见孔明之童,则极其古淡;见孔明之友,则极其高超;见孔明之弟,则极其旷逸","不待接席言欢,而孔明之为孔明,于此领略过半矣"。写到刘备第三次拜访时,又用对比的方法表现了刘备的宽厚、张飞的莽撞和关羽的沉着。又比如在赤壁之战中,诸葛亮、周瑜和曹操形成了对比映衬的关系。曹操考虑到对方会用火攻,但认为冬天不会有东南风,周瑜将战役部署得有条不紊,但"万事俱备,只欠东风",而诸葛亮不但早已预料到一切,而且借来了东风。通过对比映衬,成功地表现了诸葛亮高出曹操和周瑜的聪明才智。

还要指出,《三国演义》写人物也存在一定缺点,如人物性格突出但缺少发展变化,为突出人物的主要特点而夸张至失真的地步,鲁迅先生即批评它"欲显刘备之长厚而似伪,状诸葛之多智而近妖"(《中国小说史略》第14篇)。

《三国演义》的语言是"文不甚深,言不甚俗",简洁明快,以粗笔勾勒而不以细部描画见长,雅俗共赏,形成了一种适用于历史演义小说的独特的语言风格。小说写人物对话,能够切中人物的独特个性,使读者如见其人,如闻其声,如张飞的话往往是快人快语,疾恶如仇;关羽的话往往心高气盛,目中无人;而孔明的对话,则往往从容不迫,应对自如。

《三国演义》开创了一种新型的小说体裁,影响深远。不但当时人们"争相誊录,以便观览",且直接影响到后来大量历史小说的写作。冯梦龙《新列国志》说:"自罗贯中《三国志》一书以国史演为通俗演义百余回,为世所尚,嗣是效颦者日众……其浩瀚与正史分签并架。"据不完全统计,今存明清两代历史演义120多种,可以说无不受《三国演义》之沾溉。明代写得较好的历史小说,还有福建建阳书商兼小说家余邵鱼编写的《列国志传》,后来冯梦龙增补修订为《新列国志》;诸圣邻编写的《大唐秦王词话》;齐东野人编演的《隋炀帝艳史》;袁于令编撰的《隋史遗闻》。这些小说的总体水平都比不上《三国演义》。

第二节 《水浒传》

一 《水浒传》的成书、作者和版本

《水浒传》也是一部世代累积型的长篇章回小说,它的写定,与《三国演义》大体同时。

关于北宋末年宋江起义,正史有零星的记载,如《宋史·徽宗本纪》:"淮南盗宋江等犯淮阳军,遣将讨捕;又犯京东、河北,入楚海州界,命知州张叔夜招降之。"《张叔夜传》说:"宋江起河朔,转略十郡,官军莫敢婴其锋。"《东都事略·侯蒙传》说:"(宋)江以三十六人横行河朔,官军数万无敢抗者,其才必过人。"

宋末元初,画家龚开的《宋江三十六人赞》完整地记录了36人的姓名和绰号。其《序》说:"宋江事见于街谈巷语,不足采者。虽有高如李嵩辈传写,士大夫亦不见黜。余年少时壮其人,欲存之画赞。"可见当时民间流传的宋江等人的故事,已引起士大夫的注意。当时水浒故事还成为艺人说唱的重要内容,以水浒故事为题材的话本和戏剧也大量出现。南宋罗烨《醉翁谈录》所记的说话名目中有"石头孙立"、"青面兽"、"花和尚"、"武行者"等,应该是一些相对独立的水浒故事。

元人改定的《新刊大宋宣和遗事》中有涉及水浒故事的内容,如杨志卖刀、智劫生辰纲、私放晁天王、怒杀阎婆惜等,虽然行文简略,却已与后来小说的框架基本吻合。元代还出现了一批水浒戏,《双献功》、《燕青博鱼》、《还牢末》、《争报恩》、《黄花峪》与小说还有所不同,康进之的《李逵负荆》则与小说第73回内容一致。在这些戏里,水浒故事和人物形象日益发展丰富起来,水浒英雄由36人发展到72人,又发展到108人,对梁山泊这块起义根据地的描写也接近《水浒传》了。可以推测,在元代的民间艺术中,已经有了比较完整的水浒故事。

《水浒传》早期书面形式的写定者究系何人,历史上有不同的说法。明代嘉靖间高儒的《百川书志》最早著录此书,说是"《忠义水浒传》一百卷,钱塘施耐庵的本,罗贯中编次",同时代人郎瑛《七修类稿》说:"《三国》、《宋江》二书,乃杭人罗本贯中所编。予意旧必有本,故曰编。《宋江》又曰钱塘施耐庵的本。"稍后田汝成《西湖游览志余》和王圻《稗史汇编》都记为罗贯中作。明万历时期胡应麟《少室山房笔丛》则说是施耐庵作。施耐庵生平不详,仅知是元末明初人,曾在钱塘(今浙江杭州)生活。

《水浒传》的版本比较复杂，可以分为繁本和简本两个系统。繁本描绘生动，文学性强，现知最早的版本，是高儒《百川书志》所著录的《忠义水浒传》100 卷。现存较完整的早期百回本，是万历己丑(1589)天都外臣(即汪道昆)序本，和万历三十八年(1610)容与堂刊《李卓吾先生批评忠义水浒传》。这两种版本在写梁山大聚义后，只有平辽和平方腊的内容，而没有征田虎、王庆的情节。繁本中还有 120 回本，增入了征田虎、王庆故事，并在文字上作了增饰，袁无涯刊行，书名为《李卓吾先生批评忠义水浒全传》。简本文字简略，文学性不强，现存较早的有明万历年间余象斗刊《水浒志传评林》。简本都有平田虎、王庆的情节，目前多数学者认为简本较繁本晚出，是繁本的节本。

明末金圣叹将繁本中的 120 回"腰斩"，砍去梁山大聚义之后的部分，以卢俊义之梦结束，又把第一回改作楔子，成为 70 回本，附有精彩的评语，成为后来最通行的版本。

二 《水浒传》的内容和思想倾向

《水浒传》全书的故事情节大体可以分为三大部分。第 1 回至第 71 回为第一部分，写鲁智深、林冲、杨志、宋江、吴用、武松等 108 名英雄好汉被逼上梁山的经过，可以视为梁山好汉的个人英雄传奇故事；第 72 回至第 82 回为第二部分，写梁山义军同官府对抗作战，后来又合伙受招安的过程，可以视为梁山好汉的集体传奇故事；第 83 回至小说结束为第三部分，写梁山义军受招安之后奉命征辽、征方腊(120 回本包括征田虎、王庆的内容)，直至最后失败的经过，是梁山起义的最终悲剧结局。

《水浒传》揭露了当时社会的黑暗，突出了"官逼民反"的主题。小说第一个正式登场的人物是高俅，他因为善于踢球而得到皇帝的宠信，从一个市井无赖骤然升迁为殿帅府太尉，从此倚势逞强，无恶不作。小说以此人开篇，显现了"乱自上作"的意识。从掌握朝纲的高俅、蔡京、童贯，到称霸一方的江州知府蔡九、大名府留守梁世杰、青州知府慕容彦达、高唐知州高廉，再到横行乡里的西门庆、蒋门神、毛太公、祝朝奉，乃至陆谦、富安、董超、薛霸等爪牙走狗，无不狼狈为奸，相互勾结，把整个社会弄得暗无天日。鲁智深、林冲、宋江、武松等富有血性的好汉，有的因伸张正义而触犯刑律，为官府所不容，有的因自己受到权贵豪强的凌辱而无法忍受，还有的因愤慨于社会不公、截取赃官的不义之财而受到官府通缉，不得不"撞破天罗归水浒，掀开地网上梁山"。在"逼上梁山"的群雄之中，林冲很富有典型性。他本是东京 80 万禁军教头，待遇优厚，生活舒适，自然安于现状、怯于反抗。高衙内明目张胆地调戏他的妻子，他虽然感到耻辱，却不敢公然与之对抗。在高俅父子的多次阴谋陷害下，他被发配充军，甚至被贬斥到大军草料场时，尚没有明确的反抗意识。但是残忍的高俅父子并不因为他一再退让而相饶，竟然又派人赶来杀他。在家破人亡，实在走投无路的情况下，他才杀死仇人，决然走上反抗的道路。

小说题名为《忠义水浒传》或直称《忠义传》，突出梁山好汉"替天行道"，强调其"忠义"性质。"忠"是对朝廷、对君主的忠诚，"义"是对朋友、对弱者的义气，二者皆以儒家的道德观念为基础，同时又融合了下层百姓的愿望和意志。特别是"义"的一方面，更多张扬一种路见不平、拔刀相助、仗义疏财、扶危济困的精神，与绿林豪侠文化有着更为密切的关系。鲁智深的"禅杖打开危险路，戒刀杀尽不平人"，武松的"从来只要打天下硬汉不明道德的人"，都以他们的勇武和力量震撼着读者，在相当程度上体现了保护弱者的"义"的精神，并且与"大块吃肉，大碗喝酒，大盘分金银"、"图个一世快活"的市民思想息息相通。在这样的意义上，"义"又往往与强调顺从君权的"忠"的思想相冲突。

在宋江这一主要人物身上，既充分展现了小说强调"忠义"的思想倾向，同时，也在客观上暴露了"忠"、"义"作为封建道德难以两全的矛盾。作为一个"刀笔小吏"，宋江"仗义疏财，济困扶危"，结交天下豪杰，被称为"及时雨"。生辰纲事发，他"担着血海也似的干系"营救晁盖，体现对朋友的"义"。他又深怀忠君孝亲的观念，对于晁盖的落草又惊又怕，宁愿杀死阎婆惜，也不愿他与梁山的关系被发现。杀惜之后他辗转避难，却不想去投奔晁盖，因为在他看来，造反是"上逆天理，下违父教，做了不忠不孝的人"。"大闹清风寨"之后，他无路可走，才决定投奔梁山。此时他忽然又接到报告父亲病故的家书，忠孝观念再次左右了他的行动。刺配江州牢城，路经梁山，他被刘唐等好汉搭救，仍然认为上梁山"上逆天理，下违父教"。直到浔阳楼题反诗，被下死囚牢中，梁山好汉劫法场把他营救出来，他再也无法在常规情况下尽"忠"，才决定加入义军。他坐上第一把交椅之后，把"聚义厅"改为"忠义堂"，并口口声声言道："今皇上至圣至明，只被奸臣闭塞，暂时昏昧。"梁山义军的攻城略地，也被解释为"酷吏赃官都杀尽，忠心报答赵官家"。在表现"忠义"观念的同时，小说还告诉读者，"全忠仗义"的英雄不能"在朝廷"、"在君侧"，而是"在水浒"立足；即使受招安，其最终结局仍然是一场悲剧。

三 《水浒传》的艺术成就

与《三国演义》据史演义的写作方法不同，《水浒传》虽然有一点历史根据，但主要还是在民间传说、话本小说和戏曲故事的基础上撰写而成，因而不受历史的局限，可以充分发挥艺术的想象。它的主要文学成就，在于塑造了许多栩栩如生、神态各异的草莽英雄形象，因而被视为英雄传奇小说的典范。金圣叹说它"叙一百八人，人有其性情，人有其气质，人有其形状，人有其声口"（《第五才子书施耐庵水浒传·序三》）稍嫌夸张，但至少有十几个人物写得活灵活现。尤其难能可贵的是，小说写许多性情、气质相近的人物，能够表现出他们的差别，如鲁智深、武松、李逵同是粗人，写鲁智深于粗豪中见坦诚、爽快而不乏精细，武松是刚强无畏惧、为复仇泄恨不免粗暴残忍，而李逵则是粗鲁、蛮横而不失天真。明代批评家叶昼称之为"各有派头，各有光景，各有家数，各有身份，一毫不差，半些不混"，"同而不同处有辨"（容与堂本《水浒传》）。

小说描写人物的特点，一是把人物置于引人入胜的情节发展之中。如写武松，安排了景阳冈打虎、斗杀西门庆、醉打蒋门神、大闹飞云浦、血溅鸳鸯楼等刀光剑影、震撼人心的场面；写林冲，则写他误入白虎堂、刺配沧州道、风雪山神庙等一连串不幸的遭遇，从而表现出他从处处忍让到忍无可忍的性格变化。人物和情节高度融合在一起，给人以符合生活的真实感,避免了人物形象的平板化。相似的情节,也写得各有声势,起到相互映衬的作用,"如武松打虎后,又写李逵杀虎,又写二解争虎;潘金莲偷汉后,又写潘巧云偷汉;江州城劫法场后,又写大名府劫法场"(金圣叹《读第五才子书法》),在相互映衬中凸显人物个性,"犯中求避",写出了人物的"同而不同"。二是在塑造人物时倾注着强烈的爱憎感情,为表现其叱咤风云的英雄气概而适当运用夸张渲染的手法,使人物富有传奇色彩。如写鲁智深倒拔垂杨柳,花荣射雁,石秀跳楼,以及吴用的机智过人,戴宗日行800里,等等,都极富传奇色彩。又如写"武松打虎"。在写武松打虎之前,作者先通过武松与酒店主人的对话及其发生的矛盾争执做铺垫,充分表现了武松英武豪爽中掺杂着粗鲁焦躁的性格。写打虎的经过也极有层次感:首先详细描述武松心理活动的变化,为老虎的出现渲染氛围;然后写他上山时的身姿步态,传神地表现出他当时"明知山有虎,偏向虎山行"的英雄精神;最后是正面描写打虎的过程,以层次井然的笔法,交替描写猛虎之凶狠与武松智勇,详细描写武松的"闪、轮、劈、丢、揪"等一系列动作,和猛虎"一扑、一掀、一剪"等动作,写得惟妙惟肖,写出了当时情况的紧急,让人如临其境,为武松捏一把汗。金圣叹评正面打虎最难写,说:"我常想画虎有处看,真虎无处看;真虎死有处看,真虎活无处看;活虎正走,或犹偶得一看;活虎正搏人,是断断必无处得看着也。乃今耐庵忽然以笔墨游戏,画出全幅活虎搏人图来。今而后要看虎者,其尽到《水浒传》中,景阳冈上,定睛饱看,又不吃惊,真乃此恩不小也。"武松的英雄气概,正是通过这样渲染夸张的手法表现出来的。

《水浒传》的结构主要是单线发展,每组情节既有相对的独立性,又相互连贯、环环相扣。分拆开来,可以成为"鲁智深传"、"林冲传"、"武松传"、"李逵传",合起来又是一个完整的整体。这与小说的成书过程有关,同时也体现出写定者的艺术匠心:以聚义梁山为线索,把一个个、一批批英雄人物串联起来。71回之后,则以时间为顺序,写两赢童贯,三败高俅,受招安、征辽国,平方腊,以报效朝廷为主干,将故事贯串始终。总体看来,小说的这一部分结构较为散乱拖沓,艺术成就不及前70回。

《水浒传》继承和发展了"说话"艺术的语言风格,能娴熟地运用白话来写景叙事,语言生动、准确、富有表现力。如鲁智深拳打镇关西一节,便是典型的例子。鲁智深要惩治郑屠,却先到他的肉铺中戏弄于他,"三激"郑屠表现了他的胆识和谋略。他打郑屠的三拳,一拳比一拳厉害,每一拳都用极为生动的比喻,幽默、俏皮、有声有色,并通过郑屠的自身感受,把他被打的丑态表现得异常逼真:"扑的只一拳,正打在鼻子上,打得鲜血迸流,鼻子歪在半边,恰似开了个油酱铺,咸的酸的辣,一发都滚出来。郑屠挣不起来。那把尖刀也丢在一边,口里只叫:'打得好!'鲁达骂道:'直娘贼,还敢应口!'提起拳头来,就眼眶际眉梢只一拳,打得眼睖缝裂,乌珠迸出,也似开了个彩帛铺的,红的黑的绛的,都滚将出来。两边看的人,惧怕鲁提辖,谁敢向前来劝。郑屠当不过,讨饶。鲁达喝道:'咄!你是个破落户。若是和俺硬到底,洒家倒饶了你。你如何叫俺讨饶,洒家却不饶你!'只一拳,太阳上正着,却似做了一个全堂水陆的道场,磬儿钹儿铙儿一齐响。鲁达看时,只见郑屠挺在地下,口里只有出的气,没了入的气,动旦不得。"用如此通俗形象又准确、富于机趣的语言,娓娓描述三拳打死镇关西,让读者觉得解气、解恨,同时也表现了鲁达的英勇非凡、武艺高强。又比如林教头风雪山神庙一节,"那雪正下得紧"一句,不但烘托了紧张的氛围,而且隐含着人物的心理感受,鲁迅称赞它"比'大雪纷飞'多两个字,但那神韵却好得远了"(《花边文学·大雪纷飞》)。小说的人物语言还富有个性化的特征,基本能够做到"一样人,便还他一样说话"(金圣叹《读第五才子书法》)。如李逵初见宋江,劈头一句"这黑汉子是谁?"当戴宗告诉他是宋江后,还不敢相信,"莫不是山东及时雨黑宋江?"当宋江自承无误后,这才拍手叫道:"我那爷,你何不早些说个,也教铁牛欢喜!"当真是快人快语,把李逵天真烂漫、真诚纯朴的性格表现得跃然纸上。就是一些次要人物的语言也表现得很出色,如写阎婆惜的花言巧语、谎话连篇,不但使人如闻其声,而且把她那可笑可悲的灵魂都烘托得鲜明如画。

四 《水浒传》的影响

《水浒传》产生的巨大影响主要表现在社会和文学两个方面。在明末农民大起义中,《水浒》英雄的口号被广泛地写在农民军的义旗之上,许多义军首领袭用了《水浒传》的人名或诨号,后来清代义军打着《水浒》旗号的也屡见不鲜,太平天国、天地会、小刀会、义和团等,也受到《水浒传》的影响。因此,统治阶级对这部小说恨之入骨,认为它是"诲盗"之作,厉行严禁,甚至诅咒作者"子孙三代皆哑"(田汝成《西湖游览志余》)。

《水浒传》对后来的文学创作更是产生了深远的影响。它刊行后不久,唐顺之、王慎中等人就称赞它"委曲详尽,血脉贯通,《史记》而下,便是此书"(李开先《一笑散》)。金圣叹则把它和《离骚》、《庄子》、《史记》、杜诗并列,称之为"第五才子书"。它的流传,带动了一大批相关题材的戏曲、小说的问世。传奇有李开先的《宝剑记》、陈与郊的《灵宝刀》、沈璟的《义侠记》等。小说中,《金瓶梅》就是从《水浒传》派生演变出来。清代还出现了《水浒后传》、《后水浒传》和《结水浒传》(《荡寇志》)等续书。后世的侠义小说如《三侠五义》等,其源流也出自《水浒传》。另外,《水浒传》作为英雄传奇小说的典范,对于诸如《杨家府演义》、《大宋中兴通俗演义》、《英烈传》等作品的影响更是显而易见的。至于以《水浒》故事为题材的绘画、说唱及各种民间文艺等,更是不可胜数。

《水浒传》在国外也产生了广泛的影响。它早在江户时代初期便已传入日本,随后有多种刻本和仿作问世,百回本在1757年被翻译成日文出版。1850年,法文摘译本出版,1978年出版了120回的法文全译本。1933年,著名美国女作家赛珍珠将其翻译成名为《四海之内皆兄弟》的70回本。1980年出版了英译的百回本。目前,它已有英、法、德、日、俄、拉丁、意大利、匈牙利、捷克、波兰、朝鲜、越南、泰等十多种文字的译本。

【本章习题指要】

    1.《三国演义》的主要内涵和思想倾向。

    2.《三国演义》的艺术结构。

3.《三国演义》在人物塑造方面的艺术成就。
4.《水浒传》的主要思想内容。
5.《水浒传》在人物塑造方面的艺术成就。

第二章 《西游记》和《金瓶梅》

明代中后期,通俗长篇小说出现了加速发展的态势。从嘉靖到万历前期,诗文复古思潮泛滥于文坛,通俗小说创作较少,而且是清一色根据旧本改编的讲史演义。随着商贾势力的膨胀与市民阶层的壮大,以李贽为代表的异端思想产生了巨大影响。李贽抨击复古主义,把《西厢记》、《水浒传》视为"古今至文",推动了通俗小说的发展。万历时期刊布流行的通俗小说不但数量众多,而且题材广泛。《西游记》和《金瓶梅》便是出现于这一时期的两大"奇书"。《西游记》是明代神魔小说的代表,它创造了一个令人目眩神迷的奇幻世界,代表着中国神魔小说的最高成就。《金瓶梅》是明代世情小说的代表、中国世情小说的开山之作,也是中国第一部基本由文人独立创作的长篇小说。它以世俗人情为表现对象,直接影响到后来《红楼梦》、《儒林外史》等一大批优秀小说的创作。两部"奇书"的出现,标志着明代通俗长篇小说的发展出现了另一个高潮。

第一节 《西游记》

"神魔小说"的概念是由鲁迅提出的,他在《中国小说史略》中说:"历来三教之争,都无解决,互相容受,乃曰'同源',所谓义利邪正善恶是非真妄诸端,皆混而又析之,统于二元,虽无专名,谓之神魔,盖可赅括矣。"可见神魔小说是在儒、释、道三家思想的影响之下,将神佛与妖魔作为是非正邪对立的双方,表现其斗争的小说。明代万历年间是中国神魔小说创作的高峰时期,《西游记》又是这一高峰时期的最杰出的作品。

一 《西游记》的成书、作者和版本

与《三国演义》和《水浒传》的成书过程一样,《西游记》的创作也经历过缓慢的世代累积的阶段。唐僧取经在历史上确有其事:唐太宗贞观三年(629),玄奘(602—664)不顾禁令,偷越国境,用17年时间,经历百余国前往天竺,取回佛经675部,其事震惊朝野,并受到了朝廷的表彰。唐太宗命他在大慈恩寺翻译带回来的佛经,并口述途中所见所闻,由门徒辩机辑录成书,名为《大唐西域记》。该书介绍西域诸国的风土人情、宗教信仰和地理环境,拓宽了人们的眼界。后来,玄奘的门徒慧立、彦悰又撰成《大唐大慈恩寺三藏法师传》,描绘他突破艰险、一意西行的经历,并穿插上一些带有神异色彩的传说故事,如狮

子王劫女为子,西女国生男不举,迦湿罗国"灭坏佛法"等。这是《西游记》故事产生的第一个阶段。

《大唐三藏取经诗话》代表《西游记》故事产生和发展的第二个阶段。该书虽然最早刊刻于南宋,但早在唐代和北宋时期已在寺院和民间社会流传。这部"诗话"记述了玄奘取经路上所经过的 17 个国家或险恶之地,虽然叙述比较简略,但把取经故事和各类神话贯穿起来,进一步把取经故事虚幻化、神异化了。书中还出现了猴行者的形象,他原是"花果山紫云洞八万四千铜头铁额猕猴王",化身为白衣秀士,帮助玄奘取经。

西游记故事在元代趋于成熟和定型。戏曲舞台上出现了吴昌龄的《西天取经》、无名氏的《二郎神锁齐天大圣》、《二郎神醉射锁魔镜》等杂剧。元末明初,出现了杨景贤的《西游记》杂剧,该剧共 6 本 24 折,以敷演唐僧出世的"江流儿"故事开场,成为后来小说《西游记》的一个重要组成部分,而且剧中还出现了猪八戒的形象。在元代,还可能出现过一部较为完整的题名为《西游记》的平话。该书今未见,作出这一推测的证据是:第一,成书于明永乐六年(1408)的《永乐大典》卷一三一三九"送"字韵"梦"字条征引了一段题为"梦斩泾河龙"的故事,共 1200 余字,注明出自《西游记》,其内容和后来世德堂本《西游记》第 9 回"袁守诚妙算无私曲,老龙王拙计犯天条"大致相近。第二,高丽后期(相当于中国的元末明初),朝鲜的汉语教科书《朴通事谚解》中写道:有一人说要"买《赵太祖飞龙记》、《唐三藏西游记》去",当另一人问为什么买"那一等平话"时,回答说《西游记》热闹,闲时节好看"。该书还载有取经故事的梗概,注云:"详见《西游记》。"我们虽然不能断定《永乐大典》和《朴通事谚解》所引的《西游记》出自同一种书,但从它们时代的相近与规模的相当来看,却完全可以肯定,在元末明初出现的这部称作《西游记》的作品,内容比以往的取经故事详尽完备得多。这是《西游记》故事产生和发展的第三个阶段。

以上述逐渐丰富、趋于定型取经故事为基础,长篇小说《西游记》的作者进行了全面的再创造,使故事摆脱了原先作品的讲唱文学格调,情节更为生动、合理,描写更加丰富、细腻,人物形象更加鲜明、丰满且富有人情味,真幻相参,奇正相生,这部杰出的文学巨著得以最终完成。

长篇小说《西游记》的作者,学界一直有不同看法。现存明刊百回本《西游记》仅署"华阳洞天主校",无作者姓名。清代刊本多题为元代道士丘处机作,可能是将丘处机弟子所写的《长春真人西游记》与小说《西游记》混淆的缘故。清代乾隆年间,吴玉搢在《山阳志遗》中首先提出《西游记》作者为吴承恩之说,其主要根据是《天启淮安府志》所著录吴承恩的著作中有《西游记》。此说虽得到当时阮葵生、丁晏等淮安乡人的响应,但并未产生很大影响。直到 20 世纪 20 年代,胡适在《西游记考证》、鲁迅在《中国小说史略》中,才又认定《西游记》的作者为吴承恩。其后国内新出的铅印本《西游记》都署名吴承恩,但时至今日,学界仍存在不同见解。吴承恩(1510?—1582?),字汝忠,号射阳山人,淮安山阳(今江苏淮安)人,其曾祖父和祖父曾为学官,至其父吴锐时,吴家已没落为商人。他"屡困场屋",中年始补岁贡生,曾任长兴县丞,今存《射阳文存》4 卷。《天启淮安府志》虽然著录他的著作中有《西游记》,但内容、卷数均不详,清初黄虞稷《千顷堂书目》将其归入史部地理类著作。

现所知《西游记》的最早版本是嘉靖、万历时期周弘祖在《古今书刻》中所著录的"鲁府"和"登州府"刊刻本,未见传本。现存最早的百回本,是明万历年间金陵世德堂刊行的《新刻出像官板大字西游记》。稍后万历、崇祯间另有三种百回本,都没有叙述玄奘出身的一节。明代还有两种简本,即朱鼎臣编辑的《唐三藏西游释厄传》和杨志和编辑的《西游记传》,其篇幅为百回本的四分之一左右,一般认为是百回本的删节本。

二 《西游记》的内容和主旨

百回本《西游记》大体可以分成三个部分:第1至第7回写孙悟空的来历和大闹天宫;第8至第12回写玄奘的来历及取经的缘起;第13回至全书终写取经路上唐僧师徒战胜艰险并取得正果的经过。

小说虽然还是敷衍唐僧取经的故事,却对以往流传的取经故事作了重大改造,原来取经故事中的主角唐三藏不仅在作品中退居次要地位,而且处处显得固执、懦弱、迂腐透顶。孙悟空成为第一重要的人物,作者把他的形象提至卷首,以长达七回的篇幅讲述他的出世和大闹"三界"的故事。随着人物主次地位的变换,小说也不再宣扬佛教的教义,取经故事本有的浓厚的宗教色彩大大减淡了。

作者笔下的孙悟空勇敢、机智,富于正义感和斗争精神。他无父无母,破石而生,在花果山"独自为王",自由自在,"不伏麒麟辖,不伏凤凰管,又不伏人间王位所拘束",又学得七十二般变化,一个筋斗能行十万八千里,闯龙宫取得如意金箍棒,去冥府硬勾掉生死簿上名,达到了摆脱一切束缚的彻底自由的状态。玉皇大帝封他做弼马温,当他听说这官职很小时,便心生怒火,打出天宫,回到花果山自封"齐天大圣"。第二次上天,他如愿做了"齐天大圣",但得知王母的蟠桃会居然没他的位置时,便"先偷桃,后偷酒,搅乱了蟠桃大会",反出天门。他处处以自我为中心,桀骜不驯,目无尊长,甚至喊出了"皇帝轮流做,明年到我家"的大逆不道的口号。

《西游记》完成于明代心学思想流行的时代,作者的思想观念深受心学影响。心学以儒为本,融合释、道智慧,以"求放心"即把受外物迷惑的放纵不羁之心收回到"良知"为宗旨。《西游记》的总体构思是与这一宗旨相合的:以孙悟空象征"心猿",以大闹天宫喻"放心",以其被压无形山下喻"定心",以取经成正果喻"修心"。但心学本身存在张扬个性与追求道德完善的内在矛盾,小说中的孙悟空形象在喻示作者意图的同时,也在相当程度上突破了作者预设的理性框架,表现出对于自我价值、自我个性的肯定和向往。

但是,孙悟空毕竟无法逃脱如来佛的掌心。小说以此表明,传统社会的等级制度不可动摇,维系等级制度的思想观念难以撼动,个性自由不可能不受现实力量的制约。孙悟空被迫皈依佛门,在八戒和沙僧的协助下,保护唐僧去西天取经。戴上紧箍咒的孙悟空仍然保持着桀骜不驯的"老孙派头",对玉皇大帝"也只是唱个喏便罢了",一般的神仙更不放在眼中,稍有拂逆,就要"伸过孤拐来,各打五棍见面,与老孙散散心"。他咒骂观音菩萨

"怠懒"、"一世无夫",骂如来佛祖是"妖精的外甥",还当面指责观音菩萨不该受着人间香火却又让熊罴怪做"邻居",怪罪弥勒佛与李老君不该放纵门下到下界行凶,等等。当然,小说刻画取经途中的孙悟空,更主要的是突出他不畏艰难险阻、为取经事业无私献身的顽强品格,突出他的机智英勇和广大神通及百折不挠的斗争精神。身经九九八十一难,他能够随机应变,扫除众魔,自己也从一个天地精气所生的野神,修成正果,成为"斗战胜佛"。在孙悟空的身上,体现了明代中后期人们对于有个性、有理想、有能力的人格美的向往。

《西游记》虽是神魔小说,却与现实生活有着极为密切的关系。首先,小说笔触所至,多处映射着明代中后期的社会现实。如写车迟国、比丘国的妖道惑乱朝政、残害百姓,明显是影射明世宗崇尚道教及道士邵元节、陶仲文之流扰乱朝纲的腐败现实。其次,小说所写的神佛与妖魔的微妙关系,是中国传统社会中统治者与社会黑暗势力之间微妙关系的缩影。金角、银角大王是李老君的守炉童子,黄眉大王是弥勒佛的司磬童子,九头狮是太乙救苦天尊的坐骑。孙悟空大战牛魔王即将得胜,各神佛不请自来,将牛魔王收去,扩充自己的力量。再次,小说所写的各色神佛,都"极似世上人情",展现了尘世间人种种情态,如"三调芭蕉扇"写铁扇公主的失子之痛、牛魔王的喜新厌旧;第99回写唐僧"不曾备得人事",阿傩、伽叶二尊者便不肯"白手传经",如来佛也竟然为这种敲诈勒索的行径作辩护说:"经不可轻传,亦不可空取。向时众比丘僧下山,曾将此经在舍卫国赵长老家与他诵了一遍,保他家生者安全,亡者超脱,只讨得他三斗三升米粒黄金回来。我还说他们忒卖贱了,教后代儿孙没钱使用。"简直就像市井间小商贩的货物交易。

三 《西游记》的艺术特色

《西游记》最突出的艺术特色在于小说的奇幻色彩。它不是按照生活的逻辑敷衍历史的故事,而是以奇幻思维展现了一个光怪陆离、五彩缤纷的神话世界。在这个世界里,有世外桃源一般的花果山,有考验唐僧师徒的名目繁多的险山恶水,有富丽壮观的凌霄宝殿,有令人毛骨悚然的阴曹地府。小说塑造的各色神魔也都是奇幻的形象,凭着奇幻的法宝展现奇幻的本领。孙悟空的"如意金箍棒"重13500斤,却可以随意藏在耳朵里;"芭蕉扇"能灭火焰山上的火,也能缩小了噙在口中。小说在形象塑造上有一个明显特点,是将动物的形态、神魔的法力和人的精神意志三者有机地融为一体,使"神魔皆有人性,精魅亦通世故"(鲁迅《中国小说史略》)。孙悟空是猴精,他的形态是毛脸雷公嘴、罗圈腿、红屁股;他那变幻莫测的神通,与不受任何束缚的个性,与猴子急躁敏捷的动物性和谐地融为一体;同时,在他的身上又融入了勇猛机智、争强好胜、爱出风头等人间英雄的品格。猪八戒既有长嘴巴、蒲扇耳、大肚子、贪吃好睡等猪的显著特征,又有三十六般变化,变为大汉、山石、土墩等粗夯之物,同时又融入了小私有者喜欢贪小便宜、耍小聪明等世俗特性。其他如牛魔王、蜘蛛精、蜈蚣精、老鼠精等,都是如此。奇幻的艺术形象在奇幻的氛围里展开正与邪的搏斗、智与愚的角逐,诸如"三打白骨精"、"三调芭蕉扇"、"真假美猴王"

等，展开了富有奇趣的情节，"变化施为，皆极奇恣"（鲁迅《中国小说史略》），读来令人精神飞跃、心旷神怡。

《西游记》在艺术表现上还有一个突出的特点，是它的幽默诙谐的色彩。"寓庄于谐"的手法在小说中得到了淋漓尽致的发挥。从玉帝、如来、观音，到取经路上的国王，到各地的妖魔鬼怪，乃至取经者本人，都可以成为作者打趣调侃的对象。如来佛降伏孙悟空本是安天的壮举，孙悟空却在他的手指上撒了一泡猴尿，就变成了一桩笑谈。"猪八戒吃人参果"一段，抓住八戒馋嘴贪婪的特点，在幽默诙谐的氛围中，令读者感受到绝妙的讽刺艺术。书中大量的游戏之笔用于调节气氛，增加小说的趣味性，也有不少地方含沙射影，挪揄世态。如乌鸡国王要让位给孙悟空，悟空说："不瞒列位说，老孙若肯做皇帝，天下万国九州皇帝，都做遍了。只是我们做惯了和尚，是这般懒散。若做了皇帝，就要留头长发，黄昏不睡，五鼓不眠，听有边报，心神不安；见有灾荒，忧愁无奈。我们怎么弄得惯！"话说得既风趣，又耐人寻味，正如鲁迅所说："虽述变幻恍惚之事，亦每杂解颐之言。"（《中国小说史略》）

《西游记》的艺术结构与《水浒传》相似，都是单线发展的结构形式，每一回的故事具有相对独立的性质。其不同在于，孙悟空作为《西游记》的主角贯穿全书，而《水浒传》则由一个个英雄的传记连缀而成。

《西游记》的文学语言也很有特色。作者善于汲取民间说唱和方言口语的精华，如"不当人子"、"了帐"、"囫囵吞"、"一骨辣"等，联系上下文，都不难理解，且别有风趣。大量采用民间谚语，如"美不美，乡中水；亲不亲，故乡人"，"大海里翻了豆腐船，汤里来，水里去"，"铁刷帚刷铜锅，家家挺硬"等，富有浓郁的生活气息。小说总体的语言风格是轻松活泼、明快洗练，富有乐观幽默的趣味。

四 《西游记》的影响

《西游记》的刊行引发了神魔小说创作的热潮，仅明末几十年间，就出了近三十部作品，形成了一个神魔小说流派。其中主要包括：

一、《西游记》的续书和仿作，如无名氏的《续西游记》、董说的《西游补》、方汝浩的《东游记》、余象斗的《南游志传》和《北游记》、杨志和的《西游记》、吴元泰的《东游记》（后四种合称"四游记"）。这些作品大都文学价值不高，只有《西游补》能够别开生面。《西游补》写孙悟空过火焰山后被鲭鱼精所迷，在梦中先后进入"青青世界"、"古人世界"、"未来世界"，见到过去未来之事，经历种种奇遇，最后被虚空尊者唤醒，打杀鲭鱼精，重现真我。小说构思奇特，以幻诞的手法表现了对历史的反思和对现实的批判，并表达了对于"情"的理性思考。

二、为佛、道及民间流传的各类神佛立传的小说，如《钟馗全传》、《吕祖全传》、《济颠大师全传》、《醉菩提全传》等等，大都先写传主的出身始末，后叙其降妖除害、济世度人的故事，虽然文学价值不高，但因为与民间信仰相关，所以流传颇广。

三、借历史事件写神魔战斗的小说,如《三宝太监西洋记通俗演义》、《封神演义》、《三遂平妖传》等。其中《封神演义》成就最高、影响最大。该书系在元代《武王伐纣平话》及嘉靖、万历间余邵鱼的《春秋列国志传》的基础上,"钟山逸叟"许仲琳在天启年间编成,以武王伐纣、建立西周王朝为框架,写支持武王的"阐教"与帮助纣王的"截教"之争,以影射明代中期的政治和宗教的现实。小说中的纣王沉湎酒色、重用奸佞、残害忠良,影射的是明代的暴君;两教之争,则影射着明代道教南方的正一派和北方的全真教之间的矛盾。小说通过理想中的贤相姜子牙之口,宣扬"天下者,非一人之天下,乃天下人之天下"的思想,表现出反对君主专制的意识,但也表现出浓重的宿命论的观点。小说想象丰富奇特,各色人物都有特异的形象、本领和法宝,如雷震子能在空中飞翔,土行孙能在地下迅行,哪吒有三头八臂,二郎神有三只眼,另如千里眼、顺风耳等,都脍炙人口,趣味盎然。小说也刻画了不少性格鲜明的人物,如土行孙的幽默与狡猾,姜太公的稳重与智谋,特别是"哪吒闹海"一节,把一个七岁小儿从天真顽皮到勇武斗狠的性格发展,写得井然有序。

除了影响到神魔小说这一小说流派的出现外,《西游记》还成为后世戏曲不断改编演出的题材渊薮。它在国外也具有深远的影响,1831 年日本出版了《通俗西游记》,1895 年英文选译本出版,1977—1980 年英文全译本出版。此外,法、俄、德、意、西班牙、朝鲜、越南等语种也有选译本或全译本。

第二节 《金瓶梅》

一 《金瓶梅》的作年、作者和版本

在明代"四大奇书"中,《金瓶梅》是唯一没有经历过世代累积过程的作品。它的开头从《水浒传》中的"武松杀嫂"故事衍生开来,但没有让潘金莲死于武松的刀下,而是写她嫁与西门庆为妾。小说以主体部分的宏大篇幅写西门庆一家的日常生活,书中的主要人物和主要情节都找不到相近的雏形或蓝本,它是我国历史上第一部文人创作的白话长篇小说。

《金瓶梅》写成于何时,学界尚无定论。沈德符《万历野获编》据传闻说它是"嘉靖间大名士手笔",其说在很长一段时间里为人们所认同。但从 20 世纪 30 年代起,研究者陆续发现书中写到了万历年间的一些故实,经多方考证,许多学者认为该书写成的时间不会早于万历十年(1582)。据袁宏道万历二十四年(1596)写给董其昌的信,他从董其昌那里见到该书,并抄录了部分内容;又据《万历野获编》,沈德符于万历三十七年(1609)从袁中道那里抄得全本,携至吴中,大约又过了几年之后,才开始有刊本流传。

《金瓶梅》的作者为谁,至今也是一个未解之谜。《金瓶梅词话》卷首"欣欣子"《序》开头说"窃谓兰陵笑笑生作《金瓶梅传》"云云,一般认为"兰陵"是地名,古称"兰陵"的地

方有两个,一是今山东峄县,二是今江苏武进县,孰是孰非,尚无定论。"笑笑生"为谁,从明代以来,谈及者多系推测揣度,其中影响较大的说法有王世贞、李开先、贾三近、屠隆、汤显祖、王稚登等,但都缺乏有力的佐证。

《金瓶梅》现存最早的版本是万历丁巳(1617)年刊行的《新刻金瓶梅词话》,前有"东吴弄珠客"序,此本称词话本、万历本或十卷本。之后的重要刊本,有崇祯年间刊行的《新刻绣像批评金瓶梅》,称崇祯本、说散本,可能是词话本的评改本;还有清康熙年间的《张竹坡批评金瓶梅第一奇书》,它以崇祯本为底本,文字上有所改动,加以评点,称第一奇书本、张评本。

二 《金瓶梅》的内容与时代特征

《金瓶梅》的书名,是从小说中三个主要女性潘金莲、李瓶儿、庞春梅三人的名字中各取一字合成。小说第1回至第9回是对《水浒传》第23至26回中西门庆和潘金莲故事的改写,不同之处是武松没有马上杀死这两个人,而是被判递解到孟州,至第87回才被赦回乡,杀死潘金莲,这时西门庆已纵欲身亡。小说的主体部分十分细腻地描写西门庆一家的日常生活,并通过以西门庆为核心的种种社会活动和这个家庭的兴衰历史,展示了十分广阔的社会生活画面。小说写的是北宋末年的故事,实际反映的却是明代后期特有的社会现实和世俗人情。

首先,小说通过对西门庆这样一个兼富商、恶霸、官僚、淫棍于一身的人物的不动声色的描写,充分暴露了当时社会的黑暗、吏治的腐朽,以及官商勾结、权钱交易等社会转型时期的社会现象。西门庆本是清河县一个小商人,刚出场时仅具有从父亲那里继承来的生药铺,却通过卑劣的手段迅速积累财富,在短短的六七年里拥有了五家商铺和多处地产,家资总额合白银近十万两。这固然借助于他娶孟玉楼、李瓶儿为妾时所兼并的巨额财产,更重要的,还在于他能够不惜重金攀附权贵,精心编织了一张强大的社会关系网。"东京蔡太师是他干爷,朱太尉是他卫主,翟管家是他亲家,巡抚、巡按多与他相交,知府、知县是不消说",靠着与官府的勾结,西门庆才能攫取到一般商人难以想象的巨额财富。后来他自己也在提刑院当了个掌刑千户,兼官商于一身。他无恶不作,包揽词讼、放高利贷、嫖风戏月、强占良家妇女、害死武大郎、强娶潘金莲、谋害结义兄弟花子虚、奸占仆人来旺媳妇宋惠莲、收用潘金莲的婢女春梅……许多无钱无势的小人物悲惨地含冤而死,西门庆却尽情享受荣华富贵。他宣称:"咱闻那佛祖西天,也止不过要黄金铺地;阴司十殿,也要些楮镪营求。咱只消尽这家私广为善事,就使强奸了嫦娥,和奸了织女,拐了许飞琼,盗了西王母的女儿,也不减我泼天富贵!"(第57回)这不仅让我们看到当时社会金钱万能的现实,而且充分暴露了官场腐败、社会黑暗到了何种地步。各级官员无不贪赃枉法,西门庆和潘金莲毒死武大郎之后,用一锭雪花银就买通了仵作团头何九;知县收了西门庆的银子,便驳回了武松的诉状;蔡京收到西门庆的贿赂,便主动对送礼去的来保说:"昨日朝廷钦赐了我几张空名告身劄付,我安你主人在你那山东提刑所,做个理刑副千户,顶补千户贺金的员缺,好不好?"作者写来虽然不动声色,却充分揭示了当时"风俗颓败,赃官污吏,遍满天下"的社会现状。

其次,小说不仅写出了西门庆的贪婪与狠毒,而且也写出了他的精明强干,真实地塑造了明代后期一个不同于以往的新兴商人形象。西门庆五家商铺的货物经常直接从产地采购,一人独占了原先一般由商行、牙行和坐贾三家分享的利润,而且他还兼营加工业,认识到金银"好动不好静",有意识地加速资本周转。尤其值得注意的是,小说在暴露西门庆恶贯满盈、不得好死的同时,对于他疯狂地追求金钱和女人、尽情享受尘世快乐的人生态度,也并非持着单一的否定、批判的态度。写到西门庆大兴土木,家中妻妾违越礼制的富贵装束,乃至写到整个社会向着西门庆一家的趋附,都不免带着几分欣羡的眼光。这体现了明代后期普遍的"好货"、"好色"的社会思潮对小说作者的深刻影响。

再次,小说通过一个家庭兴衰的故事,表现了对于人性的更为深刻的思考。西门庆纵欲身亡,潘金莲、庞春梅在争风吃醋的家庭生活中变得心狠手辣,甚至不惜以谋害人命为手段,最后也因其贪"淫"而断送了自己的生命。作者并不否定"好货"、"好色"作为人性的一个层面,但在其客观的描写中却向读者表明,如果一味放纵人性中的这一层面,必然是对于人性的扭曲,乃至成为人性的毁灭。

《金瓶梅》受后人批评最多的是大量性行为描写。这种描写是当时社会风气的产物,在晚明肯定人欲的社会思潮中,人们不以谈房闱之事为耻,赤裸裸的性描写充斥于许多书籍。这类描写,有一些与刻画人物性格、展开故事情节有关,但多数游离于情节之外,粗鄙不堪,减弱了作品的艺术价值,尤其不宜青少年阅读。

三 《金瓶梅》的艺术成就及其对中国小说发展的贡献

与以往的章回小说相比,《金瓶梅》所写的题材和人物都有所不同。无论是历史演义所写的帝王将相,还是英雄传奇所写的志士豪杰,抑或是神魔小说所写的神仙妖怪,都具有传奇性人物和富有吸引力的惊心动魄的故事情节,但离实际生活较远。《金瓶梅》描写的是琐屑的家庭生活和世俗情态,处处以平淡无奇的手法如实写来,虽然节奏缓慢,却能够把各色人物写得活灵活现,标志着中国小说的描写对象的转换,为世情小说的规模涌现打出了一面自张一军的旗帜。

《金瓶梅》塑造人物,摆脱了以往小说人物类型化的缺陷,既能突出人物性格的主要方面,又能在生活和复杂的人际关系中表现出人物性格的变化,并且能够写出人物性格的复杂性。西门庆的主要性格是恶、淫、贪,他当初看上李瓶儿是出于贪财好色之心,但后来随着情节的展开,对李瓶儿产生了真正的夫妻感情,瓶儿死后,他"哭了又哭,把声都呼哑了,口口声声叫'我的好性儿、有仁义的姐姐'"。书中的人物大半是丑的,正如张竹坡所说:"西门是混账恶人,吴月娘是艰险好人,玉楼是乖人,金莲不是人,春梅是狂人,经济是浮浪小人,娇儿是死人,雪娥是蠢人,宋蕙莲是不识高低的人,如意儿是顶缺之人。若王六儿与林太太等,直与李桂姐一流,总是不得叫做人。而伯爵、希大辈,皆是没良心之人。兼之蔡太师、蔡状元、宋御史，皆是枉为人也。"但作者也写到了潘金莲的美貌聪明、李瓶儿的温顺多情。来旺的媳妇宋惠莲浅薄、淫荡、贪钱财、爱虚荣，一心想当西门庆的"第七个老婆"，但当发觉来旺遭陷害，自己被欺骗时，便觉得愧对丈夫、愧对自己，大骂西门庆："你原来就是个弄人的刽子手，把人活埋惯了。害死人，还看出殡的!"这种多元、立体的性格描写，使人感到真实可信，体现了作者对现实生活的深入观察。书中写到的三教九流的人物至少百人，如谢肇淛在其跋语中所说，写得"妍媸老少，人鬼万殊，不徒肖其貌，且并其神传之"，为我们展示了一幅鲜活的晚明时代的社会风俗画卷。

《金瓶梅》主要用不加夸张和雕饰的白描手法写世俗人情，直书其事，不加任何评论，而是非美丑自见。这并不是说作者对于生活不加提炼，而是善于抓住富于表现力的细节，让人物在其自身的人际关系中表现出他的性格和美丑。作者特别善于运用对比和讽刺手法，如第48回曾御史弹劾西门庆的罪状是"市井棍徒，贪缘升职，滥冒武功，菽麦不知，一丁不识"，可经过西门庆花钱打点，再大的罪状也化为乌有，第70回新继任的宋御史给他的考语竟是"才干有为，精察素著。家称殷实，而在任不贪。国事克勤，而台工有绩"。又如第32回写妓女李桂姐做了西门庆的干女儿，西门庆的那帮朋友都要凑份子来庆贺，应伯爵道："还是哥做了官好。自古不怕官，只怕管，这回子连干女儿也有了。到明日洒上些水，看出汁儿来。"这时妓女郑爱香正在递酒，就插嘴道："应二花子！李桂姐便做了干女儿，你到明天与大爷做个干儿子罢，掉过来就是个儿干子。"像这样描写世态人情，既真实又深刻，无情地讽刺了明代后期那种趋炎附势、朝野上下纷纷以拜干爹为风的情况。再如第33回，以同样的笔法描画刚当西门庆伙计的韩道国的丑恶嘴脸，也写到他媳妇与小叔子通奸、街坊"陶扒灰"奸污儿媳的丑行，写来虽然不动声色，其笔锋却是锐利无比，正如鲁迅所说的"骂尽了诸色"。小说曾写韩道国让自己的老婆与西门庆通奸，并劝老婆"休要怠慢了他，凡事奉他些儿"。本回又写他在大街上洋洋得意地吹牛，说与西门庆关系如何之好，说得正热闹时，忽见一人慌慌张张前来报告他老婆与弟弟通奸被当场抓住，拴到铺里要解官了。作者在这里无一贬语，却把这个无耻小人的丑恶面目暴露无遗。《金瓶梅》的这种立意和笔法，在后世的《儒林外史》、《官场现形记》等小说中有所继承和发展。

《金瓶梅》的艺术结构，与以往的通俗小说比较也有很大进步。它不像《水浒传》一样以各好汉的相对独立的传记并联而成，也不像《西游记》一样以取经为线索按时间顺序串联而成，而是将各色人物交织在一起加以描写，每一故事在直线推进时又常打破时间的顺序，作横向穿插以拓展空间，不再注重情节的曲折，而是突出人物之间的相互关系和相互作用，形成了一种网状的艺术结构。在这个网状结构中，圆心是西门庆一家，这个家庭的兴衰构成纵向的主线，这个家庭与当时社会的各种联系构成一条条横线，主要人物西门庆、潘金莲、李瓶儿、庞春梅等的故事分别构成一条条纵线，纵横交错，各个人物、情节之间蹊径相通，互为因果，像生活本身一样丰富多彩，虽然头绪繁多，但意脉连贯，浑然一体。《金瓶梅》的出现，标志着古代长篇小说在艺术结构方面已经发展到高度成熟的阶段。

《金瓶梅》的语言比之前的通俗小说更加口语化、通俗化。它运用北方尤其是山东地区的方言俗语，经过加工提炼为富有表现力的文学语言，"只是家常口头语，说来偏妙"（张竹坡第28回批语),又大量吸取了市民中流行的方言、行话、谚语、歇后语、俏皮话等等,熔铸成"一篇市井的文字"(张竹坡《金瓶梅读法》)。它的叙述语言细密、丰富,时而平淡无奇,时而酣畅淋漓,人物语言则生动活泼、妙趣横生,随人物身份不同而呈现出鲜明差异。如官哥儿死后,潘金莲指桑骂槐地明指着丫头骂李瓶儿说:"贼淫妇!我只说你日头常响午,却怎的今日也有错了的时节?你斑鸠跌了弹——也嘴答谷了!春凳折了靠背——没的倚了!王婆子卖了磨——推不的了!老鸨子死了粉头——没指望了!却怎的也和我一般?"四个歇后语像连珠炮一般,把潘金莲的幸灾乐祸、刻薄无情的泼妇性格表现得生动鲜活。

四 《金瓶梅》的影响

　　《金瓶梅》开启了以世俗生活为描写对象的世情小说的先河,在它的影响下,迅速掀起了一个世情小说的创作热潮。首先表现为《金瓶梅》续书的出现。最早的续书《玉娇李》(或作《玉娇丽》),据沈德符《万历野获编》云,此书出自《金瓶梅》作者之手,袁宏道述其梗概说:"与前书各设报应因果,武大后世化为淫夫,上下报,潘金莲亦作河间妇,终以极刑,西门庆则一憨男子,坐视妻妾外遇,以见轮回不爽。"明末清初的丁耀亢作《续金瓶梅》,写吴月娘与孝哥的悲欢离合及金、瓶、梅等人转世后的故事,实借续书之名讥刺清朝、抒泄亡国之恨,清初遭到禁毁,丁耀亢因此也被逮入狱。康熙年间,有人在其基础上略作修改,删去讥讽清廷的文字,改易书中人名,改名为《隔帘花影》刊行,也很快遭到禁毁。民国初年,孙静庵又将《续金瓶梅》重新删改,保留了对清廷讥讽的文字以迎合资产阶级民族革命思潮,书名改为《金屋梦》。其他续书还有《三续金瓶梅》、《新金瓶梅》、《续新金瓶梅》等,水平都比较低劣。其次是受《金瓶梅》写作范式影响的一大批世情小说的出现。其中一类写才子佳人的故事和家庭生活,如《玉娇梨》、《平山冷燕》、《醒世姻缘传》、《红楼梦》、《海上花列传》等,另一类反映社会生活、暴露社会黑暗,如《儒林外史》、《官场现形记》、《二十年目睹之怪现状》等。

　　《金瓶梅》不仅在国内产生了重大影响,而且很早就流传到国外,受到国外学者的高度重视。日本日光山轮王寺慈眼堂和德山毛利氏栖息堂所收藏的《金瓶梅词话》都是保存很好的较早版本。法国在1853年出现了节译本。现在的外文译本有英、法、德、意、拉丁、瑞典、芬兰、俄、匈牙利、捷克、南斯拉夫、日、朝鲜、越南、蒙古等文种。美、法、日等大百科全书都对《金瓶梅》给予了很高的评价。

【本章习题指要】
　　1.《西游记》的内容和主旨。
　　2.《西游记》的艺术成就。
　　3.《金瓶梅》的内容和主旨。
　　4.《金瓶梅》的艺术成就。
　　5.《金瓶梅》对小说艺术发展的贡献。

第三章　明代白话短篇小说

明代的白话短篇小说取得了很高的成就，尤其是晚明时期冯梦龙的"三言"和凌濛初的"二拍"，可以说代表了我国古代白话短篇小说的最高成就。这些小说被称作"拟话本"，是因为它们虽然是由文人创作、改编或加工润色而成，刊刻的目的也是供人们案头阅读，但其写作的特点则是模仿宋元话本的体制结构和叙述口吻。明代中期以后，大量拟话本的刊刻流行，与商业经济的迅速发展、印刷业的空前繁荣有密切关系，也与当时思想解放的潮流和人们对通俗小说阅读兴趣的普遍提高有密切关系。

第一节　冯梦龙的"三言"

一　"三言"之前的话本小说

现存最早的单篇话本，是元代书坊刊行的《红白蜘蛛》（残）。宋元时期，出版印刷业尚不够繁荣，可以推测，当时刊行的话本数量是有限的。随着出版印刷业的发展和人们对通俗文学阅读兴趣的提高，话本小说的刊行也越来越多。明代成化（1465—1487）以后，书商刊行了不少单篇的话本小说，仅嘉靖时期的晁瑮所编的《宝文堂书目》就著录了80多种。与此同时，人们也开始将这些单篇的话本小说搜集起来，刊刻话本小说的总集。现知最早的话本小说总集是嘉靖年间的藏书家、出版家洪楩所编纂刊刻的《六十家小说》，该书已散佚，据清人《汇刻书目》著录，该书分为《雨窗》、《长灯》、《随航》、《欹枕》、《解闷》、《醒梦》6集，每集分上下两卷，每卷5种，共60种。今残存29篇，刊印版式相同，版心有"清平山堂"字样，故又称之为《清平山堂话本》。这些作品没有经过编纂者的润色加工，因而基本保存了所收话本小说的原貌，有较高的研究价值。万历年间的书商熊龙峰也刊印了一批话本小说，其具体数量不得而知，今仅存4种，均为《宝文堂书目》所著录，今人称之为《熊龙峰刊四种小说》，其中《张生彩鸾灯传》、《苏长公章台柳传》为宋元人的旧篇，《冯伯玉风月相思小说》和《孔淑芳双鱼扇坠传》是明代的新作。

今天我们所能见到的"三言"之前的话本小说，主要就保存在《清平山堂话本》和《熊龙峰刊四种小说》里。

二　冯梦龙的生平、思想和著作

冯梦龙(1574—1646),字犹龙,又字耳犹,别号墨憨斋主人、顾曲散人,长洲(今江苏苏州)人。少年时期才气纵横,曾"逍遥艳冶场,游戏烟花里"(王挺《挽冯犹龙》),熟悉市民生活和市民文艺,但长期为举业所困,直到崇祯三年(1630)57岁时才取为贡生,选授丹徒教谕,后升任福建寿宁知县,四年秩满即离任归乡,继续从事小说创作和戏曲整理研究工作。清兵入关时,他曾进行抗清宣传活动,后忧愤而死。

冯梦龙受到李贽思想尤其是"童心"说的影响,尚"真"重"情",强调"情"在日常生活中的重要意义。他强调自然人性,以对抗代表封建社会意志的"理"。在《叙山歌》中,他提出了"借男女之真情,发名教之伪药"的带有叛逆色彩的宣言。他重视通俗文学,认为通俗文学是"性情之响",因为它的"适俗"而能够"触里耳而振恒心"。他还主张把有益于社会教化的内容表现为通俗易懂的文学形式。在《古今小说序》中他说:"日诵《孝经》、《论语》,其感人未必如是之捷且深。"他还提出"情教"说:"我欲立情教,以教诲众生。"(《情史叙》)他的"三言"的名目,所谓"喻世"、"警世"、"醒世",便是取义于通俗小说能够起到启迪、劝诫的社会功用及其贴近民众生活、容易被人接受的审美特性。他说:"明者,取其可以导愚也;通者,取其可以适俗也;恒,则习之而不厌,传之而可久。三刻殊名,其义一也。"(《醒世恒言叙》)

冯梦龙一生都在大力搜集和整理流行于民间的通俗文学作品,取得了卓越的成就。在小说方面,除了编选"三言"外,他还增补、改编了长篇小说《平妖传》、《新列国志》,编纂文言小说杂著《情史》、《古今谭概》、《智囊》、《笑府》、《太平广记钞》;在民歌方面,他收集整理并刊行《挂枝儿》、《山歌》等;在戏曲方面,他著有《墨憨斋定本传奇》,其中包含改编他人传奇十余种,也包含自己创作的《双雄记》、《万事足》两种;此外,他还曾编纂散曲选集《太霞新奏》。奠定他在文学史上较高的地位的,是"三言"的编辑整理工作。

三　"三言"反映的人情世态

"三言"是冯梦龙编纂刊刻的白话短篇小说集,本来通称"古今小说",它们是《喻世明言》、《警世通言》和《醒世恒言》,分别刊刻于天启元年(1621)前后、天启四年(1624)和天启七年(1627)。其中《喻世明言》也单称《古今小说》。三部小说集各收白话短篇小说40篇,共120篇。其中大约有三分之一是经过冯梦龙修订润色的宋元话本,三分之二是明代的拟话本,其中包括冯梦龙自己的作品。这些小说的内容纷繁多样,有一些是历史题材和神怪题材的故事。而在其中占主导地位的,则是叙写现实社会中的人情世态的作品。所以人们评价"三言",说它"极摹人情世态之歧,备写悲欢离合之致"(笑花主人《今古奇观序》)。这些小说所写的主人公大多是城市生活、市民阶层的小人物,包括商人、妓女、机户、染坊主、酒店老板、铁匠、木匠、卖油郎等。作者以平和而近乎欣赏的眼光和笔触描写城市生活、市民社会的各色人物,写他们的心情和故事,可以说是中国古代的名副其实的"市民文学"。就其所写的内容和所表现的思想倾向看,大致可以概括为三类。

一、"三言"中有不少商人题材的小说,这些小说表现出来的思想意识,突破了传统的重农抑商、重义轻利的观念。在"三言"中,商人不但成为小说的主角,而且成为受世人肯定的正面角色。比如《蒋兴哥重会珍珠衫》中提到,江苏松江府流传着一句"常言",说"一品官,二品客","客"即客商,意思是商人的地位很高,仅次于官员。当然,"三言"中所赞扬的商人都是诚实守信、善良重义的。这也恰好说明,在作者的视野中,商人的形象不是虚伪奸诈的,而是值得人们尊重的。《施润泽滩阙遇友》写苏州府吴江县盛泽镇的小商人施复"家中开张绸机,每年养几筐蚕儿,妻络夫织,甚好过活",一日在市上捡到六两多银子,等待失主回来寻找时交还与他而不留姓名,六年后他离家到外地买桑叶,在太湖附近的滩阙恰巧遇到当时失银的朱恩,二人甚是投机,结义为兄弟,并约为儿女亲家。后来施复的生意逐渐扩大,人送外号施润泽,不下十年就有了数千金的家产,富冠乡里。两家儿女长大后结为夫妻,孝顺父母。所谓"滩阙巧逢恩义报,好人到底得便宜",作者以赞扬的笔调叙写施复的发家史,表彰这位商人诚实善良的品格。"三言"中的其他商人,如《吕大郎还金完骨肉》中的布商吕玉、《刘小官雌雄兄弟》中的小店主刘德等,都不是贪得无厌、为富不仁之辈,而是正直、纯朴、能吃苦、讲义气。这都体现出整个时代、整个社会中人们对商人与商业看法的转变。

商人发家需要"时运",更需要经济头脑和实干精神。"三言"中有些小说涉及这些问题。《汪信之一死救全家》写汪革文武全才,因与乃兄怄气,"只身径走出门,口里说道:'不致千金,誓不还乡!'身边只带得一把雨伞,并无财物",白手起家,靠卖艺为生。当他走到麻地坡时,看见荒山无数,山上都是炭材,便立即想到"此处若起个铁冶,炭又方便,足可擅一方之利",于是以古庙为家,纠合众人,因山作炭,卖炭买铁,铸成铁器,出市发卖,"数年之间,发个大家事起来"。这里表彰的就是汪革超乎常人的经济头脑和实干精神。小说还写汪革进一步将生意扩大,并拓展到其他行业,带动了方圆四乡的经济发展。

"三言"不仅向读者展示了经商的好处,而且写到了经商的艰难。在《杨八老越国奇遇》中,作者就引证了一段诗歌,"单道为商的苦处",说:"人生最苦为行商,抛妻弃子离家乡。餐风宿水多劳役,披星戴月时奔忙。"小说中的杨八老"年近三旬,读书不就",决定放弃儒业,离别娇妻弱子,外出从商,行至漳浦,"专待收买番禺货物",与房主家檗姓女子结婚,生一子。三年后回乡探妻,途中遇到进犯中原的倭寇,被俘往日本,"留作奴仆使唤,剃了头,赤了两脚,与本国一般模样,给与刀仗,教他跳战之法",在日本一住就是19年,"每夜私自对天拜祷:'愿神明护佑我杨复再转家乡,重会妻子'",后来逃回祖国,"前妻李氏所生孩儿杨世道,后妻檗氏所生孩儿檗世德,长大成人,中同年进士,又同选在绍兴一郡为官",阖家团圆,"安享荣华,寿登耄耋"。小说以一个商人的坎坷遭遇,向人们展示了经商活动中可能遇到的艰难困苦。故事本身是具体的,但其所触及的种种可能的问题,则具有一定普遍性。这篇小说中同样也表现了人们对商业和商人所持的平和乃至赞扬的态度,杨八老弃儒经商获得了妻子的支持,尽管历尽磨难,他的结局却是美好的,而且,与那些串通倭寇、谋求自身利益的士大夫和无赖游民相比,杨八老的爱国精神是值得敬仰的。

二、"三言"中有不少脍炙人口的婚恋题材的小说,表现出要求婚姻自主和爱情自由的思想观念。作者把男女情爱视为人生不可或缺的重要组成部分,肯定了情欲的正当性、合理性。比如《闲云庵阮三偿冤债》开篇说道:"……情窦开了,谁熬得住?"《汪大尹火焚宝莲寺》的"头回",借金山寺僧人至慧之口:"我和尚一般是父娘生长,怎地剃掉了这几茎头发,便不许亲近妇人?我想当初佛爷也是扯淡,你要成佛作祖,止戒自己罢了,却又立下这个规矩,连后世的人都戒起来。我们是个凡夫,那里打熬得过!"在不少作品中,世人所持的传统的贞节观念受到挑战,如《白娘子永镇雷峰塔》中的白娘子死了丈夫,欲嫁许宣,许宣听说后并不认为改嫁有何不妥,而是觉得"真是一段好姻缘",认为寡妇再嫁十分自然。再比如,《蒋兴哥重会珍珠衫》写王三巧被休后要自杀,她的母亲王婆便开导她说:"你好短见!二十多岁的人,一朵花还没有开足,怎做这没下梢的事?莫说你丈夫还有回心转意的日子,便真个休了,恁般容貌,怕没人要你?少不得别选良姻,图个下半世受用。"可谓完全摆脱了"一女不事二夫"及"三从四德"等封建礼教的束缚。

"三言"中许多小说赞美自由结合的爱情与婚姻。比如《宿香亭张浩遇莺莺》系根据唐人元稹的《莺莺传》改编,但结局大为不同。小说写李莺莺与张浩一见钟情、私订终身,当她听说张浩为父母所逼要另娶他人时,便大胆地吐露真情,诉诸官府,要求"礼顺人情",官府也就采取了"礼顺人情"的方式,判令二人合婚,成就了这桩美事。小说中流露出的婚恋观念,与强调"男女之大防"的封建礼教和重视"父母之命,媒妁之言"的观念是尖锐对立的。

"三言"中一些优秀的小说,还进一步把对爱情的认识从自然人性上升到情感和心灵上相互了解、人格上相互尊重的高度。《卖油郎独占花魁》写才貌出众的莘瑶琴被卖娼家,因其美貌被人称作"花魁娘子"。卖油郎秦重一见到她便坠入情网,念念不忘。莘瑶琴起先只是感受到秦重的忠厚老实,逐渐又感受到他对自己体贴入微的照顾,直到最后突破了"可惜是市井之辈"的门户之见,并且看清秦重不同于豪华之辈、酒色之徒。当她认识到秦重是一个"知心知意"的"志诚君子"时,便主动表示要嫁给他。而这时的秦重却担心住惯了高楼大厦、享尽了锦衣玉食的莘瑶琴做不得卖油郎的妻子。莘瑶琴于是发下"布衣蔬食,死而无怨"的坚定誓言,两人终于结合在一起。秦重起初坠入情网,可以说是爱慕莘瑶琴的美色,他的爱还属于自然人性之范畴;而最终两个人的结合,则是建立在双方充分了解、相互尊重的基础上,此时的爱情比男女之间的自然相悦更深一层。另如《杜十娘怒沉百宝箱》也是一篇十分优秀的作品,写富家子弟李甲结识了"教坊名姬"杜十娘,二人感情很好,十娘自己出钱求得"从良",但在她和李甲一起回家的途中,李甲却在金钱的诱惑下把她卖给了富商孙富。杜十娘无法接受这一事实,因为本来令她坚信是深爱着自己的情人背叛了爱情,她所追求的爱情毁灭了。她没有用温情和泪水去求得李甲的怜悯,也没有用自己拥有的财富去唤回李甲的心意,而是愤恨填膺,在痛骂李甲之后,抱着价值连城的百宝箱投江而死。她用生命为代价,维护了爱情的尊严,也维护了她的人格的尊严。

三、"三言"中还有不少篇章从市民阶层的立场和价值观念出发,对社会上各种不公正的问题提出了揭露和抨击。《卢太学诗酒傲公侯》《张廷秀逃生救父》《汪信之一死救全家》等小说,都深刻地揭露了那些专权误国、卖官鬻爵、屠民冒功、贪污残暴、草菅人命的贪官污吏,有力地抨击了官场的腐败黑暗。一些小说还把批判的矛头指向科举制度。如《老门生三世报恩》写考官蒯遇时爱少贱老,原因是少年人"后路悠远,官也多做几年,房师也靠得着他。那些老师宿儒,取之无益"。他屡次变换试题和取仕标准以排斥老者,说:"三场做得齐整的,多应是夙学之士,年纪长了,不要取他。只拣嫩嫩的口气,乱乱的文法,歪歪的四六,怯怯的策论,愤愤的判语,那定是少年初学。"小说中的鲜于同怀才不遇,他的坎坷经历,就是冯梦龙科举失意的自身写照。又如《苏知县罗衫再合》中的李生会感叹说:"世间所敬者财也,我若有财,取科第如反掌耳!"尖锐地控诉了金钱对科举制度的深度腐蚀。

四 "三言"的艺术特色

作为供人案头阅读的文学作品,"三言"在艺术表现方面的水准比宋元话本有了很大程度的提高。

首先,随着表现领域的拓展,"三言"中的小说更加贴近日常的世俗生活,善于在平淡无奇的日常生活中抓住一些偶然的巧合来构成富有传奇色彩的故事,使小说的情节曲折跌宕,引人入胜。如《十五贯戏言成巧祸》中,王翁给刘贵十五贯钱,而崔宁卖丝得到的也"恰好是十五贯钱";由于刘贵的一句"戏言",二姐信以为真而离家出走,途中正遇崔宁;此时盗贼恰巧到刘贵家窃得十五贯钱。所谓"无巧不成书",一连串的巧合便酿成了一桩冤案。"三言"中的小说,一般篇幅都比宋元话本更长,所以能够在情节的曲折、反映生活的细致深刻方面更胜一筹。

其次,"三言"一方面继承了宋元话本以情节展开和人物行动表现人物性格的写法,把人物置于与外部世界的激烈冲突中来显示其内心矛盾,或者通过一系列的行动来反复皴染人物性格的主要特征,另一方面,其人物描写又比以粗笔勾勒为主的话本小说有了很大发展。特别是在表现人物内心活动方面,大都比较细致。《卖油郎独占花魁》写秦重见到莘瑶琴之后的心理活动,便是一个很典型的例子:

> 一路走,一路地肚中打稿道:"世间有这样美貌的女子,落于娼家,岂不可惜!"又自家暗笑道:"若不落于娼家,我卖油的怎生得见!"又想一回,越发痴起来了,道:"人生一世,草生一秋。若得这等美人搂抱了睡一夜,死也甘心。"又想一回道:"呸!我终日挑这油担子,不过日进分文,怎么想这等非分之事!正是癞虾蟆在阴沟里想着天鹅肉吃,如何到口?"又想一回道:"他相交的,都是公子王孙。我卖油的,纵有了银子,料他也不肯接我。"又想一回道:"我闻得做老鸨的,专要钱钞。就是个乞儿,有了银子,他也就肯接了,何况我做生意的,青青白白之人。若有了银子,怕他不接!只是那里来这几两银子?"一路上胡思乱想,自言自语。

如此具体细致的心理描写,在宋元话本中是难以见到的。由于作者能够紧扣主人公的身份和生活环境展开描写,所以写来是动态的、立体的,而不是平面的、板滞的心理分析,给人留下非常深刻的印象。"三言"中的其他篇章,写杜十娘、蒋兴哥、施润泽等人物,也都写得细致传神,栩栩如生。

再次,与宋元话本以俗为尚的语言相比,"三言"的语言经过冯梦龙的加工润色,更加精练,更能体现出雅俗共赏的特征。小说基本运用通俗晓畅的白话,又能不同程度地融入一些浅显的文言,且大量采用俗语和谚语,具有浓郁的生活气息。

第二节 "二拍"及其他拟话本

一 凌濛初和"二拍"

凌濛初(1580—1644),字玄房,号初成,别署即空观主人。浙江乌程(今吴兴)人。精通词曲诗文,但科名蹭蹬,50多岁始以副贡授上海县丞,后擢徐州通判,分署房村。崇祯十七年(1644),李自成进逼徐州,他被困拒降,呕血而死。他的著作除"二拍"外,还有诗文集《国门集》、戏曲有《虬髯翁》等20多种,其中影响最大的是"二拍"。

"二拍"即《拍案惊奇》,分为《初刻拍案惊奇》和《二刻拍案惊奇》两种,分别刊行于崇祯元年(1628)和崇祯五年(1632),各40卷,每卷一篇,其中有一篇重出,《二刻拍案惊奇》的最后一篇是杂剧,两书共收拟话本78篇。

冯梦龙的"三言"中有大量的改订他人的作品,而凌濛初的"二拍"基本上都是个人创作。作者在《二刻拍案惊奇序》中说:"龙子犹氏所辑《喻世》等书,颇存雅道,时著良规……而宋元旧种,亦被搜括殆尽,肆中人见其行世颇捷,意余当别有秘本,图出而衡之","因取古今来杂碎事可新听睹、佐谈谐者,演而畅之"。据当今学者稽考,"二拍"中的大部分故事从《太平广记》、《夷坚志》等文言笔记杂著改编而成,有小部分取自当时的传闻,在增删润色过程中,也体现出作者的独特匠心。"二拍"是我国历史上最早的由个人创作的白话小说专集。它的问世,标志着中国白话短篇小说创作进入了一个新的阶段。

商人题材的小说在"二拍"中所占比例比"三言"更大,甚至可以说商人成了"二拍"中的最主要的角色。一些作品比较深入地描写商业活动的过程和交易的内容,反映出当时商业贸易的许多真实情状。如《转运汉遇巧洞庭红》写商人文若贩卖扇子,遇到连阴雨的夏天,扇子卖不出去,消折了本钱。后来无意间带着仅值一两银子的洞庭红橘随他人出海,不想在海外卖得八百多两银子,在返回的途中,当船停泊在一个荒岛上的时候,又偶然捡到一个大龟壳,回到闽中,竟然卖了五万两现银。一次无意经商的偶然出海,使他从一个"倒运"商人一跃成为闽中巨富。这一故事源于明周元暐的《泾林续记》,周元暐本持"闽广奸商,惯习通番"之见,而经过凌濛初的改编,却变成肯定和赞扬商人靠冒险发财。

小说也反映了晚明商人要求开放"海禁"的愿望,以及市民百姓对于海外贸易的浓厚兴趣,并且揭示了巨额利润产生于异地交换的流通领域这一重要的经济学原理。其他如《叠居奇程客得助》、《乌将军一饭必酬》等小说,都直接从经商获利的角度去赞美商人,对于他们的囤积居奇、投机冒险,作者并不予以道德上的评判,而是以客观描述的笔法,更深入准确地反映了晚明商人势力迅速崛起的时代特征。

"二拍"中婚恋题材的小说同"三言"一样,表现出赞同婚姻自由自主、男女地位平等的思想观念,而且把男女平等的口号喊得更加响亮。《满少卿饥附饱飏》写忘恩负义的满少卿抛弃在患难中曾经解救自己的妻子焦文姬而另娶新欢,被焦氏鬼魂活捉、七窍流血而死。文中有一段议论说:

> 天下事有好些不平的所在!假如男人死了,女人再嫁,便道是失了节,玷了名,污了身子,是个行不得的事,万口訾议;及至男人家丧了妻子,却又凭他续弦再娶,置妾买婢,做出若干的勾当,把死的丢在脑后,不提起了,并没有人道他薄幸负心,做一场说话。就是生前房室之中,女人少有外情,便是老大的丑事,人世羞言;及至男人家撇了妻子,贪淫好色,宿娼养妓,无所不为,总有议论不是的,不为十分大害。所以女子愈加可怜,男子愈加放肆。这些也是伏不得女娘们心里的所在。

基于男女平等的观念,作者对于女性"失节"的问题表现得更加宽容。不少小说都写到丈夫与失节之妇重归于好,甚至"越相敬重",表现出作者以及整个时代的婚恋观、女性观的进步。

"二拍"中许多小说反映世态人情,表现出的批判社会黑暗的愤激情绪较"三言"更为强烈。《恶船家计赚假尸银》开头便指出:"如今为官做吏的人,贪爱的是钱财,奉承的是富贵,把那'正直公平'四字抛却东洋大海。"作者在许多小说中发出了"每讶衣冠多盗贼"(《乌将军一饭必酬》)、"官与贼人不争多"(《贾廉访赝行府牒》)的感叹。有的小说将批判的矛头指向伪道学,如《硬勘案大儒争闲气》写朱熹肆意迫害妓女严蕊,认为"妇女柔脆,吃不得刑拷,不论有无,自然招承,便好参奏他罪名了"。把一代大儒描绘成十足的小人,表现了晚明文人对作为官方程朱理学的极大厌恶。

"二拍"有不少优点,但也存在着不少缺点。比如,行文比"三言"相对粗率;在肯定男女情欲的同时,又伴随着过多的性行为描写;多谈神鬼迷信、轮回报应,有时宣扬陈腐的忠孝节义观念等等。作者注意迎合市民阶层的欣赏趣味,在创作过程中缺少向意蕴内涵层面的提升,许多小说表现的美丑善恶模糊不清。总体看来,"二拍"中难以找到像"三言"里的《蒋兴哥重会珍珠衫》、《卖油郎独占花魁》、《杜十娘怒沉百宝箱》等精彩纷呈、脍炙人口的名篇,使其总体的文学成就弱于"三言"。

二 "三言"、"二拍"的影响和其他拟话本

"三言"、"二拍"行世不久,鉴于其"卷帙浩繁,观览难周"(笑花主人《今古奇观序》),姑

苏"抱瓮老人"选择其中优秀的篇章,取"三言"中29篇,"二拍"中11篇,共40篇,汇刻为《今古奇观》,成为后来300年间流行最广的拟话本小说选集。

在"三言"、"二拍"的影响下,明末清初形成了白话短篇小说的创作热潮。较为著名的有天然痴叟(席浪仙)的《石点头》、金木散人的《鼓掌绝尘》、周清源的《西湖二集》、陆人龙的《型世言》、西湖渔隐主人的《欢喜冤家》、华阳散人的《鸳鸯针》、东鲁古狂生的《醉醒石》等。这些作品大都沿着"二拍"的创作道路,从古今文言笔记杂著中选择故事敷衍成白话小说,也有一些取材于当时传闻,加长了篇幅,注入现实生活的内容。总体看来,这些小说的成就不是很高。有些作品说教的意味很浓,甚者连篇累牍的劝诫,背离了小说的本色。有些表现男女风情的小说则又津津乐道于私通乱伦之事,伴随着大量猥亵的描写。在艺术表现方面,虽然有些作品在形式结构上有所突破,出现了许多回讲述一个故事的接近中篇小说的模式,但总体看来艺术水平不高。真正能够代表明代白话短篇小说的思想和艺术成就的,还是"三言"和"二拍"。

【本章习题指要】
1. 什么是"拟话本"?
2. 冯梦龙的文学思想与他编纂"三言"的关系。
3. "三言"的主要内容及其思想倾向。
4. "三言"的艺术特色。
5. 与"三言"相比,"二拍"有哪些新面貌?

第四章　汤显祖与明代戏剧

明代戏剧主要包括杂剧和传奇两种类型。总体看来,明杂剧的成就比不上元杂剧,但还是出现了徐渭等个性鲜明的讽刺喜剧作家,代表着明杂剧的特色和成就。传奇从元代的南戏发展而来,在明代出现了前所未有的繁荣局面,其盛况一直压倒杂剧,占据明代剧坛的主流。汤显祖是明代成就最高的传奇作家,他的"临川四梦"尤其是《牡丹亭》,代表着明代传奇的最高峰。

第一节　徐渭与明代杂剧

杂剧在元代前期达到鼎盛,之后便在典雅化、案头化的过程中逐渐走下坡路了。但作为一种成熟的文艺形式,它的生命还在历史的进程中延续。在明代,仍有不少人喜爱杂剧,也出现了一些富有特色的杂剧作品。据傅惜华《明代杂剧全目》稽考,明代的知名杂剧作家达百余人,作品500余种,现存180种左右。这一数量与元代杂剧相去不远。但从质量上看,无论就社会价值或艺术水准而言,明代杂剧都比不上元杂剧。明代杂剧的独特之处,是在体制、唱腔、演唱方式等方面较元杂剧更为灵活自由,以抒情短剧和讽刺喜剧最具特色。

一　明初杂剧

明初统治者对文艺控制很严,朝廷曾颁布律条,规定乐人搬演杂剧或戏文者不得装扮历代帝妃和忠臣烈士、先圣先贤,不许有亵渎帝王圣贤的言辞。虽然洪武、永乐、宣德、景泰几朝的皇帝和王公都喜好杂剧,但他们提倡的是歌功颂德、粉饰太平的作品。在这种社会政治氛围之下,成化以前出现的杂剧作品多为喜庆剧、道德剧和神仙剧,题材内容比较狭窄,缺乏动人心魄的艺术感染力。朱权和朱有燉是这一时期的代表作家,在他们的周围,还形成了一个宫廷派的杂剧作家群。

朱权(1378—1448),字臞仙,号涵虚子、丹丘先生,是朱元璋的第十七子,死后谥"献",世称宁献王。永乐前后,皇室争权夺利,斗争激烈。朱权为避祸安身,便沉浸在戏曲、音乐和道家学说之中。他精于音律,所著《太和正音谱》集戏曲史论和曲谱于一体。他自称所作杂剧12种,今存2种。其一为《冲漠子独步大罗天》,是一部神仙道化剧,写吕纯阳、张紫阳超度冲漠子入道之事。冲漠子也是朱权自己的道号,他的这部作品显然是用得道成仙之乐来自我慰勉。另一种《卓文君私奔相如》敷衍脍炙人口的卓文君私奔司马相如的爱情故事,对于文君之私奔表现的态度比较通达,但同时也在作品中宣扬了夫荣妻贵、天时际遇的思想。

朱有燉(1379—1439),号诚斋,又号全阳子、全阳老人、锦窠老人等,是明太祖朱元璋第五子朱橚的长子,死后谥"宪",世称周宪王。他作有杂剧31种,因其地位特殊故能全部保存下来,占现存明杂剧数量的六分之一,是明代杂剧史上留存作品最多的作家。其中《牡丹仙》、《八仙庆寿》等10种属于粉饰太平的喜庆剧,《小桃红》、《十长生》、《辰钓月》等10种属于度脱入道的神仙剧,《烟花梦》、《香囊怨》、《团圆梦》等9种属于节义道德剧。《香囊怨》写妓女刘盼春钟情于秀才周恭,鸨母逼她与富商苟合,刘盼春以死相抗,自缢而死。在她的尸体火化时,唯有所佩香囊不化,内装周恭的情词保存完好。周恭请其骨而葬,誓不再娶。剧本一方面表彰妓女的贞节,宣扬封建妇德,另一方面又强调男女之间的"两情坚固",强调爱情意志。他还有《豹子和尚》、《黑旋风仗义疏财》两种水浒题材的杂剧。《豹子和尚》写鲁智深杀害平民,被宋江赶出梁山后落发为僧,宋江又以计策把他赚归梁山。剧中的鲁智深具有士大夫化的闲逸情趣,与后来小说中的鲁达形象不同。《黑旋风仗义疏财》写李逵和燕青惩罚欺凌百姓的贪官污吏,赞扬梁山好汉劫富济贫、为民除害的侠义之行,并写到梁山好汉接受招安后征方腊的事迹,与元明之际的其他水浒戏内容相近。

朱有燉的杂剧虽然缺少思想的锋芒,但音律谐美,文辞雅炼而不失自然,在当时和后来都产生了比较广泛的影响。尤其值得注意的是,他的杂剧在形式上突破了元杂剧的许多惯例,有五折两楔子的结构,有南北曲并用的唱腔,有独唱、对唱、轮唱、合唱等多种演唱形式,对明代南杂剧的出现,产生了重要的影响。

元末明初的杂剧作家,还有贾仲明和杨讷可以归入宫廷作家的行列。他们都做过明成祖的御前侍从,受到皇帝的宠爱。贾仲明的杂剧有《萧淑兰》、《升仙梦》,杨讷的《西游记》杂剧6本24折,虽然情节与后来长篇小说《西游记》并不相同,但对于研究取经故事的演变有其价值。

这一时期宫廷圈之外的杂剧作家有刘东生。他的杂剧《娇红记》根据元人宋梅洞的同名小说改编,为后来孟称舜的同题传奇的再创作做了铺垫。

明初杂剧大都缺乏元杂剧那种关怀现实的热情和与黑暗抗争的精神,虽然在形式上有所发展,但总体成就不高。

二 明代中后期的杂剧

正德、嘉靖以后,虽然杂剧创作与传奇相比还处于劣势,但随着作家对社会现实的关注和个性意识的张扬,在题材、内容上突破了伦理教化和神仙道化的狭窄范围,出现了一些抒写情性的抒情剧、嘲讽人情世态的讽刺剧和鼓吹真情的爱情剧。这一时期成就较高的杂剧作家有王九思、康海、冯惟敏、徐渭等。从剧本的艺术结构看,这一时期的杂剧形式更加灵活，有的只有一折，有的长达八九折，长短随表现内容而定。所用曲调大多是南北合套的，有的还是专用南曲的南杂剧。唱词也越来越文人化，杂剧成为文人娱宾遣兴、抒写心曲的工具，不再以舞台演出为主要目的了。

王九思（1468—1551），字敬夫，号渼陂，陕西鄠县（今户县）人，弘治九年（1496）进士，与康海共同名列"前七子"中。有诗文集《渼陂集》、散曲《碧山乐府》。他的杂剧《杜甫游春》全名为《杜子美沽酒游春记》，又名《曲江春》，写杜甫春游长安，目睹安史之乱后曲江周围的萧条境况，痛责李林甫权奸误国，在典衣沽酒之后，决定拒绝朝廷翰林学士的征召，乘槎泛海，隐身避世。作者与宦官刘瑾同乡，正德五年（1510）刘瑾被诛后受牵累而罢官。这部杂剧的创作，完全是借杜甫之酒杯，浇自己之块垒。吴梅评价该剧说："其词雄放奔肆，俨然有关、马之遗。"（《顾曲麈谈》）王九思还有《中山狼》杂剧，主题与康海同题杂剧相近，仅一折，一般认为是明代单折杂剧里最早的作品。

康海（1475—1540），字德涵，号对山，别署沜东渔父，浒西山人，武功（今陕西兴平）人，弘治十五年（1502）状元，著有诗文集《对山集》、散曲集《沜东乐府》和杂剧《中山狼》。《中山狼》取材于马文锡的文言小说《中山狼传》，是一部优秀的讽刺世情的寓言剧。该剧写主张兼爱的东郭先生冒着极大风险救了被赵简子人马所追杀的中山狼，不料这条饿狼竟要吃掉东郭先生。该剧并非为讽刺某人（旧说李梦阳）而作，而是对官场中尔虞我诈、弱肉强食的污浊风气的形象概括，是对世上一切忘恩负义的负心人的传神写照与绝妙讽刺。剧本的最后借杖藜老人之口，指出世人或负君，或负父母，或负师，或负朋友，或负亲戚，"你看世上那些负恩的，却不个个都是中山狼么"，流露出强烈的愤世嫉俗的情绪。该剧主题鲜明，结构严密，关目紧凑，用拟人化的手法写动物，饶有童话趣味，富于教育意义。它的出现，标志着明杂剧创作的转机。在此之后，讽刺性杂剧成为明杂剧创作的主流。

嘉靖以后的讽刺杂剧作家成就最高的是徐渭。另外徐复祚（1560—1630？）的《一文钱》和王衡（1561—1609）的《郁轮袍》影响较大，在戏曲史上占一定地位。《一文钱》与元杂剧中的《看钱奴》题材相近，写富豪卢至虽然金帛如山，却异常吝啬，对自己的妻子和孩子也极其刻薄，某日他在路上拾到一文钱，生怕别人看见，好不容易买到了一点芝麻，偷偷躲到山上去吃。该剧描画人物入木三分，成功塑造了一位守财奴贪婪而悭吝的形象，是明代讽刺杂剧中的佼佼者。《郁轮袍》写痞子文人王推冒充诗人王维，靠巴结岐王和九公主挤掉了王维的状元，王维看破现实，拒绝再度送来的状元桂冠，飘然归隐。以上两种杂剧都以和尚点化、主人公终于醒悟作为结尾，意在说明无论是做金钱的奴隶，还是为追求成功而不择手段，都是对于人性的异化。

在晚明的人性解放思潮中，还出现了一些张扬男女真情的杂剧。冯惟敏（1511—约1580）的《僧尼共犯》写僧明进与尼惠朗在佛殿幽会，被邻人捉至官司，铃辖司吴守常将二人打了一顿板子，断令还俗成亲。剧中有一段唱词说："都一般成人长大，俺也是爷生娘养好根芽，又不是不通人性，止不过自幼出家。一会价把不住春心垂玉箸，一会价盼不成配偶咬银牙。正讽经数声叹息，刚顶礼几度嗟呀。"表现出对禁欲主义的清规戒律所造成的人性痛苦的深刻同情，肯定了情欲的合理性。孟称舜的《桃花人面》系据唐人孟棨《本事诗》中"崔护谒浆"的故事改编,写才子崔护与叶蓁儿生死离合,歌颂生死不渝的爱情,与汤显祖的传奇《牡丹亭》题旨相似。

三　徐渭和《四声猿》

徐渭(1521—1593),字文长,号天池山人、青藤居士,山阴(今浙江绍兴)人。他多才多艺,精于诗文书画,在戏剧创作和戏曲理论等方面也取得了卓越的成就。但他的一生坎坷不遇,曾八次参加乡试而未中举人。他在浙闽总督胡宗宪幕府任职,曾参与抗倭军务。胡宗宪入狱后,徐渭屡遭迫害,一度精神失常,自戕杀妻,入狱多年,晚年穷困潦倒,靠卖字画为生。他著有诗文集《徐文长集》、戏曲史论《南词叙录》。他的杂剧四种:《狂鼓史渔阳三弄》一折,《玉禅师翠乡一梦》二折,《雌木兰替父从军》三折,《女状元辞凰得凤》五折,合称《四声猿》,取义于郦道元《水经注》"猿鸣三声泪沾裳",猿鸣四声则愈加令人断肠泪下。四种杂剧长短不拘,所用曲调或为北曲,或为南曲,或南北兼用,时或采用民间小调,形式灵活自由,表现了徐渭离经叛道、追求个性自由的精神。王骥德《曲律》称:"徐天池先生《四声猿》,故是天地间一种奇绝文字。"

《狂鼓史》写祢衡被曹操杀害后,受阴间判官之请,在阴间重演击鼓骂曹,历数曹操专权弄国、陷害忠良等种种罪恶,故俗称"阴骂曹"。作者想象中的阴府,不以生前权势的大小区分等级,于是曹操便成为一个任祢衡数骂而毫无施威能力的恶鬼。祢衡之"阴骂"比"阳骂"更为畅快,这是因为曹操已走完一生,祢衡可以历数他一生中犯下的全部罪恶。该剧虽取材于《后汉书·祢衡传》及《三国演义》中击鼓骂曹的情节,实际上却是借古讽今,以曹操比严嵩,以祢衡比沈炼等不惧死亡与严嵩集团抗争的忠臣,强烈表达了作者对黑暗政治的控诉。全剧以判官请出祢衡为引子,最后以祢衡升做天使为尾声,中间一大段十三支曲子全部是击鼓骂曹的曲词,骂得情绪激越,畅快淋漓,实际是作者积郁在心头的无限愤恨的痛快宣泄,鲜明地表现出他那种惊世骇俗、桀骜不驯的个性,在当时和后来受到人们的高度评价,堪称《四声猿》中最杰出的作品。

《玉禅师》写玉通和尚拒不参拜官长,临安府尹柳宣教设美人计破了他的色戒,玉通羞愧自杀,为报复投胎为府尹之女柳翠,堕落为妓女以败坏柳氏门风,后被玉通的师兄月明和尚点醒,度脱为尼姑,皈依佛门。该剧通过官、佛斗争的一件小事,以漫画式的笔法,剥开了庄严佛国和正经官场的堂皇外衣:官府貌似冠冕堂皇,却不免设计害人;高僧宣扬四大皆空,却也会因色诱而走火入魔。世人强调神圣与庄严之间的鸿沟,在徐渭看来,是不存在的,只要立意坚定即可成佛,高僧与妓女在人性上亦无甚差别。

《雌木兰》和《女状元》是讴歌女性的作品。前者写花木兰女扮男装替父从军,建立功勋,凯旋返乡后嫁给王郎。后者写女扮男装的黄春桃考上状元、获得了官职,但向要招她做女婿的周丞相说明真相后,只好弃官为妇,埋没了满腹才情。"裙钗伴,立地撑天,说什么男儿汉","世间好事属何人,不在男儿在女子",作品流露的这类思想,是对男尊女卑的封建观念的严正挑战,但徐渭不可能为当时的女性找到真正的出路,木兰、春桃必须女扮男装才能有所作为,最后也只能回到闺房之中。两位女性的聪明才智是徐渭的自我写照,她们的最终遭遇,又表现了他怀才不遇的悲叹与惋惜,并以此自我安慰。

徐渭还有讽刺市井生活的杂剧《歌代啸》,以"张冠李戴"和"只许州官放火,不许百姓点灯"为结构框架,每出故事相对独立,以荒诞的情节讽刺世俗,调侃人生,寄寓着作者的愤世之情和伤时之痛。

徐渭的杂剧都是他历经悲痛之后的抒情写愤之作,激荡着愤世嫉俗的叛逆精神、狂放不羁的反抗意识,以惊世骇俗的个性而独树一帜。他多采用寓庄于谐的手法,在戏谑诙谐之中渗透着严肃的主题,达到了"嬉笑之怒甚于裂眦,长歌之哀过于恸哭"的效果,开辟了讽刺杂剧发展的新天地。他在当时和后来都产生了深远的影响,澄道人《四声猿引》称之为"明曲之第一",汤显祖认为"《四声猿》乃词场飞将,辄为之唱演数通。安得生致文长,自拔其舌"(王思任《批点玉茗堂牡丹亭词叙》),仅越中的徐门入室弟子就有史磐、王谵、陈汝元、王骥德等30多人。

第二节 明代的传奇

在明代剧坛上占据主流地位的不是杂剧,而是传奇。"传奇"本指唐代文言短篇小说,元末明初也有称元杂剧为"传奇"者。自从南戏在明代规范化和广泛流行之后,"传奇"便成为不包括杂剧在内的明清中长篇戏剧的概称。明代传奇从宋元南戏发展而来,南戏又本是在村坊小曲、里巷歌谣和宋词等诸多艺术门类的基础上发展起来的,在音乐和表演等方面比杂剧更为自由随意,元末明初"荆"、"刘"、"拜"、"杀"四大南戏和《琵琶记》等艺术成就较高的作品出现之后,南戏逐步规范化、文雅化,声腔也渐趋严密。随着昆山、弋阳、海盐、余姚"四大声腔"的发展成熟,传奇广为传播,取代杂剧,成为一代戏剧的主流。

一 明前期的传奇

明初的传奇与杂剧情况相似,伦理教化的意味十分浓厚。朱元璋欣赏高明的《琵琶记》,称其"如珍馐百味,富贵家岂可缺耶"(明黄溥《闲中今古录》)。在帝王的提倡下,明代前期出现了一些宣扬忠孝节义的作品。弘治时期的文渊阁大学士、理学家邱濬(1421—1495)创作了《五伦全备记》,写伍子胥的传人伍伦全和他的异母弟伍伦备既忠于君,又孝于父,且夫妇和睦、兄弟友善、朋友信义,是为五伦全备,不仅享尽荣华,更得超升仙界。该剧情节板滞,缺乏生活气息,徐复祚《三家村老委谈》说它"纯是措大书袋子语,陈臭腐烂,令人呕秽"。由于作者居于宰辅之位,故也不乏效颦之作,邵璨作《香囊记》便继承了它的陈腐说教,叙述南宋张九成和妻子贞娘在社会动乱中悲欢离合的故事,其中《割肝救姑》一出,实乃"二十四孝"故事之翻版。该剧曲文务求骈丽,好用《诗经》、杜诗成句,宾白也追求雅丽,结构平板,开启了明代传奇骈俪化、典雅化和八股化的倾向。

明前期留存传奇百余种,成就较高的有姚茂良的《精忠记》、苏复之的《金印记》、沈采的《千金记》、王济的《连环记》等。《精忠记》演绎南宋岳飞精忠报国却被秦桧陷害之事,大力讴歌了岳飞的爱国精神。《金印记》将苏秦拜相前后人们对他的态度作鲜明对比,讽刺世间的人情冷暖。《千金记》写楚汉相争故事,以韩信为主线展开。《连环记》讲王允用"美女连环计"灭董卓的故事,貂蝉成为有政治头脑的人物,该剧影响较大,其中多出一度在昆曲、京剧和地方戏舞台上广为流传。这四种传奇虽然主题未离忠孝节义,但其题材的历史意蕴比较丰厚,剧作家在再创作时又融入了自己的人生体验和历史反思,因此具有较强的感染力。

二 明中期的三大传奇

正德、嘉靖以后,明代传奇的发展出现了转机。李开先的《宝剑记》、梁辰鱼的《浣纱记》和相传为王世贞所作的《鸣凤记》三大传奇取得了较高成就,标志着明代传奇繁荣局面的出现。

李开先(1502—1568),字伯华,号中麓,山东章丘人。嘉靖八年(1529)进士,官至太常寺少卿。他和王慎中、唐顺之、陈束、赵时春、熊过、任瀚、吕高等人诗文唱和,人称"嘉靖八子",因上疏批评朝政被削职,著有诗文集《闲居集》、散曲《中麓小令》、词曲杂著《词谑》、杂剧《打哑禅》等。传奇《宝剑记》是李开先的代表作,全剧共 52 出,取材于《水浒传》,但改动较大。作者把高俅之子图谋林冲妻子张真娘一事移到林冲发配之后,以忠奸斗争为全剧的主要矛盾,把林冲塑造为一个忧国忧民、敢于和权贵斗争的士大夫形象,他一再上本参奏高俅、童贯结党营私,祸国殃民,却落得个"毁谤大臣之罪"而被降职,但他毫无畏惧,仍然请求面奏君王,后被高俅设计陷害,误入白虎堂。这一改动,体现了作者关怀现实、希望干预朝政的热情,也表现了他对政治黑暗的深切洞察和猛烈抨击。李开先受严嵩迫害而罢职闲居,胸中积郁着块垒不平之气,借林冲之口得以宣泄。第 37 出描写林冲夜奔是全剧最精彩的部分,贴切地写出了林冲"专心投水浒,回首望天朝"的复杂心情,和"丈夫有泪不轻弹,只因未到伤心处"的英雄失志的悲愤情怀,至今仍在戏剧舞台上演出不衰。

梁辰鱼(约1519—约1591),字伯龙,号仇池外史,江苏昆山人,不屑科举,好任侠,喜结交四方奇士,喜度曲,有诗集《远游稿》、散曲集《江东白苎》、杂剧《红线女》等。他的传奇《浣纱记》原名《吴越春秋》,广采正史及民间传说和宋元杂剧中关于西施、范蠡的故事,写吴王夫差打败越国,俘虏越王勾践,勾践听从范蠡的建议,将范蠡的恋人、浣纱女西施进献给吴王,吴王为西施的美貌所迷惑,废弛国政,杀害忠良。三年后勾践被放回,君臣苦心经营,终于打败吴国,夫差自杀,范蠡功成身退,决心远离政治是非,携西施泛舟而去。该剧以赞扬的笔调写范蠡和西施为国家利益而牺牲自己的爱情和幸福,同时也以较大的篇幅渲染了西施成为政治牺牲品后所感受到的深切悲哀;在表彰越国君臣卧薪尝胆、艰难复国的同时,也嘲弄了吴国君臣的腐化贪婪、奸诈狠毒。范蠡建立了功勋,却也深深认识到功名富贵之不可久恃,明智地选择了功成身退。"呀,看满目兴亡真惨凄,笑吴是何人越是谁?"

范蠡的慨叹，透露出作者看破历史兴亡的沧桑无奈之感，赋予作品以浓厚的悲剧意味。

《浣纱记》把爱情故事和历史兴亡两种主题自然融合，对后来的《长生殿》《桃花扇》等名剧都有所启发。梁辰鱼是被称为"昆曲之祖"的戏曲革新家魏良辅的学生，魏良辅在嘉靖时期革新昆山腔，融入海盐腔、余姚腔、弋阳腔和北曲音乐的优长，形成清柔婉折、跌宕起伏、富有艺术表现力的新昆腔，得到当时广大戏曲爱好者的推崇。梁辰鱼的《浣纱记》便是一部用改良以后的昆腔曲谱创制演出的传奇，与这种新腔相依托，广为流传，产生了深远的影响。

《鸣凤记》大约作于隆庆年间（1567—1572），相传为王世贞或其门人作，实无确凿证据。该剧41出，直接将嘉靖年间的政治斗争搬上戏曲舞台，一方面铺写严嵩、严世蕃父子及其爪牙赵文华、鄢懋卿等人祸国殃民的罪行，另一方面描写杨继盛、董传策、邹应龙等十来位忠臣义士及其家人针锋相对的反严斗争，把他们前仆后继的斗争精神喻为"朝阳丹凤一齐鸣"，广泛而深刻地揭露了当时的政治黑暗，具有重大的现实意义。全剧矛盾冲突十分激烈，成功塑造了几位忧国忧民、刚正不阿、临危不惧的义士形象，"记诸事甚悉，令人有手刃贼嵩之意"（吕天成《曲品》）。该剧开拓了政治悲剧现实化的创作道路，在其影响和感召下，还出现了秋郊子的《飞丸记》、朱期的《玉丸记》和李玉的《一捧雪》等表现反严嵩斗争的传奇。在艺术表现上，该剧打破了传奇作品以生、旦为主的模式，生（杨继盛）、旦（张氏）在第15出就不再出场，是明代传奇中一种颇为特殊的处理。

三 明后期传奇的繁荣局面

万历以后，明代传奇进入了百花齐放的繁荣期。传奇作家众多，许多士大夫都竞作传奇，如万历年间的汤显祖、沈璟、周朝俊、孙钟龄、屠隆、梅鼎祚，天启、崇祯间的王骥德、吕天成、吴炳、孟称舜、袁于令、范文若、阮大铖等。传奇数量多且质量高，数百种传奇都比较成功。许多作家还形成了艺术追求和理论主张相近的流派，以汤显祖和沈璟为代表的临川派和吴江派最为突出。以下择其要者简要介绍。

沈璟（1553—1610），字伯英，别号词隐，吴江（今属江苏）人，万历二年（1574）进士，官至光禄寺丞，后辞官回乡，家居30年，潜心研究词曲，所著《南词全谱》（又称《南九宫十三调曲谱》），在前人曲论的基础上对南曲700多个曲牌进行考订，规范曲牌的句法、音韵、板眼，流行一时，成为曲家制曲和演唱必备的法则。他论曲强调曲文要"本色"，语言朴素自然，又强调协律，在《二郎神》套曲《词隐先生论曲》中说："宁使时人不鉴赏，无使人挠喉捩嗓"，甚至主张"宁协律而不工，读之不成句，而讴之始叶，是曲中之工巧"（吕天成《曲品》）。他的主张对于纠正传奇创作中不合音律、脱离舞台的弊病有积极意义，但过于强调合律，便易于束缚作者的才情。他曾因汤显祖的《牡丹亭》不合昆腔音律而将其改为《同梦记》，引起了汤显祖的不满，导致了著名的"汤沈之争"。沈璟创作和改编的传奇有17种，合称"属玉堂传奇"，现存《红蕖记》《双鱼记》《桃符记》等7种。其中《义侠记》为其代表作，写武松故事，从景阳冈打虎开始，写到上梁山，中间添加武松妻贾氏与母亲寻访武松,路遇孙二娘等情节,对后来的武松打虎戏影响较大。

沈璟在晚明影响很大,他的朋友、子侄、门人较多,追随者众,统被称作"吴江派"。其中较著名的有沈自晋、吕天成、王骥德、范文若、叶宪祖、冯梦龙、袁于令、卜世臣等。吕天成(1580—1618)的《曲品》是一部评论传奇作家和作品的专著,保存了一批珍贵的曲目史料,其评语和论述也不乏真知灼见。王骥德(?—1623)本是徐渭的学生,后受到沈璟的赏识,对汤显祖也很尊敬。他的《曲律》是明代最重要的曲学理论成果,是关于中国戏曲创作规律的比较系统的总结。

晚明剧坛上不属于临川派和吴江派而成就较高的作家有高濂、周朝俊和孙钟龄。

高濂字深甫,号瑞南,钱塘(今浙江杭州)人,曾在京任鸿胪寺官,后隐居西湖。他的创作活动主要在万历前期。传奇《节孝记》上卷写陶渊明辞官归隐的节操,下卷写李密侍奉祖母的孝道。《玉簪记》是他的代表作,写女道士陈妙常与书生潘必正的爱情故事,全剧共34出,细致生动地描写了两人的恋爱心理,具有强烈的喜剧效果,其《琴挑》、《偷诗》、《姑阻》、《秋江》等出,到今天还经常演出,为观众所喜爱。

周朝俊,字夷玉,鄞县(今属浙江宁波)人,万历间人,所作传奇有十余种,今存《红梅记》,写书生裴舜卿在钱塘遇贾似道携姬游湖,姬妾中的李慧娘对裴表露出爱慕之意,贾似道回府后手刃李慧娘,将裴舜卿拘禁于密室,意欲加害。慧娘鬼魂救出裴生。剧中李慧娘具有反抗性格,作者宣扬"一身虽死,此情不泯",认为爱情可以超越生死,战胜黑暗势力的迫害和摧残,与汤显祖《牡丹亭》有相似之处。

孙钟龄,一名仁孺,号白雪楼主人,万历、崇祯间人,著有传奇《醉乡记》、《东郭记》,均为长篇讽刺喜剧。前者取材于《孟子》"齐人有一妻一妾"章,写"齐人"在坟间乞食、偷鸡摸狗,后来凭借逢迎献媚、行贿权门等卑劣手段,博取荣华富贵,爬上了齐国将相的宝座,正是对明末的荒唐吏治和黑暗官场的讽刺与揭露。后者同样运用幻想、夸张手法,对社会现实进行辛辣的讽刺,写才气纵横的乌有生和毛颖在醉乡屡遭磨难,铜士臭却能高中,卓文君的妹妹嫁给胸无点墨的白一丁,使得乌有生在婚姻上败北。钱财权势大于真才实学,这正是明代科考中黑暗一面的真实写照。

随着戏曲创作的繁荣,晚明时期在戏曲整理与出版方面也卓有成绩。臧懋循的《元曲选》、毛晋的《六十种曲》、沈泰的《盛明杂剧》,以及《词林一枝》、《摘锦奇音》等通俗戏曲选刻本的流传,对后来的戏曲创作与演出产生了深远的影响。

第三节 汤显祖和《牡丹亭》

一 汤显祖的生平和思想

汤显祖(1550—1616),字义仍,号海若、若士,别署清远道人、茧翁,临川(今属江西)

人。他的一生历经了嘉靖、隆庆、万历三朝,朝政腐败、社会动荡,内忧外患均十分沉重,士大夫欲有所建树而不可得。他出生在一个书香门第,从他的高祖到他的父亲四代为文,虽然没有做官,在当地却很有声望。他早年就有很高的文名,21岁参加江西乡试,考得第八名举人。由于不肯阿附权贵,他在后来的进士考试中一再受挫。据说内阁首辅张居正想让他作为自己儿子的陪考,许愿让他高中鼎甲,他断然拒绝,说:"吾不敢从处女子失身也。"(邹迪光《临川汤先生传》)直到张居正去世之后的第二年即万历十一年(1583)他才考中进士。新任内阁辅臣张四维、申时行想拉拢他,他也断然拒绝,因而失去了被选为庶吉士的机会,被安排到南京做一名太常博士。当时江南水旱相继,瘟疫流行,关怀现实的汤显祖目击民间的种种惨状,在万历十九年(1591),他向朝廷上了一道《论辅臣科臣疏》,直接抨击内阁首辅申时行等人。该疏震动朝野,更激怒了皇帝和内阁大臣。他因此被贬谪到远在雷州半岛的徐闻县做典史。两年后,他升转为浙江遂昌知县。在遂昌五年,他驱除虎害、压制强豪、劝学兴教,还在除夕放囚犯回去和家人团聚,积极推行他的"仁政"理想,为政佳声遍传两浙。但由于他始终不与当政权者为伍,一直没有获得升迁的机会。由于看清了朝政的腐败,加上丧失子女的打击,他的为政之心渐趋灰冷,在万历二十六年(1598)辞官返乡,隐居著述,以至终老。

汤显祖少年时期师从泰州学派的罗汝芳,从他那里接受了近乎"异端"的思想影响。在南京做官的时候,他佩服王学左派的后期代表李贽,又与从神宗立场反理学的达观禅师(即紫柏)交往密切。李贽与达观被称作晚明的"两大教主"(《万历野获编》卷二七),汤显祖也把他们视为一"杰"、一"雄",说"寻其吐属,如获美剑"(《答管东溟》)。与他们一样,汤显祖反对程朱理学对人性的桎梏,张扬个性,肯定真情,认为"情有者理必无,理有者情必无"(《寄达观》)。在人生屡遭挫折之后,他也以佛、道虚无主义的观点看待尘世,但又不能完全排遣内心的忧愤。他的传奇"临川四梦"正是他的复杂思想与独特个性的立体展示。

汤显祖的诗文也很出色,但在戏曲方面的成就更高。他的传奇作品"临川四梦"又称"玉茗堂四梦",包括《紫钗记》(《紫箫记》的改本)、《牡丹亭》(又称《还魂记》)、《南柯记》、《邯郸记》。其中《牡丹亭》代表了汤显祖传奇创作的最高成就。

二 《牡丹亭》

《牡丹亭》原名《还魂记》,写成于万历二十六年(1598),共55出,是明代传奇中少有的长篇。故事梗概是:南安太守杜宝请腐儒陈最良教授才貌端妍的女儿丽娘读书,读《诗经·关雎》,丽娘受到启发而春心萌动,又到后花园寻春,睡梦中与书生柳梦梅在牡丹亭畔幽会,从此愁闷消瘦,一病不起。她在弥留之际请求把她葬在花园的梅树下,嘱咐丫鬟春香将其自画像藏在太湖石底。其父升任淮阳安抚使,委托陈最良葬女并修建"梅花庵观"。三年后,柳梦梅赴京应试,借宿梅花庵观中,在太湖石下拾得丽娘画像,发现丽娘便是他梦中的佳人。杜丽娘魂游后园,和柳梦梅再度幽会。柳梦梅掘墓开棺,杜丽娘起死回生,两人结为夫妻,前往临安。陈最良看到杜丽娘的坟墓被掘,进京告发柳梦梅盗墓之罪。

柳梦梅在临安应试后，受杜丽娘之托，送家信传报还魂喜讯，却被杜宝囚禁。此时朝廷放榜，柳梦梅中状元，但杜宝拒不承认女儿的婚事。最后皇帝做主，令杜丽娘和柳梦梅结合。

关于《牡丹亭》的题材来源，汤显祖在《题词》中说："传杜太守事者，仿佛晋武都守李仲文、广州守冯孝将儿女事。予稍为更而演之。至于杜守收考柳生，亦如汉睢阳王收考谈生也。"李仲文事见《搜神后记》卷四，冯孝将事见《异苑》卷八，汉睢阳王事见《搜神记》卷十六，他们的女儿都因钟情于男子而希望自由结合、还魂复生。其实对他影响最大的是明代的话本小说《杜丽娘慕色还魂》。《牡丹亭》的故事在该小说中已具雏形，但原话本小说意在讲述一个还魂复生的凄艳故事，缺乏丰厚的主题意蕴。经过汤显祖的再创作，在以下几个方面改动之后，使这一故事具有了崭新的思想意义：其一是改变小说中杜、柳两家门当户对的关系，杜宝从太守升任宰相，柳梦梅则仅是一个穷书生；其二是把小说中缺乏性格和行动的杜宝、连名字都没有的教书先生加重笔墨、塑造为严正的封建卫道士；其三是淡化小说中杜丽娘的淑女色彩，突出其敏感多情、追求自由和爱情的叛逆性格；其四是着意描写了两人结合的曲折历程，突出了自由爱情所受到的社会、家庭的阻力，同时也彰显了男女主人公对爱情的执著精神。

《牡丹亭》成功塑造了杜丽娘这一追求自由与爱情的女性形象，细腻地描绘了她叛逆性格的形成与发展。她处在一个压抑自由人性的生活氛围里：父亲"一味做官，半言难入"（王思任《批点玉茗堂牡丹亭词叙》），母亲深受封建礼教毒害而不自知，他们都受到理学影响下的人生价值观的认可，也按照贤妻良母的标准要求丽娘，要她将来嫁人"知书知礼，父母光辉"。父亲听说她偶尔春困昼眠，便大加呵斥；母亲见她裙子上绣着成双的花、鸟，便害怕引动她的情思；父亲为他请的老师陈最良，也就是她所接触的父亲之外的唯一男人，却是个冬烘透顶的老学究，六十多岁仍然是个穷酸秀才，从不反思自己所走的人生道路，还宣称"从不曾晓得伤个春，从不曾游个花园"。在这样的环境里，丽娘的性格自然有温良贤淑的一面，她捧酒侍奉父母，能记诵男女《四书》，与陈最良第一次见面就提出为师母绣一双绣鞋；她"不向人前轻一笑"，从未去后花园领略大好的春光。但她没有泯灭的自然天性也在不断成长。当她在后花园发现生生不息的自然春光时，蓦然间感到生命的寂寞，感到无人慰解的苦闷，青春的躁动使她在梦中与情郎相会了。

杜丽娘因感春而入梦，在梦中与柳梦梅相会，以自然人性中必有的情望开端，她体验到情郎的千般怜惜、万种温存，虚幻的梦境开启了她少女的情窦，使她不能忘怀。梦醒之后，回到无情的现实之中，她备感痛楚，于是反复去寻求那虚幻的梦境。执著而徒劳的追寻使她一病不起，这时她的性格已不再是温良贤淑的大家闺秀，而是带有叛逆色彩的对于自由和爱情的追求者。为情而死，是杜丽娘性格的一次升华。对她而言，死并不可怕，反倒是实现爱情理想的新起点。她身为鬼魂，对柳梦梅仍旧一往情深，且敢于向阎王殿下的胡判官诉说感梦而亡的全部经过。在历尽艰阻之后，她又为情复生，终于与柳梦梅在现实中结合。为情再生，是她性格的又一次升华。汤显祖在《牡丹亭》的《题词》中说："如丽娘者，乃可谓之有情人耳。情不知所起，一往而深。生者可以死，死可以生。生而不可与死，死而不可复生者，皆非情之至也。"杜丽娘的由生而死、由死而生，体现了"至情"力量的强大。剧本的结尾写柳梦梅中状元,皇帝亲自主婚,未免落入了大团圆结局的俗套。但回到现实之中的杜丽娘敢于在朝堂之上公然对抗父亲的严命,敢于向皇帝诉说自己的心曲,又可以说是她的性格的再一次升华。

《牡丹亭》中其他人物也都写得很成功,如丫鬟春香的天真、活泼与直率,柳梦梅的痴情、纯情与无所畏惧,杜宝夫妇、陈最良、石道姑等人也都各有特色,并对杜丽娘形象的塑造起到了烘云托月的作用。

在艺术上,《牡丹亭》的最大特色是浓郁的浪漫气息和抒情色彩。剧本的主要情节是离奇的,用看似荒诞的情节来表现"情之必有"的人生理想。剧本的大量唱词是主人公的内心独白,写得深情绵邈,富有诗情画意,具有抒情诗一般的感染人心的力量。

《牡丹亭》一上演便受到广大民众的欢迎,"家传户诵,几令《西厢》减价"(沈德符《顾曲杂言》)。作者张扬至情,肯定自然人性,肯定情与欲的完美结合,对于提倡贞节纲常的传统道德观念以猛烈的冲击。剧作的鲜明的时代精神感动了无数个"杜丽娘",鼓舞她们去追求自由与爱情。据记载,娄江女子俞二娘读《牡丹亭》后,层层批注,深为所感,年仅17岁便自伤而亡。杭州女子冯小青的绝命诗说:"冷雨幽窗不可听,挑灯闲看《牡丹亭》,人间亦有痴于我,岂独伤心是小青。"杭州演员商小玲上演《寻梦》时竟然气绝而亡。这些记载,无不可以视为《牡丹亭》富有强大感染力的注脚。

三 汤显祖的其他传奇

《紫箫记》现存34出,是汤显祖的早期作品,取材于唐人蒋防的传奇小说《霍小玉传》,创作未完,后改为《紫钗记》,共53出,情节有所改动,把霍小玉写成良家女子,写她与李益两情相悦,终于结为夫妇。该剧结构稍显散漫,虽已显示出汤显祖驾驭曲文的能力,但未脱骈俪化之痕迹,不够本色晓畅。

《南柯记》取材于李公佐的传奇《南柯太守传》,写淳于棼梦入蚁穴"大槐安国",成为当朝驸马。其妻瑶芳公主为他求官,使他由南柯太守升为右丞相。夫人因惊变病亡后,他在官中淫逸腐化,受到"非俺族类,其心必异"的谗言中伤,被遣送回人世。醒来之后,淳于棼尽管发现他的情缘和官运都是在蚁穴中发生,还是恋恋不舍,在清斋燃指、破生死、人蚁之隔,与公主的幽魂重会。后经契玄禅师度脱,斩断情缘。该剧标志着汤显祖对于人的自然情性的深刻反思:如果说淳于棼在现实中受压抑而变身为蚁是人性的异化,那么,他在宫廷中的淫乱则是更深层次的异化。该剧宣扬佛教的文字过多,结构显得较为散漫。

《邯郸记》据沈既济的《枕中记》改编而成。写穷困的卢生在邯郸旅舍遇道士吕洞宾授他一枕,遂进入梦乡。在梦中娶名门之女,凭着贿赂考中状元,做了二十年宰相,封国公,官加上柱国太师。一梦醒来,店中黄粱方熟,遂悟破人生,随吕洞宾出家。剧中写卢生为追求功名富贵而不择手段,所建"功业"多荒唐无稽,如以"蒸盐煮醋"法开通河道,以"御沟红叶之计"大破吐蕃,实乃对于当朝大臣视为政如儿戏的绝妙讽刺。该剧的创作基于作者多年仕宦生涯中对官场倾轧、科举腐败、官僚奢侈等情况的洞察,深刻地揭示和批判了明代官场的黑暗,也表现了作者对政治的彻底失望、对现实的愤激和理想破灭之后的苦闷。

四 "临川派"其他传奇作家

戏曲史上将与汤显祖声气相求和受他影响的剧作家群体称作"临川派"或"玉茗堂派",其中成就较高的有吴炳、阮大铖和孟称舜。擅长描摹男女情爱,曲文绮丽,构思奇幻,富有浪漫气息,是他们的共同特点。

吴炳(1595—1648),字石渠,号粲花主人,江苏宜兴人,万历末进士,官至江西提学副使,明亡后为清兵所俘,绝食而死。著有传奇《绿牡丹》、《画中人》、《疗妒羹》、《西园记》、《情邮记》5种。

阮大铖(1587—1646),字集之,号圆海,安徽怀宁人,万历末进士,初依附魏忠贤,阉党败后被削职,于南明弘光朝复起,与东林党、复社为敌,继而投降清朝,在仙霞关一战中因头触石而亡。他的人品颇受士林非议,但文学修养很高,所作传奇多种,今存《春灯谜》、《燕子笺》、《双金榜》、《牟尼合》,合称《石巢传奇四种》。

孟称舜(约1600—1655后),字子塞、子若,号卧云子,会稽(今浙江绍兴)人。仕途坎坷,屡试不第。崇祯二年(1629),与其兄称尧同入复社。入清后举为贡生,任松阳训导。作有杂剧、传奇各5种,今存杂剧《桃花人面》、《英雄成败》、《眼儿媚》,传奇《娇红记》、《二胥记》、《贞文记》。还编纂了《古今名剧合选》,辑录56种元、明杂剧(包括他本人的作品),按照婉丽和豪放的不同风格,分为《柳枝集》和《酹江集》,并详加评点,反映了他的戏曲创作主张。《娇红记》是他的代表作,全称《节义鸳鸯冢娇红记》,取材于元代宋梅洞的小说《娇红传》,写王娇娘与申纯相爱,婚事屡受间阻,娇娘终因帅府的逼婚而殉情,申纯虽高中状元,但仍然不能捍卫自己的爱情,他痛不欲生,亦绝食身亡。二人合葬,后人称之为鸳鸯冢。该剧长于摹写陷于爱情的青年男女微妙而复杂的心理,并提出"生同舍,死同穴"的情爱理想,与汤显祖的剧作一样,闪耀着思想与艺术的光辉。

【本章习题指要】
1. 明代杂剧的主要作家作品。
2. 徐渭的杂剧创作及其主要艺术特点。
3. 明代传奇的主要作家作品。
4. 沈璟及"吴江派"的传奇创作主张。
5. 汤显祖思想与戏曲创作。
6. 从杜丽娘的形象塑造看《牡丹亭》的思想和社会意义。

第五章 明代散文

明代散文的总体成就远不及秦、汉,近不如唐、宋,与同时代的戏曲、小说相比,成就和地位也稍显逊色。但还是有一些影响较大、成就较高的作家,写出了不少富有特色的作品。明代成就较高、影响较大的散文作家主要集中在三个时期:一是元末明初,宋濂、刘基等人代表明代散文的第一个创作高潮;二是在正德、嘉靖年间,唐宋派的唐顺之、归有光等人代表明代散文发展的第二个高峰;三是在万历之后的晚明时期,公安派、竟陵派及在晚明思想解放思潮中活跃着的一些小品文作家,标志着明代文学散文的全面繁荣,也代表着明代散文不同于以往时代的个性特征。

第一节 宋濂、刘基与明初散文

一 明前期散文概况

明代开国之后,在大一统政权强调文章的政治教化功能的思想统治下,诗文发展呈现出滑坡的态势,成就较高的作家都集中出现在元末明初。《明史·文苑传》说:"明初……宋濂、王袆、方孝孺以文雄,高、杨、张、徐、刘基、袁凯以诗著,其他胜代遗逸,风流标映,不可指数,盖蔚然称盛已。永、宣以还,作者递兴,皆冲融演迤,不事钩棘,而气体渐弱。"描述的便是明前期诗文日益衰落的事实。宋濂和刘基代表元明之际散文创作的最高成就。

从永乐以后,直至成化末年,文坛上最为流行的是"台阁体"。代表人物是并称"三杨"的杨士奇(1365—1444)、杨荣(1371—1440)和杨溥(1372—1446)。他们都历仕成祖、仁宗、宣宗、英宗四朝,身登台辅重位,受到皇帝优宠,无论是写诗还是作文,都以粉饰太平、歌功颂德为主,以雍容和雅、平易畅达为美,缺乏对于社会现实的深切关怀,缺乏动人心魄的感情力量。台阁体盛极一时,朝野上下仿效者众多。仿效者多不得"三杨"文笔之精华,散缓冗沓的弊病更加严重。成化以后,有识之士希望改变这种诗文风格,先有李东阳为首的"茶陵派",后有李梦阳、何景明为首的"前七子",在他们的冲击之下,台阁体逐渐失去了一统文坛的地位。

二 宋　濂

宋濂(1310—1381),字景濂,其先为金华潜溪人,故称潜溪先生。他曾受业于浙东大儒吴莱、柳贯、黄溍,为饱学之士,元至正九(1349)年被征为翰林院编修,以亲老不赴,隐居著书。后接受朱元璋之召,明开国后任《元史》总裁官,累官至翰林学士承旨、知制诰。洪武十三(1380)年坐胡惟庸党,被流放茂州,病逝于途中。有《宋学士集》。

宋濂学识渊博,明初朝廷的礼乐制作多经他裁定,因而被称作明朝"开国文臣之首"(《明史》本传)。他的文学思想受理学影响较大,认为文与道不可为二,"文非道不立,非道不充,非道不行"(《白云稿序》),很能代表明初朝廷重臣的文学观。他的散文宗法韩愈、欧阳修,具有醇深典正、浑穆雍容的特征。在他各种体裁、各类题材的散文中,写得最好的首先是人物传记,如《王冕传》、《秦士录》、《李疑传》、《杜小环传》等,其长处是能够抓住较为典型的细节、事件或具体场景,把人物性格表现得鲜明生动、栩栩如生。《秦士录》是这类散文的代表。文章选择一系列富有表现力的细节,描绘秦地之士邓弼亦雄亦狂的个性,又以与两书生谈文和谒德王试武二事为主,取材详略得当,叙事曲折生动,把一位心存大志、文武双全的奇士形象勾勒得栩栩如生,且在字里行间流露出对元末人才备受压抑的社会状况的强烈不满,可谓文情俱备,富有极强的艺术感染力。

宋濂的散文中写得较好的另一类是抒情写景的作品。比如《桃花涧修禊诗序》用移步换景的方法展开景物描写,一段一景,各不相袭,笔调清新,写景鲜活生动。比如其中有一段写道:"又三十步,诡石人立,高可十尺余,面正平,可坐而箫,曰凤箫台。下有小泓,泓上石坛广寻丈,可钓。闻大雪下时,四围皆璃树瑶林,益清绝,曰钓雪矶。西垂苍壁,俯瞰台矶间,女萝与陵苔镠辂之,赤纷绿骇,曰翠霞屏。"读来令人心旷神怡。

三 刘　基

刘基(1311—1375),字伯温,青田(今属浙江)人,元至顺四年(1333)进士,曾先后任江西高安县丞、江浙儒学副提举等微职,郁郁不得志,归隐青田著书寄意。至正二十年(1360)与宋濂一起受朱元璋召,成为明代开国谋臣,封诚意伯,后被丞相胡惟庸构陷致死。刘基博通经史,精通天文历法及象纬之学,诗与高启齐名,散文"与宋濂并为一代之宗"(《明史》本传)。他写得最好的是寓言性杂文,代表作《郁离子》共收寓言性杂文195篇,是他在元末隐居青田时的作品。"郁离"的意思是文明,取这样的名字,"其意为天下后世若用斯言,必可抵文明之治"(吴从善《郁离子序》)。书中各篇大都写得寓意深刻,而又形象鲜明,通过寓言故事揭露现实生活的种种弊端,表达作者愤世嫉俗的态度和干预现实的用世激情。如《群蚁》:

南山之隈有大木,群蚁萃焉,穿其中而积土其外,于是木朽而蚁日蕃,则分处其南北之柯,蚁之埵瘷如也。一日,野火至,其处南者走而北,处北者走而南,不能走者,渐而迁于火所未至。已而,俱爇无遗者。

文章短小精悍,没有任何主观的评论,不动声色地讽刺了那些自毁根基而走向灭亡的人。避祸无门的群蚁,又让人联想到当时混乱局面中广大百姓盲目乱撞的窘困处境。其他如《楚人养狙》、《灵丘丈人》、《千里马》等篇,也都托物寓讽,表现出作者对生活的敏锐观察和深刻的批判现实的眼光。著名的《卖柑者言》也是刘基寓言性散文的代表作,该文借卖柑者之口,讥讽元末社会那些"金玉其外,败絮其中"的达官贵人,表现出愤慨的感情和锐利的思想锋芒。刘基的寓言性散文往往夹叙夹议,写得深入浅出,文字简洁古朴,颇得先秦诸子散文中寓言故事的神采。

第二节　归有光与唐宋派散文

弘治以后的诗文创作逐渐摆脱了台阁体的笼罩,李梦阳等人高举复古的大旗,唐寅等人抒写自我情怀,在散文方面也取得了一定成就。但能够代表明中期散文的特色与成就的,是唐顺之、王慎中、茅坤、归有光为代表的唐宋派。

一　唐宋派的兴起及其文学主张

"前七子"倡言"文必秦汉",散文创作多模拟古人,因注重修辞、追求古奥而至于佶屈聱牙、难以卒读,受其影响者更是以艰深文浅陋,其流弊至嘉靖初年甚为显著。王慎中、唐顺之等人力矫其弊,主张学习欧阳修、曾巩等唐宋名家平易畅达的文风,在嘉靖前期的文坛上产生了较大影响。嘉靖后期,"后七子"再次高举复古的旗帜,李攀龙甚至宣扬"视古修辞,宁失诸理"(《送王元美序》),模拟之风又盛极一时。茅坤、归有光与他们抗衡,在承认秦汉散文的高度成就的前提下,主张向距离明代更近的唐宋散文家学习。文学史上把他们称作"唐宋派"。他们主张将辞与理、文与道统一起来,比盲目的崇古论更合乎情理。

王慎中(1509—1559),字道思,号遵岩,晋江(今属福建)人,嘉靖五年(1526)进士,有《遵岩集》;唐顺之(1507—1560),字应德,号荆川,武进(今江苏常州)人,嘉靖八年(1529)进士第一,有《荆川先生文集》。他们在中进士后都曾师法秦汉古文,但志趣逐渐变化,转向学习唐宋散文。王慎中"已悟欧、曾作文之法,乃尽焚旧作,一意师仿,尤得力于曾巩"(《明史》本传)。他作文尤其注重"道"的表现,强调立意为先。李贽评其文说:"其为文也,恒以构意为难,每一篇,必先反覆沉思,意定而辞立就。细观之,铺叙详明,部伍整密,语华赡而意深长。"唐顺之也紧接王慎中的转变而主张学习唐宋文,对曾巩推崇备至,甚至认为"三代以下之文,未有如南丰"(《与王遵岩参政》)。他在中年以后接受阳明心学的影响,提倡"本色",认为作文"但直据胸臆,信手写出,如写家书,虽或疏卤,然绝无烟火酸馅习气,便是宇宙间一样绝好文字"(《答茅鹿门书》),不应过分讲究"绳墨布置"。

茅坤(1512—1601),字顺甫,号鹿门,归安(今浙江吴兴)人,嘉靖十七年(1538)进士,著有《白华楼藏稿》等。他编纂的《唐宋八大家文钞》选辑韩愈、柳宗元、欧阳修、苏洵、苏轼、苏辙、曾巩、王安石八家文章共164卷,对后世产生了深远的影响。其总序说:"世之操觚者往往谓文章与时相高下,而唐以后且薄不足为。噫!抑不知文特以道相盛衰,时非所论也。"在反对复古、主张文道合一方面,他与王慎中、唐顺之是一致的。

二 归有光

在唐宋派中,散文创作成就最高的是归有光。归有光(1506—1571),字熙甫,昆山(今属江苏)人,嘉靖十九年(1540)举人,后八次进士考试皆不中,嘉靖四十四年(1565)始登进士第,官长兴知县、南京太仆寺丞,有《震川先生文集》。他处在后七子声势煊赫的时代,不但不为所囿,而且讥其为"妄庸巨子",说"今世相尚以琢句为工,自谓欲追秦、汉,然不过剽窃齐、梁之余,而海内宗之,翕然成风,可为悼叹耳"(《与沈敬甫》)。他推崇司马迁的《史记》,又尊尚唐宋诸家,转益多师,博观约取,《四库全书总目》以为:"自明季以来,学者知由韩、柳、欧、苏沿洄以溯秦、汉者,有光实有力焉。"

归有光也标榜六经,主张文道合一,但他所说的"道"并不完全囿于儒家道统,而是有贴近日常的生活的一面。他说:"圣人者,能尽乎天下之至情者也。"所谓"至情",也就是"匹夫匹妇以为当然"(《泰伯至德》)的人伦之情,因此,他也注重散文的抒情功能和审美特质。他有许多记事写人的散文,如《项脊轩志》、《先妣事略》、《见村楼记》、《寒花葬志》等,叙家人之谊,朋友之情,写得感情真挚,文笔生动,富有亲切动人的艺术魅力。《项脊轩志》以"百年老屋"项脊轩的兴废为线索,穿插了对祖母、母亲、妻子的回忆,抒发了人亡物在、世事沧桑的感怀。所忆者均属家庭琐事,但极富人情味。《寒花葬志》为悼念名叫寒花的夭殇小婢而作,全文共百余字,却以两个细节勾勒婢女形象,写出庭闱人情,并从侧面表达了对于亡妻魏孺人的怀思,极为凝练:

> 婢,魏孺人媵也。嘉靖丁酉五月四日死。葬虚丘。事我而不卒,命也夫。婢初媵时,年十岁,垂双鬟,曳深绿布裳。一日天寒,爇火煮荸荠熟,婢削之盈瓯。予入自外,取食之,婢持去不与。魏孺人笑之。孺人每令婢倚几旁饭,即饭,目眶冉冉动,孺人又指予以为笑。回思是时,奄忽便已十年。吁!可悲也已!

与作者的另一名篇《项脊轩志》一样,这篇小文写的是日常生活中的琐屑小事,却有真挚的感情从朴素的文字间流出,文笔平易淡雅,给人以如对谈笑之感,体现了归有光文学散文的典型风格。

尽管归有光的文集中大量充斥着应酬文章和宣扬儒家理念的高头讲章,这一类寄托着深厚感情的散文数量不多,但在当时的文坛上却给人以耳目一新之感,奠定了他在明代散文史上的较高地位。

第三节　公安派与晚明时期的小品文

晚明时期的小品文代表明代文学散文的全面繁荣和时代特征。"小品"一词本为佛教用语,始于晋代,指佛经译本中的简本(详本为"大品")。明代后期,人们开始用以指称一般文章,主要是指抒写自由、篇幅简短而意味隽永、抒情性较强而无关重大社会主题的文字,以区别于关乎国家政典、理学精义的"高文大册"。它所指的并不是某一文体类型,可以是尺牍、游记、书信,也可以是日记、传记、序跋等等。在我国散文史上,小品文其实早就存在,比如六朝时期的《世说新语》、《水经注》和宋人苏轼的一些随手抒写的书信、随笔等。只是到了晚明时期,小品文格外繁荣起来。这与晚明思想解放的潮流是密切相关的。文人雅客谈禅说道、游山玩水、饮酒品茶、游园狎妓等闲散自在的生活,把自由率真的性灵随意表现于文字之中,便是绝妙的小品文。

一　李贽与"童心说"

李贽(1527—1602),字宏甫,号卓吾、温陵居士,晋江(今属福建)人,回族。他自幼倔强,善于独立思考,不信回教,也不受儒学传统观念束缚。嘉靖三十一年(1552)中举人,曾任南京刑部主事、云南姚安知府。万历八年(1580),李贽辞去官职,至湖北黄安耿家相聚讲学,后因学术论争与耿定向关系破裂,迁至麻城龙湖芝佛院,剃去头发以示与世俗决绝,继续进行著述与讲学。万历三十年(1602),李贽以"敢倡乱道,惑世诬民"的罪名被朝廷逮捕,最后在狱中自杀身亡。他的著作有《焚书》、《续焚书》、《藏书》、《续藏书》等多种。

李贽的思想具叛逆色彩和反抗精神。他肯定人的世俗欲望的合理性,指出"穿衣吃饭即是人伦物理,除却穿衣吃饭,无伦物矣"(《答邓石阳》),与程朱理学"存天理,灭人欲"的观念相抵牾,因而被人视为异端,他也公然以"异端"自居。他张扬个体生命的价值,说:"夫天生一人,自有一人之用,不待取给于孔子而后足也。"(《答耿中丞》)他论诗文都强调思想情感的真实坦率与艺术表现的自由不拘,其《童心说》宣称:"天下之至文,未有不出于童心焉者也。"所谓"童心",即"绝假纯真,最初一念之本心",强调其应不受任何外在的"闻见道理"(包括理学观念)的遮蔽,应该真实坦率地表露内心的情感和欲望。他反对伪道学,认为"六经、《语》、《孟》,乃道学之口实,假人之渊薮也,断断乎其不可以语于童心之言明矣",将儒学经典视为与"童心"对立的伪道学存在的依据,在晚明时期的思想解放潮流中占有重要地位。

李贽的散文见解独特,随意挥洒,语言泼辣犀利,具有鲜明的个性。比如他的《自赞》说:"其性褊急,其色矜高,其词鄙俗,其心狂痴,其行率易,其交寡而面见亲热。其与人也,好求其过而不悦其所长;其恶人也,既绝其人,又终身欲害其人。"写自己疏狂狷介、嫉恶如仇的个性,颇能代表他为人与为文的独特风格。《李白诗题辞》从讨论李白的籍贯切入,指出李白的精神超越时空、无处不在,表达了对这位诗人的赞叹向往之情,同时又讽刺了那些借争求名人籍贯来博取荣誉的人,把一个学术问题审美化,写来随意挥洒,丝毫不受格套束缚:

> 升庵曰:"白慕谢东山,故自号东山李白。杜子美云'汝与东山李白好'是也。刘昫修《唐书》,乃以白为山东人,遂致纷纷耳。"因引曾子固称白蜀郡人,而取《成都志》谓白生彰明县之青莲乡以实之。卓吾曰:蜀人则以白为蜀产,陇西人则以白为陇西产,山东人又借此以为山东产,而修入《一统志》,盖自唐至今然矣。今王元美断以范传正《墓志》为是,曰:"白父客西域,逃居绵之巴西,而白生焉。是谓实录。"呜呼!一个李白,生时无所容入,死而百余年,慕而争者无时而已。余谓李白无时不是其生之年,无处不是其生之地。亦是天上星,亦是地上英。亦是巴西人,亦是陇西人,亦是山东人,亦是会稽人,亦是浔阳人,亦是夜郎人。死之处亦荣,生之处亦荣,流之处亦荣,囚之处亦荣,不游不囚不流不到之处,读其书,见其人,亦荣亦荣!莫争莫争!

文言与白话夹杂在一起,一连串脱口而出的排比句,以及最后那叮咛呼告而又带些调侃意味的语气,都生动地传达了这位"生时无所容入"的杰出思想家的犀利锋芒,令读者如见其人、如闻其声,实为公安派"独抒性灵,不拘格套"的小品文的先声。

二 公安派与"性灵说"

在万历后期的文坛上,影响最大的诗文流派是公安派。袁宗道(1560—1600)、袁宏道(1568—1610)、袁中道(1570—1623)三兄弟是公安派的领袖,他们是湖北公安人,并称"三袁"。他们都受到李贽思想尤其是"童心说"的影响,进一步提出了著名的"性灵说"。"独抒性灵,不拘格套"是性灵派的文学宣言,也是他们张扬个性、反对复古的口号。这一主张是袁宏道在《叙小修诗》中提出来的:"(小修诗)大都独抒性灵,不拘格套,非从自己胸臆流出,不肯下笔。有时情与境会,顷刻千言,如水东注,令人夺魂。其间有佳处,亦有疵处。佳处自不必言,即疵处亦多本色独造语。然予则极喜其疵处,而所谓佳者,尚不能不以粉饰蹈袭为恨,以为未能尽脱近代文人气习故也。"性灵说的主张既是就诗歌而言,也完全可以通之于散文。袁宏道极力反对复古派诸子以古人创作为标准的文学思想,认为他们的创作都落入了既定的格套。他认为诗文应该表露真情、不受成法拘束。他还特别强调诗文"令人夺魄"的艺术感染力。为了摆脱"粉饰蹈袭"的习气,他甚至认为诗文有疵病者更佳,这就不免矫枉过正了。

性灵说明确肯定人在世俗生活中的情感和欲望,强调个性的发扬。他们的文学主张,是晚明个性解放思潮在文学领域的集中体现。袁宗道的散文充满传统文人士大夫那种闲逸的情趣,喜欢谈禅说理,游记散文如《戒坛山》、《上方山四记》、《小西天》等,都写得真切感人。袁中道的散文创作很丰富,游记散文如《游石首绣林山记》、《游鸣凤山记》、《金粟园记》等,既描摹入微,又能做到情景交融。尺牍《寄蕴璞上人》、《答潘景升》等直抒胸臆,文笔简练明畅。日记《游居柿录》文笔精粹,对后世日记体散文有一定影响。

三 袁宏道的小品文

"三袁"中袁宏道声望最高,文学创作的实绩也最为突出。他的游记散文有 70 多篇,很能体现他提出的"独抒性灵,不拘格套"的文学主张,在艺术上取得了很高的成就,可以视为柳宗元之后游记散文的又一高峰。

袁宏道万历二十年(1592)登进士第,但无意仕进,喜欢寻师访友、游历山川。在任吴县令时,他在给朋友写的信中自道为官之苦说:"大约遇上官则奴,候过客则妓,治钱谷则仓老人,喻百姓则保山婆。一日之间,百暖百寒,乍阴乍阳,人间恶趣,令一身尝尽矣。苦哉!毒哉!"为官的苦恼实在束缚他的个性,他便辞去县令的职位,在苏杭一带游玩,写下了很多出色的游记,如《虎丘记》、《初至西湖记》等。《雨后游六桥记》也作于这一时期:

> 寒食后雨,予日此雨为西湖洗红,当急与桃花作别,勿滞也。午霁,偕诸友至第三桥,落花积地寸余,游人少,翻以为快。忽骑者白纨而过,光晃衣,鲜丽倍常,诸友白其内者皆去表。少倦,卧地上饮,以面受花,多者浮,少者歌,以为乐。偶艇子出花间,呼之,乃诗僧载茶来者。各啜一杯,荡舟浩歌而返。

这篇游赏西湖的小品文表现了作者放任洒脱的个性与亲和自然的人生态度,文笔清丽,意趣横生。

性灵派推崇白居易和苏轼,也继承了他们知足常乐、亲近自然、热爱世俗生活的人生态度。他们并非不关注现实,但更追求精神的自由解脱。投身到水光山色之中,摆脱了官场和道学的束缚,他们笔下的文字也随之"变板重为轻巧,变粉饰为本色,致天下耳目于一新"(《四库全书总目》评袁宏道诗文)。《满井游记》同样表达了袁宏道开朗乐观的性格和怡然自得的心情:

> 燕地寒,花朝节后,余寒犹厉。冻风时作,作则飞沙走砾,局促一室之内,欲出不得。每冒风驰行,未百步,辄返。廿二日,天稍和,偕数友出东直,至满井。高柳夹堤,土膏微润,一望空阔,若脱笼之鹄。于时冰皮始解,波色乍明,鳞浪层层,清澈见底,晶晶然如镜之新开,而冷光之乍出于匣也。山峦为晴雪所洗,娟然如拭,鲜妍明媚,如倩女之靧面,而髻鬟之始掠也。柳条将舒未舒,柔梢披风,麦田浅鬣寸许。游人虽未盛,泉而茗者,罍而歌者,红装而蹇者,亦时时有。风力虽尚劲,然徒步则汗出浃背。凡曝沙之鸟,呷浪之鳞,悠然自得,毛羽鳞鬣之间,皆有喜气。始知郊田之外,未始无春,而城居者未之知也。夫能不以游堕事,而潇然于山石草木之间者,惟此官也。而此地适与余近,余之游将自此始,恶能无纪?己亥之二月也。

四 竟陵派的文学主张和小品文

公安派之后，在晚明文坛上出现了另外一个影响较大的诗文流派——竟陵派，代表人物是钟惺和谭元春。钟惺（1574—1624），字伯敬，号退谷，万历三十八年（1610）进士，官至福建提学佥事，著有《隐秀轩集》。谭元春（1586—1637），字友夏，号鹄湾，又号寒河，天启七年（1634）举于乡，崇祯十年死于赴进士考试的途中，著有《谭友夏合集》。他们都是湖北竟陵人，文学主张相近，并且在万历末年一起评选了一部古代诗歌选本，名为《诗归》。在《诗归序》中，他们宣扬自己的理论主张，产生了很大影响。他们接受了公安派的性灵说，认为"夫真有性灵之言，常浮出纸上，决不与众言伍"（谭元春《诗归序》），又看到公安派俚俗、浮浅、率易的毛病，希望矫正其弊端。具体的方法则是向古人学习，"引古人之精神，以接后人之心目"，这又是对前后七子复古论的扬弃。他们论诗文强调"灵"与"厚"的统一，其要旨，则在于以诗文表现自己超离尘俗的幽独情思。钟惺说："真诗者，精神所为也。察其幽情单绪，孤行静寄于喧杂之中，而乃以其虚怀定力，独往冥游于寥廓之外。"（《诗归序》）谭元春说："夫人有孤怀，有孤诣，其名必孤行于古今之间，不肯遍满寥廓。而世有一二赏心之人，独为之咨嗟彷徨者，此诗品也。"由此看来，他们追求的"真"，是一种"幽深孤峭"的风格，表现的是封建社会的末世文人主动选择社会边缘的地位，而又在孤独寂寥中寻求精神慰藉的孤芳自赏的文化心态。

竟陵派的小品文力避公安派小品文近世俗、恃机智、逞辩博、轻挥洒的作风，讲究意境的提升和构思布局，注重字句的锤炼，并且追求孤峭幽冷、深曲寂静的意境，以此超越流俗，自辟蹊径。陆云龙在《钟伯敬先生小品序》中说他的作品"宁简无繁，宁新无袭，宁厚无佻，宁灵无痴"，概括了竟陵派小品文的艺术审美特征。

钟惺的《浣花溪记》由浣花溪幽静的景色而思及杜甫，写杜甫相貌的"清古"，抓住他在穷愁奔走之际尚能择地而居的悠然情趣，从而表现了作者自己的人生追求和审美趣味，是竟陵派小品文的代表作：

出成都南门，左为万里桥。西折，纤秀长曲，所见如连环，如玦，如带，如规，如钩，色如鉴，如琅玕，如绿沉瓜，窈然深碧，潆回城下者，皆浣花溪委也。然必至草堂而后浣花有专名，则以少陵浣花居在焉耳。

行三四里，为青羊官。溪时远时近，竹柏苍然，隔岸阴森者尽溪，平望如荠，水木清华，神肤洞达。自官以西，流汇而桥者三，相距各不半里。舁夫云，通灌县，或所云"江从灌口来"是也。人家住溪左，则溪蔽不时见。稍断，则复见溪。如是者数处。缚柴编竹，颇有次第。

桥尽，一亭树道左，署曰"缘江路"。过此则武侯祠。祠前跨溪为板桥一，覆以水槛，乃睹浣花溪题榜。过桥，一小洲横斜插水间如梭。溪周之，非桥不通。置亭其上，题曰"百花潭水"。由此亭还，度桥，过梵安寺，始为杜工部祠。像颇清古，不必求肖，想当尔尔。石刻像一，附以本传，何仁仲别驾署华阳时所为也。碑皆不堪读。

> 钟子曰:杜老二居,浣花清远,东屯险奥,各不相袭。严公不死,浣豁可老。患难之于友朋大矣哉! 然天遣此翁增夔门一段奇耳。穷愁奔走,犹能择胜;胸中暇整,可以应世。如孔子微服主司城贞子时也。
>
> 时万历辛亥十月十七日。出城欲雨,顷之霁。使客游者,多由监司郡邑招饮,冠盖稠浊,磬折喧溢,迫暮趣归。是日清晨,偶然独往。楚人钟惺记。

五　张岱的小品文

除公安派和竟陵派之外,晚明时期还有一些出色的小品文作家,如屠隆(1542—1605)、陈继儒(1558—1639)、王思任(1574—1646)、徐宏祖(1586—1641)、祁彪佳(1602—1645)等等。明末张岱的小品文能够集众家之长,数量多而且质量很高,在明代散文史上占有重要地位。

张岱(1597—1679),字宗子,又字石公,号陶庵、蝶庵、天孙、六休居士等,山阴(今浙江绍兴)人。他出生于仕宦之家,早年过着衣食无忧的闲逸生活,正如其《自为墓志铭》中所说:"少为纨绔子弟,极爱繁华。好精舍,好美婢,好娈童,好鲜衣,好美食,好骏马,好华灯,好烟火,好梨园,好鼓吹,好古董,好花鸟,兼以茶淫橘虐,书蠹诗魔。"入清之后以遗民自居,避乱山中,布衣蔬食,著书追忆昔日豪华生活,写成了《陶庵梦忆》《西湖梦寻》《琅嬛文集》,还有《石匮书》《史阙》《夜航船》等学术著作。

张岱的小品文善于把写景与写人、写风俗民情结合起来,读之犹如见晚明时期江南的生活画卷,新鲜生动,富有诗情画意。他汲取了公安派与竟陵派小品文的长处,有公安派的活泼生动而能避免其油滑浅薄,有竟陵派的冷峻深曲而又不乏幽默和潇洒,而且时而反思人生,流露出易代之际一位遗民的悲凉情绪,形成了自己独特的风格。他的代表作《西湖七月半》《湖心亭看雪》《西湖香市》等,都是脍炙人口的小品文名篇。且看《湖心亭看雪》:

> 崇祯五年十二月,余住西湖。大雪三日,湖中人鸟声俱绝。是日更定矣,余拿一小舟,拥毳衣炉火,独往湖心亭看雪。雾凇沆砀,天与云、与山、与水,上下一白,湖上影子,惟长堤一痕、湖心亭一点、与余舟一芥、舟中人两三粒而已。到亭上,有两人铺毡对坐,一童子烧酒炉正沸。见余大惊喜曰:"湖中焉得更有此人!"拉余同饮。余强饮三大白而别。问其姓氏,是金陵人,客此。及下船,舟子喃喃曰:"莫说相公痴,更有痴似相公者。"

这篇小品文不足200字,却能融叙事、写景、抒情于一体,"一痕"、"一点"、"一芥"、"两三粒"的景物点染,将天长水远的开阔境界和万籁无声的寂静氛围全都传达出来,令人拍案叫绝。文章善用对比手法,大与小、冷与热、孤独与知己,对比鲜明,极好地表现了作者人生渺茫的深沉感慨和挥之不去的故国之思。

张岱的小品文大都不是纯粹写景,而是将山水作为民俗风情的背景。他居住杭州40多年,对杭州的历史掌故、自然景色和市井风情了然于心,正如王雨谦在《西湖梦寻序》中所说:"湖中典故,真有世居西湖之人所不能识者,而陶庵识之独详;湖中景物,真有日在西湖而不能道者,而陶庵道之独悉。今乃山川改革,陵谷变迁,无怪其惊惶骇怖,乃思梦中寻往也。"脍炙人口的名篇《西湖七月半》不写西湖的水光山色,而是详细描写湖上的游人,烘托出繁华热闹的生活气息。《西湖香市》也是张岱小品文的名篇:

> 西湖香市,起于花朝,尽于端午。山东进香普陀者日至,嘉湖进香天竺者日至,至则与湖之人市焉,故曰香市。
>
> 然进香之人市于三天竺,市于岳王坟,市于湖心亭,市于陆宣公祠,无不市,而独凑集于昭庆寺,昭庆寺两廊故无日不市者。三代八朝之古董、蛮夷闽貊之珍异,皆集焉。至香市,则殿中边甬道上下,池左右,山门内外,有屋则摊,无屋则厂,厂外又棚,棚外又摊,节节寸寸。凡胭脂簪珥,牙尺剪刀,以至经典木鱼,孩儿嬉具之类,无不集。此时春暖,桃柳明媚,鼓吹清和,岸无留船,寓无留客,肆无留酿。袁石公所谓"山色如娥,花光如颊,波纹如绫,温风如酒",已画出西湖三月。而此以香客杂来,光景又别。士女闲都,不胜其村妆野妇之乔画;芳兰芗泽,不胜其合香芫荽之薰蒸;丝竹管弦,不胜其摇鼓欱笙之聒帐;鼎彝光怪,不胜其泥人竹马之行情;宋元名画,不胜其湖景佛图之纸贵。如逃如逐,如奔如追,撩扑不开,牵挽不住。数百十万男男女女老老少少,日簇拥于寺之前后左右者,凡四阅月方罢,恐大江以东,断无此二地矣。
>
> 崇祯庚辰三月,昭庆寺火。是岁及辛巳、壬午洊饥,民强半饿死。壬午虏鲠山东,香客断绝,无有至者,市遂废。辛巳夏,余在西湖,但见城中饿殍异出,扛挽相属。时杭州刘太守梦谦,汴梁人,乡里抽丰者,多寓西湖,日以民词馈送。有轻薄子改古诗诮之曰:"山不青山楼不楼,西湖歌舞一时休,暖风吹得死人臭,还把杭州送汴州。"可作西湖实录。

描写西湖香市的盛况,可以视为一幅典型的明末风俗图;末段对香市废弃后凄凉景物的描写,则表现出身经易代的作者复杂深沉的感慨。

【本章习题指要】

1. 明代散文创作的三个高峰时期及其主要作家作品。
2. "台阁体"的代表作家及其创作的一般特点。
3. 宋濂、刘基的散文各有什么特点?
4. "唐宋派"及其文学创作主张。
5. 归有光散文的特色。
6. 什么是小品文?
7. 李贽的"童心说"及其在散文创作中的体现。
8. "公安派"的"性灵说"与文学创作。

9. 袁宏道小品文的创作特点。
10. "竟陵派"的文学主张及其在小品文创作中的体现。
11. 张岱小品文创作的特色。

第六章 明代诗歌

　　明代诗歌的总体成就不及唐宋,而且与唐宋诗鲜明的时代特色相比,明诗也缺乏独特的个性色彩。沈德潜《明诗别裁集序》说:"宋诗近腐,元诗近纤,明诗其复古也。"其言虽不免以偏概全,但至少可以说,复古还是反复古,是明代诗人思考的主要问题。明代诗坛上出现的许多诗歌流派,都是围绕这一问题展开他们的理论主张的。

　　就创作实绩而言,明代诗歌有三个比较活跃、成就相对较高的时期:一是立国之初,有一批由元入明的诗人,其中高启的成就最高;二是弘治、正德间,李梦阳、唐寅等人雄峙南北,开创了明代诗歌的新气象;三是万历后期,公安派力反复古,竟陵派折中于复变之间,明末党社成员则再揭复古派大旗,为明代诗歌发展画上了一个苍凉悲壮的句号。

　　散曲与民歌也是明代诗歌的重要组成部分。虽然它们都用于演唱,与一般意义上的文人诗歌有所不同,但都是抒情而押韵的文学样式,如果不考虑其配乐演唱的性质,则与诗歌更为接近。明代民歌新鲜活泼,俏皮生动,其艺术成就为唐宋民歌所不及。

第一节　高启与明前期诗

　　明初诗歌,据《明史·文苑传序》说是"蔚然称盛",可以视为明诗史上的第一个高潮。这一高潮实际是由一些从元入明的诗人创造的,刘基、高启、袁凯等人诗歌创作的黄金时代都在元末。从1368年朱元璋建立明王朝起,一直到明宪宗成化年间(1465—1487),在专制主义和程朱理学的钳制束缚下,诗界很快陷入低谷。直到成化末年,以李东阳为首的茶陵派出现,才改变了诗坛的荒芜局面,为复古派的兴起开辟了道路。

一　高　启

　　高启(1336—1374),字季迪,长洲(今苏州)人。元末张士诚据吴,高启隐居吴淞青丘,号青丘子。洪武二年(1369),应召赴金陵修《元史》,授翰林院国史编修,次年擢户部右侍郎,坚辞不受,被赐金放还。洪武六年(1373),苏州太守魏观将新府治建于张士诚宫殿旧址,被人告发有谋反嫌疑,高启因为其撰《上梁文》受牵连,洪武七年(1374)秋被腰斩,年仅39岁。

　　高启生活在元明之际,写了不少反映时代战乱、感慨民生艰难的诗,如《吴越纪游·

过奉口战场》以纪实的笔法叙写路上所见的饥鸢、枯蓬、白骨、空村,慨叹"年来未休兵,强弱事并吞,功名竟谁成,杀人遍乾坤",并表达了自己"愧无拯乱术,伫立空伤魂"的悲伤无奈的情绪。这类诗表明高启是一个关怀现实的诗人。但最能代表他创作特点的,是表现自我个性、抒写生活志趣的诗。如《青丘子歌》:

青丘子,臞而清,本是五云阁下之仙卿。何年降谪在世间,向人不道姓与名。蹑屩厌远游,荷锄懒躬耕。有剑任锈涩,有书任纵横。不肯折腰为五斗米,不肯掉舌下七十城。但好觅诗句,自吟自酬赓。田间曳杖复带索,旁人不识笑且轻。谓是鲁迂儒、楚狂生。青丘子,闻之不分意,吟声出吻不绝咿咿鸣。朝吟忘其饥,暮吟散不平。当其苦吟时,兀兀如被醒。头发不暇栉,家事不及营,儿啼不知怜,客至不果迎。不忧回也空,不慕猗氏盈,不惭被宽褐,不羡垂华缨。不问龙虎苦战斗,不管乌兔忙奔倾。向水际独坐,林中独行。斫元气,搜元精。造化万物难隐情,冥茫八极游心兵,坐令无象作有声。微如破悬虱,壮若屠长鲸。清同吸沆瀣,险比排峥嵘。霭霭晴云披,轧轧冻草萌。高攀天根探月窟,犀照牛渚万怪呈。妙意俄同鬼神会,佳景每与江山争。星虹助光气,烟露滋华英。听音谐《韶》乐,咀味得大羹。世间无物为我娱,自出金石相轰铿。江边茅屋风雨晴,闭门睡足诗初成。叩壶自高歌,不顾俗耳惊。欲呼君山老父携诸仙所弄之长笛,和我此歌吹月明。但愁欻忽波浪起,鸟兽骇叫山摇崩。天帝闻之怒,下遣白鹤迎。不容在世作狡狯,复结飞珮还瑶京。

这首诗作于元至正二十年(1360),很能表现高启清高卓荦、疏放任真的性格。诗的开头和结尾都以"谪仙"自命,纵恣的气势和瑰奇的表现手法近于李白。但厌远游、懒躬耕、"不肯掉舌下七十城"、"不问龙虎苦战斗"的消极情绪,却表现着诗人与社会政治的隔膜,与李白的积极进取迥然不同。当时高启已深刻认识到政治斗争的残酷性,不再有少年时期"为君致时康"(《赠薛相士》)的用世激情。诗以一位在日常生活中孤傲放达、无拘无束的苦吟诗人的形象,展现了诗人不随时俗的生活态度,表现出强烈的个性意识和主体精神。中间大段文字叙写诗人对诗歌创作的投入与执著,特别是"斫元气,搜元精"至"自出金石相轰铿"一段,以形象生动的笔法写创作的乐趣,其境界极美,说明高启以神与物游的审美胜境为人生的最高追求。

高启还写了大量咏史怀古和托物寄慨的诗篇。如《登金陵雨花台望大江》写自己"酒酣走上城南台",观览"大江来从万山中,山势尽与江流东,钟山如龙独西上,欲破巨浪乘长风"的壮丽景象,想到金陵历史上的政治风云,"坐觉苍茫万古意,远自荒烟落日之中来",想到前三国、后六朝,谁都难以逃脱覆亡的命运,发出了"英雄乘时务割据,几度战血流寒潮"的深沉感慨。诗的结尾说:"我生幸逢圣人起南国,祸乱初平事休息,从今四海永为家,不用长江限南北。"对于一统江山的新王朝似抱着很大希望。但这种希望很快就破灭了,他仍然看到"林空烟不起,门掩日将斜"(《江上见逃民家》)的萧条景象,仍然感到政治的险恶,诗的基调仍然比较低沉。《池上雁》以"冥飞惜未高,偶为弋者取"的大雁自喻,形象地表现了自己在官场中感到的不适,其"哀鸣每延伫"表现了自己内心的悲凉。

再如《秋柳》：

> 欲挽长条已不堪，都门无复旧氍毹。此时愁杀桓司马，暮雨秋风满汉南。

此诗作于高启在金陵应召修史期间。凋残的秋柳已触起"人何以堪"的感慨，加之"暮雨秋风"的氛围渲染，更添一层愁思。这首诗也是托物寄慨，情思却比《池上雁》更含蓄，颇有一唱三叹的韵致，直接影响到清初王士禛的同题诗作。诗所抒发的孤独凄冷的情思，与新王朝的"盛世"气象是不协调的。他的被杀，是不同新朝合作的结果。

高启的诗各体兼工，尤以笔力矫健、气势纵肆的七言歌行最胜。他不但是明初最杰出的诗人，也是有明一代诗人之翘楚。明清时期许多人对他推崇备至，《四库全书总目提要》说："高启天才高逸，实据明一代诗人之上。……振元末纤秾缛丽之习而返之于古，启实为有力。"他的诗集有多种版本，以清人金檀《高青丘诗集注》最完备，上海古籍出版社的《高青丘集》是其点校本。

二　明前期的诗坛

除高启外，明初影响较大的诗人还有刘基、袁凯等。刘基与高启齐名，元末之作沉郁苍凉，成就较高。入明之后，除部分歌功颂德的应景之作外，多数作品叹老嗟穷，不再有往日的风骨。袁凯（生卒年不详），字景文，号海叟，华亭（今上海松江）人，明初任监察御史，因言语为朱元璋所厌，佯狂得免。他少时以《白燕诗》得盛名，人称"袁白燕"。另外，杨基、张羽、徐贲，与高启并称"吴中四杰"，其诗各有特色，成就不及高启。

永乐至成化（1403—1487）的数十年间，明诗发展进入了一个低谷。当时的流行诗风，在朝者为"台阁体"，在野者为"性理诗"。"台阁"又称"馆阁"，主要指翰林院和内阁。"台阁体"是当时台阁名臣、史称"三杨"的杨士奇、杨荣、杨溥所代表的诗文风格。他们的作品用于歌功颂德、应酬交际，追求雍容醇厚、平正典雅，缺乏个性风采，效仿者更是陈陈相因，千篇一律，无艺术生命可言。"性理诗"指理学家阐发性理之学的诗作，不讲究艺术形象和语言规范，缺乏感情和文采，受到后来论诗者尖锐的批评。

为明前期诗坛揭开新篇章的是李东阳和以他为核心的茶陵诗派。李东阳（1447—1516），字宾之，号西涯，茶陵（今属湖南）人，天顺八年（1468）进士，累官少师兼太子太师、吏部尚书、华盖殿大学士。他的声名和影响虽至弘治年间臻于鼎盛，但他以台阁重臣的身份领袖文坛，其诗风与台阁体渊源颇深，习惯上仍将他视为明前期的诗人。他论诗强调诗歌的审美规范，强调诗与文有别，重视诗的声调、情韵之美，认为诗应"贵情思而轻事实"，具备"陶写情性，感发志意，动荡血脉，流通精神，有至于手舞足蹈而不自觉"（《怀麓堂诗话》）的感染力，并主张宗法唐人，推崇李、杜、王、孟。这些观点贯穿在他的诗歌创作中，使他的诗歌格律谨严，声调宏畅。如其《寄彭民望》：

> 斫地哀歌兴未阑，归来长铗尚须弹。秋风布褐衣犹短，夜雨江湖梦亦寒。木叶下时惊岁晚，人情阅尽见交难。长安旅食淹留地，惭愧先生首蓿盘。

诗的前六句均从对方落笔,代友人抒发怀才不遇、人生艰难的悲愤凄苦之情,至结尾才提到寄赠之旨,表达自己游于京师却不能提携友人的惭愧之感。《怀麓堂诗话》提到彭民望读后"乃潸然泪下,为之悲歌数十遍不休",可见其动人力量。李东阳深居台阁数十年,诗歌的表现领域较为狭小,正德间政局纷乱,他作为首辅,也极少有关怀现实的作品。他的诗抒情性较之台阁体有所加强,但仍然以平和醇雅为主调。在他的周围有一些友人、门生,如谢铎、张泰、陆釴、邵宝、顾清、石瑶等,形成了一个文学主张和创作风貌都比较相近的诗派——茶陵派。

第二节　明中期的诗坛盛况

弘治后期到正德年间,明诗发展出现了第二个高潮。李梦阳为首的"前七子"和唐寅、祝允明等吴中才子雄踞南北诗坛,为明代诗歌开创了新的气象。嘉靖后期,李攀龙、王世贞等"后七子"再揭复古大旗,但其创作成就略逊一筹。

一　李梦阳和前七子

明代诗坛一直存在着宗唐复古的思潮,明初高棅编纂《唐诗品汇》《唐诗正声》,代表了一时风气。弘治时期李东阳领袖诗坛,为复古思潮的泛滥创造了很好的氛围。弘治后期,李梦阳、何景明、徐祯卿、边贡等青年进士掀起了复古的"狂飙",古诗必学汉魏,近体、歌行宗法盛唐,他们的部分诗歌虽有模拟过甚的缺陷,但相对于台阁体、性理诗乃至茶陵派的诗风而言,则更加注重感情的抒发,更加注重体制的规范和文采、意象的美。

李梦阳(1473—1530),字天赐,又字献吉,号空同子,庆阳(今属甘肃)人,弘治六年(1493)进士。直言敢谏,屡与外戚、宦官作针锋相对的斗争,一生四次入狱,"才思雄鸷,卓然以复古自命"(《明史·文苑二》),贬抑宋诗"主理不主调","其词艰涩,不香色流动,如入神庙,坐土木骸"(《缶音序》),提倡比兴,认为"真诗乃在民间"(《诗集自序》),认为诗应"以我之情,述今之事,尺寸法古,无袭其辞"(《驳何景明论文书》)。他的诗主要学习杜甫,长处在于关怀现实,有深沉的忧患意识,感情激越,气势充沛,富有鲜明生动的艺术形象。他写得最好的是七言歌行。如《石将军战场歌》:

> 清风店南逢父老,告我己巳年间事。店北犹存古战场,遗镞尚带勤王字。忆昔蒙尘实惨怛,反复势如风雨至。紫荆关头昼吹角,杀气军声满幽朔。健儿饮马彰义门,烽火夜照燕山云。内有于尚书,外有石将军。石家官军若雷电,天清野旷来酣战。朝廷既失紫荆关,吾民岂保清风店?牵爷负子无处逃,哭声震天风怒号。儿女床头伏鼓角,野人屋上看旌旄。将军此时挺戈出,杀胡不异草与蒿。追北归来血洗刀,白日不动苍天高。万里风尘一剑扫,父子英雄古来少。天生李晟为社稷,周之方叔今元老。单于痛哭倒马关,败军半死飞狐道。处处欢声噪鼓旗,家家牛酒犒王师。休夸汉室嫖

姚将,岂说唐朝郭子仪。沉吟此事六十春,此地经过泪满巾。黄云落日枯骨白,沙砾惨淡愁行人。行人来折战场柳,下马坐望居庸口。却忆千官迎驾初,千乘万骑下皇都。乾坤得见中兴主,日月重开再造图。枭雄不数云台士,杨、石齐名天下无。呜呼杨、石今已无,安得再生此辈西备胡。

这是一首历史题材的诗,咏叹的是发生在本朝的"土木之变",且着重表现武将石亨的英勇杀敌、战功赫赫,结尾"安得再生此辈西备胡"的慨叹,却是针对现实且充满忧患意识,也有批评今日将帅无能的意旨。诗从眼前的情景生出对往昔的追忆,"忆昔"以后30句写石亨战功,将侧面烘托、氛围渲染和正面描写结合起来,夹叙夹议。"沉吟此事"以后的一段再生出一个大幅度的时空转换,情思纵横驰骋,感情跌宕起伏,深得杜甫七言古诗的神髓。其他如《玄明宫行》、《豆芒行》、《林良画两角鹰歌》等诗,都不为空言,代表了李梦阳在歌行这种诗体上取得的较高的成就。他的七律也深得杜甫的神髓,如《秋望》写得雄浑流丽而又苍凉深沉:"黄河水绕汉宫墙,河上秋风雁几行。客子过壕追野马,将军韬箭射天狼。黄尘古渡迷飞挽,白月横空冷战场。闻道朔方多勇略,只今谁是郭汾阳?"在开阔深远的历史时空中发出对边防形势的忧思,并非貌袭杜诗。沈德潜《明诗别裁集》说:"空同五言古宗法陈思、康乐,然过于雕刻,未极自然;七言古雄浑悲壮,纵横变化;七言近体开合动荡,不拘故方,准之杜陵,几于具体。故当雄视一代,邈焉寡俦。"

　　何景明(1483—1521),字仲默,号大复,信阳(今属河南)人,弘治十五年(1502)年进士,官至陕西提学副使。他与李梦阳并为"前七子"领袖,但不同于梦阳的"刻意古范"而主张"富于材积,领会神情,临景构结,不仿形迹"(《与李空同论诗书》)。他同样写了大量关怀现实的诗篇。如七律《鲥鱼》讽刺正德皇帝宠信宦官,七言歌行《岁晏行》截取岁暮时节"长官叫号吏驰突"、"贫家卖男富卖田"的催租场面,表现徭役和赋税的沉重,表达了诗人对民生疾苦的关怀。何景明的诗也深受杜甫影响,但他更推崇初唐歌行的流转之调,他表现个人情怀的诗篇写得更美,更能代表他"俊逸朗秀"的风格。如《秋江词》:

　　　　烟渺渺,碧波远。白露晞,翠莎晚。泛绿漪,蒹葭浅。浦风吹帽寒发短。美人立,江中流。暮雨帆樯江上舟,夕阳帘栊江上楼。舟中采莲红藕香,楼前踏翠芳草愁。芳草愁,西风起。芙蓉花,落秋水。鱼初肥,酒正美。江白如练月如洗。醉下烟波千万里。

以烟波浩渺的秋江凄迷之景作为背景,临风独立的"美人"自伤迟暮,寄托了诗人对自由生命的热爱和珍惜。最后四句又一反前面的感伤情调,"醉下烟波千万里",变凄迷为俊快,表现了诗人的超越意识。

　　李梦阳、何景明高举复古大旗,在当时和后来的诗界产生了广泛而深入的影响。人们把李、何二人和徐祯卿、边贡并称"弘正四杰",又把他们和康海、王九思、王廷相并称"七子",此外还有一些声气相近的诗人,形成了一个关系较为密切的文学社团。他们为矫正台阁体、性理诗的流弊作出了贡献,促进了明代诗歌的发展。李梦阳、何景明之所以能够写出优秀的诗歌,主要是因为他们关怀现实,有理想,有个性,而不是因为他们所持的复古理念。

二 唐寅和吴中诗人

与李梦阳、何景明倡导诗文复古大体同时,苏州地区的文坛也颇为活跃。年辈较早的沈周(1427—1509)虽未入仕途,但兼善诗文书画,实为弘治、正德间吴中的风雅领袖。在他影响之下的祝允明、唐寅、文徵明和徐祯卿并称"吴中四才子",徐祯卿在弘治末进士及第后,加入李、何为首的复古阵营,而唐寅、祝允明、文徵明更能代表吴中的诗歌风貌。他们在科场上并不得意,但受到富庶繁华的江南地区市民文化和享乐风气的影响,反对伪道学,提倡真性情,且都兼擅书画,文采风流震耀一时,为明中期的诗坛注入了生机和活力。

唐寅(1470—1523),字伯虎,又字子畏,号六如居士、桃花庵主等,吴县(今江苏苏州)人。弘治间举乡试第一,受科场舞弊案牵连下狱,后一生不仕,卖诗画为生。有《六如居士集》。唐寅的诗抒情性很强,多涉及人生短暂、及时享乐的主题,能够真实地抒写自我性灵,在艺术上表现上则自由挥洒,不假外饰,无意于工拙。王世贞称其诗如"乞儿唱莲花落",指其不避俚俗,节奏明快,韵脚流转的民歌特点。此虽与传统诗歌有异,却已开晚明公安派"独抒性灵,不拘格套"之先声。如《感怀》:

> 不炼金丹不坐禅,饥来吃饭倦来眠。生涯画笔兼诗笔,踪迹花边与柳边。镜里形骸春共老,灯前夫妇月同圆。万场快乐千场醉,世上闲人地上仙。

这首诗坦荡地抒写自己的自由情怀和立足于世俗生活、不求借助仙佛寻找解脱的人生态度,既富有很强的抒情色彩,又兼讽世、警世和劝世的意味,直写胸中所感,不计意象、体制之工拙,在唐寅的诗歌中很有代表性。

成化、弘治时期吴中的风雅领袖沈周曾作《落花诗三十首》,在当时引起广泛的唱和,唐寅也有数目相同的奉和之作,名言警句迭出,在表露自己人生态度的同时流露出强烈的生命意识和感伤情调:

> 崔徽自写镜中真,洛水谁传赋里神。节序推移比弹指,铅华狼籍又辞春。红颜仙蜕三生骨,紫陌香消一丈尘。绕树百回心语口,明年勾管是何人!(《和沈石田落花诗》其十)

祝允明(1461—1527),字希哲,长洲(今江苏苏州)人,生而枝指,故号枝指生。弘治五年(1492)举于乡,连试礼部不第,正德九年(1514)授广东兴宁县令,嘉靖元年(1522)迁应天府通判,次年即谢病归,嘉靖六年卒。有《怀星堂集》30卷。祝允明是成就卓著的书法家,诗亦具有鲜明的个性。他论诗也有复古的倾向,据顾璘《国宝新编》说,他"学务师古,吐词命意,迥绝俗界,效齐梁月露之体",但他的现存诗中效齐梁者不多,且其"复古"并不追袭古人体貌,而是抒写胸怀,主观性很强,或学陶渊明之冲淡,或学李白之放达,既有酣畅的气势,又不乏理性的思考,气度闲放豪逸。如《闲居秋日》:"逃暑因能暂闭关,未须多把古贤攀。并抛杯勺方为懒,少事篇章恐碍闲。风堕一庭邻寺叶,云开半面隔城山。浮生只说潜居易,隐比求名事更艰。"写自己散淡的生活,意识到真正的清闲在自己的一生中实在是很少获得的,真正的潜居、归隐比求名更难做到。他的诗写得十分坦诚,写景抒情均自然不雕琢,王夫之《明诗评选》说:"弘、正间,希哲、子畏、九逵(蔡羽)领袖大雅,起唐宋之衰,一扫韩、苏淫波之响,千秋绝学,一缕系之。"(卷四)对祝允明评价极高,虽不免抑扬过甚,一家之言,却也值得重视。

文徵明(1470—1559),初名璧,字徵明,后更字徵仲,号衡山,长洲(今苏州)人。屡试不第,54 岁时以岁贡生诣吏部试,官至翰林待诏。他兼善书画,在正德、嘉靖间领袖吴中风雅数十年,诗初学陆游,风格出入唐宋之间,不求高、不务奇,细润雅懿的风调与其画风一致,与唐寅、祝允明又迥然不同。如《阊门夜泊》:

> 阊阖城西暮雨收,西虹桥下水争流。苍茫野色千山隐,突兀寒烟万堞浮。灯火旗亭喧夜市,月明歌吹满江楼。乌啼不复当时境,依旧钟声到客舟。

诗的前两联描写夜泊苏州城外所见之景,突出了雨后水急及暮色中视线模糊的特点,第三联描写苏州的繁华,尾联由远处传来的钟声想到中唐诗人张继的《枫桥夜泊》,感慨若有若无,情思含蓄蕴藉。

三 王世贞与"后七子"

"后七子"是李攀龙、王世贞、谢榛、徐中行、吴国伦、宗臣、梁有誉,他们在嘉靖后期重揭复古的大旗,比"前七子"更加重视诗歌的艺术特征,从艺术风貌上追摹古人。在黑暗的政治氛围里,他们的政治热情和关怀现实、干预现实的精神普遍减淡,因而并没有为诗歌发展找到新的出路。

李攀龙(1514—1570),字于鳞,号沧溟,历城(今山东济南)人。嘉靖二十三年(1544)进士,有《沧溟先生集》。他性情孤傲,嘉靖末从陕西提学副使任上辞官归乡,建白雪楼,啸咏其中,生活阅历不够丰富。其诗务求境界开阔、声调高华,喜欢用"乾坤"、"万里"、"中原"、"风尘"等苍茫阔大的意象,像"苍龙半挂秦川雨,石马长嘶汉苑风"、"千乘旌旗分羽卫,九河春色护楼船"、"鼓角疑从天上落,招车真自日边来"、"地拆黄河趋碣石,天回紫塞抱长安"等句,都写得"冠冕雄壮"(许学夷《诗源辩体》),但拘执于一种审美理念,不能随物赋形,艺术风貌较为单一。他的古乐府模拟痕迹尤为明显,七言律最为前人所称道,但均给人以故作姿态、装腔作势之感。他论诗说:"诗可以怨,一有嗟叹,即有永歌。言危则性情峻洁,语深则意气激烈,能使人有孤臣孽子摈弃而不容之感,遁世绝俗之悲,泥而不滓,蝉蜕滋垢之外者,诗也。"(《送宗子相序》)这一主张丰富了复古派艺术追求的情感内涵,值得重视。他的七绝中有一些感情真挚而艺术表现较为含蓄的作品,最能够代表他的特色与成就。如:

> 青枫飒飒雨凄凄,秋色遥看入楚迷。谁向孤舟怜逐客,白云相送大江西。(《于郡

城送明卿之江西》)

司马台前列柏高,风云犹自夹旌旄。属镂不是君王意,莫作胥江万里涛。(《挽王中丞》)

前一首是送别之作,明卿是吴国伦之字,当时杨继盛因弹劾严嵩被处死,吴国伦殓葬之,遭严嵩嫉恨而谪官江西。诗仅点出"逐客"二字,全以青枫秋叶之萧瑟氛围烘托渲染,语不及情而含情无限。后一首是哀挽之作,王世贞之父王忬因战事失利而被严嵩构陷至死,诗将其冤死比作伍子胥,说"属镂不是君王意",怨愤之情溢于言表,最能体现李攀龙"诗可以怨"的主张。

王世贞(1526—1590),字元美,号凤洲、弇州山人,太仓(今属江苏)人。嘉靖二十六年(1547)进士,官至南京刑部尚书,诗文著作有《弇州四部稿》、《弇州续稿》。他本是吴中才子,进士及第后与李攀龙一起倡导诗文复古,著《艺苑卮言》评论古今诗人,抑扬之间体现出自己的文学主张,认为学诗应该以汉魏盛唐为法,"专习凝领之久,神与境会,忽然而来,浑然而就",同时他又提倡博观诸家,"诗以专诣为境,以饶美为材,师匠宜高,捃拾宜博"。他早期的诗也有刻意模拟杜甫的,但大部分作品都能够脱去模拟的痕迹,体制严整而不乏流动的情思。他与当时社会的黑暗现实的纠葛较深,在嘉靖后期就写出了批判精神极强的《乐府变》19首。这组诗歌继承杜甫和白居易新题乐府的精神和写法,讽刺当朝时事,如《钧州变》揭露贵族藩王的荒淫残暴,《袁江流钤山冈当庐江小吏行》铺陈并谴责严嵩父子横行不法的罪恶,《太保歌》讽刺气焰熏天的权臣陆炳等。朱彝尊《静志居诗话》评这些诗说:"《乐府变》奇奇正正,易陈为新,远非于鳞生吞活剥者比。"

李攀龙去世后,王世贞又主盟文坛二十余年,文学思想发生变化,主张调剂众美,"抑才以就格,完气以成调",并提出了"真我"、"词达"、"天则"等接近性灵说的主张,诗歌创作的风貌也发生了较大变化。如《登太白楼》:"昔闻李供奉,长啸独登楼。此地一垂顾,高名百代留。白云海色曙,明月天门秋。欲觅重来者,潺湲济水流。"他学识渊博,才力雄健,因而在诗歌创作上取得了较高的成就。

后七子中比较著名的还有谢榛(1495—1575),字茂秦,号四溟山人,山东临清人。终身布衣,有《四溟山人集》、《四溟诗话》。他的诗字锤句炼而反求畅达自然,声调精纯,韵度铿锵,如《榆河晓发》:"朝晖开众山,遥见居庸关。云出三边外,风生万马间。征尘何日静,古戍几人闲?忽忆弃繻者,空惭旅鬓斑。"典型地体现了他"格高气畅"的艺术追求。但他的诗烹炼过熟,多落入既定格套,清新自然的情韵有所不足。

第三节　晚明诗歌

在万历时期的文坛上,徐渭、汤显祖不但在戏剧方面取得了较高的成就,而且都是力反复古、张扬真情的重要诗人。而在晚明时期更有代表性的诗人群体,是公安派、竟陵派和明末复社、几社的成员。

一 公安派与竟陵派的诗歌

公安派的创作成就主要在散文方面,但他们的"性灵说"则是兼诗文而言,甚至主要是针对诗歌领域的复古派而提出的。他们的诗歌创作同样体现了"独抒性灵,不拘格套"的主张,注重有感而发、直写胸臆、不避俚俗,更不计较在情思格调方面是否合乎古人的法度,因而显得自由活泼、清新自然,具有独特的趣味与神韵。袁宏道的《锦帆集》和《解脱集》中一些仿效民歌的作品,大量吸收俗语入诗,率直浅易,清新活泼,形成了在当时影响甚大的"公安体",被许多诗人所仿效。《山阴道》将山阴(今浙江绍兴)的自然美景与杭州西湖比较,运用传神的比喻,表达了对王献之名士风度的神往,语言轻快,饶有诙谐的趣味:

> 钱塘艳若花,山阴芊如草。六朝以上人,不闻西湖好。平生王献之,酷爱山阴道。彼此俱清奇,输他得名早。

在追求随意轻巧的风格的同时,他们的诗歌也呈现出率直浅俗的弊端,以至于"戏谑嘲笑,间杂俚语",有时会破坏诗歌应当具备的艺术美感。如袁宏道的《渐渐诗戏题壁上》诗有句:"明月渐渐高,青山渐渐卑。花枝渐渐红,春色渐渐亏。禄食渐渐多,牙齿渐渐稀。姬妾渐渐广,颜色渐渐衰。"一连串的排比句并不给人以生新之感,反而让人觉得落入另一种俗套。随手抒写而缺乏情思景物的提炼,从而产生率直粗浅的弊病,这是公安派,也是他们推崇的白居易、苏轼诗歌常犯的毛病。

竟陵派的诗歌与他们的散文一样,要表现他们的"孤怀"、"孤诣"和"幽情单绪",虽然情思清冷,题材范围比较狭窄,但苦心吟哦,字锤句炼,有些游览题材的五言古诗写得比较好,如钟惺的《经观音岩》、《舟晚》,谭元春的《夜次阳逻同夏平寻山》、《游九峰山》等。

二 陈子龙与明末党社文学

万历以后,随着朝廷之上党争的日益激烈,产生了一个具有政治色彩的江南士大夫的学术团体——东林党。与此同时,文人结社之风大行,一些以切磋时艺诗歌为目的的文社、诗社纷纷崛起。崇祯年间,朝政腐败,社会矛盾更加激烈,一些江南士人继承东林党关注朝政、以天下为己任的精神,组织社团,主张改良。

崇祯五年(1632),张溥、张采等人合并江南几十个社团,成立复社。复社的成员多是青年士子,先后共计两千多人,声势遍及海内。他们提倡宗经复古,互相切磋学问、砥砺品格,反对空谈,密切关注社会现实,并希望干预朝政。与此同时,陈子龙和夏允彝、徐孚远等人创建几社,与复社相呼应。在文学方面,复社和几社的共同之处是重揭前后七子复古的旗帜,但其要旨却不在模拟古人作品的风貌,而是要从文化上复兴传统精神,挽救朝廷的危亡。他们反对公安派、竟陵派那种重视自我性灵的边缘化的人生态度,也反对他们的文学主张,标志着明末诗风新的转向。

陈子龙(1608—1647),字卧子,号大樽,松江华亭(今属上海)人。崇祯十年(1637)进士。清兵攻陷南京后,他在故乡起兵抗清,失败后又暗中联络太湖义军,继续其抗清事业。顺治四年(1647)在苏州被捕,乘间投水而死。有《陈忠裕公全集》。

陈子龙是明末文坛上最杰出的诗人。他论诗主张效法汉魏盛唐,说:"既生于古人之后,其体格之雅,音调之美,此前哲之所已备,无可独造者。"(《仿佛楼诗稿序》)同时,他又反对模拟因袭,强调以诗"忧时托志"、"抒愤刺奸",说:"作诗不足以导扬盛美、刺讥当时,托物联类而见其志,则虽工而余不好。"(《之子诗序》)"情以独至为真,文以范古为美"(《佩月堂诗稿序》)可以概括他的论诗主张。

陈子龙关注社会现实,写了不少感时伤事的作品,如《小车行》、《卖儿行》描写难民流落无依的窘困境况,《今年行》、《策勋府行》、《辽事杂诗八首》等抨击权奸误国、感叹时局艰危,都写得内容充实,感情丰沛,风格苍凉悲壮。他的诗在艺术上也有很高的造诣,尤以七言歌行和七律见长,吴伟业称之曰"高华雄浑,睥睨一世"(《梅村诗话》)。明亡之后,陈子龙写下了不少表达亡国之痛的苍凉悲壮的诗歌,《秋日杂感》十首是这一方面的代表作。如:

> 行吟坐啸独悲秋,海雾江云引暮愁。不信有天常自醉,最怜何地可埋忧。荒荒葵井多新鬼,寂寂瓜田识故侯。见说五湖供饮马,沧浪何处着渔舟?(其二)

正所谓"赋到沧桑句便工",经历了明朝灭亡、抗清失败的创痛,忧心如焚的诗人虽然不甘屈服,却已看不到复国的希望,所以结尾发出无地容身的哀叹。

这一时期与陈子龙声气相求的几社诗人还有夏完淳(1631—1647),他字存古,松江华亭人,十一二岁时即"抵掌谈烽警及九边情形,娓娓可听",明亡后"揭竿报国,束发从军",参加抗清斗争,事败被执,英勇就义,年仅 17 岁。他在明亡之后所作诗赋散文,抒写国破家亡的悲痛,饱含血泪,风格悲壮淋漓。

第四节 明代散曲

兴盛于元代的散曲在明代仍然十分兴旺,今人谢伯阳所辑《全明散曲》收录作家 400 多人,作品万余首,数量超过了元代。而且在题材内容和艺术表现方面,明代的散曲都有新的特点,主要是改变了元人小令那种清新自然的风格,朝着辞藻化、格律化的方向发展。明代散曲自始至终存在南北地域风格的差异,北方作家的风格大多豪爽雄迈、质朴粗犷,南方作家则把散曲写得清丽俊逸、细腻委婉。

一 明代前、中期的散曲

明前期散曲成就不高,缺乏杰出的作家和精彩的作品。影响最大的散曲作家是宗室贵胄朱有燉,他的《诚斋乐府》内容以赏花、宴游为主,洋溢着一派悠游闲适的富贵情调,因为音律谐美,所以影响深远。弘治、正德年间,随着作家现实关怀的加强,散曲创作出现了转机。北方的康海、王九思,南方的王磐、陈铎等人,都是比较出色的散曲作家。

康海与王九思因为刘瑾的牵连而仕途失意,乡居期间纵酒狎妓,"制乐造歌曲,自比俳优,以寄其怫郁"(《明史·文苑传》),抒发胸中块垒,风格雄爽质朴,浑厚跌宕,如康海《寄生草》[读史有感]:"天应醉,地岂迷!青霄白日风雷厉,昌时盛世奸谀蔽,忠臣孝子难存立。朱云未斩佞人头,祢衡休使英雄气。"又如王九思《寨儿令》[对酒]:"热功名一枕蝶,冷谈笑两头蛇,老先生到个肖破些。枉费喉舌,枉做豪杰,越伶俐越着呆。绕柴门山色横斜,扫香阶花影重叠。浊醪沉醉也,稚子紧扶者。嗟!再休去风波里弄舟楫。"他们的作品代表北方作家的典型风格。

王磐(约1470—1530),字鸿渐,号西楼,高邮(今属江苏)人,一生未仕。有《王西楼乐府》。他为人洒落不凡,纵情于山水诗画之间,自称"我是个不登科逃名进士,我是个不耕田识字农夫,我是个上天漏籍神仙户。清风不管,明月无拘,孤云懒出,野鸟难呼。只俺这花蓬下,胜过他方丈蓬壶",可见他的性格。他的散曲多写庆节、赏花、记游等闲适之乐,风格爽朗,也有一些抨击黑暗现实的作品,如小令《朝天子》[咏喇叭]:"喇叭,锁哪,曲儿小腔儿大。官船来往乱如麻,全仗您抬身价。军听了军愁,民听了民怕,那里去辨甚么真共假?眼见的吹翻了这家,吹伤了那家,只吹的水净鹅飞罢。"蒋一葵《尧山堂外纪》说:"正德时,阉寺当权,往来河下者无虚日,每到辄吹号头,齐丁夫,民不堪命。"王磐就抓住"每到辄吹号"一事,对当时权阉的作威作福予以辛辣的讽刺。

陈铎(1488?—1521?),字大声,号秋碧,邳州(今属江苏)人,家居南京。世袭指挥使,然不守官职,醉心词曲,教坊中人称"乐王",有散曲集《秋碧乐府》、《梨云寄傲》、《月香小稿》、《滑稽余韵》等,数量为明代散曲家之冠。他的散曲多写男女风情,文辞流丽,王骥德《曲律》评价说"颇著才情,然多俗意陈语"。值得注意的是他的《滑稽余韵》,收散曲100多首,内容涉及当时城市社会的各类职业,描写世态人情,就像一幅幅市民生活的风俗图卷。这些散曲基本采用当时口语,通俗而又风趣,在叙写中夹杂着褒贬,如赞美瓦匠"弄泥浆直到老,数十年用尽勤劳"(《水仙子》[瓦匠]),铁匠"锋芒在手高,锻炼由心妙"(《雁儿落带过得胜令》[铁匠]);讽刺门子"铺床叠被殷勤,献宠希恩事因"(《天净沙》[门子]),牢子"归家欺侮街坊,仗势浑如虎狼"(《天净沙》[牢子])等,在明代散曲中别开生面。[北双调]《雁儿落带过得胜令》[机匠]侧重表现织机工人的辛苦,也为他们倾诉了待遇的不平:

[雁儿落] 双臀坐不安,两腿登不办。半身入地牢,间口味荤饭。

〔得胜令〕逢节暂松闲,折耗要赔还。络纬常通夜,抛梭直到晚。捋一样花扳,出一阵馊酸汗。熬一盏油灯,闭一回瞌睡眼。

二 明代后期的散曲

嘉靖以后,明代散曲创作进入了一个新的阶段,出现了金銮、杨慎、冯惟敏、梁辰鱼、施绍莘等成就较高的散曲作家,他们的散曲内容多样,风格也各有不同。从音乐的角度说,这一时期粗犷的北曲衰落,柔丽的南曲盛行,冯惟敏、梁辰鱼是这一时期成就较高的代表人物。

冯惟敏(1511—约1580),字汝行,号海浮,山东临朐人,曾任涞水知县、镇江教授、保定通判等职。现存散曲集《海浮山堂词稿》共收套数50套,小令400余首,内容广泛,风格多样,颇多伤时嘲世之作,发泄其牢骚不平,流露出对昔日仕宦生活的烦倦和厌恶,并表现退居期间悠闲落拓的心情。如《耍孩儿》〔十自由〕写官场生活是:"膝呵,见官人软似绵,到厅前曲似钩,奴颜婢膝甘卑陋。擎拳曲跽精神长,做小伏低礼数周。"而闲居的生活则是:"足呵,任高情行处行,趁闲时走处走,脚跟儿磴脱了牢笼扣。潜踪洞壑寻深隐,濯足沧浪拣上流。皂朝靴丢剥了权存后,再不向班鹄立,穿一对草履云游。"冯惟敏的散曲不尚浮华,语言浅近本色,风格刚劲朴直,在明代曲坛上很有特色。他的〔北中吕〕《朝天子》〔自遣〕,四支曲子围绕自己的字、号展开,俯仰平生、感慨世情,表现了作者傲岸的人格和刚直的气节,也是他的抒情散曲中优秀的作品:

海翁,命穷,百不会千无用。知书识字总成空,浮世干和哄。笑俺奔波,从他盘弄,您乖滑俺懵懂。就中,不同,谁认的鸡和凤!

海浮,命毒,方的俺无钱物。半床图画半床书,这便是安身处。论地谈天,知今道古,一时人全不数。念吾,寡徒,有句话和谁诉!

汝行,此生,天赋与烟霞性。世间名利两无成,落得山中静。鸟径禅关,龙溪钓艇,绿蓑衣披一领。子平,五星,不问卜知前定。

万缘,听天,不富贵安贫贱。老妻稚子种山田,骨肉相依恋。家世耕读,时常过遣,又何须姓名显?向前,有年,便足平生愿。

梁辰鱼不仅在传奇创作上卓有贡献,而且在散曲方面也有比较大的影响。他的散曲集《江东白苎》,大多为酬赠、题咏、艳情之类,也有一些抒发个人怀抱的作品。他追求声律的和谐优美,文辞也更加文人化、典丽化,喜欢化用古代诗词中的名句,口语成分减少,更接近传统的词的风格。如〔正宫〕《白练序》〔暮秋闺怨〕:"西风里,见点点昏鸦渡远洲。斜阳外,景色不堪回首。寒骤,谩倚楼,奈极目天涯无尽头。消魂处,凄凉水国,败荷衰柳。"虽题曰"闺怨",却展露了自己"沦身未济,落魄不羁"的身世之感,接近宋词的风格而很少有散曲那种本色近于俚俗的趣味了。

第五节 明代民歌

一 明代民歌的繁荣

明代的文人诗不及唐宋,民歌却十分繁荣。这与当时城市生活和商业经济的迅速发展有密切关系。尤其是明代中后期,民歌创作更取得了卓越的成就。创作和欣赏民歌的主体是市民阶层中各个行业的人员,民歌主题仍然是以男女恋情为主。作为新时代的"市井新声",明代民歌以前所未有的魅力吸引和打动人们的感官和心弦。沈德符《万历野获编》说:"……嘉、隆间,乃兴《闹五更》、《寄生草》、《罗江怨》、《哭皇天》、《干荷叶》、《粉红莲》、《桐城歌》、《银绞丝》之属……比年以来,又有《打枣竿》、《挂枝儿》二曲,其腔调约略相似,则不问南北,不问男女,不问老幼良贱,人人习之,人人喜听之,以至刊布成帙,举世传诵,沁入心腑,其谱不知从何来,真可骇叹!"

不但市井细民喜欢民歌,许多提倡真情的文人也给民歌以高度的评价。从李梦阳、何景明,到李开先、李贽、袁宏道、冯梦龙、凌濛初等人,都十分重视民歌,并且在自己的创作中有意识地汲取民歌的情调和手法。李梦阳宣扬"真诗乃在民间"(《诗集自序》),据说他教人作诗也以《琐南枝》为榜样(见李开先《词谑》)。冯梦龙编辑《挂枝儿》和《山歌》,公然以民歌的真情反对道学的虚伪,宣扬"借男女之真情,发名教之伪药"(《山歌序》)。卓人月更站在文学发展的立场上说"我明诗让唐,词让宋,曲又让元,庶几《吴歌》、《挂枝儿》、《罗江怨》、《打枣竿》、《银绞丝》之类,为我明一绝"(陈宏绪《寒夜录》引),将明代民歌提到一代文学之代表的高度加以肯定。

现存最早的明代民歌集是成化年间金台鲁氏刊行的《新编四季五更驻云飞》、《新编题西厢记咏十二月赛驻云飞》、《新编太平时赛赛驻云飞》、《新编寡妇烈女诗曲》4种。嘉靖以后,一些文学选本如张禄选辑的《词林摘艳》、郭勋选辑的《雍熙乐府》、陈所闻选辑的《南宫词纪》等也注意收录民歌,其中有一些是写男女私情的作品,如《南宫词纪》中所收的[南双调]《锁南枝》[风情]便是以想象的新奇、感情的真挚动人:

> 傻俊角,我的哥,和块黄泥儿捏咱两个,捏一个儿你,捏一个儿我,捏的来一似活托,捏的来同床上歌卧。将泥人儿摔碎,着水儿重和过。再捏一个你,再捏一个我。哥哥身上也有妹妹,妹妹身上也有哥哥。

二 《挂枝儿》和《山歌》

冯梦龙喜欢民歌,编辑整理了两部当代民歌专集——《挂枝儿》和《山歌》。《挂枝儿》收录的是万历前后流行的民间时调,有极少数为冯梦龙和友人的拟作。《山歌》主要收录吴中地区的民歌。冯梦龙在《序山歌》中说:"山歌虽俚甚矣,独非郑、卫之遗欤?且今虽季世,而但有假诗文,无假山歌,则以山歌不与诗文争名,故不屑假。苟其不屑假,而吾藉以存真,不亦可乎?"高度肯定了明代民歌的艺术生命力。

《挂枝儿》和《山歌》所表现的内容以男女恋情最为突出。这些作品往往大胆直率地表露男女主人公对自由爱情的强烈渴望和执著追求,如《挂枝儿》中的《分离》:"要分离除非是天做了地;要分离除非是东做了西;要分离除非是官做了吏。你要分时分不得我,我要离时离不得你。就死在黄泉也,做不得分离鬼。"又如《山歌》中的《娘打》:"吃娘打子吃娘羞,索性教郎夜夜偷。姐道郎呀,我听你若学子古人传得个风流话,小阿奴奴便打杀来香房也罢休。"这种对于爱情决绝的态度,泼辣直率的风格,在文人作品中是看不到的。也有的作品写恋爱中捉摸不透对方心思的苦闷,或谴责负心人的多变无情,如《挂枝儿》中的《荷》:"露水荷叶珠儿现,是奴家痴心肠把线来穿。谁知你水性儿多更变,这边分散了,又向那边圆。没真性的冤家也,随着风儿转。"把恋爱中的女子渴望把握情郎而又无所措手的心理表现得惟妙惟肖。

《挂枝儿》和《山歌》中也有一些作品描绘世态人情,让读者看到当时社会中各种各样的面孔,表明市民阶层的好恶。如《挂枝儿》中的《山人》以嘲讽的语气写当时"山人"泼皮无赖的嘴脸,便是一个典型的例子:

> 问山人,并不在山中住,止无过老着脸,写几句歪诗,带方巾,称治民,到处去投刺。京中某老先,近有书到治民处;乡中某老先,他与治民最相知;临别有舍亲一事干求也,只说为公道,没银子。

在艺术表现方面,《挂枝儿》和《山歌》大都形象生动,语言俏皮活泼或清新自然。由于许多作品是用于妓院歌唱,所以有不少大胆的男女情事的描写近乎色情,破坏了作品的美感,是应该加以辨别的。

【本章习题指要】

1. 明代诗歌创作的三个活跃时期及其主要作家作品。
2. 高启的诗歌创作成就。
3. "茶陵派"对"台阁体"的反拨及其诗歌思想。
4. 李梦阳、何景明等"前七子"的诗歌创作主张及其创作概况。
5. 王世贞、李攀龙等"后七子"的诗歌创作主张及其创作概况。
6. "公安派"和"竟陵派"诗歌创作概况。
7. "复社"、"几社"的文学主张及其诗歌创作概况。
8. 明代散曲的主要作家作品。
9. 明代民歌创作概况。

第八编　清代文学

绪　言　清代文学发展概况

清代文学大致可分为三个时期,自清入关至雍正末年(1644—1735)为前期,自乾隆初年至道光十九年(1736—1839)为中期,自鸦片战争爆发至五四新文化运动开始(1840—1919)为后期。清代后期的文学发展情况,属于近代文学的内容,这里不介绍。

清王朝基本上全盘接受明代的政治制度,进一步强化君主专制统治。在思想文化方面,控制尤为强烈。主要表现在:一、清代统治者大力提倡程朱理学,康熙帝还亲自编写《性理精义》,重刊《性理大全》等书,颁布全国,巩固思想统治,并任用一批"理学名臣",如魏介裔、熊赐履、汤斌、陆陇其等,编纂理学图书,尊朱子为"十哲"之一,进入文庙,宋代理学成为清代的官方哲学。二、清代科举沿袭明代旧制,实行八股取士。康熙十七年(1678)开设博学鸿词科,网罗前朝宿儒、遗老。清廷还笼络大批知识分子,大规模地编纂类书、丛书,如《康熙字典》、《渊鉴类函》、《佩文韵府》、《古今图书集成》、《全唐诗》、《子史精华》,以及现存最大的丛书、79000多卷的《四库全书》等,这是对汉族士人实行思想统治的重要方式,目的是消除知识分子的反抗意识。大规模的图书修纂,客观上促进了学术的发展,对于清代朴学的形成和发展有着一定的影响。同时,大量收缴和销毁"有诋触本朝之语"、"议论偏谬"的图书,"至少在十万部"(郭伯恭《四库全书纂修考》)。就此而言,这又是一次极大的文化厄运。三、大兴文字狱。康熙时期庄廷鑨《明史》案、戴名世《南山》案,雍正时期吕留良诗文案,皆株连极广。在打击汉族士人的民族意识的同时,文字狱对汉族士人的人格尊严也造成了严重的不良影响,清朝遂出现了龚自珍所说的"避席畏闻文字狱,著书都为稻粱谋"的可悲局面。

从学术和人文思潮而言,乾嘉考据学的兴盛和人文主义思潮的曲折发展是这一时期的重要现象。乾嘉时期,训诂、校勘、笺释、辨伪、辑佚、历史、舆地一类的学问,一时成为风尚,考据发展成为一种专门的学问,形成了以惠栋为代表的吴派和以戴震为代表的皖派。吴派学风重"博学"、"好古",皖派讲究"实事求是"、"无征不信"。他们的目的是经经,以科学的实证主义方法强化了研究者的理性精神,推进了学术进步。乾嘉考据之学继承了清初顾炎武的经世传统,戴震在《孟子字义疏证》中提出了"通情"、"致用"的主张,反对程朱理学,有一定的积极意义。清代考据学的兴盛,躲避文字狱是一个原因,而西学的传入、传统学问的内在发展理路,也都是重要原因。考据学对清代文学发展的影响十分重大,对五四以来胡适等人倡导的现代学术理念和研究方法具有启迪作用。

明清之际的思想家对明亡的反思是全方位的。顾炎武、黄宗羲、王夫之从学术人心上纠正宋明理学空谈心性的弊端和晚明思潮的偏激风气,从政治制度层面批判封建统治的旧秩序。顾炎武的《日知录》《天下郡国利病书》，王夫之的《读通鉴论》，黄宗羲的《明夷待访录》等，提倡经世致用的学风，并由思想领域的反传统发展为关于新式社会制度的探讨和建立，反映出要求改变封建制度的进步主张，对晚清改良运动产生了影响。但是，他们所探讨的社会制度不可能，也没有超越传统旧道德的社会秩序。依托于儒学的内部资源能否生出理想的新制度，这不仅是明末清初学者的困境，更是中国传统社会发展到后期不可调和的困境。此外，明末以来的个性解放思潮在清代并没有完全中断，而是或明或隐地存在着，艰难曲折地延续，主要表现为个性发展与社会压抑的冲突，城市经济的发展与封建专制的冲突。戴震主张自然人性论，肯定私欲，反对天理；汪中和凌廷堪尊重女性权利，批判封建婚姻制度；袁枚写诗倡导性灵；吴敬梓批判腐朽的封建科举制度；曹雪芹讴歌男女之至情。直到龚自珍的出现，竭力挣脱封建制度的压迫、求得个性解放的呼声，才更为大胆而洪亮。

由于社会阶层的进一步分化和城市生活的繁荣，以反映市民阶层的生活和意识为主的通俗文学得到了长足发展。小说、戏曲以及弹词、鼓词等说唱文学，不仅成为市民阶层文化消费的主要形式，而且还影响到文人士大夫乃至闺阁的生活，出现了文人审美趣味与市民消费诉求的互动局面。一方面，市民阶层的价值观和消费需要带进了文士的创作；另一方面，文士的创作理念也渗透到通俗文学中。前者导致士大夫文学传统的分化，通俗文学的市场竞争促成新的人才流向。清代人口众多，科举艰难，士人谋生手段多样化，也是这一现象产生的重要原因。商业机制和刻书业的发达，共同造就了通俗文学的兴盛，改变了传统的文学格局。后者导致通俗文学呈现文人化倾向。清代戏曲、小说和说唱文学所取得的成就，与文人对于通俗文学格调和趣味的自觉提升有重要关系。作家的才能也适应时代潮流走向多元化，出现了吴伟业、金圣叹、李渔、尤侗、陈忱、廖燕、蒲松龄、孔尚任、洪昇、吴敬梓、曹雪芹、袁枚、蒋士铨等一大批兼雅俗文学之长的重要作家。

乾嘉时期，"士大夫得肆意稽古，不复视为经世之具，而经史小学专门之业兴焉"（王国维《沈乙庵先生七十寿序》）。清代文学较为突出的特点是学问气，这与考据学风密不可分。乾嘉考据学是清代文化中的新事物，它不仅影响了18世纪，而且为日后中国学术研究提供了全新的"典范"。论述有清一代文学，须以考据学为重要界面，很多问题需要在这个界面上展开讨论。如某些历史题材的小说重在叙述历史事件，如《东周列国志》，作者称"有一件说一件"；出现"以小说为皮学问文章之具"（鲁迅《中国小说史略》）的创作风尚，如《镜花缘》《野叟曝言》等。就诗学而言，清诗面对的困境与其说是在既有的唐诗和宋诗传统中选择或兼取，毋宁说是如何开出属于自己的诗学传统。后一问题，翁方纲的探索是自觉的。他认为"考据训诂之事与辞章之事，未可判为二途"（《石洲诗话》）。"肌理说"的核心内容乃是回答在学问这一视阈中如何作诗，在学问的层面上情志的表达何以可能。虽然，"肌理说"在翁氏创作中并未得到有效落实，但这一诗学思想却是清诗中晚期发展的方向，像晚清的宋诗运动和同光体创作都可看做这一思想的延续。清诗典雅、邃密、精致，这是由清代士人重学问的观念决定的。受考据学风的影响，诗学中的学问与性情重新为时代所提出并予讨论，许多诗家加入这一讨论行列，但并未出现令人满意的成果。

在文章学的领域里,这一问题更为突出。戴震较早提出"义理、考核、文章"相结合的文章写作理念,是从其自身考据研究经验中萌发的。章学诚、汪中、姚鼐、袁枚等人对文章的写作传统展开激烈的论争,其内在原因是缘于考据学的出现,传统文章的书写受到挑战。无论是章学诚以史统替代文统的做法,还是姚鼐从古文的立场兼备考据与义理的努力,都有复古主义的倾向。汪中的骈文成就直接受惠于考据学风,袁枚勇于面对和参与世俗生活,主张走文章性灵的道路,是缘于世俗生活的丰富与生动,这是另一层面上的问题。戴震、焦循、凌廷堪等人重新审视"性"、"情"等问题时,在言说对象和如何言说问题上都提出了不少新见。由于嘉道时期国势日弱及经世学风兴起,这一可贵的探讨并没有继承下去。作为有清一代文坛盟主的桐城派,其早期的古文思想固然有合乎清朝政治的需要,但其后来的发展经验却昭示着古文作为一门独立学问的特点:强调文章自身的美,挟以诗之笔法,讲究声色和意境,向着"美文"的方向发展。五四以来的新文学创作传统与它是有一定关联的。

郭绍虞在《中国文学批评史·绪论》中说:"就拿文学来讲,周秦以子称,楚人以骚称,汉人以赋称,魏晋六朝以骈文称,唐人以诗称,宋人以词称,元人以曲称,明人以小说、戏曲或制艺称,至于清代的文学则于上述各种中间,或于上述各种之外,没有一种比较特殊的足以称为清代的文学,却也没有一种不成为清代的文学。盖由清代文学而言,也是包罗万象而兼有以前各代的特点的。"可以说,清代文学是中国古代文学的集大成者。具体而言,各体文学的发展情况和历史地位各不相同。

清初诗坛上,诗歌创作有向宋诗回复的趋向,诗学理论带有复归传统儒学诗学的特点。这是在纠明代中后期诗坛之弊,反省明亡教训,倡导经世征实的学风中产生的。亡国之痛、黍离之悲、身世之感成为这一时期诗歌的主要风貌。钱谦益、吴伟业和王士禛的诗各具特色,尤其吴伟业的"梅村体",写历史时事,寄兴亡之感,开拓出叙事诗的新境界。王士禛倡导的"神韵"诗说,含蓄委婉地表达了他以及那一时代士人的普遍心声。乾隆时期,沈德潜的"格调说"、袁枚的"性灵说"、翁方纲的"肌理说"和姚鼐的"熔铸唐宋说",并驱诗坛,影响深远。其中,袁枚的声誉最大。从赵翼、黄景仁到嘉道时期的龚自珍,他们的诗作表现了强烈的自我意识,上承明中后期浪漫主义思潮之传统,下启近代之启蒙思想,具有思想解放的意义。

清代文章,像金圣叹、廖燕、李渔、袁枚诸人,他们受晚明文学的影响,任心流走,小品性情,天真自然。在文坛上,这一派是旁支。居文章中心的是主张恢复唐宋古文传统的古文家。《四库全书总目提要》说:"古文一脉,自明代肤滥于七子,纤佻于三袁,至启、祯而极敝。国初风气还淳,一时学者始复讲唐宋以来之矩矱。"这一派前有侯方域、魏禧、汪琬,中有桐城派和阳湖派,后有湘乡派。其中,桐城派古文影响尤为深远,与清代相始终。桐城派古文一方面以道统自任,以程朱理学为思想内核;另一方面,自觉探索和总结古文创作法则,进一步扩大和深化古文写作传统。清代以戴震为代表的学者之文,由于他们的主要精力在从事考证之学上,在文章方面的努力终未形成较为完备的理论主张,文章成就不显著。清代骈文中兴,作家辈出,流派多样,他们试图打通骈散壁垒,融散于骈,乾嘉时期形成了与桐城派古文分庭抗礼的局面。清初有陈维崧、吴绮等骈文作家,清中叶有袁枚、邵齐焘、孙星衍、孔广森等"骈文八大家"。汪中骈文成就最高,钩贯经史,熔铸唐宋,传诵一时。

清代被称为词的中兴时期。清词走出明词的浅俗,归乎雅正。清初有陈维崧、朱彝尊和纳兰性德三大家,随后有常州词派的张惠言和周济,倡比兴寄托之说,词风遂为之一变。

小说、戏剧是清代文学成就最高的两种文体。清代小说,无论是长篇短制,还是文言白话,都取得了丰硕的成绩。小说家文体意识的自觉和创作主体意识的加强,使得清代小说在题材、语言风格、叙事方式、创作理念和审美趣味上出现了新的特点。敢于面对活生生的社会现实,将平凡而琐屑的生活世界成功地变成真实可感而富于美学意蕴的小说世界,是清代小说最富创造性的艺术成就。《儒林外史》和《红楼梦》两部伟大的写实巨著,将中国古典小说推进到一个新高峰。而作为小说史现象的续、仿、改、扩,也是清代小说发展的重要现象,它既是小说创作本身的规律性反映,又得力于小说的商业化传播的推动。这一现象,在晚清小说中尤为明显。

戏剧方面,清代前期剧坛十分活跃,产生过不少著名的作家和作品。吴伟业、尤侗等所作传奇,旨在寄托一己之怀;李渔的剧作偏重娱乐性,重视戏剧舞台效果,其《闲情偶寄》是一部有体系的戏曲理论著作;李玉等苏州派剧作家则试图以旧道德挽救颓靡的社会风气,表现为对晚明文学精神的反拨。康熙年间,洪昇的《长生殿》和孔尚任的《桃花扇》是清传奇的杰出作品,表现了动荡的历史变化给人们带来的失落感和幻灭感,但作品中对历史解释的道德理性意识却明显冲淡了自《牡丹亭》以来的富于挑战和反抗的人文主义精神传统,这与《聊斋志异》中对情爱的凄冷幽渺的艺术处理、"神韵派"烟雨迷离的诗歌风貌、浙西词派的醇正秀美和桐城派的义法雅洁,同为一时代文学之重要现象。

清代文学还有一个重要的特征,就是女性文学的空前繁荣。晚明的思想解放,使得当时的女性有了较大的自由空间,一批富有文学天才的女性在诗文创作上卓有成绩,如柳如是、叶小鸾等。清代继续这一势头,而又有了统治者相对较为宽松的性别习俗的促进,女性的文学创作遂呈现前所未有的局面。女诗人、女词人的作品远迈前代,更可称道的是,一种富有女性特质的文体——弹词小说,亦即韵文体长篇小说,在她们的手中大放异彩,出现了《天雨花》《再生缘》等不朽的作品。

第一章　清代诗歌

清代诗人,喜言宗派,康乾期间,此风尤盛。作者大都各立门户,以尊唐宗宋相标榜。纳兰性德说:"世道江河,动成积习,风雅之道,而有高髻广额之忧。十年前之诗人,皆唐之诗人也,必嗤点夫宋;近年来之诗人,皆宋之诗人也,必嗤点夫唐。万户同声,千车一辙。"(《原诗》)清初诗人,感慨时事,多故国之思。及至康乾,清廷得以巩固,诗人多以复古为能事。各家所作,驰才风华,清诗创作呈现繁盛局面。

第一节　清初诗歌

钱谦益和吴伟业是清初的著名诗人,和龚鼎孳并称"江左三大家"。

钱谦益(1582—1664),字受之,号牧斋,晚号蒙叟,江苏常熟人。明万历进士,官至礼部尚书。清兵渡江,钱往迎降,后为礼部侍郎,未几去官,从事著述,秘密进行反清斗争。有《初学集》、《有学集》、《投笔集》。

钱谦益的思想和性格较为复杂。近代黄人在《牧斋文钞序》中论钱谦益可谓得当:

> 观其点将东林,蒙叟有天巧星之目。而其一生之傀得傀失,卒之进退失据者,皆以巧致之。其初巧于科名,欲为宋郑公、王沂公,而一败于韩敬,再败于温体仁。时重边才,巧于觊觎节钺,欲为王威宣、韩襄毅,而有张汉儒之狱。迨清师南下,首签降表,不能取巧于先朝者,欲为冯道、王溥,以收桑榆之效。而老臣履声,新主厌闻,则又巧假郑、瞿二杰师生之谊,欲为朱序助晋,梁公反唐。……盖蒙叟才大而识暗,志锐而守馁,故愈巧而愈拙。

黄氏拈出一"巧"字论钱谦益,可谓刻而不薄,要而得中。善于机巧权变者,唯以私欲役巧,无不弄巧成拙。

钱谦益本以"清流"自居,却因热衷于功名而屡次陷入政治旋涡,留下降清失节的污名;他身上存留着浓厚的晚明文人习性,又处处表现为维护传统道德的严肃面目;他并不执著于忠君观念,然而又在降清后从事反清活动。这种矛盾的心态,在明清之际部分士人当中颇为典型。由于他的情感世界矛盾而丰富,又是士林领袖,所以当他用诗来向世人表述自己的时候,诗中的情感自然要经过理性的提炼,语言典雅而有节制,很有分寸感。当然,这样的创作取向也取决于钱谦益对诗歌的认识,与他自觉致力于新一代诗风建设有关。

钱氏认为晚明士风不振首先是学风问题,挽救的办法是"建立通经汲古之说,以排击俗学"(《答山阴徐伯调书》)。"通经汲古"是他文论的中心思想,由此展开诗学之建设,一是重学问,强调诗中有"学";二是重性灵,指的是"天地英淑之气",是时代际会的元气,不同于李贽、公安三袁的观点。钱谦益用一"真"字,使性灵与学问二者兼顾起来。性灵得其"真"者,为厚,而有波澜;学问求其"真"者,为自得,而不模仿。学殖之所酝酿,是真学问的表现;元气之所结,是真性灵的表现。言之有物,指真学问;修辞立诚,指真性灵。以前,归有光、唐顺之主于古而倚重于学,公安派主于今而偏在性灵,都不能像钱谦益这样兼收。钱谦益能洞见诗弊,又长于创制,转益多师,故能开一代诗风。清代诗歌宗宋的一派,以钱氏为起点,明清诗的变化,以钱氏为一大转折。受钱氏影响,在其家乡产生了"虞山诗派",有冯舒、冯班、钱曾、钱陆灿等人。

就诗而论,钱谦益是大手笔。以学杜为主,出入于唐中晚及宋元。浑融流丽,是他独创的风格。典丽悲凉,是他诗歌的主要特色。如《金陵秋兴》第一叠第二首:

> 杂虏横戈倒载斜,依然南斗是中华。金银旧识秦淮气,云汉新通博望槎。黑水游魂啼草地,白山新鬼哭胡笳。十年老眼重磨洗,坐看江豚蹴浪花。

《金陵秋兴》是大型七律组诗,步和杜甫《秋兴八首》,沉郁苍楚。主要写郑成功的斗争事迹和南明桂王政权的形势,包括他和柳如是的抗清活动,堪称明清之诗史,"乃三百年来之绝大著作也"(陈寅恪语)。又如《召对文华殿,旋奉严旨革职待罪,感恩述事凡二十首》其十:

> 破帽青衫又一回,当筵舞袖任他猜。平生自分为人役,流俗相尊作党魁。明日孔融应便去,当年王式悔轻来。宵来吉梦还知否?万树西山早放梅。

在魏忠贤一党失势后,钱谦益被召入京,有望入阁主政,却被人抓住旧柄而遭贬。由这些事迹而泛出的自诩、怨恨和故作旷放之态的情感,经过理性的修辞,哀而不伤。尾联落到景上,荡开一层,意味深长。

吴伟业(1609—1672),字骏公,号梅村,江苏太仓人。崇祯四年(1631)进士,为翰林院编修,官至左庶子,入清后官国子监祭酒。死前遗命以僧装敛之,墓前立碑曰:"诗人吴梅村之墓。"其诗多寓身世之作。有《梅村家藏稿》。

吴伟业在诗中曲折表达了失节仕清、遭世讥贬、抑郁悲凄的心态。如《自叹》云:"误尽平生是一官,弃家容易变名难。松筠敢厌风霜苦,鱼鸟犹思天地宽。"《过淮阴有感》云:"浮生所欠止一死,尘世无由识九还。我本淮王旧鸡犬,不随仙去落人间。"临终前写的《与子暻疏》、《临终诗四首》、《贺新郎》[病中有感],都表现这种自责以期自赎的"两截人"的士人心迹。

梅村诗歌分前后期:前期诗风华绮,以清丽之思状男女之怀,如《子夜词三首》;后历国难,身经乱离,论者比之庾信,多感慨苍凉之音,这主要体现在以重大历史事件为背景的诗篇中,又以七言歌行体最为显著,如《圆圆曲》、《琵琶行》、《临淮老妓行》、《永和宫词》、

《悲歌赠吴季子》诸篇。《芦洲行》、《捉船行》、《马草行》等诗,抒写民生疾苦,真实可感。《四库全书总目提要》评其长篇歌行云:"格律本乎四杰,而情韵为深;叙述类于香山,而风华为胜。"吴伟业自评其诗云:"吾于此道,虽为世士所宗,然镂金错采,未到古人自然高妙之极地。"(杜濬《祭少詹吴公文》引)这是颇为恰当的。

《圆圆曲》是吴伟业叙事体诗的代表作。它以吴三桂和陈圆圆的悲欢离合为线索,写吴为夺回爱妾,不惜叛国投敌,与李自成农民军为敌的故事。全诗打破时空限制,运用多种叙事手法,情节曲折,并将诗人自己的人生体验写入诗中,表达了易代之际独有的生命感和历史感。"恸哭六军俱缟素,冲冠一怒为红颜",成为传颂千古的名句。整首诗文词清丽,音节调谐,含蓄委婉,沉着痛快。这是"梅村体"的特点。

"梅村体"把李商隐诗色泽浓丽的特色,元白长篇叙事诗善于铺排、流丽婉转的风格和初唐四杰抒情歌行的结构方式结合起来,以人物命运为中心,注重情节,腾挪跳跃,挟以沧桑浮沉之感,极尽俯仰变幻之能事。

清初诗坛,还有施闰章和宋琬,被称为"南施北宋"。施闰章(1618—1683),字尚白,号愚山,安徽宣城人,有《学余堂诗集》。宋琬(1614—1674),号荔裳,山东莱阳人,有《安雅堂全集》。施诗温柔敦厚,雅洁有体;宋诗雄健磊落,间多愁苦之思。

第二节　遗　民　诗

这一时期,有不少诗人具有坚贞的气节,参与抗清斗争,至终不渝。他们入清后,或流亡各地,或削发为僧,发之于诗,抒写故土国恸,状民生疾苦,笔力遒劲,慷慨悲凉,给人深切的感染力。其中诗歌成就较高的有顾炎武、吴嘉纪、钱澄之、屈大均、杜濬、归庄、方以智、陈恭尹等人。

顾炎武(1613—1682),字宁人,学者称亭林先生,江苏昆山人。有《亭林诗文集》、《日知录》。亭林诗风高古,卓尔大家。"高古"源于他对"天下兴亡,匹夫有责"的士人责任坚守不渝,源于他深厚的学术修养和遒劲的笔力。他的诗不事雕饰,有益世用,天然古色。例如:

> 白下西风落叶侵,重来此地一登临。清笳皓月秋依垒,野烧寒星夜出林。万古河山应有主,频年戈甲苦相寻。从教一掬新亭泪,江水平添十丈深。(《白下》)

> 愁听关塞遍吹笳,不见中原有战车。三户已亡熊绎国,一成犹启少康家。苍龙日暮还行雨,老树春深更著花。待得汉庭明诏近,五湖同觅钓鱼槎。(《又酬傅处士次韵》其二)

洪亮吉《论诗绝句二十首》其一云:"偶然落笔动天真,前有亭林后野人。金石气同姜桂气,始知天壤两遗民。"比起钱谦益和吴伟业,顾炎武和吴嘉纪身上的"姜桂气",不事俯仰、大节不夺的品格,尤为可贵。

吴嘉纪(1618—1684),号野人,江苏泰州人。隐居家乡,生活贫困。有《陋轩诗》。诗作表现他的民族感情,更多是反映社会矛盾,抒写民生疾苦,正如陆廷抡《陋轩诗序》所说:"读《陋轩集》,则淮海之夫妇男女,辛苦垫隘,疲于奔命,不遑启处之状,虽百世而下,了然在目,甚矣吴子之以诗为史也。"其诗继承乐府歌辞和杜甫、白居易诗歌的优良传统,语言质朴,风格苍劲,以白描擅长。作于顺治十八年(1661)的《邻翁行》,写造船工人的悲惨遭遇,表达了诗人对底层人民的深厚同情:

邻翁皓首出门去,恸哭悔作造船匠。伴无故旧囊无钱,此去前途欲谁傍?闻道沿江边敌兵,造船日夜声丁丁。工师困惫不得歇,张灯把炬波涛明。监使还嫌工弗速,如霜刀背鞭皮肉。肉烂肠饥死无数,抛却潮边饱鱼腹。力役人稀大将嗔,远近严搜及老身。眼看同辈死亡尽,衰羸焉有生归辰?回望故乡妻与子,萧萧落木西风里。爨下连朝方断炊,柴门寂寞无邻里。常凭微技日图存,微技谁知丧一门!君不见船成荡漾难举步,千樯万樔芦滩住。增金急募驾舟人,有司又派江南赋。

钱澄之(1612—1693),原名秉镫,字饮光,后号田间,安徽桐城人。有《藏山阁诗存》、《田间诗集》。崇祯诸生。通经学,以经济自期,常思冒危难以立功名。甲申国变后,奔走吴江、浙、闽、粤等地,坚持抗清斗争,桂林失守后,削发归田。方苞在《田间先生墓表》中说:"先生生明季世,弱冠时,有御史某逆阉余党也,巡按至皖,盛威仪,谒孔子庙,观者如堵。诸生方出迎,先生忽前扳车而揽其帷,众莫知所为。御史大骇,命停车,而溲溺已溅其衣矣。先生徐正衣冠植立,昌言以诋之,驺从数十百人,皆相视莫敢动,而御史方自幸脱于逆案,惧其声之著也,漫以为病颠而舍之,先生由是名闻四方。"由此可看出他的品行。钱澄之的诗歌多写行役艰险,山川胜概,风俗民情,其中记载抗清事迹和南明王朝内部斗争的诗篇有诗史价值。后期则多闲适恬澹之趣。在遗民诗中,可谓独树一帜。其代表作如《扬州访汪辰初二首》:

关桥乍泊旋相访,问遍扬州识者疏。市井草深寻巷入,江城花满闭门居。僮惊客到饶蛮语,箧付儿收只《汉书》。我过七旬君逾八,笑啼同是再生余。

犹记城隅访旧车,孤踪早上汉阳船。一家局促三间屋,廿载崎岖万里天。笔墨资生何处卖?艰危纪事异时传。白头相见留深坐,又损瓶中籴米钱。

第一首将"访"意写足了。次首从昔时叙入,结在"异时传"上,高度赞颂朋友汪辰初艰危著史的历史意义。化堆垛为烟云,深得少陵笔法。

屈大均(1630—1696),字翁山,广东番禺人。明末诸生。清兵入广州时,参加抗清斗争。事败后,北上游历,与顾炎武等人交往密切。有《道援堂集》、《翁山诗外》、《翁山文外》等。

屈大均与陈恭尹、梁佩兰并称"岭南三大家"。"江左三大家"的诗歌特点是"才情焕发,声律绵丽"(陆蓥《问花楼诗话》),"岭南三大家"的诗风则"尚得古贤雄直气"(洪亮吉《论诗截句》)。屈大均《广东文选自序》中说:"吾粤诗始曲江,以正始元音先开风气。千余年以来,作者彬彬,家三唐而户汉魏,皆谨守曲江规矩,无敢以新声野体而伤大雅,与天下之为袁、徐,为钟、谭,为宋、元者俱变。故推诗风之正者,吾粤为先。"岭南诗家倡导"雄直气"的诗风,从消极方面说,是反对明代公安派和竟陵派,反对宋诗的艰涩;从积极方面说,是继承《离骚》和汉魏的传统,承"曲江规矩",而为直陈其事、直抒其情的唐音。岭南诗家迥异于江左风流,"正以僻在岭海,不为中原江左风气熏染,故尚存古风耳"(王士禛《池北偶谈》)。

屈氏继承了屈原那种"虽九死其犹未悔"的精神。在释函可流放沈阳时,他挺身而出,决定以身代赎。在清廷政治迫害日益严峻的情况下,其反清复明之志至死未渝。正因为思想感情上的"雄直"之气,所以他的诗歌哀怨似《离骚》,超逸似太白。五律最为擅长,能以古体行于律中,有古直之风。如《秣陵》:

> 牛首开天阙,龙冈抱帝宫。六朝春草里,万井落花中。访旧乌衣少,听歌玉树空。如何亡国恨,尽在大江东?

第三节　王士禛与康熙诗坛

从顺治朝末期到康熙十七年(1678)"鸿博"特科诏开,这期间各地残明政治势力被肃清,清廷政权日益巩固,随之加强了对汉族士人"文治"的整饬,诗坛和政治进一步密切起来。由诗人而言,他们基本出生在明亡之后,很少有遗民的沉痛和"两截人"的矛盾心态,民族感情渐渐淡化。雍容雅逸,诗酒酬唱,冶游登临,成为一时的士人风尚。当然,他们内心那种具体的"志"与"世"的矛盾还继续存在着,在他们诗中,这一矛盾得到了艺术处理,呈现出不露痕迹的烟雨苍茫的意境美。他们的文字所表现出浓厚的感伤主义。适应此一思潮而成为新一代诗坛领袖人物的是王士禛。

王士禛(1634—1711),字贻上,号阮亭,别号渔洋山人,山东新城(今桓台)人。顺治十五年(1658)进士,官至刑部尚书。有《带经堂集》、《唐贤三昧集》、《渔洋诗话》、《唐人万首绝句选》等。

俞兆晟《渔洋诗话序》引王士禛自述学诗的一段话:

> 吾老矣。还念平生,论诗凡屡变……少年初筮仕时,惟务博综该洽,以求兼长,文章江左,烟月扬州,人海花场,比肩接迹。入吾室者,俱操唐音……中岁越三唐而事两宋,良由物情厌故,笔意喜生……争相提倡,远近翕然宗之。既而清利流为空疏,新灵浸以佶屈,顾瞻世道,怒焉心忧。于是以太音希声,药淫哇锢习,《唐贤三昧》之选,所谓乃造平淡时也。

由此可知王士禛学诗宗趣。不过,他尊唐并不包括杜甫和韩愈,而是推崇王维、孟浩然诗中所表现出来的闲澹清远的意趣。

王士禛论诗本司空图、严羽之说,提倡"神韵说"。"神"是指表现恰到好处的诗味,

"韵"是把诗引向一种余意不尽、悠闲淡清的境界。合起来讲,就是使诗歌所表现的对象具有一种远境美。艺术上,要求诗人将情感艺术加工,如秋雨之萧瑟、春梦之无痕,不仅将此一情感秋雨化、春梦化,而且要进一步落到萧瑟和无痕上,达到"不着一字,尽得风流"的审美效果。

康熙时期,这种情感首先表现为易代之际民族情感的记忆和唤醒,其次才是个人的情志。在康熙朝成长的诗人们,有着潜在的民族记忆,但又不得不考虑在新王朝下的个人前途,如何将这两种情感恰当地联系起来,显然最好莫过于从中提炼出一种诗境的"美"和"远"来。这是理解"神韵说"的前提,也是理解王士禛诗歌艺术的前提。

确实,怀旧题材,触景生情,易生"神韵"之美,易使情感虚化。比如王士禛的成名作《秋柳四首》其一:

秋来何处最销魂?残照西门白下门。他日差池春燕影,只今憔悴晚烟痕。愁生陌上黄骢曲,梦远江南乌夜村。莫听临风三弄笛,玉关哀怨总难论。

秋和柳结合在一起,本身就有一种萧瑟之感。不过,王士禛并不主张,也没有将它们写得过于凄楚和清冷,而是将繁华与衰落、存在与消亡、历史感与现实情绪交织一起,写出像"燕影"、"烟痕"、"梦远"这样的情致来。由于诗人的情感是隔着雨的,是将其置于梦中来传达的,我们就看不清究竟表达的是何种情感、何种意志。后人批评王士禛"诗中无人",原因即在此。然而,正是这样一种对历史、自然和人生的伤感,一种把握不住而隐隐约约的沉痛,繁华又注定被毁灭,使得诗人之情感和所观之物必然是在美丽的意象和婉丽的声韵中流淌,让人们追忆和回味,这些却难以实指。中国诗歌史上,李商隐、吴文英、王国维等都不同程度存在着这种创作倾向——而这又和那个特殊时代诸多"难以明言"的避讳相适应。

比较而言,王士禛凭吊怀古、模范山水和个人情怀的七言绝句多能实践其"神韵说"的诗学审美主张。如《慈仁寺秋夜怀旧》:"旅病萧条绣佛前,云山浓淡欲寒天。梦回却忆湖南寺,暮梵晨钟已十年。"《秦淮杂诗》组诗写秦淮无复往日的繁华,如"年来肠断秣陵舟,梦绕秦淮水上楼。十日雨丝风片里,浓春烟景似残秋"。描写真州景物的《真州绝句》(其四)云:"江干多是钓人居,柳陌菱塘一带疏。好是日斜风定后,半江红树卖鲈鱼。"又如《再过露筋祠》:

翠羽明珰尚俨然,湖云祠树碧于烟。行人系缆月初堕,门外野风开白莲。

阐扬贞烈,易于入腐,诗人将贞烈置于"系缆"、"野风"、"白莲"的景致中,这样写情思便能摇荡开来,不囿于咏物本身,而有远致,若有若无,无迹可求。

当时诗坛王士禛"神韵说"风靡一时,但也有人提出批评。从理论上与之辩驳的是赵执信(1662—1744,字伸符,号秋谷,山东益都人)。王士禛和赵执信论诗不同,风格亦异。王以才情胜,流弊伤于肤廓;赵矫之以深峭,诗宗晚唐。《四库全书总目提要》中说:"王以神韵缥缈为宗,赵以思路剜刻为主。"赵执信诗的现实感较强,《氓入城行》一篇尤为杰出。他如《出都》、《暮秋吟望》、《晓过灵石》、《山行杂诗》、《感事》、《寄洪昉思》等,这些诗抒情写景,慷慨不平,笔力遒劲,是无法将自己的性情隐藏在淡远幽深的"神韵"中的。

康熙诗坛,除了王士禛尊唐外,还有不少人标榜宋诗。王士禛在《黄湄诗选序》说:"近人言诗,辄好立门户,某者为唐,某者为宋,李杜苏黄,强分畛域,如蛮触氏之斗于蜗角而不知其陋也。"当时倡言宋诗者,成就较高的前有查慎行,后有厉鹗。

查慎行(1650—1727),字悔余,号初白,原名嗣琏,字夏重,浙江海宁人。康熙年间进士,官翰林院编修。有《敬业堂集》。他的诗歌较多反映社会民生问题,如他所说:"我从田间来,疾苦粗能言。请陈东南事,约略得其端。"(《悯农诗和朱恒斋比部》)。其诗得苏轼为多,参以白居易的简朴和陆游的情调,其中写生活的诗,风趣宛然。如《初夏烟雨亭望庐山二首》其一云:"分明写入画图中,倒影看来上下同。忽失水中山一半,浪纹吹皱日高风。"又如《雨中下黯淡滩》云:"未到先愁出险难,忽惊片叶落奔湍。星流电转目未瞬,一道白光飞过滩。"能将这样的急景写得如此形象,这是他的高妙处。

查慎行早年从军西南,中年漫游中州,所至感闻,表现行程景色和风俗民情的诗,清新宜人。如《自湘东驿遵陆至芦溪》:

> 黄花古渡接芦溪,行过萍乡路渐低。吠犬鸣鸡村远近,乳鹅新鸭岸东西。丝缲细雨沾衣润,刀剪良苗出水齐。犹与湖南风土近,春深无处不耕犁。

用白描手法,写春天里的农家生活和旅途景物,历历如绘。这种诗风上承苏、陆,下启袁枚。正如晚清张维屏所说:"初白先生诗极清真,极隽永,亦典切,亦空灵,如明镜之肖形,如化工之赋物,其妙只是能达。"(《听松庐诗话》)

厉鹗(1692—1752),字太鸿,号樊榭,浙江钱塘(今杭州)人。有《樊榭山房集》、《宋诗纪事》。他批评王士禛和朱彝尊两家的"傅采",独辟蹊径,取之"孤淡",为浙派的代表人物。他诗中较少触及现实苦难,为己多于为人,忧生多于忧世,自赏多于讽时,全力追求个人生活的艺术化,追求孤淡的情调。表现在选材上,最喜爱秋暮、月夜和雨天这样的时节,古寺、疏林、晚钟这样的景物,清幽、闲适、冷僻这样的情趣。选择山水之枯淡者,可能与他借此平静胸中抑郁之气有关,与其出身寒门屡遭挫折有关。其《悼亡姬》12首,悱恻缠绵,最后一首云:

> 旧隐南湖渌水旁,稳双栖处转思量。收灯门巷忺微雨,汲井帘栊泥早凉。故扇也应尘漠漠,遗钿何在月苍苍。当时见惯惊鸿影,才隔重泉便渺茫。

总的来说,樊榭诗工于短章,拙于长篇;工于五言,拙于七言;穷力追新,兀兀独造,有"陌生化"倾向。其流弊是苦涩、险怪,专以钉饳、掉扯为能事,遭到了同时和后来诗家的批评。

第四节 乾嘉诗风

乾嘉时期,诗风出现了新变:一方面纠治康熙"神韵说"之弊,一方面努力建设乾嘉诗风。一是追求雅正,提倡温柔敦厚的诗风,以沈德潜的"格调说"、翁方纲的"肌理说"和姚鼐的"熔铸唐宋"说为代表;一是独尊性灵,破唐宋门户,勇于革新,不拘一格,各领风骚,以袁枚的"性灵说"为代表,郑燮、赵翼、张问陶等扬其风。此间黄景仁抒写落寞之什,颇有太白之风;舒位、孙原湘、黎简都崇杜,各有自得。凡斯种种,各具面目,各有宗趣,共同促进了乾嘉诗坛的繁盛局面。

沈德潜(1673—1769),字确士,号归愚,江苏长洲(今苏州)人。与乾隆帝"与诗始,与诗终",官至内阁学士兼礼部侍郎,人称"大宗伯"。著有《沈归愚诗文全集》、《说诗晬语》,编有《古诗源》、《唐诗别裁集》、《清诗别裁集》等诗歌选本,流传甚广,颇有影响。沈氏论诗倡导"格调说"。"格调"有两层,一是指诗歌创作要本于诗教,"原本性情,关乎人伦日用及古今成败兴坏之故者"(《清诗别裁集·凡例》)。这与清廷提倡的程朱理学相适应,因而"格调说"带有明显的维护封建统治的色彩。二是指诗歌创作讲求蕴藉,推尊唐诗,偏袒七子派,尤重诗歌声音的美。他说:"诗以声为用者也,其微妙在抑扬抗坠之间。"(《说诗晬语》)比较而言,沈德潜在其所编的诗歌选本中,就诗歌的审美特征、创作方法和艺术技巧提出了很好的见解,这是他在诗歌方面的主要贡献。至于创作,模仿古人形貌,平正而乏精警,思想和艺术都较为平庸。

如果说沈德潜的诗论与清廷提倡程朱理学、纲常教化的背景有关,那么翁方纲的"肌理说"便是考据学勃兴之后,直接影响诗论的产物。翁方纲(1733—1818),字正三,号覃溪,直隶大兴(今属北京)人。官至内阁大学士。有《复初斋集》、《石洲诗话》。针对神韵派的肤廓和格调派的空疏之弊,他提出"诗必研诸肌理,而文必求其实际"(《延晖阁集序》),别倡"肌理说"。所谓"肌理",即"文理"、"义理",也就是经术学问。他认为诗歌创作要基于学问,以学济诗。当然,"肌理说"的弊端也很明显,最后使得诗成为阐发学问的一种有韵文字,而少有性情。故洪亮吉说:"先是又误传翁阁学方纲卒,余亦有挽诗,云'最喜客谈金石例,略嫌公少性情诗',盖金石学为公专门,诗则时时欲入考证也。"(《北江诗话》)在他的影响下,从乾嘉到清末,诗坛形成了一个以学问为诗的流派。

袁枚(1716—1798),字子才,号简斋,又号随园老人。浙江钱塘(今杭州)人。乾隆四年(1739)进士,十三年(1748)辞官,隐居随园,世称随园先生。与赵翼、蒋士铨并称"乾隆三大家"。著有《小仓山房诗文集》、《随园诗话》等。

袁枚论诗标举"性灵",强调真性情,诗中有"我",形成"性灵诗派"。对于性灵诗派,需说明如下几点:

其一,"性灵"含义丰富,论者辨析甚多,有情性、情趣、个性、作诗的才性、才智、才趣等。在袁枚的表述中,"性灵"、"性情"、"真我",都是指作诗要有个人的真情实感。凡是诗家,无不主张真情,只是有的将真情纳入儒家的道德秩序中,强调在涵泳古人诗作中玩味真情。显然,这种真情的表述是要含蓄,要"发乎情,止乎礼义"。从这方面说,一己之"真情"易成为古人的情,所以作诗就难免有古人的声调,而无真面目。乾嘉诗坛,这种诗风表现为宗唐祧宋,表现为"家数"和"门户",前所论王士禛、沈德潜,即是这一诗风的代表者,这是为袁枚所批评的。

其二,性灵诗派追求新奇和风趣,语言力求通俗和生动,题材多为下层平民,背叛传统,表现市民意识,善写琐事、异事,俗而有趣,具有市民阶层的审美情趣。他们当中有不少是布衣诗人,像《随园诗话》卷一三记载了寒士徐绪的几首诗,抒情、叙事、咏物、写景,"真我"毕见,在乾嘉诗坛,像此类生意盎然的清新之作,自别于缙绅诗群的假大空风气,诗史理应彰扬他们而不当听其湮没。

其三,袁枚以新兴的商业文化意识对抗传统的名教纲常,表现为极大的叛离和空前的智慧。袁枚做官,为人处世,自有一套策略方法,与一般儒士或执著或迂腐概不相类,该让利时他让利,该转移时他转移,该软化时他软化,一有条件时又大占一步,最终坚持着自己的观念和利益,依然故我。这种圆通而宽博的心态,既是与封建礼教斗争以求自存的策略,也是商品观念在文化意识上的反映。圆通是为了有利,宽博的心胸是为谋取更大的发展。理解这一点,对于认识袁枚诗学观的圆通博辩,一方面八面迎敌,另一方面则"普度众生",有重要关系。换言之,他正是用这种宽博,或以不惮"滥"的方式来激荡、瓦解一切腐朽的、伪假的诗学观念。这与《儒林外史》、《红楼梦》所表现的文化观念,"扬州八怪"所反映的市民意识,戴震肯定"人欲"的思想,都属同一时空内的现象。对于袁枚的好货(与徽州盐商的关系)、好色(袁氏的女性观)及周旋于名利场中,以独特的形态破坏名教秩序,应当有一个新的评价。由此而言,以袁枚为代表的性灵诗说为诗歌发展开辟了一个新时代、新领地。历来龚自珍被视为近代诗歌史的开端,若从文化意识上说,近代诗歌的开创应当追溯到袁枚这里。

评定袁枚的诗,应关注于他的"真性情"。其诗歌创作和诗学理论基本同步。蒋士铨《读随园诗题辞》说其"意所欲到笔注之"、"归诸自然出淋漓",是恰当的。如其《嫁女诗》:

> 同居人暂离,怒焉心已恼。况是掌中珠,怀中最娇小。我又无男儿,衰鬓如蓬葆。藉此慰所无,起居伴昏晓。人视已长成,我视犹褓襁。并此复乖分,教我如何老?夫婿住姑苏,江天水渺渺。田多尸祭忙,族大持家早。归宁岂不归,路远终知少。堂前昼悄悄,膝下风悄悄。中郎几卷书,他日付谁好?

袁枚没有掩饰自己内心的失落感而去说堂皇话,如道家常,情思绵绵,呈现的是一片慈父之心。类似的作品,如《哭三妹五十韵》、《哭阿良》、《哭聪娘》等,极哀苦之致,读来撼人心弦。袁枚还有不少说理诗,但都有他个人的识解,不故弄玄虚,耐人寻思。如《马嵬》:

> 莫唱当年《长恨歌》,人间亦自有银河。石壕村里夫妻别,泪比长生殿上多。

相比人间百姓的血泪,帝王的痛苦算得上什么!

关于袁枚诗的评价,蒋湘南在《游艺录》中说得较为全面:

> 平心而论,袁之才气固是万人敌也,胸次超旷,故多破空之论;性海洋溢,故有绝世之情。所惜根柢浅薄,不求甚解处多。所读经史,但以供诗文之料而不肯求通,是为袁之所短。若删其浮艳纤俗之作,全集只存十分之四,则袁之真本领自出,二百年

来足以八面反敌者固不肯让人也。寿长名高,天下已多忌之,晚年又放诞无检,本有招谤之理,世人无其才学,不能知其真本领之所在,因其集中恶诗遂并其工者而一概摈之,此岂公理论哉!王述庵《湖海诗传》所选袁诗皆非其佳者,此盖有意抑之,文人相轻之陋习也。

赵翼(1727—1814),字云崧,号瓯北,江苏阳湖(今常州)人。有《瓯北诗集》、《瓯北诗话》、《陔余丛考》等。其《论诗》云:"李杜诗篇万口传,至今已觉不新鲜。江山代有才人出,各领风骚数百年。"其诗作喜发议论,时带诙谐,随意抒写,清新明畅,有浅露之病。

蒋士铨(1725—1785),字心余,号藏园,江西铅山人,有《忠雅堂诗集》。论诗也属性灵一派。不过,他说的性情主要是指"忠孝节义之心,温柔敦厚之旨"。其不少描写下层苦难的诗作,感人至深。

郑燮(1693—1765),字克柔,号板桥,江苏兴化人。官山东潍县知县,以岁饥为民请赈,忤大吏,乞病归扬州,卖画为生。有《板桥集》。他的政治态度属于传统儒家思想,但他的诗文里则有着反抗传统的浪漫精神。如《潍县署中画竹呈年伯包大中丞括》:

> 衙斋卧听萧萧竹,疑是民间疾苦声。些小吾曹州县吏,一枝一叶总关情。

黄景仁(1749—1783),字仲则,江苏武进(今常州)人。有《两当轩集》。生在盛世,却悲歌不已,短促的一生都在凄凉中度过。虽然其"声称噪一时,乾嘉六十年间,论诗者推为第一"(包世臣《齐民四术》),但他"一身坠地来,恨事常八九"的情怀不只是难被人理解,更不为世俗所容忍。对于像他这样"事有难言天似海,魂应尽化月如烟"的绝代才人而言,除却"枉抛心力作诗人"的血泪文字外,他的心魂别无寄寓了。可以说,他是一个在"天才"的赞誉声中被曲解的诗人。

黄仲则常年漂泊江湖,怀才不遇,多愁善感,发而为诗,则愤世悲凉,为盛世的感伤情调。"十有九人堪白眼,百无一用是书生","悄立市桥人不识,一星如月看多时",在他的诗集中处处可以看到这种落拓和孤寂的情怀。郁达夫说:"要想在乾嘉两代的诗人之中,求一些语语沉痛、字字辛酸的真正具有诗人气质的诗,自然非黄仲则莫属了。"(《关于黄仲则》)就诗作而言,他以七古、七律见长:七古雄伟,在跌宕跳跃中流转低吟;七律清丽,既有义山之韵致,又兼山谷之峭拔。如《都门秋思》其二:

> 五剧车声隐若雷,北邙惟见冢千堆。夕阳劝客登楼去,山色将秋绕郭来。寒甚更无修竹倚,愁多思买白杨栽。全家都在风声里,九月衣裳未剪裁。

这就是黄景仁笔下的京城景象,所见所闻,无不在嗟叹身世之苦,诉说生活的窘迫。我们读到的,是诗人独立秋风中的那颗苦闷的心灵。

【本章习题指要】

1. 钱谦益、吴伟业诗歌的特点。
2. 清初遗民诗人有哪些代表人物?他们的诗歌各有何特点?

3. 王士禛"神韵说"的内涵及其诗歌创作的特点。
4. 清代主张宗宋的代表诗人有哪些？他们的诗歌各有何特点？
5. 沈德潜"格调说"的主要内涵。
6. 翁方纲"肌理说"的主要内涵。
7. "性灵说"的主要内涵及其与明代"公安派"文学思想的联系。
8. 袁枚诗歌的创作特点。

第二章 清代文章

《清史稿·文苑传》云:"清代学术,超汉越宋,论者至欲特立'清学'之名,而文、学并重,亦足于汉唐宋明以外,别树一宗。"就文章而言,前期为经世之文,又可分为学者之文(以黄宗羲、顾炎武、王夫之为代表)和文人之文(以侯方域、魏禧、汪琬为代表)。桐城派是清代最有影响的文章流派。清代考据学对文章的影响表现为骈文的复兴和乾隆时期学者之文的产生。嘉道以降,内忧外患,社会危机日益严重,学者咸为经世之学,文风为之一变,这方面的内容放在近代文学中叙述。

第一节 学者之文与文人之文

顾炎武、黄宗羲、王夫之诸家是清代学术界的先驱,也是清代文章的开启者。他们穷经治史,讲求经世,反对虚谈,著学人之文。其理学渊源,各有所宗,却不立门户,顾氏崇尚朱熹,王氏希踪张载,黄氏独重阳明。一代学风,甚为淳朴。

黄宗羲(1610—1695),字太冲,号梨洲,浙江余姚人。有《南雷文定》、《明夷待访录》、《明儒学案》等。王夫之(1619—1692),字而农,号姜斋,称船山先生,湖南衡阳人。有《船山诗文集》、《读通鉴论》、《宋论》等。

顾炎武不以文人自居。其《与人书》中说:"《宋史》言刘忠肃每戒子弟曰:'士当以器识为先,一命为文人,无足观矣。'"又在《日知录·文须有益于天下》中说:"文之不可绝于天地间者,曰明道也,纪政事也,察民隐也,乐道人之善也。若此者有益于天下,有益于将来,多一篇,多一篇之益矣。若夫怪力乱神之事,无稽之言,剿袭之说,谀佞之文,若此者有损于己,无益于人,多一篇,多一篇之损矣。"黄宗羲集中批评了明代的模拟文风,强调为文当熟读经史。王夫之在《姜斋诗话》中云:"无论诗歌与长行文字,俱以意为主。"又谓:"身之所历,目之所见,是铁门限。"其《自题墓石》铭曰:"抱刘越石之孤愤,而命无从致;希张横渠之正学,而力不能企。幸全归于兹丘,固衔恤以永世。"

总之,他们强调经史传统和实践之功,对于纠正明代轻率僬薄之风有积极作用。不过,他们文章中的思想意义要大于文学成就。他们的文学观念是传统的文学观念,对于李贽的思想精神和小说戏曲文学价值的认识不够,这与陈子龙和钱谦益之诗学观相似,表现了向传统儒学经世复归的倾向。他们文章的代表作分别为《与友人论学书》、《原君》、《船山记》。

在清初文坛居正统地位的既非承晚明余绪的小品文(如金圣叹、廖燕、李渔等),也非上述学者之文,而是接续唐宋古文传统的古文。这方面前有侯方域、魏禧、汪琬"清初三大家",后有桐城派。《四库全书总目提要》云:"古文一脉,自明代肤滥于七子,纤佻于三袁,至启、祯而极敝。国初风气还淳,一时学者始复讲唐宋以来之矩矱,而琬与宁都魏禧、商丘侯方域,称为最工。"

侯方域(1618—1655),字朝宗,河南商丘人。少有才名,曾参加复社,入清未仕。与方以智、冒襄、陈贞慧并称为"四公子"。长于古文,尊唐宋八家,有《壮悔堂集》。《与任王谷论文书》中道出了侯氏为文的经历。其早年为文,流于绮丽,后学韩欧,有奇气,流畅通达有余,深厚蕴藉不足。代表作有《李姬传》、《马伶传》、《答田中丞书》、《癸未去金陵日与阮光禄书》、《与吴骏公书》、《与方密之书》等。以《马伶传》为例:

> 一日,新安贾合两部为大会,遍征金陵之贵客文人,与夫妖姬静女,莫不毕集。列兴化于东肆,华林于西肆。两肆皆奏《鸣凤》,所谓椒山先生者。迨半奏,引商刻羽,抗坠疾徐,并称善也。当两相国论河套,而西肆之为严嵩相国者曰李伶,东肆则马伶。坐客乃西顾而叹,或大呼命酒,或移坐更近之,首不复东。未几更进,则东肆不复能终曲,询其故,盖马伶耻出李伶下,已易衣遁矣。
>
> 马伶者,金陵之善歌者也。既去,而兴化部又不肯辄以易之,乃竟辍其技不奏,而华林部独著。
>
> 去后且三年而马伶归,遍告其故侣,请于新安贾曰:"今日幸为开谯,招前日宾客,愿与华林部更奏《鸣凤》,奉一日欢。"既奏,已而论河套,马伶复为严嵩相国以出。李伶忽失声,匍匐前称弟子。兴化部是日遂凌出华林部远甚。

文章记述了一位颇具传奇色彩的戏剧演员,一方面赞扬了马伶刻苦学艺的精神,另一方面寓褒贬于叙事之中,把宰相顾秉谦比作奸相严嵩。艺术上注重细节和情节,是小说笔法。

魏禧(1624—1681),字冰叔,江西宁都人。明末诸生。明亡后隐居家乡翠微峰,所居之地为勺庭,人称勺庭先生。与其兄祥、弟礼,并有文名,世称"宁都三魏",与彭士望、邱维屏等并称"易堂九子"。有《魏叔子集》。其论文强调"积理"和"练识",要作"有关系之文"(详见《宗子发文集序》、《任王谷文集序》、《答施愚山侍读书》)。其《左传经世》和《日录》皆"有关系"之言。魏禧文章为世所称者,为议论和叙事两类,史称"凌厉雄杰,遇忠孝节烈事,则益感激,摹画淋漓"(《清史稿》本传)。代表作有《大铁椎传》、《复六松书》、《正统论》等。以《复六松书》为例:

> "死友"一语,此仆十数年来最伤心事。每登高望远,辄怆然涕下,有子昂"天地悠悠"之叹。吾辈德业相勖,无儿女态,然气谊所结,自有一段贯金石、射日月、齐生死、诚一专精、不可磨灭之处。此在千百年后,犹得而想见之,况指顾数十年之间耶?仆于天性骨肉中,颇不可解。外此则一腔热血,亦欲一用。非用于君,则用于友。悠悠泛泛,无所用之,又安能禁宝剑沉埋之恨?仆所以期待二三至友者,颇不以世人所谓,遂足相许。旅寓屏营,百感交集。聊因人来,为一及之。

这样的文字,侠肝义胆,学殖儒行,是志士之文。

汪琬(1624—1690),字苕文,号钝庵,长洲(今江苏苏州)人。顺治十二年(1655)进士,康熙十八年(1679),举博学鸿儒,授翰林院编修。晚年隐居太湖尧峰山,时称尧峰先生。著有《钝翁类稿》《尧峰文钞》等。汪琬之文,更近于南宋以来的儒者之言,立意忠恕,但思想深度尚不够,儒者之言,大多如是。其代表作有《江天一传》等。

第二节　桐城派古文

康乾时期,随着清政权日益巩固,复古明道之说得到发展的机运,方苞、姚鼐之徒,应时而起,倡明程朱之学,主八家之文,形成桐城文派。桐城文派的源头可追至钱澄之和戴名世,在五四新文化运动的浪潮中结束。所以,有清一代的文章首推桐城派。清代文章和文论是"以古文家为中坚,而古文家之文论,又以'桐城派'为中坚。有清一代的古文,前前后后殆无不与桐城发生关系","由清代的文学史言,由清代的文学批评言,而不能不以桐城为中心"。(郭绍虞《中国文学批评史》)

方苞(1668—1749),字灵皋,号望溪,安徽桐城人。有《望溪全集》。方苞尝谓"学行继程朱之后,文章在韩欧之间"(王兆符《方望溪文集序》引)。在古文理论上,方苞主要贡献有:一、提出"艺术莫难于古文"的观点。"古文则本经术而依于事物之理,非中有所得不可以为伪。""苟无其材,虽务学不可强而能也;苟无其学,虽有材不能骤而达也;有其材有其学而非其人,犹不能以有立焉。"(《答申谦居书》)古文既不同于与白话文相对的文言文,也不同于晚清小品、魏晋文章。准确说,它指的是韩愈所定义的古文,写作理念上本之于儒家的道统,创作方法上恪守孟子、司马迁以降的文统。二、"义法"说。方苞讲述"义法"最多,从具体示例来看,"义法"是要求写出一个人的精神面貌,而略去无关紧要的文字,布置适当,文字雅洁。"义"是指"所载之事,必与其人之规模相称";"法"是指如何运用语言,是"或顺或逆,或前或后,皆义之所不得不然"(《左传义法举要》)。语言讲求"雅洁",不得杂入"语录中语,魏晋六朝人藻丽俳语,汉赋中板重字法,诗歌中隽语,南北史佻巧语"(沈廷芳《书方望溪先生传后》引)。方苞的古文较好地实践了其理论主张,代表作有《狱中杂记》《左忠毅公逸事》《田间先生墓表》《先母行略》等。以《左忠毅公逸事》为例:

先君子尝言:乡先辈左忠毅公视学京畿,一日,风雪严寒,从数骑出,微行入古寺。庑下一生伏案卧,文方成稿。公阅毕,即解貂覆生,为掩户。叩之寺僧,则史公可法也。及试,吏呼名至史公,公瞿然注视。呈卷,即面署第一。召入,使拜夫人,曰:"吾诸儿碌碌,他日继吾志事,惟此生耳。"

及左公下厂狱,史朝夕狱门外。逆阉防伺甚严,虽家仆不得近。久之,闻左公被炮烙,旦夕且死,持五十金,涕泣谋于禁卒,卒感焉。一日,使史更敝衣,草屦,背筐,手长镵,为除不洁者,引入。微指左公处,则席地倚墙而坐,面额焦烂不可辨,左膝以下筋骨尽脱矣。史前跪,抱公膝而呜咽。公辨其声,而目不可开,乃奋臂以指拨眦,目光如炬,怒曰:"庸奴!此何地也,而汝来前!国家之事糜烂至此,老夫已矣,汝复轻身而昧大义,天下事谁可支柱者?不速去,无俟奸人构陷,吾今即扑杀汝!"因摸地上刑械作投击势。史噤不敢发声,趋而出。后常流涕,述其事以语人,曰:"吾师肺肝,皆铁石所铸造也。"

这里节选的两段文字,描写左光斗的爱士之切、知人之明和以身许国的品质,感人至深。史可法入狱相会一段,凛然正气,尤其感人。

刘大櫆(1698—1779),字才甫,号海峰,安徽桐城人。一生科场失意,晚年官黟县教谕。有《海峰集》《论文偶记》。穷居江上,怀才不遇,与方、姚思想很不一样,具有批判社会的锋芒,其文表现为对程朱理学的反动,如《息争》《天道》《辨异》《慎始》《观化》等篇。刘师培说,桐城古文家"惟海峰稍有思想"(《论文杂记》)。就古文而言,刘大櫆坚持古文的文艺性,较为集中描写底层人物,吸收小说刻画人物的方法,推崇归有光,善于转折跌宕,层层深入,一唱三叹,散文有诗化的倾向。如《张复斋传》写张之善于"听讼",只用了一两个事例:

> 有贾人……不养其父。其父诣县诉。贾人行贿于先生,乞以贫为解。众皆争往视之。天方寒,贾人衣其父以新衣,而自着敝衣,为冻饿可怜之状,且曰:"有衣皆以奉父矣。"先生故怒视其父曰:"子寒如此,而不恤之邪!"呼吏持大杖来。先生睨视贾人,颜色如平常,猝指叱之曰:"若见汝之将受大杖也,而安忍视之,不孝何辞!"即以大杖扑贾人,而其父乃从旁泣,先生出贿付其父曰:"以养尔余年。"众皆快之。

简直是一篇小说,妙在对于细节作了精妙的描绘。再如《章大家行略》:

> 先大父侧室,姓章氏,明崇祯丙子十一月二十七日生。年十八来归。逾年,生女子一人,不育。又十余年,而大父卒。先大母钱氏,大母早岁无子,大父因娶章大家。三年,大母生吾父,而章大家卒无出。大家生寒族,年少,又无出,及大父卒,家人趣之使行,大家则慷慨号恸不食。时吾父才八岁,童然在侧。大家挽吾父跪大母前,泣曰:"妾即去,如此小弱何?"大母曰:"若能志夫子之志,亦吾所荷也。"于是与大母同处四十余年,年八十一而卒。
>
> 大家事大母尽礼,大母亦善遇之,终身无间言。櫆幼时,犹及事大母,值清夜,大母倚帘帷坐,櫆侍在侧,大母念往事,忽泪落。櫆见大母垂泪,问何故,大母叹曰:"予不幸,汝祖中道弃予。汝祖没时,汝才八岁。"回首见章大家在室,因指谓櫆曰:"汝父幼孤,以养以诲,俾至成人,以得有今日,章大家之力为多。汝年及长,则必无忘章大家。"櫆时虽稚昧,见言之哀,亦知从旁泣。
>
> 大家自大父卒,遂丧明。目虽无见,而操作不辍。櫆七岁,与伯兄仲兄从塾师在外庭读书。每隆冬,阴风积雪,或夜分始归。僮奴皆睡去,独大家煨炉火以待。闻叩门,即应声策杖扶壁行,启门,且执手问曰:"若书熟否?先生曾扑责否?"即应以"书熟,未曾扑责",乃喜。
>
> 大家垂白,吾家益贫,衣食不足以养,而大家之晚节更苦。呜呼,其可痛也夫!

自归有光《先妣事略》后,清代文章写人伦亲情,多是这样的笔墨。刘大櫆描写家人父子生死离合之感,写孤寡老妇人的善良心理,质朴感人。姚鼐将此文选入《古文辞类纂》,评曰:"真气淋漓,《史记》之文。"中间述刘读书一段,状章大家"执手问曰"一段,语带感情,乃得归文之长,也是桐城文派的特长。

姚鼐(1731—1815),字姬传,轩名惜抱,世称惜抱先生。安徽桐城人。乾隆二十八年(1763)进士,官至刑部郎中,任四库馆修纂。后辞官,先后历主梅花、敬敷、紫阳、钟山等书院四十余年,从事著述。有《惜抱轩全集》、《九经说》、《惜抱轩尺牍》,编有《古文辞类纂》。

受当时朴学风气的影响,姚鼐认为:"尝谓天下学问之事,有义理、文章、考证三者之分,异趋而同为不可废。""必兼收之,乃足为善。"(《复秦小岘书》)。姚氏不擅长考据,于程朱义理之学亦无多发明,他的主要贡献仍在辞章方面。他编选的《古文辞类纂》,采辑之博,选择之精,分类之善,评校之精,是一部很好的教科书,桐城派之建立并流衍三百余年,这部古文选本起了非常重要的作用。

姚鼐论文本于方苞的"义法"说,在其师刘大櫆的"神气"说基础上,提出"神理气味"和"格律声色"。这八个字,将为文之本与末、精与粗讲完整了。

姚鼐在《复鲁絜非书》中提出了阴阳和刚柔的文章风格论。以刚柔论文,前人早已论述,但到了姚鼐,论述最为完备。他认为"文章之境,莫佳于平淡,措词遣意,有若自然生成者"(《与王铁夫书》),强调"平淡"和"自然"的文风。另外,《惜抱轩尺牍》中多是与学生讨论如何作文和析文的内容,重诵读和妙悟。曾国藩得桐城绪脉,即自《尺牍》始。

姚鼐的古文,迂回荡漾,余味曲包,以神韵见长。姚鼐是桐城文派的集大成者,及门弟子很多,有著名"姚门四弟子"(管同、梅曾亮、方东树、姚莹)和陈用光、刘开等。道咸时期,桐城派古文由江南扩展到全国。

姚鼐说:"古文之事,须兼三者之用而后为至。"(《复林君书》)三者,即义理、考据与辞章。姚鼐古文的重要贡献是将论学之文和考证之文写得形象生动,气韵充美。如《礼笺序》、《仪郑堂记》、《送孔㧑约序》等皆是,这些文章针对汉学家抱守一家旧说的门户之见而发,但不是就学术而论学术,而以"有人焉入江海之深"而"不能尽江海之量"为喻,说明"古之人不能无待于今,今之人亦不能无待于后",从而断言"吾何私于一人哉","大丈夫宁犯天下之所不韪,而不为吾心之所不安,其治经也亦若是而已矣"。个性何其鲜明!议论何其通达!考证之文,如《登泰山记》、《泰山道里记序》,不像明人之抒写性情,也不似元人之详计道里,而是随文辨证,意在征实,气体简洁而不芜。

其论诗论文之文、叙人之文,亦复如是,如《复鲁絜非书》、《赠程鱼门序》、《朱竹君传》、《丹徒王君墓志铭》、《袁随园君墓志铭并序》等。这里以《刘海峰先生八十寿序》为例:

> 曩者鼐在京师,歙程吏部、历城周编修语曰:"为文章者,有所法而后能,有所变而后大。维盛清治迈逾前古千百,独士能为古文者未广。昔有方侍郎,今有刘先生,天下文章,其出于桐城乎?"鼐曰:"夫黄、舒之间,天下奇山水也。郁千余年,一方无

数十人名于史传者,独浮屠之俊雄。自梁、陈以来,不出二三百里,肩背交而声相应和也。其徒遍天下,奉之为宗。岂山川奇杰之气有蕴而属之邪?夫释氏衰歇,则儒士兴,今殆其时矣!"既应二君,其后尝为乡人道焉。

鼐又闻诸长者曰:"康熙间,方侍郎者闻海外刘先生,一日以布衣走京师,上其文侍郎。侍郎告人曰:'如方某何足算耶?邑子刘生乃国士尔。'闻者始骇不信,久乃渐知先生。"今侍郎没,而先生之文果益贵。然先生穷居江上,无侍郎之名位交游,不足掖起世之英少,独闭户,伏首几案,年八十矣,聪明犹强,著述不辍,有卫武懿诗之志,斯世之异人也已。

鼐之幼也,尝侍先生,奇其状貌言笑,退辄仿效以为戏。及长,受经学于伯父编修君,学文于先生。游宦三十年而归。伯父前卒,不得复见,往日父执往来者皆尽,而犹得数见先生于枞阳。先生亦喜其来,足疾未平,扶曳出与论文,每穷半夜。

今五月望,邑人以先生生日为之寿。鼐适在扬州,思念先生,书是以寄先生,又使乡之后进者,闻而劝也。

寿序要写得不空洞而有意味,就必须将"情"、"理"说足,而且要恰当。给老师作寿序,姚鼐从家乡桐城一地的古文渊源上起笔,意在将老师的古文事业发扬光大,立意相当高,也合乎老师的心意。但这番想法又不能明说,所以文章曲折其辞,插入幼小的一段往事,结以勉励后学之辞,这样一方面使寿序有了情韵,另一方面,又冲淡了姚氏的真实想法,当乎理,合于情,得寿序之体。姚鼐说:"文无所谓古文也,惟其当而已。"(《古文辞类纂序目》)说的就是这个意思。后来桐城派古文家的寿序文,如张裕钊《吴育泉先生暨马太宜人六十寿序》、邵懿辰《龙树寺寿燕诗序》、郭嵩焘《罗研生七十寿序》等,多效仿姚氏此文。

除桐城派古文外,还有阳湖派古文。代表人物是恽敬(1757—1817)和张惠言(1761—1802)。他们不以古文自限,好言政治,博征旁引,恣肆不拘,靡丽瑰奇,与桐城派的雅洁实不相类。

第三节 乾嘉学者之文

清代乾嘉考据学分为两大派:一派为吴派,起源于吴中惠周惕而成于其孙惠栋,江声、钱大昕、王鸣盛均属此派。这一派思想较为守旧,墨守汉人成说,认为"凡古必真,凡汉皆好"(梁启超《清代学术概论》)。另一派为皖派,起源于江永而成于戴震。程瑶田、王念孙、王引之、段玉裁、阮元均属此派。这一派主张以文字学为基础,从训诂、音韵、典章制度等方面阐明经义。他们注重创新,要"不以人蔽己,不以己自蔽"(《戴震集·答郑用牧书》),实事求是,是科学理性的学术态度。两派学术思想都影响到他们对文章的看法,他们站在各自不同的立足点上攻击桐城派,批评方苞的空疏与浮薄。钱大昕说:"盖方所谓古文义法者,特世俗选本之古文,未尝博观而求其法也。法且不知,而义于何有?"(《与友人书》)在文章写作上,他们强调学问之精审而不重文法,为理性之叙事而少抒情之气韵。至于章学诚、全祖望、万斯同等浙东学者，他们的文章观念是从史学引申而来，重视古文辞写作的史学史识，是复古主义的文章学。

戴震（1723—1777），字东原，又字慎修，安徽休宁人。少通《说文》，年十六七，研精注疏，不主一家。其所为学，由声音、文字以求训诂，由训诂以寻义理，发前人所未发。有《戴东原集》、《孟子字义疏证》、《水经注》等。戴氏文章多为论学之文，他对文章的看法直接源于考据之学，重视文章创作的理性精神，强调文法本为学术所固有，这自不同于桐城派古文思想。

钱大昕（1728—1804），字晓徵，号辛楣，又号竹汀，嘉定（今属上海）人，是清代著名的朴学家。著有《潜研堂文集》、《十驾斋养新录》等。段玉裁《潜研堂文集序》称其文："中有所见，随意抒写，而皆经史之精液。其理明，故语无鹘突；其气和，故貌不矜张；其书味深，故条鬯而无好尽之失，法古而无摹仿之痕，辨论而无叫嚣攘袂之习。淳古澹泊，非必求工，非必不求工，而知言者必以为工。"如其《记先大父逸事》：

> 先大父性不妄语。年六十九时，恩诏赐高年七十以上粟帛，乡人多增年以邀上赐。或以白大父，先大父正色曰："寿命由天，人可欺，天可欺乎？欺天而罔上，吾不为也。"大昕儿时识此语不忘。比岁国家举大庆典，天子加恩老儒：各省应乡试终场士子年及八十以上者，大吏以名闻，辄降旨特赐举人。闻有私增年一纪以应诏者。因忆先大父遗言书之。
>
> 先大父尝举《管子》语以教子弟曰："釜鼓满则人概之，人满则天概之。"又举《淮南子》语："唯不求利者为无害，唯不求福者为无祸。"
>
> 有客举王子安滕王阁诗序："兰亭已矣，梓泽邱墟"二句，属对似乎不伦。先大父曰："'已矣'，叠韵也；'邱墟'，双声也。叠韵双声，自相为对。古人排偶之文，精严如此。庾子山《哀江南赋》：'陆士衡闻而抚掌，是所甘心；张平子见而陋之，固其宜矣。'以'甘心'对'抚掌'，以'宜矣'对'陋之'，亦联之中虚实自相为对也。"
>
> 先大父年逾八十，读书不辍。或云："先生老矣，盍少休乎？"答曰："一日不读书便俗。"

记祖父逸事，文笔简练，亲切可感。中间详写"虚实自相为对"事，可见祖父对他学问蕲向的影响。

章学诚（1738—1801），字实斋，号少岩，浙江会稽（今绍兴）人。一生专心史学著述，有《章氏遗书》。《文史通义》是一部重要的学术理论著作。他主张"道寓于器"、"六经皆史"，批评袁枚，诋斥汪中，站在史学立场上纠桐城古文和其他文派流弊。

第四节 汪中与清代骈文的复兴

《清史稿·胡天游传》云："俪体文自三唐而下，日趋颓靡。清初陈维崧、毛奇龄稍振起之,至天游奥衍入古,遂臻极盛。而邵齐焘、孔广森、洪亮吉辈继起,才力所至,皆足名家。"清代骈文的复兴,有特定的社会条件和学术背景:一、随着清朝统治的渐趋稳固,文化的调适功能越来越受到重视,产生了乾嘉考证之学的繁盛局面。骈文的复兴,就是根植在这样的文化土壤中。二、清代学术中的汉宋之争,客观上为骈文的复苏提供了条件。汉学重考证、训诂、音韵之学,而骈文讲辞藻、韵律和用典,骈文自然成为汉学家言说世界和表情达意的文学形式。三、桐城派在其发展过程中出现只讲义法不重学问、只讲文气不事考证、有序而无物的空疏浮薄的弊病,桐城派所尊奉的文统和道统也受到学人的挑战,而骈文要求学问优先,可药桐城文派之弊。可以说,骈文的复兴是在与桐城派抗衡中出现的。

清代骈文家对文章的见解,大多与桐城派异辙,有的主张骈散并重,有的则唯骈文是宗。阮元和李兆洛的观点具有代表性。阮元主张文笔分立,鼓吹骈文,为骈文争文统,《文韵说》云:"韵者即声音也,声音即文也。然则今人所便单行之文,极其奥折奔放者,乃古之笔,非古之文也。"李兆洛编选《骈体文钞》,视骈文为正宗,序中说:"自秦迄隋,其体递变,而文无异名。自唐以来,始有古文之目,而目六朝之文为骈俪。而为其学者,亦自以为与古文殊路。""文之体,至六代而其变尽矣。沿其流,极而溯之,以至乎其源,则其所出者一也。"此外,吴鼒的《国朝八家四六文钞》和曾燠的《国朝骈体正宗》,都是弘扬骈文脉绪的文集。

清初骈文名家有陈维崧、毛奇龄、章藻功、吴绮等人。乾嘉时期,袁枚、邵齐焘、刘星炜、吴锡麒、孙星衍、洪亮吉、曾燠、孔广森,并称为"骈文八大家"。创作最有成就的是汪中。

汪中(1744—1794),字容甫,江苏江都(今扬州)人。乾隆拔贡生。绝意仕进,身世与黄景仁同。著有《述学》、《容甫遗诗》等。治经示汉家,服膺顾炎武、戴震之学。学文法六朝,合汉魏晋宋作者而自铸伟词,典属精切,渊雅醇茂,感人肺腑,无意模仿,而神与之合。代表作有《哀盐船文》、《经旧苑吊马守贞文》、《广陵对》、《自序》等。以其《自序》为例:

> 昔刘孝标自序平生,以为比迹敬通,三同四异。后世诵其言而悲之。
>
> 尝综平原之遗轨,喻我生之靡乐。异同之故,犹可言焉。夫亮节慷慨,率性而行,博极群书,文藻秀出,斯惟天至,非由人力。虽情符曩哲,未足多矜。余元发未艾,野性难驯,麋鹿同游,不嫌摈斥,商瞿生子,一经可遗。凡此四科,无劳举例。
>
> 孝标婴年失怙,藐是流离,托足桑门,栖寻刘宝;余幼罹穷罚,多能鄙事,赁舂牧豕,一饱无时:此一同也。孝标悍妻在室,家道坎坷;余受诈兴公,勃豀累岁,里烦言于乞火,家构衅于蒸梨,蹀躞东西,终成沟水:此二同也。孝标自少至长,戚戚无欢;余久历艰屯,生人道尽,春朝秋夕,登山临水,极目伤心,非悲则恨:此三同也。孝标凤婴羸疾,虑损天年;余药裹关心,负薪永旷,鳏鱼嗟其不瞑,桐枝惟余半生,鬼伯在门,四序非我:此四同也。
>
> 孝标生自将家,期功以上参朝列者,十有余人,兄典方州,余光在壁;余衰宗零替,顾景无俦,白屋藜羹,馈而不祭:此一异也。孝标倦游梁楚,两事英王,作赋章华之官,

置酒睢阳之苑,白璧黄金,尊为上客,虽车耳未生,而长裾屡曳;余簪笔佣书,倡优同畜,百里之长,再命之士,苞苴礼绝,问讯不通:此二异也。孝标高蹈东阳,端居遗世,鸿冥蝉蜕,物外天全;余卑栖尘俗,降志辱身,乞食饿鸱之余,寄命东陵之上,生重义轻,望实交陨:此三异也。孝标身沦道显,籍甚当时,高斋学士之选,安成类苑之编,国门可县,都人争写;余著书五车,数穷覆瓿,长卿恨不同时,子云见知后世,昔闻其语,今无其事:此四异也。孝标履道贞吉,不干世议;余天逸司命,赤口烧城,笑齿啼颜,尽成罪状,跬步才蹈,荆棘已生:此五异也。

嗟乎!敬通穷矣,孝标比之,则加酷焉。余于孝标,抑又不逮。是知九渊之下,尚有天衢;秋荼之甘,或云如荠。我辰安在?实命不同。劳者自歌,非求倾听。目瞑意倦,聊复书之。

通过与梁代刘峻"四同五异"的对比,讲述自己潦倒的一生。虽为骈体,但朴实自然,典雅醇厚,深情款款。

骈文是语言型文学,主要依靠汉字单音复义特点,讲求辞藻、音律和用事,艺术性要求高,使得它不可能取代散体文的地位,更不可能与语体文争衡。清中期骈文家多是学者型,为文讲求渊雅典丽,这也不利于骈文的发展。

【本章习题指要】

　　1. 清初学者之文与文人之文的创作概况。
　　2. 桐城派散文有哪些代表作家?他们的创作主张有何联系和区别?他们的散文创作各有什么特点?
　　3. 汪中与清代骈文的复兴。

第三章 清 词

在元明两代的沉寂之后,清词振颓起衰,呈现中兴局面。仅就《全清词》汇辑情况而言,顺治、康熙之卷就有50000余首,词人2000余人,而且流派纷呈,风格迥异,词学理论和批评也呈现复兴气象,可以说清词为这种抒情文体的发展史谱写了辉煌丰硕的殿末之卷。

第一节 清初词坛

谭献《箧中词》云:"锡鬯、其年出,而本朝词派始成。顾朱伤于碎,陈厌其率,流弊亦百年而渐变。锡鬯情深,其年笔重,固后人所难到。嘉庆以前,为二家牢笼者,十居七八。"总体而言,清初词坛,有以陈维崧为首的阳羡词派、朱彝尊为首的浙西词派和独树一帜的满族词人纳兰性德。

阳羡词派在清初变幻动荡的历史背景下产生,有鲜明的政治倾向和浓厚的乡土色调。这一派成员有徐喈凤、万树、曹亮武、蒋景祁、陈维崧,以陈维崧成就最高。他们或是遗老逸民,或是忠烈后裔,因而词作多述民生之哀和故土之思,激荡楚郁,凄苍清狂。

陈廷焯《白雨斋词话》云:"国初诸老,多究心于倚声,取材宏富,则朱氏(彝尊)《词综》,持法精严,则万氏(树)《词律》。他如彭氏(孙遹)《词藻》、《金粟词话》及《西河词话》(毛奇龄)、《词苑丛谈》(徐釚)等类,或讲声律,或极艳雅,或肆辩难,各有可观。"阳羡词派确尊词体,认为词的功能可与经、史比肩,从根本上动摇和否定了"词乃小道"的传统观念;重视"立意",主张"拈大题目,出大意义",不论是鸿篇巨制,还是"谰言卮言",都必须"精深自命";推崇苏辛,不仅是沿承其豪放的风格,而且从"竭才渺虑以会其通"的层面上,追源苏、辛词的"骎骎乎如杜甫之歌行与西京之乐府"的精神;不废声律,万树的《词律》即是声律方面的重要理论成果。

陈维崧(1625—1682),字其年,号迦陵,江苏宜兴人。其父陈贞慧,以气节著称。维崧康熙间应博学鸿词科,授翰林院检讨,纂修《明史》。善骈文,尤攻词,现存1629阕,计有416调,为古今词家所未有。有《湖海楼诗集》、《湖海楼词集》、《迦陵文集》等。陈廷焯谓"国初词家,断以迦陵为巨擘"(《白雨斋词话》)。维崧少作以风华绮丽见称,中晚年作品渐趋深婉豪宕,苍凉沉郁。如《贺新郎》[纤夫词]:

> 战舰排江口。正天边、真王拜印,蛟螭蟠钮。征发棹船郎十万,列郡风驰雨骤。叹闾左、骚然鸡狗。里正前团催后保,尽累累锁系空仓后。捽头去,敢摇手? 稻

花恰称霜天秀。有丁男、临岐诀绝,草间病妇。此去三江牵百丈,雪浪排樯夜吼。背耐得、土牛鞭否? 好倚后园枫树下,向丛祠倩巫浇酒。神祐我,归田亩。

顺治十六年(1659),郑成功与张煌言合兵北伐,下镇江,围攻南京,此词当作于此时。以词的形式描写沿江人民的苦难,类似杜甫的"三吏"、"三别"。

陈维崧的慢词盘转起伏,骨力警拔,情致酣畅,将赋和歌行的手法运用于词,呈现出"精悍"和"横霸"的审美风貌。此外,他以腾越飞扬的才情和劲挺的笔力,写了不少犹如"干将出匣,寒光逼人"(陈廷焯《白雨斋词话》)的小令。最为人称道是《点绛唇》[夜宿临洺驿]:

晴髻离离,太行山势如蝌蚪。稗花盈亩,一寸霜皮厚。　　赵魏燕韩,历历堪回首? 悲风吼,临洺驿口,黄叶走中原。

寥寥数语,将身世之苦寓于景物中,意境阔大,有尺幅千里之势。

随着清朝的统一,阳羡词派的悲慨健举、萧骚凄怨之音,难合于政局一统的新形势,渐趋衰落乃是必然。这时期亦有豪放郁勃之词,如郑燮、蒋士铨、曹贞吉、黄景仁之作,但这不是时代的主流。与此同时,以朱彝尊为代表的浙西词派适应清朝大一统局面,以醇正秀雅的词风异军突起,影响深远。于是,从重"志意"到重"韵致",从讲气势笔力到讲醇雅章法,由写实转向空灵,由明快转向含蓄。词中的浙西与古文中的桐城,一起成为盛世的文学景观。

朱彝尊(1629—1709),字锡鬯,号竹垞,又号金风亭长,浙江秀水(今嘉兴)人。早年曾秘密参与抗清复明活动,事败出走,游幕四方。康熙十八年(1679)举博学鸿词,出仕清廷。是清代著名文学家、学者,博通经史,工诗文,与王士禛并称南北两大诗人,尤长于词。有《曝书亭集》、《经义考》,编选《词综》,词集有《江湖载酒集》、《静志居琴趣》、《茶烟阁体物集》、《蕃锦集》四种。

朱彝尊词宗南宋。《词综·发凡》云:"世人言词,必称北宋,然词至南宋始极其工,至宋季而始极其变。姜尧章氏最为杰出。"又《解佩令》[自题词集]云:"倚新声、玉田差近。"朱氏所论,既不满于明词的硬语新调,又不认同苏、辛一派的作品及历史地位,于阳羡词派多不认可,故而尊奉姜夔、张炎,讲求醇雅,偏重在词的格律和技巧。"浙西六大家"——朱彝尊、李良年、李符、沈皞日、沈岸登、龚翔麟(龚翔麟《浙西六家词》)推衍其学,形成浙西词派。这一词派影响清代词坛二百余年。

《江湖载酒集》是朱彝尊一生词作精粹,所收词作或沉郁苍凉,慨然其情,或清新流动,雅乎其词。其中远离现实政治的吊古之作,最有力度。如《卖花声》[雨花台]:

衰柳白门湾,潮打城还。小长干接大长干。歌板酒旗零落尽,剩有渔竿。　　秋草六朝寒,花雨空坛。更无人处一凭阑。燕子斜阳来又去,如此江山!

昔日繁华,江山陵替,物是人非,何以如此,词中没有交代。也不像其《解佩令》[自题词集]"十年磨剑,五陵结客,把平生、涕泪都飘尽",那样意气悲壮,而是集中在惆怅凄楚的感受上。该词的高妙就在于,将故国之思淡化为空灵的意绪,营造出一种感伤的氛围,让读者去回味。

此外,《江湖载酒集》广被称誉的还有高秀圆转或凄丽缠绵的情爱词,"艳而不浮,疏而不流,工丽芊绵而笔墨飞舞"(《白雨斋词话》),别具匠心。如《金缕曲》[初夏]:

> 谁在纱窗语?是梁间,双燕多愁,惜春归去。早有田田青荷叶,占断板桥西路。听半部、新添蛙鼓。小白蘋红都不见,但愔愔门巷吹香絮。绿阴重,已如许! 花源岂是重来误?尚依然、倚杏雕阑,笑桃朱户。隔院秋千看尽坼,过了几番疏雨。知永日、簌钱何处?午梦初回人定倦,料无心肯到闲庭宇。空搔首,独廷伫。

上片写爱情的流逝,下片感叹佳人"簌钱"他处,定也思念着自己。整首词婉丽动人,清新而含蓄。

继朱彝尊之后,浙西词派堪称中坚的是厉鹗。厉鹗词以"其幽深窈渺之思,冷艳洁静之旨,远绪相引,虚籁相生",而"其风斯畅"(吴锡麒《詹石琴词序》)。

浙西词派过于进求形式,不重寄兴,流弊所及,琐屑堆砌,遭到后人的批评。晚清词家文廷式指出:"自朱竹垞以玉田为宗,所选《词综》,意旨枯寂。后人继之,尤为冗漫。以二窗为祖祢,视辛、刘若仇雠,家法若斯,庸非巨谬。二百年来,不为笼绊者,盖亦仅矣。"(《云起轩词钞序》)谭献以为:"后来巧构形似之言,渐忘古意。竹垞、樊榭,不得辞其过。浙派为人诟病,由其以姜、张为止境。"(《箧中词》)

纳兰性德(1654—1685),原名成德,字容若,号楞伽山人。满洲正黄旗人,大学士明珠长子。康熙进士,官侍卫。生性聪敏,娴于骑射,笃于友情,与徐乾学、姜宸英、严绳孙、陈维崧、顾贞观等相交往,应顾贞观之请救助吴兆骞从宁古塔入关,传为文坛佳话。工于诗词,尤为小令,爱情词低徊要眇,婉丽清凄;边塞词寥廓苍远,绘景如画。况周颐《蕙风词话》推性德为"国初第一词人"。王国维《人间词话》说:"以自然之眼观物……故能真切如此,北宋以来,一人而已。"有《通志堂集》、《饮水词》等。

纳兰词多写一己情致,流于感伤,其悼亡诸什,尤为凄婉。如《南乡子》[为亡妇题照]:

> 泪咽却无声,只向从前悔薄情。凭仗丹青重省识,盈盈。一片伤心画不成。
> 别语忒分明,午夜鹣鹣梦早醒。卿自早醒侬自梦,更更。泣尽风檐夜雨铃。

从梦与醒、生与死之间写对亡妻的悼念。

纳兰边塞行吟题材的词,苍凉清怨。如《长相思》:

> 山一程,水一程,身向榆关那畔行。夜深千帐灯。 风一更,雪一更,聒碎乡心梦不成。故园无此声。

壮丽的千帐灯下,却是难眠的乡心,一暖一寒,写尽了扈从生涯的无奈和厌倦。

《饮水词》中也有一些长调,颇见功力,如《金缕曲》[赠梁汾]、《金缕曲》[慰西溟]等,慨然长吭,多不平之气。试看其《金缕曲》[赠梁汾]:

> 德也狂生耳!偶然间、缁尘京国,乌衣门第。有酒惟浇赵州土,谁会成生此意?不信道、竟逢知己。青眼高歌俱未老,向樽前、拭尽英雄泪。君不见,月如水。 共

君此夜须沉醉。且由他、蛾眉谣诼,古今同忌。身世悠悠何足问,冷笑置之而已。寻思起、从头翻悔。一日心期千劫在,后身缘、恐结他生里。然诺重,君须记。

情语入词,直抒胸臆,别成一境。以书信的口吻写词,以词代书,扩大了词的表现能力,近代龚自珍、黄人等词人都仿效过此体。

当时京华,纳兰性德与曹贞吉、顾贞观合称"京华三绝"。曹贞吉和顾贞观的词作以雄深见长,法度谨严。顾贞观(1637—1714),号梁汾,江苏无锡人,有《弹指词》。《金缕曲》二首是其代表作:

季子平安否?便归来、平生万事,那堪回首?行路悠悠谁慰藉?母老家贫子幼。记不起、从前杯酒。魑魅搏人应见惯,总输他覆雨翻云手。冰与雪,周旋久。 泪痕莫滴牛衣透。数天涯、依然骨肉,几家能够?比似红颜多命薄,更不如今还有。只绝塞、苦寒难受。廿载包胥承一诺,盼乌头马角终相救。置此札,君怀袖。

我亦飘零久。十年来、深恩负尽,死生师友。宿昔齐名非忝窃,试看杜陵消瘦。曾不减、夜郎僝僽。薄命长辞知己别,问人生到此凄凉否?千万恨,为君剖。 兄生丁未吾丁丑,共些时、冰霜摧折,早衰蒲柳。词赋从今须少作,留取心魂相守。但愿得、河清人寿。归日急翻行戍稿,把空名料理传身后。言不尽,观顿首。

这两首词是寄赠流放宁古塔的友人吴兆骞的。以词代书,全是家常语,而深情贯注,真切动人,道出了二人共患难的生死之情,为世传诵。

第二节 常州词派

嘉庆年间,张惠言、周济倡《风》、《骚》之旨,反对浙西词派徒为形式而为琐屑饾饤之病,一时从风,形成常州词派。除张、周二人外,还有张琦、董士锡、李兆洛、陆继辂、丁履恒等。

浙西词派讲"醇雅",常州词派讲"寄托"。张惠言认为词的特点是"意内而言外"、"深美闳约","其缘情造端,兴于微言,以相感动,极命风谣里巷男女哀乐,以道贤人君子幽约怨悱不能自言之情,低徊要眇,以喻其致"(《词选·序》)。张惠言重质实、比兴而有寓意的词学观,援引儒学诗教入词学,是经学家的立场。这在一定程度上歪曲了词的本色,并未给词学创作开拓出更广阔的道路。

张惠言(1761—1802),字皋文,江苏武进(今常州)人。嘉庆四年(1799)进士,改庶吉士,授翰林院编修。精通《周易》,工词赋散文,是阳湖派古文和常州词派的开创者。有《茗柯文集》、《茗柯词》。

惠言的词作与其词学主张一样,讲求言外之旨,隐晦奥眇。如《木兰花慢》[杨花]:

尽飘零尽了,何人解、当花看?正风避重帘,雨回深幕,云护轻幡。寻他一春伴侣,只断红、相识夕阳间。未忍无声委地,将低重又飞还。　　疏狂情性,算凄凉、耐得到春阑。便月地和梅,花天伴雪,合称清寒。收将十分春恨,做一天、愁影绕云山。看取青青池畔,泪痕点点凝斑。

咏杨花,将其人格化,实是写词人自己。上片状落花之境况,下片写落花之精神,清高自洁,不随尘逐流,言意志之坚定。整首词写出了冷落坎坷而不消沉自弃的意志追求,是"怨而不怒"的儒学品格。以物咏志,寄慨遥深,体现了常州词派比兴寄托的词学宗旨,也说明儒家的"中和"美学是张惠言所追求的理想境界。

张惠言是学问家,研读《易》学多年,于天命人事之间,多有慧解。从这个角度看,他所追求"低徊要眇,以喻其致"的词境未尝不是儒学的审美理想——"中和"境界。其《水调歌头》[春日赋示杨生子掞]五首,谭献评为"胸襟学问,酝酿喷薄而出,赋手文心,开倚声家未有之境"(《箧中词》)。"未有之境",即是儒学的中和之境,这与黄庭坚所开启的诗学之境相似。词中云:"难道春花开落,更是春风来去,便了却韶华?花外春来路,芳草不曾遮。"(其一)"看到浮云过了,又恐堂堂岁月,一掷去如梭。劝子且秉烛,为驻好春过。"(其二)"迎得一钩月到,送得三更月去,莺燕不相猜。但莫凭阑久,重露湿苍苔。"(其三)"名山料理身后,也算古人愚。一夜庭前绿遍,三月雨中红透,天地入吾庐。容易众芳歇,莫听子规呼。"(其四)第五首更为典型:

长镵白木柄,劚破一庭寒。三枝两枝生绿,位置小窗前。要使花颜四面,和着草心千朵,向我十分妍。何必兰与菊,生意总欣然。　　晓来风,夜来雨,晚来烟。是他酿就春色,又断送流年。便欲诛茅江上,只恐空林衰草,憔悴不堪怜。歌罢且更酌,与子绕花间。

言物而不留于物自身,言志则自见于言外,若断非断,似续非续,讨论的却是人生哲理。在中国传统士人心态和遇境上,这样的词心乃是"不以物喜,不以己悲"。春来春去,任其流走,而心自怡然,清操自守。

周济(1781—1839),字保绪,号止庵,别号介存居士,江苏荆溪(今宜兴)人。嘉庆十年(1805)进士,官淮安府教授。后隐居江宁,潜心著述,有《晋略》、《介存斋集》、《味隽斋词》,词论《介存斋论词杂著》,编纂《宋四家词选》。

周济师从张惠言之甥董士锡,得张氏绪论,推衍其说,是常州词派理论的集大成者。他在《宋四家词选·目录序论》中提出了"非寄托不入,专寄托不出"的重要思想。"非寄托不入"是指词的创作要有深刻的寓意,而不是泛泛的即兴之作,此就创作主体而言。"专寄托不出"是从接受者而言,对词作要反复涵泳,方能体会其中的深意。他推尊词体,认为"诗有史,词亦有史,庶乎自树一帜矣"(《介存斋论词杂著》)。他编选《宋四家词选》,取周邦彦、辛弃疾、王沂孙、吴文英四家。"问涂碧山,历梦窗、稼轩,以还清真之浑化",这是常州词派的词统。他还主张用汉儒说诗的方法解读四家词作,寻求微言大义。周济将常州词派的理论系统化,简明实用,而常州词派的壁垒亦自此始。

周济的词作,词旨隐晦,令人难解。吴梅评云:"止庵自作词,亦有寄旨,惟能入而不

能出耳。如《夜飞鹊》之'海棠',《金明池》之'荷花',虽各有寄意,而词涉隐晦,如索枯谜,亦是一蔽。"(《词学通论》)

　　独立于常州词派和浙派之外,颇有成就的是项鸿祚。项鸿祚(1798—1835),又名廷纪,字莲生,浙江钱塘(今杭州)人。有《忆云词》。他一生不遇,性情忧郁,《忆云词·甲稿自序》云:"生幼有愁癖,故其情艳而苦,其感于物也郁而深。"《丁稿自序》云:"当沉郁无憀之极,仅托之绮罗芗泽以泄其思,盖辞婉而情伤矣。"从这些文字中,可以想见其词的内容和风格。

【本章习题指要】

　　1. "阳羡词派"的词学主张及陈维崧词作的艺术特色。
　　2. 朱彝尊的词学主张及其词作特色。
　　3. 纳兰性德词作的艺术特征。
　　4. "常州词派"的词学主张及张惠言词作的艺术特色。

第四章 清代小说

清代小说数量众多，流派纷呈，是中国小说发展史上的全盛时期。从数量上看，章回小说有330多部，文言小说有500多种，拟话本小说有近50种。从章回小说的题材而言，历史演义和英雄传奇有《说岳全传》、《水浒后传》、《隋唐演义》，世情小说有《醒世姻缘传》、《红楼梦》、《歧路灯》，儒林小说有《儒林外史》，才学小说有《镜花缘》，才子佳人小说有《玉娇梨》、《平山冷燕》、《好逑传》，侠义公案小说有《三侠五义》、《施公案》，狭邪小说有《品花宝鉴》、《海上花列传》，神怪小说有《西游补》、《绿野仙踪》。拟话本小说有李渔的《无声戏》和《十二楼》。文言小说，长篇有《燕山外史》、《蟫史》，短篇小说集有《聊斋志异》、《阅微草堂笔记》、《谐铎》、《萤窗异草》、《夜雨秋灯录》等。

第一节 清代小说家的文体意识和主体意识

《金瓶梅》的问世，标志着中国古典长篇小说的创作进入一个新阶段。明清之际，金圣叹的小说评点理论标志着当时人们对小说文体认识的自觉，他对人物性格刻画、小说与史传的区分、创作的主体意识及艺术结构等问题的探讨，都是建立在准确把握小说文体特点的基础上的。清代小说的文体观念，无论是通俗小说还是文言小说，相比明代，有着长足的发展。由于小说观念、作家身份的转变和读者阅读的需要，清代小说呈现出全新的艺术风貌。

清初长篇章回小说大都借历史和时政题材寄寓兴亡之感，但与传统小说的类型相比有了重大转变，小说在演述历史、杜撰神怪过程中，较为关注人情世态的描写。揭露魏忠贤乱政的"刺魏"小说《梼杌闲评》，前20回写魏忠贤入宫前的市井生活，有明显的世情小说色彩。《樵史通俗演义》用了大量篇幅描写世态俗情，如孟森《重印樵史通俗演义序》所说："明遗写实之作，而托体于通俗以自晦者也。"这类作品，多具有时代意识，表现了历史演义小说与世情小说合流的倾向。作为清初神怪小说的代表作《西游补》，则是将神怪小说与讽刺小说相结合，借幻境批判现实，以神魔演绎世情。当然，这时期的小说家囿于固有的创作思维，还不习惯从人性的角度处理尖锐的政治斗争的题材，在反映人性真实性上留有遗憾，虽然大量世情描写的融入增加了小说的可信度，但小说政治伦理创作理念的单一化和对历史真实的有意识疏离，一定程度上淡化了小说的社会政治批判功能。

如果说历史演义和英雄传奇更多取向于文人抒写怀抱的理想，受作者的主体性制约较大，那么才子佳人小说则与市井消费联系密切，从逻辑上说，这一题材小说的大量涌现是晚明主情主义文学思潮发展的必然。清初，它还受到小说文人化的影响，但读者消费的水准和阅读趣味直接决定了才子佳人小说的格调和制度，这时期的小说采用以前少见的中篇小说的规模，就是一种较适合商业的批量生产的文学形式。在思想和艺术上，才子佳人小说，尤其是清中叶以后，激情而任性的行为让位于"发乎情，止乎礼义"的儒家道德底线，晚明露骨的情欲描写要么为含蓄的感情所代替，要么为遁世的虚幻情绪所笼罩，即使在李渔的某些作品中，也是以一种折中主义方法进行处理的。比如《合影楼》在处理道学先生与风流才子结为亲家这一问题上，安排了一个"在不夷不惠之间"的路子由，"他的心体，绝无一毫沾滞，既不喜风流，又不讲道学，听了迂腐的话也不见攒眉，闻了鄙亵之言也未尝洗耳"，这位路子由对情节的发展有主导作用，不能抽象说成这是李渔小说的创新，而是由于折中主义创作观念所决定的。清代中期，既没有像天花藏主人那样的多产作家，也缺少热心编书的书商和为作品题跋写序的评点者，书商热衷于翻刻清初作品，这与这一流派小说的固定创作模式和陈陈相因的思想观念有关，而且作者多是失意文人，作品中的虚幻和伤感冲淡了小说的创作冲动和读者的阅读兴趣。

　　明代后期"三言"、"二拍"的编撰，促进了短篇白话小说创作的繁荣。清初至中叶，出版了30多种短篇小说集，这些短篇白话小说发展了传统的话本小说体制，在中国小说艺术形式演进中起了积极作用。小说编撰有统一的构思，不是随意的创制，如艾衲居士的《豆棚闲话》围绕"豆棚"展开叙述，李渔《十二楼》以"楼"为中心。在谋篇布局上，短篇小说的章回化使得创作摆脱了"入话"、"头回"的固定叙事体制，叙事方式也摆脱了说书人的单纯口吻，叙事角度更为灵活。

　　从总体上说，清代的章回体小说较以前的同类小说更为精致而丰富。小说注重写实，不以故事情节离奇见长，从外部的矛盾冲突转向内部的心理和细节的描写，无论是写妖狐的《聊斋志异》，写知识分子的《儒林外史》，还是写贵族家庭没落的《红楼梦》，都更关注现实中"人"的生存状况和生命体验，关注普通人的命运，将对人物命运的思考和对社会的批判置于文字背后，让读者去完成，而且对"人"这一世界的认识和处理更复杂和全面，人物无完美无缺的好人，亦无十恶不赦的坏人。总之，清代的章回小说是以鲜活的社会生活为基础，这大大增加了创作难度，而清代小说艺术的主要成就和贡献，亦即在于此。

　　从小说创作主体而言，清代出现了像李渔、吴敬梓、蒲松龄、曹雪芹、李汝珍等一大批有名有姓的以小说见长的作家，小说主体由以前的说书家进一步蜕化，出现文人化倾向，从而根本上改变了小说的观念、地位、创作思维和艺术基准，加深了对小说题材的开拓，成为知识分子书写社会人生的重要工具。

　　小说家的身份、境遇和创作目的直接影响小说的构思和对小说题材挖掘的深度。清代小说大都是文人的独立创作，作品的现实感和作家的主体意识大大强化，比如清初历史题材的小说多是抒发作者的"兴亡之感"，表现出感伤主义色彩或浓重的悲剧意识。董说的《西游补》写孙悟空梦游所经历的人与事，作者爱憎分明，如《读西游补杂记》所说："此书所述，皆其胸膈间物"，"书者之事，皆作者所历之境。……书中之语，皆作者欲吐之言。

不可显者而隐约出之,不可直言而曲折见之,不可入于文集而借演义以达之"。他如《飞龙全传》寄其郁结之思,《岭南逸史》以抒其激愤,《聊斋志异》乃发泄"孤愤"之作,《儒林外史》写儒林世相的悲惨世界,《红楼梦》唱出一曲封建末世的挽歌,等等。

文人创作风气的开创使得小说创作有了新的进展,《红楼梦》打破传统的思想和写法,《镜花缘》自铸新词,《聊斋志异》对鬼狐世界的精心营造,有的还借鉴传统诗词的表现手法,运用于小品中,清新秀雅,使得小说创作更为精致,有诗的意境美。

在题材处理上,也有了新的变化。如劝惩功能这一题材,以前注重因果报应,采用对立二分的方式,在清代小说中,则处理得较为平和、宽厚,"善有善报"固然是天遂人愿,而"恶有恶报"却大打了折扣。将李渔的《谭楚玉戏里传情,刘藐姑曲终死节》与明代"三言"中的《杜十娘怒沉百宝箱》相比,谭楚玉对于某富翁破坏他们的情爱表现得相当大度。而蒲松龄《聊斋志异》对"善有善报"结局的处理,不是钟情于子孙满堂、高官厚禄之类描写,而是留下忧伤的尾巴,出之以平淡,意味深长,或多或少地流露出蒲松龄作为一个文人的辛酸与无奈。《聊斋志异》在体式上,仿照《史记》论赞体例,附"异史氏曰"的议论,这是作者的有意追求。与"三言"、"二拍"以生动的白话描写富于世俗气息的人间故事相比,《聊斋志异》以雅致的文言状摹幽凄的狐鬼故事,可以看出文学的生气在减退。蒲松龄痛苦的生活经历,渴望得到情感上的安慰,他心理上的阴影对小说创作产生了一定的影响,那些人与狐鬼之间旷男怨女的短暂结合,缺少世俗生活的明朗欢快,给人幽凄之感,前人有将《聊斋志异》比之为竟陵派的诗歌,是不无道理的。再比如,以《镜花缘》为代表的才学小说,显然是受清代考据学风的影响,但置于清代小说文人化进程中,才学小说未尝不是小说家自觉选择的结果。

清代小说家还在一些小说中有意识地融入自己的感情经验和思想旨趣,使小说带有自传性质。比如,《儒林外史》第34回借高先生对杜少卿的批评,描绘出吴敬梓自己的精神面貌:"他这儿子就更胡说,混穿混吃,和尚道士、工匠花子,都拉着相与,却不肯相与一个正经人。不到十年内,把六七万银子弄的精光。天长县站不住,搬在南京城里,日日携着乃眷上酒馆吃酒,手里拿着一个铜盏子,就像讨饭的一般。不想他家竟出了这样子弟。学生在家里,往常教子侄们读书,就以他为戒。每人读书的桌子上写一纸条贴着,上面写道:'不可学天长杜仪。'"所以,清人金和在《儒林外史跋》中指出"书中杜少卿乃先生自况"。李渔《十二楼》中的故事人物大多体现了他的生活经历和思想哲学。陈忱的《水浒后传》从第31回起,重点转向写海外,这反映了作者"另寻一块干净土"的理想,更是明清之际江南士人的一种普遍心态。到了《红楼梦》这里,这种情形更为明显。小说开篇说:

> 今风尘碌碌,一事无成,忽念及当日所有之女子,一一细考较去,觉其行止见识皆出我之上。我堂堂须眉,诚不若彼裙钗。我实愧则有余,悔又无益,大无可如何之日也!当此日,欲将已往所赖天恩祖德,锦衣纨绔之时,饮甘餍肥之日,背父兄教育之恩,负师友规训之德,以致今日一技无成,半生潦倒之罪,编述一集,以告天下:知我之负罪固多,然闺阁中历历有人,万不可因我之不肖,自护己短,一并使其泯灭也。

曹雪芹可能是将个人情感与社会描写处理得很好的小说家。由于小说家个人经验的介入,一方面使得小说多了一份主体的叙事功能,但另一方面,过度沉迷于自我的精神世界之中,不仅使题材狭化,而且小说的意义可能受到本质的挑战。如果说,真实与虚幻是中国古典小说家讨论和处理的核心问题,那么小说创作的主体意味与所叙述的对象世界的关系处理,则具有现代意义。从这种意义上联系20世纪文坛,清代小说尤其是晚清小说,在整个中国小说发展过程中有着承前启后的作用。

第二节　清代小说创作的繁荣

清初至清中期小说的发展情况,《聊斋志异》、《儒林外史》和《红楼梦》将有专门论述,其他有影响的作品,就其体例分述如下。

一　历史演义与英雄传奇

这一时期出现了不少富有英雄传奇色彩的历史小说。这些作品多具有时代意识,主要有《水浒后传》、《说岳全传》、《梼杌闲评》、《隋唐演义》。

《水浒后传》的作者陈忱,字遐心,号雁宕山樵,浙江乌程(今湖州)人。曾与顾炎武、归庄等组织反清的"惊隐诗社"。《水浒后传》可能是他晚年的作品,是一部"泄愤之书"。小说接续《水浒传》,写梁山英雄中剩余的李俊、阮小七等32人,以报国勤王为己任,由反抗贪官污吏转向抗金斗争,惩治高俅、童贯、蔡京父子等卖国权奸,寄托了作者的亡国之痛。小说虚构了李俊太湖起义,开拓海岛,重创基业的情节,明显是演绎郑成功、张煌言海上抗清复明的史事,反映了作者强烈的民族意识。

康熙、雍正年间,钱采、金丰在各种"岳传"的基础上撰写了80回的《说岳全传》。小说写岳飞抗金,终遭秦桧陷害而死的故事。小说的主要成就,是不受史传的限制,着意把岳飞塑造成一位民族英雄和爱国统帅的形象。小说创作的理念是"忠",以是否忠于王朝和君主作为评判人物的唯一标准。作者写遇害前后的岳飞,有许多不近人情的行为,而秦桧纯属反面人物,被符号化和观念化,这损害了人物形象的丰富性。小说的长处在于它的故事性强,情节富有波澜,加上"不宜尽出于虚,而亦不必尽由于实"的虚实相间的创作原则,自有一种"娓娓乎令人听之而忘倦"的阅读效果。

褚人获的《隋唐演义》杂采《隋唐两朝志传》、《隋炀帝艳史》、《隋史遗文》等前人旧作,汇编修改而成。全书100回,以隋炀帝、朱贵儿和唐明皇、杨贵妃的"两世姻缘"为"始终关目",津津乐道宫廷奢侈生活,鲁迅批评说"浮艳在肤,沉着不足"(《中国小说史略》)。

清初其他历史演义还有蔡元放的《东周列国志》、无名氏的《说唐演义全传》、吕熊的《女仙外史》等。

《梼杌闲评》50回,成书年代和作者不详。小说写阉党魏忠贤的事迹。清末天僇生

《中国历代小说史论》中说:"描写社会之污秽、浊乱、贪酷、淫媟诸现状,而以刻毒之笔出之,如《金瓶梅》之写淫,《红楼梦》之写侈,《儒林外史》《梼杌闲评》之写卑劣……皆深极哀痛,血透纸背而成者也,其源出于太史公诸传。"观点未必可信,但指出了《梼杌闲评》在章回小说史上的重要地位。

二 世情小说和才子佳人小说

清初以来,承袭《金瓶梅》的写实传统,以家庭兴衰和日常生活为中心,描摹世态炎凉、反映广阔社会生活的世情小说,较早有《醒世姻缘传》,乾隆以后有《歧路灯》、《蜃楼志》等。而《红楼梦》的出现,将世情小说的创作推向了高潮。

《醒世姻缘传》是继《金瓶梅》之后的又一部以家庭为描写中心的长篇白话小说。全书100回,长达100万字,题为"西周生辑著"。清代以来,该书的作者有蒲松龄说、山东章丘人说、丁耀亢说等,迄今尚无定论。

小说以明正统至成化年间为背景,叙述一个冤仇相报的两世姻缘故事。前23回为前世姻缘,写山东武城县官之子晁源射死一只仙狐,种下孽因,又嫌弃嫡妻计氏,娶娼妓珍哥为妾,纵妾虐妻,计氏自缢而死。23回以后为今世姻缘,晁源因奸被杀,托生为明水镇一地主之子狄希陈,仙狐托生为薛素姐,为狄希陈之妻。计氏托生为狄妾童寄姐,珍哥托生为妾婢珍珠。珍珠终为寄姐逼死,狄希陈受到素姐和寄姐的百般虐待。后经高僧点明因果,狄希陈持诵《金刚经》一万卷,"福至祸消,冤除恨解",素姐病亡,寄姐扶正,狄希陈善终。

小说以晁、狄的两世姻缘为中心,描写了各个社会阶层,上自州官权贵,下至商人、儒林、僧道、江湖医生、农村无赖、婢仆等,展现了一幅生动的社会风情画。小说宣扬因果轮回的宿命论思想,思想价值不高;好用方言俗语,摹绘农村人的口吻,诙谐幽默,形象毕肖;采用夸张式的漫画手法写素姐、寄姐等人的变态心理。她们的乖戾和凶悍,背后有着深层的社会原因。

才子佳人小说是世情小说的一种。清前朝主要有《平山冷燕》、《玉娇梨》和《好逑传》三种。前两部各20回,同署"荻岸散人"。

《平山冷燕》的书名取洛才子平如衡、才女山黛、才女冷绛雪和华亭才子燕白颔四人的姓氏合成,写燕白颔与山黛、平如衡与冷绛雪两对才子佳人的恋爱故事。《玉娇梨》写才子苏友白与两位佳人白红玉、卢梦梨的故事。两书大旨,如鲁迅所说:"皆显扬女子,颂其异能,又颇薄制艺而尚词华,重俊髦而嗤俗士。"(《中国小说史略》)

题为"名教中人编次"的《好逑传》(又名《侠义风月传》),18回,叙述铁中玉与水冰心的恋爱故事。早在18世纪,就有英、法、德三种译本,是驰名欧洲最早的中国古代小说之一。

三 才学小说

清代中叶,考据学风盛行。读书人以精通古书、博闻强识为荣,这对小说创作产生了极大影响。如夏敬渠的《野叟曝言》、屠绅的《蟫史》、陈球的《燕山外史》,将小说看做炫耀学问的工具。这些作品思想平庸,内容芜杂。其中影响较大的是李汝珍的《镜花缘》。

李汝珍(约1763—约1830),字松石,直隶大兴(今属北京)人。他生性豪爽,不喜时文,曾做河南县丞。精通音韵,旁及杂艺,著有《李氏音鉴》。李汝珍的时代正是考据学的全盛时期,《镜花缘》深受影响。小说卖弄经学考据及小学的内容不少,尤其是后半部分,有27回写书画琴棋、医卜韵算,以及酒令灯谜、马吊斗草"各种百戏之类",沉闷干枯,艺术价值不高。

《镜花缘》100回,以女皇武则天为背景,写百花遭谴,降为才女,百人会试赴宴的故事。还写了唐敖随妻弟林之洋泛游海外,多遇奇人异物,后食灵草,遂成神仙,最后以文芸起兵,武家崩败作结。它是一部具有社会批判内容的游戏之作,作者将对社会的不满转化为谐趣,在卖弄学问的游戏中求得心理平衡。

《镜花缘》体现了作者对妇女地位和境遇的关注和思考。数千年来在男权中心主义的社会里,女性失去一切权利。李汝珍主张女子与男子一样享有同等的教育,解放精神和肉体的压迫,伸张女权,可以参加政治和社会活动。在那个时代里,这种理想是虚幻的,因此小说用水中月、镜中花比喻这一理想的乌托邦社会,这是书名《镜花缘》的来由。小说寄寓了作者的社会理想,像"君子国"好让不争,"大人国"民风淳厚,"黑齿国"的人们聪明好学,"女儿国"男女平等。有的则是现实生活的映照,像"两面国"中的人们虚伪欺诈,"无肠国"中的人刻薄贪含,等等。

四 神怪小说

清初神怪小说的代表作是董说的《西游补》。小说写唐僧师徒经过火焰山之后,孙悟空被鲭鱼精所迷,到了梦幻世界所经历的种种奇遇,最后被虚空尊者唤醒,杀死鲭鱼精而悟道的故事。作者在《西游补问答》中说:"问:'《西游》不阙,何以补也?'曰:'……四万八千年俱是情根团结,悟通大道,必先空破情根。空破情根,必先走入情内。走入情内,见得世界情恨之虚,然后走出情外,认得道根之实。'"可见,小说旨在借"鲭鱼扰乱,迷惑心猿",表达"世是情缘,多是浮云梦幻"的思想。这一思想在经历明亡之后的士人心中,具有代表性。作者有感于明清之际的时事,以古讽今,讥弹现实社会和八股取士,具有较强的历史批判意识。艺术上,小说通过神魔演绎世情,将神怪小说与讽刺小说结合起来,直接影响了后来的荒诞寓意类小说如《斩鬼传》、《平鬼传》的艺术构思。

《绿野仙踪》(又名《百鬼图》)是清代中期较著名的神怪小说。作者李百川在小说《自序》中说,他家居时"最爱谈鬼",后移居乡塾,"广觅稗官野史",经过长时期的"蓬行异域",小说于乾隆十八年(1753)在扬州始创,乾隆二十七年(1762)"抵豫,始得苟且告完"。

小说主要写冷于冰求仙学道、救济众生的经过。小说围绕奸相严嵩,广泛展现了朝野内外的忠奸之争,暴露官场的腐败;围绕温如玉的堕落过程,对当时儒林士风的败坏作了大量的描绘;写冷于冰看破红尘,潜心修道,表达了作者希求逃脱人生之苦的愿望,这一幻境实是庸俗文士心态的一种反映。

五 话本小说

清代拟话本小说在明代"三言"、"二拍"的基础上有了新发展,小说取材以现实生活和作家自己的经历为多,反映了丰富多彩的世态风貌。现存清代拟话本小说30余种,影响较大的有薇园主人的《清夜钟》、艾衲居士的《豆棚闲话》、古吴墨浪子的《西湖佳话》,其中成就最大的当推李渔的《无声戏》和《十二楼》。

李渔(1611—1680),号笠翁,别署笠道人,浙江兰溪(今浙江金华)人。屡试不第,带着家庭戏班,遍游四方,晚年移居西湖,以卖文为生,自号湖上笠翁。一生著述丰富,除了两部话本小说集外,还有诗文集《笠翁一家言全集》、杂著《闲情偶寄》、戏曲《笠翁十种曲》等。

李渔的两部拟话本小说集,共收小说13篇。有描写青年男女的爱情婚姻生活的,如《无声戏》第1回及《十二楼》中的《合影楼》、《夺锦楼》、《拂云楼》等;有描写市民阶层的社会生活的,如《无声戏》第6回《遭风遇盗致奇赢,让本还财成巨富》;有反映社会黑暗现实的,如《无声戏》第2回《老星家戏改八字,穷皂隶陡发万金》;有反映作者人生经历和思想意趣的,如《十二楼》中的《鹤归楼》、《闻过楼》等。

李渔小说艺术上最明显的特点是创新,不拘陈套。他在《与陈学山少宰书》中说:"鸿文大篇,吾非敢道,若诗歌词曲稗官野史,则实有微长。不效美妇一颦,不拾名流一唾,当世耳目为我一新。"如《谭楚玉戏里传情,刘藐姑曲终死节》描写旧家子弟谭楚玉与戏剧名旦刘邈姑的爱情借演戏在舞台上假戏真做,构思新巧。

结构清晰,主线明确,也是李渔小说的长处。如《合影楼》写屠珍生、管玉娟、路锦云的爱情纠葛,一方面写珍生与玉娟暗订终身,另一方面则好友路子由从中作梗,最后锦云和玉娟都配与珍生,两条线索交错而行,曲折有趣。

李渔有的小说庸俗无聊,格调不高,过分追求奇巧,语言失之轻佻,这些都是其小说的明显不足。

六 讲唱文学的兴盛

清代讲唱文学有了新发展,除了元明以来的词话、鼓词、弹词、宝卷之外,又产生了新的讲唱文学形式——子弟书。与此同时,清代的民歌有了长足的发展,刘复、李家瑞编的《中国俗曲总目稿》共收俗曲单刊小册6000余种。

鼓词主要流行于北方,是由宋代的陶真和元代的词话发展而来的,与词话关系更为密切。今传最早的鼓词,是明代天启刊本《大唐秦王词话》。正式使用"鼓词"这一名称的,是明清之际的贾凫西,他的《木皮散人鼓词》主要是借历史兴亡题材抒写个人情志。其他讲史鼓词还有《呼家将》等。

弹词是流行于南方的一种讲唱文学形式,它由说(说白)、噱(穿插)、弹(伴奏)、唱(唱词)等组成。弹词多用第三人称叙述,语言浅近。弹词又有"国音"和"土音"之分。国音弹词是普通话写的,如《天雨花》、《再生缘》、《安邦志》等,主要供案头阅读。土音弹词则是用方言写的,以吴音弹词为最多,如《义妖传》、《珍珠塔》、《三笑姻缘》等。此外,还有浙江的"南词"、福建的"评话"、广东的"木鱼歌"等。各地弹词作者多为女性。《天雨花》的作者为清初陶贞怀,《再生缘》的作者是著名女诗人陈端生。

子弟书是鼓词的一支,由清代八旗子弟首创并流行的一种讲唱文学。震钧在《天咫偶闻》中说:"旧日鼓词有所谓子弟者,始创于八旗子弟。其词雅驯,其声和缓,有东城调、西城调之分。"东城调粗犷,多以激昂的历史事件为题材;西城调柔缓,多以曲折的爱情故事为题材。东城调的代表作家是韩小窗,西城调的代表作家是罗松窗。

第三节 蒲松龄与《聊斋志异》

我国文言小说始盛于魏晋南北朝,到了唐代,发展为传奇,具有短篇小说的特征。宋明以来,除了较著名的宋代《夷坚志》和明代瞿佑《剪灯新话》、李昌祺《剪灯余话》、邵景詹《觅灯因话》外,整体成就都比较低。直到蒲松龄的《聊斋志异》,以唐传奇的手法志怪,表现奇思异想,是中国文言小说史上的集大成者,代表了古代短篇小说发展的高峰。

一 蒲松龄的生平与《聊斋志异》的成书

蒲松龄(1640—1715),字留仙,别号柳泉居士,淄川(今山东淄博)人。他出生在一个世代书香却功名不显的家庭。自少受家庭影响,有经世济世的政治理想。19岁时连续以县、府、道三个第一考取秀才,得到山东学道、著名诗人施愚山的赏识。但此后却屡试不第,直到72岁时才援例被拔为岁贡士。这样的科途命运,使他认识到科举取士的弊端和腐败,对落第士子的痛苦心情有了深切的体验,这是《聊斋志异》批判科举制度的重要思想来源。

蒲松龄的一生,绝大部分在农村度过。31岁那年,应同乡好友江苏扬州宝应知县孙蕙之请,做了一年的幕僚。这次经历对他的思想和创作有着重要影响,南方的山水风土开阔了他的眼界,南方号称富庶而人民生活却同样悲惨,幕宾的身份还使他有机会接触上层社会,熟悉官府的黑暗和政治腐败。孙蕙爱好蓄妓养优,让蒲松龄能与歌妓舞女交流,并建立了深厚的友谊。他有不少诗是写艺妓顾青霞、周小史这样的风尘女子。顾青霞去世后,蒲松龄探看过她的墓地,《伤顾青霞》诗云:"吟音仿佛耳中存,无复笙歌望墓门。燕子楼中遗剩粉,牡丹亭下吊香魂。"哀悼之作,情韵之深,可以想见。这些生活体验熔铸在《聊斋志异》中,便是创造了许多优美动人的花妖狐魅的妇女形象。蒲松龄从40岁开始,在本县毕际有家为塾师,71岁才撤帐回家。这30年间,蒲松龄生活安适,既可以谋生计,又可以习举业,还能搜集民间传说,继续创作《聊斋志异》。

蒲松龄青年时期就热衷记述奇闻逸事,写作狐鬼故事。康熙十八年(1679)春,他将已经写就的篇章结集,定名为《聊斋志异》。这部小说的素材来源主要有三方面:一是采撷或借鉴前人的小说和笔记,二是友人的提供,三是自己的经历或见闻。

《聊斋志异》现存版本主要有三:一是手稿本,仅存上半部,共237篇。二是乾隆十六年(1751)张希杰铸雪斋抄本,存目488篇。三是乾隆三十一年(1766)赵起杲青柯亭本,凡16卷,共431篇,是现今通行本的底本。1962年中华书局出版了张友鹤辑校的《聊斋志异》会校会注会评本(简称"三会本"),12卷,491篇,采录宏富,是目前最为完备的一种本子。

二 《聊斋志异》的思想意蕴

蒲松龄在《聊斋自志》中说:"集腋为裘,妄续幽冥之录;浮白载笔,仅成孤愤之书。寄托如此,亦足悲矣。"蒲立德《书聊斋志异朱刻卷后》引蒲松龄语云:"夫屈平无所诉其忠,而托之《离骚》、《天问》;蒙庄无所话其道,而托之《逍遥游》;史迁无所抒其愤,而托之《货殖》、《游侠》;昌黎无所摅其隐,而托之《毛颖》、《石鼎联句》,是其为文皆涉于荒怪,僻而不典,或诙诡绝特而不经,甚切不免于流俗琐细,嘲笑姗侮而非其正,而不知其所托者如是,而其所以托者,则固别有在也。"

综合地看,作者的目的是:一是借鬼神世界反映现实人间的社会现实,加以批判、揭露;二是肯定自我,幻想美好人生,是理想的寄寓。内容上主要有三方面:

首先,小说写狐鬼与人的恋爱故事,歌颂青年男女的真挚爱情。如《娇娜》、《青凤》、《婴宁》、《莲香》、《阿宝》、《巧娘》、《翩翩》、《鸦头》、《香玉》等,写得十分动人,是《聊斋志异》中最精彩的部分。书中塑造了一系列的"痴情"形象。像《阿宝》中的孙子楚,《婴宁》中的王子服,《阿绣》中的刘子固,《花姑子》中的安幼舆,《白秋练》中的慕蟾宫,等等,他们大胆追求自己的幸福,敢于反抗破坏美好爱情的旧势力和封建礼教。《鸦头》中的狐女鸦头是一个敢于反抗家长淫威的女性形象,宁受挞楚,决不屈服。而一旦有了"诚笃可托"的意中人,则大胆追求,与之私奔。在《香玉》中写香玉死后,黄生一片至情感动了花神,遂使香玉死而复生,与黄生团圆。作者感叹:"情之至者,鬼神可通。"这反映了蒲松龄对爱情追求者的基本态度,他们对爱情的真挚追求,最后都有了美满结局。

蒲松龄对"至情"的爱情理想的歌颂,继承了明代汤显祖《牡丹亭》的思想传统,赞美超越生死的爱情力量。《连城》写连城与乔生因情而死,死而复生。《莲香》写鬼女李氏、狐女莲香与桑生为了爱情,可以生,可以死,可以由生而死,也可以死而复生。作者赞曰:

"嗟呼！死者而求其生，生者又求其死，天下所难得者，非人身哉？奈何具此身者，往往而置之，遂至腼然而生不如狐，泯然而死不如鬼。"作者突破了传统小说中的才子佳人、郎才女貌的模式，强调一种心灵契合的知己之爱。在《瑞云》中，贺生对瑞云说："人生所重者知己；卿盛时犹能知我，我岂以衰故忘卿哉！"这种心灵的契合，与《红楼梦》中所描写的宝黛爱情相近，是一种新的爱情观。

其次，小说揭露科举考试的腐败和弊端，讽刺考官的昏庸和贪鄙。小说以极大的同情，描写了士子的这种苦难。小说将热衷科举的读书人那种空虚的精神世界描写得极为形象。如王子安因为屡试不第，在一次放榜时喝得酩酊大醉，醉中产生幻境，体验到瞬间的得意，显现出种种虚妄可笑的丑态。《叶生》描写才学出众的叶生屡试不遇，落魄潦倒，忧愤而死，揭露了科举制度对人才的压抑。冯镇峦篇末评云："余谓此篇即《聊斋》自作小传，故言之痛心。"蒲松龄是时代的清醒者，他能以一种冷峻的心态反思士子被扭曲的精神世界，实在难得。其他如《司文郎》、《考弊司》、《贾奉雉》、《于去恶》等篇章，揭露科场的是非颠倒和考官的庸俗无能，表达了作者的愤懑之情。

再次，揭露了当时社会政治黑暗和吏治的腐败。如《促织》，写为了满足皇帝斗蟋蟀的享乐需求，老百姓"每责一头，辄倾数家之产"的悲惨事实。成名买不起应征的蟋蟀而受尽折磨，后来历尽艰辛，捕得一头，又不幸被儿子弄死。后来成名的儿子复活，魂灵化作一只善斗的蟋蟀，才挽救了全家被毁灭的命运。结尾作者沉痛地指出："天子偶用一物，未必不过此已忘；而奉行者即为定例。加之官贪吏虐，民日贴妇卖儿，更无休止。故天子一跬步，皆关民命，不可忽也。"又如《席方平》对封建官府的暗无天日的揭露。《聊斋志异》这些不朽的篇章，都具有社会现实意义。

三　《聊斋志异》的艺术成就

《聊斋志异》创造了一个绚丽多彩的艺术世界。它既结合了志怪和传奇两类文言小说的传统，又吸收了白话小说的长处，还接受了先秦两汉和唐宋古文的影响，体式多样。清代纪昀曾批评《聊斋志异》："一书而兼二体，所未解也。"而冯镇峦却认为："一书兼二体，弊实有之，然非此精神不出，所以通人爱之，俗人亦爱之，竟传矣。虽有乖体例，可也。"兼众体，恰恰是这部小说的特点：有的是现代意义上的短篇小说；有的可称为志怪短书；有的是纪实性散文小品；有的以人物为中心，属于性格小说；有的则注意心理和环境描写，淡化情节，有诗化特征。篇幅长短不一，《莲香》、《胭脂》、《王桂庵》、《促织》等，四五千字；有的只有百十来字，最短的《赤字》，仅25字。

小说是志异，写花妖狐魅，在艺术上自然表现为奇幻奇异、想象丰富的特点。有人间，有仙间，有冥府，有龙宫，有梦境，人物出入其中，飘忽不定，没有客观的逻辑。蒲松龄的高妙处不仅在于为刻画人物的需要而精心构想离奇的情节，更在于使得小说故事本身具有一种空蒙迷离的意境美，有的表现为小说的悲剧意蕴上，有的表现在环境的诗情描写，有的表现为专注于人物心理意识流的诗意流淌，有的表现为小说的语言雅洁朗畅，有的则淡化情节,俨然是一首诗。

就想象之奇特而言,又有两层:一是写奇幻之事,如《罗刹海市》整篇就是一个想象的世界。《巩仙》写尚秀才与歌妓惠哥相恋,后在巩道士袖中团聚,里面"有天地,有日月,可以娶妻生子,而又无催科之苦,人事之烦",虚无缥缈,但又幻迹人区。至于写诵诗可以治病(《白秋霞》)、天空飘落彩船(《彭海秋》)、裙子可以作帆船(《粉蝶》)、襟袖间飞出"五色花朵"(《晚霞》)、红莲变成美女(《荷花三娘子》)、盲僧能以鼻代目嗅出文学优劣(《司文郎》)等等,俯拾皆是,这些大胆想象大大增强了故事的感染力。一是情节曲折奇峭,文笔夭矫而不撠实。蒲松龄《与诸弟侄书》中说:"盖意乘间则巧,笔翻空则奇,局逆振则险,词旁搜曲引则畅。虽古今名作如林,亦断无攻坚撠实,硬铺直写,而其文得佳者。"如《王桂庵》写世家子王桂庵与榜人女芸娘的爱情故事,伸缩有致,摇曳多姿。始相遇,倾心如故,王吟诗,女"一斜瞬之,俯首绣如故",此为"伸";王投金示爱,女弃之,此为"缩";王掷金钏,女父归来,女"从容以双钩覆蔽之",此为"伸";榜人解缆而去,不知所往,此为"缩";王梦至江村,与女重逢,适榜人归,借梦境为"伸缩";重游镇江,相见依依,此极力一"伸";不意榜人拒婚,此极力一"缩";又经太仆说亲,始成,故事至此,再难"伸缩"。谁知王一句戏言,女投水自杀,这一"缩"力量极大,犹如远山迤逦,突成绝壁。王终夜痛哭,寻尸不得,悲剧似可收束。而一年后,王避雨农家,"忽有丽者自屏后抱儿出,则芸娘也",消除误会,"始共欢慰"。他如《促织》、《葛巾》、《宦娘》、《胭脂》、《西湖主》、《张鸿渐》等,波折迭起,无限烟波,无限峰峦。

就诗意之蕴藉而言,主要表现为作者将其所热爱和歌颂的人和事物加以美化,赋予花妖狐魅诗的气质。如《红玉》写道:"女袅娜如随风欲飘去,而操作过农家妇;虽严冬自苦,而手腻如脂。自言二十八岁,人视之,常若二十许人。"《娇娜》篇不仅人物性格,小说本身也具有一种蕴藉美。但明伦评云:"蕴藉人而得蕴藉之妻,蕴藉之友,与蕴藉之女友。写以蕴藉之笔,人蕴藉,语蕴藉,事蕴藉,文亦蕴藉。"蕴藉美就是一种诗意美。《宦娘》中的爱情以优美的琴声,创造出一种充满诗意的气氛,以烘托宦娘那种风雅不俗的精神世界。《黄英》写菊精,是借用陶渊明诗中的菊花意象。

在这一方面,《婴宁》最具代表性。婴宁是一位美丽的狐女,没有礼教约束下的男女之分和尊卑之别的思想。开篇起势,作者以简洁的笔触,将婴宁爱花、爱笑、美丽、纯真的特点全面写出。随后避开婴宁,而极力渲染王子服的相思之情,为后来王子服到西南山中寻找婴宁"蓄势"。同时,字里行间都能让读者感觉到婴宁的存在,这是对婴宁的虚写。随着王子服山中寻找婴宁这一重要情节的展开,小说有层次地对婴宁爱花、爱笑、纯真的性格特点作了多方面的刻画。首先描写婴宁家中的繁花异卉,映衬她如花的容貌和纯真的心灵。其次对婴宁爱笑作了淋漓尽致的描写:婴宁人未到而笑先闻。婴宁在与王子服相见过程中,时而"嗤嗤笑不已",时而"笑不可遏";受到母亲的斥责后,"忍笑而立",但转瞬"复笑不可仰视"。不同时间,不同场合,笑得各具特色:时而妩媚,时而娇憨,时而狡黠,时而羞怯,忽纵怀大笑,忽掩口隐忍。再次,在王子服与婴宁园中共话中,作者又重点刻画了婴宁近乎痴憨的单纯天真。王子服拿出上元节婴宁遗落的梅花相示,她竟全然不解其中的缱绻之情,说:"葭莩之情,爱何待言。"当她得知王子服所说的是"夜共枕席"的夫妻之爱时,仍然了无所悟。"俯思良久,曰:'我不惯与生人睡。'"甚至要告诉母亲"大哥欲我共寝"。婴宁到了王家后,婆母嫌她"太憨生",她任情恣情地惩治荒淫无礼的西邻之子,结果险些被逮质公堂,经过婆母一番训诫,婴宁"矢不复笑",天真烂漫的理想性格消失了。婴宁的悲剧结局让读者感到惋惜,从中可以看出作者的悲愤之情。小说善于营造神奇缥缈的气氛,追求意境美,其中幽雅环境的描写,与女主人公天真爽朗的笑声相适应,具有象征意义,衬托出她的富于诗意的性格美。

《聊斋志异》创造性地运用古典文学语言,又从口语方言中提炼语言,取得了良好的艺术效果。如《邵女》中写贾媪说媒时的一段对话,是口语和文言相融合的典型:

夫人勿须烦怨。恁个丽人,不知前身修何福泽,才能消受得!昨一大笑事,柴家郎君云:于某家茔边,望见颜色,愿以千金为聘。此非饿鸱作天鹅想耶?早被老身呵斥去矣。

《聊斋志异》问世后,有许多模拟之作。乾隆年间有沈起凤的《谐铎》、和邦额的《夜谭随录》、浩歌子的《萤窗异草》和乾隆末年袁枚的《子不语》。影响最大的是纪昀的《阅微草堂笔记》,"隽思妙语,时足解颐间杂考辨,亦有灼见"(鲁迅《中国小说史略》)。

第四节 吴敬梓与《儒林外史》

《儒林外史》以极其高明的讽刺手法,以科举考试为中心,描写了形形色色知识分子的生活命运,为我们描绘了一幅中国封建社会末期的社会生活图画。

一 吴敬梓的生平和思想

吴敬梓(1701—1754),字敏轩,安徽全椒人。晚年移居南京,自号秦淮寓客,因其书斋名文木山房,故又号文木老人。出身世家大族,"五十年中,家门鼎盛"(《移家赋》)。到了父辈,家道开始中落。吴敬梓自幼受儒学思想的教育,14岁随嗣父吴霖宦游,18岁中秀才。不久,嗣父辞世,为争夺遗产,家族内部发生了一场激烈的纠纷。这次纠纷加深了他对人情世故的了解。由于慷慨好施,风月放浪,不善治生,家蓄殆尽,他在《减字木兰花》词中写道:"田庐尽卖,乡里传为子弟戒。"33岁时,始移家南京,卖文为生,常常"囊无一钱守,腹作千雷鸣","近闻典衣尽,灶突无烟青"(程晋芳《寄怀严东有》)。冬日苦寒,无酒食,与朋友乘月出城,绕城数十里而归,歌吟啸呼,谓之"暖足"。36岁时,安徽巡抚举荐应博学鸿词科,"坚以疾笃辞"。

吴敬梓对科举考试经历了一个由追求、失落到冷淡、憎恶的发展过程,对科举考试以及读书人的生活和思想异常熟悉,他笔下的儒林人物之所以栩栩如生,入木三分,盖源于此。正如鲁迅《中国小说史略》所说:"敬梓之所描写者即是此曹,既多据自所闻见,而笔又足以达之,故能烛幽索隐,物无遁形,凡官师、儒者、名士、山人,而间亦有市井细民,皆现身纸上,声态并作,使彼世相,如在目前。"在南京,吴敬梓与程廷祚相好。程是颜、李学派的著名学者,反对程朱理学,提倡经世致用的学风,主张以礼乐兵农作为挽救社会沦落的工具,追慕个性自由,心仪魏晋人物,冲破名教束缚,代表了进步的思想潮流。这些都构成了《儒林外史》的思想背景和重要内容。

移家南京后,吴敬梓开始创作《儒林外史》,至乾隆十四年(1749)前后完稿,最初以抄本形式流传,现存最早刻本是嘉庆八年(1803)卧闲草堂本,56回。除《儒林外史》外,吴敬梓还著有《文木山房集》4卷以及散落的诗文。李汉秋编校的《吴敬梓吴烺诗文合集》,搜集较为完备。

二 封建末世的儒林群相

闲斋老人的《儒林外史序》中说:

> 夫曰"外史",原不自居正史之列也;曰"儒林",迥异元虚荒渺之谈也。其书以功名富贵为一篇之骨。有心艳功名富贵而媚人下人者;有倚仗功名富贵而骄人傲人者;有假托无意功名富贵,自以为高,被人看破耻笑者;终乃以辞却功名富贵,品地最上一层为中流砥柱。

相对正史而言,是"外史",是野史、稗说,敢于写出为正史不写的黑暗真实面貌来。"迥异玄虚荒渺之谈",是说小说内容为社会生活的真实写照,非凭空杜撰。"儒林"包括知识分子和与之相关的地主豪绅、官僚名士等。小说的主要内容写"功名富贵"。小说开篇说:"功名富贵无凭据,费尽心情,总把流光误。浊酒三杯沉醉去,水流花谢知何处?"表明作者否定功名富贵,批判科举制度。

小说开篇借王冕之口道出"功名富贵"与"文行出处"的对立。随后,小说刻画了追求功名富贵与讲究文行出处的两组人物。作者写这两组人物时,将矛头直接指向科举制本身,因为科举是求得功名的唯一桥梁。

《儒林外史》描写了许多因跻身科考而人性为之扭曲、人格堕落者。如匡超人,小说用了五回的篇章写其人品的堕落。揭露科举制对士人身心的摧残和毒害,最为典型的是周进和范进的故事。如周进,原是一个年逾花甲的童生,中举前受到年轻的梅玖相公的奚落。中举后身价顿增,人们纷纷前来巴结他,亲近他。小说对知识分子精神状态的揭示,对世俗污浊风气的揭露,都是相当深刻的。《儒林外史》还描写了一旦取得科举,就攫取财富,压榨百姓者。他们出仕多为贪官污吏,处乡多是土豪劣绅,如举人出身、"须发皓白"才考中进士的王惠,就是个鄙陋不堪、无恶不作的贪官;乡绅严贡生,横行乡里,敲诈勒索等。

科举制度下的另一类人物是假名士,他们是科举制孕育出来的社会畸形儿,这些人

"假托无意功名富贵自以为高,被人看破耻笑者"。他们多是想功名而爬不上去,谋富贵而不可得,于是假托名士,互相标榜,沽名钓誉,招摇撞骗,如权勿用、遽公孙、杜慎卿、娄三娄四公子、景兰江等。寄生于举业文事的八股选家马二先生痴迷于八股文,却不近人情,面对"天下第一真山真水的景致"都不能产生美的感动;羡慕名士而不得的牛浦郎;劝女儿殉节的王玉辉:《儒林外史》通过对这些人物形象的刻画,揭露了封建礼教的虚伪和残酷。

《儒林外史》也塑造了一批为作者所赞颂和肯定的人物。他们注重"文行出处",鄙弃功名,自由独立,可分为两类:一类是真儒名贤,一类是普通市民。前者有杜少卿、庄绍光、迟衡山、虞育德、萧云仙,加上开篇的王冕,这些都是作者心中的理想人物。杜少卿傲视权贵,不屑科考,巡抚部院李大人荐举他进朝做官,他装病辞却,显然是吴敬梓的化身。这些人物承袭原始儒家德治仁政的社会理想,小说重点描写修祭泰伯祠、奏凯青枫城事件,表明了作者重建儒学精神以拯救社会的良好愿景。吴敬梓晚年用心于经学,通过对儒家经典的重新阐释以及由此而展开的儒学活动,以图兴复教化,敦风俗人心,正如皮锡瑞《经学历史》中所说,"一时才俊之士,痛矫时文之陋,薄今爱古,弃虚崇实",这是清初经世之学精神的延续和发展。

事实上,吴敬梓的这种努力是有限的,只是一种寄托。所以,在真儒名贤的教化难以挽救世风日下的社会时,作者将目光投向社会的底层,写了一些远离功名利禄的市井平民,如卜老爹、邹吉甫、倪老爹、鲍文卿等,他们忠厚本分,古风犹存。在小说结尾出现的"四大奇人"季遐年、王太、盖宽、荆元,他们安贫乐道,高雅超俗,其实是隐士的化身,吴敬梓对他们抱有新的希望。但这毕竟是幻想,正如小说所说的"那一轮红日,沉沉的傍着山头下去了",荆元和弦弹琴,"铿铿锵锵,声振林木,那些鸟雀闻之,都栖息枝间窃听。弹了一会,忽作变徵之音,凄音宛转,于老者听到深微之处,不觉凄然泪下"。理想的幻灭使小说笼罩了一种无可奈何的悯世和悼世的悲剧气氛,这种不为历史个人所能改造的因缘宿命,我们在《红楼梦》中同样能深切地感受到。

三 讽刺小说的典范

除士林之外,《儒林外史》中的人物还有医卜星相、高人隐士、吏役里胥等三教九流,它为读者描绘出一幅生动的社会风俗画卷,它是真实的生活写照。卧闲草堂本第3回总评云:"慎毋读《儒林外史》,读竟乃觉日用酬酢之间无往而非《儒林外史》。"

在人物刻画方面,小说写出了人物性格的丰富性和复杂性。比如,严监生临死时,迟迟不肯断气,是因为看见灯盏点了两根灯草,这是讽刺吝啬鬼的经典细节。而他为了把妾赵氏扶为正室,却舍得大花银子。马二先生迂腐古板,差点儿上洪憨仙的当,但在洪暴死之后,却为他办丧事,有着古道热肠。周进撞号板,号哭吐血,若联系此前他作为一个老童生而遭受种种欺凌,这一细节就不能一笑了之,值得同情。随着小说人物的社会地位和思想品格的变化,小说采用的态度也不相同。如范进中举前,境遇可怜,作者虽是讥讽,但怜悯居多;中举后,虚伪恶劣,作者则予以辛辣冷峻的批判。又如写王玉辉劝女殉夫,小说极力嘲讽他的迂腐残忍。女儿死后,作者又以同情的笔触写王玉辉内心的悲痛,从笑到哭,由理而情,表现他的内心波澜,揭示了人性和礼教的冲突。

小说摆脱了传统小说的传奇笔法,采用写实方法,淡化情节,不靠激烈的矛盾冲突来刻画人物,而是在细琐的叙述中,通过精心的白描,展现出作者非凡的艺术功力。例如,写范进进考场后和周学道的一段对话:

> (周学道)问那童生道:"你就是范进?"范进跪下道:"童生就是。"学道道:"你今年多少年纪?"范进道:"童生册上写的是三十岁,童生实年五十四岁。"学道道:"你考过多少回数了?"范进道:"童生二十岁应考,到今考过五十余次。"学道道:"如何总不进学?"范进道:"总因童生文字荒谬,所以各位大老爷不曾赏取。"周学道道:"这也未必尽然。你且出去,卷子待本道细细看。"范进磕头下去了。

待到被录取为第一名秀才后,范进对这位恩师感激不尽。次日将周学道"独自送在三十里之外,轿前打恭"。听过周学道的训话后,"又磕头谢了,起来立着。学道轿子一拥而去。范进立着,直望见门枪影子抹过前山,看不见了,方才回到下处,谢了房主人"。回到家中,岳父胡屠户教训他中举之后,就不能跟老百姓平起平坐,以免惹人笑话,范进"唯唯连声",说"岳父见教的是"。他要参加乡试,胡屠户说他是"癞蛤蟆想吃天鹅肉",也不敢吱声。出榜那天早上,家中没早饭米,范进抱着鸡上街寻人买,"一步一踱,东张西望"。中举的消息传来:

> 笑了一声道:"噫!好!我中了!"说着,往后一交跌倒,牙关咬紧,不省人事。老太太慌了,慌将几口开水灌了过来。他爬将起来,又拍着手大笑道:"噫!好!我中了!"笑着,不由分说,就往门外飞跑,把报录人和邻居都吓了一跳。走出大门不多时,一脚踹在塘里,挣起来,头发都跌散了,两手黄泥,淋淋漓漓一身的水,众人拉他不住,拍着笑着,一直走到集上去了。众人大眼望小眼,一齐道:"原来新贵人欢喜疯了。"老太太哭道:"怎生这样苦命的事!中了一个甚么举人,就得了这个拙病!这一疯了,几时才得好?"娘子胡氏道:"早上好好出去,怎的就得了这样的病!却是如何是好?"众邻居劝道:"老太太不要心慌。我们而今且派两个人跟定了范老爷。这里众人家里拿些鸡蛋酒米,且管待了报子上的老爹们,再为商酌。"

通过这些细微的言语和行为,写出了因长期未中举产生的失落感和内心的羞愧与胆怯。范进从集镇回家的途中,胡屠户"见女婿衣裳后襟滚皱了许多,一路上低着头替他扯了几十回",与此前胡屠户狗血喷头的大骂相比,胡屠父势利的形象,跃然纸上。小说采用细节说话,精心白描,其中真意,颇堪玩味,作者的立场也就自然呈现出来了。

此外,像马二先生游西湖一节,既无辞采,亦少有情节,却写出了人物的真实面貌和深层心理。写他看女人的微妙之际,在湖畔女人中引起的骚动,突显了讲究"君子"之行的马二先生的虚伪和假道学。这些让人深省,起到良好的讽刺效果。鲁迅称赞说:"戚而能谐,婉而多讽。"(《中国小说史略》)

【本章习题指要】
1. 清代小说家的文体意识和主体意识各表现在哪些方面?
2. 清代小说创作繁荣概况。
3. 《聊斋志异》的思想意蕴和艺术成就。
4. 《儒林外史》的思想内涵和艺术特征。

第五章 曹雪芹与《红楼梦》

《红楼梦》是中国古典小说史上的巅峰之作。它以个人和家族的历史为背景,叙写了一个鼎盛之家走向衰落的必然过程。小说以丰富的艺术感染力和浓厚的悲剧意识赢得了世人的喜爱。

第一节 曹雪芹的家世、思想与《红楼梦》的成书

曹雪芹(约1715—1763),名霑,字梦阮,雪芹是他的别号。他生长在康熙朝的望族曹家,从曾祖开始到他父亲这一代,世袭江宁织造。康熙六次南巡,五次都以曹家的江宁织造署为行宫,四次在他的祖父曹寅任内。这种与封建皇帝的特殊关系,使曹雪芹能直接感受到时代的脉搏。而发生于雍正和乾隆初年的曹家两次祸变,又让他亲身体验了贵族大家庭由盛而衰的时代变迁,这些成为《红楼梦》写作的客观条件。

曹雪芹生命最后十几年,生活在北京西郊的一个小山村。"残杯冷炙有德色,不如著书黄叶村"(敦敏《寄怀曹雪芹》),境况非常凄苦。乾隆二十七年(1762),爱子夭折。不久,他感伤成疾,搁笔与世长辞了,靠朋友的帮助才得以埋葬,留下的只有琴剑在壁、新娶的妻子和一部未完成的《红楼梦》。好友敦诚《挽曹雪芹》以"孤儿渺漠魂应逐,新妇飘零目岂暝"的诗句,写出了他生命最后的悲凉。《红楼梦》就是在这样的环境中,披阅十载而草成的。"满纸荒唐言,一把辛酸泪。都云作者痴,谁解其中味?"曹雪芹将全部的深情与执著、生命的悲愤与理想,以著述的方式来表述,也许是最好的慰藉吧。

从曹雪芹的好友敦诚、敦敏等人的诗中可以看出他孤傲不屈、愤世嫉俗又豪爽旷放的个性。朋辈都以阮籍的"白眼"与"狂"比拟他,而他最欣赏的人物就是阮籍,并以阮籍自诩。《红楼梦》甲戌本第一回眉批说:"开卷第一篇立意真打破历来小说窠臼。阅其笔则是《庄子》、《离骚》之亚。"《红楼梦》第78回宝玉撰写《芙蓉女儿诔》时,明言"远师楚人之言,《招魂》、《离骚》、《九辩》、《枯树》、《问难》、《秋水》、《大人先生传》等法"。第21回宝玉读《胠箧》篇并续《庄子》文,第22回引《列御寇》篇,第63回妙玉的"畸人"之说,第2回借贾雨村之口将历史人物划为三类,其中最值得注意的是所谓"秀气"所生的第三类人物如许由、陶潜、阮籍、嵇康、刘伶诸人,这些都表明曹雪芹的思想接近于魏晋人物,尤其是竹林七贤,秉承他们的"礼岂为我辈设"的风流与反叛。《红楼梦》庚辰本第21回批语云:"宝玉重情不重礼,此是第二大病也。"第17回宝玉关于稻香村"有自然之理,得自然之

气"的一番有力议论,联系守节的李纨是大观园唯一的"礼法"象征这一事实,方能清楚宝玉何以为了稻香村而慷慨激昂,意旨乃是攻击名教。所以,《红楼梦》中所描写的八旗礼节之繁缛与虚伪,正是构成曹雪芹反叛礼教的直接原因,他的思想自然而然走向阮籍、嵇康之辈,打击周孔名教而归于老庄自然之说。

与"礼"相对的是"情",魏晋时代哲学上的自然与名教之争落实在社会现实上就是"情"与"礼"的对立。曹雪芹在《牡丹亭记题词》中说:"自非通人,恒以理相格耳。第云理之所必无,安知情之所必有耶!"《红楼梦》由破名教而虚构出一个情的世界——大观园,而大观园最终归于太虚幻境,这种构想仍是曹雪芹反抗名教的内在逻辑的必然归宿。

曹雪芹的反传统思想基本上属于魏晋反礼法的范畴,与汤显祖《牡丹亭》所反映出的思想精神有相契处。就曹雪芹而言,"理"的压力远不及"礼"来得直接而沉重,所以他的反叛思想,与顾炎武到戴震这一系统的从儒学内部来批判理学正统的思想截然不同。这是准确把握曹雪芹和其《红楼梦》思想意蕴的重要前提。

曹雪芹30岁以前就开始了《红楼梦》的创作,在他去世前,只整理完前80回。次年即有传写本,以未完的80回流传于世。约20年后,高鹗续写了40回,改名《红楼梦》,就是现在的120回本。后40回故事大开大合,笔意纵横变化,仍保持了原作的悲剧气氛,宝玉被骗与宝钗成婚、黛玉饮恨而死的情节,尤为世人称道,大体上完整地写出了一个贵族家庭兴衰的历史,做到了主题的统一。

《红楼梦》的版本有两个系统。一是80回抄本系统,多附有脂砚斋等人的评语,故又称"脂本",主要流传于乾隆十九年(1754)至五十五年(1790)。现在这一系统的本子有"甲戌本"、"己卯本"、"庚辰本"等十几种。另一种是120回的刻本系统,因有程伟元的序,又称程本、高本或程高本。主要有:乾隆五十六年(1791)程伟元排印本,是"程甲本";次年程伟元又有所增删,称之为"程乙本";由程甲本演化而来的王希廉(即护花主人)评本,道光十二年(1832)双清仙馆刊行,这是流行最广的刻本。目前常见的是程乙本,1959年由人民文学出版社出版的《红楼梦》。

第二节 《红楼梦》的思想意蕴

《红楼梦》的中心线索是宝黛爱情,围绕宝黛爱情写及贾氏这一世代富贵之家从鼎盛走向衰落的过程,写及大观园这一独特的理想世界走向幻灭的过程。因而,小说的思想内容可分为三个层次:一是情的世界,指的是贾宝玉与红楼女子的情感世界;二是礼的世界,指的是封建家庭的价值体系和规则秩序;三是理的世界,即作者对于历史和人物命运的思考。

如前所论,名教与自然的对立,封建礼法与性情的对立,构成了《红楼梦》叙事的视角。

先说名教与封建礼法。小说开头的十几回目,写刘姥姥初入荣国府的见闻,写宁国府为秦可卿出殡的声势,写元春选妃、省亲的场面,写贾母的生日,写出了贾府特殊的社会地位和富贵奢靡,貌似"昌明隆盛之邦,诗书簪缨之族",内部已经腐朽不堪;象征着权力的男性世界,贾敬沉迷炼丹,贾赦无耻专横,贾琏卑俗放荡,贾蓉轻浮淫纵,贾政虽是正人君子,却庸碌无为;而女主子安富尊荣,钩心斗角;更为深层的是,维系这个贵族之家的礼法和习法,像等级、名分、长幼、男女等关系极其荒谬。

小说在以贾府为中心叙写的同时,展现了广阔的社会图景。与贾府结为姻亲的薛、王、史家,他们"一荣俱荣,一损俱损"。薛蟠打死人不要紧,王熙凤仗势欺人,贾雨村徇私枉法,这说明不仅是贾府这一世家衰落具有必然性,而且"包括百千世家";不唯贾府这一世家礼教腐朽,而且整个封建秩序和道德也濒临危机和崩溃。小说欲写其衰,先写其盛,从繁荣到衰落,曹雪芹写出了这一世家、这一制度的悲剧。

全书悲剧情调的基石更在于新事物的萌芽,清醒而又朦胧,热情而又近于幻稚,因迷惘而终归是"美的毁灭"这一不可抗拒的事实。在小说主人公贾宝玉身上,我们可以清晰地看到:追求自然和真情的人生和新的社会秩序的诉求与传统礼法制度之间所构成的矛盾不可能调和,而这种痛苦追求被小说意绪化和背景化,使得小说的悲剧意味更为浓厚。按照旧秩序的价值标准,宝玉简直是个"多余人",不事正业,是个"无事忙"的"富贵闲人",是个徒有良材美质的"废物"。第35回对贾宝玉的性格有鲜明的概括:

> 成天疯疯癫癫的,说话人也不懂,干的事人也不知……千真万真,有些呆气,大雨淋得水鸡儿似的,他反告诉别人:"下雨了,快避雨去罢!"你说可笑不可笑,时常没有人在跟前,就自哭自笑的,看见燕子就和燕子说话;河里见了鱼,就和鱼儿说话。看见星星月亮,他不是长吁短叹的,就是咕咕哝哝的,且一点刚性儿也没有,连那些毛丫头的气都受到了。爱惜起东西来,连个线头都是好的,糟塌起来,哪怕值千值万,都不管了。

就是这样一个萌芽状态,是痴,有清醒而执著的向往,但还不能全部明白是什么。第39回写刘姥姥信口编了一个小姑娘雪夜抽柴的神话般的故事,他却听出痴来:

> 黛玉笑道:"咱们雪下吟诗,依我说,还不如弄一捆柴火,雪下抽柴,还更有趣儿呢。"说着,宝钗等都笑了。宝玉瞅了他一眼,也不答话。一时散了,背地里宝玉到底拉了刘姥姥细问……

对于这样一个神话式的少女,素不相识,他到底追求的是什么? 是爱情,还是同情? 他也说不清楚。他毫无人我之别,迎春嫁得不好,他便向贾母要求把她接回来。他的情种和意淫式的爱恋经验,取消了具体对象,是一种普遍的知己之爱,是精神性的爱慕,很少带有"欲"的成分。小说第44回,写平儿受到贾琏和凤姐的打骂,躲到怡红院。宝玉精心照料,平儿走后,他不禁感叹:

> 忽又思及贾琏惟知以淫乐悦己,并不知作养脂粉。又思平儿并无父母兄弟姐妹,独自一人,供应贾琏夫妇二人。贾琏之俗,凤姐之威,他竟能周全妥帖,今儿还遭荼

毒,想来此人薄命,比黛玉犹甚。想到此间,便又伤感起来,不觉洒然泪下。

因为曹雪芹是将异性之间的情感升华为诗意而纯净的美感,是无意义的人生中的意义,并成为对抗社会旧秩序的精神武器,这就决定了宝黛爱情终不能成为两性的结合,"木石前缘"必然为世俗化的"金玉良缘"所取代。这里,爱情只是生命的美感和爱情自身的短暂美罢了。

小说中的"情感"世界以大观园为舞台而展开。大观园是曹雪芹苦心经营的虚幻世界,在宝玉和黛玉的心中,它是唯一有意义的世界。作为宝玉和红楼女子的精神乐园,一方面它将红楼女子与外界肮脏的世界隔离开来,让他们自由地做着青春的梦,无忧无虑,永远含着十二三岁的芬芳和清纯,像盛夏的荷花那样永不凋谢。这种诗化的世界带有先天的脆弱性。包括黛玉在内的寄托着作者感情和人生理想的女性,最后逐一随风飘零,走向毁灭。这些毁灭,表面上为作者预设的"好便是了,了便是好"、"千红一哭,万艳同悲"指向幻灭的叙述理念所驱动,而具体描写中,却是遭到以男性为代表的社会统治力量的无情吞噬。小说写这些"水做的骨肉"的"闺阁女子"的悲剧,写她们梦醒后的迷茫和梦幻似的对美的事物的眷恋。这种迷茫和眷恋,一如庄周之梦蝶,一如义山之惘然,最让人感伤,为世人所难忘。

之所以让人难忘,更在于它指向了"人"的存在本身。人生失落,无所依归,落花春红,匆匆易逝,这些构成生命意义的最重要内容,也是造成生命虚幻的客观依据。《红楼梦》中所传达的人类精神普遍意义上的生命悲剧意识,同是其意蕴所在,这即是小说的"理"的世界。第58回写道:

> 宝玉也正要去瞧林黛玉,起身拄拐辞了他们,从沁芳桥一带堤上走来。只见柳垂金线,桃吐丹霞,山石之后,一株大杏树,花已全落,叶稠阴翠,上面已结了豆子大小的许多小杏。宝玉因想道:"能病了几天,竟把杏花辜负了!不觉到'绿叶成阴子满枝'!"因此仰望杏子不舍。又想起邢岫烟已择了夫婿一事,虽说是男女大事,不可不行,但未免又少了一个好女儿。不过二年,便也要"绿叶成阴子满枝"了。再过几日,这杏树子落枝空,再几年,岫烟也不免乌花如银,红颜似槁了,因此不免伤心,只管对杏叹息。

于时间之流逝持一理性自觉之认识,感叹和痛苦于是产生。愈是追问它的缘由,愈是显出梦幻的悲哀。所谓"善于观物者,能就个人之事实,而发见人类全体之性质"(王国维《红楼梦评论》)。需说明的是,小说中描写的这种人生存在的虚无与梦幻,依然根植在中国传统文化土壤中。小说理想世界的美好和清洁不仅通过现实世界的丑恶和肮脏来映衬,而且正根植于现实世界的丑恶和肮脏之中。第44回写刘姥姥在栊翠庵吃茶,是为了衬写妙玉的洁癖,而第80回后的妙玉结局最为不堪,她的册子上说:"欲洁何曾洁,云空未必空。可怜金玉质,终陷淖泥中。"与妙玉终归流入现实世界中最龌龊角落中去一样,宝玉最后是舍弃人世,遁入大荒山的无情世界中,这些都说明纯洁原是从此在世界中来,又必然归宿于此在世界,这是《红楼梦》悲剧的中心意义,也是曹雪芹所经历的人世间最大的悲哀!

第三节 《红楼梦》的艺术成就

《红楼梦》最值得称道的是人物形象的塑造。小说塑造了上百个不同身份、不同个性的人物，无不传神，各具光彩。有表面上仁慈宽厚而实际上冷酷无情的贾母和王夫人，有维护传统道德伦理的贾政和薛宝钗，有体现贵族家庭走向衰败时期的荒淫堕落的贾赦、贾珍、贾琏和薛蟠，有精明泼辣、奸诈狠毒的荣国府管家奶奶王熙凤，有青春丧偶而被封建道德规范得毫无生气的李纨，有贵族家庭标准的淑女探春。既写出了黛玉、宝钗、湘云、探春、妙玉这样的上层女性，也精心刻画了晴雯、紫鹃、香菱、鸳鸯等婢女的美好形象。像贾雨村、刘姥姥、尤二姐、平儿、柳湘莲等，代表了不同的社会生活层面，也写得栩栩如生。

作者善于写出人物的不同性格，更能将同一阶层或同一类人物，对比写照，写出不同的性格特征。比如同为庶出的迎春和探春，一个懦弱，是戳一针也不吱声的"二木头"；一个尖利，是可爱又扎手的"玫瑰花"。同是受宠的贴身丫头，袭人则是一门心思向上爬，而鸳鸯则不惜以死来维护自己的尊严和意志。凤姐和夏金桂都是耍泼的悍妇，凤姐"明是一把火，暗是一把刀"，金桂则毫无顾忌，凶相毕露。同是孤高，黛玉和妙玉不同：黛玉执著现实，孤高中饱含人世间的热情；而妙玉则有超脱尘想，冷漠而不食人间烟火。同是温顺，平儿与袭人各异：平儿的温顺透露出善良，袭人的温顺表现出世故。

更可贵的是，作者能将人物置于广阔的社会环境中，从各个层面反复渲染，写出人物的复杂性，达到了典型化的艺术高度。如凤姐，小说将她放在各个社会关系的各个层面中写，写她与贾母、王夫人的关系，写她与荣宁二府的贾氏姊妹、妯娌、侄媳的关系，与男性世界的关系，与下层奴婢的关系，与贾琏的夫妻生活貌合神离，与官府勾结胡作非为。她对家族的腐朽和衰落看得比谁都清楚，但她绝不愿牺牲自己来维护家族的命运。她既是封建钟鼎之家的顶梁柱，又不露声色地攫取利益，加速了贾府的沦亡。她是小说中写得最复杂又最有生气的人物。

作者善于处理小说情节，往往能够把日常生活事件写得意味深长。如"宝玉挨打"是全书中重要的生活场景之一。小说在将打未打的紧张关头，特用了"闲笔"，写进一个聋老婆子，她将宝玉说的"要紧"听成"跳井"，从而引出金钏儿跳井一事，为写这场轩然大波的收场作铺垫。安排这个人物，颇具深意，一则与前面贾政"有人传信到里头去，立刻打死"的话呼应，为后文写贾母的出场埋下伏笔。再则，通过聋老婆子的一番话，渲染出整个贾府对金钏儿惨死的冷漠无情，不仅仅是主子，就连同样身处被压迫地位的老仆人，都是如此麻木不仁。因为这类事件在贾府司空见惯，所以才有聋老婆子的冷漠和不足为奇。联系前回薛宝钗和王夫人谈及金钏儿之死所说的话，王夫人的文过饰非，薛宝钗的冷酷无情，贾政的虚伪，这些与宝玉的同情态度形成鲜明对比。艺术上，几组矛盾的穿插组织，有详有略，主次分明，一层一层地将矛盾冲突推向高潮。一切都经过作者的精心结撰，一切又都像自然发生的那样，似乎生活本来就该这样的。这里，体现了曹雪芹作为一个伟大文学巨匠高度提炼生活的艺术能力。挨打事后,引出宝钗送药、黛玉探伤、晴雯送绢、黛玉题诗等一系列新的情节,又将他们的叛逆性格推向一个新的阶段。在"宝玉挨打"这一片段中,作者不以紧张热闹的情节取胜,而是善于通过对日常生活的细腻描绘,刻画人物的鲜明性格,表现出丰富深刻的社会内容。

中国古典小说向来不大重视人物心理描写,但在《红楼梦》中许多地方写得极为深入而细腻,尤其是写青年男女那种富于灵性的微妙变化。如第32回,当黛玉听到宝玉背里和史湘云、袭人说她从来不说那些"混账话"之后:

> 黛玉听了这话,不觉又喜又惊,又悲又叹。所喜者,果然自己眼力不错,素日认他是个知己,果然是个知己;所惊者,他在人前一片私心称扬于我,其亲热厚密,竟不避嫌疑;所叹者,你既为我的知己,自然我亦可为你的知己,既你我为知己,又何必有"金玉"之论呢?既有"金玉"之论,也该你我有之,又何必来一宝钗呢?所悲者,父母早逝,虽有铭心刻骨之言,无人为我主张;况近日每觉神思恍惚,病已渐成,医者更云:"气弱血亏,恐致劳怯之症。"我虽为你的知己,但恐不能久待;你纵为我的知己,奈我薄命何!

这段心理描写,堪称经典。"所喜者"是宝玉对她的知己之爱;"所惊者"是宝玉竟然将对黛玉的知己之爱公称于众,素来未有,喜上加喜,是为"惊"者。"所惊"之后,却是喜尽悲来,故有"所叹"、"所悲"。"叹"的是既然引我为知己,何又生一宝钗,为自己不能一人拥有宝玉全部的爱而伤感;"悲"的是纵使这样的知己之爱,若能长久拥有,亦无憾意,然而身世之苦,不能长久拥有宝玉的知己之爱,故生悲怜之想。层层深入,隐微曲折,非常微妙地表现了黛玉内心深处的情感。

此外,作者注重环境描写,以烘托人物性格,如写潇湘馆的竹林、垂地的湘帘、悄无人声的绣房和透出幽香的碧纱窗,诗情画意,不仅与黛玉的气质相合,而且把黛玉的形象衬托得更为优美动人。

《红楼梦》具有很强的写实性,这是曹雪芹自觉的艺术追求。正如小说第1回所说:"其间离合悲欢,兴衰际遇,俱是按迹循踪,不敢稍加穿凿。"像生活本身那样丰富、复杂而又浑然天成。无论是刻画人物形象,描写自然景致,表现社会时尚,揭露封建礼教,还是小说语言的诗意化,作品思想意蕴的表现,都是从生活的整体出发,于平淡中见真奇。

这种写实的风格,与小说运用限知性叙事的叙事方法有重要联系。小说对场面中的景物、人物乃至事件的叙述,不是采用全能叙事,而多半是借助于内视点,运用限知叙事的方式,这即是脂砚斋所谓的"皴染法"。比如,借冷子兴之口介绍贾府,通过黛玉初进荣国府和刘姥姥的感受,写荣国府的繁华气象,这既避免了行文的呆板,又使得故事在生活之中,具有原生态性,有一种流动感。比如第16回写贾琏带黛玉送林如海灵柩后,重返荣国府与王熙凤叙话,多条线索,笔致从容,摇曳多姿,使事件在纵向发展的同时,又左右萦回,与其他线索的事件相连,形成经纬交叉、错综复杂的网状结构,这一网状结构自身就突现出小说世界的立体感和生活气息。

小说中还出现了叙事者、隐形作者(作品中表现的整体价值取向)与作品意义三者之间的差异,而且叙事者自觉地挑战隐形作者的权威,这种挑战与小说反叛性的思想意蕴有着内在一致性。如第29回写道:"原来宝玉自幼生成来的有一种下流痴病,况从幼时和黛玉耳鬓厮磨,心情相对,如今稍知些事,又看了些邪书僻传,凡远亲近友之家所见的那些闺英闱秀,皆未有稍及黛玉者,所以早存了一段心事,只不好说出来。""下流痴病"、"邪书僻传",这显然是隐形作者的立场,而读者是不可能从小说文本中推出来的,叙事者则是要颠覆这种价值取向。这样,作品的意义就更为丰富和复杂。这是中国古代小说叙事艺术的一大飞跃,具有现代小说的意味,也是写实风格的重要体现。

此外,小说带有浓重的诗化色彩。它的叙事性又与这种诗意化的抒情性互为一体。小说诗化的艺术处理不仅是小说所描写的对象需要,更与小说的悲剧意识相吻合。以诗意情怀来驾驭小说叙述的创作方法,是中国古典小说文人化发展的必然产物。到了《红楼梦》这里,小说与诗的畛域被打破,它是一部叙事的诗,是诗的小说,而小说的语言更为成熟,准确传神。鲁迅说:"自有《红楼梦》出来以后,传统的思想与写法都打破了。"(《中国小说的历史的变迁》)总之,《红楼梦》以其精湛的艺术成就,成为我国古典现实主义小说的巅峰之作。

【本章习题指要】
1. 曹雪芹的思想性格与《红楼梦》创作。
2. 《红楼梦》的思想意蕴。
3. 《红楼梦》的艺术成就。

第六章　清代戏剧

据傅惜华《清代杂剧全目》和庄一拂《古典戏曲存目汇考》等书统计,清杂剧有1300余种,传奇有千余种。就艺术成就而言,传奇高于杂剧,清初传奇高于清中后期传奇。

就戏剧发展而言,有清一代戏剧创新性不够,除《长生殿》和《桃花扇》之外,其他作品平庸者居多,较元、明两代为逊色。这一点,吴梅有较深入的分析,他在《中国戏曲概论》中说:

> 清人戏曲,逊于明代,推其缘故,约有数端:开国之初,沿明季余习,雅尚词章,其时文士,皆用力于诗文,而曲非所习,一也;乾嘉以还,经术昌明,名物训诂,研钻深造,曲家末艺,等诸自郐,二也;又自康雍后,家伶日少,台阁诸公,不喜声乐,歌场奏艺,仅习旧词,间及新著,辄谢不敏,文人操翰,宁复为此,三也;又光宣之季,黄冈俗讴,风靡天下,内廷法曲,弃若土苴,民间声歌,亦尚乱弹,上下成风,如饮狂药,才士按词,几成绝响,风会所趋,安论正始,四也。

清代戏曲家从事传奇者多宗汤显祖,以情真至性为幻境;写短剧者多效仿汪道昆,取乎史料而敦教化。清代戏剧由重在模拟言,故不能多创制;由雅好文辞言,为案头文章,而演唱功能不足;由地方戏曲兴盛言,昆曲衰落乃时运之必然。

第一节　清初戏剧

清初戏剧有三个流派:一是以李玉为代表的苏州派,其戏作有较强的市民色彩;二是以吴伟业、尤侗为代表的文人派,有案头化倾向;三是以李渔代表的娱乐派,讲求游戏娱乐功能和形式技巧。

苏州派是明清之际活动在苏州一地的重要戏剧流派,主要人物有李玉、朱素臣、朱佐朝、毕魏、叶时章等。该派戏剧特点是:创作题材上,较为关注社会现实,多为政治剧和时事剧;思想倾向上,主张"事关风化人钦羡"、"节孝忠贞万古传",突出表现道德情操与个人欲望的冲突,纲纪陵夷的社会与洁身守义的个人的冲突,不遗余力地抨击世风的浇薄、世态炎凉和小人的卑劣行径,歌颂清明的政治和社会安定,讴歌高尚的道德和操守,有强烈的伦理教化色彩,与明代中后期传奇相比,具有文化反思的特点;作品形式上,他们精通音律,又是演艺中人,注重舞台演出效果,少有案头剧不能演出的弊端,将平民文化与士大夫文化熔铸一体，又扎根于平民文化土壤之中。

苏州派代表剧作家是李玉。李玉(1591？—1671)，字玄玉，号苏门啸侣、一笠庵主人，江苏吴县(今属苏州)人。他出身于明万历间大学士申时行的"家人"，"为申公子所抑，不得应科试，因著传奇以抒其愤"(焦循《剧说》)。入清后，"绝意仕进"(吴伟业《北词广正谱序》)。有传奇33种，今存18种。最著名的有"一笠庵四种曲"——《一捧雪》、《人兽关》、《永团圆》、《占花魁》和《清忠谱》。

《一捧雪》写明代嘉靖年间权相严嵩之子严世蕃为谋取玉杯"一捧雪"陷害莫怀古的故事。"一捧雪"是莫怀古的传家宝。该剧博采有关严嵩父子的各种传闻，尤其是王世贞《鸣凤记》，又能独出机杼。剧中的汤勤是写得较为丰满的人物，他巴结权贵，阴险狠毒，为了攀结严世蕃，竟卖友求荣，出谋献策，将以前的恩人莫怀古置于死地。作者目的在于劝善惩恶，所以竭力将汤勤写成反面人物，这影响了人物刻画的深入。

《人兽关》写桂薪的忘恩负义，抨击明末世态炎凉，道德沦丧。《永团圆》写金陵书生蔡文英与少女江兰芳的姻缘离合，以喜剧手法写江兰芳之父江纳嫌贫爱富的种种丑态，鞭笞他的势利。《占花魁》根据《警世通言·卖油郎独占花魁》改写，叙写莘瑶琴和秦重的风情际遇，将这些内容置于北宋末年金兵入侵和国家兴亡的历史背景中，使得离合之情与兴亡之感紧密结合，这种艺术构思直接启发了《长生殿》和《桃花扇》的创作。

入清后，李玉与叶时章、毕魏、朱素臣共同创作了《清忠谱》。该剧25折，以东林党人和苏州人民反抗阉党魏忠贤黑暗统治的斗争为题材，以周顺昌为主线，将杨涟、魏大中、左光斗等人的遇难事件穿插其中，歌颂了周顺昌等东林党人的正义斗争和颜佩韦等五人舍生取义的高尚节操，反映了晚明社会市民阶层的壮大，抨击了魏忠贤党羽祸国殃民的罪行，具有鲜明的时代性和政治性。

剧中主人公周顺昌具有"既清且忠"的理想人格。"清"表现在居官清廉，作者称"只留得清风如剪"、"高风盖世真堪羡，清名亘古称独擅"。门生陈知县知道老师清苦，想要帮助他，周顺昌却唱道：

> 我贫穷命，贫穷命，囊无半钱，断不肯轻污一线。迂痴性，迂痴性，闭门寡言，那世缘怎代向公庭剖辨？(第一折《归朝欢》[傲雪])

"忠"表现为一心向社稷。他一出场就表白"忠孝自根心，君亲魂梦钦"，感伤"怎奈君门万里，空流血泪千行，一点孤忠，徒付数声长叹"，连梦中也想着"感悟君心"。当知道被逮的消息，他力劝苏州市民宁息变乱，说"果有此事，反陷弟于不忠了"。从容就义，说"大丈夫视死如归"，"我若是回头一步品便低"！入狱后，受尽酷刑，仍坚守气节，"痛我完身几粉，幸我完心无碍。劲骨千磨不坏。填胸正气，直将厉气冲开"，确实是"血淋淋一点赤心，只是忠君为国"。因为他的清忠，故于朋友，能激于义。当东林党人魏大中被魏忠贤逮捕时，唯独他往江边送行，并与魏大中结成儿女姻亲。在阉党爪牙苏州巡抚毛一鹭为魏忠贤建造的生祠落成之时，周顺昌指着魏忠贤的塑像数落阉党的滔天罪行。这都是周顺昌光辉的形象。

作品还成功塑造了新兴的市民群体,他们是新的历史力量。代表人物是颜佩韦,他有胆识,重义气,在李王庙前听书时,听到韩世忠被害,就大闹书场。听到官府将逮捕周顺昌时,愤怒道:"公愤冲天难宁耐,怎容得片时捱,任官旗狼虎威风大,俺这里呼冤叫枉,喧天动地,管教您一霎扫尘霾。"有向官府妥协者,他却说:

  求他什么!他若放了周乡宦罢了,若弗肯放,我们苏州人一窝蜂,待我们几个领了头,做出一件烈烈轰轰惊天动地的事来,众兄弟不可缩头缩脑,大家并力同心便好。

体现了勇于斗争、坚持到底的精神。这与周顺昌害怕群众斗争反陷他于"不忠"的思想形成鲜明对比。可贵的是,对于像颜佩韦这样的市民群众参与政治斗争的高昂热情,作者予以了高度的同情和赞颂,在中国戏剧史上,这是第一次。

  入清后,李玉的创作兴趣由关注世态人情转向朝政纲常,并反思历史。除《清忠谱》之外,还有《千忠戮》(又名《千钟禄》)。该剧描写明初燕王朱棣以武力夺取帝位,建文帝朱允炆和大臣程济化装僧道逃亡西南的故事。全剧慷慨悲凉,其中《倾怀玉芙蓉》[惨睹]一段,尤为知名:

  (生唱)收拾起大地山河一担装,(小生合唱)四大皆空相。历尽了渺渺程途,漠漠平林,叠叠高山,滚滚长江。(生白)我自吴江别了史徒出门,师弟两人,一路登山涉水,夜宿晓行。一天心事,都付浮云;七尺形骸,甘为行脚。身作闲云野鹤,心同槁木死灰。(唱)但见那寒云惨雾和愁织,受不尽苦雨凄风带怨长。(生白)徒弟,前面是那里了?(小生)是襄阳城了。(生)是襄阳城了,咳!(唱)雄城壮,看江山无恙,谁识我一瓢一笠到襄阳!

这是建文帝与程济逃亡时的一段唱曲,生扮建文帝,小生扮程济,全曲苍凉悲壮,抒情、叙事与表演融为一体,将建文帝的心情表达得酣畅淋漓。它与《长生殿》中李龟年[南吕]《一枝花》(不提防余年值乱离)的唱曲,都是当时广为传唱的名曲。

  在苏州派之外,吴伟业和尤侗是另一类型,他们的作品借历史故事抒发身世之苦或故国之思,意境上接近诗歌,曲词雅致,抒情性增强,但不利于演出,是"案头之曲"。

  吴伟业的剧作有《秣陵春》传奇和《通天台》、《临春阁》杂剧。他曾为李玉《北词广正谱》作序说:

  今之传奇,即古者歌舞之变也。然其感动人心,较昔之歌舞更显而畅矣。盖士之不遇者,郁积其无聊不平之慨于胸中,无所发抒,因借古人之歌哭笑骂,以陶写我之抑郁牢骚;而我之性情,爱借古人之性情,而盘旋于纸上,宛转于当场。

他的上述三部戏曲都是借历史人物叙写胸中的牢骚,反映明亡士人的痛苦心情。

  尤侗(1618—1704),字同人,号悔庵,江苏长洲(今苏州)人。能诗文,有《鹤栖堂文集》。戏曲有《钧天乐》传奇和《读离骚》、《吊琵琶》、《桃花源》、《黑白卫》、《清平调》五种杂剧,合称《西堂乐府》。

  《钧天乐》写沈白屡次不第,上书揭发科场之弊而遭到打击的故事。《读离骚》写屈原怀沙而死,宋玉为之招魂的故事。《吊琵琶》写王昭君的故事。《桃花源》写陶渊明入桃花洞成仙的故事。《黑白卫》写女侠聂隐娘的故事。《清平调》又名《李白登科记》,演李白状元事。各剧文采高胜,借古抒怀,情绪偏于感伤。

第二节 李渔的戏剧理论与创作

李渔的传奇作品既没有表现严肃的哲学思考,也没有表现治国平天下的愿望,而是迎合达官贵人、文人学士和市井平民的口味,因而呈现出风流道学的思想追求和嬉笑诙谐的喜剧趣味,娱乐性和消遣功能较强,表现为一种轻松愉快的幽默风格,一种对现实超然自得的审美态度,这也是明末清初才子佳人戏曲的普遍趋向。

李渔的戏剧创作有《笠翁传奇十种》,剧目为《奈何天》、《比目鱼》、《蜃中楼》、《怜香伴》、《风筝误》、《慎鸾交》、《凰求凤》、《巧团圆》、《玉搔头》、《意中缘》。它们基本上是才子佳人题材,"十部传奇九相思",主要演男女情事。其中《比目鱼》写得最为感人,该剧据其小说《谭楚玉戏里传情,刘藐姑曲终死节》改编,写谭楚玉与女伶刘藐姑的爱情故事。他们为反对财主逼嫁,效法《荆钗记》,双双投江而死。二人死后化作比目鱼,被慕容介救起,转还人形,终成眷属。戏曲采用戏中套戏的情节,演了一出相当悲壮的爱情故事。

李渔戏作剧情新奇,不入陈套,编造巧合情节,出人意料,却又针线细密,不为怪诞。最显著的是《风筝误》。该剧以一只"作孽的风筝"为线索,串联起两对男女:貌美才俊的韩世勋、詹淑娟和貌丑才下的戚友先、詹爱娟之间为追逐配偶而展开的种种争夺、冒充、误会和纠缠。以丑冒美,以假乱真,导致一连串的喜剧冲突,最后真相大白,丑丑结合,美美相合,各安其位。李渔在《风筝误》卷末诗云:

> 传奇原为消愁设,费尽杖头歌一阕。何事将钱买哭声,反令变喜成悲咽?惟我填词不卖愁,一夫不笑是吾忧。举世尽成弥勒佛,度人秃笔始堪投。

李渔剧作的喜剧性不是取决于这种伦理教化的意图,而是源于其嬉笑诙谐的人生态度。对此,其戏曲理论著作《闲情偶寄·词曲部》中说:

> 文字之最豪宕、最风雅、作之最健人脾胃者,莫过填词一种。若无此种,几于闷杀才人,困死豪杰。予生忧患之中,处落魄之境,自幼至长,自长至老,总无一刻舒眉。惟于制曲填词之顷,非但郁借以舒,愠为之解,且尝僭作两间最乐之人,觉富贵荣华,其受用不过如此。

这种重游戏的文学创作观,与"本之于圣贤之学"的"发愤著书"有着本质的不同,使人们在观赏戏剧时像弥勒佛那样,报之一笑,既是对现实烦恼的解脱,也是一种精神的超越。

这些剧作流传甚广,被许多地方戏曲改编演出。日本学者青木正儿《中国近世戏曲史》中说:"《十种曲》之书,遍行坊间,即流入日本者亦多。德川时代之人,苟言及中国戏曲,无有不立举湖上笠翁者。"

李渔不仅是重要的剧作家,而且是重要的戏剧理论家。其《闲情偶寄·词曲部》专论戏曲,分为"结构"、"词采"、"音律"、"宾白"、"科诨"、"格局"六章。在戏剧结构方面,提出"立主脑"之说,即突出戏剧作品的主要人物、中心情节和主要矛盾冲突。他说:

> 一本戏中,有无数人名,究竟俱属陪宾;原其初心,止为一人而设。即此一人之身,自始至终,离合悲欢,中具无限情由,无穷关目,究竟俱属衍文;原其初心,又止为一事而设。此一人一事,即作传奇之主脑也。

此"一人一事",集中反映剧本的主要矛盾,而其他人物和事件则围绕这一主要矛盾而展开。例如《琵琶记》主要人物是蔡伯喈,主要事件是重婚牛府,李渔说:

> 如一部《琵琶》,止为蔡伯喈一人;而蔡伯喈一人,又止为重婚牛府一事。其余枝节,皆从此一事而生;二亲之遭凶,五娘之尽孝,拐儿之骗财,匿书,张大公之疏财、仗义,皆由于此。是"重婚牛府"四字,即作《琵琶记》之主脑也。

为了更好地确立"主脑"必须"减头绪",删削"旁见侧出之情",使中心线索明显。在情节安排上,要"密针线",剧本各部分要前后照应,情节发展合乎情理。

"词采第二",讲的是戏剧语言,要求"贵显浅"、"重机趣"、"戒浮泛"、"忌填塞",这是从戏剧适合舞台演出角度考虑的。剧作家应当"既以口代优人,复以耳当听者",这是对前人曲论偏重音律文辞的修正,相当精辟地揭示了戏剧艺术的内在规律。总之,李渔的戏剧文学理论较为完整,有严密的体系,是对中国古代戏剧理论批评发展的全面总结。

第三节　洪昇与《长生殿》

清代戏剧成就最高的作品是洪昇的《长生殿》和孔尚任的《桃花扇》。

洪昇(1645—1704),字昉思,号稗畦,浙江钱塘(今杭州)人。有《稗畦集》、《续集》、《啸月楼集》,传奇有《长生殿》,杂剧有《四婵娟》。

洪昇出生于家道中落的世宦之家,一生坎坷,虽然可以入仕济世,但遭"天伦之变",失欢于父母,远走他乡,自青年时代起,漂泊无寄。《客中秋望》诗云:"非关游子澹忘归,南望乡园意总违。三载无家抛骨肉,一身多难远庭帏。"《蒙山道中》云:"一身千里外,匹马万山中。""思家还有泪,不独为途穷。"康熙七年(1668),赴北京国子监,肄业,尔后旅京十余年,生活困顿。康熙二十八年(1689),因在佟皇后丧期上演《长生殿》而惨遭下狱。此后,归隐家乡。他怀才不遇,性格疏狂孤傲,"只缘脱略性,苦被时俗妒"(《旅次述怀呈学士李容斋先生》),"平生畏向朱门谒,麋鹿深山访旧交"(《北归杂感》)。王士禛《送洪昉思由大梁之武康》诗说他:"亦知贫贱世看丑,耻以劲柏随蓬科。"就是在如此的境遇中,他历十余年,三易其稿,创作了著名的传奇《长生殿》。

《长生殿》的主旨是描写和歌颂真情乃至理想化的幻情。洪昇将李隆基和杨玉环的"钗后情缘"理想化,使之成为不朽的至情,这与前代写同一题材故事的文学作品明显不同。剧本最后一出《重圆》,备写"情缘总归虚幻"的"虚幻"和"蘧然梦觉",人世间一切生死悲欢,是非善恶,如烟云梦痕,转瞬即逝。《永团圆》一曲中,更将作者的这种主旨推向极致:

> 神仙本是多情种,蓬山远,有情通。情根历劫无生死,看到底终相共。尘缘倥偬,忉利有天情更永。不比凡间梦,悲欢和哄,恩与爱,总成空。跳出痴迷洞,割断相思鞚。金枷脱,玉锁松。笑骑双飞凤,潇洒到天宫。

在讴歌"真情"的同时,传奇用了相当大的篇幅描写当时的社会政治,反映了天宝之乱的历史背景。在《贿权》、《禊游》、《疑谶》、《进果》、《舞盘》、《侦报》、《骂贼》、《弹词》等曲里,描绘了宫廷的荒淫腐朽,宰相的专横误国,贵妃姊妹的奢侈淫荡,边将的骄横跋扈,抗降官吏的卑鄙无耻,社会的尖锐矛盾和人民生活的痛苦。作品除批评唐明皇失政之外,还表现了"乐极哀来,垂戒来世,意即寓焉。且古今来逞侈心而穷人欲,祸败随之,未有不悔者也"(《自序》)的思想。

作品中,"占了情场"的爱情主题和"弛了朝纲"的政治主题交织一起。二者互为表里,没有社会政治内容,就没有李、杨爱情展开的实际形态;不集中描写李、杨爱情,社会政治内容就不能产生审美情感的效能。我们所说的历史兴亡感,更多依凭的是具体历史中的个人命运和情理冲突。应该说,这是洪昇戏曲创作的自觉,读者可玩味其中的哲理意蕴。作品用政治和爱情的矛盾说明具体社会中的个人命运之无常、人生之虚幻,呈现出悲剧意味,具有感染力。

需说明的是,作品所表达的兴亡之感,与其说是强烈的民族意识和遗民心态,毋宁说是洪昇对历史兴亡的理解,这种理解基于他对于历史进程中的道德理想与社会现实的矛盾不可调和的理性认识。因而,作者的审美关注点,显然不在作为背景存在的社会历史之境,而是李、杨的情缘之境,即"借太真外传谱新词,情而已"。洪昇着力描写李、杨情缘的圆满,将爱情所特有的激扬感情转化为人伦之际的情感,将二人情缘的悲剧归结于历史兴亡之感的大结穴,这是以牺牲对历史兴亡的深刻认识和现实感为代价的。与《牡丹亭》相比,无论是叛逆的精神,还是理想的色调,《长生殿》都较为暗淡。在思想的深刻性上,较后出的《桃花扇》,显然要略逊一筹。

剧中对杨玉环的形象刻画,摆脱了女色亡国论的传统思想,舍弃杨玉环曾嫁寿王、与安禄山私通的情节。与白朴的《梧桐雨》和吴世美的《惊鸿记》相比,这是《长生殿》的高明之处。从创作宗旨而言,这自然有"义取崇雅"、"一涉秽迹,恐妨风教"(《例言》)的道德取向。杨玉环为了独得李隆基的欢心,无所不用其极,骄纵嫉妒,又因害怕失宠而竟日忧心忡忡。定情之夜,杨玉环悲喜交集,喜的是"昭阳内,一人独占三千宠,问阿谁能与竞雌雄"。可贵的是,洪昇没有贬斥这个性格丰富复杂的人物,而是同情、肯定、称赞她"情深妒亦真",这与《红楼梦》宝、黛之间因情而怨"未形猜妒情犹浅,肯露娇嗔爱始真"为同一现象。这种"真心到底"、"精诚不散"的至情是剧作歌颂的对象,也让李、杨爱情蒙上了浓厚的感伤主义色彩。

杨玉环的"至情"和专宠只能建筑在"六宫粉黛无颜色"的悲剧命运之上。皇家婚姻制度决定了皇帝有处置两性关系的权利,所以杨氏的一往情深与李隆基二三其德之间也潜藏着悲剧气息,而杨玉环的固宠希恩带来的又是社会动乱和政治恶果。这种"至情"的理想与社会现实的冲突,洪昇没有也不可能作出深刻的历史反思和制度批判,只能是超越,回到天堂,谱写一曲深沉的挽歌。

《长生殿》被称为"千百年来曲中巨擘"。在艺术上的长处,主要表现在三方面:

其一,结构完整,关目紧合,针线绵密,独具匠心。剧作场面宏大,人物众多,情节波澜曲折,作者以李、杨情缘为主线,以中唐社会政治为副线,将宫廷内外的斗争、社会生活和李、杨爱情平行交织,层次清楚。全剧50出,以杨玉环之死的《埋玉》为界分上下两卷。不过,作者为使下卷与上卷平衡,所安排的情节有失冗散,又"托神仙以便绾合,略觉幻诞"(吴梅《中国戏曲概论》)。作品描写李、杨情缘时,以有着象征意义的道具定情物"钗"和"盒"贯穿始终,合而分,分而合。第50出《重圆》眉批吴人评曰:

> 钗盒自定情后,凡八见:翠阁交收,固宠也;马嵬殉葬,志恨也;墓门夜玩,写怨也;仙山携带,守情也;璇宫重示,求缘也;道士寄将,征信也;至此重圆结案。大抵此剧以钿盒为经,盟言为纬,而借织女之机梭以成之。呜乎,巧矣!

其二,语言清雅秀丽,有着浓厚的抒情色彩。如著名的《闻铃》中的《武陵花前腔》,继承了《长恨歌》、《梧桐雨》的笔法,以风声雨声衬写唐明皇对杨贵妃的怀念,缠绵悱恻:

> 淅淅零零,一片凄然心暗惊。遥听隔山隔树,战合风雨,高响低鸣。一点一滴又一声,一点一滴又一声,和愁人血泪交相迸。对这伤情处,转自忆荒茔。白杨萧瑟雨纵横,此际孤魂凄冷。鬼火光寒,草间湿乱萤。只悔仓皇负了卿,负了卿!我独在人间,委实的不愿生。语婷婷,相将早晚伴幽冥。一恸空山寂,铃声相应,阁道崚嶒,似我回肠恨怎平!

其三,曲辞音律,独步一时。洪昇早年受到清初著名音韵学家毛先舒的影响,后又请徐麟帮助审音协律。《长生殿·序言》中说:"予自惟文采不逮临川,而恪守韵调,罔敢稍有逾越。盖姑苏徐灵昭氏为今之周郎,尝论撰《九宫新谱》,予与之审音协律,无一字不慎也。"《长生殿》问世后,一直盛演不衰,有良好的舞台效果,音律是主要原因之一。在曲辞方面,洪昇继承元曲的传统,化俗为雅,创造出典型的曲辞。如第38出《弹词》,全曲用了17个叠字,富有变化,又用俗字,这些是元代杂剧和散曲的语言,而非清代的口语。此外,曲辞能适应环境情节和人物身份,有的华美绝赡,有的哀感顽艳,有的慷慨悲愤,有的细致宛丽,使人物不同的精神情态得到更好的表现。

第四节 孔尚任与《桃花扇》

孔尚任(1648—1718),字聘之,号东塘,别号岸堂,山东曲阜人。孔子第64代孙,他的父亲是明末遗民。自幼刻苦攻读，留意礼乐兵农诸学，多次乡试，皆铩羽而归。康熙二十三年(1684)，康熙皇帝南巡，返程经过曲阜祭拜孔子，孔尚任为之讲经，受到康熙的赞誉。次年任国子监博士，官至户部员外郎。其间随工部侍郎孙在丰到淮扬疏浚淮河。当时河道总督靳辅和漕运总督慕天颜发生争执，尔虞我诈，孔尚任认为这是"宦海中之幻海也"(《答秦孟岷》)。

淮扬三年，耳闻目见，他对南明王朝的腐败政治和江南地区抗清斗争有了深入的认识。在扬州、南京一带，他与许承钦、邓汉仪、杜濬、冒襄、邓汉仪、宗元鼎等遗民者旧结成世外之交，谈前朝事，感慨兴亡。康熙二十六年(1687)，孔尚任督河兴化，年近八旬的冒襄专程拜访，"同住三十日"，促膝交谈，竟日达旦。冒襄悉知南明弘光史事，对侯方域和李香君的交往经历了如指掌。这些活动和考察，为孔尚任创作《桃花扇》积累了丰富的历史素材，使他对南明兴亡之事和遗老的民族思想产生了强烈共鸣。

康熙三十八年(1699)，孔尚任完成《桃花扇》传奇。次年因文字狱罢官。再二年，怀着痛苦的心情黯然归乡。孔尚任诗文有《湖海集》、《岸堂集》、《长留集》。戏曲除《桃花扇》外，还与顾彩合写了《小忽雷》传奇。

《桃花扇》以侯方域和李香君的爱情故事为线索，集中反映了南明弘光王朝覆灭的历史，描绘了明末腐朽、动荡的社会现实以及统治内部的权势矛盾和斗争。作者在《桃花扇小识》中交代得很清楚：

> 传奇者，传其事之奇焉者也，事不奇则不传。《桃花扇》何奇乎？妓女之扇也，荡子之题也，游客之画也，皆事之鄙焉者也。为悦己容，甘媵面以誓志，亦事之细焉者也。伊其相谑，借血点而染花，亦事之轻焉者也。私物表情，密痕寄信，又事之猥亵而不足道者也。《桃花扇》何奇乎？其不奇而奇，扇面之桃花也。桃花者，美人之血痕也；血痕者，守贞待字，碎首淋漓，不肯辱于权奸者也；权奸者，魏阉之余孽也；余孽者，进声色，罗货利，结党复仇，隳三百年之帝基者也。帝基不存，权奸安在？惟美人之血痕，扇面之桃花，啧啧在口，历历在目，此则事之不奇而奇，不必传而可传者也。

《桃花扇》展现了正、邪两种力量的剧烈斗争。正面人物有以侯方域为中心的复社士人，有下层平民，还有主张抗清的史可法等官僚。反面人物以阮大铖为代表，包括弘光皇帝、马士英、田仰等人。作者歌颂了正面人物，塑造了他们的光辉形象。一类是以史可法为代表的爱国将领，作者饱含热情，写史可法死守扬州，顽强奋战，沉江殉国的壮烈激昂：

> 走江边，满腔愤恨向谁言。老泪风吹面，孤城一片，望救目穿。使尽残兵血战，跳出重围，故国苦恋，谁知歌罢剩空筵。长江一线，吴头楚尾路三千，尽归别姓。雨翻云变，寒涛东卷，万事付空烟。精魂显，大招声逐海天远。(《古轮台》)

另一类是李香君、柳敬亭、苏昆生等下层人物的形象。在动荡的时代里，他们的人品最为高尚。在这些不为人齿的倡优身上，寄予了作者极大的尊重和同情。

李香君的形象，作品刻画得最为动人。她原是秦淮歌妓，容貌绝世，却能将国家的命运置于第一位，明辨大义，反抗一切威胁利诱的黑暗势力，用鲜血染成桃花。作者以优美的语言,深入她的内心世界,表现她的勇于义而忠于情的行为。如《却奁》一出,李香君听说杨龙汉的妆奁是出自阮大铖之财,她毅然却奁,宣称"脱裙衫,穷不妨;布荆人,名自香",表现了她深明大义、敢于斗争的光辉性格。对于田仰强娶,她拒媒守楼;福王选妓,她不畏强暴,敢于在庭前面对奸党怒斥,怒骂阮大铖:

> 赵文华陪着严嵩,抹粉脸席前趋奉;丑腔恶态,演出真《鸣凤》。俺做个女祢衡,挝《渔阳》,声声骂,看他懂不懂。(《骂庭·忒忒令》)

> 堂堂列公,半边南朝,望你峥嵘。出身希贵宠,创业选声容,后庭花又添几种。把俺胡撮弄,对寒风雪海冰山,苦陪觞咏。(《骂庭·五供养》)

> 东林伯仲,俺青楼皆知敬重。干儿义子从新用,绝不了魏家种。冰肌雪肠原自同,铁心石腹何愁冻。吐不尽鹃血满胸,吐不尽鹃血满胸。(《骂庭·空交枝》)

像她这样执于爱情,忠于理想,又有着高度的政治自觉的女性,在以前的古典作品中,不为多见。

作品还写及反面人物,权奸误国,叛将投降,写到复社文人的沉迷,凡此种种,作者能结合人物不同身份和环境,注意到人物类型的多样化和人物性格的复杂性,使得形象既丰满,又爱憎分明。正如作者在《桃花扇·凡例》中所说:"角色所以分别君子小人,亦有时正色不足,借用丑净者。洁面花面,若人之妍媸然,当赏识于牝牡骊黄之外耳。"这是《桃花扇》的一个重要贡献。

《桃花扇》的主旨是"借离合之情,写兴亡之感"。不过,剧作总结明亡的教训仅仅是作为一种艺术媒介而存在,为的是表达兴亡之感,对南明人物传统忠孝的道德评判也非作者的主要关注点,只是作者借用传统的说法表达自己的时代感受。剧中老赞礼说:"当年真是戏,今日戏如真。两度旁观者,天留冷眼人。"(《孤吟》)历史事实,一如戏剧;今日戏作,岂非当年? 在明亡后五十余年的社会中,与其说追思历史兴亡的各种原因,不如说是满足许多文人士大夫的怀旧心理。他们身上固有的价值诉求与现实情境的矛盾,怀旧作为一种意绪的存在,是矛盾得以开脱的最佳方式。与此同时,由怀旧自然引出人生无寄的惘然和幻灭感,正顺应当时社会心理的需要。通过舞台的演出,记录了社会动荡之际人物的命运、爱情的命运和家国的命运,而人物的命运又与社会环境的变化紧密交织。当人们再读这段历史,自然生出不少感慨,这正是《桃花扇》的艺术魅力所在。

与《长生殿》一样,《桃花扇》全剧蒙上了浓厚的感伤主义气氛。如第40出《入道》,写侯、李二人的劫后重逢,却安排张道士与侯方域的一段对话:

> [张]你们絮絮叨叨,说的俱是那里话? 当此地覆天翻,还恋情根欲种,岂不可笑?

> [侯]此言差矣! 从来男女室家,人之大伦,离合悲欢,情有所钟,先生如何管得?

> [张]呵呸! 两个痴虫,你看国在那里? 家在那里? 君在那里? 父在那里? 偏是这点花月情根,割他不断么?

张道士说得侯、李"冷汗淋漓,如梦忽醒"。最后,侯、李出家入道,远离凡尘。这是作者为剧之用心,正如这一出批语所说:"非悟道也,亡国之恨也。"用"亡国之恨"解释历史,与洪昇一样,消解了对历史反思的深刻性。再比如,《余韵》借苏昆生之口,唱出了《哀江南》的悲调,山河依旧,国破家亡,残花野草,荒村古道,无一不是亡国遗恨:

> 俺曾见金陵玉殿莺啼晓,秦淮水榭花开早,谁知道容易冰消。眼看他起朱楼,眼看他宴宾客,眼看他楼塌了。这青苔碧瓦堆,俺曾睡风流觉,将五十年兴亡看饱。那乌衣巷不姓王,莫愁湖鬼夜哭,凤凰台栖枭鸟。残山梦最真,旧境丢难掉,不信这舆图换稿。诌一套《哀江南》,放悲声,唱到老。(《离亭宴带歇指煞》)

梁廷枬云:"《桃花扇》以《余韵》折作结,曲终人杳,江上峰青,留有余不尽之意于烟波缥缈间,脱尽团圆俗套。"(《曲话》)

这种"兴亡之感",作者是通过"离合之情"表现出来的,这就突出了个人和历史的紧密联系。事实上,与同时的《长生殿》和之前的《浣纱记》、《秣陵春》相比,《桃花扇》是将爱情剧与历史剧结合得较为完美的一部作品。在《长生殿》中,尤其是下半部,基本是脱离现实情境,着力于一种虚幻的渲染,来歌颂李、杨爱情的至挚不渝。而《桃花扇》始终将侯、李爱情卷入在南明政治的旋涡和政权兴亡的过程中,侯方域是复社的重要文人,是史可法幕僚,反阉斗争,通过他可集中反映南明王朝内部的斗争,通过李香君可从侧面反映南明王朝的偷安一隅和士人的风流堕落。《媚座》一出的批语说:"上半之末,皆写草创争斗之状,下半之首,皆写偷安宴乐之情。争斗则朝宗分其忧,宴游则香君罹其苦。一生一旦,为全本纲领,而南朝之治乱系焉。"可看出作者构思的匠心。

作者的构思匠心还表现为结构严谨。孔尚任《凡例》中说:"剧名《桃花扇》,则桃花扇譬则珠也,作《桃花扇》之笔譬则龙也。穿云入雾,或正或侧,而龙睛龙爪,总不离乎珠。观者当用巨眼。"桃花扇具有多种含义,一是定情物;二是它见证了历史,有象征意蕴;三是"桃花薄命,扇底飘零",为悲伤情调;四是乃"美人之血痕"点染而成;五是张道士撕扇隐喻理想终是破灭,"南朝兴亡,遂系之桃花扇底"(《桃花扇本末》)。

语言上,由于作者"宁不通俗,不肯伤雅"的语言观,导致作品典雅有余,本色不足;谨严有余,生动不足。乾隆以后,《桃花扇》以案头文学形式流播艺坛,而《长生殿》则经唱不衰,语言的差别是主要原因。

第五节 清中期戏剧

从康熙五十八年(1719)至嘉庆二十五年(1820),"南洪北孔"先后去世,而周昂、沈起凤、李斗、石韫玉这些剧作家都活跃在嘉道之交,因而,我们将这百余年视为清代戏剧的衰落期。

清中期戏剧衰落的原因有内外两方面。外在原因表现为社会审美需要的嬗变,以剧本创作为中心的戏剧活动被舞台表演活动所取代。而受康、乾程朱理学的意识形态的影响，戏剧创作呈现道德化倾向，戏剧作家以宣扬忠孝节义为目的，以戏剧故事演绎道德观念。夏纶将新曲分为"褒忠"、"阐孝"、"表节"、"劝义"、"式好"、"补恨"等六类（《新曲六种》），即是典型。内部原因是戏剧创作的诗文化倾向。用创作诗文的思维方式和艺术手法来写传奇，以曲为史，以文为曲，体制简化，语言雅正，吴梅说："乾隆以上，有戏有曲；嘉道之际，有曲无戏；咸同以后，实无戏无曲矣。"（《中国戏曲概论》）剧坛内的花雅之争，昆曲的衰落和花部的兴起，使得戏剧文学创作呈现衰退的趋势。

清中期有影响的戏剧作家是唐英、蒋士铨和杨潮观。

唐英（1682—约1755），字隽公，号蜗寄居士。著有《古柏堂传奇》17种，其中不少是宣扬传统道德观念，内容浅近，价值不高；很多剧作是以士大夫的审美趣味对民间戏曲改编而成，如《十字坡》、《梅龙镇》等。

蒋士铨是乾隆时期最负盛名的剧曲家。今存《藏园九种曲》。其剧作以颂扬纲常伦理为主。如取材于历史的《冬青树》，叙写南宋灭亡的故事，歌颂文天祥"岁寒然后知松柏之后凋"的"耿耿丹衷"的民族气概，抨击了陈宜中、留梦炎等卖国投敌的罪行。值得注意的是，蒋士铨的戏作中还有敢于直面尖锐的社会矛盾和批判社会黑暗的一面。在《桂林霜》中，还描写了庄氏《明史》案，深慨良多，其胆略又洵非时人所及。

杨潮观（1712—1791），字宏度，号笠湖，江苏金匮（今无锡）人。有杂剧30余种，都是一折短剧，合为《吟风阁杂剧》。取材古事以为寄寓，或讽谕劝惩，或揭露现实，或写下层苦难，或结合自身经历，皆具积极意义。在自著"题词"中写道："百年事，千秋笔，儿女泪，英雄血。数苍茫世代，断残碑碣。今古难磨真面目，江山不尽闲风月。有晨钟暮鼓送君边，听清切。"（《满江红》）又云："借丹青旧事，偶加渲染，渔樵闲话，粗与平章。颠倒看来，胡芦提起，青史何人姓名香。"（《沁园春》）由此，可看出他剧作的宗旨。

其他还有桂馥（1736—1805）的《后四声猿》，包括《放杨枝》、《题园壁》、《谒府帅》、《投圂中》4种。舒位（1765—1815）的《瓶笙馆修箫谱》，包括《卓女当垆》、《博望访星》、《樊姬拥髻》、《酉阳修月》4种。

清中叶以后，戏剧渐趋衰落。戏曲表演方面，乾隆以前，昆曲占有绝对优势。昆曲起源于民间，后来得到文人士大夫和宫廷的重视，在戏曲界长期处于绝对地位。但由于剧本创作的诗文化倾向，归于雅正，普遍重视辞藻，故事情节又大多脱胎于古事，很难满足人们和时代的需要。

乾隆时期，地方戏曲得到迅速发展，出现了花部与雅部之争。李斗《扬州画舫录》说："两淮盐务例蓄花、雅两部，以备大戏。雅部即昆山腔；花部为京腔、秦腔、弋阳腔、梆子腔、罗罗腔、二簧调。"从道光年间开始，中国南北各地剧坛上风云变幻，地方戏腔如京腔、秦腔、弋阳腔、梆子腔、皮黄腔等，粉墨登场，此消彼长，传统雅部的昆曲便由中心退居边缘。

【本章习题指要】

1. "苏州派"戏剧创作的一般特点。
2. 李玉戏剧创作的成就。
3. 李渔的戏剧理论与创作特征。
4. 如何理解《长生殿》中爱情主题与政治主题之间的关系?
5. 《长生殿》的艺术特色。
6. 《桃花扇》的思想主旨。
7. 《桃花扇》的艺术成就。
8. 清代中期戏剧创作概况。

第七章　清代弹词

明末清初时期,江浙一带以抄本形式流行一种新型的小说阅读文本——弹词。后来随着书坊大量刊刻出版,流行的范围也扩大到全国。这类以七言韵文与散文相间,虚构故事与人物的书面长篇叙事作品,其实质是"韵文体"长篇小说,《天雨花》、《再生缘》、《笔生花》(以上三部作品被称为"弹词三大")、《榴花梦》、《凤双飞》等是代表作品。

原生态的弹词是一种说唱文艺形式,远溯变文,属诗赞系讲唱(见叶德均《宋元明讲唱文学》),起源于宋代的"陶真"(此名语出南宋《西湖老人繁盛录》),明中叶即有盲女弹词的记载,嘉靖年间田汝成在《西湖游览志余》卷二〇描述杭州八月观潮时的情景称:"其时优人百戏:击球、关扑、鱼鼓、弹词,声音鼎沸。"弹词得名于它的伴奏乐器:琵琶和三弦。其特点是韵散相间,以七字韵文为主,主要流行于我国江南一带,故又有南词之别称。另外,明人把用诗赞韵文体进行叙事的文本统称为"词话",词话在明中叶以后分衍为弹词和鼓词。

清代弹词的流变呈现两种不同的面貌:一是原始体,仍活跃于民间艺人的口头之上,演唱于茶寮书馆之中。一是书面体,读书识字的闺秀们对这种文体情有独钟,利用女红之余的传抄阅读,一些才女作家采用此文体进行长篇小说的书面写作。

第一节　可观的创作成就

作为韵文体长篇小说的弹词最迟产生于明末清初,顺治八年(1651)完稿的《天雨花》中有"弹词万卷将充栋"句,说明当时已产生了大量的弹词文本,如《玉钏缘》、《天雨花》是较早产生的作品,但长期无刻本,只以抄本的形式流行。清乾隆年间始有书坊开始刊行弹词小说《锦龙镜》、《三生石》等,嘉庆道光年间书坊刻印弹词蔚然成风,清中叶弹词作家和作品大量涌现,直到民初还有余绪。

据考证,从17世纪中叶到20世纪初的近300年中,作为韵文体长篇小说的弹词作品,有近50种之多,如《玉钏缘》、《天雨花》、《安邦志》、《定国志》、《凤凰山》、《再生缘》、《锦上花》、《再造天》、《三生石》、《赤玉莲花》、《昼锦堂记》、《笔生花》、《梦影缘》、《榴花梦》、《金鱼缘》、《群英传》、《子虚记》、《中秋记》、《镜中梦》、《九仙枕》、《双鱼佩》、《精忠记》、《英雄谱》、《凤双飞》、《四云亭》、《侠女群英史》、《精卫石》等。其中影响较大的都是女作家的作品,有三四十种。女作家姓氏可考的有21位,如陶贞怀、陈端生、梁德绳、侯芝、黄小琴、朱素仙、邱心如、郑澹若、藕裳、李桂玉、孙德英、陈谦淑、曹湘蒲、周颖芳、程蕙英、彭靓娟、秋瑾、姜映清等，也有一些是无名氏的作品。

按照作品的题材分类，弹词主要以儿女英雄类为主，也有偏重儿女类、杂糅神仙类两种变化的类型。

按照历史年代的顺序，可以把这些作品分为早期、中期和晚期。

明末清初至嘉庆年间为早期，主要作品有《玉钏缘》、《天雨花》、《安邦志》、《定国志》、《凤凰山》、《再生缘》、《鞚龙镜》、《三生石》、《赤玉莲花》、《昼锦堂记》、《锦上花》、《再造天》等。从道光初至同治末年(1821—1874)可视为弹词小说创作的中期，主要作品有《笔生花》、《榴花梦》、《梦影缘》、《金鱼缘》、《群英传》、《子虚记》等。这一阶段的主要特点是弹词小说形式的完全成熟，书坊刻印激增，影响进一步扩大，不断出现大部头作品。女作家弹词小说忧患意识浓郁、倾力塑造英雄群像，力挽国势颓运；桂恒魁式独往独来的兼具治国之才和齐家之术的女英雄，人格力量之强大，为以往文学史上绝无仅有。光绪至清末民初为晚期，弹词小说除《凤双飞》外鲜有以往那样长的篇幅，其他的主要作品有《精忠传》、《四云亭》、《九仙枕》、《侠女群英史》、《英雄谱》、《双鱼佩》、《五女缘》、《精卫石》等。晚清时期，民族与家国意识非常强烈，在弹词小说中也有反映，如爱国之情高涨，高唱男女平等之音等。

第二节　独特的女性文学色彩

清代女作家在大量的阅读、思考、编书、创作的过程中萌发了强烈的女性意识。她们渴望表现才华，施展抱负，仅仅是抒情的诗词不能满足她们越来越丰富的创作力和越来越涨满的思想空间；她们渴望讲述女人自己的故事，"渐渐的，有文才的妇女们便得到了一个发泄她们的诗才和牢骚不平的机会了。她们也动手写作自己所要写的弹词。她们把自己的心怀，把自己的困苦，把自己的理想，都寄托在弹词里了"(郑振铎《中国俗文学史》)。她们所创作的弹词小说都是"处处为女子张目"(同上)，叙事大多以女性为中心，即使是以男主人公为主角，也处处表现出女性对社会、人生、事业、婚恋、家庭关系及子女教育等方面不同于流行的世俗的见解。在思想上流露出对束缚妇女枷锁的程朱理学更多的怀疑。

表白的心态是女小说家与男小说家在创作心理上不同的一点。通俗小说的男性作者以"全知全能"的叙事人角度叙事，很少或根本不对创作时的心态作分析或说明。而弹词小说的女性作者往往喜欢在作品中表白自己写作时的心境与状态。如《昼锦堂记》开首云："寒闺无所消长日，喜作词章写素心。幽窗研罢淋漓墨，湘管书锦绣成文。"显示出一位大家闺秀"深闺消遣"的写作动机。《九仙枕》云："自笑前身是蠹鱼，等闲不放一时余。劳劳终日缘何事，夜谱新词昼读书。"表现了作者读书的勤奋和夜间写作的习惯。《玉钏缘》中说："人将诗集传世上，我以弹词托付心。"表达了女作家希冀以作品传世的欲望。《梦影缘》则说："聊借酒杯浇块垒，素心浪涴管城兴。"表现了女作家借写作排遣心中郁闷的寄托心态。《三生石》末尾云:"我自消愁拈彩笔,敢云舌上璨青莲。"表现了女作家恃才自负的心态。

广泛地、深刻地反映清代妇女生活的各个层面,表现女性的不幸命运,是弹词小说的主要内容之一。因为作者的女性身份,她们了解妇女的生活,特别是不能自主择偶而导致的婚姻悲剧及家庭生活中的种种遭际和痛苦,而这些往往成为作品主要的情节。如《笔生花》中描绘了诸多弱女子在婚姻中的被动状态和悲惨处境。文家的儿媳步静娥13岁失去父母,因为身为女子,被剥夺了继承权,在继兄嫂的淫威下,过着寄人篱下的屈辱生活,连终身大事也只能听人摆布,更担心夫家势利心重,一生受尽欺凌。这个形象是许多孤苦的少女命运的写照。姜九华是姜侍郎的偏房之女,生母奇妒又不识时务,致使她经常处于难堪的境地中。后来嫁给吴公子,二人尚相知,但是在一公两婆的畸形家庭中很难相处,时常成为婆婆的出气筒,受到虐待,备尝辛酸。丈夫数年功名不就,家境贫寒,度日艰难,最后还被与人通奸的婆婆诬告,陷入监牢。九华的许多境遇与作者自述中的婚后生活相类似,这个形象多少寄寓了作者本身的影子,也寄托了作者对不幸婚姻生活的哀怨和无奈之情。

女小说家们正是基于对现实生活中女性命运的省察,不满女性被规定的"雌伏"状态,在发出"不平则鸣"声音的同时,把妇女的愿望和理想寄托在作品里,拿起笔建构女性想象的文学世界,编造海市蜃楼一样的"深闺梦幻"故事。女性意识初醒的明清知识女性,最渴望的是与男人一样施展才华、建功立业、传名千秋。历史传说中的花木兰和黄崇嘏的事迹为她们的梦想提供了蓝本。以女性为中心的叙事文本大都以"恨生不为男子"为出发点,演绎一系列女扮男装故事。女主人公皆具有不平凡的才华,个个文武双全,能力超群,每每使须眉男子望尘莫及,纷纷倾倒。易装成为她们梦幻人生的第一步骤。《再生缘》中孟丽君易装出走时说:"定要雄飞岂雌伏,长风万里快游翱。"一旦步出深闺,就开始了她们充满冒险和刺激性的传奇生涯。

明代剧作家徐渭可以说是把女扮男装题材引入书面叙事的始作俑者,他的《四声猿》杂剧中有《雌木兰》和《女状元》两种,但他把"女扮男装"说成是被动的"用权",说"论男女席不沾,没奈何才用权",人物的最终归宿是回家做夫人。而弹词小说往往把女扮男装作为实现人物理想的契机,是女性主动追求的方式,并逐渐成为一种理想的生活状态。女作家在弹词小说中所采用的女扮男装形式可以看做女性书写的一种特异形态,虽然表面上并没有冲破男权的角色规范,没有对男权秩序构成"瓦解"和"颠覆",但其所表现出的强烈的男女平等意识和追求自由理想境界的奋斗精神,与当时优秀文艺作品形成"互文性",即在高扬人性解放旗帜、反对强权压迫、实现人生价值等方面取得认同。

追求真正的爱情和自主的婚姻也是弹词小说的主题之一,虽然弹词继承了才子佳人小说推崇女性胆、识、才、情的态度,但由于女性观照的角度不同,所反映的爱情婚姻观也有所不同。弹词对以落难公子中状元和郎才女貌为爱情标准的老套路有所突破,显示了作者社会伦理道德观和审美观念的更新。由于女性对现实婚姻状况的不满、厌倦乃至失望,小说对常态婚姻有淡化和消解的倾向,如刻画不思嫁娶或与同性过亲密生活的男女人物,尤以女性人物居多。有的小说意图追求婚姻的"非常态",故意模糊性别界限,描绘平等的如同朋友般的恋人关系,注重两性由相敬到相慕再到相爱的过程,作为结果的"床笫之欢"却被漠视,往往营造出一种"清"的气质和氛围。所有这些,比起以前和同期的爱情婚姻题材小说,弹词在立意和写法上是有不少突破、创新的。

第三节 《天雨花》与《再生缘》

乾嘉诗人陈文述在《西泠闺咏》中说:"'南花北梦江西九种',梁溪杨蓉裳农部语也。'南花'谓《天雨花》,'北梦'谓《红楼梦》,谓二书可与蒋青容九种曲并传。《天雨花》亦南词也,相传亦女子所作,与《再生缘》并称,闺阁中咸喜观之。"当时有人把《天雨花》与《红楼梦》相提并论,可见其影响之大。《天雨花》和《再生缘》是清代韵文体小说中的杰出代表作。

《天雨花》写作年代较早,嘉庆有遗音斋刻本 30 卷,90 余万字。《天雨花》在刻本问世以前以抄本流行,因抄本上并无署名,因此对作者有诸般猜测。从文本流露的强烈的女性意识看,"陶贞怀"可能是作者的笔名,即便不是真名,也可以肯定她是一名有才华、有成就的女作家。她生逢乱世,命运坎坷,借作品寄寓了她的理想、抱负和身世感慨。因此,作品带有一定的自传性特点。

《天雨花》首先是一部具有浓郁政治色彩的作品,它以明末朝政的腐败、混乱以及阉党弄权的历史真实画面为背景,反映以左维明为代表的忠臣义士为维护正义,保卫朱明江山,与奸佞贼子斗争。作者一生主要生活在明代,并经历了那个天崩地裂的空前巨变,"明将亡"的忧患意识和"明何以亡"的苦苦思考是当时知识分子普遍的社会心态。作者痛定思痛,用弹词小说的形式总结明亡的教训,抒发自己经历国势阽危、家国无望的人生感受。

作品围绕着左维明的家庭生活描写了许多女性,左维明的妻子桓清闺,女儿德贞、仪贞、婉贞、侄女秀贞、孝贞、黄御史的女儿黄静英等。其中左仪贞是作者着墨最多、刻画得最为丰满的形象,在她的身上集中表现了中国女性所具有的聪明勇敢、舍己为人、坚韧不拔、不畏强暴等高尚品质。

左仪贞刺杀郑国泰是书中惊天动地的大事件,她也因此成为巾帼胜过须眉的女中豪杰。当时左公驻守边关,郑国泰弑君篡国,权势炙手,"八百公侯俱束手,三千甲仗都从贼",郑国泰为羞辱政敌左公,强抢仪贞入宫,逼之与他成亲。他哪知,有着"白璧志,青松节"的仪贞凭借着超群的胆略和坚强的毅力,竟做成个女专诸,"龙凤枕前飞白刃,鸳鸯帐里喷红血",用父亲给的盘龙剑杀了老贼,之后却不自刎,要到大殿之上痛骂奸贼,让文武百官明白晓畅,然后"烈烈轰轰而死",她的英勇义举受到世人称赞,誉为"乾坤第一女中英"。

《再生缘》成书于乾隆年间,第 17 卷卷首云:"惟是此书知者久,浙江一省遍相传。"还是未完篇的抄本时，《再生缘》已久受知音读者的推崇。后经侯芝改订，道光二年（1822）始有刻本，共20卷，80回。《再生缘》是弹词小说中流行最广、影响最大的作品。

作者陈端生，浙江泉唐（杭州）人，生于1751年。祖父陈句山，雍正进士，乾隆时官至通判史，为京师文章宗匠。父陈玉敦，乾隆时举人，母汪氏，亦有文学修养。她与妹妹长生分别著有诗集《绘影阁集》、《绘声阁集》。陈端生在18岁至26岁居住京师和随父宦游山东期间创作了《再生缘》前16卷，其后由于母亲、祖父病逝和本人出嫁的缘故搁笔，34岁时又写了第17卷。后来杭州女诗人梁德绳补续3卷，但艺术性不及原著。

《再生缘》本事续接《玉钏缘》，写谢玉辉、郑如昭和陈素贞转世之后的姻缘故事，故名之为"再生缘"。故事以元代作为历史背景，发生在云南昆明，卸职还乡的龙图阁大学士孟士元，有女孟丽君，待字闺中。云南总督皇甫敬为其子少华、国丈刘捷为其子奎璧，几乎同时向孟家求聘，只得以比箭裁决，结果少华取胜，被孟家选定为婿。但刘奎璧却不甘心，阴谋陷害孟氏、皇甫两家。孟丽君改名郦君玉，捐监应考，连中三元，位及三台。但终因酒醉暴露身份，皇帝欲纳其为妃，孟丽君怒气交加，口吐鲜血。陈端生的生花妙笔写到这里，就戛然而止了。

《再生缘》通过孟丽君的逃婚、高中、入赘、拒认、团圆，逐层写出孟丽君性格的发展，塑造了一个才高气傲、聪慧机敏、敢于叛逆最后无奈屈从的女状元形象。

整个作品布局合理、情节结构完整、线索清晰、简繁得当，是弹词小说中的佼佼者。尤其是前17卷对孟丽君形象的精心塑造，使之成为古代文学人物画廊中不可多得的典型形象。

在弹词小说众多女扮男装形象中，孟丽君是反抗"夫权"、"父权"、"君权"最坚决、言辞最激烈的一个。对父母之情，她固然没有忘怀，但由于关系重大，她一直没有想出两全之策与父母相认，以致被母亲指责为"名利心重骨肉情轻"。甚至在危及她的自由和生存时，她毫不犹豫，宁愿舍弃亲情，也不会为什么"父为子纲"、"在家从父"的礼法而放弃自己的理想。事后虽然难过，但也只有"图报于来生"了。孟丽君隐情被识破后，唯一的出路就是成为"某人妻"。但她并不想迁就与皇甫少华的"旧姻缘"，对他五次三番揭露自己的行藏非常愤恨，酒醒后知中计："好生可恨！这总是芝田不好！你是英雄大丈夫，况且又，封王拜相贵如何。怕甚么，娇妻贤妾房中少。怕甚么，舞女歌姬座上无。想甚么，孟氏丞相原聘妇。现放着，刘家郡主美娇娥。及时行乐诚无碍，学那些，腐气儒生却为何？""虽然守义算多情，转觉得，迂腐愚痴太可憎。终日逼生与逼死，逼得我，今朝务欲现此身。呵，真真可恨！我是你一个老师，怎么嫁得你来？清如冰玉重如山，怎与汝，倚翠偎红一枕欢？大约前缘无此分，何可的，几番抵死与吾缠？"她的想法，全无一点"夫为妻之天"的影子。对于陈端生《再生缘》前17卷，陈寅恪、郭沫若给予了极高的评价。陈寅恪《论再生缘》认为陈端生是"绝代才华之女子"，"孟丽君之性格，即端生平日理想所寄托"，"端生心中于吾国当日奉为金科玉律之君父夫三纲，皆欲借此等描写以摧毁之"，"端生此等自由及自尊即独立之思想，在当时及其后百余年间，俱足惊世骇俗"。

【本章习题指要】

1. 清代弹词创作概况。
2. 清代弹词的女性文学色彩。
3.《天雨花》的思想内涵。
4.《再生缘》中孟丽君形象的意义。

第九编 近代文学

绪　言　近代文学发展概况

近代文学是中国古代文学发展的最后一个时期,在文学史上有特殊的意义。"近代"上起嘉道之际,下至五四新文化运动的兴起,亦即近来习称之"清末(或晚清)民初"时段。

随着西方列强入侵和大规模的西学东渐,维系传统社会的儒家价值体系遭到冲击,传统中国遭受前所未有的危机。如何应对挑战,处理异质文明与中国固有文明的关系,进而建立社会新秩序,成为时人关注的中心议题。救亡与启蒙,建立现代意义上的民族国家,完成传统向现代的转换,是这一时期历史的主旋律。作为精神文化的一部分,近代文学深度介入了这一进程,其本身也成为建立新的民族国家活动的一部分。

近代文学最显著的特征是鲜明的时代色彩和现实指向。这首先表现为从"文学经世"到"文学救国"的变迁。

文学的经世内容主要是围绕如何培育具有事功能力的人才而展开。龚自珍"不拘一格降人才"的呼吁,批判压抑人才的选官制度;魏源、张际亮、鲁一同、包世臣等则将人才纳入"道"、"政"、"文"三者合一的体系,强调"道"不离"事";曾国藩将"经济"加入桐城派"义理、考据、辞章"中,强调文章及物,更清晰表明文章经世乃渐成时代的共识。

这一时期对"人"和"人才"的认识有两种不同的倾向:一是激情昂扬、长于策论、富批判性之人,形成了议论国政、状写时变、慷慨论天下事的志士文风,这是易被文学史关注和强调的一面。二是在时代风雨面前保持传统士人操守和不俗品性,性情内敛,黯然自修,好与古人为伍之人,他们沉醉于上古三代和宋士大夫"先天下之忧而忧,后天下之乐而乐"的想象图景,经世理念甚高,但策略常不能落实于"事"。

甲午战争后,文学的经世功能得到空前强化,被纳入"救国"策略之中。王韬、谭嗣同、康有为、梁启超等人否定与"救国"无关的文字,主张文学救国。从诗界革命、文界革命到小说戏曲革命,文学的政治功用被夸大至无以复加的地步。"欲新一国之民,不可不新一国之小说。故欲新道德,必新小说;欲新宗教,必新小说;欲新政治,必新小说;欲新风俗,必新小说;欲新学艺,必新小说;乃至欲新人心、欲新人格,必新小说。"(梁启超《论小说与群治之关系》)"文学救国论"既有传统经世致用思想的影响,也与西方传教士的文学观念密不可分。近代文学的变革深受西方传教士功利主文学观念的影响,将传教士"劝善惩恶"、"教化"文学观直接转化为文学兴国论。对西方近代文学观念的片面接受,导致了文学审美品格的忽略乃至丧失,这对中国后世文学的发展也有负面影响。

如果说近代文学的政治功利性特征缘于民族和文化危机,是内在于救亡图强的思潮中,那么,近代文学的商业化和都市化现象,则是文学自身进程的产物,是文学现代性的重要表现。

近代社会变革集中在城市。城市文明的发展不仅带来物质生活的提高、科学技术的进步,而且改变了人的思维方式、生活方式和人生观、世界观,并逐渐形成不同于传统宗法的家庭本位,而改以个人为本位的"自由"、"平等"的新型价值体系。市民阶层的文化需要,大量报刊和平装书的出现,改变了传统文学的运行机制,左右了近代文学的发展方向。

传统文学的创作目标是"不朽",更多指向未来,欲图传诸来世。在近代,创作主体的角色和功能逐渐面向当下,满足市民需要,活跃城市文化。近代出现了职业作家和自由撰稿人,而近代稿酬制的建立使得文学与市场的关系更为紧密。作家创作趋向以读者需要和市场销路为转移,表现世俗世界和都市生活,这使得近代文学带有明显的时效、娱乐、公共等性质和通俗化、平民化倾向。这样,作品的意义就不仅为作家拥有,而是由读者和市场共同完成。

清末言情小说大量涌现,不能简单归为文体或文学派别的原因,本质上是由都市作为近代社会主要活动空间需要什么样的文学活动所决定的。什么样的文学能适应都市的节奏、规则,进而有效地参与都市文化建构,这是制约近代文学发展的内在力量之一种。

晚清以暴露为主的谴责小说,通过扭曲变形、吊诡奇绝的表述方式,呈现都市繁华的荒诞世界、狂欢趣味,有闹剧色彩。例如,叙述都市欲望的代表作《海上花列传》,以近乎自然的方法记述了上海这座新兴城市在权力、金钱、身体等方面的欲望展开,毫无保留地真实写照,也就意味着对城市的道德评判被悬搁。与其说作者试图表达怜悯之情,倒不如说这就是都市小说的自然存在。作家的创作意图与后人评判标准的一致,说明都市文学创作是以都市欲望叙事为前提的。"欲望"这个词指向都市运行的规则和意志,是都市的客观存在。

在这样的背景下,作家没有足够时间和精力沉潜在小说的艺术世界和个人的生命世界之中,对文学人文性和艺术性的思考维度,被日益平面化和商业化的写作模式所挤压和吞噬,因而,近代文学无论就体悟人生的深度而言,还是从批判社会的力度上说,都是远为不足的。

与维新派、革命派相比,当时被称为守旧派或复古派者,很少昂扬踔厉和崇高的英雄感,而是坚守传统文化本位,主张"中学为体,西学为用"。站在传统立场的桐城派、宋诗派及同光体诗人,主张变革,在诗文传统中努力寻求新的艺术生长之机。他们是旧式的士大夫,浸润传统文化极深,庶几与生命为一体,面对儒家传统衰谢且将凋零的现实,他们似乎更为沉着,他们的吟歌充满悲痛忧愤情调,表现为沉郁和悲凉。严复、郭嵩焘、林纾、吴汝纶辈意识到现代化的历史潮流不可抗拒,而徘徊于传统与现代之间,坚持用传统文学来挽救雅文学衰亡命运,其类似于堂吉诃德的努力,似有强烈的悲剧色彩。这同样是近代文学变革的重要内容,显示出文学变革的复杂性。倘若不是西方文明的强势压力和中国知识分子迫于图强救亡而采取极端功利性的做法,中国的现代化也许会有多种可能。

严复和林纾的翻译最重要的贡献是扩大了古文的表达能力,使古文在表述现代事物方面开辟了新天地。这一贡献被日后白话文的强势话语所遮蔽。1951 年,著名翻译家傅雷在《致林以亮论翻译书》中说:"白话文跟外国语文,在丰富、变化上面差得太远。文言在这一点上比白话就占便宜。周作人说过:'倘用骈散错杂的文言译出,成绩可比较有把握;译文既顺眼,原文意义亦不距离过远',这是极有见地的说法。文言有它的规律,有它的体制,任何人不能胡来,词汇也丰富。白话文确是刚刚从民间搬来的,一无规则,二无体制,各人摸索各人的,结果就要乱搅。"一位杰出的翻译家如此看待文言与白话翻译西学的效果,委实令人深省。

近代文学交织着新旧更替、古今之变,在传统与现代、继承固有文学精神与接受异域文学观念中曲折行进。总的来看,叙事文学比重增加,抒情文学不再占据主流;新兴市民文学发展迅猛,士大夫雅文学既有新的成绩,也渐趋衰微。

叙事文学领域,小说一时被推尊为文学之"最上乘",占据中心位置。在小说界革命和戏剧改良口号推动下,新小说、翻译小说、谴责小说、写实戏剧、受西方小说影响产生的小说新样式,纷纷涌现,表述新时代的风气与新思想,一跃成为文坛主流。但是,这些作品缺乏广大的精神的支撑,缺少对"人"的命运和存在的关怀,对文学的理解过于粗浅和狭隘,叙事始终拘于政治层面,或合乎商业市场逻辑,未能真正建立在表现人的生命状态的坚实基础上,因而在思想境界和艺术水准上,都存在明显不足。

在"新文体"风行一时之际,以抒情为主的传统诗文,由于重视典雅文辞和含蓄蕴藉的写作方式,在张扬个性和表现新事物、新思想方面,不及新文体通俗、快捷而有激情,因而渐受冷落。但在文学艺术性上,却有维新派和革命派文学难以比拟的成绩。

域外文学的引入和翻译文学的兴起,使这时期的中国文学有了世界背景,找到了参照系。在充分挖掘传统文学深厚资源的同时,可以通过此一参照系不断修正、丰富和完善自身。这一过程,在晚清不过刚刚开始,基本表现为单向的吸纳、认知和学习。五四运动之后,这一过程迅即加快,规模不断扩大,给五四新文学及优秀文学作品的出现以莫大助力。

正是从这个意义上看,近代文学是中国古典文学的终结,并预示着真正意义的现代文学的到来;而其本身之价值,即在这样一个转捩点上,左右了承旧启新的演变趋向,其众声喧哗、多元并举、生气昭彰、繁杂奇诡的面貌,于今观之,尤令人思望不已。

第一章 近代诗词

道光之后,内忧外患、动荡不安的社会现实为诗家和词人的文学书写提供了极为广阔的时代内容。无论是感慨时代风雨,独书凄怆心境,还是倡导变革,寻新声于异邦,都表现出强烈的时代感。

近代诗坛,宋诗派和继之而起的同光体是主要流派。与之先后并存的还有:以龚自珍、魏源为代表的启蒙诗人,以张维屏、贝青乔为代表的爱国诗人群体,以梁启超、黄遵宪为代表的新派诗人,以南社诗人为代表的革命派诗人。同时,传统诗派又有以王闿运为代表的汉魏六朝诗派和以樊增祥、易顺鼎为代表的晚唐诗派。

与诗歌相比,词的面貌更近于传统,缺乏创造,更像是哀婉的古典回声。受词体形式的影响,近代词多表现词人的内心世界,也借此回映出现实的境况。特别是甲午战争后,那种由于传统文化危机而引起的悲怆与伤感,在清末词人身上表现得低徊曲折,沉郁凄恻,尤其动人。

第一节 龚自珍与诗风新变

嘉道之际,政治腐败,社会矛盾日益激化,危机四伏,是压抑和沉闷的时代。王昙、彭兆荪、郭麐、舒位这些诗人,主要活动在19世纪前30年,与龚自珍相交接,都是昏沉时世的悲怆群体。他们在诗歌中表现出的苦闷与郁愤,是才士对黑暗现实控诉的典型。正如郭麐在《祭陈曼生文》所言:

> 呜呼曼生,天不可信,神不可恃!残民者生,佑民者死。养民者穷,或不能自存自养者以遗子孙。此昔人所云云,尝谓愤激之太过,而不知其实有至理。于君之亡,更无疑矣。……君之所存,志大难遂,欲举世无失职之人,欲奇才无不遇之喟,欲吾党皆相知,欲所知无穷士……游谈者藉其声华,枯槁者资其膏润,乃欿然而自歉,意以为款洽之不尽。呜呼,士生今世,较古愈穷,征聘已绝于邦伯,羔雁不下于王公。

卒于1841年的龚自珍,对社会弊端的揭露和理想社会的探索,也主要集中在专制制度对士林人格和性情的压抑上。只是到了龚自珍这里,以其特有的家世、敏感、才性和胆识,才奏响了批判压抑才士的专制制度的最为振聋发聩之音。他开始将专制社会作为一个整体来批判,也是基于这一自觉认识,并以个性解放、人格独立作为社会改良的主要内容。这是把握作为思想家的龚自珍的创作的逻辑前提。

龚自珍(1792—1841),字璱人,号定盦,浙江仁和(今杭州)人。道光九年(1829)进士,官礼部主事。48岁南归,道光二十一年(1841)暴卒于丹阳。受其外祖父段玉裁的影响,通晓文字训诂之学,对古文经学和今文经学都有研究;支持林则徐禁烟运动,建议加强对英国的战备,是近代改良主义较早的启蒙者。

龚自珍提倡"尊情",认为"天地,人所造,众人自造,非圣人所造"、"众人之宰,非道非极,自名曰我"(《壬癸之际胎观第一》),从而高扬自我,赞美"童心",肯定私利。这些观点,与自李贽以降曲折前行的个性解放思潮相一致,表现在诗中,则为一种傲岸不羁、欹崎不平之气,一种睥睨世俗、激越踔厉的人格精神。龚自珍早年"怨去吹箫,狂来说剑,两样消魂味"(《湘月》词),晚年"剑气箫心一例消"(《己亥杂诗》)——"剑"与"箫"代表了他性格的两面。"剑气"是思想家的凌厉锋芒,"箫心"是名士才人的婉转深情。前者形狂,后者见痴。狂则文思廉悍,而成"怪魁";痴则诗意骚雅,即是"情种"。"怪魁"为醒后之茫然,无路可走的痛苦,发抒感慨,议论纵横;"情种"则为理想世界之执著,现实之慰藉,故而向往湖山胜境、留恋母爱与童年时光、企求纯洁情爱乃至梦境、仙境和佛教的清净世界。二者构成龚自珍诗歌的主要内容。

在艺术上,龚自珍继承屈原、李白等浪漫诗人的传统,又受天台宗和华严宗的影响,想象奇特,语言瑰丽,如"今日帘旌秋缥缈,长天飞去一征鸿"(《己亥杂诗》),"秋心如海复如潮,但有秋魂不可招"(《秋心》),"西池酒罢龙娇语,东海潮来月怒明"(《梦得"东海潮来月怒明"之句醒足成一诗》)。其名作《西郊落花歌》更是大气磅礴,情浓语奇:

> 西郊落花天下奇,古来但赋伤春诗。西郊车马一朝尽,定盦先生沽酒来赏之。先生探春人不觉,先生送春人又嗤。呼朋亦得三四子,出城失色神皆痴。如钱唐潮夜澎湃,如昆阳战晨披靡。如八万四千天女洗脸罢,齐向此地倾胭脂。奇龙怪凤爱漂泊,琴高之鲤何反欲上天为?五皇宫中空若洗,三十六界无一青蛾眉。又如先生平生之忧患,恍惚怪诞百出难穷期。先生读书尽三藏,最喜维摩卷里多清词。又闻净土落花深四寸,冥目观想尤神驰。西方净国未可到,下笔绮语何漓漓!安得树有不尽之花更雨新好者,三百六十日长是落花时?

自古写落花者,多伤感哀怜。近代以降,风雨如晦,文廷式、陈宝琛、吴宓、王国维都曾写有落花诗。龚自珍这首诗作于道光七年(1827),诗中既以花落喻平生之忧患,更以落花作无数奇才之写照,不落"古来但赋伤春诗"的老调,而能从落花中看到新生,看到希望。中间连用三个比喻写落花景况,汹涌澎湃,气势磅礴,漫天绯红,时而人间,时而天上,时而佛国,落花与理想一起零落。龚自珍以落花比喻理想的沦落,还有"莫怪怜他,身世依然是落花"(《减木字兰花》[人天无据])、"终是落花心绪好,平生默感玉皇恩"(《己亥杂诗》其三)、"落红不是无情物,化作春泥更护花"(《己亥杂诗》其五)、"鹤背天风堕片言,能苏万古落花魂"(《己亥杂诗》其二四七)等等。

如果说龚自珍试着冲破时代森密的罗网,从学者之诗、诗人之诗迈向志士之诗,那么,随着鸦片战争的爆发,诗人则多"思乾坤之变,知古今之宜"、"心忧天下,欲有用于世而不得志于时"(张际亮《答潘彦辅》),经世致用的志士诗风蔚然兴起,成为一时风尚。这是清代诗歌史上的新变,是对清初经世致用学风的继承和发展。

这时期,张扬士人主体精神的启蒙思潮进一步扩大,涌现了大量揭露时弊和抒发忧国之情的诗篇。魏源的《寰海》、《寰海后》、《秦淮灯船引》,张维屏的《三元里》、《三将军歌》,张际亮的《浴日亭》,朱琦的《关将军挽歌》,贝青乔的《咄咄吟》及林则徐、姚燮、汤鹏、鲁一同、陆嵩等的创作,讴歌抗敌将领,抨击清廷投降,谴责侵略者罪行,反映民生疾苦。诗篇之多,题材主题之集中,在历史上是空前的。这些诗作对当时的侈靡诗风是一巨大冲击,为近代诗歌反映重大政治事件开辟了广阔的道路。这里仅以《三元里》为例:

三元里前声若雷,千众万众同时来,因义生愤愤生勇,乡民合力强徒摧。家室田庐须保卫,不待鼓声群作气。妇女齐心亦健儿,犁锄在手皆兵器。乡分远近旗斑斓,什队百队沿溪山。众夷相视忽变色,黑旗死伏难生还。夷兵所恃惟枪炮,人心合处天心到,晴空骤雨忽倾盆,凶夷无所施其暴。岂特火器无所施,夷足不惯行滑泥。下者田塍苦踯躅,高者冈阜愁颠挤。中有夷酋貌尤丑,象皮作甲裹身厚。一戈已椿长狄喉,十日犹悬郅支首。纷然欲遁无双翅,歼厥渠魁真易事。不解何由巨网开,枯鱼竟得攸然逝。魏绛和戎且解忧,风人慷慨赋同仇。如何全盛金瓯日,却类金缯岁币谋!

歌颂三元里人民英勇抗击英军的精神,谴责奕山等人妥协纵敌罪行,表现了极大的爱国热忱。不过,这类诗作在揭露侵略者罪行的同时,对清廷腐朽的统治存有幻想。

第二节 宋诗派和同光体

道、咸、同时期,占据诗坛中心的是宋诗派。该派前期有程恩泽、祁寯藻、梅曾亮,后期有何绍基、王拯、曾国藩、张裕钊、郑珍、莫友芝等。这一诗派的兴起与乾嘉学风和翁方纲倡导的"肌理说"有关,而以文学、才学和议论为诗的宋诗风味也确能较好满足传统士大夫的审美趣味。

面对鸦片战争和太平天国运动爆发,传统士大夫反思自身时不可能像龚自珍那样决裂传统,批判专制制度,而只能在传统儒家秩序中求新变,努力在道德伦理中寻求新契机。他们解决问题的方式仍是"风俗人心→人才政治"的模式,开拓传统道德在新条件下的生长点,寄希望于"先天下之忧而忧,后天下之乐而乐"的士人自觉,要求精神自律和人格独立,只是这种独立指向传统士人清而不俗的人品。何绍基《使黔草自序》云:"直起直落,独来独往,有感则通,见义则赴,则谓不俗。"又引黄庭坚语:"临大节而不可夺,谓之不俗。"因而,作为社会秩序的正统伦理与不随世俯仰、精神独立的价值诉求之间的紧张与冲突,构成了这一士人群体的普遍心态。与龚自珍、汤鹏相比,这一士人群体步履更为艰难。对其宗宋的诗学倾向,应置于此一背景下说明之。

由于他们大多身居高位,诗中情志的流露相对隐蔽,对时事的书写更多让位于对雅致情趣的表述。换言之,他们的诗歌本身彰显的就是一种思想,而无须从诗外寻绎。这种思想更多表现为自觉追求奇崛不俗的诗境。例如:

  汝颍沙涡竟短长,还收睢汴五文章。遂磨洪泽而东镜,似筑深江以外墙。天际数峰眉妩翠,中流一画墨痕苍。即看歌舞雄都会,何处风云古战场?(程恩泽《渡淮即事》)

  仰睇高峰俯瞰川,鸟飞猿渡共盘旋。石根水怒水根石,天外山惊山外天。形色千章乱昏昼,虚空一气作云烟。厌观人世闲情景,元象来窥太始前。(何绍基《元象》)

程恩泽描写淮河的风物,没有民生的哀苦,而是有感于"歌舞雄都会"的情景,抒发淡雅的士大夫情致。何绍基诗不以俯仰为意,将一己胸襟置于山势之峭、水势之激中;云深烟邈,清越不俗,自在言外。

相对而言,郑珍诗歌的题材更为广泛,情感流露更为鲜明,这是由他穷愁坎坷的人生境遇决定的。

郑珍(1806—1864),字子尹,晚号柴翁,贵州遵义人。诗学苏轼,兼尊韩、孟,有《巢经巢诗集》。《论诗示诸生》云:"我诚不能诗,而颇知诗意。言必是我言,字是古人字。固宜多读书,尤贵养其气。气正斯有我,学赡乃相济。李杜与王孟,才分各有似。羊质而虎皮,虽巧肖仍伪。从来立言人,绝非随俗士。"就诗艺而言,郑诗浅俗而不流易,沉着而简净,瘦硬不凡,横恣峻峭,"历前人所未历之境,状人所难状之景"(陈衍《石遗室诗话》),部分地体现了古典诗歌的新变。

他的诗歌较多反映社会动乱、民生疾苦和揭露官吏罪行,呈现出凄苦沉郁的风格,与宋诗派雍容典丽的诗风不大相同。如《江边老叟行》、《抽厘哀》、《南乡哀》、《经死哀》、《禹门哀》等。有的还将民生困苦融入景物描写之中。如《晚望》:

  向晚古原上,悠然太古春。碧云收去鸟,翠稻出行人。水色秋前静,山容雨后新。独怜溪左右,十室九家贫。

宋诗派在清末民初演化为"同光体"。依据陈衍的说法,同光体是指"同光以来诗人不墨守盛唐者"(《沈乙盦诗序》)。"不墨守盛唐",指诗学宋,而不以此自限。"同光以来"的说法并不准确。事实上,该派活动年代主要是光绪中期以后,一直延续至民国。

同光体诗人大都赞成、参与变法维新,企求自强,忧世伤时,别具怀抱。辛亥以后,他们于人生前途和国家命运茫然无望,难以在传统的出入进退间维持内心平衡,只能在索寞的悲慨和黯淡的感伤中体认残破的时局,往日一腔情怀化作风流云散的凄凉,吟唱的是古典时代最后一幕挽歌。宋诗作为抒写士人怀抱的诗歌传统之继承,最能表达他们内敛而痛苦的心迹。他们师法宋人"力破余地"的创新精神,以"外国探险家觅新世界、殖民政策、开埠头本领"(陈衍《石遗室诗话》)的方式,开拓出诗歌传统的最后一块领地。

同光体又分为以陈衍、郑孝胥为代表的闽派,以沈曾植为代表的浙派,以陈三立为代表的赣派。陈三立的成就最为显著。

陈三立(1853—1937),字伯严,号散原,江西义宁(今修水)人。光绪十五年(1889)进士,官吏部主事。辅助其父湖南巡抚陈宝箴推行新政。变法失败后,父子同被革职。卢沟桥事变爆发后,忧愤绝食而死。有《散原精舍诗文集》。

陈三立写过不少反帝爱国诗歌,如《书感》、《人日》、《次韵和义门感旧闻》、《孟乐大令出示纪愤旧句和答二首》、《小除后二日闻俄日海战已成作》、《短歌寄杨叔玖时杨为江西巡抚令入红十字会观日俄战局》等,表现了强烈的家国责任。

作为古典诗歌传统最后一位重要诗人,陈三立记录内心痛苦的文字尤为感人。诗人忧国情思受到社会环境的包围和压制,因而外在环境与内在心灵的尖锐挣扎成为其诗歌意绪的主要特征。这一特征决定了他采用的表达方式:师法黄庭坚,取境奇奥,造句瘦硬,力避熟俗而求新意。写景之作,景为意志所统摄,成为破碎的、挤压诗人心灵的自然,如"冻压千街静,愁明万象前"(《园居看微雪》)、"江声推不去,携客满山堂"(《霭园夜集》)、"秃柳狰狞在,疏梅次第垂"(《园居》)、"挂眼青冥移雁惊,撑肠秘怪斗蛟螭"(《九江江楼别益斋》)、"暗柳坏橼缚鬼魅,寒鸦啼苦苍烟林"(《上元夜次申招坐小艇泛秦淮观游》)。再如《十一月十四夜发南昌月江舟行》:

露气如微虫,波势如卧牛。明月如茧素,裹我江上舟。

全诗由露气、波涛、明月等意象构成了一个异己的世界,一个被挤压的世界。诗人的意志就在这个世界中被裹压,缓缓蠕动着。

梁启超称赞陈诗说:"不用新异之语,而境界自与时流异。醇深俊微,吾谓于唐宋人集中罕见伦比。"(《饮冰室诗话》)境界高,是由于他能写出真感情、真景物。如其《壬寅长至抵崝庐谒墓》(选四):

几日醉春风,儿归又长至。荒茫五洲间,余此呼吁地。

国家许大事,长跽难具陈。端伤幽独怀,千山与嶙峋。

贫是吾家物,宁敢失坠之。江南可怜月,遂为儿所私。

小立风满山,默祷泪如泻。万古落心头,仍卧崝庐夜。

其父陈宝箴死后,诗人每年西山扫墓,这些写于崝庐边的血泪文字,催人泪下。评者云:"散原集中,凡涉崝庐诸作,皆真挚沉痛,字字如迸血泪。苍茫家国之感,悉寓于诗,洵宇宙之至也。"(王赓《今传是楼诗话》)诗人的"失怙"更是文化和家国意义上的;在19、20世纪之交,不少诗人都有过精神失怙的疲惫孤楚。正如三立之子陈寅恪所说:"凡一种文化价值衰落之时,为此文化所化之人必感苦痛,其表现此文化之程度愈宏,则其所受之苦痛亦愈甚。"(《王观堂先生挽词并序》)

总的来说,主张学古,又反对亦步亦趋,追求诗歌的独创性,是宋诗派和同光体的共同特点。在新旧更替时期,同光体继承宋诗派精神,对诗歌表现空间有所开拓,但又是有限的。宋诗作为古代社会后期士人书写的典范,发展相当成熟,很难承载新的时代变幻的内容。要表现新事物、新事理,必须寻找新的诗体形式。

第三节 诗界革命与清末诗坛

与同光体相对应的,是始于戊戌变法前夕的诗歌变革运动。它包括谭嗣同、夏曾佑和梁启超在变法前创作的"新学之诗"(简称"新诗")、黄遵宪提倡的"新派诗"、梁启超倡导的"诗界革命"和清末民初的革命派诗歌。

夏曾佑、谭嗣同和梁启超等人从光绪二十二年(1896)起,尝试作"新学之诗",特点是"挦扯新名词以自表异"(《饮冰室诗话》),如谭嗣同的"纲伦惨以喀司德,法会盛于巴力门"(《金陵听说法诗》)之类。这些诗面目新异而成就不高。

变法失败后,梁启超流亡海外,广泛接触西方文化思想,提出"诗界革命"的主张。要求"以旧风格含新意境","第一要新意境,第二要新语句,而又须以古人之风格入之,然后成其为诗"(《夏威夷游记》)。"新意境"是指诗要有新题材,有西方文明的新内容,有全新的审美境界;而其实现,则需借助"新名词"。

维新派人物的诗,反映了他们在动荡时代重造历史的非凡气度和参与历史进程的积极自信的人生姿态,有重要意义。

康有为(1858—1927),字广厦,号长素,广东南海人。受陆王心学、大乘佛教的影响,康有为喜好冥想,形成"大同"思维的方式。表现在诗中,即是自我形象的无限扩大,具有浪漫气息的诗性特征。如《登万里长城二首》(其一):

> 秦时楼堞汉家营,匹马高秋抚旧城。鞭石千峰上云汉,连墙万里压幽并。东穷碧海群山立,西带黄河落日明。且勿却胡论功绩,英雄造事令人惊!

"英雄造事"张扬的是人类的"心力",使诗歌富有浓厚的浪漫主义气息。

同为豪放慷慨,谭嗣同(1865—1898,字复生,号壮飞,湖南浏阳人)高扬的却是烈士的殉道精神,有浓郁的悲剧色彩,如"我自横刀向天笑,去留肝胆两昆仑"(《狱中题壁》)。其《潼关》诗云:

> 终古高云簇此城,秋风吹散马蹄声。河流大野犹嫌束,山入潼关不解平。

康有为《登万里长城》表现了诗人居长城之上以英雄自许的豪气,谭嗣同笔下的大河群山,是他个性的象征,让人感受到的却是悲楚和压抑。

梁启超(1873—1929),字卓如,号任公,又号饮冰室主人,广东新会人。早期从事维新变法活动,后期以著述为主。他的诗不多,但骏利明快,颇有特色。如写于流亡海外时期的《太平洋遇雨》:"一雨纵横亘二洲,浪淘天地入东流。却余人物淘难尽,又挟风雷作远游。"

黄遵宪(1848—1905),字公度,嘉应州(今广东梅县)人。光绪举人,历任驻日、英等国外交官,深受西方思想影响,主张君主立宪。回国后,积极参加维新运动,失败后罢职归里。有《人境庐诗草》等创作。

黄遵宪很早就有改革诗歌的理想，他说："少日喜为诗，谬有别创诗界之论。……诗虽小道，然欧洲诗人出其鼓吹文明之笔，竟有左右世界之力。"在《酬曾重伯编修》诗云："废君一月官书力，读我连篇新派诗。"这"新派诗"的特点是：一、反拟古，尊独创，要求"我手写我口"（《杂感》），"不失乎为我之诗"；二、其所取材，"凡事名物切于今者，皆采取而假借之"，述事则"举今日之官书会典方言俗谚，以及古人未有之物，未辟之境，耳目所历，皆笔而书之"；三、表现方法上，利用古代艺术传统，力求变化多样，"复古人比兴之体"、"以单行之神，运排偶之体"、"取《离骚》、乐府之神理"、"用古文家伸缩离合之法以入诗"。（《人境庐诗草自序》）

黄遵宪诗多述时事，其中描写中法、中日战争的作品，如《冯将军歌》、《度辽将军歌》、《哭威海》、《哀旅顺》、《台湾行》、《东沟行》、《悲平壤》等，充满昂扬的爱国热情，尤为人称道。

最能代表"新派诗"的，则是描写异域风物和思想文化的诗作。它们开辟了诗歌史上从未有过的新境界。如其《今别离·咏轮船火车》：

> 别肠转如轮，一刻既万周。眼见双轮驰，益增中心忧。古亦有山川，古亦有车舟。车舟载离别，行止犹自由。今日舟与车，并力生离愁。明知须臾景，不许稍绸缪。钟声一及时，顷刻不少留。虽有万钧柁，动如绕指柔。岂无打头风，亦不畏石尤。送者未及返，君在天尽头。望影倏不见，烟波杳悠悠。去矣一何速，归定留滞不？所愿君归时，快乘轻气球。

借用乐府诗题写男女相思之法，表现新事物，别有理致。又如作于新加坡的这一首《以莲桃菊杂供一瓶作歌》中有句：

> 一花惊喜初相见，四千余岁甫识面。一花自顾还自猜，万里绝域我能来。一花退立如局缩，人太孤高我惭俗。一花傲睨如居居，了更妩媚非粗疏。有时背面互猜忌，非我族类心必异。有时并肩相爱怜，得成眷属都有缘。有时低眉若饮泣，偏是同根煎太急。有时仰首翻踌躇，欲去非种谁能锄。有时俯水瞋不语，谁滋他族来逼处。有时微笑临春风，来者不拒何不容。众花照影影一样，曾无人相无我相。

诗以奇异的想象，描写三种花合插一瓶的种种情状。梁启超评为"半取佛理，又参以西人植物学、化学、生理学诸说，实足为诗界开一新壁垒"（《饮冰室诗话》）。他如《樱花歌》、《登巴黎铁塔》、《番客篇》等作，均记录了近代士人走向世界途中的新感受和新经验，洵"为古今诗家所未有也"（《晚晴簃诗汇》）。

黄遵宪对新派诗的要求与后来梁启超"诗界革命"的内涵并不相同。梁启超说"锐意欲造新国者，莫如黄公度"，对黄诗评价很高；但黄始终讳言"革命"二字。黄遵宪的新派诗偏重介绍新事物，"于精神思想上未有之也"（梁启超《夏威夷游记》），"于西人风雅之妙、性理之微，实少解会，故其诗有新事物，而无新理致"（钱锺书《谈艺录》）。但是他主张诗歌与时俱进，在传统诗歌表现新的时代内容上迈出了一大步，是可贵的。其诗还充分吸取民歌的特点，用通俗形式作的《出军歌》、《军中歌》、《旋军歌》等，活泼自由，已有现代白话新诗的意味。

与"诗界革命"相关的重要人物,还有台湾诗人丘逢甲(1864—1912),被梁启超推为"诗界革命一巨子"(《饮冰室诗话》)。他的《岭云海日楼诗钞》中有许多悲悼台湾沦陷的诗篇,故国之思,悲沉苍凉。如《秋怀次张六士韵》(其六):

> 衣冠文武眼中新,晏坐空山笑此身。割地奇功酬铁券,周天残焰转金轮。后庭玉树仍歌舞,前席苍生付鬼神。细柳新蒲非复昔,更无人哭曲江滨。

此一组诗写于1908年,为作者晚年忧乱伤时之作。共八首,此为第六首。诗多化用典故,抒写列强割占中国而朝廷苟安偷乐的悲慨。

在清末民初,一个活跃的革命派文学团体为"南社"。它成立于1909年,发起人有陈去病、高旭、柳亚子。南社诗人的诗作激扬悲慨,有革命豪情。如"投身五浊牺牲少,呕血中原豺虎多"(高旭《书感,步蒋观云〈皎然〉韵》)、"圣地百年沦异族,夕阳独自吊神州"(马君武《自由》)、"伤心汉室终难复,血染杜鹃泪有声"(宋教仁《哭铸三尽节黄花岗》)、"何时北伐陈师旅,拨尽阴霾见太阳"(柳亚子《吊刘烈士炳生》)、"昆仑顶上大声呼,共挽狂澜力不孤"(周实《〈民立报〉出版日少屏索祝爰赋四章》)等。

革命派诗人反对当时占统治地位的同光体,但也提不出尽符时代要求的诗学主张。其创作大都激情有余,蕴藉不足,艺术成就不高。随着辛亥革命失败,袁世凯称帝,不少诗人对时局失望,陷于悲观消沉。

在南社诗人中,苏曼殊(1884—1918)别具一格。他生于日本,父亲是日本侨商,母亲是日本人。辗转于上海及日本、南亚求学,早年参加革命活动,一生两度为僧,富诗人气质。性情放浪,萍迹飘摇。有《曼殊全集》传世。

苏曼殊诗多抒情之作,以七绝居多,轻清隽永,茜丽绵眇,间有俊逸豪放之作。如《以诗并画留别汤国顿》(其二):

> 海天龙战血玄黄,披发长歌览大荒。易水萧萧人去也,一天明月白如霜。

融悲慨豪情与孤独悲凉为一体。

苏曼殊有不少情诗,如《为调筝人绘像》二首、《寄调筝人》三首、《本事诗》十首、《无题》八首等,写尽"还卿一钵无情泪,恨不相逢未剃时"的无奈与凄绝。在红尘眷恋与禅心空无之间挣扎,热烈而哀感的诗情中透出些许冲破时代沉重的气息,有"一脉清新的近代味"(郁达夫《杂评曼殊的作品》)。如《本事诗十章》(其九):

> 春雨楼头尺八箫,何时归看浙江潮?芒鞋破钵无人识,踏过樱花第几桥?

当时革命派诗人中,还有著名女革命家秋瑾。秋瑾(1875—1907),字璇卿,号竞雄,自号鉴湖女侠,浙江绍兴人。她的诗格调雄健,感情炽烈,凸现一独立风云的巾帼英雄形象。如《黄海舟中日人索句并见日俄战争地图》:

> 万里乘风去复来,只身东海挟春雷。忍看图画移颜色,肯使江山付劫灰。浊酒不销忧国泪,救时应仗出群才。拼将十万头颅血,须把乾坤力挽回。

在清末诗歌变革运动的同时,传统诗派除同光体之外,还有宗汉魏与宗晚唐两派。前者以王闿运(1833—1916)为代表,后者以樊增祥(1846—1931)、易顺鼎(1858—1920)为代表。王闿运为诗坛元老,负有众望,誉之者谓其牢笼一世,但贬之者说他墨守古法,缺乏真意。其大型组诗《独行谣三十章示邓辅纶》写太平天国革命前夕至同治十一年(1872)国家大事,规模宏阔。《圆明园词》仿元稹《连昌宫词》诗体,写宫园兴废,流露身世不济之叹。张之洞为唐宋派首领,论诗主张融宋意入唐格,所谓"唐肌宋骨",别开雍容闲雅之风,清末达官工诗者,以其为最。樊增祥、易顺鼎均出其门下,学晚唐艳体。樊诗富丽,风姿绰约,人称"樊美人"。易才高一世,个性分明,尤工写景,瑰玮奇丽。曾国藩之孙曾广钧,多沉博绝丽之作,与李希圣、汪荣宝同为清末西昆体代表作家。总体上看,他们的诗艺术创新较少,思想亦为陈旧。

第四节　近代词的嬗变

近代前夕,词坛已有常州词派。常州派主寄托,认为"诗有史,词亦有史"(周济《介存斋论词杂著》),强调反映社会现实,与嘉道以降的经世学风一致。

近代词的发展可分两个时期。一是道咸时期,一是同光之后至民国初年。道咸期的词家有龚自珍、项鸿祚、姚燮、蒋敦复、邓廷桢、蒋春霖、吴藻、顾太清等。

蒋春霖(1818—1868),字鹿潭,江阴人。喜好纳兰《饮水词》和项鸿祚《忆云词》,故其词集名《水云楼词》。他崇尚姜夔、张炎一派,追求"情至韵会,极温柔怨慕之意"的词境(李肇增《水云楼词序》引蒋氏语)。一生沉抑下僚,其词多述离乱之苦和穷愁之悲。如《木兰花慢》[江行晚过北固山]:

泊秦淮雨霁,又灯火,送归船。正树拥云昏,星垂野阔,暝色浮天。芦边夜潮骤起,晕波心、月影荡江圆。梦醒谁歌楚些?泠泠霜激哀弦。　婵娟,不语对愁眠,往事恨难捐。看莽莽南徐,苍苍北固,如此山川。钩连、更无铁锁,任排空樯橹自回旋。寂寞鱼龙睡稳,伤心付与秋烟。

整首词将战后凄凉之景和抑郁悲哀之情,融合无迹,凝重而婉曲。

顾春(1799—1877),字子春,号太清,镶蓝旗人。清代著名女词人,有《东海渔歌》。况周颐序其词云:"太清词得力于周清真,旁参白石之清隽,深稳沉着,不琢不率,极合倚声消息。"她善构词境,细腻绵密,自然精工,委婉动人。如《江城梅花引》[雨中接云姜信]:

故人千里寄书来。快些开,慢些开,不知书中安否费疑猜。别后炎凉时序改,江南北,动离愁,自徘徊。　徘徊,徘徊,渺予怀。天一涯,水一涯,梦也梦也,梦不见,当日裙钗。谁念西风翘首寸心灰?明岁君归重见我,应不似,别离时,旧形骸。

同光以后的词坛宗尚常州词派,推尊词体。他们都屡遭国难,倡言维新;寄之于词,忧世伤时。戊戌、庚子前后词作,尤骚雅哀艳,有强烈感染力。除较早的冯煦、谭献、陈锐等人外,其间影响最大的是被称为"清季四大词人"的王鹏运、朱祖谋、况周颐、郑文焯和另一位词人文廷式。这一时期词论卓有成就,有刘熙载《艺概·词概》、陈廷焯《白雨斋词话》、冯煦《蒿庵论词》、谭献《复堂词话》、况周颐《蕙风词话》等。词作有现代气息的王国维,尤以其著名的词学理论在近代词史上占有重要地位。

王鹏运(1848—1904),字佑遐(一作幼遐),号半塘,临桂(今属广西)人。有《半塘词稿》。宗尚常州词派,是"临林词派"创始人。甲午之后,感慨国事,作品沉郁悲凉,较为朗练,格调在辛弃疾、王沂孙之间。八国联军攻占北京后,曾与刘伯崇、朱孝臧同集宣武门外,相约填词,成《庚子秋词》2卷,抒写国难当头的悲愤。如《浪淘沙》[自题庚子秋词后]:

> 华发对青山,客梦零星。岁寒濡呴慰劳生。断尽愁肠谁会得?哀雁声声。
> 心事共疏棂,歌断谁听?墨痕和泪渍清冰。留得悲秋残影在,分付旗亭。

郑文焯(1856—1918),字俊臣,号叔问,晚号大鹤山人,奉化铁岭(今辽宁)人。有《樵风乐府》。精通词律,词宗周邦彦、姜夔,体洁旨远,句妍韵美。除庚子年间诸作稍具风骨外,大都哀歌楚声,摛辞密藻,颇乏风力。辛亥革命后,以遗老自居,为故国之思,内容贫弱。

朱孝臧(1857—1931),又名祖谋,字古微,号彊村。浙江归安(今湖州)人。有词集《彊村语业》。王国维《人间词话》说:"彊村学梦窗,而情味较梦窗反胜,盖有临川、庐陵之高华,而济以白石之疏越者,学人之词,斯为极则。然古人自然神妙处,尚未见及。"集中如《鹧鸪天》[九日,丰宜门外过裴村别业]、《声声慢》[辛丑十一月十九日味聃赋〈落叶词〉见示感和]诸作含蓄深婉,藻采芬溢。此外,由他整理刻印的《彊村丛书》,辑五代以降词总集五种,材料丰富,校刊精核,是词学研究的重要文献。

况周颐(1859—1926),字夔笙,号蕙风,广西临桂(今桂林)人。有《蕙风词》、《蕙风词话》。他发展了常州词论,提出"重、拙、大"的词境论。叶恭绰在《广箧中词》比较况周颐与王鹏运的词风,评云:"夔笙先生与幼遐翁崛起天南,各树旗鼓。半塘气势宏阔,笼罩一切,蔚为词宗;蕙风则寄兴渊微,沉思独往,足称巨匠。"

文廷式(1856—1904),字道希,号芸阁,江西萍乡人。有《云起轩词钞》。甲午战争时,弹劾李鸿章,后为鸿章所陷。因支持变法,被迫流亡日本。文廷式词作有强烈的时代感和现实精神,以奋发凌厉的笔势,力扫枯寂,"上拟苏辛,俯视龙洲"(胡先骕《评〈云起轩词钞〉》)。如《水龙吟》:

> 落花飞絮茫茫,古来多少愁人意。游丝窗隙,惊飙树底,暗移人世。一梦醒来,起看明镜,二毛生矣!有葡萄美酒,芙蓉宝剑,都未称、平生志。　我是长安倦客,二十年、软红尘里。无言独对,青灯一点,神游天际。海水浮空,空中楼阁,万重苍翠。待骖鸾归去,层霄回首,又西风起。

陈锐《褒碧斋词话》评及清末四大家和文廷式词风说:"王幼遐词,如黄河之水,泥沙俱下,以气胜者也。郑叔问词,剥肤存液,如经冬老树,时一著花,其人品亦与白石为近。朱古微词,墨守一家之言,华实并茂,词场之宿将也。文道希词,有稼轩、龙川之遗风,惟其敛才就范,故无流弊……况夔笙词,手眼不必甚高,字字铢两求合,其涉猎之精,非余子可及。"陈氏之评,较为准确。

王国维(1877—1927),号静安,浙江海宁人。早年留学日本,后任教于清华大学。著有《人间词话》、《红楼梦评论》、《宋元戏曲史》等。他深受康德、叔本华哲学的影响,在《人间词话》中又创造性地提出著名的"境界说",以"能写真景物、真感情者,谓之有境界";又有"有我之境界"、"无我之境界"、"写境"、"造境"、"隔与不隔"之说。这些词学思想和话语表述颇具现代意义。其词作名篇如《浣溪沙》:

> 山寺微茫背夕曛,鸟飞不到半山昏。上方孤磬定行云。　　试上高峰窥皓月,偶开天眼觑红尘。可怜身是眼中人。

上阕推出的是山寺高耸险绝的景致,下阕写的是"人"的行为,攀峰窥月。窥月的动因何在?最后落在"可怜身是眼中人"上,似指人为红尘纷扰,难能解脱。这样的景致,这样的境界,当是王国维心里所造之境。词中的景非实景,乃想象之辞;词中"人"的行为,亦是虚设,他要说的是人生悲寂的哲理。整首词意境幽渺,寂静肃穆,语言明隽而含意玄深。

王国维许多词作,大都是这类写法,以象征手法述写"人生"无奈的悲剧性,不同于传统词作的写法,与张惠言"词主寄托"的写法亦有区别。盖其所造之境,所写真感情者,借景物而化之,实为演绎其哲学理念而已。由于王氏对于人生意义和文化意义的体悟深切,遂有屈子泽畔行吟的落寞和落花流水殆尽的悲哀。

【本章习题指要】
1. 龚自珍的思想性格与其诗歌创作特点。
2. 经世致用思潮与近代诗风的变迁。
3. "宋诗派"与"同光体"的诗歌艺术追求。
4. "诗界革命"的基本思想。
5. 黄遵宪"新派诗"的创作特点。
6. 近代词坛主要词家及其创作概况。

第二章 近代文的新生面

近代文主要有两大流派,一是后期桐城派和曾国藩开启的湘乡派,一是梁启超提倡的新文体。前者秉持"有所变而后大"的精神,试图在传统中开出新生命;后者则以浅近文言风格作滔滔汩汩的恣情挥洒,有着文体解放的意义。此外,尚有道咸时期以魏源、冯桂芬为代表的经世文派,清末以章士钊为代表的政论文章,以李慈铭、王闿运为代表的骈俪文章,都分驰文坛,各呈风采。

第一节 经世文风的兴起

嘉道时期,清朝国势开始衰弱,吏治腐败,社会矛盾激化。一批以"治平"为己任的文人学士如龚自珍、魏源、张际亮、汤鹏等和开明官绅如陶澍、贺长龄、林则徐、徐继畬、包世臣等,"相与指天画地,规天下大计"(梁启超《清代学术概论》)。他们倡言变法革新,探讨漕运、盐法、河工、货币、农政等经济社会问题。这种议政、讲求实学的经世思潮浸染文坛,则有经世文风之兴起。

龚自珍"但开风气不为师",是经世文风的开创者。梁启超说:"晚清思想之解放,自珍确与有功焉。光绪间所谓新学家者,大率人人皆经过崇拜龚氏之一时期。初读《定盦文集》,若受电然。"(《清代学术概论》)

他的散文分为两类:一是政论及学术论文,议论纵横,笔底深蕴感情。《明良论》揭露官场庸碌贪鄙之风;《乙丙之际箸议》直陈当世为"衰世",列数种种世状;《西域置行省议》主张移民屯垦西部边疆,发展经济,巩固边防;其他如《壬癸之际胎观》、《古史钩沉论》、《尊隐》、《论私》等,都体现了他以一独立思想者的立场对社会问题的深入思考。另外一种是记传作品及杂文,如《杭大宗逸事状》、《王仲瞿墓表铭》、《记王隐君》、《吴之癯》、《病梅馆记》等,写"才士"、"才民"的悲剧命运,揭露专制对人才的残酷迫害。

与龚自珍并称"龚魏"的是魏源。魏源(1794—1857),字默深,湖南邵阳人。有《古微堂内外集》等。早年与龚自珍一起随刘逢禄研治公羊学,为今文学家,主张通经致用。后入江苏布政使贺长龄和两江总督陶澍幕,协助贺长龄编纂《皇朝经世文编》。鸦片战争期间,感愤时事,著《圣武记》。又继林则徐《四洲志》之后,编成《海国图志》,提出"师夷长技以制夷"之说。魏氏文章,多为经世之作,除经论外,功力最深者尤在政论,如《默觚》(30篇)、《道光洋艘征抚记》、《筹河篇》、《筹漕篇》、《筹盐篇》等,洞悉原委,说理透辟,驰骋往复,时有精警之论。

冯桂芬(1809—1874)是继龚、魏之后又一位重要的经世文章家。他字林一,号景庭,江苏吴县(今苏州)人。道光二十年(1840)进士。"于学无所不通,而其意则在务为当世有用之学"(俞樾《显志堂集序》),主张"以中国之伦常名教为原本,辅以诸国富强之术"。他公开批评桐城派义法及其所尊奉的道统,自称"独不信义法之说",谓"称心而言,不必有义法也;文成法立,不必无义法也","举凡典章制度、名物象数,无一非道之所寄,即无不可著之于文"(《复庄卫生书》)。《校邠庐抗议》(40篇)是他的代表作,其变法思想在近代思想史上具有独特价值。其文持论剀切,气理畅达。

经世文派有两个重要特点:一是切合实用,有内容;二是文以达意,反对所谓"义法"。他们力破桐城派提倡的清规戒律,随笔直书,遒劲畅达。包世臣(1775—1855)《再答王亮生书》即说:"古文一道,本无定法,惟以达意能成体势为主而已。"沈垚(1798—1840)为文劲厉急切,锋芒尖锐。沈曾植称其"博学倾群公,讥切时病,洞见症结"(《落帆楼文集序》)。如其《记小皮受挞》:

> 小皮者,皮姓,名福,礼部左侍郎新城陈公故仆也。其父先事公,故公家人皆呼福为小皮。
>
> 道光十四年秋九月,公取垚充浙江优贡生,且命载后车入都。时上以史评代公为浙江学政,而命公留杭州谳狱。
>
> 公以能文章、扶植寒士名海内,宾客户外屦常满。小皮性敏,以事公久,亦学为诗,公辄取而改正之。小皮又乐山水游,于什伯侪偶中,洒然出尘物也。公遇闲暇时,辄与客围棋,客或不至,则呼小皮侍弈。
>
> 垚将从公北上,谒公于行馆。公出图籍属题,小皮捧卷拂几,侍立循谨甚,时渊乎若有所思。
>
> 明年,公事竣入京,小皮则荐事史学政。史略无学术,不接士大夫,而纵其弟往来民间不禁。惟又吝且躁,数以米盐琐屑挞责其仆。小皮性温雅,尤史所不喜,鞭扑殆无虚日。小皮又好佛,又屡遭棰答,不胜痛楚,遂长斋不肉食,欲削发为僧于西湖。尝泣曰:"奴不才,受陈大夫恩厚,大夫怜奴有母,故不令从而北,荐事学政。而所遇如此,命也,又妥敢怨?"闻者怜之。
>
> 沈垚曰:今之公卿率庸猥鄙啬,概置天下大小事不问,惟孳孳焉庇私人、殖货利是务。士之能读书者,居则无所得食,转死沟壑;出而幸见赏公卿,亦不过颐指使之,犬马畜之,而旋以千秋之报责之。故居者出者皆无自立。能为寒士地者,仅见一新城陈公,而公又不可作矣!天丧斯文,风雅道尽,不独士能读书者无地自容,即奴仆之有性情者亦必遭摧折。时运如斯,可哀也已!

文章记叙了仆人皮福侍陈用光而得善待、侍史学政而被挞的经历,最后引出沈垚的感慨。在这篇文章中,我们可以看到嘉道时期下层文士的穷苦命运。

第二节　后期桐城派及湘乡派

姚鼐去世后,桐城派由姚门弟子进一步发扬光大,从江南传播至全国,古文创作呈现繁盛局面。除"姚门四弟子"管同、方东树、姚莹和梅曾亮外,还有陈用光、吴嘉宾、朱琦、龙启瑞、王拯、戴均衡等。就古文而言,梅曾亮成就最高。

梅曾亮(1786—1856),字伯言,一字柏枧,江苏上元(今南京)人。道光进士,官户部郎中,居京20年。梅嗜好古文,研磨时间长,古文创作和理论俱有建树。由于他的讲授,桐城派古文在京师得以进一步传播开来。

梅曾亮强调古文创作要"真"(《太乙舟山房文集序》),有一己之真面目。提出"因时"之说(《答朱丹木书》),即作家在动荡纷纭的时代面前要有独立判断,不随世俯仰,说到底乃是强调"真":只有真性情,才能写真文章。不过,他所说的"真"是有规定性的,不是魏晋和晚明以来的任性和自由,而是儒学语境中的狷介自守;与其诗论联系起来,就是"不俗",指向士人的德行和操持。

梅曾亮为文"义法本桐城,稍参以异己者之长,选声练色,务穷极笔势"(《清史稿·文苑传》)。他的古文与其诗一样,在"意"上用力甚多,淬砺经营,瘦硬有力,尤长于绘景。如《钵山余霞阁记》:

> 江宁城,山得其半。便于人而适于野者,惟西城钵山,吾友陶子静偕群弟读书所也。因山之高下为屋,而阁于其岭,曰"余霞",因所见而名之也。
>
> 俯视,花木皆环拱升降,草径曲折可念,行人若飞鸟度柯叶上。西面城,淮水萦之。江自西而东,青黄分明,界画天地。又若大圆镜,平置林表,莫愁湖也。其东南万屋沉沉,炊烟如人立,各有所企;微风绕之,左引右挹,绵绵缙缙;上浮市声,近寂而远闻。
>
> 甲戌春,子静舣同人于其上。众景毕见,高言愈张。子静曰:"文章之事,如山出云,江河之下水;非凿石而引之,决版而导之者也。故善为文者有所待。"曾亮曰:"文在天地,如云物烟景焉;一俯仰之间,而遁乎万里之外;故善为文者,无失其机。"管君异之曰:"陶子之论高矣。后说者,于斯阁亦有当焉。"遂书,为之记。

梅文善于捕捉形象,刻画细腻。桐城派古文不长于写景,梅曾亮早年研习骈文,把柳宗元游记与苏轼的小品融合起来,写得有声色,是对桐城派古文的新贡献。

咸同时期,曾国藩继承桐城派余绪。"文正之文,虽从姬传入才,后益探源扬、马,专宗退之,奇偶错综,而偶多于奇,复字单义,杂厕其间,厚集其气,使声采炳焕而戛然有声,此又文正自为一派,可名为湘乡派。"(李详《论桐城派》)

曾国藩(1811—1872),字伯涵,号涤生,湖南湘乡人。道光十八年(1838)进士,官至两江总督、直隶总督。有《曾文正公全集》。

如何在儒学旧秩序中辟出新路,重建新秩序,是曾国藩一生思考和行动的出发点。作为洋务派的领袖,他自不是守旧人物;作为湘乡派的领袖,其对古文的见解也自非守旧的。

在古文理论方面,他的独创有:一、在姚鼐提出的"义理、考据、辞章"之外,加入"经济"一门,重视文中之"事"与"物",讲究实用;二、骈散结合,主张"以戴、钱、段、王之训诂,发为班、张、左、郭之文章"(《谕曾纪泽》);三、不重"义法"而重雄奇之气,一改桐城古文清淡简朴而为雄奇瑰玮,更好地书写时代动荡中的事物;四、认为古文不宜说理,重视古文的审美特性。此外,他还编选了《经史百家文钞》、《古文四象》。

曾国藩的古文以气势见长,笔力整严。如《圣哲画像记》、《湖南文徵序》、《欧阳生文集序》、《求阙斋记》、《讨粤匪檄》、《湘乡昭忠祠记》、《拟选聪颖子弟出洋习艺疏》、《轮船工竣并陈机器局情形疏》等,均为其代表作。

曾国藩利用他的政治地位,招揽人才,一时文士聚集门下。在古文方面,有"曾门四弟子"张裕钊、黎庶昌、薛福成、吴汝纶和郭嵩焘、李元度、刘蓉、莫友芝等。郭、黎、吴、薛四人曾出洋考察,视野开阔,主张研习西学。

郭嵩焘(1818—1891),字伯琛,号筠仙,晚号玉池老人。有《养知书屋文集》。其《拟陈洋务疏》、《条议海防事宜》、《铁路议》等政论文很有识见。出使后感受新思想和新事物,其《使西纪程》为日记体,与黎庶昌、薛福成、王韬等人的域外游记、日记一样,新人耳目,冲破桐城古文的桎梏,对近代文体解放和现代散文形成起了积极作用。

张裕钊(1823—1894),字廉卿,湖北武昌人。有《濂亭文集》。刘声木说:"裕钊高才孤诣,肆力研术,益谓文章之道,声音最重。凡文之精微要眇悉寓其中,必令应节合度,无铢两杪忽之不叶,然后词足而气昌,尽得古人声音抗坠抑扬之妙。"(《桐城文学渊源考》)自谓:"文章之道,莫要于雅健。欲为健而厉之已甚,则或近俗;求免于俗而务为自然,又或弱而不能振。"(《答刘生书》)其自为文,描摹生动,简古赅练。《唐端甫墓志铭》中云:

端甫奔走流离,田宅财物扫地划绝,所购书亦荡尽,端甫又善病,既经丧乱,志意萧然,与少年时复绝矣。然端甫故处之恬如,好读书如其故,所诣日以邃。性静正,不以喜怒随人。与人相对,或移晷无一语。独善食酒,引满连数十不乱,酒后辄面赭,乃颇振厉谈噱,亦时为感慨不平之鸣。其介特故内函,罕有知者。

白描传神,以韵味胜,上承姚鼐而下开马其昶。

吴汝纶(1840—1903),字挚甫,安徽桐城人,是桐城派最后一位宗师。积极提倡西学,至称"仆生平与宋儒之书独少浏览"(《答吴实甫》),"后日西学盛行,六经不必尽读"(《答姚慕庭》)。在桐城派人物谱系中,这样的观点洵属远见。其论文不尽合桐城诸老本意,但相当重视姚鼐《古文辞类纂》这部选本,并于新式学堂中推广。在吴汝纶身上,可以看出桐城派亦随时世迁化而不断寻求新变。

张裕钊、吴汝纶之后,继承桐城古文者,又有贺涛、马其昶、姚永朴、姚永概兄弟,一直延续至五四前后。

与上述两派风格不尽相同,但古文成就较高者,前有吴敏树,后有严复、林纾。

吴敏树(1805—1873),号南屏,别号柈湖渔叟,巴陵(今湖南岳阳)人,有《柈湖文录》。少喜文事,尤好震川文,其文秀美,有烟波幽渺之境,长于叙事,多有佳制。代表作有《君山月夜泛舟记》、《鹤茗堂记》、《记钞本震川文后》、《书谢御史》、《程日新先生家传》。

林纾和严复"于湘乡为转手,与桐城为异调"(钱基博《现代中国文学史》)。林纾(1852—1924),字琴南,号畏庐,福建闽县(今福州)人。张僖《畏庐文集序》云:"畏庐,忠孝人也,为文出之血性。""畏庐文字,强半爱国思亲作也。"所谓"爱国思亲",大抵皆遗老感时伤事之言,亦即《清史稿》称其文之"尤善叙悲,善吐凄梗,令人不忍卒读"者,如《九谒崇陵记》。

严复(1853—1921),字又陵,又字几道,侯官(今福建福州)人。文笔雅驯,长于说理,议论弘肆,代表作有《上皇帝万言书》、《辟韩》、《原强》、《论世变之亟》等。其译西书,于文更有新的开拓,成绩斐然。

第三节　从时务文到政论文

自19世纪70年代开始,一批知识分子如郑观应、王韬等放眼西方,寻找富强,并逐步形成制度变革的思想。王韬在香港主办报刊,又在上海主持《申报》编务,发表了大量时务文章,广泛介绍西方科学文化知识。这类报刊文字,可看做从旧体散文向梁启超"新文体"的过渡。

甲午战败后,一帮年少气盛之士,激于报仇雪耻的义愤,广谈西学,倡言变法。为了宣扬新的政治主张,开通民智,广议时务,扩大社会影响,自是需要创建一种通俗易懂的新文体。这种新式散文,经过康有为、谭嗣同、唐才常等人的尝试,最终在梁启超笔下正式形成。

新文体伴随报章体产生,带有强烈的实用性、时效性和鼓动性。王韬编辑《循环日报》,"时以所见达于日报","往往下笔不能自休","以胸中所有悲愤郁积,必吐之而后快,故其磅礴勃,横决溢出,如急流迅湍,一泻而无余"(《弢园文录外编自序》)。唐才常《湘报序》说:"今乃海宇大通,朝野一气,政学、格致,万象森罗,俱于报章见之,是一举而破二千余年之积习,一人而兼百人千人之智力。不出户庭,而得五洲大地之规模;不程时日,而收延年惜阴之大效。"谭嗣同《报章文体说》一文称报章兼容众体,"总宇宙之文","斯事体大,未有如报章文备哉灿烂者也"。这些认识和主张使他们的文章从八股文、桐城派古文和骈文中脱离出来,具有文体解放的意义。

在这次文体解放中,贡献最大的是梁启超。他任《时务报》主笔时,发表了大量宣传变法的时务文章;后在日本创办《清议报》、《新民丛报》,议论时政,广泛介绍西方思想文化。其见诸报刊的政论和杂文,时称为"新文体"。后来他自述道:"启超夙不喜桐城派古文,幼年为文,学晚汉魏晋,颇尚矜炼。至是解放,务为平易畅达,时杂以俚语、韵语及外国语法,纵笔所至不检束,学者竞效之,号'新文体'。老辈则痛恨,诋为野狐,然其文条理明

晰,笔锋常带情感,对于读者别有一种魔力焉。"(《清代学术概论》)如《少年中国说》(节选):

> 欲言国之老少,请先言人之老少。老年人常思既往,少年人常思将来。惟思既往也,故生留恋心;惟思将来也,故生希望心。惟留恋也,故保守;惟希望也,故进取。惟保守也,故永旧;惟进取也,故日新。惟思既往也,事事皆其所已经者,故惟知照例;惟思将来也,事事皆其所未经者,故常敢破格。老年人常多忧虑,少年人常好行乐。惟多忧也,故灰心;惟行乐也,故盛气。惟灰心也,故怯懦;惟盛气也,故豪壮。惟怯懦也,故苟且;惟豪壮也,故冒险。惟苟且也,故能灭世界;惟冒险也,故能造世界。老年人常厌事,少年人常喜事。惟厌事也,故常觉一切无可为者;惟好事也,故常觉一切事无不可为者。老年人如夕照,少年人如朝阳。老年人如瘠牛,少年人如乳虎。老年人如僧,少年人如侠。老年人如字典,少年人如戏文。老年人如鸦片烟,少年人如泼兰地酒。老年人如别行星之陨石,少年人如大洋海之珊瑚岛。老年人如埃及沙漠之金字塔,少年人如西伯利亚之铁路。老年人如秋后之柳,少年人如春前之草。老年人如死海之潴为泽,少年人如长江之初发源。此老年与少年性格不同之大略也。

文章将议论与叙述相结合,平易畅达,有强大感染力。梁启超努力打破各派文章的家法,运用新名词、新概念及佛典、语录、俚语等,文白夹杂,兼采众制。此外,像《变法通议》、《说希望》、《谭嗣同传》、《过渡时代论》、《呵旁观者文》等,都是梁氏"新文体"的代表作。每一文出,人们争相传诵,"一纸风行,海内观听为之一耸"(《严几道与熊纯如书札节钞》)。这种"新文体"适应了时代需要,打破古文的束缚,为晚清文体解放乃至五四白话文的兴起作了准备。

"新文体"综合了士大夫与市民的阅读趣味,既注意通俗,又在原有"报章体"上加强了艺术特性,是最受当时公共舆论欢迎的文体。知识界竞相仿效,邹容的《革命军》在辛亥革命期间印数达百万册,很大程度也得力于这种"别有一种魔力"的新文体。陈天华的《猛回头》用通俗语言和俗曲、弹词等民间说唱形式,宣传革命,散播于长江沿岸各省,亦颇盛行。

维新派和革命派的政治思想截然不同,各自以《新民丛报》和《民报》为论战阵地,交难论战。"这种论战在中国近代散文史上有一种良好的影响,因为从此以后,谨严的、深厚的政论文学才得成长。"(陈子展《最近三十年中国文学史》)迨章士钊的《独立周报》、《甲寅杂志》先后问世,谨严而逻辑性强的政论文章发展渐趋成熟。

章士钊(1881—1973),字行严,湖南长沙人,曾留学英国,研究逻辑,著有中国文法书《中等国文典》;于文喜好峻洁,推尊柳宗元,著有《柳文指要》。其文谨严莹洁,"文理密察,而衷以逻辑",又称为"逻辑文"(钱基博《现代中国文学史》)。胡适评论云:"他的文章有章炳麟的谨严与修饰,而没有他的古僻;条理可比梁启超,而没有他的堆砌。"(《五十年来中国之文学》)罗家伦说:"其论调既无'华夷文学'的自大心,又无'策士文学'的浮泛气;而且文学的组织上又无形中受了西洋文法的影响,所以格外觉得精密。"(《近代中国文学思想之变迁》)民国初年,黄远庸、李大钊、陈独秀、张东荪、高一涵等一批作者都受到他的影响。

此外,还有章太炎的述学文。章太炎(1869—1936),浙江余杭人,著名的革命宣传家。太炎论文,独尊魏晋,认为魏晋文"持论仿佛晚周","守己有度,伐人有序,和理在中,孚尹旁达,可以为百世师"(《国故论衡·论式》);"凡云文者,包络一切著于竹帛者而为言,故有成句读文,有不成句读文","不得以感人者为文辞,不感者为学说"(《国故论衡·文学总略》)。章氏将学说与文辞合一,是学者之文与文人之文的合一,是近于复古的文学观。他的文章是学者之文,其述学文体是一时学人传统学术表述的典范。

【本章习题指要】
1. 经世文派的基本特点及其主要作家作品。
2. 后期桐城派及近代湘乡派散文创作概况。
3. "新文体"的创作特点及其主要作家。

第三章 近代小说与戏剧

在近代，小说得到空前发展，特别是甲午战争以后，随着社会剧变和各种新思潮涌现，小说品种之多，数量之大，反映社会生活之广阔，都是前所未见的。造成小说创作繁荣的主要原因有四：一是商业城市不断扩大，大众消费的娱乐性读物快速增长。二是新闻出版业的发展，刊登小说的报刊越来越多，如《新小说》、《月月小说》、《绣像小说》、《小说月报》、《小说林》等，都是专门刊登小说的刊物。三是政治环境和创作主体的推动。在救国富强思潮中，新兴知识阶层对小说的地位和社会功能给予高度评价，并以小说为武器，宣传维新；小说生产的良好市场销路也改变了读书人的传统观念，专业作家于是出现。四是大量域外小说被翻译和引入。译作所反映的思想观念和艺术成就，影响及本土作家的创作观念和叙事模式。在甲午战争之前，最多的是侠义小说和狭邪小说；其后，则以政治小说和谴责小说为主。此外，清末的翻译小说数量众多，流播甚广，社会影响很大，也应关注。

创作的繁荣并不表明作品有很高成就。近代小说最明显的特点是政治性和娱乐性。

就政治性而言，那时的小说先天具有某种政治理念，是作为变革社会的宣传手段出生的。梁启超《论小说与群治之关系》说："欲新一国之民，不可不先新一国之小说。"王钟麒《论小说与改良社会之关系》认为"今日诚欲救国，不可不自小说始，不可不自改良小说始"，认为社会一切变革都有赖于小说的变革。"小说界革命"正是在这样的呼声中出现的。梁启超《新中国未来记》是一部典型的政治小说，有重要的认识价值，但艺术成就并不高。与此相联系的是，以暴露政治黑暗面为主的谴责小说，采用夸大其词的漫画方式，"虽命意在匡世"，"而辞气浮露，笔无藏锋"（鲁迅《中国小说史略》）。如《官场现形记》所写的官没一个好人，有的坏到人性丧尽，既泄作者私愤，又明显迎合市民读者的阅读趣味，而社会的复杂性和人性的复杂性却被简单化处理，减损了批判社会的力量。

就娱乐性而言，彼时小说创作过多受读者趣味和市场消费的左右。近代小说主要通过报纸、期刊传播，媒体的时效性拉近了作者与读者的距离。以娱乐为主的小说运行机制又使作家创作立场独立性弱化。作品中，作为社会个体的"人"的体验以及由此而来的叙事欲望，难以真正展开；普遍注重故事情节，却缺少对人物命运的关怀。因而在塑造人物形象、反映"人"之存在的深层方面，成就甚微。

近代小说观念和作家创作立场的转变，对于中国小说的近代走向影响深远。由于处于风云变幻而又步履匆匆的时代，没有足够的沉潜时间，就没有产生人所瞩望的杰作，亦属自然。然而，近代小说主动参与近代社会的历史进程，却有着重要的社会文化意义。

第一节 侠义小说与狭邪小说

此前,《儒林外史》、《红楼梦》这样的长篇小说流行于文士阶层,而普通民众嗜好的却是赞美勇侠的侠义公案故事和通俗易懂的平话文学。近代前朝(嘉道咸年间)广为流行的侠义小说有《儿女英雄传》、《荡寇志》和《三侠五义》。

《儿女英雄传》又名《金玉缘》,题"燕北闲人著",44回。作者文康,姓费莫,满洲镶红旗人。曾为理藩院郎中,后升任观察,继任为驻藏大臣,因病未赴任。家道中落,晚年穷困。马从善《〈儿女英雄传〉序》说:

> 先生块处一室,笔墨之外无长物,故著此书以自遣。其书虽托于稗官家言,而国家典故,先世旧闻,往往而在。且先生一身亲历乎盛衰升降之际,故于世运之变迁,人情之反复,三致其意焉。先生其殆悔其已往之过,而抒其未遂之志欤?

可知这部小说是作者寄托理想之作。

小说讲述的是化名为十三妹的侠女何玉凤为父报仇的故事,以及书生安骥与何玉凤、张金凤的离奇遭遇;最后何、张都嫁与安骥,安骥考中探花,位极人臣;三人和睦相处,享尽荣华富贵。

作者试图将才子佳人小说与英雄传奇结合起来,所谓"儿女无非天性,英雄不外人情;最怜儿女英雄,才是人中龙凤","有了英雄至性,才成就得儿女心肠,有了儿女真情,才作得出英雄事业"(《缘起》);又将儿女英雄与忠君孝亲扭合在一起,统一于忠孝节义和三纲五常的传统礼法,体现出作者思想的保守。小说吸取民间说书艺术的优点,以"说话人"的口吻写来,情节富波澜,颇可读。

《荡寇志》70回,刊于咸丰初年。作者俞万春(1794—1849),浙江山阴(今绍兴)人。作者有感于"凡斯世之敢行悖逆者,无不藉梁山之鸱鸮为词,反自以为任侠挞伐而无所忌惮"(半月老人《荡寇志续序》),站在仇视水浒英雄的立场,在小说中将梁山一百单八将全部杀戮,表现了"尊王灭寇"的正统思想。其思想颇近陈腐,文笔却不无特色。

《三侠五义》是近代侠义公案小说的代表作。小说本是说书艺人石玉昆的演出底本,后经文士加工整理,成为120回的《忠烈侠义传》,又名《三侠五义》。石玉昆自幼随师学艺,演说评书。道光至同治年间居京说书,以说唱《龙图公案》知名。有人略去《龙图公案》的唱词,留存白文,润色修改而成《三侠五义》,刊行于光绪五年(1879)。后来,俞樾为之"援据正史,订正俗说","别撰第一回";又认为原有的三侠实为四人,于是加上小侠艾虎、黑妖狐智化、小诸葛沈仲元遂为七侠,全书改名为《七侠五义》。这便是后来最通行的本子。

这部小说以清官包拯在侠客义士辅佐下除暴安良为主线,穿插侠客、义士们的仗义行为和其间的矛盾纠葛,也反映了社会不平和民众幻想政治清明的愿望。全书主人公除包拯外，还有三侠：南侠展昭、北侠欧阳春、双侠丁兆兰和丁兆蕙。五义又称五鼠：钻天鼠卢方、翻江鼠蒋平、彻地鼠韩彰、穿山鼠徐庆、锦毛鼠白玉堂。

小说善于组织故事情节，大故事套有小故事，一波未平，一波又起。问竹主人在《序》中说："虽系演义之词，理浅文粗，然叙事叙人皆能刻画尽致，接缝斗笋，亦俱巧妙无痕。能以日用寻常之言，发挥惊天动地之事。"俞樾《重订〈七侠五义〉序》说："其事迹新奇，笔意酣恣，描写既细入毫芒，点染又曲中筋节，正如柳麻子说《武松开店》，初到店内无人，蓦地一吼，店中空缸空甓皆瓮瓮有声，闲中着色，精神百倍。如此笔墨，方许作平话小说。如此平话小说，方算得天地间另是一种笔墨。"小说语言具有平话的特点，叙事写人，有声有色。白玉堂的傲气，展昭的雍容大度，艾虎的勇敢磊落，给读者留下了深刻的印象。

继《三侠五义》之后，又有《小五义》、《续小五义》等作，率皆粗糙浅陋，难于比并。

道光至光绪年间，文坛上出现了一批以狎优狎妓为题材的"专叙男女杂沓"的"狭邪小说"（鲁迅《中国小说史略》）。这一现象是中国近代都市商业化在文学上的体现。于是，官场、商场和情场之间的风流世界成为一时文士竞相猎逐的叙写对象。就创作主体而言，多是潦倒文士；作为都市的边缘群体，小说创作可以消释他们本能渴望金钱肉欲而不得的空虚与无奈。他们难以传统伦理来安顿自己的肉身，他们的敏感和迷茫、抱负与失落、糜烂与堕落，与都市繁华一起成就一桩异样风景。就小说自身成就而言，其格调不高，缺乏社会批判力度，虽有特色，却难称杰作。这一类作品主要有《品花宝鉴》、《花月痕》、《青楼梦》、《海上花列传》等。

《品花宝鉴》60回，刊刻于道光二十八年（1848）。作者陈森，科场失意，在京城出入青楼梨园，遂采撷闻见而成是书。小说写官宦子弟梅子玉与名旦杜琴言的同性恋情事，穿插书生田春航和男旦苏蕙芳的同性恋故事，反映了士人的变态人生、心理。小说将同性恋写得缠绵悱恻，委婉动人，亦成就一奇特景观。

成书于咸丰年间的《花月痕》，也表现了作者之自哀自怜，是同一种精神幻象的写照。作者魏秀仁（1818—1873），字子安，福建侯官（今福州）人。道光年间举人，后屡试不第，曾在山西、陕西、四川做幕僚。小说52回，讲的是一对才子韩荷生、韦痴珠分别与妓女杜采秋、刘秋痕之间的恋爱故事。最终韩荷生镇压农民起义，击败倭寇，得以封侯，采秋诰封一品夫人；韦则怀才不遇，不得秋痕为妻，郁郁而死，秋痕亦殉情而亡。韩、韦二人皆有作者影子，一为其理想之寄寓，一为其现实之写照。小说的思想和艺术都较平庸。

《青楼梦》，64回，作者俞达（？—1884），江苏苏州人。描写一多情公子金挹香沉迷声色，为众多妓女所爱；官场几经风波，终于身荣名显。小说以妓院生活为背景，但并没有真实反映沦落风尘的女子命运，而是以"才子佳人"的帷幕掩盖了官僚、才子、流氓对妓女的凌辱踩蹋。

在这类狎妓题材的作品中，韩邦庆的《海上花列传》稍脱俗套，另辟蹊径。韩邦庆（1856—1894），号太仙，别署花也怜侬，松江（今上海）人。应举不第，嗜鸦片，居上海最久，曾为《申报》馆编辑。

《海上花列传》以妓院、官场、商界为主要叙事空间，以赵朴斋、赵二宝兄妹的遭遇为主要线索。前半部分写赵朴斋自乡村到上海,投奔舅舅洪善卿,因流连青楼不能自拔,流落街头;后半部分写赵二宝寻找赵朴斋,在上海被骗失身,沦为妓女。又以"藏闪"、"穿插"之法叙写了其他名妓事迹,故称"列传"。小说串联鸨儿贪婪狠毒、妓女嫖客互相欺骗、争风吃醋和淫荡放纵等情节,揭露了达官、公子、无赖玩弄女子的罪恶和娼妓行业的丑恶,是一幅半殖民地化都市畸形繁荣的风情画卷。小说很少离奇情节,而呈现了"平淡而近自然"(鲁迅《中国小说史略》)的面貌。

韩邦庆以过来人的身份,处理妓女形象时摆脱了"才子佳人"模式,没有赋予她们理想的光环,而是如实描写其妓女生涯中遭遇的人的堕落与沉沦。如黄翠凤,她串通老鸨一次讹诈罗子富五千元,这是她"恶"的一面;她为反抗老鸨而吞服鸦片,赎身时为早逝的爹娘补穿重孝,情景可怜,这是她"善"的一面。庸懦的张蕙贞、任性的周双玉、泼辣的卫霞仙、幼稚的赵二宝,她们在纸醉金迷的都市中,耐不住物欲和色欲的诱惑,找到自己的"位置",甘愿沦落,其背后实是一部血泪史。

小说用吴方言写成,人物对话全用苏白。后来张爱玲惜其流播不广,将其中苏白译成国语(《国语本〈海上花〉译后记》),显示她对此作的重视。

第二节　清末小说诸派

清末小说的繁荣是从"小说界革命"开始的。1902年,梁启超在《新小说》创刊号上发表了《论小说与群治之关系》,正式提出"小说界革命",目的在"改良群治"。随后,夏曾佑、狄葆贤等人又从理论上对小说的社会功能进一步论证。受其影响,新小说创作如雨后春笋,层出不穷。其中颇有影响的是陈天华的《狮子吼》、黄小配的《洪秀全演义》、梁启超的《新中国未来记》、颐琐的《黄绣球》、李宝嘉的《文明小史》等。这些作品的目的是服务政治,内多口号演说,或图解未来社会理想,很有思想史和社会史意义。但是,艺术创获不多,文学意义不永。

与此同时,还有大量抨击时政、揭露官场黑暗的作品,对现实肆意夸大,言过其实;暴露有余,批判不足;情绪渲染强烈,理性和冷静的立场不彰。鲁迅认为这类作品称不上讽刺文学,而另立名目,别称为"谴责小说"。常为人提及的有四大谴责小说《官场现形记》、《二十年目睹之怪现状》、《老残游记》、《孽海花》。

《官场现形记》,作者李宝嘉(1867—1906),字伯元,号南亭亭长,江苏武进人。曾在上海办报,主编过《绣像小说》。著有《文明小史》、《海天鸿雪记》、《活地狱》等小说和《庚子国变弹词》。

《官场现形记》写于1901—1905年间。第三编自序交代小说主旨:因为当政者"送迎之外无治绩,供张之外无材能","援救助之例,邀奖励之恩","上下蒙蔽,一如故旧,尤其甚者,假手宵小,授意私人,因苞苴而通融,缘贿赂而解释",所以小说要用"东方之谐谑,与淳于之滑稽"的手法,揭露为官者的龌龊卑鄙和昏聩糊涂。小说也恰是如此做的。其描写形形色色、大大小小官僚的丑态,穷形尽相,尽致淋漓。第55回冯彝尊说:"谁不晓得中国的天下,都是被这班做官的一块块送掉的。"小说幻想通过编几部教科书,来教导那班官吏们,希望从此清廉,20年后再致太平,体现了作者改良主义的理想。

全书笔墨痛快,有时夸张过度,并无自序中所说的"含蓄蕴藉"之旨;写坏人一无是处,"写大官都不自然"(胡适《官场现形记序》)。

《二十年目睹之怪现状》,作者吴沃尧(1866—1910),字趼人,因居佛山,自号"我佛山人",广东南海人。年轻时来到上海,卖文为生,主编《月月小说》。还著有《痛史》、《九命奇冤》、《劫余灰》等30余种小说。

《二十年目睹之怪现状》108回,连载于梁启超主办的《新小说》,有自传性质。作品以名"九死一生"者为主线,串联1884年中法战争前后至1905年同盟会成立前20年遭遇闻见之事。小说第2回,借"九死一生"之口说:"我出来应世的二十年中,回头想来,所遇见的只有三种东西:第一种是蛇虫鼠蚁;第二种是豺狼虎豹;第三种是魑魅魍魉。"对社会的暴露与谴责,与李伯元的态度类似。

小说之描写官场,侧重官员们为升官发财而不择手段,道德沦丧。第54回"九死一生"说道:"我敢说一句话:这个官竟然不是人做的!头一件要先学会了卑污苟贱,才可以求得官差,又要把良心搁过一边,放出那杀人不见血的手段,才弄得着钱。"第89回写苟观察为升官发财逼使寡媳嫁给制台大人做姨太太,匪夷所思,而又不无所本。

小说还写了蔡侣笙、九死一生、吴继之等正面人物,寄托了作者的改良主义理想,虽并不代表当时先进潮流,但至少反映了社会处于新旧变革之际的现状。

小说描写社会怪现状止于粗浅的暴露,缺乏深度。鲁迅批评说:"描写失之张皇,时或伤于溢恶,言违真实,则感人之力顿微,终不过连篇话柄,仅足供闲散者谈笑之资而已。"(《中国小说史略》)

《老残游记》,作者刘鹗(1857—1909),字铁云,江苏丹徒(今镇江)人。出身官僚家庭,博学多才,于医学、水利、数学均有研究,还是最早研究甲骨文的专家之一,著有《铁云藏龟》。曾在河南、山东做幕僚。因治河有功,调补知府。八国联军入侵时,他以低价向侵略者购买太仓储粟,转卖给市民,却因此获罪,谪徙新疆而死。

《老残游记》署"洪都百炼生"著,20回,写摇串铃的江湖医生老残行医途中的见闻。该书较深刻地揭露了晚清政治腐败和社会黑暗,一定程度上反映了底层民众的疾苦。小说开头以"危船一梦"的象征笔法,将中国比喻成惊涛骇浪中航行的破船。船上有四种人:一是领航的,意指统治集团,不知道船将开往哪里;二是水手,不安分工作,为非作歹,营私舞弊;三是说教者,意指孙中山领导的革命党,不干实事,空喊口号;四是普通乘客,无所作为——流露出对当时从事民族民主革命者的不满。小说通过黄龙子之口表达洋务救国的主张。黄说:"直至甲子,为文明结实之世,可以自立矣。然后由欧洲新文明进而复我三皇五帝旧文明,骎骎进于大同之世矣。"这正是李鸿章、张之洞等洋务派的主张。小说就笼罩在这样一种强烈的救亡补残的意识氛围中。

与其他谴责小说不同的是,此作揭露的对象主要是"清官"。作者认为:"赃官可恨,人人知之,清官尤可恨,人多不知。盖赃官自知有病,不敢公然为非。清官则自以为不要钱,何所不可?刚愎自用,小则杀人,大则误国,吾人亲自所见,不知凡几矣。试观徐桐、李秉衡,其显然者也。"(第60回"原评")特地提出徐桐和李秉衡这样的清末顽固派代表人物,表明作者描写"清官"是有隐意的。这在第14回叙述黄河水患,评论所谓"人瑞"中可以看出:"这事真正荒唐!……然创此议的人,却也不是坏心,并无一毫为己私见在内,只因但会读书,不谙世故,举手动足便错。……岂但河工为然?天下大事,坏于奸臣者十之三四,坏于不通世故之君子者,倒有十分之六七也。"抨击食古不化的守旧派,客观上说明封建制度的崩溃不仅因为官场的腐败,更在于旧秩序和旧知识都失去了维持现状的力量。

《孽海花》,作者曾朴(1872—1935),字孟朴,笔名东亚病夫,江苏常熟人。曾入两江总督端方之幕,参加张謇为首的共和党,响应蔡锷的反袁运动。精通法文,著作及翻译小说甚多,以《孽海花》著名。

小说以金雯青、傅彩云故事为主线,描写清末30年间政治外交及社会风俗的各种情态。作者本欲反映"中国由旧到新的一个大转关"中的"文化的推移"、"政治的变动,可喜的现象","想把这些现象,合拢了他们的侧影或远景和相连系的一些细事",使之"自然地一幕一幕的展现,印象上不啻目击了大事的全景一般"(《修改后要说的几句话》)。作品部分地实现了这一目标。

《孽海花》谴责的主要不是贪官污吏,而是一群精于制艺、热衷考证、讲求高雅趣味的达官名士。他们甚至也学点西学,办些洋务,但在国家内忧外患之际,热心的却是嫖妓纳妾;遇有战争,只会以"灾变、梦占"来预测战局。

作者将矛头直接指向君主专制而非仅仅停留于官场。小说开始时即指出,中国的帝王"暴也暴到吕政、奥古士都、成吉斯汗、路易十四的地位,昏也昏到隋炀帝、李后主、查理士、路易十六的地位"。"一般国民有脑无魂,有血无气。看看茫茫禹甸,是君主的世产;赫赫轩孙,是君主的世仆。"正是站在这样的高度,小说肯定了当时兴办实业、发展教育、启迪民智的进步主张,赞同康梁变法,同情革命派,抨击李鸿章的求和行径。在曾朴拟定的60个回目中,最后一回以"专制国终撄专制祸,自由神还放自由花"结束,说明全书是以推翻君主专制、建立民主政权为宗旨的。

除上述四大小说以外,类于"谴责小说"的,还有《负曝闲谈》、《苦社会》、《邻女语》等,也颇具影响。

清末民初,"鸳鸯蝴蝶派"也在文坛上极盛一时。这一派小说,表现的是知识分子失望于政治革命,沉溺于个人的趣味世界,由此而痛苦、迷茫,以致颓废堕落的心路历程。作者们讴歌爱情,却又逃避爱情,视情为"魔劫",让爱情自生自灭。这种"隔帘相望冷"的姿态说明,旧道德是扼杀个性和自由的沉重罗网,但他们缺少西方市民在资产阶级革命时的勇气和豪情、敢于为理想自由献身的精神。这从一个侧面反映出中国城市的畸形发展和市民阶层的猥琐状态。这种人文精神缺席的状态,直接构成五四文学革命发动的现实背景,为"人的文学"思潮的到来提供了广阔的空间。

"鸳鸯蝴蝶派"以上海为大本营,主要阵地是《礼拜六》,故此派又称"礼拜六派"。主要成员有周瘦鹃、徐枕亚、包天笑、王钝根、刘半农等。《〈礼拜六〉出版赘言》云：

> 买笑耗金钱，觅醉碍卫生，顾曲苦喧嚣，不若读小说之省俭而安乐也。且买笑觅醉顾曲，其为乐转瞬即逝，不能继续以至明日也。读小说则以小银元一枚，换得新奇小说数十篇，游倦归斋，挑灯展卷，或与良友抵掌评论，或伴爱妻并肩互读，意兴稍阑，则以其余留于明日读之。清曦照窗，花香入坐，一编在手，万虑都忘，劳瘁一周，安闲此日，不亦快哉！故人有不爱买笑、不爱觅醉、不爱顾曲，而未有不爱读小说者。况小说之轻便有趣如《礼拜六》者乎？

由此可以看出这派小说趣味所在。其内容多为"卅六鸳鸯同命鸟，一双蝴蝶可怜虫"之类，以言情为主，渲染感伤情调，"赚人眼泪"（徐枕亚《〈孽冤镜〉序》）。代表作是徐枕亚的《玉梨魂》。文皆骈四俪六，敷陈滥情，境界不高。艺术上有所拓展，吸收西欧小说布局和描写之法，开篇用倒叙，注意人物心理活动，善于撷取场景；或用日记、书信及自传体等新形式，丰富了小说的体裁和表现手法，也算为现代小说的形成打下了某种基础。

第三节　清末翻译小说

阿英在《晚清小说史》中指出，晚清出版的超过千部的小说里，有三分之二是翻译作品。有学者统计，戊戌到辛亥期间，共有615部外国作品的中文全译本。其中狄更斯、雨果、小仲马、托尔斯泰和柯南道尔的作品广受读者喜爱。当时从事小说翻译最重要的作家是林纾。

林纾是晚清古文大家，本不懂外文，他人口译，他写为文字，"是中国以古文笔法译西洋小说的第一人"（阿英《晚清小说史》）。他本人也自创小说。凭着丰富的创作经验和深厚的文字修养，他用古文笔法翻译西方小说，完成了不少传诵至今的译作。林译有百余部，涉及欧美各国，其中《巴黎茶花女遗事》、《黑奴吁天录》、《滑铁卢战血余腥录》、《撒克逊劫后英雄录》最为知名，流传甚广。

1895年，林译《巴黎茶花女遗事》首先问世，一时风行海内。严复称："可怜一卷茶花女，断尽支那荡子肠。"邱炜萲评论说："以华之典料，写欧人之性情，曲曲以赴，煞费匠心。好语穿珠，哀感顽艳。读者但见马克之花魂，亚猛之泪渍，小仲马之文心，冷红生之笔意，一时都活，为之叹欲观止。"（《客云庐小说话》）康有为说："译才并世数严、林，百部虞初救世心"，称赞林译的爱国精神。请看林译《巴黎茶花女遗事》写马克与亚猛相爱的文字：

> 马克自是以后，竟弗谈公爵，一举一动，均若防余忆其旧日狂荡之态，力自洗涤以对余者。情好日深，交游尽息。言语渐形庄重，用度归于撙节。时时冠草冠，着素衣，偕余同行水边林下，意态萧闲。人岂知为十余日前身在巴黎花天酒地中，绝代出尘之马克耶？嗟呼！情浓分短，余此时身享艳福，知在梦中。两月以后，余二人足迹不至巴黎，巴黎游客亦无至者。唯配唐与于舒里著巴二人时时见顾。时长夏郁蒸，林木纯

碧,余与马克临窗眺瞩,觉二人情丝两两交纠,飞在林梢草际,微微游漾。此余平生所未享之艳情,亦马克病中之不经之香福。……一日,马克隅坐,若有泪容。余怪之。马克曰:"亚猛,尔我二人情爱似非寻常,然余偶复后顾,辄用悲凉。何者?人情不常。我爱亚猛,亚猛知之已审。设一日亚猛念余旧污,忽尔拂袖而去,又将如何?然吾领略双栖滋味已久,心便安之,万不能更揽新欢,断我旧爱。"余曰:"誓之,永不负马克也!"

文笔优美,将茶花女厌倦风尘,又感到罪恶社会仍在对她施压,由此滋生的痛苦的心态,形象地传达了出来。

钱锺书后来写有《林纾的翻译》,评论说:"最近,偶尔翻开一本林译小说,出于意外,它居然还没有丧失吸引力。我不但把它看完并且接二连三,重温了大部分的林译,发现许多都值得重读,尽管漏译、误译随处都是。我试找同一作品的后出的——无疑也是比较'忠实'的——译本来读,譬如孟德斯鸠和迭更司的小说,就觉得宁可读原文,这是一个颇耐玩味的事实。"郭沫若在《少年时代》中说林纾"在历史上的地位是不能抹杀的。他在文学上的功劳,就和梁任公在文化批评上的一样,他们都是资本制度革命时代的代表人物,而且是相当有建树的人物"。

林纾的古文小说翻译,突破了古文的传统表现方式,为古文的言说开辟出新路。通过他的翻译,世界著名作家如莎士比亚、斐尔丁、狄更斯、大仲马和小仲马、雨果、巴尔扎克、托尔斯泰、塞万提斯等人的作品介绍到了中国。这些名著的传入,使传统小说观念有所改变;而作品的进步思想,则不仅顺应当时社会的进步思潮,而且为五四新文学作家的成长提供了营养。

林纾的翻译之外,周桂笙翻译侦探小说,包天笑翻译教育小说,曾朴翻译法国文学,陈冷血翻译俄国虚无党人小说,吴梼翻译日俄小说,周树人(即鲁迅)、周作人合译《域外小说集》,等等,各有树立,共同促进了近代翻译小说的繁荣。

第四节 清末戏剧演变与话剧诞生

嘉道以降,昆腔剧种呈衰微趋势,花部诸剧种得到迅速发展。持续100多年的花雅之争,以雅部的没落而告终。花部出现了许多新剧种,如河南的豫剧、安徽的黄梅戏、江西的采茶戏、湖南的花鼓戏、云贵川的花灯戏、广西的采调等。其中,京剧是最主要的戏曲样式。

京剧的演变成熟经历了相当长的历史过程。乾隆末年,四大徽班三庆、四喜、和春、春台进京,把二黄戏带到京城。二黄是弋阳腔与其他曲调结合的产物,后来二黄调和西皮调合流,为京剧腔调的形成奠定了基础。同时,京剧又不断吸取昆曲、秦腔等声腔曲调成分,在歌唱和表演上日趋丰富,终于在19世纪中期正式形成京剧。京剧从此一跃而列居全国剧坛盟主地位。

京剧拥有十分丰富的剧目。据陶君起《京剧剧目初探》统计，共有1280多种。取材于三国戏、列国戏、水浒戏、杨家将戏、岳家将戏的剧目最多。这些剧目表达了市民的意愿，歌颂为摆脱被压迫地位的反抗和斗争。其中《打渔杀家》、《群英会》、《空城计》、《四进士》、《五鼠闹东京》等均是屡经上演的优秀剧目。《打渔杀家》取材于《水浒后传》，表现官逼民反的主题，但故事情节有很大改变：主人公萧恩从名噪一时的梁山英雄隐退为一介渔夫，因无力交纳渔纳遭受凌辱，最后走向反抗。《群英会》通过舌战群儒、草船借箭等情节，塑造了诸葛亮、周瑜、蒋干、曹操等艺术形象；诸葛亮料事如神，成为智慧的化身，迎合了大众的观赏心理。《四进士》（又名《宋士杰》）根据民间传说编写，歌颂正义终获胜利。剧中写宋士杰帮助杨素贞告状，突出他的机智、沉着、有策略，真实可信，又带有理想色彩。商人杨春与杨素贞结为兄妹，而杨氏兄长、大伯却狠毒无情，商人与士绅、亲人与陌路形成对比，反映了世俗人情。《玉堂春》演传统才子佳人戏，但剧中表现的浓厚世情风味，再次说明京剧这门新艺术形式对社会人生的真切理解。

与小说一样，戏剧也必然要分担时代的忧患和救亡的责任。作为影响最大的剧种，京剧反映时代动荡和思潮的主题不够明晰，这成为近代戏剧改良运动的主因。

近代戏剧改良运动在两个层面上开展，一是维新派和革命派的政治理念对传统戏剧的广泛渗透，二是戏剧表演艺术家和作家的积极参与。

就前者而言，首先在理论上提出戏剧改革的是梁启超。他于1902年刊发于《新民丛报》上的《劫灰梦》、《新罗马》、《侠情记》三种传奇，揭开了戏剧改良运动的序幕。在他之后，欧榘甲（署名无涯生）、健鹤、陈去病（署名佩忍）、陈独秀（署名三爱）、蒋智由（署名观云）等都纷纷撰文，召唤戏剧之惊风雨、泣鬼神的悲剧审美力量和启蒙民众的教育功用。因国家蒙难而产生的焦灼感和悲壮力量，在革命派驱逐鞑虏、建立共和的思潮中，更为明确和热烈。

1904年，柳亚子、陈去病等人在上海创办第一个戏剧刊物《二十世纪大舞台》，提出"改革恶俗，开通民智，提倡民族主义，唤起国家思想"的办刊宗旨，大力宣传革命思想。于是，一大批鼓吹革命的现代题材戏剧陆续问世，上海随之成为近代戏剧改良的中心。

近代戏剧改良的另一支重要力量，是戏剧表演艺术家和剧作家。他们积极响应戏剧改良的号召，倡导戏剧创作的新理念，改革地方剧种，编写了不少有时代色彩和较强艺术感染力的剧本。

汪笑侬（1858—1918）是最早参与京剧改良的艺术家。他原名德克金，号仰天，满族人。光绪举人，做过太康县令，后专门从事京剧活动。他激于时事，改革京剧，自编剧目，宣传爱国思想，改编和创作的京剧剧本有30多种。其中《哭祖庙》、《党人碑》、《博浪椎》、《骂阎罗》、《将相和》等风靡一时，深受大众喜爱。

《哭祖庙》演三国故事，写蜀都被围，蜀后主刘禅要开城投降，其子刘谌杀死妻子、儿女，到祖庙祭祀先人，然后自刎，以身殉国。戏中刘谌哭祭时的台词感人至深："自古以来，那有将大好江山白送人家的道理？想我国破家亡，死了倒也干净！"《将相和》写蔺相如、廉颇团结御敌。《党人碑》意在影射戊戌六君子。

《博浪椎》以汉代张良的英雄事迹为题材,借以反对袁世凯复辟帝制。戏词慷慨激昂,如:

> 只恨我穷书生身微力小,空怀着报仇志昼夜心焦!望国民起义师恭行天讨,到如今还不见草泽英豪!好让那虎狼秦多行凶暴,只苦了众百姓受尽煎熬,我想把乾坤重新构造,我想把专制君万剐千刀,本是我祖国仇理应当报,恨不能学专诸刺杀王僚!

随着戏剧改革的深入开展,早期形态的话剧开始出现在中国舞台。话剧起初称为"新剧"或"文明戏",产生于20世纪初年。它以对话和动作为主要表现手段,属于写实主义的戏剧类型。"春柳社"的成立标志着中国早期话剧的诞生。

1906年,留日学生欧阳予倩、李叔同、陆镜若、任天知等人,借鉴西洋话剧和日本新派剧,在东京组织了我国第一个戏剧团体"春柳社",相继演出了《茶花女》、《黑奴吁天录》、《热血》。"春柳社"重视剧本和排练,注意剧作的完整和艺术特点,对后来话剧发展影响很大。

在他们的带动下,1907年王钟声在上海创办了话剧团体"春阳社"。1910年,任天知在上海组织了话剧团体"进化团",编演富革命精神的剧目。如歌颂辛亥革命的《共和万岁》,描写武昌起义的《黄鹤楼》,写反帝斗争的《新茶花》等,有力地配合了辛亥革命。作为一种新的戏剧形式,早期话剧还处于萌芽阶段,但它在借鉴外国戏剧的形式和表现手法、继承古典戏剧传统等方面所作的尝试和努力,为五四以后的剧坛开辟了道路。

【本章习题指要】
1. 近代小说创作的繁荣状况及其原因。
2. "谴责小说"的主要作家作品。
3. 清末戏剧演变与话剧的诞生。

后 记

本教材编写的分工如下：陈洪负责全书的统筹策划，确立编撰思路，并撰写前言；张峰屹撰写第一编先秦文学和第二编秦汉文学；赵季撰写第三编魏晋南北朝文学；张静撰写第四编隋唐五代文学；孙克强撰写第五编宋代文学；查洪德撰写第六编辽金元文学；孙学堂撰写第七编明代文学；柳春蕊撰写第八编清代文学；李瑞山、柳春蕊撰写第九编近代文学。全书的统稿工作由陈洪、张峰屹负责。

在全书的编写过程中，得到了罗宗强先生的大力指导，张毅教授、鲍振培教授等也给予了很多帮助，在初稿审定时，评审专家胡明研究员、张国星研究员、陶慕宁教授惠予多方指正，在此一并致谢。